新☆ハヤカワ・ＳＦ・シリーズ

5024

クロックワーク・ロケット

THE CLOCKWORK
ROCKET
BY
GREG EGAN

グレッグ・イーガン
山岸 真・中村 融訳

TOKYO HAYAKAWA BOOKS

A HAYAKAWA
SCIENCE FICTION SERIES

THE CLOCKWORK ROCKET
by
GREG EGAN

Translated by
MAKOTO YAMAGISHI and TORU NAKAMURA
First published 2015 in Japan by
HAYAKAWA PUBLISHING, INC.
This book is published in Japan by
arrangement with
CURTIS BROWN GROUP LTD.
through THE ENGLISH AGENCY (JAPAN) LTD.

カバーイラスト　Rey.Hori
カバーデザイン　渡邊民人（TYPEFACE）

クロックワーク・ロケット

1

　ヤルダはもうすぐ三歳になろうというころ、彼女の祖父を療養のために森へ運んでいくという大役をまかされた。

　祖父のダリオは数日にわたって衰弱して大儀そうで、一族が寝起きしている花壇から移動しようとしなかった。祖父がこんな状態になるのを、ヤルダは以前も見たことはあるが、これほど長く続いたことはなかった。ヤルダの父が村に伝言を送ると、ドクター・リヴィアが農場に来て祖父を診察し、その処置のようすをヤルダといとこたち、クラウディアとクラウディオはずっとそばで見ていた。

　たいていの人が一日に使うのよりもたくさんの手を使って老人の全身を押しつぶしたりつついたりしてから、ドクター・リヴィアは診断を告げた。「深刻な光欠乏症ね。ここの作物は実質的に単色で、あなたの体はもっと広いスペクトルの明かり（イルミネーション）を必要としている」

「日光というものをご存じかね？」と祖父は皮肉で応じた。

「日光は青すぎる」ドクター・リヴィアが反論する。「速すぎて体がつかまえられない。一方、畑の光はあまりに遅い赤ばかり。あなたに不足しているものは、その両極端のあいだにある。あなたの年代の男には、赤褐色や黄橙色、濃黄色や鮮黄色（ゴールデンロッド）、翡翠色や青緑色が必要なの」

「そういう色相なら全部ここにある！　これほど見事な色相の場所を、いままでに見たことがあるか？」祖父は無肢状態で休んでいたが、胸のまん中から指を一本だけ発芽させて、周囲の庭を示した。花壇の世話はヤルダの役目だったので、誇りで体が温かくなったが、祖父が称賛している花々はその日はもう閉じていて、発光する花びらは巻きあがって不活性になっていた。

「ああいう植物は飾りにしかならない」ドクター・リヴィアの返事はすげなかった。「あなたには自然光の全域が、はるかに大きな強度で必要よ。四夜か五夜を森ですごす必要があるわ」

ドクターが帰ったあと、ヤルダの父のヴィトと、おじのジューストが、祖父とその問題を話しあった。

「いかさま療法としか思えん」と祖父はいい放って、地面の自分用の窪みにもっと深く身を沈めた。『赤褐色や黄橙色』だと！　おれは日光と小麦光、それにわずかな花の添加光で、二ダースと七年のあいだ生きてきたんだ。農場暮らしほど健康なものなどない」

「だれだって体の調子は変化する」ヴィトが慎重に言葉をはさんだ。「父さんがこんなに疲れているのには、なにか理由があるはずなんだ」

「長年、熱心に働いてきたからじゃないか？」と祖父。「だからこうして休みを取っているんだとは思わんか？」

おじがいった。「父さんが夜、黄色く輝いているのを見たよ。もしその色相を体からだんだん失っているとしたら、どうやってその分を補充できる？」

「ヤルダがもっと鮮黄色のセイタカアワダチソウ（ゴールデンロッド）を植えていればよかったんだ！」クラウディオが非難がましく声をあげた。おじは黙れと叱りつけたが、クラウディアとクラウディオは知ったかぶった視線を交わして、まるでいまや自分たちがドクターで、ついに問題の根源を暴いてやったといわんばかりだ。ヤルダは、大人からの説諭以外はじっさいはなんの意味もないのだと自分にいい聞かせたが、それでも、ヤルダが失敗をやらかしたと決めつけて年上のいとこたちがざまあみろと思っているのには心が痛んだ。

ヴィトがいった。「わたしも父さんといっしょに森に行くよ。もしドクターのいうことが正しければ、それで父さんは健康を取りもどせる。もし彼女がまちがっていたとしても、それでなんの害がある？」

「なんの害がある、だと？」祖父は信じられないという声で、「おれにはあそこまでの距離の十二分の一を旅する体力もないし、おまえがおれを半分の距離も運べるとは思えん。そんなことをしたら、おれたちふたりともくたばっちまうだろうさ！」

ヴィトの振動膜が不快そうに硬直したが、ヤルダには祖父が正しいように思えた。ヤルダの父は力持ちだが、祖父のほうがつねに体重が重く、病気になってもそれは変わっていない。ヤルダは森をちらっと目にしたことさえいちどもないけれど、そこが村よりも遠くて、自分が行ったことのあるどこよりも遠くにあることは知っていた。もしトラックに乗せていってもらえる見こみがあるなら、だれかがその可能性を話に出していただろうが、森への道路が使われることはごくごく稀だったので、それはとうてい期待薄だった。

気づまりな沈黙が続く中で、ジューストおじの後視線がヤルダにむいた。少しのあいだヤルダは、おじはそこにいる自分をやさしい目で見ているだけだと思っていたが、やがて、この真剣な、大人の話し合いのまっただ中で、なぜ自分がいきなり注目に値する存在になったかを理解した。

「あなたを運べるやつならいるよ、父さん！」おじは上機嫌で告げた。「まったくなんの問題もなく、森まで往復できるやつが」

翌日、一族全員が夜明け前に起きて、三人の旅支度を手伝った。周囲の畑の柔らかな赤い光の中で、ヤルダの姉と兄、ルシアとルシオが貯蔵穴とのあいだを矢のように往復して、父のヴィトが両体側に次々と形成する体袋（パウチ）に、旅の糧食を詰めこんでいく。いとこのクラウディアとクラウディオは祖父の世話係で、祖父が起きあがって朝食を食べるのを手伝い、それから両肩を支えて開拓地を歩きまわらせ、長時間背負われていくのに体を備えさせた。

ヤルダの別のいとこたち、オーレリアとオーレリオを乗客の代役にして、ヤルダはおじから四足歩行の姿態を指導された。「前脚を少し長めにするんだ」とおじ。「お祖父さんは頭をもたれさせる場所が必要になるから、おまえの背中が高く傾斜していると都合がいい」ヤルダは二本の前肢にもっと肉を押しだした。一瞬、いとこたちの重みで脚がぐらついたが、体勢が崩れる前に、脚を硬くすることができた。脚の芯が固まり、古い関節が固定化したのを感じるまで待ってから、前よりも高い位置にひと組の新しい膝を生みだして、そのまわりの筋肉を再編成する。この最後の部分が、ヤルダにはいちばん謎めいていた。ヤルダに意識できるのは、圧覚が肢を下って移動しながら秩序を作りだしていくことだけで、それはまるで自分の肉が、櫛の歯を通ってもつれをほどかれていく葦（あし）の束であるかのようだった。けれど、ヤルダの筋肉はそれによってまっすぐピンと伸びただけではない。新しい環境の意味を理解して、自分たちに求められるだろう新しい課題への準備をはじめていた。

おじがいった。「さあ、二、三歩歩いてみろ」

ヤルダはそろそろと前進してから、いきなり遅めのだく足に移った。オーレリアがヤルダの体側を蹴って、大声で叫ぶ。「ヤー！ ヤー！」

「蹴るのをやめないと振り落とす！」ヤルダは彼女に警告した。

オーレリオもいっしょになって、自分の双を責めた。「そうだ、やめろ！ ぼくが運転手だ」

「いいえ、違うわ」オーレリアがいい返す。「わたしが前にすわっているんだから！」

「なら、ぼくが前にすわるべきってことだ」オーレリオはオーレリアにつかみかかると、場所を入れ替わろうとした。ヤルダはいとこたちがごそごそ動くのにいらだったが、その気持ちを抑えて、これは全部いい練習になると思うことにした。もし、背中に乗っている間抜けたちが腕を何本も生やして取っ組みあう以外になにもしていないあいだ、足場を保っていることができたなら、ヤルダは病んだ祖父がどんなことをしても対応できるに違いない。

「よし、うまいぞ、ヤルダ」おじが励ましの声をかける。

「デカブツの木偶の坊にしてはね」オーレリアがささやいた。

「ひどいことをいうんじゃない！」とオーレリオはいって、双の首を絞めた。

ヤルダは無言だった。たぶんヤルダは、二歳年上のオーレリアと比べたら——あるいは、ヤルダ自身の兄や姉と比較してさえも——野暮ったいだろうが、彼女は一族のだれよりも力持ちで、祖父を森へ運んでいけるのは彼女しかいないのだ。

ヤルダは速足で駆けて、小麦花が閉じはじめている開拓地の端に行った。太陽そのものはまだ見えないが、東の空に輝きが広がりつつある。夜明けは数多くの変化をいちどにもたらす。だからヤルダは、花々が巻きあがっていくようすをこれまで何度か観察してきてようやく、花々は日中をすごす丸まった姿になったときに、日光のほうが明るいので目立たなくなるだけではなく、じっさいに花びら自体の光が弱まっているのだ、と確信を持てた。

「花はどうやって、光を作るのをやめるときになったとわかるんだろう？」ヤルダは疑問を声にした。

オーレリアが気晴らしにブンブン音を立てた。「太陽がのぼってくるからじゃないの？」

「でも、それをわかるのはどうやって？」ヤルダは問いを重ねた。「植物には目なんかないでしょ？」

「きっと熱を感じているんだ」オーレリオが意見をいう。

気温がそこまで急上昇しているとは、ヤルダには思えなかった。けれど、こうして話しているあいだにも畑全体が光を失いつつあり、夜の壮麗な赤い花々が、茎からだらりと垂れさがる薄暗い灰色の嚢と化していた。

疑問に思いをめぐらせたままのヤルダは、おじのところまで歩いて戻ってしまい、新しい体の構造にすっかりなじんだことを示すために走りっぱなしで戻るはずだったのを思いだしたときには、もう遅かった。父のヴィトがやはり四本脚で近づいてきた。ルシアとルシオが、父のいくつもの体袋に荷物を均等に詰めようと大騒ぎしている。

「旅の準備はできたと思う」ヴィトがいった。「さっさとおりろ、おまえたちふたり！」オーレリオがヤルダの背中から飛びおり、地面にぶつかるときに硬い球状に丸まった。そのあとに続いたオーレリオの双は、勝ち誇ったように叫びながら彼の上におりた。

祖父ダリオはまだ介助なしでは歩けず、介助者相手にぶつぶつと、全員が地面の中に這いもどって今日は安息日ということにするとかなんとかいっている。そのようすを見ても、ヤルダは心乱されなかった。ヤルダに安全に運んでもらえると思っていないとしても、祖父は立とうともしなかっただろうし、ましてや以前ならできた程度に協力するのも無理だ。クラウディアとクラウディオが祖父を運んできたので、ヤルダは後脚の膝をついて、祖父が背中にあがれるようにした。以前の祖父は腕を生やすのを面倒くさがっていたが、いまは三対の腕を突きだしている。六本の粘着性の腕が伸びてヤルダを取り巻くにつれ、丸々と太った祖父の胴は目に見えて細くなっていった。ヤルダは祖父の皮膚の見た目に魅せられた。その大部分は彼女自身の皮膚同様にしなやかだが、なめらかに広がる皮膚のあちこちに、硬くなって弾性をなくした無数の小さな斑点が散らばっている。その周囲の皮膚は平らには広がれず、皺が寄ってひだができていた。

「居心地はどう？」父が祖父に訊いた。祖父は短く単調にうなって、運ばれていく荷物として不満のないことを伝えた。父はヤルダのほうをむいて、「おまえはどうだ？」

「全然問題なし！」ヤルダは高らかにいうと、立ちあがって、集まっていた一族のまわりを歩きまわってみせた。祖父は孫ふたり分より重かったが、ヤルダはこの荷物になんの困難も感じなかったし、自分の新しい姿での足運びにもどんどん慣れていった。おじはヤルダにいい体形を選んでくれていた。ヤルダが見おろしていると、祖父は頭を下げて、彼女の両肩のあいだにもたれかかった。たとえ祖父がヤルダの体を握る力がゆるんだとしても、居眠りをしていてさえ落下することはたぶんないだろうが、ヤルダは道中一歩ごとに祖父のようすを確かめることにした。

ルシアが声をかけてきた。「その調子よ、ヤルダ！」

一瞬遅れて、ルシオもいった。「うん、その調子だ！」

なじみのない、快くてぞくっとする感じがヤルダの体を駆け抜けた。自分はもう、子どもふたり分の食事をして、半分の年齢の幼児並みに不器用な、役立たずの木偶の坊ではない。祖父のためにこのかんたんな作業をこなすことができたなら、ついに、一族の中での居場所を得られるだろう。

太陽が地平線を離れていき、冷たいそよ風が東から吹いてくる中、ヤルダは父のあとについて、畑のあいだを南に走る狭い小道を下っていった。小麦は夜間の輝きをなくしていたが、大人たちはいつも、作物の花の光の繊細な色相よりも、茎の先端近くの太い黄色の種嚢に関心を示した——じっさい、畑ネズミの巣穴に毒餌を撒きに出てきていた隣人のふたり、マッシマとマッシモにばったり出会ったときも、話題は種嚢のことばかりだった。大人たちが来たるべき収穫への期待を声に出しているあいだ、ヤルダはだれからも無視されたまま、たかってくる虫を追い払うために体を震わせる以外は辛抱強くじっとしていた。

ヤルダたち三人が先に進みはじめると、祖父が非難がましく意見をいった。「いまだに子どもがいないとは！　あのふたりはどうなっているんだ？」

「わたしたちには関係のないことです」父が返事をする。

「あれは不自然だ！」

父はしばらく黙っていた。それから言葉を発した。「たぶん、彼はまだ彼女のことを思っているんです」

「男は自分の子どものことを思うべきだ」祖父が言葉を返した。「そして女は？」

「女も自分の子どものことを思うべきだ」祖父は、ヤルダの後視線が自分にむいているのに気づいた。「おまえは足もとに集中していろ！」それで会話が内密なものになるかのように、祖父は命じた。

ヤルダは命令どおり視線を逸らして、祖父があまりまわりを気にしないようにすると、陰口の続きを待った。

けれど、父がぴしゃりといった。「この話は終わりだ！　わたしたちが気にすることじゃない」

小道は交差点で終わっていた。右に曲がると、道路はまっすぐ村につながっているが、ヤルダたちは反対側に曲がった。

ヤルダは道路をこちらの方向に歩いたことは、これまで何度もあった——遊び、探検、友だちのところへ行く——けれど、遠くまで行ったことはいちどもなかった。右に曲がって西に行ったときには、変化に気づくまでに時間はかからない。まもなく、脇道がしだいに短い間隔で合流し、ほかの人たちが彼女の脇を通りすぎ、トラックがエンジン音を立てて畑のあいだを進むのが、たとえ姿は見えないとしても、聞こえる。歓迎するようなにぎわいは村の外まで広がっていて、じっさいにそこに着くずっと前から感じとれる。東への旅は、それとは違っていた。旅をはじめたときと同じ静けさとさびしさが、まちがいなく永遠に先まで続いている。もしヤルダがひとりきりだったら、丸一日歩いて、なじみ深いありとあらゆる人の気配から遠ざかることを考えただけで、怯えてしまっただろう。そしてじっさい、前方からのぼってくる太陽を目にした彼女は、それが沈むときにも自分はまだ同じ方向にむかって進んでいるだろうと気づいて、見捨てられたように心が痛んだ。

ヤルダは父のほうを見た。父はなにもいわなかったが、ヤルダの視線をしっかりと受けとめて、彼女の不安を鎮めてくれた。ヤルダは祖父に視線を落としたが、祖父の目は閉じていて、すでに眠りの世界に戻っていた。

朝のあいだ、ヤルダたちは農地の中をとぼとぼと進んでいった。あまりにそっくりな畑に囲まれているので、ヤルダは自分たちがほんとうに前進していることを確認しようとして、道端の小石の並びかたに同じパターンを探しはじめてさえいた。自分たちが道に迷って、円を描いてもとの地点に戻っているのかもしれないという考えは非現実的ではあったが——道路はまっすぐだし、ずっと太陽にむかって歩いている——そうした個人的な目印を見つけるのは、ありがたい気晴らしになった。

正午ごろ、父が祖父を起こした。一行は道路を外れて、よその畑の端に置かれた藁にすわった。ヤルダに聞こえるのは、作物のあいだを吹き抜けていく風と、虫たちのかすかな羽音だけ。父がパンを三つ取りだし、ヤルダは背中に乗ったままの祖父にひとつを渡した。一瞬、祖父はそのために新しい肢を作る準備をしているようすだったが、結局、肩の仮芽は姿を消し、祖父はすでにある手のひとつで食べ物を受けとった。

「前にも森に入ったことがあるの？」ヤルダは祖父に尋ねた。

「ずっと昔だ」

「なぜ森に入ったの？　だれかが病気になったから？」

「違う！」祖父は嘲笑うようにいった。祖父がドクター・リヴィアの意見に同意したふりをする気になったのは、一族を幸せな気分にさせておくためにすぎない。昔ならだれひとり、あんな馬鹿げた考えを支持はしなかっただろう。「そのころは森はもっと近かったのだ」

「近かった？」ヤルダにはどういうことかわからなかった。

「もっと大きかった」祖父が説明する。「いまある畑の中には、その当時は畑でなかったところもある。自分の仕事が忙しくないとき、おれたちは森の外れに新しい畑を切り拓くのを手伝いにいったもんだ」

ヤルダは父のほうをむいて、「父さんも手伝いにいったの？」

「いいや」と父は答えた。

祖父がいった。「おまえの父さんは、そのころはまだいなかった。これはおまえのお祖母さんのころの話だ」

「まあ」ヤルダは、強壮な若い男だったころの祖父を想像しようとした。祖父が地面から木々を引っこ抜き、その横で祖母も働いている。「じゃあ、森はいまわたしたちがいるところまで広がっていたの？」

「少なくとも、このへんまでは」と祖父。「午前の半分もあれば、森の外れまで来られた。だがそのときには、背中にだれかを運んではいなかったからな」

三人はパンを食べ終えた。太陽は中天をすぎていた。ヤルダは自分たちの影が東のほうに傾いているのがわかった。父がいった。「さあ、移動再開だ」

また道路を進みはじめてから、ヤルダは後眼を祖父にずっとむけたままで、祖父の握る力が弱まらないか確かめていた。必要ならいつでも、ヤルダは祖父を腕にくるむことができる。けれど、食事のあと、祖父は少し眠たげだったが、目はひらいたままだった。

「昔の森は、いまとは違っていた」祖父がいった。「もっと荒々しかった。もっと危険だった」

ヤルダは興味を引かれた。「危険？」

父がいった。「その子を怖がらせないで」

祖父ははねつけるようにブンブン音を立てた。「いまはもう、怖れるものなどなにもない。もう何年も、樹精一匹見た人はおらんし」

「樹精ってなに？」ヤルダは訊いた。


祖父がいった。「アマタとアマトの物語を覚えているか？」

「それは聞いたことがないわ」ヤルダは答えた。「おじいさんはわたしにその話をしてくれたことはない」

「そうだったか？　なら、おまえのいとこたちに話したのだろうな」

祖父が自分をからかっているのか、じっさいに混乱しているのか、ヤルダにはわからなかった。黙っていると、祖父が悪意なさげに尋ねてきた。「では、その話を聞きたいか？」

「もちろん！」

父がうなり声で割りこんで反対したが、ヤルダが訴えるような目で見つめていると、その声は不承不承の黙認のつぶやきに変わっていった。いとこたちが聞かされた物語を聞くにはヤルダはまだ若すぎる、などということがあるだろうか、その物語の語り手を森へ運んでいるのは、いとこたちではなく、彼女だというのに？

「第七期(エイジ)の終わりのことだ」祖父は話しはじめた。「世界は大飢饉のまっただ中にあった。作物は発芽せず、食料があまりに乏しかったので、どの一族も四人ではなく、ふたりの子どもしか持たなかった。

　アマタとアマトのふたりはそんな子どもたちで、それゆえに、ふたりの父親、アゼリオにとっては二倍大切だった。アゼリオがなんとか手に入れられた食べ物は片っぱしから、まっ先に子どもたちのところに行って、アゼリオは、子どもたちがほんとうに満腹だと誓わなければ、自分では食べようとしなかった。

　アゼリオはそういう立派な男だったが、そのために高い代価を支払うことになった。ある朝、目ざめると、彼は失明していた。子どもたちを食べさせるために、彼の視力が犠牲になったわけだが、これからはどうやって子どもたちに食べ物を見つければいいのだろう？

　彼の娘のアマタはなにが起きたかに気づくと、アゼリオに休んでいるようにといった。そして彼女はこういった。『わたしが双と森に入って、わたしたちみんなにじゅうぶんなだけの種(たね)を持ってかえってくるわ』子どもたちはまだ若かったし、アゼリオは彼らと引き離されたくなかったが、ほかにどうしようもなかった。

　森は遠くはなかったが、森の外れにいちばん近いあたりの草木は、とっくに丸裸にされていた。アマタとアマトは、ほかのだれの手も届いていない食べ物を探して、どんどん森の奥に踏みこんでいった。

　六日後、ふたりは、これまでどんな男も、女も、訪れたことのない場所に来た。木々の枝が近づきすぎていて太陽を見ることもできず、花は昼も夜も休みなく輝いている。天然小麦がそこではまだ育っていて、アマタとアマトは体袋を種でいっぱいにし、自分たちの力を保つのにじゅうぶんなだけ食べた上に、父親の視力を回復させるのに足りるだけの食べ物を持ちかえることに決めた。

ふたりの頭上の木々の中で、樹精がじっと見つめていた。彼はふたりのような生き物をそれまでいちども目にしたことがなく、そいつらが彼の庭に入りこんで、彼の食べ物を盗むのを見て、激しい怒りに満たされた。

　アマタとアマトは運べそうなだけのありったけの種を集めたが、旅で弱っていたので、農場へむかって戻る前に休むことにした。ふたりは土に窪みを掘ると、そこに横たわって眠った。

　まわりの花々と同じく、樹精は眠ることがなかったので、彼にはしばらく、侵入者たちがどうなっているのか理解できなかった。けれどとうとう、相手が世界に目を閉ざしていることに気づくと、樹精はふたりの真上の枝に這いのぼって、伸ばした両腕をアマタに巻きつけた。

　けれど、怒りのあまり、樹精は自分の力の判断を誤っていて、彼女を持ちあげるのは楽ではなかった。木々の中に引きずりこまれる途中でアマタは目をさまし、樹精のつかむ力が弱まった。アマタは樹精と争って、拘束から抜けだし、地面に落下した。

　地面にぶつかったアマタは衝撃がひどくて動けなかったが、双にむかって、逃げろと叫んだ。アマトは立ちあがって走りはじめたが、樹精のほうが速く、アマトの頭上を枝から枝へと飛び移った。そしてアマトが木の根につまずくと、樹精は手を伸ばして、彼を攫(さら)った。アマタと違い、少年は軽くて、楽に持ちあげることができた……そして小さくて、ひと口で飲みこむことができた」

　祖父は言葉を切った。「この話、怖すぎないか？」彼はヤルダに尋ねた。

　内心、祖父が語った場面に身がよじれそうだったヤルダだが、祖父はヤルダを気づかう父を嘲(あざけ)りたいだけではないかと思った。できるかぎり平然と祖父を見おろして、答える。「ちっとも。その先を聞かせて」

「アマタは悲しみで気も狂わんばかりだった」祖父は

話を続けた。「だが、彼女にできることはなにもなかった。アマタは森を駆け抜けながら、父親にどう話をするか、考えようとした。父親はアマタたちを生かすために視力を失った。この知らせを聞いたら、死んでしまうだろう。

そのとき、落ちていた大枝に行く手をさえぎられたアマタは、あるアイデアを思いついた。ふたつの岩をぶつけあって、木材を削れるくらいに鋭い破片を作る。そして、大枝をアマトの形に彫りあげた。

農場にたどり着くと、アマタは集めてきた種を全部、父親の前の地面に落とし、父親のアゼリオはその音を聞いて喜んだ。そして、アマタは父親にいった。『アマトは旅のあいだに病気になったの。父さんが視力を失ったように、アマトはしゃべる力を失った。でもいずれ、休みと食事を取れば、ふたりとも回復するわ』

アゼリオは悲しみに満たされたが、息子の肩に触れてみると、少年はいまも強健そうだったので、希望は捨てまいとした。

それに続く日々、彼らは種の半分を存分に食べ、自分が食べる前に子どもたちはふたりとも満腹しているというアマタの言葉を、アゼリオは信じた。アマタは残りの種を畑に蒔き、それは育ちはじめた。体力が回復したアマタは、森の外れからさらに食べ物を取ってくる手立てを見つけだし、親子ふたりは飢饉を生き延びた。

アゼリオの視力は戻らなかったが、彼はそのこととは折り合いをつけた。受けいれられないのは、アマトの完全な沈黙だった。

数年がすぎ、とうとうアゼリオはいった。『そろそろわたしも孫を持つころだ』息子からの反応を呼ぶことを期待して、さらにいう。『そうなるようにする力はあるか、アマト？　それとも、おまえの双が全部をひとりでやることになるのか？』

もちろん返事などなく、アマタはどうしたら父親から真実を隠しつづけられるか、わからなかった。

十二日間、アマタはあくせくと働いて、父親が一年間生きていけるくらいの蓄えになるまで、貯蔵穴という貯蔵穴を食べ物でいっぱいにした。そして、父親が眠っているあいだに、アマタは農場を離れた。彼女は森で、ひとりきりで暮らそうと決心していて、貯蔵穴を補充するときだけこっそり戻ってくるつもりだった」

ヤルダは自分を抑えられなかった。苦悶で全身が震える。双が死んだのはアマタの責任ではない。彼女の身に起きたことは、あまりに不公平だった。

「森でのある夜」祖父の話は続く。「木々を見あげていたアマタは、樹精が枝から枝へと飛び移るのを見た。アマタはたくましい女性に成長していて、彼女の双を食った恐ろしい生き物は、あのときよりずっと弱々しくて、脆弱に見えた。

昼も夜も、彼女は樹精を見張り、その行動を観察した。樹精も彼女に気づいていたが、そいつが見かけたときには彼女が復讐をするようすがなかったので、だんだん気にかけなくなっていた。

しばらくして、アマタは計画を立てた。地面に寝床を掘って、そこに四つの小さな、木彫りの人形を詰めこむ。そして寝床のそばに隠れて、待った。

樹精が寝床を目にしたとき、そいつの頭に浮かんだのはアマタの子どもたちがそこにいるということで、体が勝手に動いていた。寝床の中のひとつを引っつかんで木々の中に持ち去ろうと、手を伸ばす。だが、アマタは土の下に埋めた重い岩に人形を縛りつけ、さらにそれをネバネバした樹脂で覆っていた。樹精は罠にかかり、地面にむけて伸ばしたそいつ自身の二本の腕で、木の枝に釘づけにされた。

アマタは木の上にのぼって、人形を彫るのに使った石片で樹精の両腕を切り落とした。彼女と闘うために新しい肢を生やそうとしているそいつに飛びかかって、アマタは口を大きく広げると、そいつを丸ごと飲みこんだ。そいつが彼女の双を丸飲みしたのとそっくりに。地面に飛びおりたとき、アマタは吐き気を催したが、樹精を体内にとどめておこうと自分に鞭打った。横になって眠ろうとしたが、体は熱に苛まれ、身震いがした。しばらくすると、体形の制御ができなくなった。肉があっちこっちに流れ、目の前で奇妙な新しい肢が生えたり引っこんだりする。アマタは樹精が体内で彼女と闘っているのに違いないと思い、石片をまた探しだして、そいつの頭が姿を見せたら即座に切り落とそうと待ちかまえた。

そしてじっさい、胸から頭が発芽して、四つの目をひらいた。アマタは石片を掲げて振りおろしかけたが、そのとき、声がした。『ぼくのことがわからないの？』その頭はアマトのものだった。彼はこれまでのあいだずっと樹精の体内で生き延びていて、闘って外に出られるほど強くなるのを待っていたのだ。

アマタは気を落ちつけ、持てる力すべてを集中して、双の肉を自分の体の片側に押しやり、指よりも細い皮膚の管だけでふたりがつながっている状態にしていった。それから、石片を振りおろして、その管を切断し、アマトを自由の身にした。

ふたりは森を出て農場に戻り、そこでアゼリオに、じっさいに起きていた出来事を説明した。アゼリオは息子の声を聞いて喜び、娘が彼に嘘をついていたことを許した。

そののち、アゼリオは四人の孫に恵まれ、視力が回復することはついになかったけれど、孫たちを育てるのにできるだけの手伝いをして、そのお返しに孫たちは、歳取ったアゼリオが安楽に暮らせるようにしてやった」

祖父が黙りこんだとき、ヤルダは心を鎮めるのに必死だった。背中に乗った祖父に、足並みの乱れを感じさせないのは無理だったが、父に対してはまだ、この心張り裂ける物語を動揺せずに受けとめられたようすを見せて、冷静なふりをしていられる可能性があった。

祖父が話した物語は、ヤルダに自分たちがこれから行く場所への怖れをいだかせはしなかった。森に入ったら警戒を怠らない心構えはできていたが、万一いまもまだ生きている樹精が森にいるとしても、ふつうの少女を持ちあげるのにも苦労するような生き物に、デカブツの木偶の坊を攫える見こみは皆無だろう。

そんなことよりもヤルダを心騒がせたのは、こういう疑問だ。もしアマトが救いだされなかったら、どうなっていただろう？　もしアマタが、ひとりきりのままだったら？　物語の中には、すべてを解決する魔法の手段が存在したが、ヤルダは考えずにはいられなかった。アマタはどんな人生を送っていただろうか、もし、彼女の双がほんとうに死んでいて、呼び戻せなかったとしたら？

午後遅く、一行は村を目ざすふたりの若い農民、ブルーナとブルーノに出会った。一族でこのふたりと以前会ったことのある人はいなかったけれど、少しやりとりをしたあとで、祖父ダリオが、ふたりの祖父の兄を知っていることに気がついた。長距離の旅をするふたりを、ヤルダはうらやましくは思わなかった。こんな遠くまで歩いてくるのは、時たまの冒険としてはいいが、毎回決まった必需品を取りにいくのが目的では、すぐに飽き飽きしてしまうだろう。もし、トラックが数日おきに道路を端から端まで、村と森を往復して走っていれば、あらゆる人の暮らしがもっと容易になるはずだ。けれど、トラックがここまで来るのは、収穫物を集めるときだけだ。

一行は日没直前に、ふたたび立ち止まって食事をした。いまも周囲にはヤルダの目の届くかぎり小麦畑が広がっているが、旅のはじめから歩いてきた道路はわずかに蛇行しはじめていたし、その表面はだんだんでこぼこになってきていた。そのため、この道路を進みはじめたときにヤルダの気を遠くさせた、同じところをぐるぐるまわっている感じはなくなったが、いずれ畑が終わりになることも、自分たちがほんとうに野生の地にむかっていることも、信じがたいのは相変わらずだった。

「もうそんなに距離はない」父が請けあった。「ここで止まって眠ってもいいが、それだと森でのひと晩分を損することになると思う」ヤルダには、父のいいたいことがわかった。いちばん重要なのは、祖父に野生の植物の光という恩恵をあたえることなのだから、森への到着を朝まで延ばすのは、どうしようもない無駄になる。

一行が道に戻ると、祖父はすぐに居眠りをはじめた。祖父が自分にしっかりとつかまっているのを確認すると、ヤルダは後視線を上にむけて、星々が出てくるのを眺めた。あらわれたのは、それぞれの星が引く光の尾で、それは多色の長虫のよう。その長虫たちは、深まりゆく闇一面で闘っているかのようだったが――ゆるやかな渦を描いて空をなめつくすけれど、目的地にはまったく近づかないその闘いは、むなしいものに見えた。

「星々がとても遠くにあって」ヤルダはいった。「だから赤い光は紫色の光のあとでここに届くのなら……なぜ星の尾は全部が違う方向をむいているの？」

「星が全部、違う方向に動いているからだ」父が答えた。

「でもそうじゃない！」ヤルダはいい返した。「星は全部、東からのぼって、西に沈むわ」

「ふむ」父はおかしがっていると同時に喜んでもいる声を出してみせた――ヤルダの質問が馬鹿げていて、それでもなお願ってもないものであるかのように。

「星々がのぼったり沈んだりするのは、この世界が回転しているからであって、星々自体が動いているのではない」

「知ってる」父は以前ヤルダに、世界の回転について説明してくれていて、ヤルダはそれを忘れていなかった。「でも、だからどうだというの？　もし、紫色の光が最初にここに届いて……それからわたしたちが赤い光が追いついてくるのを待っているあいだに、世界が回転したら……だったら空じゅうにいろんな色が散らばるはずでしょう？」

父がいった。「おまえは自分で自分の質問に答えたと思うよ。星の尾が東から西へ整列していないのを、おまえはわかっているんだから」

「つまり、わたしはなんにも理解していないのね」ヤルダはしょんぼりした声で認めた。

娘の芝居がかった自己評価を、父はやさしくブンブン音を立てて否定した。「おまえはたくさんのことを理解できている」父はいった。「ただほんの少し、物事をもっと注意深く考える必要があるだけだ」

励まされて、ヤルダはもっと手掛かりを探して空を見まわしたが、なにか啓示的な洞察を得るかわりに、別の当惑の種を思いだしただけだった。「太陽には尾がないわ」ヤルダはグチるようにつぶやいた。

「そのとおり！」父がそれに答えた。「つまり、尾が生じるのは世界が回転しているからではないということだ。もしそうなら、太陽にも尾があるはずだからね」

ヤルダは後眼をつむって、なにがどうなっているか思い浮かべてみた。いまは星々のことは置いておこう。もし赤い光がとても遅いなら、太陽はなぜその通り跡に、もっと速い緑色や青に永遠に遅れを取る赤い染みを残すことなく空を横切れるのだろう？　「ドクター・リヴィアは、日光は青すぎるといっていた。そこには赤や緑色は全然入っていないということ？」

「いや、日光にもそういう色はある」父は断言した。「青は日光の中でいちばん強いが、ほかの星と同じくらいのほかの色も、日光は含んでいる」

「うーん」ヤルダの想像の中で、太陽は燃えたつような青白い円盤になり、この世界は片隅でゆっくりと回転する冷たい灰色の環になった。「光が太陽から飛びだすとき、仮に赤と紫色のふたつの色だけを持っているとして、ふたつの色はいっしょに旅をはじめる。でも、かけっこをしたらルシアがルシオをまちがいなく負かすように、紫色の光が最初にこの世界にぶつかる――そのあと、この世界が少しだけ回転して、太陽に空を横切らせてから、赤い光が到着する。なら、どうして、ふたつの色は散らばらないの？」

父がいう。「おまえが話しているのは、太陽から離れた閃光のひとつについてだけだ。だが、太陽は閃光を放っているのではない、だろう？ 太陽は絶え間なく輝いている」

いらだったヤルダは、突然叫んだ。「じゃあいったいどういう仕組みでこうなっているの？ これにどうすじが通るの？」

父がいった。「星の尾をひとつ選んで、おまえの見たとおりを話してごらん」

ヤルダは後眼をひらいてその言葉に従い、冷静に話すよう自分に強いた。「かすかな光の線が見える。片方の端が紫色で、順に青、緑色、黄色と変わっていって、もう一方の端が赤」

「それぞれの色は別々のときに見えるのかな」父が問いを重ねる。「それとも、全部が同時に見えている？」

「全部同時によ。そうか！」父の単純な問いが、ヤルダがこれまで内心でいだいていたイメージをぐちゃぐちゃにした。ヤルダは赤と紫色の光が別々のときに到着するようすを思い浮かべてはいたが、両者が到着する間に太陽が空を横切るという理屈はわかっていたのに、タイミングというものをまったく無視した結果、ふたつの色の到着を、同じ瞬間に見えるはずのものとごっちゃに考えてしまっていた。「わたしが考えるべきなのは、ある瞬間に自分が見ているものについてなんだ」ヤルダは声に出していった。「ある瞬間に太陽から離れる光についてじゃなくて」

「そうだ」父がいった。「続けて」

「でも、それでなにがどう変わるの？」ヤルダは考えた。「もしわたしが、赤い光と紫色の光を同時に見ているとすると……そのときは、遅いほうの、赤い光は先に太陽を離れたものに違いない」

「そのとおり。そのことは、おまえが見ているものにどう影響する？」

ヤルダは必死でそれを思い描こうとした。「太陽が空のどこにいるかは、光が太陽を離れたときではなく、光が到着したときにこの世界がどの面を太陽のほうにむけているかで決まる。赤い光が離れるのが先だけれど、それでなにかが変わるわけじゃない——わたしたちは、自分が見ているときに届いたものを見ているだけ。だから、太陽のすべての色は尾を引いて散らばらずに、同じ場所に見える」

父は称賛のしるしに後眼を大きくひらいた。「そんなにむずかしいことじゃなかっただろう？」

ヤルダは自信が持てたが、あらゆることが意味をなすという確信からは、まだほど遠かった。「じゃあ星々は？　星々が全然違うのはなぜ？」

「星々はじっさいに動いているんだ」父はヤルダに思いださせた。「この世界の回転によってのぼったり沈んだりしているだけではなくて。いまわたしたちが見ている赤い光がある星を離れるときと、いまわたしたちが見ている紫色の光がそれに続くあいだに、その星はとても大きな距離を動くので、わたしたちには違う色が違う方向から来るように見える。わたしたちが太陽を見るとき、赤い光が先に旅をはじめてはいるけれど、紫色の光と赤い光は同じ道をたどる。星を見るときには、紫色の光は赤い光とは別の場所から出発して、別の経路を通ってわたしたちのところに来るんだ」
ヤルダはいまの話をよく考えてみた。「もし星々がじっさいに動いているなら」彼女はいった。「なぜわたしたちにはそれが動いているのが見えないの？」多色の長虫はすべてが変化のない黒い空にピン留めされていて、この世界側の視点の移動が原因である架空の動きは見せるが、それを超えて動くことは決してない。なぜ星々はそれぞれの尾に沿って先へ進み、星座から抜けだして毎晩別々の新しいパターンを形作らないのだろう？

父がいった。「星々は速く動いているのだが、とても遠くにある。たとえ鋭い眼力と完璧な記憶力を持っていても、人がなにか変化があったと気づくには、一生分の長い時間が必要だろう。だが幸運なことに、わたしたちはそんなに長く待つ必要はない。いくつかの光の尾はひと目見ただけで、数世代（ジェネレーション）にわたって起きたことをわたしたちに見せてくれるから」

周囲の畑の赤い光が、いまでは道を照らしていた。なじみ深い輝きにヤルダは眠気を催したが、肢にはじゅうぶんな力をかけていることができた。祖父がまどろんでいるあいだも彼女にしがみついていられれば、自覚がなくても握る力をゆるめることがないよう祖父が訓練していたならば、もしかしてヤルダも自分の目を閉じて、夢中歩行で道を進んでもだいじょうぶだったかもしれない。もし父がロープを持っていてそれをヤルダの両肩にかけ、彼女の歩みを誘導することさえできたなら、それは悪い考えではなかっただろう。

あふれかえるような色の集まりが前方に見えたとき、ヤルダは自分がちゃんと目ざめているのだろうかと思った。父の体が視野の一部をさえぎっていたので、奇妙な幻影はふたりの足取りのリズムと道の起伏に合わせて、父の周囲で踊るようにあらわれたり隠れたりした。

やがて道が終わった。一行は低木地を歩いていき、そこに散在する雑草や低い灌木は、ヤルダがふだんの日々の大半を、それを引っこ抜いてすごしている種類のものだった。植物の小さな花々が足もとからヤルダを照らし、農場では小麦の純粋な光を損なう厄介な傷のしるしである茶色や黄色が、ここではまったく違ったものに感じられた。隣人の作物を踏みつけたりしないのと同様、そうした花々を押しつぶす気にはなれず、ヤルダは足もとに注意してそれを避けて歩いた。

いちばん近くの木々は背が高くなく、なじみのない場所では確かなことがいえないけれど、ヤルダはそうした木々と似たものが農場の隅の未開墾の場所に生えていたり、村の通り沿いに並んでいるのを見た覚えがあった。藪の植物の同類（シスター）だろう。くすんだ色がほぼ同じだ。けれどそうした木々の背後には、エキゾチックな巨木の影がぼんやりと見えていて、ありとあらゆる色相の花々がその表面に散らばっていた。

祖父が身じろぎして、目をひらいた。いかさま療法のためにこんな遠くまではるばるやってきたことについて、祖父がぶつぶつ文句をいうかとヤルダは思ったが、祖父はそうはせずに、思いにふけるように黙ったまま、光を見あげていた。たぶん、祖母ダリアとの若き日の冒険の記憶に引き戻されて、夢想に浸っているのだろう。

ヤルダは父のあとについて森に入っていった。下生えはすぐに密になって、ヤルダは小さな植物を踏みつけずには歩けなくなったし、小石が散らばる道を歩いていたときと同じように、足裏をずっと硬くしておかざるをえなかった。もし花壇で作業をしているときのように足を柔らかくしたら、たちまち鋭い茎が皮膚をずたずたに切り裂くだろう。

ヤルダは前視線を地面にむけたままにして、一歩一歩を慎重に進んでいたが、しばらくすると自信が深まってきたので、後眼を祖父から離して、花綱で飾られた頭上の枝にむけた。ヤルダの肩幅よりも大きな花々が輝いて闇の中に浮かびあがり、紫色の花びらを網状の支え蔓に垂れかけている。ヤルダは花の光を直接見ることはできなかったが、花びらそれぞれの下側から漏れだしてくる輝きは、影を落とすほど明るかった。そうした化け物じみた花々のまわりで、橙色や緑色や黄色のもっと小さな花々が、大枝という大枝、小枝という小枝に群がっていた。

ダニの群れの中を通ったとき、祖父は体を震わせて毒づいた。ヤルダ自身はほとんど考えるまでもなく虫を振るい落とせたが、祖父の皮膚は虫を引き剝がせるほど速く震えられなかったのだ。祖父はヤルダの胴に巻きつけていた腕のうち二本をほどくと、両手をしっかり組みあわせていた短く太い指を伸ばして、不愉快の原因を掃き捨てるのにより適した幅広の扇状にすると、それを振りまわしはじめた。

木々のあいだを縫って歩いていくと、頭上の紫色の巨大な花は、少しだけ小さないとこのようなものに場所を譲っていき、同時にそれまでは剝きだしだった蔓が濃緑色の花をつけるようになった。その花の中には、下生えのほうに表面をむけて、旅人たちの目を眩ませるものもあった。ほかの花は天をむいている。木々のはるか上から森がどんな風に見えるか、ヤルダは想像しようとした。落ちついた赤い色の小麦畑の脇にある、巨人の花壇。

父が立ち止まって、まわりを見た。一行がやってきたこの小さな空き地は、ドクター・リヴィアの注文どおりに花々が明るくて多様な一方、木々の間隔は近すぎず、下生えももつれすぎていなかった。夜をすごすのにもっといい場所が森にあるとしても、夜明けまで探しても見つかるまい。

父が自分の父に声をかけた。「どう思います？」

「ここでいいだろう」祖父はヤルダのほうをむいて、「ここには樹精はいないぞ、保証する」

「そんなもの怖くないわ」ヤルダはいった。

祖父が背中からおりると、ヤルダは長い前脚の上半分を再吸収しはじめた。疲れすぎていて、自分の体形について注意深く考えられなかったけれど、もとの姿態に戻るときいちばん大変だったのは、旅のあいだに——通常のくつろいだ状態に戻ると祖父を道に投げだすことになってしまうので——育んだ慎重さを、無理やり捨て去ることだった。

父が体袋の中身を地面に空けて、自分も二本脚になり、それから父とヤルダはいっしょに、三人が眠るための窪みを掘った。植物の根は深くまで張っていて、ヤルダは三、四回、指を二叉に分けて、根の脇の土にもぐりこませ、梃子の要領で根を丸ごと持ちあげる必要があった。それでも、父が手伝ってくれたので、これはそれほどうんざりするような作業ではなかった。ヤルダに巣を壊された長虫は、彼女が農場で見慣れているものより太っていて攻撃的で、単に彼女の指から逃れようとしているのではないと気づいてからは、ヤルダはそいつらを空き地のむこうに投げ捨てるようにした。

三つの窪みが準備できたときには、ヤルダはほとんど立ったまま眠っていた。祖父は二本の短い脚で——いま発芽させている肢はそれだけだ——自分の寝床にむかう途中、ヤルダのほうをむいて、いった。「ここまで運んできてくれてありがとう、ヴィタ。いい仕事をしてくれた」

ヤルダは祖父のまちがいを正さなかった。心の中をなにがよぎっているにせよ、祖父は心からのものに聞こえる声で讃辞をいっていた。父ヴィトはヤルダに目配せをしてみせ、それは父も祖父と同じ気持ちであることを、もう少し軽い調子で伝えているのだとヤルダは受けとった。それから父はヤルダにお休みの挨拶をした。

ヤルダはへとへとだったが、しばらく祖父の横に立って、眠っているその姿を見おろしていた。おじは、祖父の体が夜中に黄色く輝いていたといった。ドクター・リヴィアの療法の有効性を判断しようと思ったら、この症状について、いまと、農場に戻ってからとをチェックする必要があるのではないか？　ヤルダは自分がたくさんの影を落としていることに気づいて、その影の中に入れれば、祖父の体がどんなようすかわかるのではないかと考えていた。だが残念ながら、ヤルダのどの影も、祖父の体から――少しでも光が出ているとして――どんな光が出ているのかがわかるほど濃くはなかった。ヤルダがどこに立っても、祖父をありとあらゆる花からいちどにさえぎって、祖父の体の発光だけを観察することはできなかった。

ヤルダはがっかりしたが、あきらめて寝床にもぐりこみながら、明るい面を考えた。もし祖父の皮膚から出ている光が、森の輝きでわからなくなるほどかすかだとしたら、そのことはまちがいなく、農場で祖父が失った色相がなんであるにせよ、いまはそれが体から漏れだすよりも速く、補充されていることを意味する。

ヤルダは身をくねらせて、先ほど彼女の排除の手を逃れた数匹の長虫を押しつぶしながら冷たい土のもっと深くにもぐりこむと、紫色の逆光をじっと見あげた。樹精のことが思い浮かんだが――どこかの枝にこっそり隠れて、長虫よりも怒っている――そいつに夜のあいだに襲いかかられても、不意打ちにはならない。そしてもしそいつが、ヤルダよりも小さな食い物である男たちを攫っていったとしても、ヤルダはアマタの経験した罪悪感と救出の紆余曲折の歴史は回避して、朝一番に男たちを自由の身にしているだろう。

昼間の森には、祖父の物語で語られたとおりの部分があって、ヤルダは喜んだ。下生えの中の小さな花々の多くは、枝の作る天蓋に日光をさえぎられて、ほんとうに輝きを保っていた。

だが空き地の大半は、完全には空から隠されていなかった。紫色の花々が巻きあがってしわくちゃの袋になるとともに、それまで花びらが延び広がっていたのを支えていた網状の蔓を抜けて日光がこぼれ落ち、地面をまだら状に明るくする。

朝食のあと、ヤルダは持ってきたパンをしまう貯蔵穴を掘り、夜寝るときにくるまっていた地表の花の花びらを父が穴の内張りにした。ヤルダにはこのへんの長虫が通常の原則に従うとはとても思えなかったが、父は刺激臭はどんな害虫も遠ざけると請けあった。

その作業が終わってしまうと、ヤルダはすることがなにもなくて、森を眺めているほかなかった。それはなじみのない状況だった。もしヤルダが農場でぶらぶら歩きまわっていたら、父がたちまち仕事を見つけてあてがっただろうし、もし仕事がなにもなければ、いつも騒々しいエネルギーに満ちたいとこたちや兄姉が、なにかのゲームなりなんなりに引っぱりこんだだろう。

お昼に父は、またパンを三つ出した。祖父は半分地面に埋まったままで食べ、気取りのないはしゃぎ声をあげた。ヤルダはまわりの枝のかすかな動きを見守って、それぞれの原因を突きとめようとした。朝のあいだにヤルダは、たくさんの枝で同時に起こる、風が引き起こす揺れと、小さなトカゲが走り抜けたときに一本の枝だけが揺れるのとを、区別できるようになった。トカゲが枝から跳んで別の枝に着地したことで起こる連続した反動を特定できたことさえ、何度かあった。

「トカゲはなにを食べているの？」ヤルダは父に尋ねた。

「昆虫だろう、たぶん」父は答えた。「よくはわからないが」

ヤルダは父の答えの後半の部分について考えこんだ。よくわからないなどということがありうるのか？　世界について、大人たちが知らないことがあるのだろうか？　祖父はトカゲの餌についてはなにも答えをくれず、だがそれは、そんなことに気をまわしていられないほどなにかに気を取られていたからかもしれないが、ヤルダは自分が重要な事柄について誤解していたのではないかと思いはじめていた。これまでヤルダは、大人はだれもが子どもたちに物事を教えたり、子どもたちの質問に答えたりするのが役割で、やがて子どもたちは知るべきことをすべて知る――そしてそのときには子どもたちも大人になっている、と思っていた。だが、世代から世代へ伝えられてきたのではない答えがあるとすると、その答えはどこから来たのだろう？

本人の聞いているところで祖父の知識の範囲について探りを入れるのは不作法だと判断して、ヤルダは祖父がまた眠りこむまで待った。

「父さんに星々のことを教えたのは、だれだったの？」ヤルダは父に訊いた。「ゆうべ、わたしにいろいろ話してくれたようなことを？」祖父が色の尾の原因について話すのを、ヤルダは聞いたことがなかった。

父がいった。「わたしはそのことを、おまえの母さんから教わった」

「へえ！」ヤルダはびっくりした。自分と同い年のだれかから、なにかを教わることができるのだろうか？

「じゃあ、母さんにそれを教えたのはだれ？」

「母さんには友だちがいた、クララという名前の少女だ」その話題を取りあげるには、なにか特別な努力を必要とするかのように、父はゆっくりとしゃべった。「クララは学校に通っていた。彼女は自分が学んだことをおまえの母さんに話し、そしておまえの母さんがわたしにそれを説明してくれたんだ」

ヤルダは村に学校があるのは知っていたが、そこはそれまで知らなかった仕事ができるようになるため人々を訓練する場所で、星々についての質問に答えてくれる場所ではないとばかり思っていた。

「彼女に会えたらよかったのに」ヤルダはいった。

「クララにか？」

「母さんに」

父は苦々しげにいった。「それは、空を飛べたらよかったのにと思うようなものだ」

ヤルダは前にもそのいいまわしを聞いたことがあったが、成就不可能なことをいいあらわすにしては奇妙な例を選んだものだと、このとき思った。「もしダニの羽みたいに、両腕を幅広く伸ばしたら飛べるんじゃない？」

「それはもう試した人がいる」父がヤルダに教えた。「わたしたちは重すぎるし、弱すぎる。それではうまくいかないんだ」

「そう」ヤルダは母親の話に戻った。「母さんはほかになにを父さんに教えたの？」

父は答える前に考える必要があった。「描書を少しだけ。だが、どれだけ覚えているかわからない」

「やってみせて、お願い！」ヤルダは描書というのが要するになんなのかよくわからなかったが、自分の父が複雑精妙な技を演じるところを見るという期待感には、抵抗できなかった。

父の拒否は、そう長くは続かなかった。「やってみよう」父はいった。「だが、うまくいかなくても文句をいわないでくれよ」

父はしばらくのあいだ、黙ったまま動かずに立っていた。それから父の胸の皮膚が、昆虫を追い払おうとしているかのように震えはじめ、ヤルダはそこにいくつかの奇妙な、湾曲した隆起があらわれはじめていることに気づいた。だが、隆起はじっとしてはいなくて、父の体を横切って移動した。隆起をその場にとどめておこうと父が必死なのはわかったが、うまくいっていなかった。

父は緊張を解いて、皮膚をなめらかにした。それから、もういちど挑戦した。今度は、胸の中心近くにひとつだけ、短い隆起が形作られ、それはわずかに震えてはいたけれど、ほぼその場にとどまっていた。そしてヤルダが見つめていると、隆起は曲がって丸まっていき、とうとう不格好な円になった。

「太陽だ!」ヤルダはいった。

「さて、次のができるかどうか」父が集中すると振動膜がピンと張り、同時に隆起が大きく広がって変形し、絡みあって広がる五つの輪になった。

「花ね!」

「もうひとつ」花がばらばらに引き裂かれ、花びらを形成していた線が柔らかくなったが、そこから断片が新しい配置で寄り集まって、数本の隆起がふたたび鋭く、明瞭になった。

「目!」

「さあどうだ、シンボルが三つ、これでじゅうぶんだろう!」父の肩はだらりと下がっていた。

「やりかたを教えて!」ヤルダは懇願した。

「かんたんにはできない」父がいう。「たくさん練習する必要がある」


「ここではほかにすることがないわ」ヤルダは指摘した。森を探検しにいってよければ喜んでそうして、トカゲのあとを追ってなにを食べているか調べだしていただろうが、祖父を置いていくことはできない。

「まず、ひとつのシンボルに挑戦してみようか」父が仕方なさそうにいった。

父の手振りに従ってヤルダはひざまずき、父の身長と同じくらいの高さになった。父は一本の指を尖らせて、ヤルダの胸を、同じ小さな一点からまったく動かすことなく、そっと引っかきはじめた。すぐに、父の指先は、なにかの昆虫がそこにいるのを感じるときと同様に、いらだたしいものになった。

ヤルダは身もだえした。皮膚は震えているが、いらだちはちっとも解消しない。ダニならたちまち振るい落とされただろうが、このつついてくる指は押しのけるのには重すぎた。

「肩を動かすな!」父が叱りつける。「皮膚だけを使うんだ。おまえがもう一日何ダース回もやっていることだが、それをもっと精密に制御することを学ばなくてはならない」

「まだなんの形も見えてこない」ヤルダは泣き言をいった。

父が、「焦るな！　まず最初に、おまえの皮膚の下でなにが起きているかを自覚できるようになれ。その次は、それが起きている場所を移動させようとしてみる番だ」

それは姿態を変えるのよりもむずかしく、手を変形させるのよりもむずかしく、これまで自分の体について試みたどんなことよりもむずかしかった。ほとんどの変形にはなんらかの努力が必要だが、ひとたび肉を押しだせば、あとは本能が引き継いでくれる。だがこれは違っていた。本能はただひたすら、ヤルダにこの無駄な身震いで時間を浪費するのをやめて、不快の原因を手であっさり追い払ってほしがっていた。

だがヤルダはがんばった。母は友だちに教わってこのやりかたを学び、それからこの技能を父に伝えた。ありえようがありえまいが、いまヤルダをつついているのは母の指であり、皮膚の下の小さな筋肉の群れを手なずける努力を続けるよう駆りたてていた。

空き地に薄闇が落ち、頭上の紫色の花々が網状の蔓一面に花びらを広げるころには、ヤルダは自分の皮膚の上に描書した、自前の太陽を作りだしていた。ヤルダが自分の胸をじっと見おろしていると、暗い円は自分の尾に噛みつく長虫のようにのたくって、そしてばらばらになった。

父はこの努力で、ヤルダよりも疲れたように見えた。

「よくやった」父はいった。

「お祖父さんにやってみせていい？」祖父はあっけにとられるだろうとヤルダは思った。一日も学校に行っていないのに、これこのとおり、ヤルダは描書をしている！

父がいった。「お祖父さんは疲れているんだ。このことで騒がせないでおこう」

ヤルダは目ざめ、空き地の明るさに一瞬混乱した。まだ朝ではない。ヤルダが眠りから目ざめたのは、祖父が苦しげにうなっているせいだ。

ヤルダは祖父のほうに体をむけ、もっとよく見えるよう立ちあがった。最初思ったのは、強い風が森を吹き抜けて、木々から花びらをむしりとり、眠っている祖父の体の上にばらまいたに違いないということだった。だが輝く黄色の斑点は、祖父の皮膚だった。

ヤルダは祖父の寝床の脇にひざまずいた。祖父の目は閉じていたが、左右に転げまわっている。祖父のまわりじゅうをダニが行き来しているのが感じでわかった。ヤルダは手を振りまわして追い払おうとしたが、ダニはしつこかった。

ヤルダは父を呼んだ。「父さん！ 助けて！」

父が身じろぎするとともに、ヤルダの眠気がさめて視界が晴れてきて、ダニの大群がよりはっきり見えるようになった。祖父の体にむかっておりていっているダニは、まったくふつうどおりの外見だが、祖父を咬んでからふたたび森へのぼっていくダニは、不思議な黄色い光のわずかな分け前で体を染めていた。これと似たようなことを、ヤルダはこれまでまったく見たことがなかった。花を食べた昆虫は、花と同じ輝きを帯びたりはしない。

顔をあげると、父が祖父の寝床のむかい側に立っていた。「痛がっているわ」ヤルダはいった。「ダニのせいだと思う」ヤルダは手の幅を広くして、一心不乱にダニを叩き落としながら、父もいっしょにやってくれないかと思った。

「熱い！」祖父がつらそうに訴えた。「出産はこんな感じなのか？ これがおれへの罰なのか？」祖父の目は固く閉じたままだ。自分がどこにいて、だれに介抱されているのか、祖父がわかっているようにはヤルダには思えなかった。

父は無言だったが、ひざまずいて自分でもダニを叩き落としはじめた。ふたりの努力で少しでも苦しみから楽になったようすを祖父が見せるのを期待して、ヤルダは祖父をじっと見つめた。新しい輝く斑点があらわれていて、そのちらつく黄色の染みは祖父の皮膚の裂け目から漏れだしてきたように見えた。想像を超えた柔らかい樹脂でできているかのように、それは恐ろしい速さで広がっている。いちばん細かい塵を別にすると、それほど自在に動くものをヤルダはこれまで見たことがなかった――だが、絶え間なく微風が吹いているのに、それは塵のように散ったりはしない。

「これはなに？」

「わからない。なにかの……液体だ」

父は最後の単語をうろたえた声でいったが、それがどういう意味かをヤルダが尋ねる暇もなく、空き地全体が昼間よりも明るく照らされた。ヤルダは本能的に目をつむっていた。また目をあけたときには光は消えていたが、太陽を見つめたあとのように、なにもかもが前より暗く見えた。

「ふたりでこの空き地を出るぞ」父が唐突にいい放った。

「えっ？」

「お祖父さんは死にかけている。もう助けようがない」

ヤルダは啞然とした。「置き去りにはできないわ」

父がいった。「よく聞くんだ。わたしたちにはお祖父さんを助けられないし、いっしょにいるのも安全ではない」

息子の非情な裁断が、押し寄せる苦痛と混乱越しに祖父に届いたようすはなかった。父の言葉を信じる気にはなれずとも指示に従うよう自分に強いて、ヤルダが立ちあがったとき、前方彼方に浮かんでいた光の点るように痛いほどのまばゆい輝きと化した。

両前眼を腕で覆いながら、ヤルダは思った。あれはダニだ。さっきの光もいまのも、祖父の皮膚を咬んで光を盗んだダニたちが燃えあがったもので、ちっぽけな炎のそれぞれが太陽よりも明るかったのだ。

半分目が眩んだまま、ヤルダはよろよろと祖父の寝床をまわりこんで、父のところにむかった。「これから森を出るの？」

「そうだ」

「食べ物は持っていく？」

「そんな時間はない」

父はかがんで自分の父になにかをささやいてから、立ちあがると先に立って空き地を出る道を進んでいった。ヤルダは祖父をひと目盗み見てから、しぶしぶその場を離れた。ヤルダは祖父の運命が決してしまったとは認めたくなかったので、さよならをいう気にはなれなかった。

「後眼を閉じておけ」父が厳しい声で命じた。「わたしのそばを離れず、後ろは見るな」

ヤルダはいわれたとおりにした。空き地のほうで三つ目の光の爆発が起きた――いまではヤルダの背後になっているのに、前方の頭上の枝から反射する輝きにさえ、目が眩んだ。ヤルダの視界からは暗い痕跡が消えようとせず、影のような第二の森が本来の森の上に焼きついて、なにもかもを困難にした。

「どういうことなの！」ヤルダはいった。「ここの光はお祖父さんの具合をよくすると思っていたのに！」

父にドクター・リヴィアの見解を思いださせ、そしてそれをいま目にしているものと結びつけさせることができれば、もしかすると父は考えを変えて、引き返すかもしれない。

「試してはみたんだ」父は打ちひしがれていた。「だが、癒しようのないこともある」

ヤルダは視覚よりも触覚に頼りながら、怒りに駆られれたまま枝を押しわけて進んだ。次々と生じる閃光をヤルダはいちいち気にしてはいなかったが、残像は増えつづけて、ついにはぼんやりと浮かびあがる障害物のどれが本物なのかわからなくなった。病がひどくても、祖父のヤルダへのぶっきらぼうな愛情は変わらなかった。どうしてその祖父のもとから立ち去るなどという真似ができるのか？

森を抜けだしたふたりは、道を目ざして進んだ。もしかすると、ダニはじっさいは役に立っていて、祖父の体から毒を吸いだしているのかもしれない。そして、祖父のかわりに死んでいる。休憩のために足を止めることがあったら、父が寝ているあいだにこっそり引き返そう、とヤルダは決めた。そして自己犠牲的な昆虫の治療のおかげで祖父が助かっていたら、ヤルダは祖父を運びだして、彼の息子と再会させられるだろう。

前方の地面が耐えがたいほどに輝き、それから突風がヤルダをなぎ倒した。大声で呼びかけようとしたが、振動膜は動かず、ヤルダはしゃべることも聞くこともできなくなっていた。ヤルダは雑草の上を這った。雑草は命のない抜け殻のように見えたが、それがほんとうに死んでしまっているのか、それとも自分の視覚が最低限の機能以外奪われてしまったのか、ヤルダにはわからなかった。あたりを手探りしながら、きっと父はそばにいると思い、けれど視線をあげて探すのは怖くてできない。そのとき、父が伸ばしてきた手が触れて、ふたりはしっかりと握りしめあった。

ふたりはその場を動かず、地面の上で体を寄せあった。父に抱きしめられても、ヤルダは安心した気持ちになれなかったが、いまはそれしかなかった。

ヤルダが目ざめると空が明るみつつあり、昆虫たちが音を立てていた。父は目ざめて、ヤルダの脇にうずくまっていたが、昨夜起きたことを調べようとヤルダが立ちあがっても、無言のままだった。

森はまだそこにあったが、もっとも近い部分は、巨人が腕を振りおろして殴りまくったかのように、まばらになったり傷ついたりしているのが見てとれた。ヤルダたちの周囲の低木は死んでいた。動くと皮膚に痛みが走る。

「お祖父さんは死んだ」ヤルダはいった。この破壊の中心にいて、祖父が生き延びたということはありえない──ましてや、その破壊の原因となったのに、生き延びたなどということは。

「そうだ」父は立ちあがって、慰めるように一本の腕をヤルダの体にまわした。「お祖父さんを亡くしたのは悲しいことだが、あの人が長い人生を送ったことを忘れてはいけない。それに、ほとんどの男は藁のように朽ち果てて土になる。光になる人は、ほんのわずかだ」

「これでよかったの？」ヤルダは祖父が最期にどれほど苦痛を感じていたかを目にしていたが、比較する対象がなかった。

「わたしたちがお祖父さんのもとを去るのがまにあったのは、よかった」父がいったが、ヤルダの問いに対する答えははぐらかしていた。「わたしたちを巻き添えにしていたほうが、あの人が幸せに感じたということはないだろうから」

「そうね」ヤルダは自分の全身が、知らぬ間に悲しみのうなりを立てて震えているのに気づいた。父はヤルダがまた静まるまで抱きしめた。

「そろそろ歩きはじめたほうがいい」父がやさしく促した。「夜になる前に農場に着ければ、それがいちばんいいからな」

ヤルダは、見る影もなくなった森の外れに後眼をむけた。

「わたしが歳を取ったとき」彼女はいった。「わたしにはなにが起こるの？」

「つまらんことを考えるな」父がいった。「ああなるのは男だけだ。わたしの娘は、ひとりも死んだりはしない」

2

祖父の死に続く春、ヤルダはいとこやおじや父に加わって、収穫作業を初体験した。ルシアとルシオが――前の年にヤルダがやっていたように――こぼれた実を拾い集めたり、集積地点のあいだに手押し小麦荷車（カート）を転がしたりと駆けずりまわっているあいだ、収穫作業をする人々のほうは小麦の列のあいだを黙々と行きつ戻りつしていた。

　ふたつの手を同時に使って、ヤルダは自分の左右にある茎から種嚢をもぎ取り、ぽんと弾けるまで握りしめて、自分の体に作った体袋（パウチ）に中身を空けてから、種嚢を地面に落とす。それは貯蔵穴を掘るような重労働ではなかったが、まったく単純な反復作業ゆえのつらさがあった。ヤルダは種嚢をこじあけるために指を堅いくさび形にしていたが、しばらくすると圧力で指が変形してきたので、作業を中断し、指を再形成する必要があった。また、腕や手が凝って作業が続けられなくなったときは、新しいひと組を押しだして、それまで使っていた筋肉を休ませるほかはなかった。ヤルダはまだ、収穫作業の経験豊富な人の耐久力を身につけてはいなかったけれど、体の大きさ自体が利点になった。彼女の男のいとこたちはふた組の腕を順に使い、クラウディアとオーレリア、それに大人の男たちは三組を使っていたが、ヤルダは午後の中ごろには五組目を使っていて、作業開始当初の最初の腕を形成していた肉はまだ胸の奥深くにしまいこまれて力を回復中だった。

ヤルダは列の終わりに来るごとに、列の端を通る小道沿いに兄と姉が徐々に移動させている小麦カートに体袋の中身を空けてから、次の列にとって返して同じ作業を再開した。作業初日が終わったら、ヤルダの体は作業がもっと楽になるように体形を調整するはずだ、とジューストおじから聞かされていたが、それより前にその方法をだれかが教えても無駄だともいわれていた。調整の仕方は各人それぞれで、模倣ではなく本能で達成したほうがうまくいく。

日暮れどきには、ヤルダはへとへとになっていたが、カートに積みあげられた黄色い小麦の山の高さには満足感を覚えた。ルシオを手伝って、商人のトラックが置いていった大型貯蔵タンクのところに、カートの一台を押していく。

「来年、ぼくが収穫に加わったら」ルシオが尋ねてきた。「だれがカートを担当するんだろう?」

「わたしたちが交替しながら担当するのよ」と答えたヤルダは精いっぱい、その推測が根拠のあるものに聞こえるようにしようとした。質問というのは、説明を求める価値がある人にむかってするものだ。いっしょに生まれた兄姉ではなく、年上のいとこにむかって。

だがどうやら、収穫作業を割りふられたこともそうだが、ヤルダの体の大きさ自体が、じっさいの年齢よりも意味を持ってきているらしい。

夕食は、全員が巨大な貯蔵タンクにもたれるようにすわりこんで食べた。ヤルダは暗くなっていく空を見あげながら、父とおじが小麦の収穫高と品質の話に熱中するのに耳を傾けた。オーレリアはクラウディオをからかって彼の腕を繰りかえし殴り、仕返しされても平然としている。ヤルダは平和な気分だった。祖父がいないのはいまもさびしく思うが、祖父はきっと豊作を喜んだだろう。

夜が更けていって、ほかの子どもたちがあわただしく寝床にもぐりこんだとき、ヤルダは小麦カートのひとつが、中身を満載したまま収穫ずみの列の端に置かれているのを目にとめた。ルシアに声をかけて片づけさせようかと思ったが、体の大きさゆえに年上のようなふるまいができることを知ったばかりとはいえ、自分を自らの姉よりも上に置きたくはなかった。ヤルダは自分でカートを押しにいった。

カートを貯蔵タンクの上に続く傾斜路の上がり口まで運んだところで、ヤルダは車輪の位置を直そうと立ち止まった。「優秀な働き手をそんなことで失うのはごめんだ！」おじが文句をいっている。こちらとはタンクの反対側にいるが、おじの声ははっきり聞こえた。「収穫期には、あの子はここに戻ってきてくれるだろう」言葉を返したのはヤルダの父だった。「一年に数日だけだぞ！　それも、何年そうしてくれる？」

父がいった。「わたしはあの子の母親に約束した。子どもたちの中に、教育を受けることが恩恵となる気配を見せる子がいたら、最善を尽くして学校に行かせると」

「彼女はあの子が畑で働くところを見たわけじゃな

い!」おじがいい返す。「わたしたちになにをあきらめろといっていることになるかを知っていたら、彼女もそこまでこだわったとは思えない」

父は動じなかった。「彼女は自分の子どもたちひとりひとりが、可能なかぎりの最良の人生を送ることを望んだだろう」

「わたしがあの子に、英雄譚(サーガ)を暗誦できるよう教えるよ」おじがいい切った。「それであの子もほかのことを考える暇がなくなるだろう」ヤルダはぞっとした。祖父が話してくれた物語は楽しいものだったが、おじは、一ダースの退屈な英雄たちの魅力的でない功績を長々と列挙して、夜の半分をつぶしかねない人だ。

「これは、あの子がそのうち農作業に飽きるだろうというだけのことじゃないんだ」父がいう。「ここでぶらぶらしていたら、あの子は絶対に代理双を見つけられない」

「それがどうかしたのか?」おじの返事はとまどい混じりだった。「あの子の働きぶりはほかの子どもの四人分だ。それにあの子が、おまえが孫を持てる唯一の可能性というわけじゃないだろう」

ヤルダは騒々しく傾斜路をのぼって、カートの中身をタンクに空けた。小麦の落ちる音が静まったとき、会話は終わっていた。

ヤルダが寝床にもぐりこんだときには、オーレリアでさえ眠りこんでいた。いつもなら大人たちが寝床に着く前まで冗談や皮肉をささやきかわすところだが、それには疲れすぎていたらしい。ヤルダは横になって、天を翔(かけ)る星々を見つめた——誇張や虚勢で飾られることのない歴史の尾を引いて、ヤルダがその解読方法を学ぶのを待っている。

学校に行けるという可能性にはぞくぞくした。それは知識の貯蔵庫に、ヤルダが懸命に取りくんできたあらゆる疑問に答えをあたえてくれる場所に、まっすぐ入っていくということだ。学校に行けば、星はどのようにして輝くのか、肉はどんな風にして形を変えるのか、植物はどうやって夜と昼を区別しているのかがわかるだろう。

だが、単に好奇心を満たすために学校に行く人はいない。自分の一族からはあたえてもらえない新しい技能を学びにいくのだ。学校で勉強した農家の子どもが、農場にとどまることはない。世の中に出ていって、古い生活はあとに残していく。

収穫の最終日の晩、小麦を運んでいくために商人のトラックが戻ってきた。ヤルダが見守る中、父とおじ、それにトラック運転手のシルヴァナが、収穫者たちが貯蔵タンクに中身を入れるために使っていた傾斜路を、新しい用途のために移動させた。タンクそれ自体をトラックの後部に引きあげるのだ。

トラックのウィンチに巻かれていた数本の鎖がほどかれて、タンクの端に引っかけられる。エンジンがガタガタと音を立て、ウィンチがまわりはじめると、トラックの煙突から薄闇の中に火花が漂いだし、それは森で祖父の皮膚を咬んでから上にのぼっていったダニを思わせた。

タンクが傾斜路のてっぺんから突きだしていき、いまにも傾いてトラックの荷台に平らに落ちつきそうなときに、エンジンがいきなり止まった。シルヴァナが運転台から飛びだして、トラック側面のハッチをぐいと引っぱってあける。

ヤルダはうっとりして機械の迷宮を見つめた。そんな彼女に気づいたシルヴァナは、もっと近くに来るよう、愛想よく手招きした。「これが燃料」シルヴァナがいって、橙色の粉末でいっぱいの漏斗状容器(ホッパー)の蓋を取った。「そしてこれが解放剤」もうひとつの小さめのホッパーが、細かな灰色の粉剤を正面から送りこんでいる。「燃料は光になりたがっているが、単独ではなれない。だが燃料を解放剤と混ぜると……」シルヴァナは両手を合わせてから、すばやく引き離した。

「両方が、光と熱いガスになる。ガスはピストンを押しあげ、それがクランク軸をまわす。そしてギアがその動きを、前部の車輪かウィンチに連結する」

ヤルダは知らない人を質問で困らせてはいけないといわれていたが、この女の心の広さと熱意に力づけられて、「どうして動かなくなったんですか？」

「パイプが詰まっただけだろう」シルヴァナはふたつのホッパーの下の、もっと小さなアクセスハッチをあけると、一本のパイプを端から軽く叩いていった。「聞いてわかるんだよ、詰まったときには。ああ、やっぱり」同じ場所を繰りかえし叩いて鈍い音を聞かせてから、運転台からハンマーを取ってきて、だいじょうぶなのかと思うほど強くパイプを叩く。トラックの車体の奥深くで痙攣したような震えが起こり、ふたたび煙突から火花があがったが、エンジンはまだ本格的にはかからなかった。いまのは、途中に引っかかっていた燃料が、運命を全うしただけらしい。

「あの火花はなんなんですか？」ヤルダは尋ねた。

「混合がきっちり正確でないと」シルヴァナが答えた。「燃料の一部はまだ燃えたまま、ガスといっしょに出てくるんだ」燃料ホッパーの下のノブを少しずつ動かして、ほとんどわからない程度だけまわす。「こうやって燃料タンクからの出口をコントロールする。パイプはだんだん詰まってくるから、調節してやる必要があるのさ」

シルヴァナは運転台に戻ってエンジンをかけ、貯蔵タンクを所定の位置におろし、ジューストおじが手伝ってそれをしっかり固定した。

トラックが走り去ると、ジューストおじは自分の兄に近寄った。「まったく無駄なことをするもんだ、あんな仕事のために女を訓練するとは」おじはいい放った。「数年もすれば、別のだれかが必要になるだけなのに」

父は返事をしなかった。ヤルダはドクター・リヴィアのことを思った。村で聞いたところでは、彼女は出産して、患者はすべて彼女の父親が引き継いだという。森から戻ったときのヤルダは、祖父に対するドクター・リヴィアの勧告は役立たずだったと決めつけていたが、その後、森への旅を提案したのは、死にかけた男の一族が被る危険を小さくするためで、しかし予測される事態を率直に話しても一族には受けいれられないだろうから、というのがほんとうの理由だったのではないかと考えはじめていた。

ルシオとルシアがパンを運んできて夕食になった。遅い時間で、だれもが疲れていて、貯蔵タンクが置かれて平らに均された地面に寝転がって食べた。明日は一族全員がお祝いに繰りだして、収穫がもたらしたお金を少々使うだろう。ヤルダは自分が果たした役割を誇りに思っていたが、それが終わってしまったのが残念で、妙な具合に胸が痛くもあった。収穫作業はヤルダの体がちょうど慣れてきたところで終わりを迎えていた。

前触れもなく、ひとすじの光が空を駆け抜けた。それはほっそりと長く、目が眩むほど明るくて極彩色で、驚いたヤルダが叫び声を発する間もなく、地平線のむこうに消えた。

最初に言葉を発したのはクラウディアだった。「あれはなんだったの？」

「流星だ」ジュースト おじが答えた。「流星だが、速くて低かった！」

ヤルダは父がそれを正すのを待った。父はヤルダに何度も流星を指し示してくれたことがあって、どれもいまのとはまったく違っていた。目を閉じて、いま出現したものの記憶を呼び戻そうとする。光の線は一瞬にしてあらわれて消えたが、線の中の場所によってはっきりと色が違っていたのはまちがいなかった——星が引いているのと同じような尾だが、はるかに長い。

流星は、この世界の通り道に偶然入りこんで、空気の中を落ちてくる岩の塊だ。光の色が分かれるほど速くは動かない。流星の尾は、ひと呼吸かふた呼吸で空を通りすぎるあいだ、空気中で燃えつづける火でしかなかった。

父が黙ったままなので、ヤルダは我慢していられなくなった。「あれは流星じゃなかった」ヤルダはいった。「速すぎたわ」

「どうしてそうだとわかる？」おじが問いただした。「わたしたちのすぐ上を通過したとすれば、どうだ？」おじは面白がっているふりをしようとしていたが、じっさいは自分のまちがいを正そうとする子どもがいることに腹を立てているのが、ヤルダにはわかった。おじは立ちあがってヤルダに数歩近づくと、大きな弧を描いて腕を振り、もう少しで彼女を打つところだった。「わたしの手でさえ、じゅうぶんおまえの近くを動けば、おまえがどきっとする前に、空の端から端まで動いたように見える」

ヤルダは色の尾のことをいってやりたかったが、あの奇妙な物体が見えなくなるのはあっという間だった。ヤルダが目にしたパターンに、もしほかのだれも気づいていなかったとしたら？

「それにあれが流星でなかったなら」おじは勝ち誇ったように話を締めくくった。「なんだったんだ？」

ヤルダには答えの持ちあわせがなかった。地平線から地平線まで一瞬で駆け抜け、空の三分の一に及んで色をまき散らすなにかを、名づけることも、説明することもできなかったからだ。

エンジンの中で毎日、光を作りだしているシルヴァナなら、答えを知っていたかもしれない。クララはきっと知っていただろうし、友だちであるヴィタに教えていただろう。けれど、もし母ヴィタが、光についてのいくつかの秘密を父には隠しておくことを選んでいたとしても、ヤルダには母を責められなかった。

ヤルダはうつむいて、おじの知恵を敬い、意見を受けいれたのだと思わせておいた。辛抱しなくてはならない。学校に行けば、あらゆることを知ることができる。

授業の初日、父がヤルダといっしょに村まで歩いた。父は片づけなくてはならない用事があるからだといっていたが、そうでなくても付き添っていただろうとヤルダは思った。

「昔は」トラックがガタガタと脇を通りすぎたあと、父は考えこむようにいった。「男の子どもに学校教育をするのは無駄だといわれたものだ。母親が持っている知識が、誕生時から彼女の子どもたちを形成し、一方、父親が子どもたちに伝えようとするものは、表面的にしか伝わらない。女の子どもに教育をするのは、未来のあらゆる世代に投資することだった。男の子どもへの教育は、富を無価値な藁屑に変えることだった」

そんな考えかたは、ヤルダには初耳だった。祖父が若かったころよりも古い時代の話に違いない。「父さんはそれがほんとうだと思う?」

父が答えた。「教育を真剣に受ける者にとって、それは無駄ではないと信じている、男の子どもでも女の子どもでも」

「じゃあ、母親の知識は子どもたちに伝わっていると思うの?」

父がいう。「おまえは賢い子どもだが、わたし経由で伝わったもの以外で、おまえが母さんの言葉を話すのを聞いた覚えはないな」

ふたりは南東の角から村に入ったが、混雑した市場は避けて、やや静かな並木道を選んで歩いていった。小さな公園をいくつか横切り、そのほとんどは人の姿がなかったが、ヤルダの視線は木々にむけられつづけていた。森への旅以来ヤルダは、トカゲが小走りに枝を渡っていくのを、前よりもずっと容易に気づけるようになっていた。

学校は小枝の密生した厚い垣根で囲われていたが、ヤルダには楽々中が覗けた。垣根の内側には正方形をした広い剝きだしの地面があって、同じような仕切りで四分割されていた。学級（クラス）は四つある、と父が説明した。いちばん年下の生徒たちが集まっている一角へ、父はヤルダを連れていった。

「だれになにをいわれても、自信を失うんじゃないぞ」父がいった。

ヤルダはジューストおじの言葉をさんざん聞いていたので、父のいおうとしていることがわかった。「だいじょうぶ」ヤルダは父に約束した。

父はヤルダを残して去り、ヤルダは垣根の途切れたところから中に入った。

正方形のこの部分には、四ダース近くの子どもが集まっていた。たぶん半分はひとりきりの男の子で、あとは双のペアのようだ。ヤルダは連れのいない女の子がきっとほかにもいるはずだと見まわしてから、くよくよするのはやめるよう自分にいい聞かせた。すぐ前で少人数の集団でおしゃべりしている生徒たちと視線を合わせようとしたが、ヤルダに気づく子はいなかったし、会話に割りこむにはヤルダは内気すぎた。

先生がやってきて、静かにするよう子どもたちに呼びかけてから、アンジェロと名乗った。彼は子どもたちを垣根から離れたところに密集したかたちで集めると、すわって、自分をよく見ているようにといった。

ヤルダは隣の子どもたちをちらりと見た。両隣とも男の子で、ヤルダの半分くらいの大きさだ。「ぼくはフルヴィオだ」右隣の男の子がささやいた。

「わたしはヤルダ」

「今日は」アンジェロ先生が話しはじめた。「シンボルとその名前を勉強します」まだ先生が来ていないほかのクラスのおしゃべりが騒々しかったけれど、ヤルダは必死で集中した。

アンジェロ先生は胸の上に、すばやく、くっきりした円を形作った。体に車輪を押しつけて、刻みつけたかのようだった。「これは『太陽』と呼ばれています」先生がいった。ヤルダは先生が生徒たちに、各人の皮膚の上にそのシンボルと同じものを作るようにいうと思っていたが、先生はシンボルの名前を数回繰りかえすと、あっさりと花に進んだ。いまやっているのは形と名前を記憶に残すのが目的で、生徒たち自身がなにかを描書する授業ではないのだ。

先生が十ダースのシンボルを順々に示していくのを、ヤルダはおとなしく聞いていた。シンボルがこんなにたくさんあるとは、ヤルダは全然知らなかった。先生が最後まで示し終えたときには、お昼に近くなっていて、先生は何人かの子どもたちに、貯蔵穴からパンを取ってきて配るように頼んだ。

食事中、先生は生徒のあいだを歩きまわって、本人と父親の名前を尋ねた。先生が近づいてくるとき、ヤルダは自分が授業を受ける権利に疑問が持たれるのではないかというような、奇妙な胸騒ぎを感じたが、先生はヤルダの返事を聞くと、それ以上なにもいわずに先へ進んでいった。教育を受けるに値するのはだれかという世間一般の考えがどんな風に変化しているにせよ、ヤルダの父は収穫で得たお金のいくらかをこの男に支払ったのはまちがいなく、ヤルダが授業に出るのを許可されるには、それでじゅうぶんだった。

「きみの双はどこ?」フルヴィオがヤルダに尋ね、しゃべりながら口からこぼれたパン屑が彼の振動膜で跳ね返った。

「あなたのは?」ヤルダは強い声で訊き返した。

「働いている」フルヴィオが答えた。

「こいつは自分の双を食ったんだ」左隣の男の子がいった。ヤルダはこの子が先生に、ロベルトと名前を告げるのを聞いていた。「そうでなきゃ、こんなにでかくなれるわけないだろ？」

「そのとおりよ、わたしは彼を食べたの」ヤルダは認めた。「でも、まだときどき、彼は外に出てきて遊びたがるんだけど」そして胸の中央に、あの物語のアマトのような、頭の形の塊を盛りあげかけてみせた。ロベルトはおじけづいて、跳ねるように立ちあがると、クラスのいちばん遠くまで逃げていった。

フルヴィオが手を伸ばして、ヤルダの胸の塊を指の一本でつつくと、楽しげに叫んだ。「やりかたを教えてくれる？」

「どうして？　だれもあなたがお兄さんを食べたなんて信じないのに」

「年下のいとこならどう？」

「それならありかも」ヤルダは仕方なく認めた。

「じゃあ、きみは単者なの？」

「なにがいいたいの？」ヤルダは偽物の頭を再吸収した。ほかの子どもたちがこちらを見つめはじめていたからだ。

「別に。ただ、単者に会うのははじめてだから」フルヴィオが正直にいった。「きみはほんとうにお兄さんもお姉さんもいないの？」

ヤルダはこの男の子に短気を起こさないようにしようと思った。隣人たちにはいちいち説明しなくていいが、それは彼女のことをもう知っているというだけのことだ。「兄と姉がいるわ、ルシオとルシア。母は三人の子どもを生んだの」

「そうか」フルヴィオはほっとしたように大きく目を見ひらいた。「なら、そんなにひどいことはないね。ひとりしか生まなかったら、さびしかっただろうから」

ヤルダはいらだって、女が子どもをひとりだけ生むのは不可能だといってやりそうになったが、そこで不意に、それがほんとうかどうか完全な確信がないことに気づいた。「わたしは四人のいとこともいっしょに暮らしている」ヤルダはいった。「だから全然さびしくなんかない、といっておくわ」

アンジェロ先生がクラスに静かにするよう命じ、シンボルをもういちど最初から示していったが、今回は生徒たちを促して、形が自分の皮膚にあらわれたときにその名前を大声でいわせた。ヤルダはすでに、シンボルの半分を忘れていた。いくつかのシンボルはこの世界のなにとも似ていないように見えたし、その名前も同じくらいにとまどうようなものだった。それでも、生徒たちの反応が、耳が聞こえなくなりそうな大合唱から、おずおずしたささやきに急降下したときでも、答えを知っている子どもがかならず三、四人はいた。

先生が、今日の授業はここまでと告げたとき、ヤルダはいらだちを感じた。自分がほかのすべてに先立って、読みかたと描書を学ぶことが必要だとわかったし、その旅の第一歩をうまく終えることさえできていない。

「どこに住んでいるの？」ふたりで校庭を出ていくとき、フルヴィオが訊いた。

「うちの農場に、村の東の。あなたは？」

「村の西側だ」フルヴィオが答えた。「父が精製所を持っていて、ぼくらはそのすぐ隣に住んでいる」

「なんの精製所？」

「トラック燃料の」

ヤルダは興味をそそられたが、好奇心を抑えこんだ。一族のことを尋ねたほうが、会話としては礼儀正しい。

「あなたのいとこたちは？」

「すぐそばに住んでいる。おじの一家も、同じ仕事をしているんだ」

父と来た道を引き返すと、新しい友だちとすぐ別れることになるが、それは嫌だったので、ヤルダは中間の道を進むことにした。おしゃべりしながら真南に進んでいるうちに、ふたりは村の中央近くに出た。

「市場を通っていかない？」ヤルダはいった。お金は持っていなかったが、露店をぶらぶらしながら、めずらしい食べ物の材料や、見慣れない小間物の出所を想像するだけでも楽しかった。

「いいよ」フルヴィオが答えた。

人混みに入りこむが早いか、ヤルダが見つけだした露店は、なんらかの磨きあげられた半透明の石でできた造花でいっぱいだった。夜には本物の花とあまり似ていないかもしれないとヤルダは思ったが、午後の太陽を捉えているようすは、花びらの輝きとほんとうにそっくりだ。これほど繊細で正確なものを、いったいどうやって作りだせるのだろう？　その露店の横を通りすぎながら、ヤルダは後視線をきらめく逸品からなかなか引き離せなかったが、今度は、前方の染料ホイールが目にとまった。さまざまな色相のあざやかな粉末で満たされた木製の円盤の周囲に、窪みが配列されている。露店商の女が、そのあざやかさを客に実演していた。自分の掌に装飾的な模様をいくつか浮きださせてから、異なる染料を模様のそれぞれに振りかけて、正方形の紙に押しつける。

「落花生はどう？」フルヴィオが訊いた。

「落花生がなに？」ヤルダが振りむいたときには、フルヴィオはもう買い物をすませていて、円錐形（コーン）に巻かれた花びらいっぱいの高価なごちそうを、ヤルダに手渡した。

「でも——」

「だいじょうぶ、ふたつ買ったから」フルヴィオはほかの手を見せた。

「ありがとう」ヤルダは相手の浪費ぶりに閉口したが、不作法な真似はしたくなかった。落花生を食べてみる。風味は強くてなじみのないものだったが、少しすると、これはおいしいと思った。

ヤルダはいった。「このへんで穫れたものじゃないよね」

フルヴィオは内緒話をするようにブンブン音を立てた。「輝き谷から運ばれてきたんだ、三大旅離彼方（セヴエランス）の。

つまり事実上、この世界の反対側だ」

「へえ」

「〈休止山〉から列車で翡翠市や赤塔市に運ばれて、そこからトラックで粉砕丘や太陽石市へ、そしてここへ」フルヴィオは自信たっぷりで、荷物といっしょに自分もその旅をしたことがあるかのようだった。ヤルダは驚きが目に出ていたに違いなく、彼は説明するようにいい足した。「ぼくはトラック運転手たちが話すのをしょっちゅう聞いているんだ、彼らが燃料を買いに来たときに」

「わたしはトラック運転手になりたい」ヤルダはいった。

「ほんとに？」フルヴィオの声にはヤルダの選択への驚きがあったが、見下げたような語調ではなかった。

「あなたはなんのために勉強しているの？」

「父のやっている仕事をするためだ」

「お父さんが自分で教えることはできないの？」

「父は、自分の知っていることなら教えてくれる」フルヴィオがいう。「でも父はぼくに、いまの仕事のやりかたを変えられるように、必要なときには違うことができるようになってほしがっている」

「どんな風に？」

「そんなことはわからないさ」とフルヴィオは答えた。「たぶん、いままでだれも聞いたこともなかった風に、かな」

　フルヴィオと別れたあと、ヤルダは彼にもらった落花生のコーンを、落ちつかない気持ちで見つめた。まだ半分残っている中身を、一族のほかの人たちと分かちあうべきだろうか。けれど人数が多いので、ひとりひと口あるかないかだし、気前のよすぎる贈り物を見せるのは気が進まなかった。東への道にむかって公園を横切るとき、ヤルダは残りの落花生をあわただしく口に放りこんで、空（から）になった花びらを地面に捨てた。

　ヤルダが農場に着いたときにはまだ明るかった。オーレリアが開拓地で小麦を挽いてパンを作っていた。

「手伝おうか？」ヤルダは尋ねた。

オーレリアが刺々（とげとげ）しくいった。「もう農場の仕事はしないんだと思っていたわ」

ヤルダはいとこの横にしゃがんで、挽き臼を手にした。取っ手をまわすときの抵抗感が送ってくる活力の波は、一日じゅうじっとすわっていて感覚が鈍っていたヤルダの両腕の筋肉にとってはありがたかった。

「あなた、変なにおいがする」オーレリアが文句をいった。

「昼食になんだか変なものが出たの」ヤルダはいった。

「長虫が入っていたんだと思う」ヤルダが挽き臼を返すと、オーレリアはあらかじめ切っておいた芳香低木の枝から親指大の樹脂を絞って、小麦粉に混ぜはじめた。

その夜、ベッドに入ってから、ヤルダはオーレリアに、昼間受けてきた授業の話をした。どんな子どもでも十二個の基本的なシンボルは知っているが、全部でその十倍もあると学んだのは、啓示的だった。そしてクララが授業内容をヴィタと共有したのと同じように、ヤルダは自分が学んだあらゆることをオーレリアに伝えようと決めていた。

けれど、ヤルダが新しいシンボルをほんの三つ説明したところで、オーレリアはいらだたしげにいった。「もう寝なさい。わたし、興味ないから」

翌日、アンジェロ先生は自分のクラスに描書のやりかたを教えはじめた。生徒たちはペアを組んで、ヤルダの父が森で教えてくれたのと同じ方法を使った。尖らせた指でパートナーをつついて、本能的な皮膚のぴくぴくした動きを制御できるようにさせていく。ヤルダがこの技能を入口だけ経験していたのは少し役立ったが、彼女とフルヴィオがいちばん単純なシンボルを正確に形成して、それを望むかぎりのあいだ保持できるようになるには、やはり二、三日の練習が必要だった。ヤルダは登校するとき、染料を振りかけて紙に記録する価値があるものを自分が胸に描書できるようになるときが来るのを想像しながら、皮膚の上にいろいろな形をちらちら浮かびあがらせていた。

授業がはじまって三旬(ステイント)目の最終日になるはずの日、クラスの生徒が集まっているところへ、ほかの先生のひとりが連絡事項を伝えにきた。アンジェロ先生が病気になった。重い病気ではなく、すぐ復帰する予定だが、今日はこのクラスはこのままそれぞれの一族のところに帰ってください、と。

ヤルダはがっかりした。十一日登校して一日休みという決まった繰りかえしに慣れてきていて、二日連続で農場の仕事をすることを考えると、いまではうんざりした気分になる。元気なくのろのろと校庭を出ていくヤルダに、フルヴィオが声をかけた。「うちの精製所を見にこないか?」

ヤルダはその誘いについて考えてみたが、断る理由は見つからなかった。

村を西へ通り抜けていくにつれ、市場の露店だの、公園や庭園だのは、倉庫や工場に場所を譲っていった。トラックがひっきりなしに行き来している。ヤルダはこんなにたくさんのトラックをいちどに見たのは、はじめてだった。

「これでよく眠れるわね?」ヤルダはフルヴィオにいった。相手はぽかんとした顔で彼女を見た。「もしかして、夜にはこの騒音が止まるの?」トラックだけではない。ほとんどの工場が、ガチャガチャとかドシンドシンとかいう音を立てている。

「止まらないよ」フルヴィオがいった。「でもぼくは好きだ。聞いてると落ちつく。急に音が止まったら、ぼくは目をさましちゃうだろうな。音がしないのは、なにかが壊れたということだから」

ふたりのまわりじゅうの材木や石でできた建物は、

ヤルダの身長の二倍かもっと高さがあった。小ぎれいなものもあればみすぼらしいものもあったが、道を別にすると、剝きだしのままの地面は一歩離(ストライド)もなかった。ある種の製造業に埃よけや風よけが必要なのはヤルダも理解していたが、具体的な業種を半ダースあげろといわれたら、困り果てただろう。ヤルダは自分自身の村のことをほとんど知らなかったし、もっと広い世界についてはなおさらだった。

「あそこが精製所だ」フルヴィオが前方に大きく広がる石造りの建物を指さした。トラックが一台、少し離れたところに停まっていて、そのウィンチがつながれた複雑な滑車装置が、茶色い鉱石で満杯のタンクを、建物の中に続く長い斜路(シュート)に運びあげている。

「なぜあんな複雑なことをするの？」ヤルダは疑問を声にした。「トラックが必要とされている場所で荷物を直接下ろせばいいじゃない？」シュートが精製所に入りこんでいる場所を指し示す。

「トラックは距離を取っておく必要があるんだ」フルヴィオが説明した。「トラックが使っている解放剤はとても細かい粉になっていなくてはならなくて、だからあらゆるものから漏れだしてしまう。そのことはトラックそのものにとってもとても困るけれど、もし解放剤が精製所の生産ラインに入りこんだら、たぶん人が死ぬ」

「えっ」ヤルダはそれまで浮き浮きと足を運んでいたが、それを聞いて歩調を落とした。

「心配しなくていいよ、注意は怠りないから」フルヴィオが安心させるようにいった。「それに解放剤工場はずっと、ずっと遠くだ」

ふたりが近づいていくと、周期性のない不協和音が大きくなっていって、車の往来の音やほかの工場からの騒音を圧した。フルヴィオはヤルダを、鉱石シュートとは建物の反対側にある入口に連れていった。中に足を踏みいれたヤルダは、前方の薄暗がりをじっと覗きこんだ。空気は埃っぽくて、汚れた天窓から斜めに射しこむ青白い光の柱の列の中でちらちら光っている。

目が慣れてきたヤルダが見てとったのは、順々に連結しあった底の浅いトレイが、長い列になって洞窟のような空間をジグザグに走っているようすだった。トレイの脇に立った人々が、ハンマーで鉱石の塊を強打し、小さくなった岩を精妙な歯のある篩(ふるい)でこすって、熟練した機敏な指で塵状の鉱石の山から燃料を選りわけている。全部で四ダースはいるだろう工員が、騒音と埃にまみれて働いていた。

ヤルダはかすかに嘆きのうなりを漏らした。収穫は楽な仕事ではないが、たった六日で終わる。ここでの仕事は、果てしない拷問のようなものに見えた。

フルヴィオはヤルダの不快感に気づいたに違いなかった。「三交替制(シフト)なんだ」彼はいった。「だから、じっさいはそんなにひどくはない。学校に行くようになる前は、ぼくも手伝いをしていた。兄も、姉も、双も、みんなまだここで働いている」

ヤルダはフルヴィオがその人たちを紹介してくれるのを待ったが、彼は鉱石がしだいに細かくなり、厄介な不純物を減らしながらトレイからトレイへと移っていく妨げになるようなことはなにもする気がないのだと、やがて気づいた。

「あなたの双もここで働いているの？」ヤルダは尋ねた？「フルヴィア？」

フルヴィオは篩を持って前かがみになっている女の子を身振りで示した。「そしてあれが兄のベニグノ」

ほっそりした男の子が、こぼれ落ちたわずかな燃料とふつうの塵を注意深く分けながら、床に散らばった橙色の埃を格子蓋に掃きこんでいる。フルヴィオが見ているのに気づいていたとしても、その子はそんなようすはまったく見せなかった。「ベニグナはあとのシフトだ。いとこたちも」

「お父さんはどこにいるの？」

「おじとオフィスにいるよ。あの人たちの邪魔はしないほうがいい」

ヤルダは日射しの中へ引き返した。あとを追ってきたフルヴィオが、「なんでそんなに動揺してるのかわからないよ！」といった。「きみのお兄さんやお姉さんはいまも農場で働いているんだろう？」

「ええ」

「みんななにかをしなくちゃいけない」フルヴィオが強い声でいった。「でなければ、飢え死にするしかない」

「それはわかっている」ヤルダは相手のいうことを認めつつ、「でも、いまのあなたとわたしは、ものすごく楽な生活をしていない？」

「きみとぼくは、ほかの種類の仕事をするために勉強しているところなんだ。そのことで後ろめたく感じる必要なんてないだろう？」

ヤルダはどう答えを返したらいいかわからなかった。

しばらくしてから、「岩を砕くのに、エンジンを利用すればいいんじゃない？」

「鉱山ではエンジンを使っているよ」フルヴィオがいった。「でも、鉱石が一定のサイズより小さくなってしまうと、そばに少しでも解放剤があるのは危険すぎるんだ」

「人がハンマーを使ってやるのよりもいい方法があるはずよ」

フルヴィオは両腕を広げた。「そうかもしれない。そして、教育を受けた結果、ぼくがそれを見つけるかもしれない」

ヤルダはいった。「わたし、もう家に帰っているはずの時間かも」

「村に戻るところまでいっしょに行くよ」フルヴィオはきっぱりといった。「道に迷わないようにね」

ヤルダは逆らわなかった。ふたりで歩きながら、自分は精製所でなにを見ることになると思っていたんだろう、つらい仕事をしている子どもたちの姿でないとすれば、とヤルダは思った。目くるめく光の秘密がなにか明かされるとか？　小麦花がなぜ輝くのかをヤルダが知らないのと同様に、フルヴィオと彼の一族は燃料が光になる仕組みを知らない。人々の目の前で起きている事柄の半分は、いちばん遠い星々と同じくらいに謎のままだ。

村が近くなったとき、フルヴィオがヤルダのほうをむいた。

「もう計画はあるの？」フルヴィオはいった。「きみの子どもたちについて？」

「なにいってるの？」ヤルダはまじまじと相手を見つめた。

「子どもたちについての計画のことだよ。だれが育て、だれが養うのか？」

ヤルダは皮膚がぞわぞわと動くのを感じた。そうすれば、わずらわしいダニ同様に、彼の言葉を追い払えるかのように。「そんなのはずっと未来の話よ」ヤルダはいった。

「もちろんそうだ」フルヴィオは同意した。「きみがなにか考えていることがあるのかなと思っただけさ」

ヤルダはいった。「精製所を見せてくれてありがとう。じゃあまた学校で」

人けのない東への道まで来ると、ヤルダはひとりで静かにうなりはじめた。ヤルダは自分がクララのようになれるのだと思っていた、母が生きていたころについての父の話に出てきた、あの謎めいた知識と友情の化身のように。だが、結局クララはどうなったのだろうか？　ヤルダはこれまで、あえてそれを尋ねたことはなかった。

ジュースト おじは、ヤルダが男と同じ生きかたをすると決めるまでは、彼女の体力を農場につなぎ留めておきたがっている——だが、その運命から逃れた結果が、早くも代理双になったつもりの男の子が工場使用人として彼女の子どもたちに目星をつけている世界に入りこむことだというのでは、逃れた意味があるのだろうか？

農場へ戻る脇道に着いたが、ヤルダはまっすぐ歩きつづけた。隣人の畑の静かな一角に、だれにも邪魔されずにすみそうな場所を見つける。

芳香低木の脇の地面にひざまずいて、一本の鋭い小枝が皮膚に押しいってくるような位置で姿勢を低くし、その侵入地点のまわりの筋肉全体が棘をなんとか押しだそうとして動きまわるようにする。

二ダースと三個目のシンボルは、いちばんむずかしいもののひとつだった。脚が二本、腕四本で、ひとりきりの人物の全身像。落ちついて、自制心があり、道具はなにも持っていない。四本腕はバランスを取るためか、美しさのためだ。

ヤルダは低木に体を押しつけてひざまずいた姿勢のまま、いくらやってもそのシンボルがみっともない落書きにしかならないことへのいらだちに叫んだ。教師と描書のパートナーがいれば、もっとかんたんにできただろう。休憩して、指導を受け、励まされれば、もっとかんたんにできただろう。

それでも、太陽が空を半分横切ったとき、記憶どおりの全身像が、ヤルダの胸の上にあった。不完全だが読みとりやすく、ヤルダの意のままにできた。

3

十二歳の誕生日の翌日、ヤルダは夜明け前に眠りからさめると、冷たい土の誘惑に眠りへと引き戻される前に、無理やり目をひらいた。見あげた低い天井を縦横に走る蔓に、小さな黄色の花がぽつぽつと咲いている。店の準備をする露店商たちが立てるドシンとかズルズルとかいう音が、市場の床から漏れてくる。

ズーグマ市の公共寝床は人気が高く、ヤルダは夜間（ナイト）勤務労働者（シフト）たちが下りてきて、場所を空けろとぶつぶついいながらつついてまわるようになる前に立ち去りたかった。立ちあがって、まわりで寝ている人たちのあいだを縫って進みながら、静かに近くを動いているほかの人影を意識する。ほっそりした蔓の放つ光で、行く手はちょうど見えたが、眠っている人を踏んづけたり、出口へむかうほかの人とぶつからないようにするには、注意と慣れが必要だった。

階段を駆けあがって市場に抜けだすと、パンを買い、通りに出たときには、青白い空がすっかり消し去る前の星々を目にするのにまにあった。ズーグマでは、野外で眠るという選択肢があるのは、もっとも裕福で壁に囲まれた私的な庭を持つ住民だけだ。公園の花の脇に寝床の窪みを掘ったら、市の財産を傷つけた罪で鞭打たれるだろう。けれどヤルダは、お金を浪費して塔の個室で眠るよりも、市場の地下で夜を送るほうが好きだった。塔の個室の寝床にはずっと下の地面に埋められて熱を排出している円柱状の安定石製熱導管が延びてきていて、いちばん高くにあるそうした陰鬱な檻を冷やしている。

エウセビオとの約束の時間までにはまだ五鳴隔（チャイム）あったが、ヤルダはしっかりと準備をして、私的講師の時間が予定をはみ出すことのないようにしておきたかった。今日は、光学の新展開についての来賓科学者による午前の講演があって、ヤルダはそれを聞き逃したくなかった。というわけで、ヤルダは市場と大学のあいだの小さたない道々をゆっくり歩きながら、細部まで授業の計画を立て、歩きながら図表を作った。道を歩いている人は多くはなく、すれ違う人がいても、ヤルダの皮膚の上で奇妙な形が形成されたり変形したりするのを見て驚いたりはしなかった。大学人の中には、貴重きわまる自分の思考内容を隠すために、大変な苦労をして、心の中だけで下書きをしたり、体の上にあらわれるものを確実に掌規模にとどめられるようにしたりすることを覚える人もいるが、ヤルダはそうしたこそこそしたふるまいを身につける必要を感じたことはなかった。

ヤルダが街を歩きまわったタイミングは完璧だった。エウセビオの住む石造の塔に入ったちょうどそのとき、大学の時計が悲しげな鳴（チャイム）を鳴らした。すばやく階段をのぼる。約束の時間ぴったりに着くのは不作法だが、時間厳守するヤルダの堅物ぶりも、五階までの全力疾走でやわらげられるだろう。

エウセビオの部屋に着くと、入口に掛かったカーテンは、すでにヤルダを迎えるためにひらかれていた。「ヤルダよ！」と声をかけて、入口を通り抜ける。部屋は染料と紙のにおいがした。壁際に何ダースもの教科書が積みあげられ、エウセビオ自身のノートもそれに匹敵するほど大量にあった。商人の息子で、列車運送事業への参入を望んでいるエウセビオは、工学技術の学習と真剣に取りくんでいた。本の山のひとつの脇を行ったり来たり行進している三体のぜんまい人形でさえ、彼にとっては遊び事もまた、なにをする機械なら作れて、なになら作れないかというテーマと関係したものになるという証拠だった。

「おはようございます、いらっしゃい！」エウセビオは部屋の片隅の床にすわって、綴じられていないノートのページを目の前に広げていた。エウセビオは男にしては体が大きく、けれど機敏でないということは全然なかった。ヤルダは、自分がそうだったように、彼も子どものころから、体格の小さい同年代の一族の器用さに負けないよう努力してきたのではないかと思っていた。

ヤルダはエウセビオとむきあって、あぐらをかいてすわり、さっそく本題に入った。エウセビオが昨日受けた講義でなにを聞かされたか、ヤルダは正確に知っていた。四年前、ヤルダ自身が受講して以来、入門物理学の講義は、ただのひと言ですら変化していない。

「エネルギーと運動量の保存」ヤルダはいった。「どれくらい理解できた？」

「たぶん半分くらい」エウセビオは正直にいった。けれどエウセビオは、軽々しく理解したという言葉は使わない。講義には完璧についていけたが、より深く主題について把握したがっているのだろうとヤルダは思った。

「単純なところからはじめましょう」ヤルダはいった。「ある物体が、摩擦なしに自由に動けたとする。最初は静止していて、そこに一定の力を加えていく。ある時間が経過したあとの、力と、時間と、物体の速度の関係をいってみて」

エウセビオは答えた。「力は質量かける加速度に等しい。加速度かける時間で速度が出る。ゆえに、力と時間の積は、その物体の質量と速度の積に等しい――これは〝運動量〟とも呼ばれる」

ヤルダは、よくできましたというように目を大きく広げた。「では、物体が静止しているところからはじまるとは限らない、一般的な状況においては？　物体にあたえられた力と時間の積は……」

「物体の運動量を変化させる」エウセビオは計算を書いた紙をひらひらさせた。「それは確認しました」

「よろしい。では、ふたつの物体が相互作用したら——近づいてくる列車に子どもが石を投げて、それが先頭車輌に当たって跳ね返ったら——ふたつの運動量にはなにが起きる？」

「石に対する列車の力は、列車に対する石の力と、等しくかつ逆むきになる」エウセビオが答える。「そしてどちらの力も同じ量の時間のあいだ作用するから、等しくて逆むきの運動量の変化をもたらす。石の運動量が——列車が動く方向について測った場合——増加する分、列車の運動量が減少する」

ヤルダはいった。「ゆえに、全体は、すなわちふたつの運動量の和は、変化しない。こんな単純な話がある？」

「運動量はとても単純です」エウセビオが同意する。

「でも、エネルギーは？」

「エネルギーもほとんど同じよ！」ヤルダは力づけるようにいった。「力と時間の積の代わりに、力と移動距離の積を使うというだけのこと。力と時間の積を、力と移動距離の積にかんたんに変える方法は？」

エウセビオは少し考えてから、「距離割る時間、つまり平均速度をかけることです。静止状態から動きはじめてなめらかに加速する物体の場合、それはその物体が到達する終速の半分になる。ゆえに、力と移動距離の積は、運動量と速度の半分の積になる……あるいは、質量の半分かける速度の二乗。運動エネルギー」

「大正解」ヤルダはいった。

エウセビオはそうした計算をじゅうぶんに理解していたが、もっと大きな見地についてはあまり満足していなかった。「エネルギーの話になると、〝保存則〟は例外の長いリストだらけになるんですよ」エウセビオがぼやいた。

「そうかもしれないわね。その例外というのをあげてみて」

「重力！　そこの窓から本を落としたら、その運動エネルギーは同じままではいないはずです。この世界が本を引っぱりおろすのと同じ力で、本がこの世界をそれにむけて引っぱりあげているという事実も、助けになりません。それは運動量の釣り合いは保ちますが、運動エネルギーについてはそうではない」

「そのとおり」ヤルダは、練習しておいた図表のひとつを胸に浮かべた。

「本にかかる下むきの力を縦軸に、地面からの高さを横軸にとって図表を描けば」ヤルダは説明する。「一定の、平らな直線になる。そこで、本の現在までの高さをあらわす地点までの、線の下の面積について考えてみて。本が落下するとき、その面積の減少分――切りとられている小さな長方形――は、本にかかる力と本が移動する距離の積に等しくて――それは移動によって本の運動エネルギーが増加するのと、正確に同じ量になる。力かける距離」

エウセビオは図表をよく検討した。「わかりまし

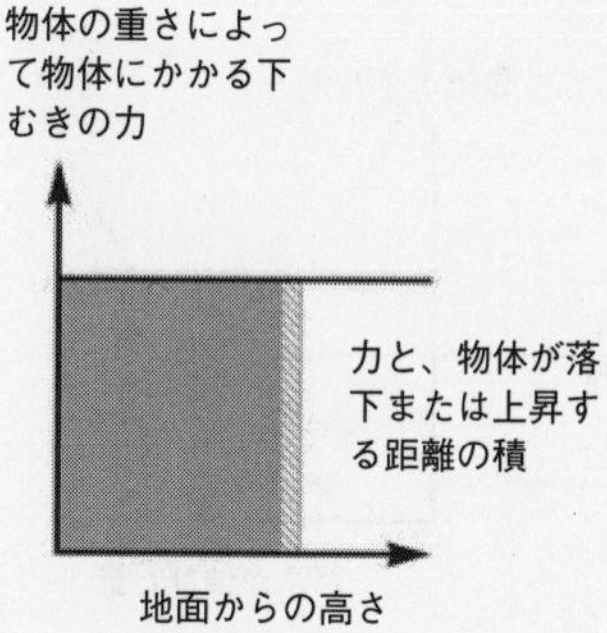

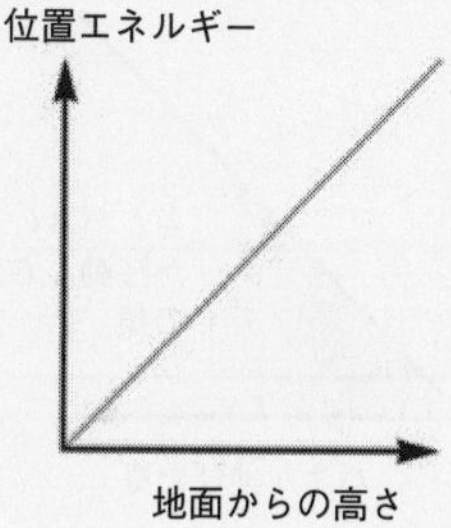

た」

「一方、もし本が上に放り投げられて、重力がその上昇を遅くしはじめたら、本は運動エネルギーを失うことになる……けれど、線の下の面積は、その損失と正確に釣りあうかたちで増加する。なので、この面積は〝位置エネルギー〟と呼ばれ、二種類のエネルギー、運動エネルギーと位置エネルギーの和は、保存される。

これは、ほかの単純な力についても当てはまる――たとえば、引き伸ばされたバネに取りつけられた物体にかかる力」

エウセビオがいった。「数学的にはいまあなたが説明した話が成りたつのは、理解できます。でもこれは、いいかたに凝っているだけなんじゃありませんか――運動エネルギーは保存されず、変化する……そして二、三の単純なケースにおいては、原因となる力がよくわかっているので、変化の経過を追うことができる、ということを？」

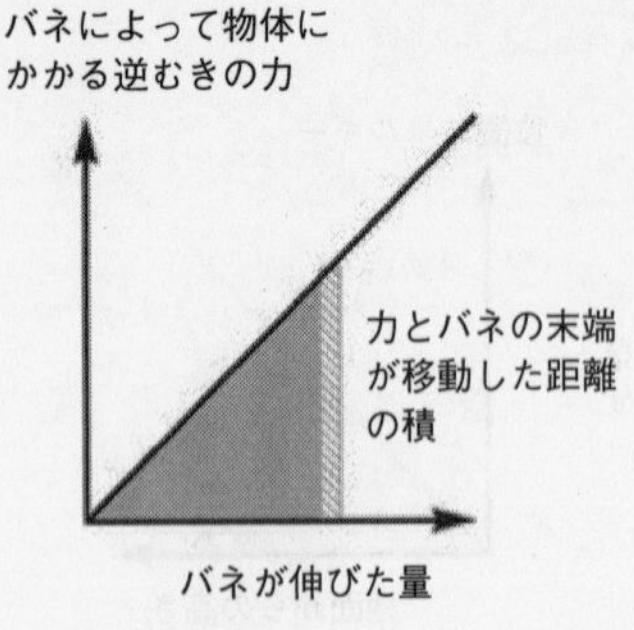

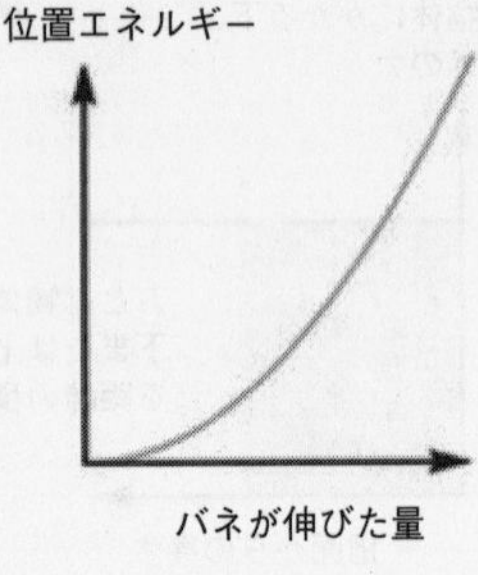

「それは、確かに」ヤルダは認めた。「これは会計で帳尻を合わせるみたいなものよ。そして、会計を見くびってはいけない。それは強力なツールだから。弾性位置エネルギーは、パチンコから弾が発射される速さを教えてくれる。重力位置エネルギーは、弾がどれだけの高さまであがるかを教えてくれる」

エウセビオはあまり納得しなかった。行進する人形を指し示す。三体のうち二体はぜんまいがほどけて止まり、もう一体はあおむけにひっくり返ってしまい、むなしく脚を蹴りだしていた。「現実世界では、エネルギーは保存されません」エウセビオはいった。「それは食べ物や燃える燃料から出てきて、摩擦として消滅する」

「それがベストの説明に聞こえるわね」とヤルダ。「でも、そうしたプロセスも、いままさに議論してきたことの、もっと複雑な例でしかないの。摩擦は動きを熱エネルギーに変え、それは物体の構成物質の運動エネルギーのこと。化学エネルギーは位置エネルギーの一形態だと考えられている」

「熱が、目に見えない動きの一種なのは理解できます」エウセビオがいった。「でも、燃える燃料がこの説明にどう当てはまるんです？」

ヤルダはいった。「燃料の粒子の意味を理解するには、何本ものバネがきつく結ばれてできたボールが、さらに紐で縛られているのを想像すればいい。解放剤の働きは、その紐を切るようなもの。吹っ飛ぶようにすべてがばらばらになる。ただ、ばらばらになるときの音といたるところに飛んでいくバネのかわりに、燃料からは光と熱いガスが得られるわけ」

エウセビオは困惑していた。「それはイメージとしては楽しいですが、現実の場でなにかの役に立つようには思えません」

「あら、そんなことないわ！」ヤルダは力説した。「密封した容器の中で各種の化学物質を反応させることで――容器はすべての生成物を閉じこめ、すべての光を熱に変える――異なる物質がたがいに対してどれだけの位置エネルギーを持つかを示す一覧表が作られてきた。燃料と解放剤はこの塔の十一階にあるなにかのようなもので、両者が作りだすガスは一階にある。化学エネルギーの差は圧力と熱としてあらわれるけれど、これは本をその高さから落としたとき、重力エネルギーの差が本の速度としてあらわれるのとまったく同じ」

エウセビオはしだいに興味を引かれていた。「そうやってすべてがうまくつながるんですか？　化学エネルギーは一種の会計のようなもの、これはそういう単純な話なんですか？」

ヤルダは自分が、わずかばかりだけれど、この考えをいいものに思わせすぎたかもしれないと気づいた。「原理上はうまくつながるはずだけれど、じっさいには、正確なデータを得るのはむずかしい。現在進行形の研究だと考えておいて。でも、もしあなたが化学科に出かければ――」

エウセビオは面白げにブンブン音を立てた。「ぼくは自殺したくはありませんよ！」

「あそこの学科の人たちが実験するのを、防護壁の後ろから見ていればいいのよ」

「年に三、四回も再建する必要がある〝防護壁〟のことですか？」

じつのところ、化学科がある〈切断小路〉は、ヤルダ自身もいちどしか訪れたことがなかった。ヤルダはいった。「それもそうね……遠くから恩恵を得るだけで満足しておきましょう」

「現在進行形の研究だといいましたよね」エウセビオが考えこみながらいった。「破滅的な爆発は別にして、なにが障害になっているんですか？」

「化学の方法論のことはくわしく知らないけれど」とヤルダは断って、「温度と圧力を計測するとき、誤差が入りこむ余地があるのだと思う。あと、すべての光を閉じこめるのもむずかしいでしょうね。熱のかたちでのエネルギーは計測できるけれど、もし放出されている光があったら、それをどう計算に取りいれたらいいかはわからない」

「なら、化学科の人たちがまちがいをおかしているとは、いい切れないのでは?」エウセビオが追及する。「化学科のデータがまちがっているという根拠はなんです?」

「それはね」ヤルダはエウセビオを幻滅させるのは嫌だったが、問題の重要性については正直である必要があった。「化学科が発表した最後の一覧表の数値を間接的に使うと、純粋な、粉末にした炎石とその解放剤は、それが作りだすガスよりもわずかに大きい化学エネルギーしか含まない——それでは、ガスの高温を説明するのにはまったく足りない——という結果が導かれる、ということを示した人がいるの。でも、その不足分の熱エネルギーは、空から降ってくるわけじゃない。化学エネルギーの変化から生じる必要がある。しかもそれは、光が運び去るエネルギーについて考えるより、さらに前の段階の話なの」

「なるほど」エウセビオが冷笑的にいった。「つまり、〝化学エネルギー〟は理論としては美しかった……でも、危険と苦労に満ちた研究のあげくの結果は、それがじっさいにはたわごとだった、と?」

ヤルダは別の解釈をしたかった。「四階の窓から石が落ちるのを友だちの友だちが見た、とわたしがあなたにいったとしましょう。でもあなたは、その問題の石が地面に落ちたときに大音響を立て、二歩離(ストライド)の深さの穴(クレーター)を作ったことを知っている。そのときあなたは、エネルギーの保存という考えを丸ごと放棄するかしら……それとも、石が落ちてきた高さについての、わたしの伝聞の伝聞の話のほうを疑う?」

ヤルダが階段教室に体を押しこんだのは、来賓講演者のネレオが演壇にあがりかけていた、ちょうどそのときだった。聴衆は四ダースほどだけだったが、この部屋が選ばれたのは収容能力ではなく設備が理由で、ここを割りあてられている光学のクラスには、ふだんはほんの二ダースの学生しか集まらなかった。遅れて入ってきたヤルダを何人かが非難がましくにらんだが、少なくとも身長があるおかげで、ヤルダは場所の取り合いをする必要はなかった——さらに、自分が後ろにいる若い男の視界をさえぎっていると気づいたヤルダは、すぐに彼と場所を替わった。

「今日、ここで話をするよう、寛大にもご招待くださったズーグマの科学者のみなさんに感謝いたします」ネレオが話をはじめた。「わたしの新しい研究について論じるこの機会をいただけたことは、わたしの喜びとするところです」ネレオは赤塔市に住んでいて、裕福なパトロンに援助されて研究をしている。赤塔市には大学がないので、周囲には異論を唱えたり励ましてくれたりする同僚がいないが、金持ちの産業資本家の気まぐれを相手にするほうが、ズーグマで学内政治をするよりもたぶん気楽だろう。

「今日の聴衆のみなさんは」ネレオが先を続ける。「学識があり、光の性質に関する対立しあう学説についても熟知されていることはまちがいありませんから、ふたつの学説のすぐれた点と弱い点の要約に時間を費やすつもりはありません。波動説が粒子説を上まわる人気になったのは、一年以上前のことでした。われわれの同僚、ジョルジョ教授が、不透明な仕切り板に空いたふたつの細い隙間（スリット）を単色の光で照らすと、明るい部分と暗い部分が交互になったパターンが投影されることを示したのです。それはまるで、ふたつのスリットから出てきた波は、たがいに波形が一致したりしなかったりを繰りかえしているかのようでした。このパターンの幾何学は、光の波長を推定する手段をあたえてくれました――そして測定の結果、赤い光の波長は紫色の光の波長の約二倍であると推定されました」

ヤルダはぐるりと見まわして、彼女の指導教官のジョルジョを探した。聴衆の最前列近くに立っている。ヤルダはジョルジョの実験を説得力があると思ったが、長年の粒子説支持者たちの多くは、立場を変えなかった。なぜ〝波長〟などという突飛な概念を持ちだす必要があるのか、と粒子説側は主張した、星をちらりと見あげたことのあるどんな子どもにでも、光の色のひとつを別の色と区別するのは、単にその移動速度だということがわかるのに。

「ですが、わが同僚に最大限の敬意を表した上で申しあげますと」ネレオはいった。「二重スリットパターンは、しばしば扱いが困難であることを否めません。パターンはぼやけていて、正確に位置を特定したいと思う特徴は不明瞭であり、その結果、測定はきわめて不確実なものになっています。わたしはこの問題を改善したく思い、ジョルジョのアイデアの自然な延長線上にある研究をおこないました。

ある同一の振動を発するものを多数、入手して、それを規則的に、振動自体の波長とおおよそ同じですが、それより大きな間隔で一直線に並べたとします」

イメージがネレオの胸にあらわれた（次ページ上図）。

「その振動源すべてからの波面が、どの方向でなら一致するかを問うならば」ネレオがいう。「振動源が置かれた直線からそれに直交する方向に遠ざかる場合に一致する、というのがまず第一の答えです。しかしながら、それは唯一のケースではありません。波面はもうひとつ、別の角度でも一致します。中心方向に対して左右どちらかの側へ特定の角度で傾いた場合です（次ページ下図）。

ですが、最初の方向の場合とは違って、この角度は振動の波長によって変わります。波長が大きくなると、中心からの角度も大きくなります（77ページ上図）。

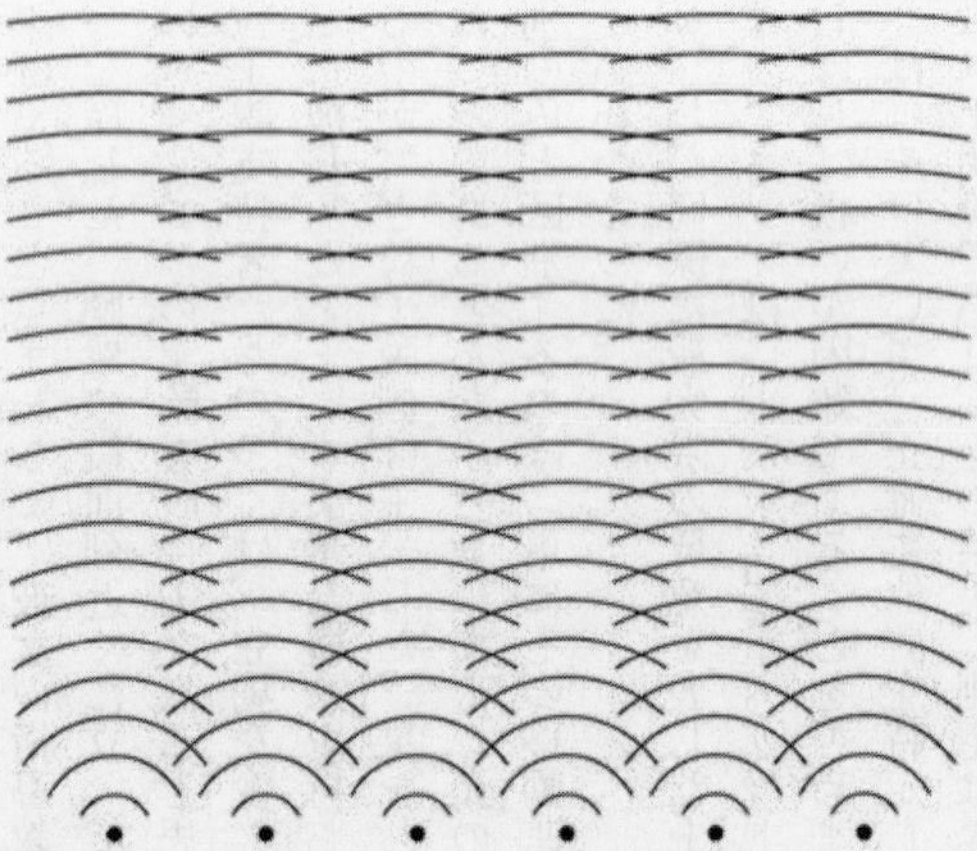

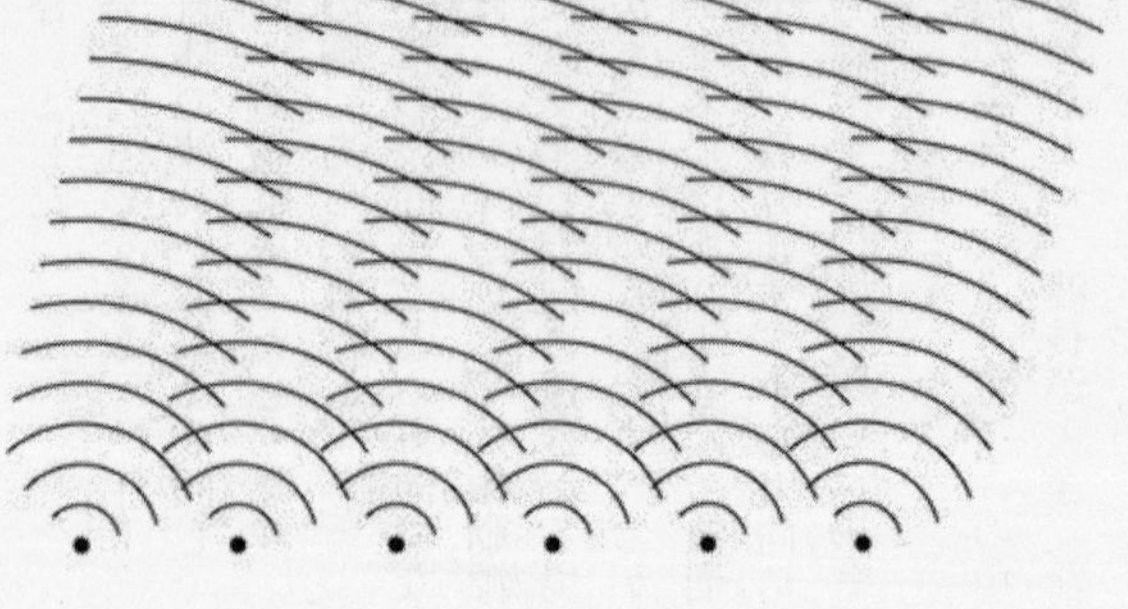

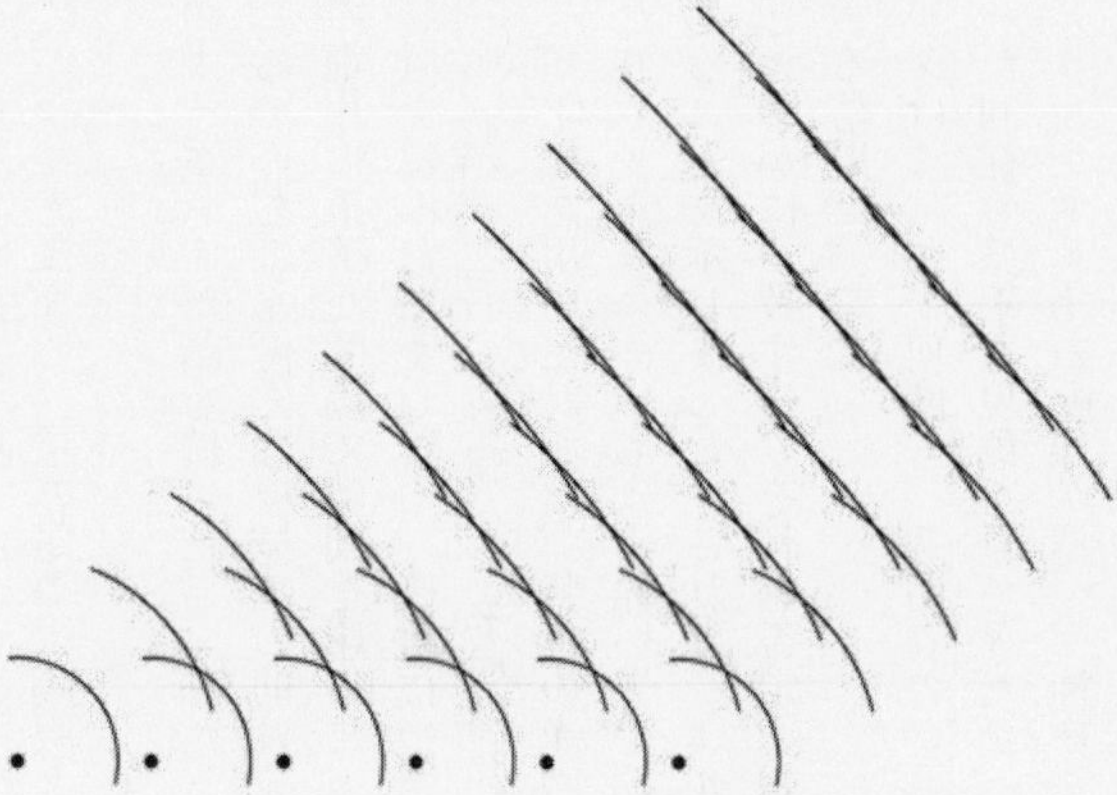

波長と角度の正確な関係は単純な三角法の公式で、それはここにおいでのみなさんすべてが、ジョルジョ教授の研究からよくご存じでしょう。ジョルジョはふたつの振動源を扱い、わたしは単にそのアイデアを拡張しただけです。けれど、振動源の数の増加は、すばらしい好結果を生むことになりました。より多くの光が通過することによって、より明るく、より明瞭なパターンがもたらされたのです」

ネレオが助手に合図すると、天窓を覆うブラインドの操作棒が引っぱられて、教室が闇に包まれた。ヤルダの目が順応する間もないうちに、三つの明るい光の小片が、いまは見えなくなった講演者の後ろのスクリーンにあらわれた。ヤルダは中央のひとつが、教室の屋根のヘリオスタット（日光を反射して一定方向に送る機械仕掛けの回転鏡）が捉えた太陽の映像ほぼそのままであることに気づいた。その左右それぞれにあるまばゆい多色のすじは、最初の映像の歪んだ投影だ。スクリーンの中央にいちばん近い内側の縁は深紫色で、鮮明なスペクトルでずっと変化していって赤になる。星の尾の太陽版という感じだった。

闇の中でネレオが話を続けた。「わたしのパトロンのところでいちばん優秀な機械工の助けを借りて、安(バン)定石の細片に正確な間隔で隙間を彫ることのできる写図器(トグラフ)装置を組みたてました。一微離(スキャント)につき二大グロス（一大グロス＝十二グロス＝百四十四ダース）の隙間を。その隙間を彫られた装置、光学櫛を用いた計測は、紫色の光の振動が一微離(スキャント)あたり六大グロス、いちばん赤い光が約三大グロス半であることを示しました」これはジョルジョの測定結果と大まかに一致する。それを否定するのではなく、補強する結果だ。

ヤルダはこれまで何度も、透明石のプリズムで作りだされた同様の派手な現象を見てきたが、それよりもくっきりしたネレオの映像が持つ、純粋な美しさを超えた重要性が理解できた。プリズムが光を個々の色に分解する根本的なプロセスの詳細はだれにも説明できず、それゆえ透明石の板から異なる色相が出てくるときの角度からは、光そのものについてはなにもわからなかった。だが、ネレオの光学櫛にあいまいなところはなかった。あらゆる隙間の位置がネレオにはわかっているし、あらゆる顕微鏡レベルの細部は、ネレオがそのように設計したからそこにある。光は結局のところ振動かもしれないという説は、常識に反している——星々のあいだの虚空に、振動するなにがあるというのか？——が、ここには、その説に対する説得力ある証拠のみならず、あらゆる色相の波長を特定する明快で明白な方法がある。

ブラインドがふたたびひらかれた。ヤルダは聴衆からの質問がほとんど耳に入っていなかった。ネレオに尋ねたいことはひとつだけ、次はいつ、こうした新たな驚異をおこなうことができるかだ。ルドヴィコ教授が、ネレオの実験を光粒子説と両立させる〝明白な〟

可能性についてだらだらとしゃべっているあいだ、ヤルダは写図器について空想にふけっていた。もしネレオから光学櫛を提供してもらえなかったら、大学は自前でそれを作れるだろうか？

講演が終わると、ヤルダは教室の最前列に急いだ。ジョルジョの学生のひとりとして、客人をもてなすのを手伝うのは義務だ。すでにルフィノとゾシモがネレオを食堂に案内しようと、そばをうろうろしている。だが、ふたりの大物実験科学者が談笑しているうちに、ネレオの後視線がヤルダにとまった。彼女ほどの体格の人にはだれだって気づく。ネレオと視線が合ったヤルダは、その機会を逃さなかった。

「失礼します、サー、先ほど質問し忘れたことがあるのですが」ヤルダはいった。

ジョルジョはいい顔をしなかったが、ネレオはヤルダの好きにさせてくれた。「かまいませんよ」

「星の尾の中での光の位置は、その速度で決まります」ヤルダは質問をはじめた。「星の尾の光を順番に切りとって、あなたの装置に供給したら、その結果形成される詳細な映像は、波長と速度にどのような関係があるかを示すものになるのではないでしょうか？」

ネレオがすぐには返事をしなかったので、ヤルダは助言的にいい足した。「〈孤絶山〉に大学のすばらしい観測所があります。その設備とあなたの装置を組みあわせた共同研究で――」

ネレオが話をさえぎった。「光の速度を特定できるほど細い星の尾の細片を使ったら、それは光源としては明るさが不足するでしょう。波長の情報を持つ回折像は、目に見えないほど薄暗くなるはずです」

ネレオはまたジョルジョのほうをむいた。ヤルダは声には出さずに自分を罵った。実地的な問題を考え抜かないうちに話をしてしまった。

五人で階段教室を出て、丸石を敷きつめた構内を横切るあいだ、ヤルダは自分の提案を救いだす手立てを必死で探していた。化学者たちはずっと前から、じゅうぶんに長く露光すれば星々の望遠鏡映像を記録できる、紙用の感光被覆剤を発明できるといっている。だが、現在までに提供されたのは、狭い色の帯域にしか反応しないものがせいぜいで、しかも自然発火しがちだった。

一行が食堂に着くと、ルドヴィコ教授が入口を入ったすぐのところで待ちかまえていた。ゾシモがあっぱれなことに一行から離れてそちらに近づいていくと、ルドヴィコの注意を逸らすために講演の報酬に関する運営上のでたらめな問題をその場ででっちあげた。波動説と粒子説それぞれのすぐれた点についての議論はだれもが歓迎だったが、先ほどのルドヴィコは一線を越えて偏執的な領域に入っていた。

ヤルダはルフィノと食料品室に食べ物を取りにいった。「かすかな星の光の波長を計測しようと本気で考えるなんて」とルフィノがからかう。「ヤルダ、おまえはよっぽど敏感な目をしているんだな」

「方法は絶対あるわ」ヤルダはいい返すと、客人に供するのがズーグマの慣習である調味パン六個を選ぶために、新たな腕をひと組成形した。

食堂は混んでいなかった。ほとんどの人はもっとあと、三コマ目を昼食時間にしている。ネレオとジョルジョがすわって食事をするあいだ、ヤルダとルフィノは脇に立って熱心に話を聞いていた。ゾシモの姿はどこにも見えず、きっと先ほどでっちあげた話をまくし立てたあげく、学科の経理担当者であるルドヴィコに、教授室へ戻って支払い調書を確かめるからいっしょに来いといわせるにいたったに違いない。

ネレオの驚異的装置の建造に投じられたに違いない努力と技能に考えをめぐらせたヤルダは、大学が自前の光学櫛を作れるだけの設備を開発するには何年もかかるだろうと気づいた。要求される精密さは、いまこの大学が持つ能力をはるかに超えたものだ。大学との共同研究への同意がないままネレオが帰っていったら、ヤルダたちのもとに残されるのは、主観的に決定されたさまざまな色相に波長を割りあてた一覧表だけで、だがどのみち、ネレオがそれを近いうちに公表することは疑いの余地がなかった。〝赤〟や〝黄色〟や〝緑色〟の光の一微離（スキャント）あたりの振動数がいくつかを他人から教えてもらうことが、まったく役に立たないとはいわないが、光学ワークベンチ上でじっさいに光線の波長を測ることができるのと比較したら、見るも哀れな次善の策でしかない。そして、光というものを理解する希望が持てるとすれば、それにはきちんとした数字が必要だ。数学は音の振動や、固体の振動や、かき鳴らされた弦の振動を理解するのに用いられる——そうした異なる種類の波動の特性を、その波動を維持する媒体の特性と結びつけて。光を維持する媒体はなによりも捉えどころのないものだが、数で波動そのものをくるみこむことができたなら、この不思議な物質でさえ、いずれ理解の範疇に持ちこめるだろう。

ネレオが立ちあがって、学生たちに声をかけた。「すばらしい食事でした。ありがとう」

やけになったヤルダは、頭の奥に無言で潜んでいたアイデアをぶちまけた。「サー、お許しください、あの……星の尾全体をあなたの装置に供給するというのはどうでしょう？　きちんと焦点を合わせれば、分散していた光が再結合して、目に見える明るさの映像になるのではないでしょうか？」

ジョルジョがいった。「よしたまえ！　お客さまはお疲れなんだ！」

ネレオは片手をあげて、ジョルジョに寛容を求めてから、ヤルダに答えた。「可逆性の原則からいえば、答えはイエスです——けれど、大学の観測所とわたしの装置で色の分配のされかたが正確に一致した場合に限っての話で、それは無理ではないかと思いますね」

ヤルダの皮膚は興奮でうずいた。もし色の再結合が、光を集める方法の細かい部分に左右されるなら、これはうまくいく。

「もし星の尾に、曲げられる鏡で焦点を合わせたとしたらどうです？」ヤルダは意見をいった。「星の尾の全長にわたって、色が届く角度を変えていけるように調節できる帯状の鏡。観測所とあなたの装置を結合させたシステムが、ひとつきりのくっきりした星の映像を結ぶまで鏡の形を変えたら……最終的に狙いどおり得られた形は、波長と速度の関係に関する情報を具体化したものになるのでは？」

　ネレオは無言で考えこんだ。ルフィノは当惑して床を見つめている。ジョルジョはまっすぐヤルダを凝視していた。彼がじつのところ、ヤルダが提案を持ちだす要領の悪さはともかく、その提案のとんでもない図々しさにほとほと感心しているのがわかる。

　ネレオが話しはじめた。「それはうまくいくように思います。さらに、星の映像の中央を——いちばん明るい部分を——さえぎれば、残ったかさ（ハロー）の部分のより弱い明るさに目が適応するので、鏡を調節してかさ（ハロー）がいちばん暗くなったときを判定するのがよりかんたんになります」

　ヤルダは一瞬言葉が出なかった。いまの話が、ヤルダが示した方法を改良する手段の提案だとしたら、ネレオはこのすべてを真剣に受けとめてくれていることになる。

「では、この実験は実施する価値があると思われるのですね？」ヤルダは尋ねた。

「もちろんです」ネレオは断言した。「そして、〈孤絶山〉に行くのは、わたしよりあなたのほうがいい！　わたしの体は堕落的な快適さをもたらすあれやこれや、たとえば空気とかの存在に慣れすぎていますから」

　ジョルジョが面白がってブンブン音を立てた。

　ヤルダは観測所にはいちども行ったことがなかったが、それがどんな苦難を伴うことでも気にならなかった。「光学櫛をわたしたちに貸していただけますか、サー？」ネレオのパトロンの比類なき富によって手に入った、波長の秘密を解く輝かしい鍵を、山の斜面を運びあげて、星の光と出会わせる……ヤルダ自身の手で？

「八鳴隔間（チャイム）、お貸ししましょう」というのがネレオの返事だった。「いまから、列車にまにあうようここを出発するまでのあいだ。それだけあれば、この大学で最高のプリズムを、光学櫛に合わせて較正（こうせい）できるでしょう」

「プリズム？　そうじゃなくて――」

ネレオがいった。「あなたの考えた方法は、星の尾を再結合するのに使われたプリズムでおこなっても、まったく同じようにうまくいくはずです。それをおこなう価値のあるものにするためには、同じ色相が異なる装置から出てくる角度を相互に変換するための換算表さえあればいい。わたしが出発するまでに、あなたはそれを作りあげることができそうですか？」

　光学作業室では、ひとりの若い学生がヘリオスタットを偏光実験で使用中だったが、早めの昼食にいってもらえないかとヤルダがいうと、彼は一瞬のためらいもなくそのとおりにした。

　倉庫室から、ヤルダは前に使ったことのあるプリズムを持ってきた。各面は磨きあげられてほぼ完全な平面で、欠けや引っ掻き傷ひとつない。その一方、このプリズムがそこからカットされた透明石内部にも、傷ひとつないのは明白だ。このプリズムが、いかにしてかは謎めいているけれど、色をなめらかに分離するのをヤルダは知っていた。

　屋根に設置された機械仕掛けの鏡からもたらされる太陽光線が当たる場所にプリズムを置いて、ヤルダはプリズムから出てくる色の扇の中を自在に回転できる台に、プリズムの光の狭い範囲を選択するためのスリットといっしょに、ネレオの光学櫛を固定した。だが、スリットはそれ自体が光線を回折してしまわないよう、あまり細くすることはできない。

ヤルダは白いスクリーンを光学櫛の後方半歩離（ストライド）のところに置いて、連続する色相についてひと組ずつの角度を記録しはじめた。光がプリズムによって曲げられる角度と、それがそのあと続けて光学櫛によって曲げられる角度の組だ。

ヤルダは細心の注意を払って作業を進めたが、しばらくすると作業過程は機械的かつ自動的になっていった。ワークベンチから外した数個の偏光器をちらりと見る。粉砕丘で産出した特殊な種類の透明石の平板。そのひとつに光線を通すと、光線の明るさは三分の一減じる。最初の板と同じむきでもうひとつの板を直線上に並べてもなんの変化もないが、ふたつの板が〝十文字に〟置かれると――それぞれの光軸がたがいに直角をなすように配置すると――明るさはさらに減って最初の三分の一になる。

ジョルジョはこの現象を、波動説の観点から説明しようとしていた。弾性固体は剪断波を伝達することができ、そのとき媒体は波の方向に対して直角をなす歪みを被（こうむ）る。ジョルジョの論じるところでは、偏光器は、光においてそうした波に相当するものが石の特殊な光軸と一列に並んだときに、それを抑制する。水平に置かれた偏光器は、日光から左右の振動を取り除き、垂直に配列された二番目は、上下に振動するすべての波を取り除く。

それでも謎は残る。剪断波とともに、あらゆる固体は圧力波を伝え、これは空気中の音波ととてもよく似ている。二種類の波の速度は、物質それぞれの特性で決まり、圧力波はつねに剪断波よりも早く伝わる。まったくもって奇妙な物質および馬鹿げた偶然の両方がそろわなければ、ふたつの波が同じ速さを持つことはないだろう。

十文字に重ねられたふたつの偏光器が星の尾にむけられたとき、もし、偏光器から出てくる光が、さえぎられた光とは違う速さで星から旅してきたのならば、尾の広がりは速度の違いによって生じているのだから、尾のある部分は残りの部分よりも偏光器を通過しやすいはずだ。だがじっさいには、尾の全体がまったく一様に薄暗くなるのが観察される。偏光器から出てくる極性を欠いた光波──おそらく固体の圧力波に相当するもの──は、偏光器でさえぎられた残りよりも少しも速くも遅くもない。

これが偶然の一致──弾性率の完全な陰謀──だとは、ヤルダは思わなかった。むしろそれが示唆するのは、この類比が丸ごと成りたたないということだ。星々のあいだに光を伝えるなんらかのものは、じっさいは圧縮されたり、引き伸ばされたり、剪断されたりはしない。ネレオは光の波長それぞれの周期が繰りかえされる間隔を特定したが、じつはまだだれひとり、ある問いへの答えを持っていないのだった。それはなんの周期なのか？

色相全体にわたって測定を終えると、ヤルダは数値を浮かべた胸に染料を振りまいて紙に写しとり、それを三組作った。ひとつはジョルジョに、ひとつはネレオに──その数字は特定の透明石の板とのみ関連しているのだから、彼にはほとんど使い道がないが、感謝を示す適切な行為に違いはない──そしてもうひとつは、作業室でプリズムのそばに保管しておく。

ネレオは大学の南門で待っていた。華麗な石造りのアーチには、日光の中でも花をひらかせているよう品種改良された蔓植物が、紫色の花を咲かせて巻きついている。ヤルダはネレオに惜しみなくお礼をいい、駅まで旅行鞄を運びましょうと申しでそうになったが、すでにルフィノとゾシモがそれぞれに鞄をつかんでいた。身体的優位を無用に見せつけて彼らのプライドを傷つけないほうがいいことを、ヤルダは学習ずみだった。

　ネレオたち三人が駅にむけて出発したあと、ジョルジョ教授はヤルダを厳しく叱責してから、しぶしぶ認めた。「最終的には時間をかけただけの結果が出るだろう。きみの外交手腕はからっきしだが、これは興味深い結果をもたらすかもしれない」

　控え目な評価は侮辱に感じられたが、ヤルダは調子に乗らずに、「そう願っています」といった。

　ジョルジョはうんざり気味だが好意的な目でヤルダを見た。「そしてわたしはきみが、もう少し如才なさを見せるよう心がけてくれるのを願っている」

「もちろんです！」といったヤルダは、本気で反省していた。「次にお客さまがいらしたときには、きっと――」

　ジョルジョがいらだたしげにうなった。「次の客などどうでもいい！　きみは望遠鏡を使いたいんだろう？」

「そうです」ヤルダはまごついた。次の来賓講演者が来るときには、ヤルダはたぶん山の上にいるから、なんの問題も起こせない、といいたいのだろうか？

　そのとき、ヤルダは話の意味を察した。

「観測所の使用割当が未定の次の枠は、七旬（ステイント）後からだ」ジョルジョがいった。「その枠をきみの波長計測に使いたかったら、だれのところに行かなくてはならないかは、わかるだろう」

　ルドヴィコ教授の部屋の外の壁には、絡みあうふたつの螺旋のモチーフが彫られている。曲線があらわしているのは、ジェンマとジェンモの運動。この双子惑星は、共通の中心の周囲を十一日五時隔（ベル）九鳴隔（チャイム）七分隔（ラプス）でまわっている。もちろん、ふたつの惑星は太陽のまわりも動いていて、六年かけて軌道を一周するあいだに、この世界との距離はかなり大きく変動する。ヤルダがまだ生まれる前にルドヴィコは、ジェンマとジェンモがこの世界から遠ざかっていくにつれて、時計仕掛けのように正確なふたつの惑星どうしの周回が、ごくわずかだが遅くなっていくことに気づいた。一方の惑星がもう一方の前を横切るときの観測時間が、天体力学の予測よりも徐々に遅くなっている。だがルドヴィコには、重力の法則がまちがっているのではないことがわかった。光が届くまでに、少し長くかかっているのだ。この洞察を得て、ルドヴィコは観測結果から、色全体を平均した光の速さの信頼できる数値を、はじめて計算で求めた。

ルドヴィコがヤルダを部屋に呼び入れたときには、太陽は沈んでいた。炎石のランプに火がついて、紙の散らばった大きなデスクの片隅でパチパチ、シューシューと音を立てている。ヤルダはルドヴィコの前に立って、敬意のしるしにうつむきながら、自分の提案を手短に説明した。星の尾の中で光が分離する角度と、透明石のプリズムが作りだす屈折の角度の関連を調べるのが目的です、とヤルダは言明した。ネレオの装置に言及する必要はまったくなかった。「プリズムの作用を光の速度と結びつける公式を発見できたら、それは色が屈折する仕組みについての、なんらかの洞察にもつながるでしょう」じっさい、ヤルダが集めたデータはその目的にぴったりのはずだ。決していいかげんなことをいっているのではない。

ヤルダがしゃべり終えると、ルドヴィコはうんざりするような試練がようやく終わったといわんばかりの音調で、押し殺したうなりをあげた。

「わたしはこれまで、おまえを相手にする時間をほとんど取らずにきた、ヤルダ」ルドヴィコがいった。「それはおまえが文化の遅れた東の片田舎の出で、おかしな訛りや風変わりな習慣を引きずっているからではない。それは魅力になることもあるし、正すことさえできるだろう。また、おまえが女だからでもない――

——というより、ほとんど女、あるいは自然が適切な道をたどったなら女になっていたかもしれないなにか、というべきか」

ヤルダは唖然として顔をあげた。こんな子どもじみたいいかたで侮辱されたのは、村の学校を卒業して以来のことだ。

「そうではなく、わたしが好ましからざることだと思うのは、おまえが傲慢で、あまりにも移り気なことだ。ある実験の話を聞いたり、なにかの研究のことを読んだりすると、おまえは過去に支持していたアイデアを窓から放りだしてしまう。決して過ちをおかさない自分自身の推理力が真実に導いてくれると信じこんで、あっちへふらふらこっちへふらふらする」ルドヴィコは片手をあげて、ジグザグに動かしてみせた。「さて、わたしはおまえとまったく同じ実験の話を聞き、まったく同じ研究のことを読んできた。だが、おまえの不遜さを共有していないのはまちがいない——なぜなら、おまえと同じみっともない一連の自己矛盾した宣言をしたり、忠誠を誓う先を果てしなく変えたりする気は、起きなかったからだ」

ヤルダはなにもいわずに、自分はこんな激しい非難を受けるようななにをしたというのか、懸命に思いだそうとしていた。ルドヴィコも審査員のひとりだった入学前の面接で、ヤルダは正直に、粒子説を若干支持しているというようなことを少しいった。それはジョルジョが二重スリット実験をする以前のことだ。けれど、半年前のディベートでは、ヤルダは波動説の側に立ち、対立する側の意見の欠陥を、とても効果的に述べたてた。当然ではないか？ 証拠は積みあげられていて、ヤルダにはどんどん疑いようのないものに思えていた。だがどうも、自分ごときの低レベルな推理力を信じてその結論にいたるのは、一種の傲慢であったらしい。

ルドヴィコはデスクの下の棚に手を伸ばして、分厚い紙の束を持ちあげた。じっさいには本であることにヤルダは気づいたが、製本はひどい状態だった。

「発光微粒子理論に関するメコニオの本は読んでいるかね？」ルドヴィコが尋ねた。

「いいえ、サー」ヤルダは認めた。メコニオは第九期の思想家だ。修辞学の研究にはいくつか些細な貢献があったが、自然現象の理解についてはなんら印象的なところのない人物だ、とヤルダは聞いていた。

「もし、これから二旬以内に、メコニオについて多少なりとも洞察力のある三ダースページの小論文を書けたなら、観測所の使用を許可しよう」

ルドヴィコはぼろぼろの本をさしだした。ヤルダは手を伸ばして、慎重にそれを受けとった。「真に偉大な知性と少しでもむきあえれば、おまえにもようやく謙虚さのかけらがもたらされるかもしれん」

「ありがとうございます、サー。全力で取りくみます」

ルドヴィコはいらだたしげになった。「わたしが注意をむけるに足る論評をひねり出せなかったときは、わたしの助手に本を渡して、二度とわたしの時間を無駄にすることがないようにしたまえ」

ルドヴィコの部屋を出たヤルダは、重い足取りで暗い廊下を建物の出口にむかった。二時隔前、ヤルダは多幸感に包まれていた。いまはひたすら絶望している。あの男はヤルダに、実行不可能な課題をあたえた。たとえメコニオの大著がそこかしこに絶賛に値する輝かしい洞察の出てくる代物だったとしても、古くさいにもほどがある第九期の言葉をこつこつ読み進んだ上で、締切にまにあうようにメコニオの考えについてなにかしら気の利いたことを書くのは、ヤルダには絶対に不可能だろう。

「あなた、だいじょうぶ？」

ヤルダはびっくりして振りかえった。明かりのついていない、廊下に面した部屋のひとつから、だれかが出てきたところだ。声は近くから聞こえたが、ヤルダに見えるのは闇の中のぼんやりした体の線だけだった。

「花のスペクトルを測っていたの」とその女は説明した——植物の発光がよりよく観察できるので、夜、ランプなしでするのがいちばんいい作業だ。「わたしはトゥリア」

「ヤルダです。お会いできてうれしいです」声にどうしても意気消沈していることが出てしまったが、ヤルダがひと言も発しないうちに、トゥリアは気づかう言葉をかけてきたのだった。「わたし、だいじょうぶじゃなさそうに見え——?」

「あなたがルド案件のひとつをかかえているとわかったから」トゥリアが打ちあけるようにいう。ヤルダの目が薄闇に慣れるにつれて、トゥリアの輪郭がはっきりしてきた。「廊下を歩いてくる人の足取りに、ほんとうにはっきりした特徴が出るの。サディスティックにこき下ろすのがあいつの十八番（おはこ）で、どんな気分にさせられるかはよくわかる。でも、あいつのせいで落ちこみそうになったら、思いだして。あいつのいうことはなにもかも、肛門を遡ったところから出てきているんだって」

ルドヴィコの部屋まで音が響いていかないよう、ヤルダはあわてて自分の反応を抑えこんだ。「あの歳の人がそんなことをするには、よほど体が柔軟でないと」ヤルダはいった。

「柔軟ていうのは、ルドじじいには当てはまらない言葉ね」トゥリアが応じる。「あいつの振動膜は数ダース年もあそこに張りつきっぱなしだと思うわ。道具を取ってくるから待っていて」

トゥリアが作業室にちょっと戻ってから、ふたりはいっしょに夜の中に出た。星に照らされた中庭を歩きながらトゥリアがいった。「あいつはお気に入りの読書物件を渡したようね」

「二旬（ステイント）のあいだにこの本について小論文を書かな

くちゃならないんです」ヤルダは嘆き声をあげた。

「ああ、メコニオね！」トゥリアは小馬鹿にしたように甲高い声をあげた。「世界に関する一見学術的な断定の数々を、そのひとつとして検証する手間などかけずにおこなうことで五グロスページを埋めることが可能である、と証明した人。まあ心配しないで、わたしたちはみんなその小論文を書かされたんだから。昔書かれたやつのひとつに、別物に見える程度に手を入れて、渡してあげるわ」

呆然とすればいいのか感謝すればいいのか、ヤルダはわからなかった。「そんなことをしてくださるんですか？」

「もちろん。したらいけない？」トゥリアがからかうようにいった。ヤルダの声に非難の響きを聞きとったのだ。「大事なテストであなたがインチキをするのを手伝うというわけじゃない。ルドじじいがいつもの好き放題をしているだけ。だから……機会あるごとにあいつを八分裂させてやるのが、わたしのポリシーなの。ところであなたは、あいつからなんのお許しを得る必要があるの？」

ヤルダは自分の波長‐速度プロジェクトについて説明した。

「エレガントなアイデアだわ」トゥリアは即座にいった。「でも、山の上はしんどい。いくつか助言することがあるから、出発前に声をかけてね。むこうでは高体温になりやすい、だとか」

「観測所に行ったことがあるんですね？」

「六回」

ヤルダは感心した――相手の身体的なスタミナにだけではない。「あなたはなんの研究をされているんですか？」

「ほかの世界の生命を探している」トゥリアの語調はその試みがどこを取っても実際的なもので、小麦畑で雑草を探すのとなんの違いもないかのように感じさせた。

「スペクトルの中にそのしるしが見つかると？」ヤルダは懐疑的ではあったが、その発想は魅力的だった。

「当然」トゥリアが答える。「もしわたしたちの世界を遠くから観測している人がいたら、その光の尾はほかのどんな恒星のものとも大きく異なっているはず。植物は多種多様な色を作りだし、それは不連続な色相として見えるでしょう。岩が燃えるとき、燃料自体もそれ特有の色を放出するけれど、熱いガスが出すスペクトルは連続的になる」

「でも、ほかの世界の植物がどんなものかなんて、どうしてわかるんです？」

「光化学的な細部は違うでしょうね」トゥリアは認めた。「それでも、生命が不連続な色の帯というかたちで存在をあらわすことは、絶対に確か。だって、途中で光を発生させることなく岩からエネルギーを取りだす方法を、なにか知っている？　それに、もしその方法が段階的で制御されたものではないとしたら、もしそれが特定の経路に制限された、植物のようなやりかたでなかったとしたら……世界が燃えあがるわ。それが恒星なのよ」

ヤルダは会話に夢中になっていたので、大学の外に出たことに気づいていなかった。あたりを見て、自分の居場所を確認する。

トゥリアがいった。「これから友人たちに会いに南地区へ行くの。もしよければ、いっしょに来ない？」

「かまわないんですか？」

「全然」

ふたりは、〈大橋〉にむかって南に延びる大通りに曲がった。ヤルダはズーグマの晩方が好きだ。飲食店や個室の窓からこぼれた光が丸石に反射しているが、星々の尾もはっきりと見える。行き交う家族連れやカップルはそれぞれの関心事に没頭して、ヤルダの巨体に再度目をむける人はいない。もしトゥリアと出くわしていなかったら、ヤルダはいまごろ、街路と空の美しさがルドヴィコの指導者ぶった痛罵への怒りを圧倒してくれるまで、街なかをひとりで歩きまわっていただろう。遅ればせながら、ヤルダはポケットを作って、メコニオの学術書をそこに保管した。もしこの本そのものを紛失したら、メコニオの天才に対する最大級の媚びへつらった讃辞をもってしても、ヤルダが救われることはないだろう。

〈大橋〉を途中まで渡ったところで、ふたりは立ち止まって、都市を二分している大地の黒い裂け目(クレバス)を見おろした。数期(エイジ)前、この土地は炎石でいっぱいだった。最初の集落は、浅い鉱床のまわりに発達した。やがて、複雑なトンネル網が、鉱石の奥深くへと張りめぐらされた。だが、十一期(エイジ)初期、鉱坑で事故が起きて、鉱床が全部丸ごと発火した。街の半分が壊滅し、燃料は跡かたも残さず燃えつきた。残ったのはこのギザギザの深淵だけで、それはふつうとは逆の意味を持つ皮肉な地質化学的地図だった。これが、おまえたちが手に入れられたはずだがいまは消え去ってしまったものだ。

「あらゆる世界は最初、たぶんほとんど同じ鉱物の混合物だった、とわたしは考えている」トゥリアがいった。「もしかすると、何累代(イーオン)も前には、そのすべてがひとつの、始源世界の一部だったのかもしれない。でも、その起源がなんにせよ、ある世界に起こることは三つしかないんじゃないかと思う。ジェンマとジェンモのように暗いままでいるか。太陽や星々のように、燃えだすか。あるいは、生命が出現して、同じ種類の化学現象を、もっと制御されたかたちで起こすか」

ヤルダは〈大発火〉があとに残した穴をじっと覗きこんだ。「ここを見ていると、そうした可能性が並立することもあると思えます」

「そうなのよ」トゥリアが応じた。「事実、それは普遍的真理であるらしい。もしかすると、星々は急に爆発して光になったのではないかもしれない。最初は植物に覆われた世界で、その植物が自分たちの必要以上に生産的になりすぎた、ということもありうる。これまでに発見された解放剤は、すべてが植物から抽出されているわけだしね。それに、同じことがこの世界でも起こるのは、時間の問題にすぎないということだってありうる――植物が引き起こすか、化学科のだれかがその栄誉を担うかはともかく」

「だんだん心配になってきました」とヤルダはいったが、冗談は半分止まりだった。「安定石を発火させられる人がいるとしたら、化学者ですね」

ふたりは橋を先に進んで、南地区に入った。「前にあのレストランで働いていたの」トゥリアがいって、人でにぎわう脇道にある明るく照らされた建物を指さした。「学生のころ」

「これからあそこに行くんですか？」

「あなたが放火したくなる場所に立ち寄りたいならね」

「なんだか懐かしそうですね」

「常連客はほとんどが議員の息子や取り巻きだったの」トゥリアがいった。「懐かしい想い出があって当然でしょ？」

トゥリアは別のレストランにヤルダを連れていき、そこはヤルダがこれまで何回も前を通った店だったが、ふたりは正面入口を入るのではなく、厨房の裏手を通る曲がりくねった路地にすべりこんだ。トゥリアが建物の中で働く女と大声で挨拶を交わし、ヤルダにはちらりとしかその姿が見えなかったが、ふたりはそのまま路地を進み、明かりのない階段の下に出た。ヤルダは自分がいまいる場所を確かめるのにちょっとかかった。階段はレストランの建物の三階に通じていた。

「ご友人のみなさんは、ほかのお客さんといっしょに食事をするんじゃないんですか？」ヤルダは当惑するとともに、少々不安になってきた。なぜ自分たちは闇の中をこんなふうにこそこそ歩いているんだろう？

トゥリアは階段の途中で立ち止まった。「ここは忌憚なく話ができる場所なの、だれかに聞かれることを気にしたりせずに」トゥリアは説明した。「わたしたちはここを〈単者クラブ〉と呼んでいる——といっても、純粋な単者は数人しかいないけれど。双が死んだ人もいるし、出奔者もいるし、絆を切ろうと考えているだけの人もいる」

ヤルダは出奔者のことは耳にしていた——そしてたいていの場合は、完全に是認していた——が、この階段をのぼった数歩離先に急進派が大勢集まっていると聞かされるのは、話が別だった。

ヤルダはいった。「もし市警察が——」

「警察がここに来ることはないわ」トゥリアは断言した。「手出しをしないほうが身のためな場所になるよう、手を打っているから」

ヤルダは気を落ちつかせた。これまでズーグマで出会った女と友人になったことが滅多にないのは、相手と自分が期待するものの違いが理由のひとつだった。これは、確実に迫りくる出産を中心に人生が動いていない数人と出会える、ようやく訪れたチャンスだ。法に反する立場の人がその中にいるからというだけでそれをふいにするとは、臆病すぎるのではないか？

ヤルダはいった。「あなたのご友人のみなさんにお会いしたいです」

階段は暗かったが、あがったところのカーテンは左右に分かれていて、階下のレストランと同じくらい明るい部屋の中が見えた。だれひとり、ついたての陰に隠れて扇動的なことをささやいたりはしていなかった。少人数のグループでランプや料理を囲んで床にすわり、大学の食堂の学生たちとそっくりに、しゃべったり、ブンブンいったり、歓声をあげたりしている。

あるグループのひとりの女がこちらをむいて、トゥリアに声をかけた。いっしょにそばにいくと、トゥリアが引きあわせてくれた。

「ダリア、アントニア、リディア、こちらはヤルダ。

数鳴隔（チャイム）前に会ったばかりだけれど、光学の輝かしい秘密に本気で取りくんでいるので、彼女は知っておくべきだと思ったの」

「どうぞすわって」ダリアがいった。なにかの図がダリアの胸に浮かんでいたが、ヤルダにはそれがなにを意味するのか、一瞥（いちべつ）しただけではまったくわからなかった。

ふたりがすわると、トゥリアがその図について尋ねた。

「ちょうど西低木（ニシテイボク）ハタネズミの話をしていたの」ダリアがいった。「仔は生まれてから半年間、世話が必要だけれど、その世話を提供する不妊の個体はいない。かわりに、同腹の仔の片方が生殖を一シーズン遅らせる。先に生殖をした母の仔たちは、遅れて生殖をするおばに世話をされる。遅れて生殖をした母の仔たちは——おばが先に生殖をすることになるわけだけれど——そのおばの、遅れて生殖をする子に世話をされる」

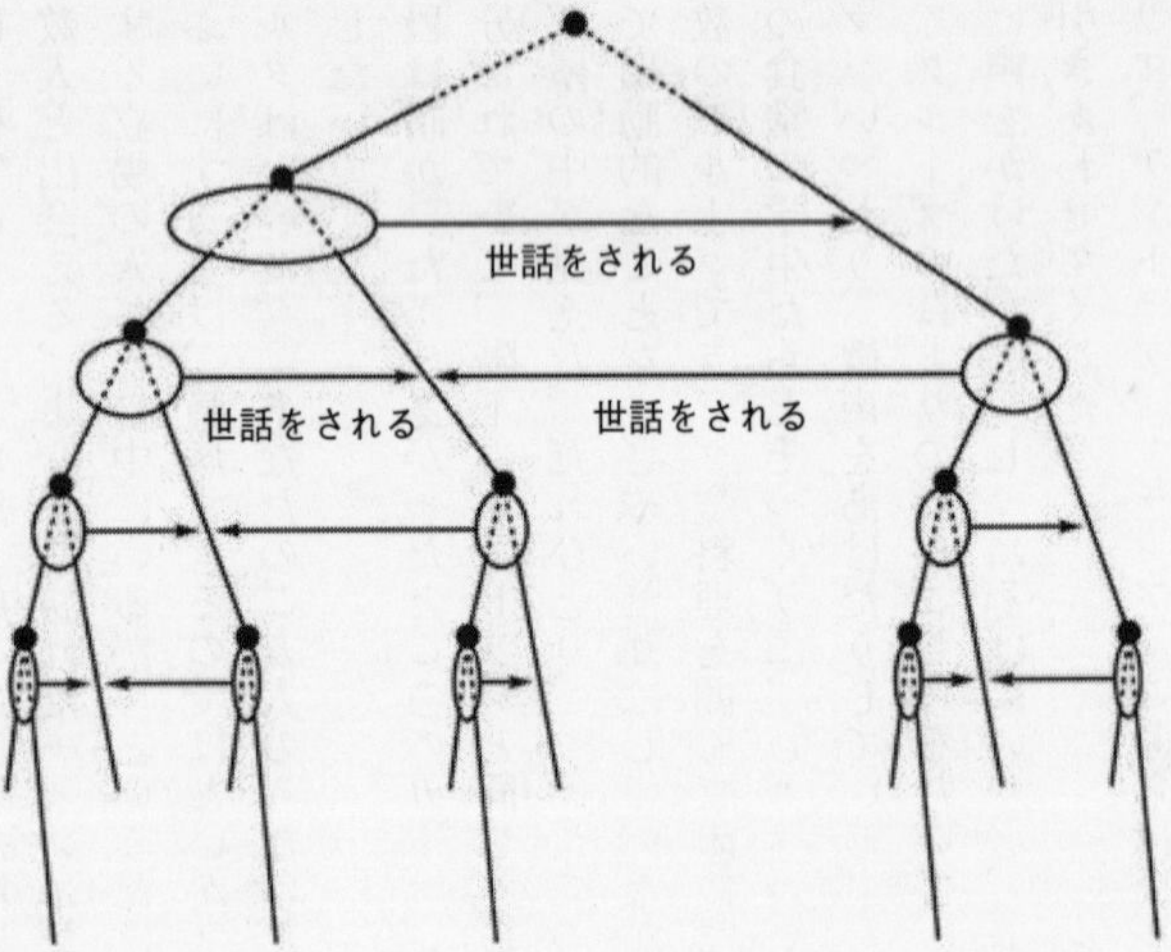

ヤルダもいまでは図の意味がわかった。ダリアの胸を斜めに下っている線は、ハタネズミ一匹ずつの生涯をあらわし、点線の部分は世話される必要がある幼い時期をあらわす。そして横の矢印は、どの親族がその世話をするかを示す。「遅れて生殖をする個体の中には、二匹の仔を世話するものもいれば、四匹のものもいる」ヤルダは気づいたことをいった。「遅れて生殖をする個体は、すべてが姉たちの仔の世話をするけれど、母が先に生殖をした個体なら、おばの仔たちも背負いこむことになる。公平とはとてもいえません」

ダリアは面白がっているようすで、「そして、先に生殖をする個体は、そうでない個体の半分しか生きられない――なるほど、これは公平じゃない！　でも、自然が作りだした可能性を隅から隅まで学ぶことには、価値がある。いつかその役に立つ部分を拝借して、もっといいものにまとめあげられると期待して」

ほかの種の生物学的特質からは役に立つ部分を拝借しようがないのでは、とヤルダは訊こうとしたが、その前にリディアがいった。「男たちを生殖させるようにする薬はどう？　ホリンに加えてそういうものがあったら、もっといいと思う！」

「薬だけでそれが可能だとは、思えない」ダリアがそれに答えていった。「わたしたちの近縁の種にはどれも、子どもたちを世話するために一生不妊のままの個体がいる。それを考えると、子どもたちを世話することが決まっている男たちに、出産にまわせる潜在的な能力の持ちあわせがあるとは思えない。子どもが教育よりも身体的な庇護を必要として、世話を提供する個体がとても大きくなりがちなときでも、パターンは同じ。生殖か世話かのどちらかで、両方ということは絶対にない。ハタネズミは興味深い例外だけれど、系樹の遠くの枝にいる生き物だから」

ダリアは胸を平らにして図を消し、会話はもっと日常的な話題に移った。女たちが日々の悩み事を並べたてるあいだに、ヤルダはトゥリアの友人たちの輪のことをもう少し知った。ダリアは大学で医学を教え、リディアは染料工場で働き、アントニアは市場でランプを売っている。

「サイコロ六個（シックス・ダイス）をやる人？」リディアがいいだした。

「やるわ」ダリアがいった。トゥリアとアントニアも同意した。

「わたし、ルールを知りません」ヤルダは正直にいった。

　リディアが自分のポケットから小さな立方体のサイコロをひとつかみ取りだした。「各人が手持ちのサイコロ六個でスタートする。サイコロの各面には、赤と青それぞれで一から三までの数字が振られている」ヤルダにひとつ渡して、それを確かめさせた。「各人が手持ちのサイコロ全部を転がして、青が上をむいている面の数字の合計から、赤の面の合計を引いたのが、その人の得点になる。その得点ごとに、単純なルールに従って、その人がサイコロを何個持っていなくてはならないかが決まる。持っているサイコロの数がそれと違ったら、サイコロをその分手放すか、未使用のサイコロの山（バンク）からその分を取る。バンクからはかならず偶数個を取って、得点が変わらないように、赤と青でひとつずつ、同じ数を上にむけて置く。

　こうやって、順番にプレイしていく。ただ、プレイヤーは自分のサイコロのどれかひとつがそのときに出した色と数字を好きなように変えてもよくて、その際には、そのときほかのだれかのサイコロのひとつに出ている色と数字を、それに合わせて変えるように指定する。たとえば、わたしはあなたの青の三を赤の二に変えるように指定することで、自分の赤の三を青の二に変えることができる。そのあとあなたとわたしは、各人の新しい得点に従って自分のサイコロの数を調整し、という具合に進んでいくの」

「勝者はどうやって決まるんですか？」ヤルダは質問

した。

「得点の合計が一グロスに達した人か、全員が六ダース巡したときに得点の合計が最高の人」

「得点とサイコロの数についてのルール——？」

「やっていればすぐ覚えるわ」リディアは請けあった。

じっさい、三ゲーム終える前に、ヤルダはゲームをすっかり理解していた。リディアが最初の二ゲームに勝って、ダリアが三ゲーム目に勝った。

リディアがまた勝利した第四ゲームのあと、アントニアが詫びをいっていとまを告げた。

「双はわたしが納品待ちで店にいると思っているの」アントニアがいった。「でも彼は、この時間より遅くに納品に来る人がだれもいないのも知っているから、幸運を期待するわけにはいかない」

アントニアが去ったあとで、ヤルダは暗い気持ちでいった。「あんな生活に甘んじなくてはいけないなんて」どんな嘲笑や屈辱を受けてきたにせよ、少なくともヤルダは、だれかに自由を奪われてはいなかった。

「世の中は変わっていくわ」リディアがいった。「市議会に女を数人送りこめたら、強制帰宅の禁止への取り組みをはじめられる」

「議会に女を？」その発想はヤルダには、まったくの夢物語に聞こえた。「それほどのお金を持っている女の人がいるんですか？」

トゥリアが部屋の反対側にすわっている女を指さした。「彼女は街じゅうに穀物を配送する会社を所有している。余裕で議席の代金を支払えるでしょう。現実に問題なのは、彼女が議席を買うのを拒んでいる男たちを根負けさせることね」

「わたしたちが生きているあいだに、実現するわ」リディアが確信をこめていい切った。「この街では一ダースの裕福な女性が、同じ政策実現にむけて動いている。第一に、出奔者の合法化。第二に、ホリンの合法化」

「ホリンってなんなんです?」リディアがその名前をいうのは二度目だったが、それはヤルダがこれまで、どこかよそで使われるのをいちども聞いたことのない言葉だった。

一瞬、グループの全員が黙りこんだが、やがてダリアがいった。「この人に今夜会ったばかりなのはわかるから、トゥリア、責める気はまったくないわ。でも、高い教育を受けているズーグマの女に、ホリンがなにかを知らない人がいるとすると、地方ではどれくらい期待が持てるでしょうね?」

ヤルダは困惑していた。「リディアさんは薬だといいましたが、なにを治すんですか? わたしはズーグマに来てからずっととても健康なので、わたしが知らなかったのはたぶんそのせいです」

「ホリンは出産を抑制するの」ダリアがいった。「あなたは何歳?」

「十二歳です。十二歳になったばかりです」

「なら、あなたはホリンを飲む必要があるわ」

「でも……」ヤルダにとって内密にしておきたいことではあったが、この状況で恥ずかしがっていても仕方ない。「わたしには双がいないんです」彼女はいった。それに自分の身を守れるくらいには力がありますから、跡継ぎがほしくて破れかぶれになっている見捨てられた哀れな金持ちの少年に攫われることがあるとも、まったく思いません。そのわたしになぜ、出産を抑制する薬が必要なんですか?」

トゥリアがいった。「わたしたちはみんな、双がいないわ――それにどっちにしろ、ホリンは誘発に対する保護としては、ほとんど効力がない。ホリンがいちばん効果的に抑制できるのは、自発出産よ。あなたの歳だとそれが起きる可能性はとても小さいけれど、ゼロではない。わたしは二ダース歳まであと二年。ホリンがなければ、もう一年生きてはいられないでしょう」

ヤルダにはこのすべてが初耳だった。「父からはいつも、もし代理双を見つけられなければ、わたしは男と同じ生きかたをすることになるだろうといわれていました」

「あなたのお父さんが真実をご存じのわけがないと思うわ」リディアがいう。「とてつもなく大勢のトゥリアの年齢の女とお知り合いだったわけじゃないでしょうから」

「ええ、そうです」故郷の村に一ダースを四歳以上すぎた女はひとりもいなかったのではないか、とヤルダは思った。

ダリアがいい足す。「自発出産は人口集中地域でのほうが起こりやすい、という話を聞いたこともある。あなたがずっと生まれた家にいたら、お父さんの予言したとおりになったでしょうけれど、ズーグマのような都市では、確率が歪むの」

頭が混乱してきた。ヤルダは、単者は異なる種類の運命のもとに生まれついているという自分の信念を、やがては父にも受けいれさせられる、と思っていた——そして、それでこの件は片がつくのだと。それでも父が時おり、ヤルダにしつこく小言をいうことはあるかもしれないが、代理双を無理やり押しつけてくることは絶対にないとわかっていた。いまヤルダは、ズーグマの市議会が違法と見なす薬に手をつけることを——そしてその薬をこの先一生使いつづけることを——考えざるをえなかった。

そのせいでヤルダが不安になっていることを、ダリアは見てとった。「ホリンをいくらか用意してあげる」ダリアはいった。「でも、大学では顔を合わせないでおいたほうがいいでしょう。今夜から三夜後、わたしは大公会堂で公開講演をするわ。そこに来る気があれば、講演のあとで会える」

「ありがとうございます」

「こちらの若いレディはショックを受けている」トゥリアがいった。「そしてわたしは明日、私的講師をしている商人の息子の中でもいちばん怠惰なやつのところに行かなくてはならないので、わたしたちは今夜はこれで切りあげさせてもらうわ」

話を続けているリディアとダリアを残して、ふたりは部屋を出た。トゥリアは市場の端までヤルダといっしょに歩いた。「ほんとうにここの地下で眠るの？　どこかに部屋を見つけるべきよ」

「地面で眠るほうが好きなんです」ヤルダは返事をした。「それにプライバシーも気にしませんし。だれもわたしにちょっかいは出しませんから」

「でしょうね」トゥリアは譲歩した。「でも、これからは新たに考えなくてはならないことがあるわよ」

「なんのことです？」

「いったいどこにホリンを隠しておくつもり？」

4

ヤルダは大公会堂の外でトゥリアと待ちあわせた。ダリアの講演は『獣の解剖』と題されていて、それを宣伝するけばけばしい色のポスターには、恐ろしげな生き物が木の枝に立ち、片手に哀れなトカゲを握りしめ、もう一方の手を、別の逃げそこなった餌に伸ばしているところが描かれている。西低木ハタネズミの育児話は、あまりズーグマの金持ち階級の気を引くテーマではないらしい。

トゥリアがチケット販売係を長々と説得して無料入場者リストをチェックさせた結果、トゥリアとヤルダのふたりとも名前がそこに載っていることが判明した。

「そうだろうと思っていたわ！」トゥリアはヤルダに

そういって、ふたりはチケット販売の列から、同じくらい長い入場者の列へ移動した。「わたしは〈単者クラブ〉でのダリアの食事代を、彼女の残りの一生、手術代をタダにさせるくらいは立て替えてきたんだから」

大公会堂の中に入ったヤルダの目に映ったのは、小さいけれど本物らしいたくさんの木で飾られた舞台で、組みあわせた大小の枝が、密生した林冠という印象を念入りに強調していた。舞台係数人が建物の中を動きまわって壁のランプを消していくと、観客は見せ物用に集められた夜行性の野生動物の一団が、この急造の偽ジャングルに姿をあらわすのを期待するかのようにざわついた。

薄闇の中、木の上で花をひらいた青白い蕾(つぼみ)も二、三あったが、明るい照明が上から舞台にむけられると、すぐにふたたび閉じた。ヤルダが目を上にむけると、ひとりの少女が細いレールに腰かけて、透明石のレンズの後ろに燃える太陽石を置いた扱いにくそうな仕掛けを必死で操作しているのがちらりと見えた。

この会の主宰者が舞台に歩みでて、今夜の公開実験で解剖する動物をつかまえるために輝き谷への危険な遠征がおこなわれたという口上をまくし立てた。「自然の状態のこの生き物は、市内に持ちこむのが許されるどころではないほど獰猛です。市議会の許可は絶対におりないでしょう！　しかしながら――市境から安全な距離を取った留置檻で六日間、この獣を麻酔薬漬けにした結果、ズーグマ史上はじめて、われらが野生の、文化を持たぬいとこをご覧いただけることになりました。樹精です！」

押されてきた荷車(カート)の上に二本の支柱が立てられ、そのあいだに太い枝が渡されている。樹精の両手両足はロープで枝に縛りつけられていた。樹精自身はなにかを握れる状態ではない。頭はだらりと垂れさがり、目はひらいているが、どんよりして視線は固定されている。ヤルダはそれを雄だと思ったが、自信はなかった。これまでこの動物については、スケッチを見たことしかない。ヤルダよりも小柄なのは確かだった。

「あれがもう死んでいたらいいんですけど」ヤルダはささやいた。

トゥリアがいった。「あら、同情しているの？」

「わたしたちの見せ物になるために、あれが苦痛を感じる理由なんてありません」

「あれが森で楽して生きてきたと思う？」

ヤルダはいらだちを感じた。「いいえ、でも、そういう話じゃないんです。自然はあなたの体を四分裂させて、あなたの脳をどろどろにしたがっている。わたしたちはそれより高い目標を持つべきです」

ふたりの前の席の男が振りかえって、シーッといった。

「こんな獣を扱う身体的な力を持てるのは」主宰者がしゃべりつづけていた。「女しかいません。そして幸運なことに、力だけでなく、この危険な領域への案内役となる専門知識をもお持ちの女のかたを、見つけることができました。ご紹介しましょう、ズーグマ大学のドクター・ダリアです！」

観客が爆発的な喝采を送る中、トゥリアがささやいた。「心配しないで、流行は変わるから。わたしたちがプリズムやレンズを持って、あの舞台にあがる日が来るわ。そして同じくらいボロ儲けするの」

ヤルダはいった。「あなたが空を見あげて探している森に、ほかの世界の樹精がいれば、ですけどね」

待ちかまえていたスポットライトの中に歩みいったダリアは、三本目の腕を胸の中央から発芽させていた。手にした丸鋸（まるのこ）は、舞台袖まで延びる長いチューブにつながれている。

「ご安心ください」ダリアがいった。「今夜、わたしたちの身に危険はありません」観客によく見えるよう、丸鋸を掲げ持つ。「この道具は圧縮空気を動力とし、毎瞬隔（フリツカー）一大グロス回転します。万一、樹精がどういうわけか麻痺状態から抜けだすことがあっても、わたしは即座にその頭を切断できます」ダリアがスイッチを押しこむと、丸鋸の刃は甲高い音を立てる石の残像と化した。

「ですが、まず、わたしたちの野生のいとこに、彼のほんとうに最後の食事をあたえる時間です」助手がバケツを舞台に運んできた。ダリアがそれを持って、樹精に近づく。バケツに突っこまれていた柄杓（ひしゃく）で、ダリアはバケツの中身——大粒の粉にした穀類に似ているが、どうやったのか、ぎょっとするほどあざやかな赤に染められている——を掬うと、だらしなくひらいた樹精の口に流しこんだ。

樹精の喉のまわりの筋肉が動きはじめるのを、ヤルダは不快な魅力を感じながら見つめた。それは生きていて、そして、薬漬けだろうがなんだろうが、まだ物を飲みこむことができる。

「みなさんは、われらが不運なお客の食事がおかしな色をしていることにお気づきでしょう」ダリアが指摘する。「じつは、過去六日間、彼の食べ物には毎回の食事ごとに異なる色の染料が混ぜられていました」と

ダリアが話すかたわらで、樹精はこぼれ落ちる穀物を機械的に飲みこみつづけていた。

生き物がそれ以上の食べ物を受けつけそうになくなると、ダリアはバケツを脇に置いて、丸鋸のスイッチを入れた。観客の声援を受けて、ダリアは樹精に近づくと、脇腹を切りひらきはじめた。

犠牲者が音を立てていたとしても、機械の音のほうがそれを打ち消す大きさだった。ヤルダには、樹精の体がしばらくのあいだ見るも哀れにぴくぴく動くのがわかったが、ダリアが脇にどいて、手仕事の結果を披露したときには、引き付けはおさまっていた。

丸鋸は樹精の体のほぼ全長にわたって、皮膚と筋肉を長方形の板状に広く切りとっていた。不必要に残酷

なこの手法にヤルダは吐き気を覚えたが、目を背けられなかった。

赤く染められた食べ物は、すでに驚くほどの距離を移動していた――生き物の喉から四、五指離（スパン）くらい先まで――が、ほんとうに啓示的なのは過去に食べたものの痕跡だった。六つの色の帯が、ごまかしのない消化と排泄の経緯を色で示している。前日の橙色の食べ物は、食道の先のメインの消化管から分岐したもっと小さな数ダースの管に押しこまれ、黄色はさらにずっと細い無数の小管に進んでいる。樹精の肉の内部では緑色の染料が入り組んだ曲面を示していて、巨大なタール塗りカバーを縮尺を変えつつ何度も何度も折り畳んで最小限度の容積に詰めこんだかのよう。緑色の染料も、この距離から識別するには細すぎる管の網で運ばれたのだろうか、とヤルダは思った。ちょうどダリアが、緑色の層は実質的に体じゅうの筋肉という筋肉に届くにいたった食べ物だと説明した。

もっと以前に食べたものについては、同様のプロセスが逆のかたちで観察された。細い導管が食べ物の使われなかった部分を、代謝の排泄物の塊とともに集めて、しだいに太くなる導管の中を運んでいく。ぞっとするような領域の終端には、紫色の糞便が排出されるのを待っていた。

「口から肛門まで六日間――半旬（スティント）――です」ダリアは驚きを声にこめた。「こんな短い距離を通るために、こんな長い時間がかかっている。とはいえ、食べ物のほとんどは、体の中で細かい粉にされる必要があります――あらゆる接合部分の筋肉によって砕かれることを繰りかえして――そして栄養はその過程で、これっぽっちも余さずに抽出される必要があります。

ですが、みなさんはひとつの疑問を感じておいででしょう。生命維持に必要な栄養物が体を通過するのにそんなに長い時間がかかるなら、意思はどうやって脳から肢まで一瞬で伝わっているのか？　食べ物の移動が訳あって遅いのはほんとうである一方、わたしたちの知る化学物質の中に、ここで必要な時間内に固体や樹脂を通り抜けて拡散できるものはないし、筋収縮では、体内の管を通ってなにかの物質をじゅうぶんな迅速さで運ぶことはできません」

舞台が薄暗くなり、助手が押してきたカートに新しい道具が載っていた。小さな太陽石ランプで、激しく炎をあげて燃えているが、覆いをかけられて、そこから細い光線だけが漏れだすようになっている。ダリアは樹精の剝きだしの肉に光線をむけ、少し時間をかけて慎重に狙いを定めた。たぶん特定の構造を目立たせたいのだろうが、なにをなぜ選んだかの説明はしなかった。

次に、ダリアはナイフを手にして、樹精が吊されている木の枝にその腕の一本を拘束していたロープを切った。不安げなざわめきが観客のあいだに広がったが、自由になった腕は、生き物の肩から長い肉の袋のように垂れさがっただけだった。

ダリアがいった。「思想家や解剖学者の中には、空気そのものと似ていなくもない気体が体全体で拡散したり圧縮されたりして、動けという意思を伝えるのだ、と推測している人もいます。ところが、わたしの研究が示した答えは、もっと単純かつ驚くべきものでした。筋肉に情報を伝えるのは……これです」ダリアはランプ脇の皿から微粉を少々つまむと、ランプの炎の中に振りまいた。その物質が燃えあがると、強い黄色の光がひらめき——そして、垂れさがっていた樹精の腕が、その位置から跳ねあがってぴくぴくと引きつってから、ふたたびだらりと垂れた。

観客は大声でわめき、足を踏みならして称賛を送った。トゥリアがヤルダのほうに体を傾けて、ささやいた。「ダリアがあれに、宙返りをさせるくらいで終わりにしてくれるといいんだけど。でないと、本格的な暴動が起きかねないわ」

ダリアは喝采に愛想よく対応してから、身振りで静粛を求めた。公開実験はまだ終わってはいない。「正しい色相の光は、筋肉を刺激して、ある動作をさせます。ですが、体の中でのその役割は、それだけなのでしょうか。わたしはそうは思いません」

舞台はさらに薄暗くなり、ついに完璧な闇になった。舞台を飾っていた木々が青白い花を再度ひらいたが、花びらがかろうじて見えるか見えないかだった。闇の中から、ダリアの丸鋸が回転する金属音が響く。その音がやむと、ダリアが舞台を数歩横切るのが聞こえた。

ダリアが脇に寄ると、陰になっていたゆらめく黄色い光の点があらわになった。光は脈打ち、波のように移動している。ヤルダは、死にかけた祖父にたかっていたダニの群れを思いだして不快になった。しかし、舞台の上の光る点々は空気中に逃げだしたりはしなかった。哀れな虫の群れが樹精を餌にしているのではない。ダリアが樹精の頭骨を切りひらき、この生き物の最後の思考がヤルダたちの眼前で演じられているところなのだ。突風が枯草だらけの庭をカサカサと揺らすのにも似た、弱まりゆく冷光の悲しいダンス。

樹精の脳にちらつく輝きがすっかり消え果てると、明かりがついて、ダリアが両腕を広げて実験の終了を示した。観客がそれぞれに称賛を返す。ヤルダは、ダリアの演出の才能には感心しないわけにいかなかったが、見せ物全体としては心乱されていた。

トゥリアでさえ言葉たくみに楽屋へ入りこむには時間がかかり、ヤルダはそのあとに付き従った。ダリアは豪華な白い砂の寝床でくつろいでいた。

「ショーは気に入ってくれた?」ダリアがふたりに尋ねた。

「ヤルダは、獣を切り刻む前に殺しておくべきだったと思っているわ」トゥリアが勝手にバラした。

「そんなことをしたら、わたしが頭骨をあける前に、脳の光は見えなくなっていたでしょうね」それを聞いてダリアがいった。「嘘偽りなく、わたしたちはあれに大量の薬を投与した。嚥下(えんげ)は反射作用よ。少しでも意識があったとは思わない」

　ヤルダは完全には納得できなかったが、その話題は蒸しかえさなかった。じっさいがどうでも、物的証拠はなにもない。

「ホリンを渡すと約束していたっけ」ダリアが思いだした。寝床から出て、部屋の隅の戸棚をかきまわすと、小さな透明石の瓶を持って戻ってきた。「朝食といっしょに二摘重(スクラッグ)飲んで、毎日」ダリアはヤルダに瓶を渡した。緑色をした薄片状の物質が、小さな立方体の塊にまとめられている。「一年かそこらしたら、服用量を増やす必要がある」

「いくらぐらい払えばいいんでしょうか？」ヤルダは尋ねた。

「気にしないで」ダリアは砂の寝床に戻りながらそう答えた。「出世払いでいいから」トゥリアのほうをむいて、「これから〈単者クラブ〉に行く？」

「今夜は行かない」

「そう、まあまたすぐにふたりとも会えるわね」

　ヤルダは礼をいって、その場を去ろうとした。ダリアがいった。「薬は安全な場所に隠して、一回でも飲み忘れちゃダメよ。あなたは確かにまだ若いけれど、それは失うものがその分多いということですからね」

「ご忠告どおりにします」ヤルダは約束して、部屋を出る前に瓶をポケットにしまった。

　通りに出ると、ヤルダはトゥリアに訊いた。「前にいっていたメコニオについての小論文を、渡してもらうことはできますか？　少し時間をかけて、わたし自身の文章でリライトしたほうがいいと思うので」

「いい考えね」トゥリアがいった。「わたしの部屋に一種類置いてあったと思う」

　街の深い傷口の上に架かる〈大橋〉を渡りながら、ヤルダの考えは祖父が亡くなった夜に繰りかえし戻っていった。生きているものはすべて、光を作る必要があるが、すべての化学反応と同じく、それは危険を伴う事柄だ。一線を越えてしまう可能性がつねにある。

トゥリアに心ここにあらずすぎだといわれたヤルダは、森への旅と、それがどんな結末を迎えたかを話した。

「それはつらすぎる」トゥリアがいった。「そんなに若い子どもが、人の死に立ち会うべきではないわ」

「人が死ぬところを見たことがありますか?」

「ここ数年で、友だちがふたり。でも人が光になるのはいちども見たことがない」トゥリアはためらってから、「わたしの双は、生まれて数旬（スティント）で死んだのだけれど、そのときのことはなにも覚えがないの」

「それもつらいですね」

トゥリアは両腕を広げて、思いやりは無用だと示した。「双のこともなにも覚えていないんだから。ほとんど単者として生きてきたのと同じよ」

「ご一族はまだ、代理双を見つけろとせっつきますか?」

「父は死んでいる」トゥリアが答えた。「兄といとこたちは、そうできればうるさくいうだろうけれど、わたしがいまどこで暮らしているかも知らないから」

「ああ」ヤルダには、オーレリオやクラウディオが、そしてもちろん小さなルシオが、どう生きるべきかを彼女に命じる責任があると考えることなど、想像もしがたかった。だが、人は変わっていく。自分たち自身が子どもを持つ大人になって、隣人たちから「ヤルダはどうしたんだ?」と訊かれつづけたら、世間が受けいれるような答えを返すのが義務というものだと考えはじめるかもしれない。

ふたりはトゥリアが住んでいる塔に着いた。トゥリアの部屋は十二階——この建物でこの階がいちばん安い、とトゥリアが教えてくれた。これだけの階段をのぼる気になる人はそうそういないからだが、最上階は例外で、天窓があるおかげで賃料が高い。ふたたび星々の下で眠ることに焦がれるヤルダには、納得のいく話だった。

トゥリアの部屋にはランプがひとつもないかわりに、色を基準にそろえた小さな鉢植え植物が長い棚に載っていた。植物の輝きと窓から射す星明かりとで、トゥリアが紙の山をかきまわして目当てのものを探すのにじゅうぶんな明るさがあった。

しばらくして、トゥリアがいった。「ここにはないわね。ほかのだれかに複写を渡したあと、新しいのを作るのをさぼっていたんだわ、きっと」

ヤルダはいった。「その複写はどこから作ったんですか？」

「ああ、それならいまもここ、に、あ、る」トゥリアは拳で胸を叩いた。「いちど書いたものを、わたしは絶対に忘れないの。でもいまここには染料がないし、それをいえば白紙も足りない。あなたは接触記憶が得意？」

「わたしがなんですって？」

トゥリアは手を伸ばして、ヤルダの右手を取った。

「なにも考えようとせずに、これを記憶してみて。読むのもダメだし、心の中で言葉にするのもダメで、形の感触を保とうとだけするの」

「わかりました」

トゥリアは自分の掌をヤルダの掌に押しつけると、短い文章をふたりの皮膚の両方に描書した。ヤルダは自分の筋肉が、そこにむかって突きだす湾曲した隆起から伝わる圧力パターンと自然に一致するようにした。すると原因と結果が奇妙に逆転して、すぐにあらゆる線を自分自身が作りだしているように感じられてきた。二、三のシンボルが心の中に漂ってきたが、それを締めだして、意味を意識せずにおいた。

「さあ、いまのをわたしに返してみて」トゥリアはヤルダの右手を放して、左手を握った。「細かい部分のことは考えずに、記憶にある感触を呼び戻すだけでいいの」

ヤルダはさっきの形を呼びおこし、はっきりと触知できるけれど視覚化はしないまま、それを左の掌に押しだした。トゥリアが祝うように歓声をあげた。「完璧！」

ヤルダは手を引っこめた。「もう読んでもいいですか？」

「もちろん」

掌を確かめる必要はなくて、ヤルダは筋肉という筋肉に直接、文字配列を感じることができた。「メコニオが」ヤルダは文章を声に出した。「第九期（エイジ）のもっとも偉大な知性であったことは疑う余地がない」文字が、自分がいつも皮膚に浮かべるのとは裏返しの鏡像になっていることに、ヤルダは気づいた。

「内容について考えなくてかまわなければ、なんだって描書できるというのは、すごいと思わない？」トゥリアが感嘆したようにいう。「ましてや信じてなんかいなくてもよければ」

「わたしは恥ずべきことをしようとしているんでしょうか？」ヤルダは迷っていた。「これがルドヴィコの職権濫用なのはわかっていますが、それでも守るべき道義はあります。たとえば、観測所の使用割当の担当者を替えるよう、働きかけてみるべきなのでは？」

トゥリアはいらだちを見せて壁にもたれかかった。

「理想的世界でなら、もちろんそのとおり！　でも、それにどれだけ時間がかかるかはわかるでしょ。あなたが急死する前に――あるいはもっとひどいことになる前に――波長のデータを集めたいと本気で思っているなら、ルドのご機嫌を取るしかない。なにもかもを非の打ちどころなくやっていくには、人生は短すぎるの」

「それはわかります」

「小論文丸ごとがほしい？」

ためらいつつ、ヤルダは首を縦に振った。

「そばに寄って」

トゥリアはヤルダの腰に手をかけると、ヤルダの体をまわして背中が壁をむくようにした。それからヤルダにむかって足を進めて、全身を近寄らせた。本能的に、ヤルダは片手をあげてそれを止めた。

「掌どうしではひと晩じゅうかかるわ」トゥリアがいった。「このほうが速い。なにを怖がっているの？　わたしにはあなたを傷つけたりできない。男じゃないんだから」

「単に妙な気分だというだけです」だが、誘発できるのは男だけだというのは、ほんとうだろうか？　もし女が、どんなときでも出産することがありうるとしたら――完全に独力でも、当人の意思に反してでも――ヤルダはなにを信じたらいいのかまるでわからなかった。もしかすると、あらゆる怖いおとぎばなしは、あらゆる教訓話は、あらゆる魔法めいた天罰の噂は、じっさいに冷厳な事実に基づくものなのかもしれない。もしかするとヤルダも、階段でつまずいたり、トラックから転げ落ちたりしたら、四人の子どもに分裂するのかもしれない。

「あなたしだいよ」トゥリアがいった。「明日、染料を手に入れて、論文全部をわたしが紙に転写してから、あなたが午後いっぱいかけてそれを読んでもいいんだし」

ヤルダはそうすることを考えてみてから、不安を抑えこんだ。ふたりの命を危険にさらすようなことを、トゥリアがするわけがないではないか？

「いえ、さっきのあなたのやりかたで」ヤルダはいった。「そのほうがかんたんですから」

ヤルダが手をだらりと垂らすと、トゥリアが自分の体の皮膚をヤルダの皮膚に押しつけた。トゥリアの頭はヤルダの胸の半分の高さにも届かなくて、まったく皮膚が触れあわない途切れ目があちこちにできている。ヤルダは片手をトゥリアの背中の中央にまわすと、トゥリアをそっと前に引き寄せた。トゥリアのむこう側では、部屋いっぱいに列をなす花々が、ありえないほど動きの速い星が引く尾のように輝いていた。

トゥリアが描書を開始した。体はふたつ、皮膚はひとつ。ヤルダは言葉は読まずにいた。小論文のひどい内容は、あとでひとりで楽しめばいい。いまはただ、形が皮膚から記憶に流れこむにまかせ、異なるレベルでのこれは適切だという感覚を味わう。各シンボルそれ自体の洗練された造型、各ページの美しい構成。ルドヴィコにお望みの空虚なご機嫌取りをしてやるのは言葉にまかせて、ヤルダとトゥリアは彼を素通りする真の意味をひそかに楽しむ。

トゥリアが後ろに下がった。

「これだけですか？」ヤルダは驚いた。

「三ダースページ。あいつが決まって要求する分量」

「あっという間でした」

トゥリアは面白がっているように、「物足りなかったら、植物スペクトルに関するわたしの全論文をあげるわ」

ヤルダは当惑して目を逸らした。いままで知らなかったこの快楽について、なにも警告されたことがないのは仕方ないが、それがなにを意味していて、どんな義務を伴うか、ヤルダはなにもわかっていなかった。

「地下室暮らしはやめたほうがいいわ」トゥリアがいった。「ここでわたしといっしょに暮らしましょう」

「そういわれても」ヤルダは代理双を探すつもりはなかった、男性でも女性でも。「わたしは地下室が好きなんです。ほんとうに」

「よく考えて」

だれかが入口で呼び鈴を鳴らした。トゥリアは歩いていって、カーテンをあけた。薄明かりのせいで、訪問者が声を出すまで、ヤルダはそれがアントニアだとわからなかった。

トゥリアはアントニアを部屋に招きいれた。アントニアはうろたえていた。「ごめんなさい、ほかに行く当てがなくて」

「かまわないわ」トゥリアがいった。「すわって、なにがあったか聞かせてちょうだい」三人は冷たい石の床に腰をおろした。

「わたしの双が店を閉じたの」としゃべりはじめたときのアントニアはとても冷静だったが、そこで話をやめて、震えはじめた。

「あなたのお店を？」ヤルダは先を促すように訊いた。「市場の？　彼はあなたの露店を解約したの？」

「そうなの」アントニアは懸命に平静を取りもどそうとした。「アントニオは市場の人たちに、わたしが来ることはもうないといった。そのあと、彼が父と打ち合わせをしているのを聞いたわ。ふたりのどちらがいつ子どもたちの面倒を見るかについて」

それを聞いて、ヤルダ自身の皮膚がざわついた。「わたしの準備ができているかどうか、アントニオはいちども尋ねさえしなかった」アントニアがいった。

「やりたかったことを、わたしが全部やり終えているかも、わたしが自分自身の予定にケリをつけているかどうかも」

トゥリアがきっぱりといった。「それをないがしろにした彼は、あなたを永久に失ったのよ。彼が子どもをほしいなら、自分で石から彫りださせればいい」

アントニアはそこまで確信を持てないようで、「アントニオのもとを離れたら、その先どうなるんだろう？　わたしの子どもたちはだれが世話してくれるの？」

トゥリアがいった。「結局、あなたはどうしたいの？」

「わからない」アントニアは認めた。「でも、いろいろなことをよく考えてみるまで、しばらくアントニオから離れている必要はある。そうしたらもしかして、アントニオは自分のほうの考えを変える必要があると理解してくれるかもしれない」

「とにかくあなたしだいよ」トゥリアがいった。「そうしたければ、ここで暮らしてもらってかまわないわ」

「ありがとう」

ヤルダはほっとした。追いつめられた来客のおかげで、ヤルダ自身がここに移ってこない口実を考える必要はなくなりそうだ。

「わたしは子どもを作りたいの！」アントニアが熱をこめて断言した。「そして子どもたちには、恵まれた生活を送ってほしい。わたしが働いてきたのは子どもたちのためだし、子どもたちのためにお金を貯めてきた。わたしはただ、タイミングを選びたいだけ。それはわたしが決めるべきことでしょう？」

「当然よ」ヤルダは静かにいいながら、リディアの楽観的な議論を思いだしてみた。そして政治とホリンがどうやったら、このひどい状況を正せるかを考えてみようとした。

三人ですわりこんだまま半時隔（ベル）ほど話を続けてから、ヤルダは全員がどうしようもなく疲れていることに気づいた。ずいぶん前から、話が支離滅裂になっている。

ヤルダは友人たちにお休みの挨拶をして、地下室へ戻っていった。アントニアの悲惨な状況が頭を離れなかったが、一夜にして世界をよくすることは、だれにもできない。

5

〈孤絶山〉という名前は、移動範囲が限られていた時代に単純な無知からつけられたものなのか、それとも、このレッテルは、どんなライバルの主張も退けようとしての空威張りなのか、ヤルダにはわからなかった。いずれにせよ、信頼の置ける測量士たちが、〈荘厳山〉はふもとから頂上まで高さ五街離(ストロール)十一区離(ソーンター)で、対する〈孤絶山〉は五街離(ストロール)五区離(ソーンター)しかない、と確定したのはずいぶん昔のことだ。

惑星の中心からより離れているという意味でなら〈孤絶山〉の頂上のほうが高いのだ、といまだに主張する人も若干いる。だが、この問題に完全な決着をつけるには、測地学はあまりに不正確な技術にとどまっていたし、局地気候が気圧にあたえる影響はその基準を同様に役立たずなものにした。どちらの山頂がより星々に近いかは、だれにも判定できなかった。

いまヤルダにはっきりわかるのは、垂直方向を指す場合には、街離はまったく別の、もっとお気楽でない呼び名をあたえられるべきだということだった。ズーグマの平らな道でなら、ヤルダは一時隔(ベル)に七街離(ストロール)は楽に歩ける——しかし、〈孤絶山〉の斜面の曲がりくねった道をじりじりとのぼってヤルダを運んできたトラックは、丸一日以上必死に走って、その距離の半分をのぼるのがやっとだった。その地点で道幅が急に狭くなり、トラックは進みようがなくなってしまう。

ヤルダが消耗品を小さなカートに詰めるのを、運転手のフォスコが手伝ってくれた。ヤルダほどの体格でも、必要なものをなにもかも、体袋やポケットに収めることはできない。予定では、フォスコはここで待機していて、ヤルダと交替する観測者のレナトを、ズーグマまで乗せて帰ることになっている。

「こんなところで平気ですか？」ヤルダは訊いた。明確な目的がある自分自身の登山よりも、長い待機のほうが、より孤独で、精神的に疲れる仕事に思える。

「おれはこの交替に何ダース回も関わってきたよ」フォスコが力強くいった。「あんたは自分自身の健康のことを考えるべきだ。体が温かくて気分が悪くなりはじめたら、即座に──」

「手近でいちばん固まっていない土に横になる」ヤルダが言葉を引きとった。「そして体温が平常に戻るまで起きあがってはいけない」トゥリアはその点を力説していた。体を冷やすのには、空気が重要な役割を果たしているが、ヤルダが〈孤絶山〉の頂上に着くまでには、ふだんよりもずっとゆっくりとしか熱を運び去らなくなっている。ヤルダの体の代謝で増えていく熱エネルギーを除去するには、太古からのひんやりしたこの世界の深遠と直接、しっかりとつながる以外にない。

朝の太陽がまだ低いうちに、ヤルダはフォスコに別れの挨拶をして、狭い山道をのぼりはじめた。フォスコが視界から外れると、ヤルダはダリアにもらった小瓶を体のポケットから取りだして、ホリン角剤二個を飲みこんだ。口に広がる苦味を味わう。結局、ヤルダが、セイタカアワダチソウの花びらをおいしいごちそうだとしてきた何世代もの女たちの末裔だからといって、その植物から抽出される抗分裂剤の効能がかならずしも保証されるわけではないのだ。

ヤルダは前方の道を見渡した。細長い木が小道沿いに並び、岩の割れ目という割れ目から低木が生えでている。植物は空気が薄くても平気なようだったが、山の頂上の建物内ではいっさいの植物を、鉢植えであろうと育てないよう、ヤルダは警告されていた。のぼりを再開したヤルダは、木々に目を走らせてトカゲを探した。ゆさゆさと揺れる枝は、動物もこの高さで元気に育つことができるという、心強いしるしだ。

小道がむきを変えて、斜面の端に近づいた。木々のあいだに、ズーグマからの途中で横断してきた平野が垣間見える。この高さからだと、トラックで延々と通り抜けてきた砂塵の靄(もや)が、取るに足らない限られた範囲のもので、はるか眼下で薄まって消えているのが見てとれた。低木がまばらに生えた平らな茶色の土地は、風が刻んだ網目状の浅い溝で飾りたてられている。長い年月にわたって、平野は風と砂塵にすり減らされてより平らに、より低くなる一方、もっと耐久性のある岩と草木による保護という適切な組み合わせが、山を同じ運命から救ってきたことに、疑問の余地はない。

ヤルダに想像困難なのは、その過程全体の起点だった。誕生時のこの世界の表面は、なめらかだったのだろうか、ごつごつしていたのだろうか？　〈孤絶山〉は、のっぺらぼうの石板から彫りだされた像のように、大地が刻まれてこの世に生まれたのだろうか、それとも、それは最初からそこにあって、太古の周囲の土地にそびえ立ち、その最初に持っていた利点を維持ないし増強してきたのだろうか？

トゥリアは、かつて巨大な始源世界が存在し、惑星という惑星、星という星は、それが破壊されたあとに残った破片だと信じている。ヤルダはそれほど確信がなかった。非常に凝集した物質の引力は、途方もないものだったはずだ。原始惑星を深部まで貫く太陽石の巨大な鉱脈をなめつくす規模の炎でさえ、惑星を破砕して、その結果生じた世界を宇宙空間にばらまくことができたとはとうてい信じがたい。とはいえ、過去に燃えあがった岩と比べたら、太陽石も大したものではないのかもしれない。かつて多くの世界をまき散らしたような種類の岩が、現在まで存続しているほどに、ましてて存在を確認して研究できるほどに、安定したものだなどと期待するのは、自分自身の母親と会うことを望むくらいに純朴なことなのだろう。

午後も半ば、ヤルダはうんざりした気分になっていた。のぼりはじめたときには、小道が急傾斜なのは迅速な行程を約束してくれているように感じられた。目的地へむかってのぼるのが速ければ、その分望ましい。だが、休みを入れずに果てしなくのぼっているうちに、ヤルダは腹が立ってきた。

強情さだけがヤルダを前進させていて、だがそのせいで休まずに進む時間が長くなりすぎてしまった。吐き気と震えを感じて立ち止まらざるをえなくなったとき、ヤルダはようやく、自分が自分にしでかしたことに気づいた。いろいろな徴候をふつうの疲労のあらわれとして軽視し、強い不屈の精神で克服できると自分にいい聞かせていたのだ。

自分の愚かさを呪いながら、ヤルダは小道に寝転んで、割れ目のあるでこぼこな岩の地面で体を冷やそうとした。土の寝床が望ましいのだが、体に力が入らず気分も悪くて、とても探しにいけない。肉の中を熱が移動するのが感じられ、チクチク痛む塊が出口を探しもとめる様は、罠にかかった寄生虫の群れのようだった。ここで死ぬのかという考えにとらわれる。忠告はされていたのだから、いいわけはできない。解剖されたヤルダの死体を勝ち誇ったように指さしながら、ルドヴィコは女が観測所を使うのをすべて禁止するだろう。「この膨れあがった生き物がどれほど大きかったことか！　質量に対する表面積の割合が男の半分以下なのに、こんな苛酷な高度で彼女に生き延びようがあっただろうか？」

夜になって、ヤルダは立ちあがろうとしてみた。三度目の挑戦で成功した。まだ吐き気がするし、震えもおさまっていない。カートからこてを出して、小道を外れる。土が剝きだしのところはなかったが、低木の茂みがあって、そこなら掘りかえせるはずだと思った。健康なときなら指だけでできただろう作業だが、いまヤルダが木の根沿いに地中に押しだした指は、根を引き抜くには力不足だった。こてで木を叩き切るようにして、土の浅い層を取り除けるくらいまで木々の幹を切断する。そこに横になると前後に転がって、長虫を押しつぶしたり、千切れた根で皮膚をこすったりしながら、体に触れる土の面積を最大にしようとした。

しばらくすると頭が澄んできたのが感じられ、木々の隙間から星々を見あげた。幻覚の名残がつきまとう。すでに観測所に着いていて、器具を調整しながら、星の尾の色が混ざりあわないのはなぜだと考えていたのを覚えている。頭上で輝く花を、光学機器の欠陥だとも思った。ガタガタ揺れるトラックで運ばれたせいで表面が傷ついて、迷光をいたるところにまき散らしているのだと。

花々の冷たい輝きについて考えていたヤルダは、なぜ自然はもっとかんたんに彼女の体から熱を取り除く方法と出くわさなかったのだろうと思った。熱エネルギーを単純に光に変えて、宙に放りだすわけにはいかないのだろうか？ 植物は土から抽出した化学エネルギーを、光と、少量の熱と、新しい化学エネルギーに変え、最後のものは種子やほかの組織に、より利用しやすいかたちで蓄えているものと考えられている。動物は、その二次的燃料を燃やし、そのエネルギーを使って筋肉を動かしたり、体を治したり、わずかな光を作って体内信号に使ったりしている――だが残りは、処理が厄介な熱として浪費される。そうするかわりに、その熱をもっと光に変えることがなぜできないのか？ ほかのあらゆる生物の場合は、花のように輝くことができたら、きっともっと楽に生きられるのに、なぜヤルダの祖父の輝く皮膚は致命的な病状を意味していたのだろうか？

ヤルダはやっとのことで立ちあがると、小道に引き返した。心にはまだ少し歪みがあって、カートがそんなに長いあいだ、だれにも邪魔されずにそこに置き去りになっていたのは変だと思った。だれかが偶然見つけて、持ち主を探しに来ても——でなければ貴重品を漁りまわっても——いくらいの時間が経ったはずではないのか?

(なにを考えているの)

カートからパンを出して、地面に腰をおろし、半分食べた。その時点で体が突然、もうじゅうぶんに食べたというしるしを示した。食べたものが落ちつくまで一、二分隔休(ラプス)んでから、のぼりを再開したが、今度はゆっくり歩いて、危険の徴候に注意を怠らなかった。

太陽が眼下の平野の彼方に沈みかけて、埃っぽい茶色の溝に影が伸びるころ、ヤルダは観測所にようやく近づいた。レナトが建物の外にすわっていた。自分と入れ替わりにだれが来るのかをレナトは知らなかったが、日程は知っていて、ヤルダはそれに遅れた。

ヤルダは思わずレナトに大声で挨拶したが、自分自身にさえそれはくぐもっている上にひずんで聞こえた。そういえば、話しかけた相手に声が届かないことも忠告されていたのだった。近くまで行くと、レナトの胸に言葉が浮かんでいるのが見えた。『ずいぶん時間がかかったじゃないか?』

『景色を味わうために立ち止まりすぎました』とヤルダは返答した。

『今夜じゅうになにもかもをきみに見せる必要がある』ヤルダがそれを読んだという合図をするのを待ってから、レナトは言葉を書きかえた。『ぼくは朝には発たなくてはならない』予定の時間ちょうどに姿を見せなかったからといって、フォスコがレナトを置き去りにするとは思えなかったが、遅れが生じたのはヤルダのせいであり、レナトに下りの道を急がせるような圧力を少しでもかけるのは、不公平というものだろう。

レナトは最初に、居住区画をヤルダに見せた。あとでヤルダがカートから中身を補充することになるだろうう食料貯蔵室、雑草を取り除くのが楽そうだとヤルダも認めるほかはない屋内寝床、ランプや燃料、各種道具類がしまってある倉庫。『トイレはない』レナトが描書した。『申しわけないが』

『農場育ちですから』ヤルダは返事をした。

研究室には、紙と染料の在庫がまだじゅうぶんにあった。ヤルダはどちらも少ししか持ってこなかった。下書きやメモや概算は自分の皮膚でして、紙は最終の洗練された結果用に節約する習慣がついている。

望遠鏡そのものは建物内にはなかった。十歩（ストライド）離長の箱の適切な位置に透明石の分厚いレンズ数枚が塡（は）められ、箱の側面は支柱と桁で構成され、散乱光が光学装置に入りこむのをさえぎるよう計算された位置に数枚の細長い板が配置されているだけだ。望遠鏡の台座を動かす機械類と観測者席は、望遠鏡基部の一種の旋回する小部屋の内部に設置されていた。

ふたりはその小部屋に入った。弱まっていく太陽の光の中で、レナトはメンテナンス日程を記した紙を指さした。ヤルダはズーグマでその写しを読んできたと答えた。知っておく必要のあることの大半はトゥリアからすでに聞かされていたが、恐ろしくなるほど大量の鏡石の歯車やぜんまいを持った追跡駆動装置を目の前にするのは、なにか違った体験だった。もしそれが壊れたら修理しなくてはならないことを考えると、ダリアに切り刻まれた樹精の一体を生き返らせようとするくらいに気力をくじかれた。

小部屋の中にはランプがなく、それでもレナトは自信に満ちて動きまわり、ヤルダの皮膚を読みとることもできるようだった。天文学者は皆、トゥリアのような視力を持つようになるものなのかもしれない。ぼんやりした灰色の染みがレナトの胸にあらわれたとき、ヤルダは触らないとそれを読みとれないことをおずおずと身振りで伝え、レナトは両腕を広げて許可をあたえた。ヤルダはレナトの体の上で掌をすばやく動かした。『望遠鏡をどれかの星にむけて、それを追跡してみせてくれないか』とレナトは描書していた。『きみが操作方法をわかっていれば、ぼくは心置きなくここを離れられる』

ヤルダが大学で使っていたのはこれよりずっと小さな望遠鏡だったが、原理に違いはなかった。観測者用ベンチの脇に立って、手探りで時計をチェックする。シーサが地平線のずっと上にのぼっている時間だった。ヤルダは暗記していたこの星の天球座標から、ふたつの別の時間、次の鳴(チャイム)とその次の鳴(チャイム)の高度と方位角を走り書きで求めた。クランクをまわして望遠鏡を動かし、最初の位置にむける。望遠鏡はきちんと調整されていて、驚くほどなめらかに動いたが、ヤルダが力をこめて方位ハンドルをまわすと小部屋の壁もレールの上で回転するのは、なんとなくシュールなものがあった。続いてヤルダは、連続する鳴(チャイム)のあいだに星の位置に生じるふたつの角度の変化を計算し、追跡駆動装置にその数字を設定した。

駆動装置のぜんまいを巻き、ベンチを下げて自分が入れる余裕を作ってから、ヤルダは望遠鏡の下に寝そべった。接眼レンズひとそろいが脇のラックに入っている。シーサの尾がすべていちどに目に入るような倍率のレンズを選んで、ホルダーに塡めた。

三つの目をつむって望遠鏡を覗きこみ、焦点を合わせる。日没のほんとうに直後で、空のほとんどは灰色にしか見えなかったが、ヤルダの予想だとシーサの尾はすでに視界に少しだけあらわれているはずだった。もういちど時間を確認し、いくつか計算をする。なにかが見えていなくてはおかしい。手探りして方位ハンドルをつかむ。その動きに少し遊びがあって、ヤルダが慎重に調整した精密な刻印を大ざっぱな目印程度のものにしてしまっていた。神経を集中させて、ハンドルをわずかだけ前後に動かすうちに、赤と橙色の細いすじが視界の片隅にあらわれた。時間はどんどん迫っている。尾の全体が見えるようになるまで、ヤルダは調整を続けた。

時計（チャイム）が鳴った。ヤルダは追跡駆動装置の歯止めを外した。機械装置は星が天の極を中心にまわるのを無期限に追いつづけられるような高性能なものではなかったが、望遠鏡は現在の位置から予測された位置まで一定の動きをするので、観測者は一鳴隔間（チャイム）、負担の大半から解放され、星の尾を中央に捉えつづけるためにほんの二、三の微修正を加える余裕ができる。

骨の折れる仕事が終わって、ヤルダはようやく緊張を解くと、あらためて望遠鏡の能力に驚嘆した。灰色の薄暮の中でさえ、シーサの尾はすでに明るく鮮明だ。もっとも明るい星々は距離の近さが明るさの理由で、それゆえに決まって尾は短い。太陽に近い隣人が高速で通過することは滅多にない。だがシーサは例外で、色を幅広くまき散らすくらいに速い、明るく輝く変わり種だ。ヤルダはシーサを最初に観測するつもりだった。

ヤルダは望遠鏡の下から体を押しだして、自分の努力の結果をレナトにチェックしてもらった。レナトが接眼レンズに目をつけるには、ベンチの上に支えを置いて体を持ちあげる必要があった。レナトはまちがいなく一分隔間（ラプス）は、その姿勢でぴたりと静止していた。それからベンチから下りると、ヤルダの肩に手をかけた。

レナトは掌に描書していた。『お見事。きっとうまくやれるだろう』

レナトは自分が外で眠って、ヤルダには岩屑のない居住区画の寝床を使ってもらうといって譲らなかった。ヤルダは屋内寝床をレナトといっしょに使ってもまったくかまわなかったのだが、相手も同じように感じていると思うのは無遠慮だと判断した。清潔な白い砂は独特のつるつるした肌触りだったが、石の基部は確実に砂を冷たく保っていて、疲れきっていたヤルダはその贅沢な環境にたちまち屈した。

ヤルダは夜明け前に目をさまし、カートの中身を出して、下山するレナトが自分のノートや器具を詰められるようにした。レナトが出発したとき、薄い空気の中に響くくぐもった足音は、異様に遠くからのように聞こえた。ヤルダが次に人と顔を合わせるのは、三旬（スティント）後になるはずだ。ルドヴィコはせいぜい二旬（スティント）しか認めないだろうと思って、ヤルダは四旬（スティント）を申請したのだが、ヤルダのメコニオ小論文になぜかどこかで見たような感じがするのを、ルドヴィコは自分自身の考えと純粋に響きあうなにかがあるからだと勘違いにしたに違いない。でなければ、ルドヴィコはインチキにしっかり気づいていて、自分の気まぐれを満足させようとして人々がどたばたするのを単純に楽しんでいるのだろう。

ヤルダは自分の器具を観測部屋に設置すると、朝の時間をそのテストと調整に費やした。この作業には、日中にやったほうが明らかに楽にできる部分がある。午後は無理をして睡眠を取った。夜型の生活に体をだんだんと持っていく必要があったが、最初の観測をほんの数時隔（ベル）後に控えて、リラックスしろといわれてもむずかしい。

ヤルダは日没のころに目をさまして、パンを半分食べ、まだ明るいうちに観測部屋に入った。いずれは感触と記憶だけを頼りに望遠鏡の機械装置を操作できるようになりたいと思っているが、現時点ではまわりがはっきり見えるうちに毎回の観測をはじめて、それをここになじむ機会に利用したほうがいい。

ヤルダ独自のかさばる装置を望遠鏡の接眼レンズホルダーにクランプ留めすると、観測ベンチを入れるスペースがなくなった。ベンチは部屋から出して、研究室に置くことにした。ヤルダはシーサを探しだし、映像をチェックするために、光を通常の接眼レンズに迂回させている鏡を下にむけた。昨夜やったように光の尾を中央に持ってくるのに、あまり時間はかからなかった。それから鏡を上にむけて、その光をヤルダの目的用に作られた光学装置に送りこむ。床の上で体をすべらせて、ヤルダは二番目の接眼レンズを覗きこんだ。

こちらで見ると、尾は幅の広い楕円形のにじみに置き換わっていた——最初に見ていた長いすじよりずっとコンパクトだが、まだ多色に分かれていて、点にはほど遠い。

ヤルダは装置の側面に手を伸ばして、ふたつのレンズの間隔を調整しはじめた。原理はきわめて単純だ。透明石のプリズムが細い白色光線を分散させて色の扇を作るなら、その同じ扇がプリズムを逆むきに通れば、一本の鋭い光線になって出てくるはずだ。白色光が作るものとの完全な一致からは遠いけれど、シーサの尾をその扇として使う。数枚のレンズからなる装置で星の尾の端から端までの角度幅を拡大し、そのあと曲げられる鏡で、色の帯全体にわたって細かい変化を微調整する。ヤルダの最初の課題は、尾の角度幅を正しくすることだった。倍率のみを変化させて、にじんだ楕円を可能なところまで縮める。それから、鏡の形状をいじって、変換を完成させる。

というのが計画だった。現実はそんなに単純ではなかった。鏡を歪めるネジを動かしはじめたヤルダは、自分が色の尾全体の長さもいっしょに変えてしまっていることに気づいた。理論上は、二種類の調整を独立しておこなうことが可能なはずだったが、現実にはそのようなかたちの調整をおこなう機構がないので、理想をいっても無意味だった。

ヤルダは数停隔(ポーズ)のあいだ自分の愚かさを罵ってから、体を後ろに反らして、レンズの調整に戻った。楕円形は少しだけ幅が減っていたが、同時に別の方向に厚みを増していた。時計が鳴った。追跡パラメーターを変える時間だ。

改善は嫌になるほどゆっくりとしか進まなかった。

シーサが地平線に近づきすぎて追跡できなくなったとき――夜明けの一時隔以上前――ヤルダはまだ結果に満足していなかった。別の星を選んで、一から作業をやり直すよりも、ヤルダは今夜はここまでにしておくことに決めた。そうすれば、今夜おこなったシーサに特化した調整のすべてを保持して、さらなる段階の改良に利用できる。

居住区画に重い足を運ぶ途中、ヤルダは立ち止まって空を見あげた。燃えさかる幾多の世界が空を翔るのを。シーサはこの信じがたいほどの数がある中の、一時的な隣人のひとつにすぎない。星々を数学でくるみこんで、自分たちの心の中に引きこむことなど、だれに望めるだろう？　ヤルダは、不細工なおもちゃをいじりまわして、それが魔法の力をあたえてくれるというふりをしている子どもで、そのあいだもこの巨大で荘厳な行進は、ヤルダの夢想になどまったく気づくことなく、進みつづけているのだった。

ヤルダは午後の中ごろまで眠ってから、研究室に腰を据えて新しい戦略を練った。鏡を変形させるときには、つねに対で変化させ、それは色の扇全体に広がるそれぞれの影響をほとんど打ち消しあうようなかたちにする、という原則を厳守する――そうすれば、不必要なレンズの調整をする手間がいくらか省けるだろう。

二時隔後、観測部屋の床に転がって皮膚をこすりつけ、指を痙攣させながら、ヤルダは恥も外聞もなく成功を祝って歓声をあげ、声が歪んでいるのも気にしなかった。シーサの尾がとうとう、ほぼ円形の光の点にまで縮んだのだった。片方が反対側よりもほんのわずかに青みがかってはいるけれど。

ネレオが提案してくれた手段を用いる段階が来た。ヤルダは光の通り道に、映像の中央をさえぎる遮蔽板を挿しこんで、明るい中心部を取り巻くぼんやりしたかさ（ハロー）だけが残るようにした。ずっと薄暗い部分的な映像に目が慣れるにつれて、鏡のネジをわずかに動かしたときにそれぞれ起こる変化を見てとるのが、容易になっていった。

半鳴隔（チャイム）後、ひとつの微細な調整で、視界は完全な闇で埋まった。ヤルダは有頂天になった。シーサの映像は、いまやそれをさえぎっている遮蔽板よりも小さい！

だが遮蔽板を取り去ると、ちっぽけで完璧な光の円盤が見えるという予想に反して、視界全体がまっ黒のままだった。ヤルダが体のどこかを望遠鏡にぶつけてしまったのだろう。望遠鏡はもうまったくシーサを指していなかった。

ヤルダはもういちど星を探しだしたが、暗順応した目をそのままに保ちつつ、星を長時間、中央に位置しつづけさせるのは大変な作業だった。追跡（トラッキング）を修正するために遮蔽板を取り去らなくてはならないときにはいちいち左目に切りかえて、かさ（ハロー）を縮める作業を再開するときには右目に戻したりもしてみたが、ふたつの目は共謀しているかのようで、片方だけが眩んでいるときでさえ、瞳孔はいっしょに縮んだ。しまいにヤルダは、胸を下にして床に寝転んで、明るい光は後眼のひとつで見るようにしてみた。驚いたことに、それはうまくいった。前眼は暗順応した感度を維持していた。

ふたたびシーサが追跡できない範囲に沈んだとき、ヤルダはここ三鳴隔（チャイム）間、なんの進展もできなかったことに気づいた。些細な調整をいくつかして、それをもとに戻しただけだ。けれど、かさ（ハロー）はいまではごくかすかになっていて、完全に消し去ることを考えるのは非現実的だった。シーサに関しては、これでできるかぎりのことをやったのだ。

そしてヤルダは、最初のひと組のデータを収集していた。

ヤルダは早い時間に起きだして、鏡のネジ二ダースの位置を、波長と速度の数値の組に翻訳する作業に取りかかった。その計算は複雑だった。計算と各過程の二重チェックを完了するのに、午後遅くまでかかった。方眼を引いておいた紙に、数値に従って点を記入していく。処理の中には、自分の皮膚の上でおこなうにはむずかしすぎるものが、いくつか存在する。

データはグラフの右上に下むきの曲線を描いていた。速度が増加すると、波長は減少する。この一般的傾向は目新しいことではなかったが、いまはじめて、そのくわしい形状がおぼろげに見えてきた。数学的関係の厳密な形式についてヤルダはいくつかの可能性を考えてみたが、時期尚早なのはわかっていた。ほかの星も同様の曲線を描くか、知る必要がある。

次に調べた星はサラックで、シーサと同じくらい明るいが、尾は半分以下の長さだった。ゼントはもっと速くて、もっと遠かった。ヤルダはなにがうまくいって、なにがそうでないかを学びとり、色付きの楕円を鮮明な白い円盤に縮めていくのに必要な、本能的な調整のセンスを身につけていった。観測をはじめて六夜目には、夜明け前にジューラとミーナ、ふたつの別々の星に合わせてネジを調整することができた。

手間はかかったが、ヤルダはそれぞれの星の点をグラフに書きくわえた。ヤルダがサンプリングした光の速度はグラフ上で密集していたが、それは大きな成果ではまったくなかった。それは調整ネジが塡められている穴の定位置を反映したものにすぎない。だが、対応する波長の散らばりかたも広すぎはしなかった。ヤルダの手法はどの星でも、同じパターンを生じさせつづけた。

明るい星をひととおり標的にしてしまうと、観測は難度を増した。三夜連続でいらだちを募らせていったあと、ネジの設定を大きく変えても映像になんの変化も認められなくて、ヤルダはシーロのデータを標的にするのをあきらめた。自分は疲労のあまり病気になりかけているのだろうかとヤルダは思った。シーロの尾を見失い、闇を埋める光の染みの幻覚を見ているだけではないかと。

　ヤルダは二日間、作業を休んだ。食べて、眠って、ここへのぼってくる小道で短い散歩をする以外はなにもしない。トゥリアには、自分を駆りたてないようにとも警告されていた。熱ショックを免れることは、だれにもできない。のぼってくるときに問題を起こしたのだから、もっと用心してしかるべきだった。

　別の星、レパトを観測してみた。丸ひと晩かかったが、ヤルダの頭はもうはっきりしていて、夜が明けるころには、レパトのかすかな尾に合わせて鏡の形を調整しおえていた。星の光は見かけほどかすかでも、捉えにくくもない。じゅうぶんな根気があれば、それと似たものを、石や木にさえ見出すことができる。

〈孤絶山〉に来てから一旬（スティント）と七日が経ち、ヤルダは一ダースの星のデータを取った。そろそろ、集めた結果に意味を求めようとしてもいいだろう。研究室に移動させた観測ベンチの上で体を丸くして、グラフ上の傾斜した曲線をじっと見つめる（次ページ上図）。

　光の波長が減少するのに合わせて、速度は増加する。このとき、それぞれの数は、単に他方の逆数に比例しているようだ。もしそれが正しければ、そのふたつの積はつねに同じ結果になる。

　ヤルダはスペクトルじゅうの一ダースの点で、この予想を確かめてみた。結果には幅があった――不完全なデータから予測される乱れ以上の大きさで。

　それでも、両者の関係がヤルダの最初の素朴な推測が示唆するよりも複雑なのだとしたら、その推測がヤルダを正しい方向へ連れていってくれる可能性は、まだある。ヤルダは速度の逆数に対して波長をプロットした第二のグラフを描いた（次ページ下図）。

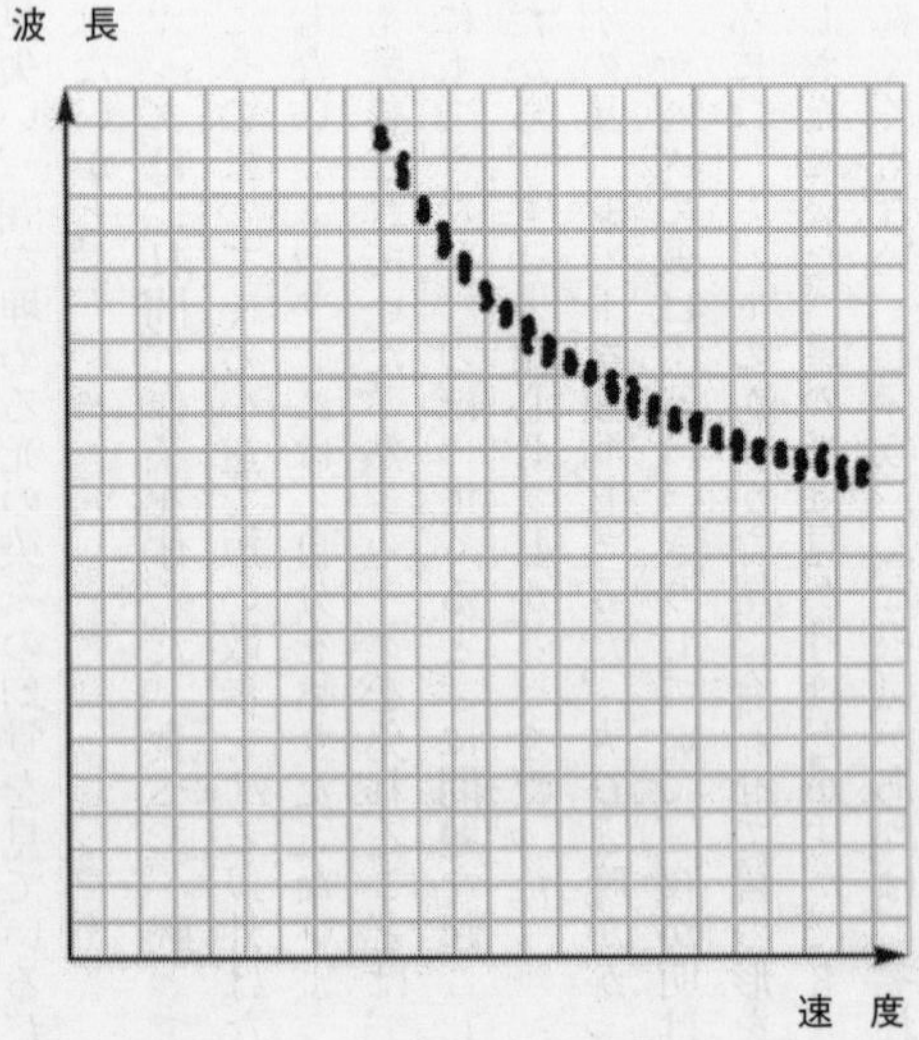

波　長
速　度

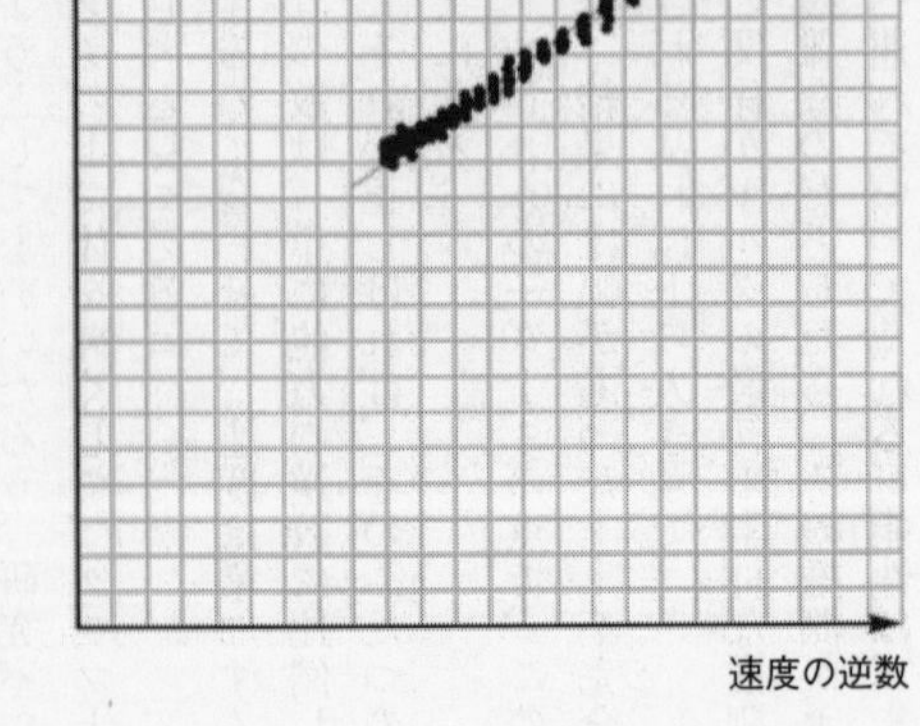

波　長
速度の逆数

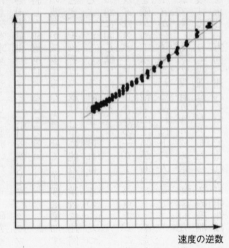

ヤルダの素朴な推測が合っているなら、このグラフは完全な直線になるはずだった——そして、偶然の誤差だけでは、最良のフィット直線の片側から反対側へ、これほど整然と点が行ったり来たりしないはずだ。

じつのところ、データは放物線か双曲線の切片のように見えた。なんらかの二次方程式。ヤルダは逆数を取ったのと同様、速度を二乗してみたが、グラフは単純に曲線を描いたままだった。かわりに波長を二乗してみたが、こちらも同様だった。

次に、両方を二乗してみた。

ヤルダは興奮のあまりじっとしていられなかった。研究室を出て、トゥリアかジョルジョがそばにいてこの発見を祝ってほしかったと思いながら、観測所のまわりの地面を歩きまわる。ふたつの二乗した数の関係が直線的になるのは、信じがたいほど単純なことでもなければ、使いものにならないほど混乱して複雑すぎることでもなかった。たぶん真の関係の近似にすぎな

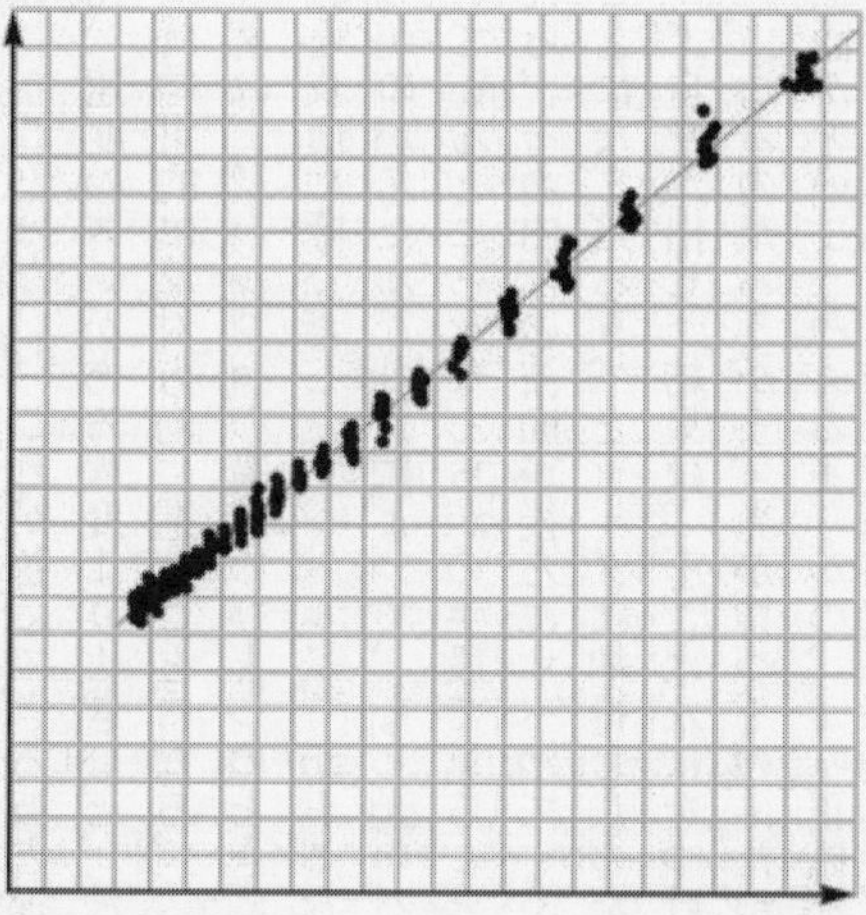

いものではあるだろうが、とりあえず、この結果を所与のものとして、そこから導かれる結果を考えるのは、課題とするにじゅうぶん足ることだった。

光は、波の種類としては非常に奇妙なものだ。通常の条件下では、弦の中の弾性波や気体の中の圧力波は、波長と無関係に一定不変の速度で進む。エキゾチックな例外を人工的に作りだすことは可能だ——だが光については、エキゾチックなことはいっさいない。色相によって光の速度が変化するという事実は、だれもが同意することだ。それに確信を持ちたければ、星々を見あげるだけでいい。

速度が変化することの結果のひとつが、光のパルスはその内部の個々の波面と同じ方向に動くとさえ限らない、ということだ。奇異な話に聞こえるが、それはジョルジョの最初の暫定的な波長推定の段階から明らかなことだった。どんなに純粋な色に思える光でも、そのパルスというパルスが、少なくとも波長の少しだけ異なる光を含んでいる。だが、異なる波長は異なる速さで動くので、すべての波長が一致してたがいに増強しあう地点が、波面自体といっしょに仲よく動いていくということはない。これが弦にできる波と違うところだ。速度のズレがある程度より大きいと、波面とパルスは結果的に反対方向に進むことになる。

ヤルダは、ジョルジョの講義のひとつのときに作った略図を皮膚に呼びだした。ジョルジョがおこなったいくつかのかんたんな計算によって、もし光のパルスが動いているところをなんらかの手段で見ることができたなら、その内部の波面が後ろにすべっていくのを見ることになるだろう、とヤルダは納得したのだった。

ヤルダ自身が出した結果は、そこになにをつけ加えたことになるのだろうか？　光が持つそのふたつの異なる側面がどのようにふるまうかの、より正確な説明を構築することが、これで可能になった。たとえば、赤い光のパルスを選んで、空間内でのその動きを、パ

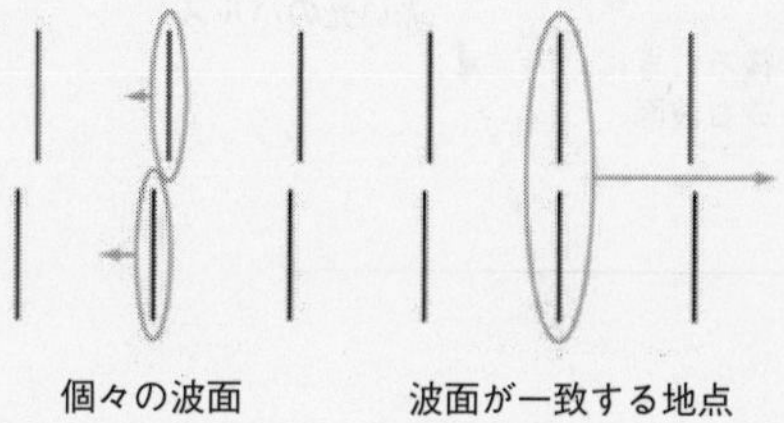

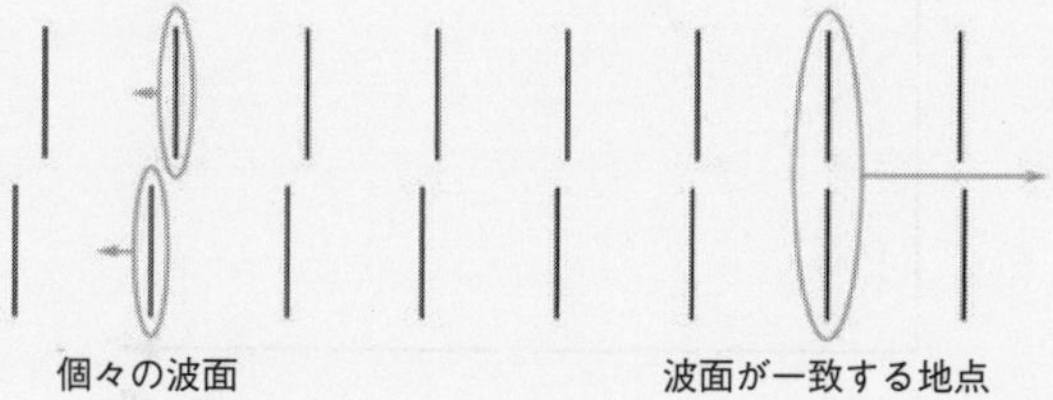

ルスを構成する後ろむきに進む波面といっしょに、グラフ化することができる。

ヤルダは研究室に戻って、記録用紙を調べてから、新しい図表の下書きを胸に作った（次ページ上図）。

その図表をじっと見ているうちに、それがひとつの同じ瞬間に示された光線とそれに付随する波面を非常に連想させるものであることに、ヤルダは不意に気づいた。大きな違いは、波面と光〝線〟――この図表では、パルスの来歴を示す一本の線――とに面倒な傾きがあることだ。

だが、その斜めの角度が、現実に意味するものはなにか？ 計測の単位を変えれば、ヤルダはこの図表を好きなように引き伸ばしたり圧縮したりできる。停隔（ポーズ）だの瞬隔（フリツカー）だのいう時間の単位のことなど、自然はなにも知らない。そうした伝統的な単位系に忠実であることによって成りたっているものなど、現実の中にはなにひとつ存在しない。だからヤルダは、パルスと波面

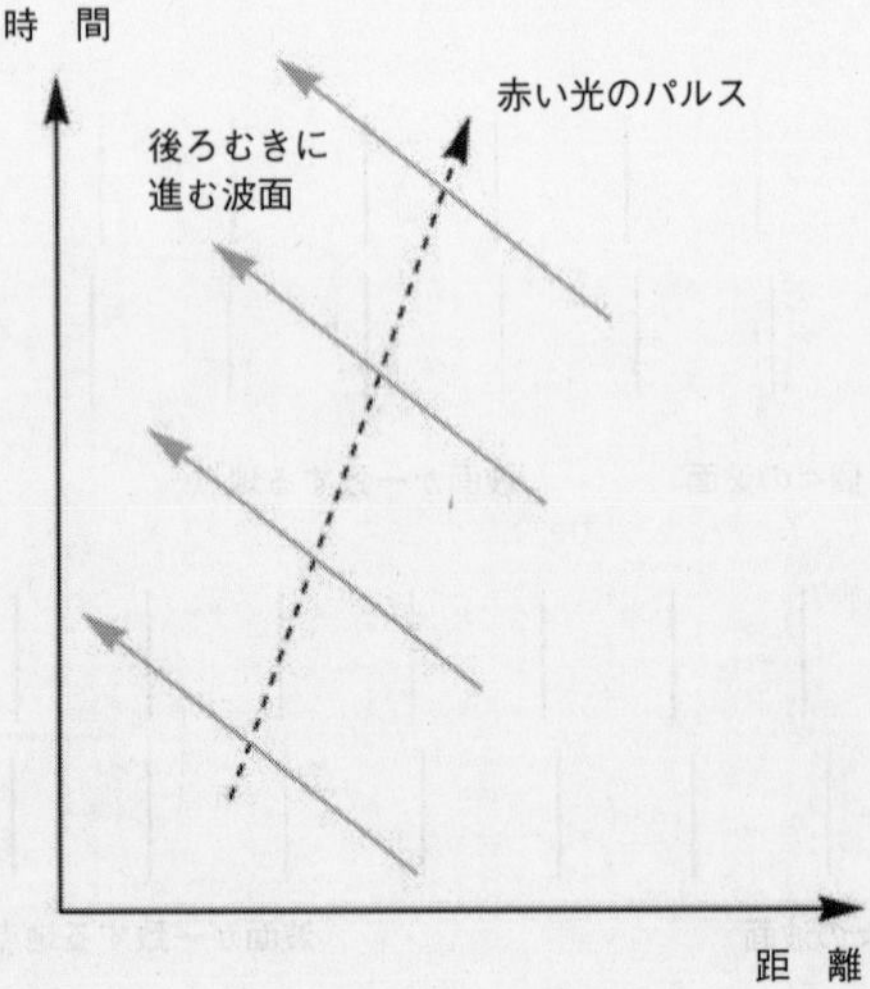

がたがいに直角な線を描くような時間の単位を選択した（次ページ上図）。

その結果は？　いくつかの線どうしが直角になり……ふたつの数の二乗どうしが直線的な関係になった。

ヤルダはその図表を二鳴隔（チャイム）ほどいじりまわし、時間の単位同様、距離の単位も、波面の間隔が単純に一になるように変えた。そうしてなにが悪い？　単位が完全に人工的に決められているのは、時間だけではない。かつて〝一微離（スキャント）〟は、どこかの尊大な君主の親指が増殖していないときの幅で定義されていたことがある。

ヤルダがその作業を終えると、小さい直角三角形が相似形のもっと大きい直角三角形の内側におさまっていた（次ページ下図）。大きい三角形の斜辺はひとつの波面を別の波面と結ぶ水平な直線で、その長さは光の波長と完全に等しくなっていた。小さい三角形の直角をはさむ二辺――パルスが移動する距離と、それにかかる時間に該当する――の長さの比は、光の速度と等しい。

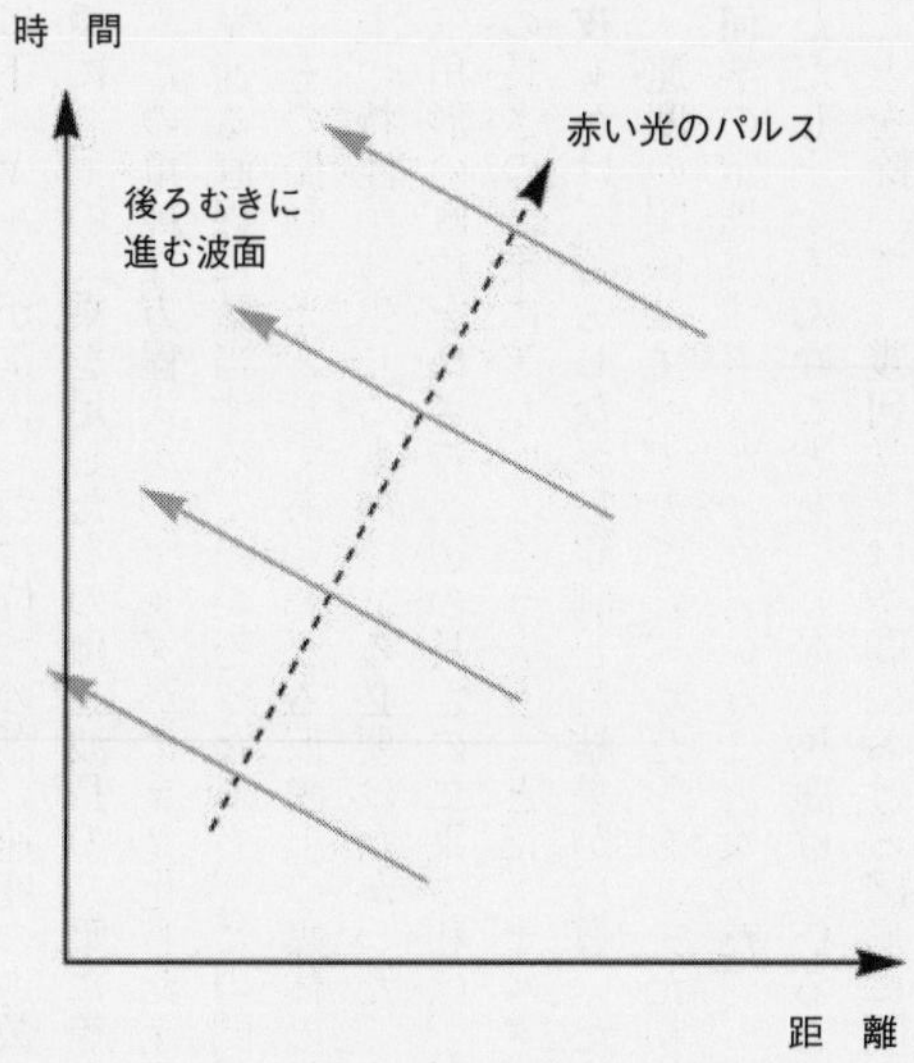
時間
赤い光のパルス
後ろむきに
進む波面
距離

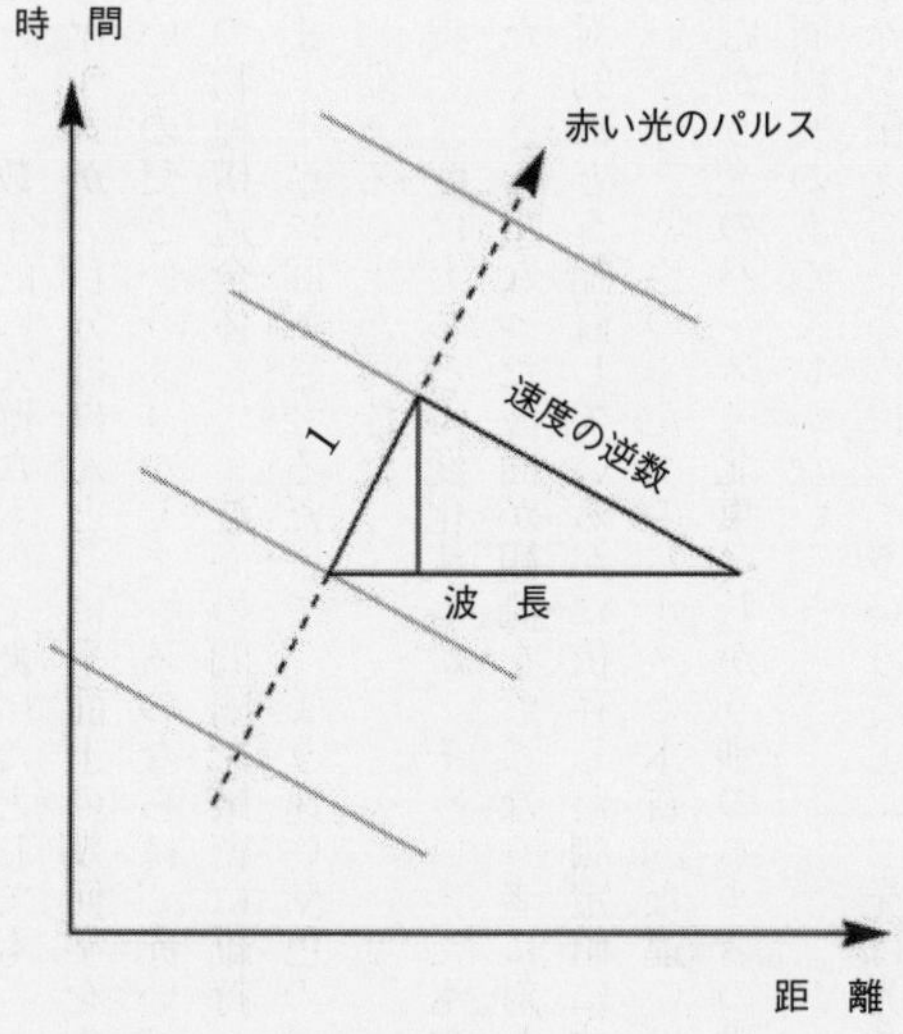
時間
赤い光のパルス
速度の逆数
1
波長
距離

大きい三角形も辺の長さの比率は同じで、直角をはさむ辺のうちのひとつの長さが、速度の逆数になっている。

以下、ヤルダが選択した単位での話。速度の逆数の二乗に、一の二乗を足したものは、波長の二乗に等しい。この単純な方程式が、ヤルダがグラフ化したデータを通る直線に該当する。だがそうなると、この関係は、その振動が光としてあらわれる仮説上の媒体の仮説上の特性から生じるものである必要はなかった。直角三角形の直角をはさむ二辺の長さの二乗の和は、斜辺の長さの二乗に等しい。そういうことだ。ヤルダが何夜もかけて苦労しながら観測した結果から導いた波長-速度の関係はすべて丸ごと、かたちを変えた初等幾何学の定理にすぎなかったということなのだ。

ただし……そんなことをいうのは馬鹿げているということを除いて。幾何学とは空間における図形に関するもので、時間の中にも伸びる線に関するものではない。こうした結果がどれほど幾何学を連想させるとしても、それはどうがんばっても、アナロジーにしかなりえない。

たとえ、数学的に完璧なものであったとしても、だ。もしヤルダが、自分はほんとうに平面上の幾何学をやっているのだというふりをしているのならば、赤いパルスの物理構造全体を——波面の間隔を厳密に維持したまま——単に回転させるだけで、より速い紫色のパルスに変えることが可能だ。

波長と速度はもちろん変化するが、そういったものは、たくさん重なった波面が観測をおこなう者に対して相対的にどう配置しているかに依存した測定値にすぎない。赤と紫色のふたつのパルスの本質的な違いは、北にむかう光のパルスと北東にむかう別のパルスの違いと同程度のものでしかない。

星々が伝えているのは、こういうことだ。光は光であって、つねに変わらず、同じものでありつづけている。色とか方向とか速さとかいった性質は、光がなに

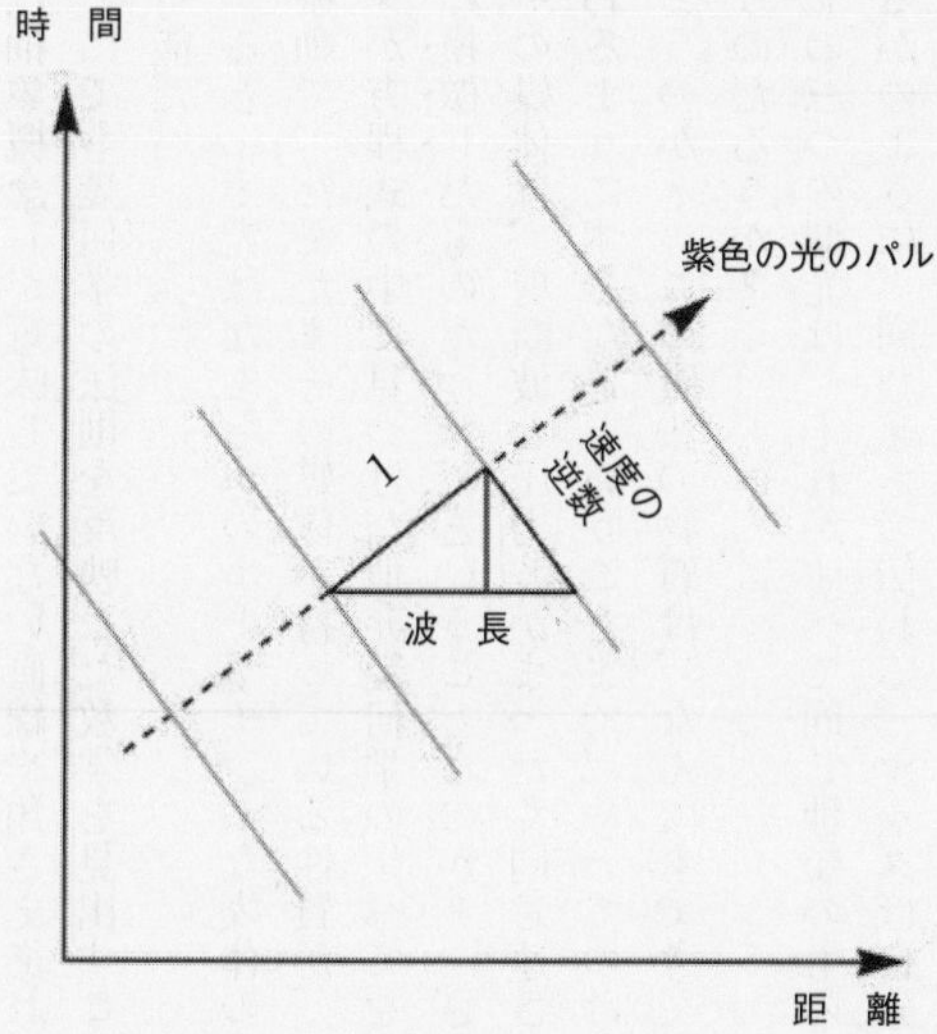

か別のものにぶつかって、それとの対照で測定可能になったあとではじめて意味を持つ違いだ。虚無の中では、光は単に光なのだ。

頭がぼうっとしてきて、放心状態で居住区画に足を運び、寝床のつるつるした白い砂の中に寝転ぶ。ヤルダの出した結論は、どれひとつとして意味をなさなかった。熱ショックによるただのうわごとだ。丸ひと晩、シーロの幻覚を見ていたことがあるのだから、丸一日、論理的思考力を失うこともありうる。眠れば具合が悪いのも治って、朝にはすべてがすっきりするだろう。

ヤルダは翌日を自分の計算の再チェックに費やした。計算で依拠した数字はすべて正確だった——そしてヤルダの幾何学的作図はとても単純で、五歳の子どもでさえそれが正しいとわかるものばかりだった。

それでもまだ疑えることはただひとつ、ヤルダの解釈だった。波長の長さの斜辺を持つ直角三角形は、じっさいには便利な記憶術、速度‐波長の公式をかんたんに覚える方法にすぎないのかもしれない。じっさいには抽象概念しか意味していない直線や角さえあれば、どこにでも幾何学の法則を反映した数学を見出すことが可能だ。

すると……光はなんらかのエキゾチックな媒体の中の振動で、たまたまその媒体が持っている性質が、ヤルダが方程式の中に見つけた似非幾何学のすべてを完璧に模倣したものだった、ということなのか？　さらにその媒体は、剪断波と圧力波がまったく同じ速さで伝わるようにするなどということまで、やってのけてしまうのか？　この魔法の物質は、なんでもできてしまうのだろうか？

光の三つの偏光は、それがすべて同じ種類のものであるかのように、同じ速さで伝わる。ヤルダは自分が作ったパルスと波面の図表のひとつを、胸に呼び戻した。それは空間の三つの次元をひとつだけに投影したものだったが、現実では、波面のそれぞれは平面であり、時間の経過とともに三次元的な集合の中を動く。その集合の中には三つの独立した方向があるはずで、それは時間を含む四つの次元の中を通る光のパルスの経路に直交する。三つの偏光は、すべてが横波——その四次元的な意味で横方向をむいた波——でありうる。その速度すべてを同じにする奇跡的偶然は必要ない。

もうほとんど日が暮れていた。ヤルダは建物を出て、下界からの小道が山の頂上に出たところに腰をおろした。自分は頭がおかしくなってしまったか、でなければ、ずっと先まで探求を進める必要があるなにかを思いがけず見つけたかだ。

胸に浮かべている波面の図表をいじりまわす。斜辺の長さが一である、内側の三角形がどんな意味を持つのかを考えた。その三角形の直角をはさむ二辺の比は光の速度だが、ふたつの辺それぞれの長さは、いったいなにをあらわしているのだろう？

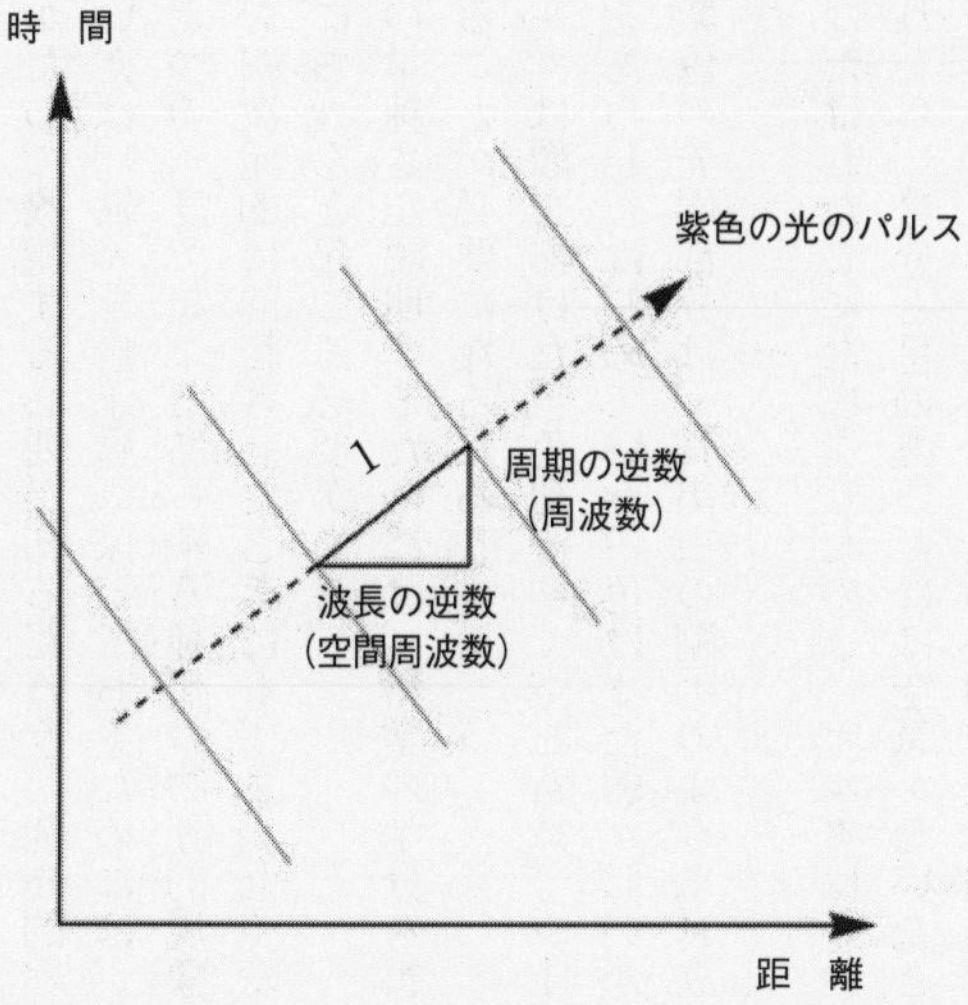

比率に関するかんたんな計算で、ふたつの辺の値は求められる——それが導く新しい三角関係式は、最初のものよりもエレガントで対称だった。時間における光の周波数の二乗と、空間における周波数の二乗の和は、一に等しい。確かに、和が一になるのは、ヤルダがいま選択している単位によるものだが、微離(スキャント)あたりでも歩離(ストライド)あたりでも区離(ソーンター)あたりでも、そこに含まれる周期の数を使って計算される二乗の和は、光の色とは無関係なままだ。

それは、一本の鋤(すき)を引いてできた鋤き跡のあいだの真の距離は、だれかがたまたまそれを斜めに横切って測っても変化するわけではない、という話とじつのところ違いはない。光の波面はすべてが同じ鋤で引かれた鋤き跡だ。光の速さ、色、波長、周波数は、その鋤き跡を横切る角度を測っているにすぎない。

だが、もし光がそうした幾何学のルールに従ってふるまうとしたら、光が触れるあらゆるもの——光を作りだしたり吸収したりするあらゆる機構、光を曲げたり、散乱させたり、歪めたりするあらゆる物質——も、同じかたちで機能する必要があるだろう。究極的なことをいえば、世界を無矛盾に保っておくためには、あるひとつの角度で起こるあらゆる種類の物理的現象が、それを四次元的に回転させたときにも、まったく変わらずにちゃんと起こる必要がある。

光の単純さを説明するためには、科学の半分を書きかえることが必要になるだろう。

ヤルダは顔をあげた。色褪せゆく空を背に、シーサが姿をあらわしはじめていた。色はまだ弱々しいが、尾の紫色の先端部分は、長串虫の剛毛のように目立っていた。

「あなたはわたしになにをしたの？」ヤルダはいった。

それから、自分と星のあいだには空気がないことを思いだして、その言葉をあらためて胸の上に描書した。

6

「もし時間が空間とまったく同一だとしたら」ジョルジョがヤルダに尋ねた。「わたしが歩いて〈大橋〉へ行くことはできるが、歩いても明日には行けないのはなぜだね？」

ヤルダは隣の部屋から聞こえるブンブン、キャッキャいう元気でにぎやかな声に気を散らされた。ヤルダがズーグマを離れているあいだに、ジョルジョの双が出産して、子どもたちは日中はお祖父ちゃんに面倒を見てもらっていたが、ジョルジョは子どもたちと離れているのに耐えられず、大学の自室の隣に子ども部屋を作ってしまった。

ヤルダは質問に意識を集中させた。「先生はすでに、存在しうるいちばん直接的な道すじで、明日へむかって移動している最中です。その最短距離は直線で、じっと立っていれば、その線をたどっていることになります。それに勝る方法はありません」

「その話は意味をなしている」とジョルジョは認めてから、「だが、勝る方法がないのはいいが、劣る方法もないのはなぜだ？　のろのろ移動して遅くなっても、予定より遅れて明日に着くことができないのはなぜだ？〈大橋〉に歩いていくときなら、わたしは確実にそういうことができるのに」

「いいえ、明日へ行くときもそれはできます」ヤルダは答えた。「もしじっと立っているのをやめて、ズーグマの街なかをうろうろすれば、先生はご自分の移動にいくらかの時間を加えることになります。でも、先生はとっても速く動くことはできませんから、じっさいには大した遠まわりは実現できません。明日への距離は、ズーグマを横切る距離よりも、とてつもなくずっと大きい。実現可能なかたちでその距離を増やしても、その比率は測定不能なほど小さなものにしかならないのです」

ジョルジョは面白がっていて、仮想反論者の役を演じていることを一瞬忘れているのがわかった。ヤルダは、自分のアイデアが正しいとジョルジョを納得させていないのはわかっていたが、それでもジョルジョは、それは全学の自然科学関係者の前で発表する価値があることだと考えた。物理学者、数学者、化学者、生物学者。だが、かくも多くの同僚たち相手に話をする前に、ヤルダが当然出てくる反論の集中砲火から確実に自分のアイデアを守れるようにさせておきたいと思ったジョルジョは、思いつくかぎりの質問や難癖に対する予行演習をしてヤルダを準備万端にしようと、全力をあげていた。

「じっさいのところ、明日はどれくらい遠いんだ？」ジョルジョが質問した。

「青い光が一日で移動できるのと同じ距離です」

「青い光？　青のなにがそんなに特別なんだ？」

「まったくなにも」ヤルダはきっぱりといった。「紫色のほうが速いし、わたしたちが知覚できないもっと速い色すらあるのは、確実だと思います。が、空間に右方向と前方向のまん中の線――そのふたつの方向へ等しく進む印になる線――が存在するのとまったく同様、右方向と未来方向のまん中の線も存在します。そのような角度で到達する光を、わたしたちは青として知覚していて、もしその光に一日間ついていったら、それに等価な距離を進むことになります」

「わたしは青い光の競争相手にはなりようがない」ジョルジョがいった。「だからわたしは、はっきりわかるほど遅れて明日に着くことはできない。だが、昨日に歩いていけないのはなぜだ？」

「だいたい同じ理由からです」ヤルダは答える。「先生の進路を後ろむきになるまで曲げるには、持続的なとてつもない加速が必要になるでしょう。それは原理的には可能であるはずですが、とうていかんたんではありえないことです。先生は大きな慣性を持って、未来へむかって進んでいる。筋力やトラックのエンジンを使って、ご自分の軌跡を少しだけ逸らすことはできますが――先ほど先生がいわれたように、青い光はかんたんには追い越せません」

「だが、たとえわたしたちには想像しかできないとしても」ジョルジョは粘った。「過去へむかっての旅は、未来へむけての旅とは、大いに違っているだろう。未来へむけて旅をしながら、わたしたちは石を一撃でばらばらの破片に砕くことができる。もしわたしたちが過去へむかって旅をしたら、わたしたちの眼前で破片が飛びあがって、もとの石に戻るだろう。その区別がそれほど明確なのはなぜなんだ……北とか南とかいう空間内の方向は、はっきりとは区別がつけられないのに？」

「先ほど考えたのと同じ理由です」ヤルダは応戦した。「遠い過去、いまわたしたちが住んでいる部分の宇宙のエントロピーは、ずっと低かった。単一の始源世界があったにせよなかったにせよ、物事がいまよりずっと秩序立っていたことは確実です。エントロピーが増加している方向は、エントロピーが減少している方向とは、根本的に異なって見えます――が、それは空間や時間の基本特性ではなく、過去の来歴が偶然そうであっただけのことです」

ジョルジョはまだ納得しなかった。「どちらの方向の時間も、空間内のどんな方向とも、まったく異なって見えるじゃないか」

「それは、ほぼ完全にそのひとつの軸沿いにのみ移動する物体に、わたしたちが取り囲まれているからです」ヤルダはいった。「物理学が、そうした物体はその方向へ移動しなくてはならないと定めているわけではなく、そうした物体は、その進路に進ませることになった共通の来歴を持っているからです。わたしたちに見ることのできるすべての世界のすべての来歴は、四次元をほぼまっすぐに貫く線の束を形成します。わたしたちが知るもっとも速い星でも、青い光の速さの一グロス分の一で移動することさえとてもかなわない。たがいに限りなく平行に近い直線の束の中に生きていたら、線に共通の方向がわたしたちにとって特別なものに見えても、驚くことではありません」

ジョルジョは攻めかたを変えた。「物理学自体が、わたしたちの来歴がほとんど平行であることを定めているわけではない、ときみはいう。すると、きみの理論によれば、ある物体はわたしたち自身の軌跡に対して、完全に直交する軌跡を取ることができる、と？」

「はい」

「その物体は、無限の速度で移動できるというのだね？」

ヤルダはひるむことなく、「はい、わたしたちはその物体を、そのように表現することになるでしょう」その物体は、ヤルダとジョルジョが空間の一区画と考える範囲を、一瞬で横切ることができるだろう。「ですがそれは、垂直の棒を、〝無限の傾きを持つ〟と表現するのと同様、おかしなことではありません。山道と違って、垂直な傾きは、水平方向のどこかに行ってしまうことを気にする必要なしに、垂直にのぼっていったところに着く。わたしたちが時間と呼ぶものを横切ることを気にする必要なく、進んでいったところに着く物体は、なにひとつ異常なことはしていません。じつのところ、そこには〝無限〟なものはなにもないのです」

「その物体の運動エネルギーについては？」ジョルジョが問いただす。「質量の半分かける速度の二乗は？」

「その公式は単なる近似式です」ヤルダはいった。「速度が小さい場合以外には使えません」

ヤルダは皮膚に図表を呼びだした。「物体のエネルギーと運動量を知りたいときには、長さが物体の質量であるような矢を描き、その矢が物体の来歴の線に沿った方向を指すようにします。物体が動いていないと思うなら、矢が時間軸沿いにまっすぐを指すようにします。物体が動いていると思うなら、矢をそれに合わせて傾ける必要があります。

矢の高さが――物体が静止していた時点と比べて――減った分の量が、物体の運動エネルギーです。速度が小さいときには、それは古い公式と一致しますが、より高速度になると、ずっとゆっくりと増加するようになります。物体の運動量は、矢が空間を横切って伸びる距離。ここでも、物体がゆっくり動いていれば、それは古い公式と一致します」

ジョルジョはその図表をはじめて見たようなふりをした。「この〝真のエネルギー〟とはなんだね？」

「エネルギーの自然な尺度は、時間方向の矢の高さで

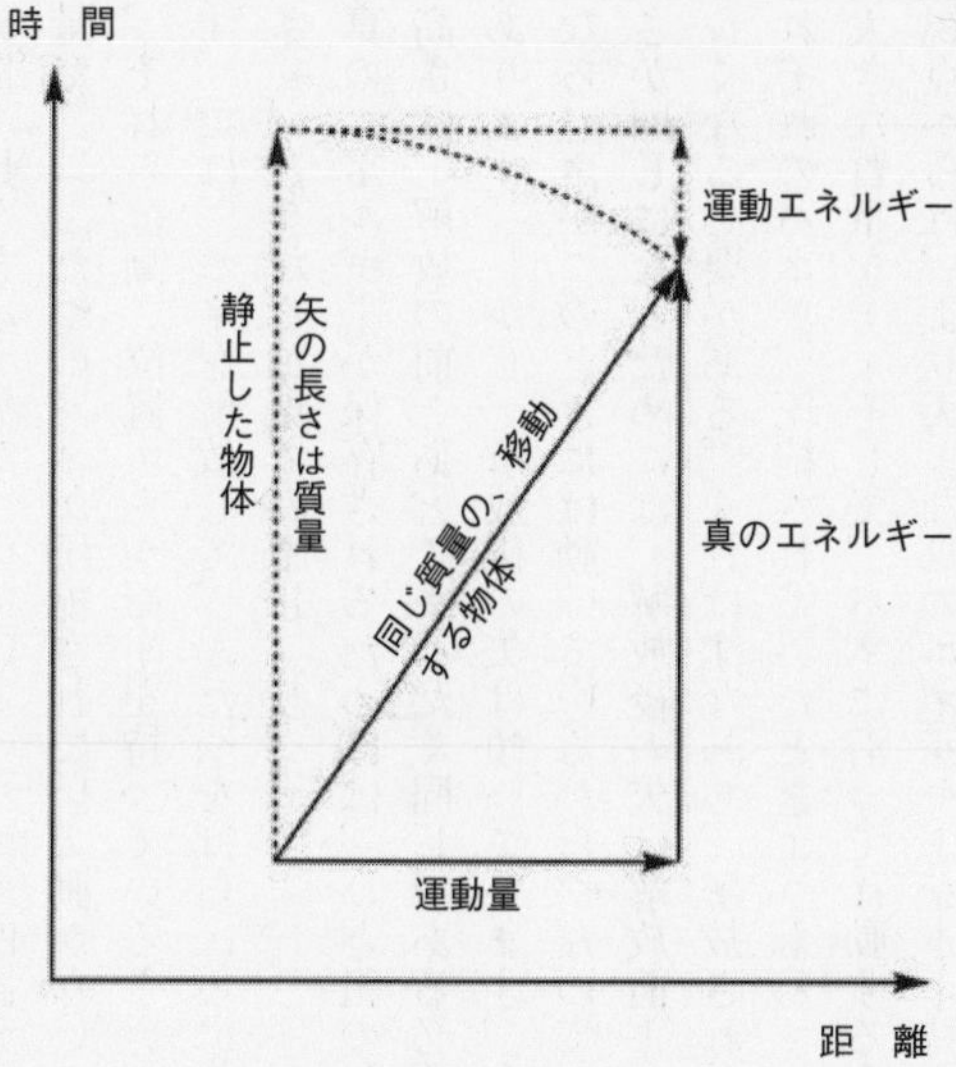

す」ヤルダは説明した。「このように、運動量が空間と関連しているのと同じかたちで、エネルギーは時間と関係しています。運動エネルギーは、それから派生する二次的な量です」

「だが、〝真のエネルギー〟は、矢を倒していけば、少なくなっていく」ジョルジョが指摘した。「つまり、なにかが動いているとき……そのエネルギーは減少している、ときみはいいたいのか？」

ヤルダはいった。「そうです。それ以外は意味をなしません」

ヤルダの厚かましさに感嘆して、ジョルジョは目を大きくした。「ということは、きみの理論は過去三期（エイジ）分の科学をひっくり返すものだ。位置エネルギーも同様のかたちで、従来考えられていたのとは正反対だというつもりなんだろうね？」

「もちろんです！　位置エネルギーは運動エネルギーと一致するかたちで定義されているのですから」ヤル

ダはふたつのバネの絵を呼びだし、それぞれのバネには質量‐長さを示す矢がついている。バネの四次元運動量だ。「ふたつのバネが圧縮されていて動かないとき、それらは高い位置エネルギーを持っているといえます。では、バネを解放して、ふたつをばらばらに離れさせ、どうなるか見てみましょう。

真のエネルギーが保存されるためには、ひと組の矢の高さは、解放の前とあとでまったく同じである必要があります。しかし、解放後の矢は傾いています、なぜならバネがこのときには動いているから。なので、高さが同じになるためには、解放後の矢は解放前よりも長くなる必要がある。それはすなわち、解放されたそれぞれのバネが、圧縮されていたときよりもわずかに大きな質量を——そして、バネに沿って移動する人の視点からは、より大きな真のエネルギーを——持つことを意味します。位置エネルギーがより少ないこと、すなわち真のエネルギーがより多いこと。古いエネル

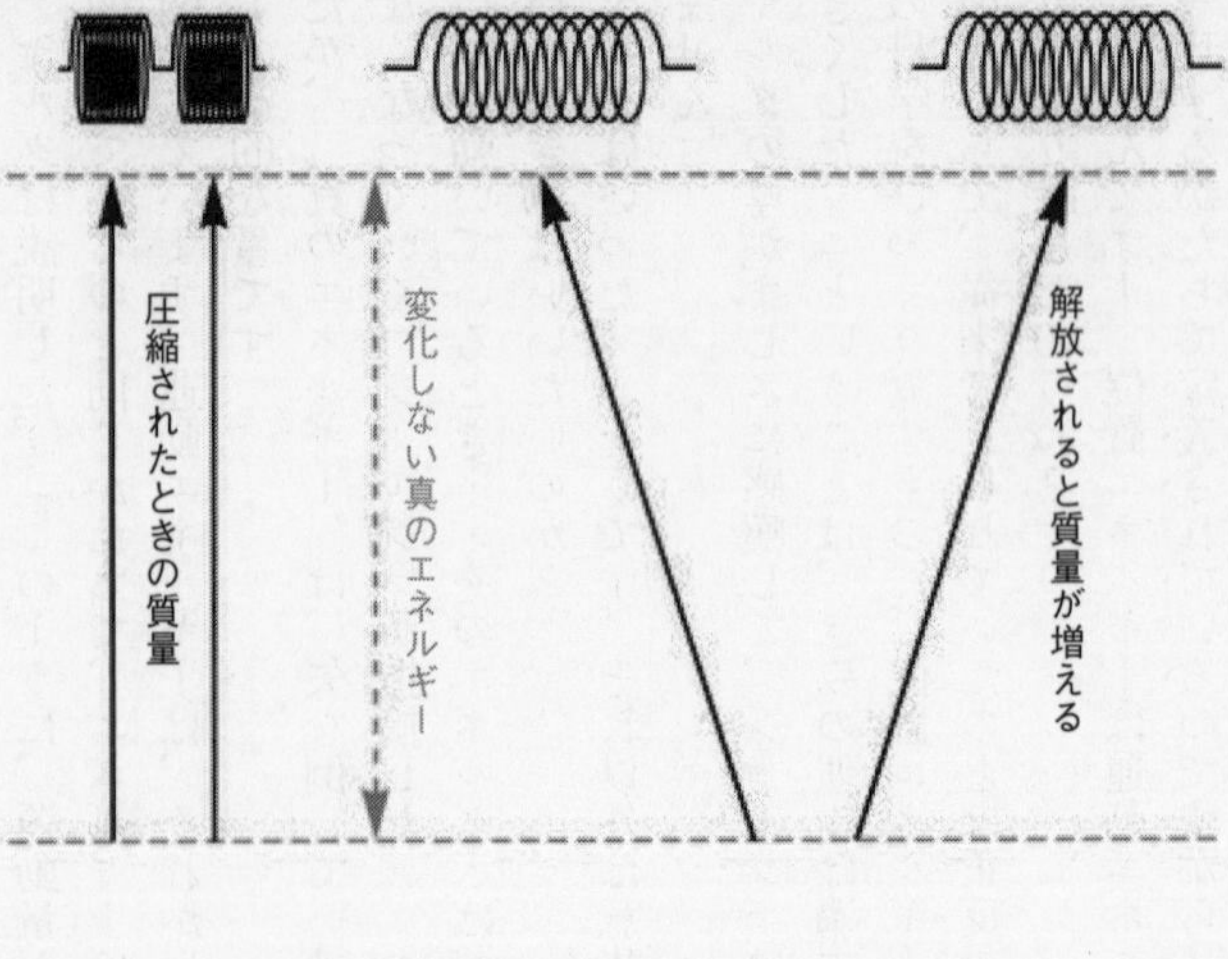

ギーの両方ともが、正反対になっています」

ジョルジョは、感情を害したときのルドヴィコ的うんざり感を声にこめた。「もし運動エネルギーと位置エネルギーがまだ一致しているなら、それが〝正反対〟だと主張することは、現実にはなにを意味するというのだ？　なにと比較して正反対なのだ？　この真のエネルギーなるものを、わたしたちはいったいいつ、なんらかのかたちで目にして、その方向を、逆とされているものと比較できるのだ？」

「光のかたちで」ヤルダはいった。「わたしたちは真のエネルギーの方向を、光を作りだすたびに見ています」

ヤルダは一本ずつ線を引きながら、単純な図表を描いた。「化学者たちは」とヤルダはいった。「エネルギーの階層について多くの問題をかかえてきました。もし化学者たちの計算を信じるなら、燃料の化学エネルギーと、それが燃えたあとの気体の化学エネルギー

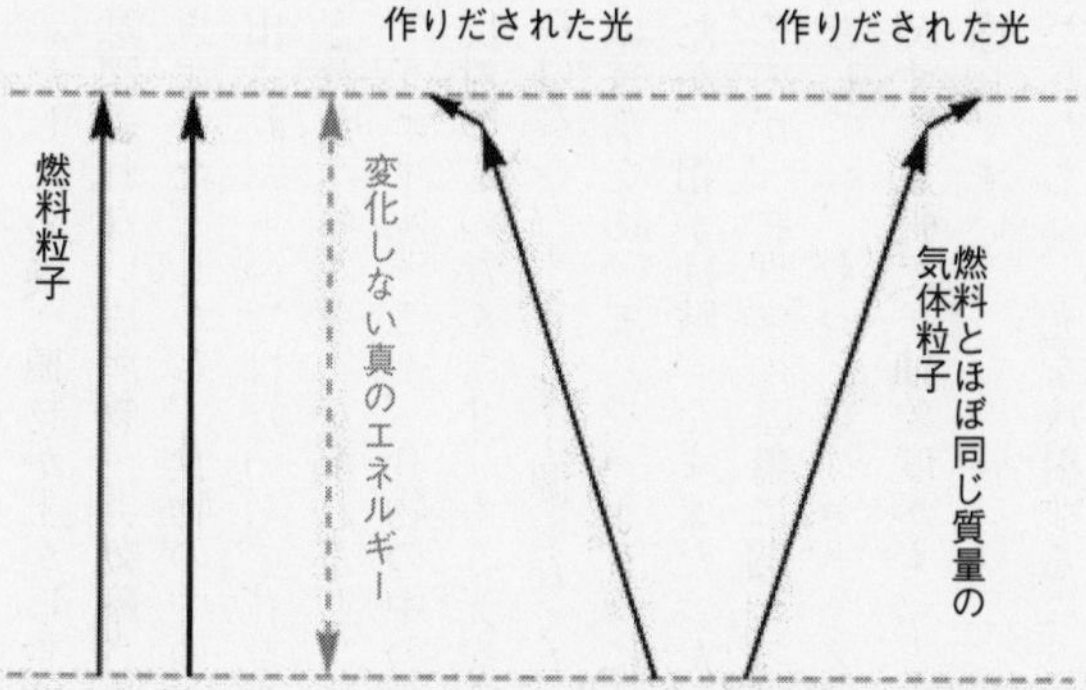

の差は、気体の熱エネルギーを説明するのにはまったくほど遠いものです。わたしたちは化学者たちに、あなたがたはまちがいをおかしているのだ、そして測定の精度を向上させるべきなのだといいつづけてきました。ですが、化学者たちが正しくて、わたしたちがまちがっていたのです。燃料自体は、気体を熱するためにエネルギーを供給する必要はなかった……なぜなら、そのためのエネルギーは、光を作りだすことによって生じていたからです。

光はそれ自身の四次元運動量を方程式に持ちこみます。その方程式を釣りあわせる必要があるから、気体の粒子はとても速く動かされることになるんです。燃料が燃やされるとき、作りだされる光と熱は、どちらも化学的エネルギーが解放されることで生じている、とわたしたちは考えてきました——しかし、真実はそれとはまったく違います！　光エネルギーと熱エネルギーは、正反対のものです。片方を作りだすことで、もう片方がもたらされるんです。

また、わたしたちは、植物が土から食物を作るとき、光は単に意図されない副産物、非効率さのあらわれだと考えてきました。しかし、食物の中のエネルギーは土から抽出されたものではないし、花びらから輝く光は、浪費されたエネルギーが漏れだしているのでもありません。光エネルギーと、食物の中の化学エネルギーも、正反対のものなんです。もし光を作らなかったら、植物にはなんのエネルギー源もなくなるでしょう」

ヤルダは言葉を切って、ジョルジョに反応する機会をあたえたが、相手は黙ったままだった。ヤルダの提示しているのが、物理学の基盤に関わるどれほど過激な概念だとしても、もっともショッキングなのは食物と燃料に関する主張だ。抽象度がもっとも低い分、もっとも実感しやすい。

「なぜわたしたちは、光を放射することで体を冷やせないのか？」ヤルダは先に進んだ。「〈孤絶山〉をのぼりながらわたしが自問自答していたのは、そのことでした。しかしいまや、答えは明らかです！　光を放出したら、それを開始した時点以上の熱エネルギーをあたえることしかできないから。あまりに大量の光を放出するという行為そのものが、生体を燃える太陽石並みに熱くしてしまいます」ヤルダの祖父の衰えた体には、森をひとつなぎ倒すほどのエネルギーを貯めることは不可能で、むしろ、光の生成の制御ができなくなっていた。

ジョルジョがいった。「もし光の放出が熱エネルギーを発生させるなら……逆に、光を吸収することで体を冷やせないのはなぜだ？　わたしたちの体を冷やすのに、日光が寝床のように役立たない理由は？」

その質問も予想の範囲内だった。「エントロピーが理由です。光は一定の量のエントロピーを運びます——だから、光を吸収したら、エントロピーも当然増えます。けれど体が冷えるときには、エントロピーは減少しているんです。日光が体に当たっているときなにが起きているかというと、わたしたちはそれを吸収しているのではなくて、単に散乱させているのだと思います。そのようにして、わたしたちは純粋に日光の運動エネルギーのみを利用し、体を温めることができるのです」

ジョルジョはヤルダを問いただすのを中断して、考えこんだ。「ふむ、きみの話を聞いて、化学者たちはきっと喜ぶだろうな」ジョルジョはいった。「この話が正しければ、きみの栄誉を讃える像を造るかもしれない。一方、生物学者たちもきみのエネルギー論のアイデアに興味をそそられるだろう。きみの頭がおかしくなったと思う生物学者も、半分はいるかもしれないが。ルドヴィコを喜ばせる要素さえあるかもしれない」

ヤルダはその点は疑問だったが、ジョルジョがいおうとしていることはわかった。いかなる通常の媒体を通って移動する波も、媒体の運動エネルギーと位置エネルギーを増加させるが、真のエネルギーは増加しない。もし、光を作りだすのに真のエネルギーが必要なら、光は、あらかじめ存在するなんらかの媒体の中に立つさざ波ではありえない。あらゆる炎が生じるごとにその中で新たに作りだされる、まったく新しい物質なり存在なりでなくてはならない。だが、そこから〝光粒子〟という用語が想起されるとしても、ヤルダの説では光はまだ波長を持っていた——だからルドヴィコはこの説に傲慢と偽善という言葉を投げかけ、彼のお気に入りのメコニオの勝利とは見なさないだろう。

「次は、数学者から出るだろう質問だ」ジョルジョがいった。「きみは波面の幾何学の方程式を提示したわけだが、波そのものの方程式はどうなんだ——それは弦の波動方程式と類似したものなのか？」

「それは幾何学的に求められます、かんたんに」ヤルダは答えた。「単一の波では、四つの次元すべての周波数の二乗の和は、ある定数と等しくなります。けれど、それぞれの方向での波の二次の変化率は、周波数の二乗に比例した負の係数を、もとの波にかけたものであることもわかっています」

　ヤルダはいくつかの例をスケッチし、波の周波数を倍にすると、二次の変化率が四倍になるようすを示した。周波数の二乗と、二次の変化率は、同じことをふたつの方法で語っているだけだ（次ページ上図）。

「ですから、四つの次元それぞれについての波の二次の変化率を合計して、その和の符号を反転させれば、もとの波かける、定数かける、それ自体が定数である周波数の二乗の和、が得られます。そして、それが光の波動方程式です。『二次の変化率を合計し符号を反転したものは、定数かけるもとの波と等しくなければならない』」

　ジョルジョは一、二停隔（ポーズ）考えこんでから、返答として自分独自のスケッチを浮かべた（次ページ下図）。

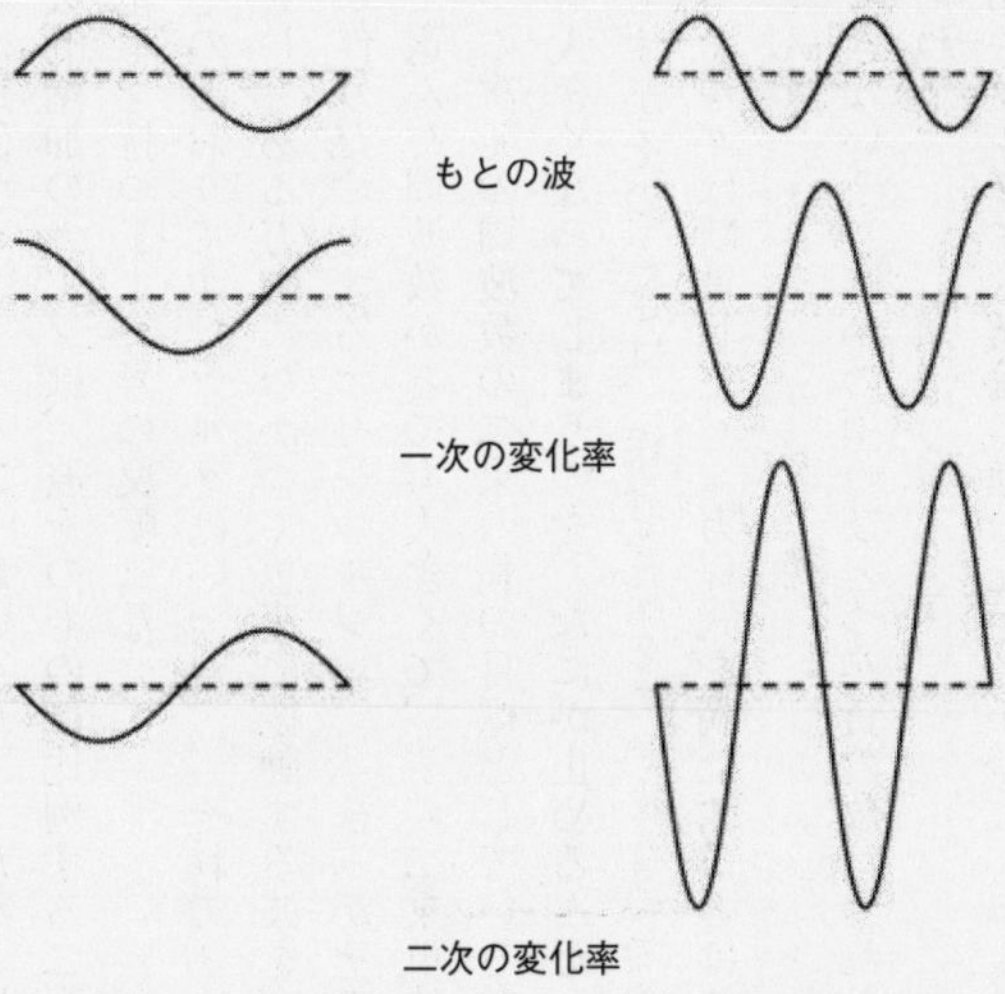
もとの波
一次の変化率
二次の変化率

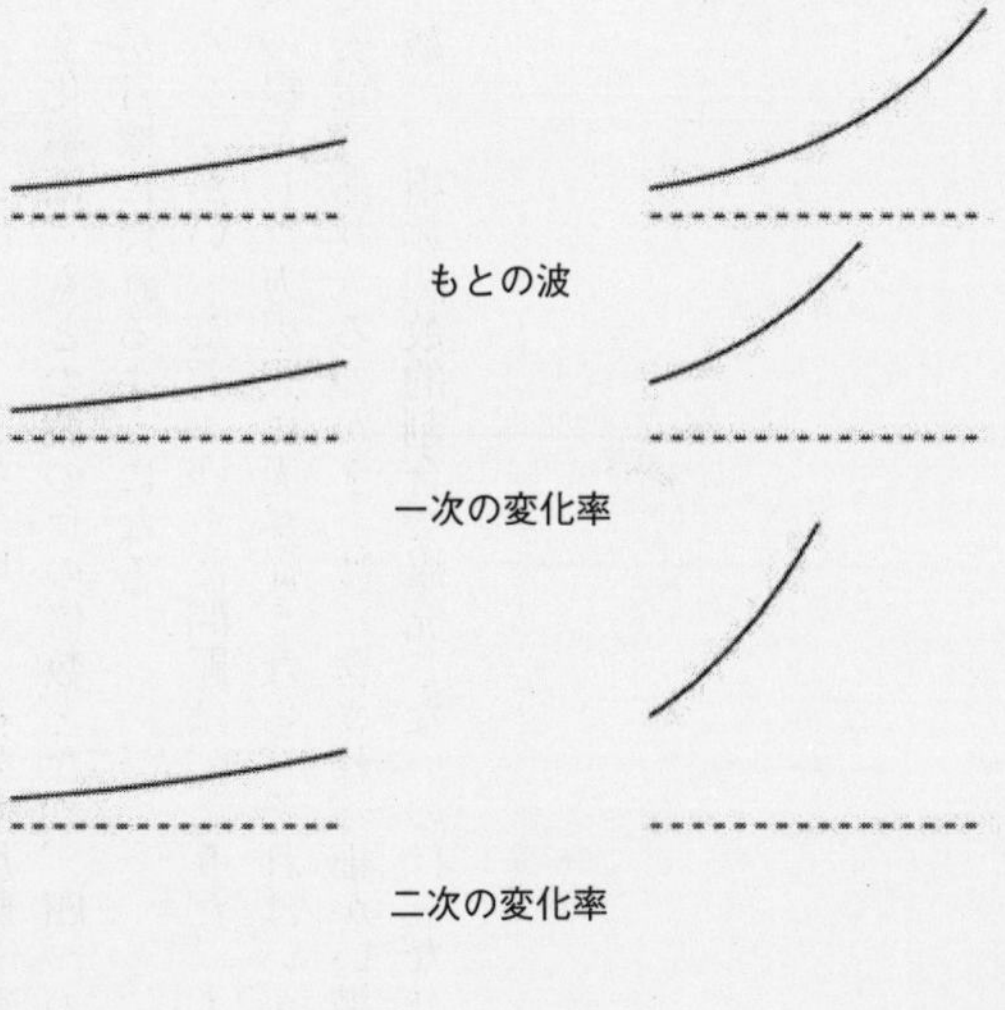
もとの波
一次の変化率
二次の変化率

「振動の二次の変化率は、もとの波の符号を反転したものに比例する」ジョルジョがいった。「だが、指数関数的増加のカーブは、波そのものに比例する二次の変化率を持つ——符号の反転はない」

「そのとおりです」ヤルダはいった。「それで？」

「もし、ある方向にむかって急速に振動する波を、きみが作りだすとする」とジョルジョ。「きみがその方向で選んだ周波数がとても大きくて、その二乗単独で、四つの次元の周波数の二乗の和の目標としている数よりも大きくなってしまうのを、なにが止めるんだ？」

「ですがそのときは、総計を超えてしまうのですから」ヤルダは断言した。「方程式を満たすことはできません」

「できない？　ほかの項のひとつが負の数だったらどうだね？」

「あ」ヤルダにも議論の進む先がわかった。「もし振動のひとつの周波数が大きすぎても、方程式を満たすことはできる——別の方向の振動を指数関数的増加と置き換えることによって」その場合、符号を反転した二次の変化率は、もとの波の負の倍数となり、四つの項の和が目標に戻れるようになる。

　ジョルジョがいった。「ゆえに問題は、こうだ。もしきみの提示した方程式に光が従うなら、それはいかにして安定でありうるのか？　波に含まれる細かい皺という皺が、指数関数的割合で爆発しないのは、なぜなのか？」

7

観客が大公会堂から星明かりの広場へあふれ出していくあいだ、ヤルダは浮き浮きした気分を引っぱりつづけていた。マジックショーの全部にうっとりさせられたが、驚愕のフィナーレの裏にあるトリックの見当があっという間についてしまったからといって、この体験の満足感が損なわれることはまったくなかった。むしろ倍増するほうに働いた。

ヤルダはトゥリアのほうをむいた。「隠れている助手の映像が、スモークのカーテンに投影されるところ……光学の講義を持つことがあったら、初回のデモンストレーションにあれをいただきます！」

「あれは悪い出来じゃなかったわね」トゥリアは仕方なさそうに同意した。「休憩時間前の花火はどうにもならない迫力のなさだったけれど、これが新しい安全基準だから。市議会の功績は認めてあげないとね。建物の中でロケットを発射するのは、どう考えたっていいことじゃないから」

「アントニアも来るべきだった」ヤルダはいって、人の隙間を抜けていくために体を横にした。「そうすればきっと気分が引き立ったのに」

「アントニアは気分を引き立たせたくないのよ」トゥリアが言葉を返した。「自発分裂が起きるまで、部屋でじっとふさぎこんでいると決めたんだから」

「アントニアにとってはとてもつらい決断だったでしょうね」自分の一族の期待を考慮から外すのがどんなにむずかしいことかは、ヤルダにもわかっていたが、双とともに成長してきて、それから彼のもとから歩み去るのは、まったく違う話なのだろう。

「あと二日もすれば、アントニアを安全にほかの市へ連れだせる。彼女が同意してくれればだけど」トゥリアはいらだたしげにいった。「でも彼女は、双との交渉に没頭してしまっている——四、五人の仲介者が絡む複雑な駆け引きに。自分の要求を飲ませた上で、双のところに戻れると思っているのよ」

「もしかして、できるかもしれませんよ。交渉を成功させられるかも」

「まさか」

「アントニアが自分の子どもを双に育ててもらいたいと思うのは、そんなにいけないことなんでしょうか？」

「原則としては、全然なにもいけなくはない」トゥリアが答えた。「でも困ったことに、アントニアの双は彼女の願いをまともに受けとらないことが、前例でわかっている。アントニアが望めば、彼女は赤塔市か翡翠市で自由な暮らしを五、六年送ってから、跡継ぎを歓迎してくれて思いやりのある代理双を見つけられるのに」

ヤルダはいった。「そのいいかただと、すごくかんたんなことで、みんながそうしていないのが不思議に聞こえますよ」

あざやかな紫色の光のすじが東の地平線の上の空にあらわれた。不動の中心点から急速に両方向に広がっている。中心自体は暗いままだが、ヤルダがずっと見ていると、そこから出てきた二本のまばゆいすじは紫色から青へ、それから緑色へと、二本のすじのどちらでも新しい色が先にあった色を追うかたちで色を変えていた。それはまるで、鏡の裏に隠れた巨大な星の尾を、だれかが鏡の端から引っぱりだしているかのようだった。だんだんと尾の全体があらわになり、鏡が作りだす完璧な複製は正反対の方向に突進しているように見える。

ヤルダはその場にじっとしていた。トゥリアはすでに停隔（ポーズ）を声に出して数えながら群衆のあいだを抜けて、事象の発生時間を正確に特定できるよう、いちばん近くの時計塔が見えるところへ行こうとしている。もし疾走星を目撃したらどうするか、打ち合わせをしてあったわけではまったくないが、ふたりはいちどの予行演習もなく、見事に役割分担をやってのけていた。ヤルダは場所を動かずに、目にしたあらゆるものの位置を、星々を背景にした光の線の映像との対比で記憶に刻みこんでいた。トゥリアにはそうした細部は把握できないだろうが、まもなく決定的タイミングの情報を手に入れ、それはほかの都市から来る報告との比較の価値を倍増させるだろう。

中心部は二本の赤い尾を吐きだすと、色が消えて黒くなっていった。鏡像のようなひと組のスペクトルの長虫は、いまや全身が生まれ出て、ふたつに分かれ、ズーグマの塔群の上空を覆うくすんだ靄の正反対の一角に姿を消していた。ヤルダがこれまでに見たことがあったのは、この壮大な天空ショーの最終パートだけだった。もう何年も前、小麦の収穫のあとで。あのときの中心部は、ヤルダから見て地平線の下にあったに違いない。今日までに大学に届いている同様の現象の報告は七件。ヤルダが子どものとき目撃したのは、そのリストの三件目だった。歴史や伝説には流星が山ほど出てくる——そのいくつかには、ありとあらゆる信じがたい話の尾ひれがつく——が、古代の天文学者たちも、英雄譚の作者たちも、疾走星のようなものを見たことがあるとは、ひと言もいっていなかった。

ヤルダはじっと動かないまま、記憶している疾走星の軌跡と、いちばん近くの明るい星々との角度を慎重に測った。後視線で、若い男が彼女をにらみつけてなにかわめいているのが見えたが、たとえ目的もなく広場をぶらついているときでも、全力でその男のことなどまったく気づいていないふりをしただろう。

「おまえの双はどこだよ？」男がまたわめいた。男のあまりの無粋さにヤルダは呆れるほど驚いた。かつて天空で目撃されたもっとも並外れた出来事——何期もエイジ知られていなかったが、近年ではいちばんツイている人々が一生にいちどか二度目にする——が目の前で繰りひろげられたばかりだというのに、ヤルダの体の大きさや、双がいないのをからかうことしか、この男には思いつけない。

男はしゃがんで、砕けた丸石のかけらを拾うと、それをヤルダにむかって投げつけた。石はヤルダの側頭部に当たった。ヤルダは我慢できずに、男のほうをむいた。

男は勝ち誇ったようにキーキー声でいった。「おまえの双はどこだって訊いてるんだよ」

ヤルダはしゃがんで、自分に当たった石のかけらを拾いあげた。手に石の重みと尖った角を感じる。石を投げたやつにもその重さと鋭さがわかったはずで、投げるのを思いとどまるのが当然だと実感したヤルダは、石が頭にぶつかったときよりもはるかに大きな怒りが湧いた。めずらしいことに、その男は自分の双を連れているだけでなく、なにかを期待するように浮かれている友人の男たち数人といっしょだった。

「あんたの母親はどこ？」ヤルダは叫びかえして、全力をこめて石の破片を男にむかって投げかえした。

ヤルダが投げつけた言葉に男がショックを受けたのだとすれば、男をその場にひざまずかせたのは、石がぶつかった衝撃だった。狙いをつけたというよりは幸運で、石は男の振動膜を直撃した。男は苦痛に悲鳴をあげたが——それは発声器官の痛みを激化させるだけでしかない——そのあと、苦痛を表現する欲求とそれを減らそうとする意図が歩調を合わせるにつれ、ブーンという震えるうなり声が強まったり弱まったりしはじめた。

男の友人たちには、ぎょっとしている者もいれば、この予想外のひねりが夜の気晴らしに加わる前よりも楽しそうな者もいた。男の双が浮かべているあまりのことにショックを受けたという表情は、貨物列車が幼児を轢き殺すのを目撃したばかりであるかのようだ。ヤルダは不意に激しい恐怖に襲われた。ヤルダがあたえた害のほうが相手のより大きいし、この場を取り巻いていて証人になりうる人々の大半は、いまも地面より空のほうに大きな注意をむけている。後視線でなにかを捉えていたとしても、認識できたのはじっさいの出来事の半分程度だろう。

　ヤルダは軽率に報復をしてしまった場から急いで離れて、広場の反対側にいたトゥリアをつかまえた。

「時間は特定できましたか？」ヤルダは尋ねた。

「ええ」事象が展開している最中は冷静沈着だったのに、いまのトゥリアは茫然自失気味な感じだった。トゥリアがこの現象を目にするのは今回が初で、いままで好き勝手に疑ってきたとうてい信じがたい主張のすべてが、申し立てどおりの事実だったと確定されたのだ。

「方位は全部把握しました」ヤルダはいった。「これから観測報告を書きあげて、明日、速達を送りましょう」

「いうまでもないわ」トゥリアは頭にかかった靄を振りはらうように身震いした。「紫色から赤になるまで、うーん、三停隔（ポーズ）半？」

「そのくらいでした」

「では、大気圏のはるか上だけれど、だいぶ近かったことになる。太陽までの距離の何十分の一か」

「一グロス半大旅離（セヴェランス）くらい」ヤルダも同意した。

　まわりの人々はまだ興奮してブンブンいっていたが、いま自分たちがどんなすごいものを目にしたのか、正しく理解している声はヤルダには聞こえてこなかった。マジックショーを締めくくる優雅な花火大会を見せてもらった、とでも思っていそうな人ばかりだ。

「もっと近かったら、どうなっていたかしら？」トゥリアが問いを発した。「もし地面にぶつかっていたら？」

ヤルダはこれまで、疾走星がこの世界に衝突する可能性を真剣に考えたことはなかった。一世代（ジェネレーション）でかろうじて半ダースを超える目撃例しかないのに、衝突などとうていありえないとしか思えない。「衝突地点にはいたくないですね」さすがにそれは否定しないが。トゥリアがいった。「わたしは、同じ惑星の上にもいたくないわ」

いまのところ、疾走星とは、太陽から漂いでて周辺の領域を占めている希薄な気体になにかが衝突したもの、と考えられている。ふつうの流星が大気中で明るく燃えあがるのと同様、太陽からの希薄な排気でも、じゅうぶんに高速な侵入者を燃えあがらせることはできるのだろう、と。

では、疾走星はどれほどの高速なのか？　もし、軌跡全体がまったく同時に光を発したと考えることができるほど、ある物体がとても速く動いているとしたら、その長い直線のうち観測者にいちばん近い部分は、最初はいちばん速い色である紫色に見え、ほかの色相があとに続くだろう。それぞれの色は、観測者から遠ざかる一対の等距離の地点から届くので、反対むきの対称なふたつの軌跡をたどって飛び去るように見える。色の尾に観測可能な非対称があれば、それはすべて、物体自体の速度がもっと遅いことを意味する――軌跡の過去側から来る光は、反対側からの光より先にスタートして差をつけられる――しかし、そんな微妙な効果をじゅうぶんな信頼度で観測して、疾走星がどっちの方向へ移動しているかをはっきりさせられた人さえ、まだいない。

「もし、あなたにわたしの幾何学的時間理論が正しいと証明してもらえたら」ヤルダは請けあった。「とても速い物体は運動エネルギーを大して持っていない、という結論になるので、そこまで衝突の結果を心配しなくていいかも」

「もしあなたの理論を証明したら」トゥリアが切り返す。「物体は運動エネルギーなんかがなくても、分裂できることになる。宇宙に存在する森羅万象が、いまにも光と熱いガスになりたがっている、ということにね」

「ハッピーエンドにならないからといって、わたしを責めないでください。わたしがエントロピーを発明したんじゃないですから。闇と冷たい塵……明るい光と熱いガス。わたしたちがどちらのかたちで終わりを迎えることになるかが、ほんとうに問題になりますか？」

ふたりは観測結果を紙に残すべく、トゥリアの住居目ざして移動をはじめた。

トゥリアがいった。「気がついているかしら、あなたの理論によれば、疾走星といっしょに旅をする人は、いまわたしたちが見ている光の半分が自分たちにむかって入ってくる――出ていくのではなくて――と考えていることになるんじゃない？」

ヤルダは胸の上にすばやくスケッチを描いた。

「そのとおりですね」ヤルダはいった。「こんなことがあるなんて」この世界と、太陽を取り巻くガス体が共有している時の矢は、疾走星の時の矢とは非常に違っていて、トゥリアの仮説上の旅行者は、光の爆発の一部分を、自分にむかって集束するものとして見ることになるだろう――エントロピー増大の法則を破っているという点で、部屋いっぱいの煙が一ヵ所に集束していって燃料に戻るようなものだ。明らかにエントロピーは、四空間のあらゆる方向に同時に増加することができないのだが、奇妙な不一致の実例が目の前にぶら下がっているのは、どうにも落ちつかなかった。

ヤルダは、話を複雑にする問題を脇に押しやった。光方程式から指数関数的爆発を追いだそうとするだけでも、難題山積なのだ。ヤルダはあと一旬（スティント）もしないうちに、自分の仮説の要約を自然科学部集会で発表

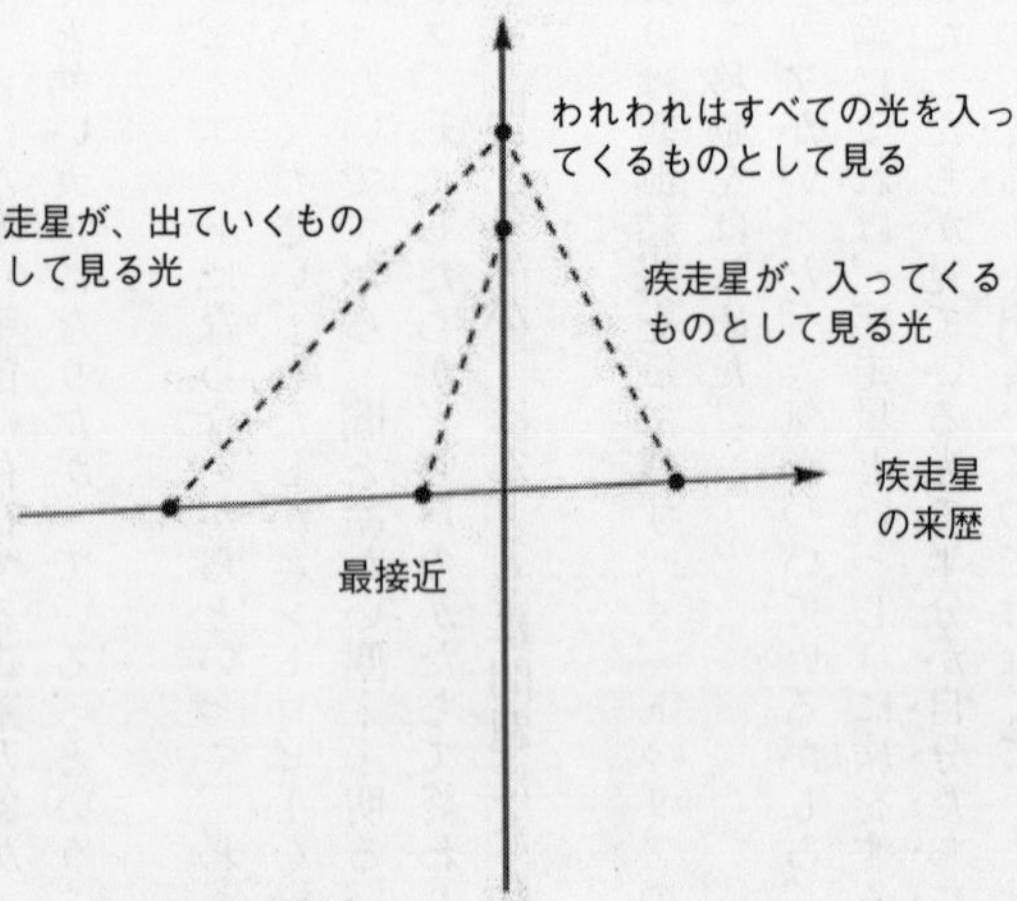

する予定になっているが、ジョルジョが見つけた不備に対する納得のいく解決策を提示できなければ、ジョルジョは講演を中止にするだろう。

トゥリアの部屋に入ると、アントニアが染料と紙を脇に置いて、床にすわりこんでいた。炎石のランプが上の棚でパチパチと音を立てて、頼りない光を投げかけている。アントニアはたぶんアントニオ宛ての新たな手紙を書こうとしていたのだろうが、ヤルダとトゥリアがそばに行って挨拶したとき、彼女の皮膚から文字は消えていた。ヤルダは助言か励ましをあたえてあげたかったが、アントニアが直面しているような選択について、いったい単者になにがいえるだろう？

「マジックショーはどうだった？」無理のある陽気な声でアントニアが訊いた。

「もうすっかり場をさらわれたわ」トゥリアは答えて、ショーの終演後に展開された天空の鏡のトリックの説明をした。

「通りが騒がしいなとは思ったの」アントニアはいった。「それで窓から外を見たんだけど、そのときにはもう終わっていたみたいね」

「染料を使わせてもらってもかまわない？」ヤルダは尋ねた。疾走星の観測報告を一刻も早く仕上げて、夜明けにほかの都市へむけて発つ配達人に渡せるようにしたい。

「全然かまわない」アントニアは染料の瓶に蓋をすると、ヤルダのほうにすべらせてよこした。「まだ考えをまとめているところだから。朝までは使わないわ」

ヤルダは部屋の入口のカーテンが左右に分かれるのを見た。体ごと振りむいて顔をそちらにむけたところで、侵入者たちのひとりが叫びたてた。「床にうつ伏せになれ！　おまえら全員だ！」そのときには四人の男が縦列で部屋に入りこんできていて、さらに後続が控えていた。男たちは警察のベルトを締めていて、ナイフを鞘から抜いていた。

アントニアが泣き言をいいはじめた。「ごめんなさい！　トゥリア、わたしが悪いの！　きっとだれかが――」

トゥリアがいった。「黙っていなさい、あなたはなにも知らな――」警官のひとりがナイフを突きだして、トゥリアに近づいた。

「うつ伏せだ、さもないと体を切り裂くぞ！」

トゥリアはひざまずいてから、胸を下にして床に伏せた。ヤルダは助言がほしくてトゥリアの後眼と視線を合わせたが、仮にそれがなにかを伝えようとしていたとしても、ヤルダには読みとれなかった。

ヤルダはいった。「アントニア、わたしの後ろに隠れて」そしてトゥリアを脅した警官のほうへ進んだ。その男は小柄だった。もしナイフがなければ、ヤルダは相手を好きなように扱えただろう。「窓から出ていきたいの？」ヤルダは男をからかった。「ここにはなんの用もないでしょ。弱いものいじめならよそでやって」

男が自信に満ちてナイフを振りかざしたのは、それが服従を促す力を持つことを当然としているからに相違なかった。ヤルダは止まることなく、男にむかって前進した。この対決のために新しい肢を成形する必要もあるまい。両手でこいつをつかまえれば、その途中で腕を一本失っても、残った一本ではるか下の通りに叩きつけてやれる。

「お願い、ヤルダ、やめて!」すがるようにいったアントニアは、取り乱していた。「わたしは家に戻るから! あなたが騒ぎを起こす必要はないわ!」

ヤルダはそれを無視した。この考えなしどもに、他人の人生の邪魔をするなんの権利があるというのだ? こいつらのひとりが通りの丸石に脳をぶちまけたら、ほかのやつらはなにを優先すべきか考えなおすだろう。

トゥリアが冷静に呼びかけてきた。「ヤルダ、もしあなたが抵抗したら、わたしたち三人ともが殴られる。もしあなたが、こいつらにひとりでも危害を加えたら、わたしたちは三人とも殺される」

ヤルダは正面の男を凝視していたが、男の勝ち誇ったような嘲笑から無理やり目を離して、そいつの仲間たちが後ろに長い列をなして待機し、ナイフをかまえているのを見やった。取り押さえられるまでに三人か四人は片づけられるだろうが——トゥリアのいうことが正しければ、引きあう成果とはいえない。

ヤルダは膝をついて、床に腹ばいになりながら、激しい怒りを押し殺していた。身体の力が強くても無意味だ。動機の正当性も無意味だ。市議会はこの男たちに、出奔者をつかまえて連れもどす権限をあたえていた。アントニアがどんな人生の計画を立てていようと、問題にはされない。

ヤルダと対峙していた警官が片足を彼女の背中にのせ、両腕をつかんで後ろ手にさせると、ほかの警官から硬石の長い鎖を受けとった。警官は輪になった鎖の一端をヤルダの腕の片方にするりとくぐらせると、ベルトから小瓶を取って、まっ赤な樹脂を数滴、ヤルダの掌に振りかけた。すさまじい激痛が走ったが、ヤルダはわめき散らしそうになるのを必死でこらえた。警官がヤルダの掌どうしを押しつけあう。皮膚と皮膚がぴったり貼りつき、それ自体はそれほど耐えがたくもないのだが、樹脂のせいでヤルダの体は、ごくふつうの皮膚表面を、体内にまちがってできた隔壁、壊す必要がある一種の病気として扱った。

ヤルダはしばらく目を閉じて、意識を失うまいと抗った。いま自分の体に起きていることは、これまで決して知らなかったことではない。両腕を融合させられてズーグマ市中を引きずられていく囚人を、これまで何人見かけたことか？　そのときのヤルダは、ほかのみんなといっしょに目を逸らしていた。人殺しや盗っ人が相応の報いを受けているだけだ、と。

警官はヤルダの皮膚にナイフの切っ先を手順どおりに走らせていき、やがて明らかにポケットの存在を示唆するひだを見つけた。

「ここを切りひらいてやろうか？」男はいった。

ヤルダはポケットをひらいた。男はそこに手を突っこんで、ひと握りの硬貨と、ヤルダの分の角剤が入ったホリンの小瓶を取りだした。

部屋の片隅で、アントニアが彼女を取り押さえた警官に懇願していた。アントニアは両手をロープで縛りあわされていたが、彼女とトゥリアが融合樹脂を使われずにすんだのは、疑問の余地なく、命令にすぐ従ったことへの見返りだった。このあと通りに連れだされてしまえば、アントニアはあんないいかげんな束縛からあっさり抜けだして、すばやく逃げだせるだろう、とヤルダは思った。

ヤルダを痛めつけていた警官が、アントニアのところへ行った。「おまえは出奔者なのか？」

「そうです、サー」

「だが、双のところに戻る意思があるんだな？」

「そうです、サー。でも、この友人たちは知らなかったんです。わたしは自分の双は死んだと、この人たちに話していましたから。わたしは自分から双のところに戻りますから、友人たちは放してあげてください」

アントニアが取り引きをしようとするのを、警官は面白そうに聞いていたが、「このパトロール隊はおまえを捜しにきたのではない」といった。「自分から正直に申しでてくれたのはありがたいことだが。もともと用があったのは、その太ったやつ、単者だ。こいつは市議会議員のご子息に暴行を加えた」

警官はヤルダのところに戻ってくると、彼女の振動膜を蹴りつけた。

部屋が砕け散り、壁が崩れ落ちて瓦礫になった。ヤルダは身をよじって絶叫し、喧噪と苦痛の破片の中に埋もれていった。

8

「判事の前に出たら」トゥリアがささやき声でいった。「なにひとつ反論しちゃダメよ。罰金も受諾、条件も受諾、そうすればもう二、三日もすればここから出れるから」

ヤルダは自分自身の体を鎖の最後の輪にされて、独房の壁につながれていた。両腕が融合してできた環に体をくぐらせたので、腕が体の前側にあるのが、ここに来てからのささやかな改善点だ。独房は壁も床も剝きだしで、窓はなく、夜も昼も変わりなく暗い。何者かが、姿を見られずに入ってきたことが、二度あった。一度目のやつはヤルダを殴りつけにきて、二度目のやつは腐った小麦を床にばらまきにきた。ほかの独房で肉が材木でバシッと打たれ、哀れなうなり声があがるのが、聞こえてくるいちばん大きな音だった。

だが、意図的にではなしにヤルダにあたえられた救いが、ふたつあった。まず、床は本物の土で、これはヤルダのお気に入りの寝床だ。もっと清潔好きの囚人なら長虫に嫌悪を感じただろうが、ヤルダは単になじみの場所にいる気分になれた。もうひとつは、トゥリアの隣の独房に入れられたことで、多孔性の壁の石を通して小声で話しあうことができた。この会話がなかったら、ヤルダは気が狂っていただろう。

「わたしに対する告発は、出奔者を匿ったことと、もし発見されていればだけれど、部屋にホリンがあったことになると思う」トゥリアが説明する。こうしたことはすべて経験ずみのようだ。「数ダースピースの罰金を科せられて、罪を繰りかえさないと宣誓させられる。あなたの罰金はたぶんもっと高額だけれど、心配しなくていいわ。それを支払う助けになるような人と連絡を取る機会をもらえるから。わたしのほうが先に出られると思うから、ダリアや〈単者クラブ〉のほかの人たちに話をしておく。あなたに必要なだけのお金を、わたしたちが用立てる」

「あいつが石を投げてきたんですよ！」ヤルダは反論するようにいった。「一ピースも払う必要はありません！　あの下衆野郎のことも暴行で告発させないと」

「その男に不利な証人を一ダース集められる？」

「たぶん無理です」

「なら、そいつがじっさいなにをしていようと、問題じゃない。それは問題なんだと自分にいい聞かせるのはやめなさい。でないと、あなたはあれもこれもむずかしくするだけよ」

ヤルダには受けいれられない忠告だった。自分が自制すべきだったことはよくわかっている。鋭くて重いと認識していた丸石を、投げ返すのは思いとどまるべきだった。だが、自分を攻撃したやつが自分の横で投獄され、罰として殴られ、罰金を払わされ、面目を失い、暴力的な気質を矯正すると誓うよう強要されるのを見たい、という気分もまだ強くあった。

自分の行動がアントニアの人生を犠牲にさせたことも、ヤルダはわかっていた。数年あるいは数旬(ステイント)にわたってアントニアが双と交渉できたかもしれない機会は、ヤルダがトゥリアの部屋に警察を招き寄せた時点で失われていた。それがヤルダのしでかした最悪なことで、アントニアのためだったら、ヤルダは自分を責める相手に片っぱしから、自分が考えなしだったことを喜んで認める気になった。だが、ヤルダ自身が有罪だからといって、ほかのだれかの罪を許していいわけではない。子どもを切望しているだけのアントニオにも、単者をからかったにすぎない議員の息子にも、単に職務をこなした警官たちにも、ヤルダの横にずらりと並んで、それぞれの罰を受けてもらわなくては。さもなくば、全員を八分裂させてやる。


トゥリアはその話題に飽きてきて、何度も念を押して忠告すると、会話を別の方向へ持っていった。

「何時隔(ベル)か、こんなくさい牢獄からいっしょに離れましょう」トゥリアは頼みこむようにヤルダにいった。「こんなときこそ知的活動に従事しなかったら、知的活動をしている意味がないでしょ?」

「ここで寝そべって、疾走星の幻覚を見るんですか? それはとても元気が出そうですね」

「最後にようすを見たときには、あなたはもっと差し迫った問題をかかえていたようだったけれど」とトゥリアが話を振った。

「ふたりで指数関数的爆発を解決しようっていうんですか、ここで?」

「もっといい時間の使い道がある? 市議会議員の息子たちの手足をもぎ取る計画でも練る?」

じっさいにはヤルダも気晴らしがほしくてたまらなかったし、トゥリアの自制心と意志の強さを自分も持っていればと思った。だがヤルダのかかえている問題は、この投獄同様、どうにかしようがあるとは思えない。「ジョルジョのいったとおり」とヤルダは話しはじめた。「わたしが発見した方程式には指数関数的な解があります。もしそれを減衰させようとしたら——そうした解をなくすために方程式に新しい項を加えたら——本来の解が失われるだけです」

「波動方程式としては異色よね」トゥリアも同意する。「弦の波動方程式のいいところは、初期条件を設定して、それが進展していくのを観察できること。弦を引っぱって好きなようにどんな形にすることも、どんな種類の運動をあたえることもできるし、その方程式から、未来のどの時間の弦の形もわかる。さらに、初期設定の測定値に小さな誤差があっても、まずいことにはならない。予測値に生じる誤差も、同程度に小さいから。

でもあなたの光方程式は、波動方程式よりも固体内の温度分布の方程式に似ている。あなたが、そうね……薄い石板のあらゆる場所の温度を知りたいと思ったら、信頼度の高い結果を得るには、石板じゅうの境界の温度を特定する必要がある。ひとつの端での温度と、そこから石板内部への勾配だけを手掛かりにしようとしたら、あらゆるわずかなデータの誤差が、石板のほかの部分へと進むにつれて指数関数的に爆発する。あなたの方程式のふるまいも、それと同様」

ヤルダは闇の中で考えこんだ。「そのアナロジーを続ければ、ある特定の場所での、ある期間の光のふるまいを計算するには……その四次元の領域の縁全体で光がなにをしているかを知らなくてはどうにもならない、ということですか？　最初になにをしていたかだけでなく、縁で起きているあらゆることと、さらには最終的にそのすべてがどうなったかも？」

「まさしく」トゥリアはいった。「あなたが考えついた方程式は、光のふるまいを支配するというべきものだけれど、実用的には予測には役立たない。方程式が告げるあらゆることは、あとになってから検証はできるけれど、物語(ストーリー)の中間を信頼の置けるかたちで〝予測する〟には、物語がどのように終わるかを前もって知っている必要がある」

ヤルダはいった。「一本の弦が持てる波の速度はひとつだけです。しかしわたしたちは、紫色の光が赤い光よりも速く移動できるのを知っています——わたしたちの感知能力の範囲外に、もっと速い色相があるというのも、信じがたいことではありません。それなら、次に起きることを予測するにはたった一カ所の光の状態を知るだけでじゅうぶんだ、と考えていいものでしょうか？ わたしたちがまだ把握していない——わたしたちの知る領域の縁のすぐむこうにある——ほかの波が、つねに、いまにもぶつかってきて予測を無効にしようとしている可能性はあります」

「いい指摘ね」それを聞いてトゥリアがいった。「じゃあ、あなたの好きなだけ速く動く光が存在する可能性を、受けいれるとしましょう……そのかわりに、現時点であなたの好きなだけ遠くに存在する波という波を、わたしがあなたに教えてあげられることにする。そうすればあなたは、これ以上は望みようのない警告を受けとることができる。あなたのデータの範囲外の場所から速い波が来て衝突した、と文句をいうことはできない。そして、もし宇宙が永遠に続くのだとすれば、あなたは無限の現在を丸ごと知らなければならない。ある一瞬の時間において、あなたに対して秘密にできることはどこにもない」

「その先まで話を進めてください！」ヤルダはせっついた。「その仮説なら、わたしのかかえている問題は排除できることになりますよね？」

「そうじゃないわ！」トゥリアの声には、ヤルダがいまの話をじっくり考えることなく、まんまと罠にかかったことへの、いらだちと満足感がともにこもっていた。「あなたの方程式は依然として、些細な測定まちがいから指数関数的に増大しうる解を含んでいる。あなたには依然として、次の数停隔（ポーズ）に目の前でなにが起きるかを予測することはできない。それは光の物理学のあるべき姿としてあなたの直観が告げるものと、ほんとうに一致しているの？」

「いいえ」ヤルダは認めた。姿勢を直してから小さく悪態をつき、肉が裂ける音に対して心の準備をする。いずれ釈放されるときに負う傷が少しでもマシになるのではと思って、ヤルダは一体化した皮膚の内側から両腕を数微離（スキャント）引き離して隙間を作るようにしていた。だがヤルダの体は体で、自分が状況をいちばんわきまえていると思っていて、ヤルダはうとうとしたり、注意がよそへ行くたびに、肢の両端のあいだにできた新たな筋繊維の塊を引き剝がす必要があった。

　その作業を終えたヤルダは、トゥリアの議論をあらためて順を追って考えてみた。「もし宇宙が永遠には続かないとしたら？」ヤルダはいった。「空間的に、あるいは時間的に？」

「その場合も、あなたはその境界でなにが起きているかを知る必要がある」トゥリアが答えた。「石板の場合と同様に。すべての端でなにが進行しているかを知る必要がある」

　そこから生じる可能性をヤルダは考えた。宇宙の境界はなんらかの特別なルールに従っている——たとえばだが、波は単にそこではゼロでなければならない、だとか——と断言してしまえば、たぶん境界の内側では爆発させずにおけるだろう。だがそれは不細工な解決策で、なんの根拠もないし、より深い理解ももたらさない恣意的な制約でしかない。

「もし、端がないとしたらどうでしょう？」ヤルダは考えを述べた。「もし宇宙がこの星の表面のようなものだったら——有限だけれど、境界がなかったら？」

　トゥリアが長いこと沈黙したので、ヤルダは心配になってきた。ヤルダは自由に動かせる新しい腕を成形して、壁を叩いた。「だいじょうぶですか?」

「もちろん! いま考えているところ!」トゥリアの声は幸せそうといってもいいほどで、まるでヤルダがとうとう、ほんとうに気晴らしになる斬新な案を提出したかのようだった。

やがてトゥリアが断言した。「それで指数関数的爆発が解決されると、確信を持っていえるわ。一周して自分自身となめらかにつながる振動で、球面のまわりを包むことはできる――でも指数関数的に増大する曲線は、以前の値には二度と戻らないから不可能よ」

ヤルダははしゃぎ声をあげた。「では、もし宇宙が球面の四次元バージョンだとしたら?」

「それでも物事がとても奇妙であることに変わりはないわ」トゥリアが警告するようにいった。「予測問題は、それまでとは反対の極端に飛び移っただけよ」

「どういうことですか?」

「二次元バージョンを考えてみて」トゥリアがいった。「ズーグマの周囲に円を描いたとしたら、その円の上にあるデータは、あなたの方程式と組みあわせて、市内で起きているあらゆることを教えてくれる。境界に関する情報が、内部に関する情報をあたえてくれる」

「でも、それは別に新しい話ではありません。なにが問題なんですか?」

「ズーグマの周囲の円は」とトゥリアが答える。「この世界のほかのあらゆるものの周囲の円でもある。市の境界は、同時に、市の彼方にあるあらゆるものの境界でもあるのだから。だから、そのひとつの円上のデータからは、あなたの方程式の全球面上での解も見つかることになる」

「そうか……」

トゥリアはダメ押しするように、「四次元バージョンでいえば、それは光を幅数微離(スキャント)、時間二停隔(ポーズ)間の小さな領域で測定すれば……宇宙の歴史すべてを通して光について知るべきありとあらゆることがわかる、と主張するようなものよ。あなたのちっぽけな領域の境界は、ほかのあらゆるものの境界でもあるわけだから」

ヤルダは皮肉っぽくブンブン音を立てた。「それが、わたしの直観の告げる光の物理学と一致するとは、いえませんね」

「わたしの直観ともご同様」トゥリアの熱狂的な高ぶりは去っていたが、声に落胆を出さないよう、最善を尽くしていた。

「わたしたちはがんばったんです」ヤルダはいった。「がんばっただけの価値はあったと思います」

ふたりはしばらくのあいだ牢獄にいることを忘れられたが、たとえ自由になっても、これはかんたんに解ける問題ではない。

独房が静まっていると、市の時計塔のひとつで鳴る時鐘が耳に届く。雑音のせいで、あるいは寝ていて、あるいは不注意から、ヤルダは数回聞き逃していたが、時間の経過がわからなくなるほどの回数ということは決してなかった。だから、看守が来てトゥリアを連れていったのが三日目の午前半ばだと、ヤルダにはわかった。

判事による審問に違いない。ヤルダはいらつくまいとしながら、トゥリアが戻るのを待った。毎回の審問はつねに大人数の囚人を取り扱う必要があり、一回につき一、二時隔はかかる、とトゥリアに聞かされていた。

夕方になっても、トゥリアは戻らなかった。釈放されたか、罰金を支払う手配をするあいだ、ほかの独房に移されたかだ。

トゥリアは自由の身になったのだ、とヤルダは信じることにした。トゥリアは逮捕に抵抗しなかったし、ここの仕組みをよく知っているから審問でも適切な答えができる。罰金が少額なら、現金が判事の手もとに届くまで待たされることなく、約束手形を書かされて釈放されたはずだ。トゥリアはいまごろ〈単者クラブ〉で自分が解放されたのを祝うとともに、友人を助ける手立てを探っているのだろう。

ヤルダは隣の囚人たちの哀れなうなり声を心から締めだした。同情はするが、彼らの窮状に関わりあっていられるほど強い心は持っていない。判事の前に連れだされる順番がもうすぐ来るはずで、ヤルダはそのときにいうことを考えておく必要があった。

翌朝、看守たちがやってきたとき、彼らのランプの明かりでヤルダは目がつぶれかけた。彼女の鎖を壁から外すときに使われる道具を盗み見てやるつもりでいたのだが、すべては痛みを伴う明るさに覆い隠されてしまった。看守たちに鎖を引っぱられて独房から引きずりだされるとき、ヤルダはすばやく腕の一方を伸ばしてもう一方を縮め、力が中身の詰まった肉にかかるようにした。その肉と皮膚のあいだにヤルダはつねに隙間を作っておこうと苦心しているので、皮膚はたるんだ筒状になっていて、そこに力がかかるのは避けたかった。

よろめきながら広い階段をのぼった先は、焼けつくような日光に満ちた廊下で、鎖を後ろに引っぱって看守たちを怒らせたくなかったヤルダは、目を細くして廊下を足早に進んだ。囚人たちでいっぱいの部屋に入ると、また壁につなぎ留められた。ヤルダは用心しながら視線をあげた。一ダース以上の男と女が彼女の脇に鎖でつながれていて、大半の者は肢を融合されている。そのだれもがヤルダ同様、不幸そうで不安げだった。

ヤルダは自分が身震いしているのに気づいた。ここでは手助けをしてくれる友人を呼ぶことはできない。だれにもアドバイスや弁護をしてはもらえない。ヤルダの手引きとなるのは、聞かされたときには激しく反発したとはいえ、トゥリアの忠言だけだ。

判事が部屋に入ってくると——部下たちのとよく似たベルトを締めているが、少なくとも四本のナイフで飾りたてられている——堂々たる安定石のデスクのむこうにまわって自分の席に着いた。新しい染料のにおいがする紙の山を、助手が運んでくる。少しのあいだ、そのにおいに心が安らいだ。

最初の審問のあいだ、ヤルダは手順に注意を集中して、覚えられるかぎりのことを覚えようとした。告発は、若い男がパンを盗んで、警察から逃げたというものだった。男は否認しなかった。

判事は男に一ダースピースの罰金を申し渡した。

「支払いの当ては？」判事は尋ねた。

「兄が助けてくれると思います」その低い声からは、男が恥じているのがわかる。

「この男の件の詳細を伝令に伝えろ。おまえは独房で待っているように」看守が男の鎖をつかんで、部屋から連れだした。

次の囚人も若い男で、個人の庭園に侵入したのだった。なにかを盗んだという告発はなかったが、罰金はさっきの窃盗犯の三倍だった。

審問の過程のことごとくが屈辱的なものだったが、ヤルダは自尊心を押し殺す覚悟ができていた。トゥリアは罰金の用立てを手助けすると申しでてくれていた。たぶんダリアが数ダースピースを貸してくれる気になるだろう。ヤルダがそれらしく謙虚になって改悛しているように見えさえすれば、日が暮れるまでにはここを出られるだろう。また、アントニアの運命に関してどれだけの責任が自分にあるにしても、そのことでいざこざを起こしてもなにか成果があがるわけでもなかった。その件とは無関係な暴力行為について、太った単者がひとりで警察に異議を申し立てたからといって、出奔者に関する法律の廃止を求めて議会に楯突く人が出てくるはずもない。

ヤルダの順番が来て、看守が壁から鎖を外し、判事のデスクの前にヤルダを連れだした。

「おまえはヴィトの娘のヤルダだな？」

「そうです、サー」父の名前を聞いて、胸がチクリとした。父がこの件を目にすることなど、絶対にあってほしくなかった。

判事はデスク上の書類をざっと眺めた。「おまえに対する告発は、まず第一に、自然界の理法と公共の利益に反する物質を所有していたことだ。この告発に異議はあるか？」

「ありません、サー」独房の闇の中でヤルダは、父親のいない子どもを世界からなくす薬を禁止することの愚を訴える演説を練習し、自分の完全無欠な論理の力がもっとも敵対的な聴き手の心さえ動かす光景を夢想していた。

「この告発に関して、一ダースピースの罰金を科す」

「ありがとうございます、サー」

判事はいらだたしげにちらりと目をあげてヤルダを見た。ヤルダが不安で顔を引きつらせているのを、罰金が軽すぎるという証拠として受けとめたかのように。

「告発の第二は、四夜前、大公会堂前広場における、アシリオの子息であるアシリオの身体への過激な暴力行為だ。六人の証人から、おまえが投げつけた尖った石がアシリオに当たって、重傷を負わせた旨の供述がなされている。この告発に異議はあるか？」

「ありません、サー」

「罰金を軽減すべきなんらかの事情はあるか？」

ヤルダは躊躇した。いくらなんでも、正直な答えが権威への反抗や異議申し立てと見なされたりはしないのではないか？　真実を聞く気がないなら、罰金の減額について尋ねたりするだろうか？

「サー、わたしがアシリオに石をぶつける前に、彼がわたしに石を投げつけてきたのです。石はわたしに軽く当たっただけでしたが、わたしが石を手にすることになった経緯はそのようなものでした」

判事はデスク上の書類を見直してから、それを脇にどけると、冷ややかにヤルダを見あげた。「その告発の証人としてだれを申請する？」

「だれもおりません、サー」ヤルダは認めた。「ほとんどの人が空に目を奪われていました」説明を続ける。「また、わたしの友人がいたのは、広場の反対側でした」

「では、無根拠かつ卑劣な中傷に対して二ダースピースの罰金を科す」判事はいった。「さらに、わたしの時間を無駄にしたことで一ダースピース追加だ」

ヤルダの皮膚が震えた。ヤルダが謎の虫けらに肉を囓りとられつづけていて、それを追い払うにはこうすればいい、と体が信じているかのように。

「暴力行為に対しては」判事が続ける。「告発人は賠償金として一大グロスピースの支払いを要求しており、わたしもこれに同意する。加えて、ズーグマ市民に成りかわって、一グロスピースを科す。罰金の総額は、一大グロスと一グロス四ダースピースである。支払いの当ては？」

ヤルダは言葉を失っていた。公開解剖で入場料を取っているダリアでさえ、一年かかってもそんな額は稼げないだろう。トゥリアやリディアにとっては生涯賃金だ。

「支払いの当ては？」判事がせっつくように繰りかえす。

「ありません」ヤルダはいった。「そんなお金はどこにもありません」

判事は呆れたようにうなった。「おまえのポケットからそれだけの現金が出てくるなどとは思っておらんわ、この馬鹿者が。おまえのために金を用意できる者の名前を、伝令に伝えればよいのだ」

「それが可能な知り合いはいません」ヤルダは声を強めた。一大グロスピース？ そんな現実離れした要求をトゥリアに押しつけることはできない。友人すべてを返済不能な借金に埋もれさせるわけにはいかなかった。「賠償金の……額の大きさを再考していただけないでしょうか？」ヤルダは懇願した。

「わたしにできるのは」からかうように人の善さそうな声になって、判事はいった。「おまえを一旬間(ステイント)、独房に戻して、おまえが自分の手持ちの札(ふだ)を再考できるようにすることだ」そして看守に合図をした。

地下室へ連れもどされる途中、ヤルダは何度も階段で足を踏みはずしかけた。姿勢を整えなおすまで、看守は待っていてくれた。たぶん、とんでもない罰金の額に驚いて、これ以上苛酷な目に遭わせる必要はないと思うようになったのだろう。

看守がいった。「闘う相手は慎重に選ぶべきだったな」

ヤルダはいった。「相手がだれかさえ、わたしは知らなかったのよ」

看守は笑い混じりにブンブンいった。「これでよくわかったわけだ」

最初、ヤルダは事態が見かけどおりであることを信じるのを拒んだ。一大グロスピース？ そんなのは残酷なジョーク、ヤルダの〝卑劣な中傷〟に対するお仕置きに違いない。一日か二日もすれば、ふたたび判事の前に引っぱりだされて、ほんとうの罰金の額を聞かされるのだろう。

だが、牢獄での六日目の終わりを告げる時鐘(ベル)を耳にしたとき——その少し前に床に撒かれた腐った小麦を、最初は蹴飛ばしたが、そのあと手探りで掻き集め、完全に平らげたときに——一瞬、頭が澄みわたった。ヤルダは自分の心の一部が、おかしな仮定を前提にしてものを考えていたことに気づいた。その仮定とは、ヤルダを釈放する権限を持つ人々が、彼女の運命に思いをめぐらせながら日々を送り、彼女の苦難に心を痛め、彼女の受けている罰の厳しさを問いなおしている、というものだ。そして、感情をまったく欠く人などいないのだから……ヤルダにとってどうしても耐えがたいことは、つまるところ、その人たちにも耐えがたいだろう。ヤルダの心を押しつぶしかねないこんな不当な処遇は、結局、それを科す側の人々の決心も、摩耗させるはずだ。

しかし、現実はまったくそんな風ではないのだ。判事も、看守たちも、市議会も、告発人も、たがいの行動を容認し支えあって、ヤルダの拘禁という重責を等分に負っているので、それは重責でもなんでもなくなっている。個人としては、だれひとりとして、一体となっておこなったヤルダに対する仕打ちに責任はない。ヤルダはこの独房で死を迎えるかもしれず、そのとき連中のだれひとりとして、わずかでも心の痛みを感じて悩むことはないだろう。

いまヤルダにできるのは、一旬(ステイント)間待ってみてから、自分の状況を正直に説明した伝言をトゥリアに送ることだけだ。ヤルダは友人たちに借金をさせてまでお金を集めてもらおうとは思わないが、友人たちが〈単者クラブ〉で片っぱしからヤルダの話をしてまわれば、たぶん客のうちの裕福な何人かが、ヤルダの窮状に同情してくれるだろう。たぶん一年か二年かければ、罰金の額のお金が集まるだろう。

筒状にした両腕のあいだに、また新たな細い肉の橋ができていた。ヤルダは怒りをこめて筋繊維を引っぱり、最後の一本がぷっつりと切れるまで引き裂いていった。どれだけ長くここにいても、看守たちがヤルダを釈放してくれるわけではない。

投獄八日目の朝、目ざめたヤルダが足を動かすと、すでに床の上に固いものがあった。両手がいっぱいになるまで小麦を一粒ずつ拾ってから、手を傾けて中身を注意深く口の中に落とす。

いったいなぜ食物が必要なのだろう？　なぜ単に光を作りだして、必要なエネルギーを無料で入手しないのか？　いまのヤルダは、子どもと違って成長してはいない。新しい物質を体に加える必要はないはずだ。けれど、いまヤルダの体にある物質は、無秩序になりつつある。彼女の肉を構成する顕微鏡レベルの基礎単位は配列が乱れていく。植物にとっての土、動物にとっての食物は、成長と修復のための物質を提供しているにとどまらない。それは低エントロピーの源でもあるのだ。土を生じさせる岩は、高度に秩序化されている。そして秩序なきところでは、人をひとつの方向と別の方向に同時に押すようなもので、エネルギーは無駄になる。生命は、世界のゆっくりとした崩壊から生じる時の矢に乗っている。

だが、体の中の秩序が少ないいま、それでどうやっていけばいいのだろう？　ヤルダをここに捕らえている連中は、彼女を飢え死にさせはしないだろうが、正気を保っているにはどうしたらいいのか？

「わかったわ、トゥリア」ヤルダはささやき声でいった。「知的活動ってやつをやってみせてあげる」

トゥリアは、もし宇宙が球面と似ているとしたら、ヤルダの方程式は森羅万象を不条理なほど予測可能なものに変えるだろう、といっていた。トゥリアの議論はもっともらしかったが、ヤルダは自分のアイデアを丸ごと放棄する前に、問題点をもっと深く理解したかった。

球面上では、自分の方程式の基本解が球面調和関数になることにヤルダは気づいた。以前、地震学の講義でいちどだけお目にかかったことのある種類の波形だ。球面全体で成りたつどんなに複雑な解でも、それぞれの調和振動にその寄与をあらわす適切な係数をかけて足しあわせることで表現できる。

ヤルダは闇の中で皮膚に方程式を浮かべながら、順に計算を進めていった。まず、物理的パラメーターを

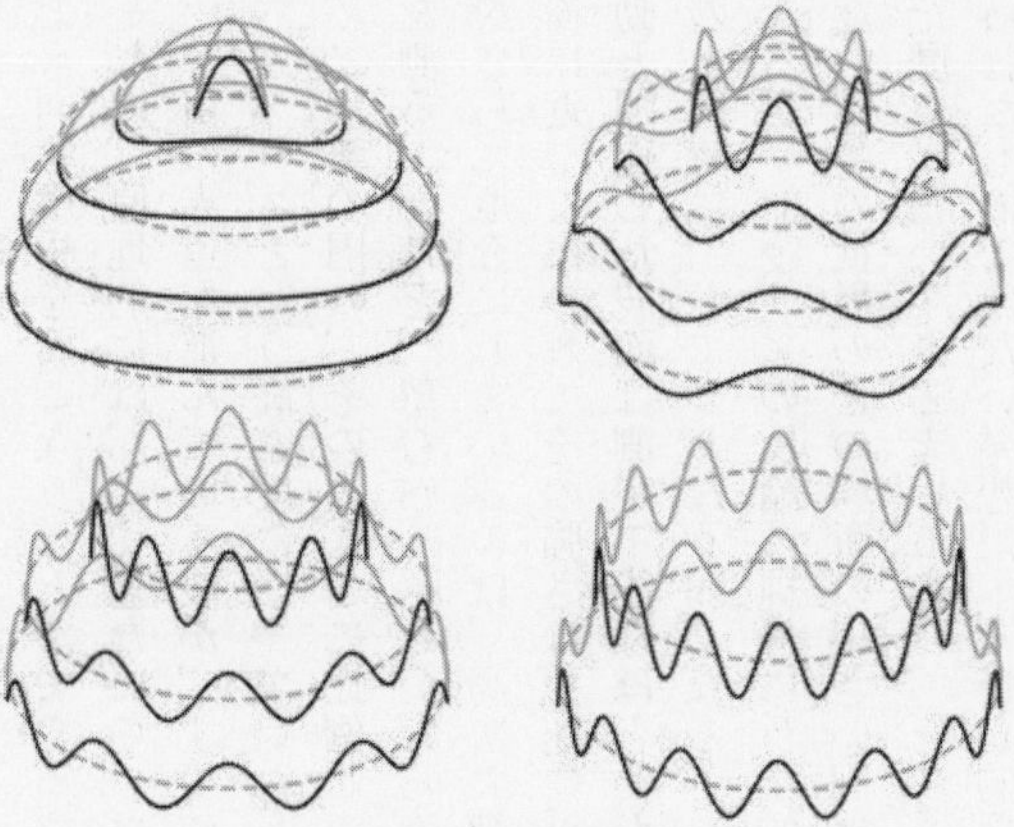

固定する。球の半径と、波面の間隔。その場合、波の経度方向の振動数が上昇すると、緯度方向の振動数が低下する。赤道とあらゆる子午線を整数個の波で包む必要があるので、可能な波の種類は有限個しかなく、考慮すべき調和振動はその有限個だけになる。

ヤルダは計算を触知できるものにするために、二、三の例を皮膚にスケッチした。北半球と南半球は同一なので、ヤルダは半球分だけを扱うことにして、波がいちばん強くなるさまざまな緯度の円沿いに、波を描いた。

等緯度を通るあらゆる円に沿って——どんなに大きくても小さくても——ある特定の調和振動は同じ周期の数だけ変動し、弾かれた弦の調和振動と同じようにそれぞれをはっきり区別することができる。だから、方程式に従うどんな波でも、どの円でもいいからその上での値がわかれば、それぞれの調和振動に分解し各振動の相対的な強さを決定でき、それによって全球面での解を得られる。さらに、この方法において〝極〟をどこにするかは完全に任意だ。原理的には、どこであろうとも同じ解析をおこなうことができる。

だがそれは、原理的には、にすぎないのでは？　たとえば、宇宙の赤道を進んでいる波が、すでに一微離（スキャント）あたり六大グロスという高密度になっていたら、幅わずか一、二歩離（ストライド）の円の、その大きさに比例して細かい波の数を測ることなど、望むべくもないだろう。そして問題をさらに厄介にしているのは、高次の調和振動ほど、極に近づくにつれてその強さは急速に減衰して、調和振動と関連した波面は測定不能なほどたがいに近すぎるのと同時に、とてつもなく弱くなる。

こうなると、トゥリアの反論は純粋に哲学的なものでしかない。この世界のどの場所の小さい円にも宇宙の光の全歴史が書いてあるというのは、とてもつきあっていられたものではない発想だ——野心的な占い師にとってだけは例外かもしれないが、まったく使いものにならない。ヤルダは不安な思いを脇に置いて、理論の残りの部分が自分をどこに導くかを考えてみる覚悟を固めた。ジョルジョの最初の批判のように、ほかの物理学者たちがやすやすとこの理論の致命的欠陥を見つけるかもしれないが。ヤルダ自身でさえ半信半疑だとしたら、半分だけ正しくてもなんになる？　ヤルダはほかの科学者たちに、このアイデアを追求してもらう必要があった。投獄されていようが自由の身だろうが、ヤルダひとりでは、この理論から派生する問題のすべてを探究しようにも手のつけようがない。

ヤルダは前かがみになって、痛む両腕が作る輪に頭を載せた。肢の中の疲れきった筋肉を胸まで引きずり戻して、じゅうぶん休みをとった肉と入れ替えたかったが、その一連の肉の移動を安全かつ無痛でおこなう手引きになるような本能も経験も持ちあわせがなかったので、この願いはかなえられそうにない。子どものときからたくさんの姿形を試してきたが、皮膚の位相幾何学が変化するという経験は今回がはじめてだった。

両腕の肉と皮膚とのあいだに隙間を作っている部分に頭頂部を割りこませて、肉どうしが触れあわないようにしておいて、少しのあいだ緊張を解く。肉を弛緩させていられる気分はすばらしかったが、この姿勢をやめてほんの一、二分隔もすれば、両腕がズルズルと融合をはじめるのはわかっている。

隙間のまわりのたるんだ皮膚が折り重なるように皺になって、頭頂部をなでた。気晴らしにその皺を前後に動かして、頭頂部をマッサージする。面白いことに、皺が自然のうちに等間隔の〝波〟を形成していくことにヤルダは気づいた。数ダースの振動が筒状になった皮膚を周回している。ヤルダは球面調和関数に命を吹きこんだようなものになっていた——いまのヤルダは、どう大ざっぱにいっても球ではない、という点を別にして。いまのヤルダは、むしろ円環だった。

球ではなく、円環。

それはなにをかえることになるだろうか？

円環もまた、指数関数的爆発を防ぐことができる——球の場合と同様、指数関数的に増大する曲線で円環を包むことはできない——が、基本解は異なるだろう。

ヤルダは頭をあげて闇の中を見つめた。円環は曲がっている必要さえない。数学的には、円環を切りひらいて平らに広げ、長方形や正方形に変えることもできる。全体が容易にもとどおりに組みたてられるよう、正方形のそれぞれの端での波の値が反対の端と一致することとさえ保証できればいい。

基本解は、正方形をどちらの方向に横切っても、きっちり周期の整数倍だけ変動しもとの値に戻る波になるはずだ。そのふたつの整数の二乗の和は、定数と等しくなくてはならない——宇宙の大きさと、波面の間隔との関係を固定するために。

ヤルダはいくつかの例をすばやくスケッチした。図が描ける程度に小さいが、複数の方法で二乗の和に分解できるだけ大きい定数を選ぶ。

ヤルダが体の上に描けるような種類の波では、最大で二、三ダースの振動しか描ききれないので、解はひと握りしかないだろう——それは、光はほんのひと握りの異なる速度でしか移動できないといっているのと同じことだ。その速度は光の空間と時間における周波数の比に等しい。だが現実の、宇宙規模の、四次元の場合には、二乗の和はとてつもなく巨大で、独房ひとつにある砂粒の数よりもたくさんのかたちであらわすことができ、周波数の比は、それが連続的に分布していないことがわからないくらいに数が多くて、間隔が狭いだろう。

正方形を渡る波の数を毎回選ぶ際には、それぞれの方向の波が端でゼロからスタートするか、波の頂点の値からスタートするかも選ぶことができる。この追加された融通性によって、完全な一般解——それがどんなに複雑で奇妙であっても——はつねに、さまざまな

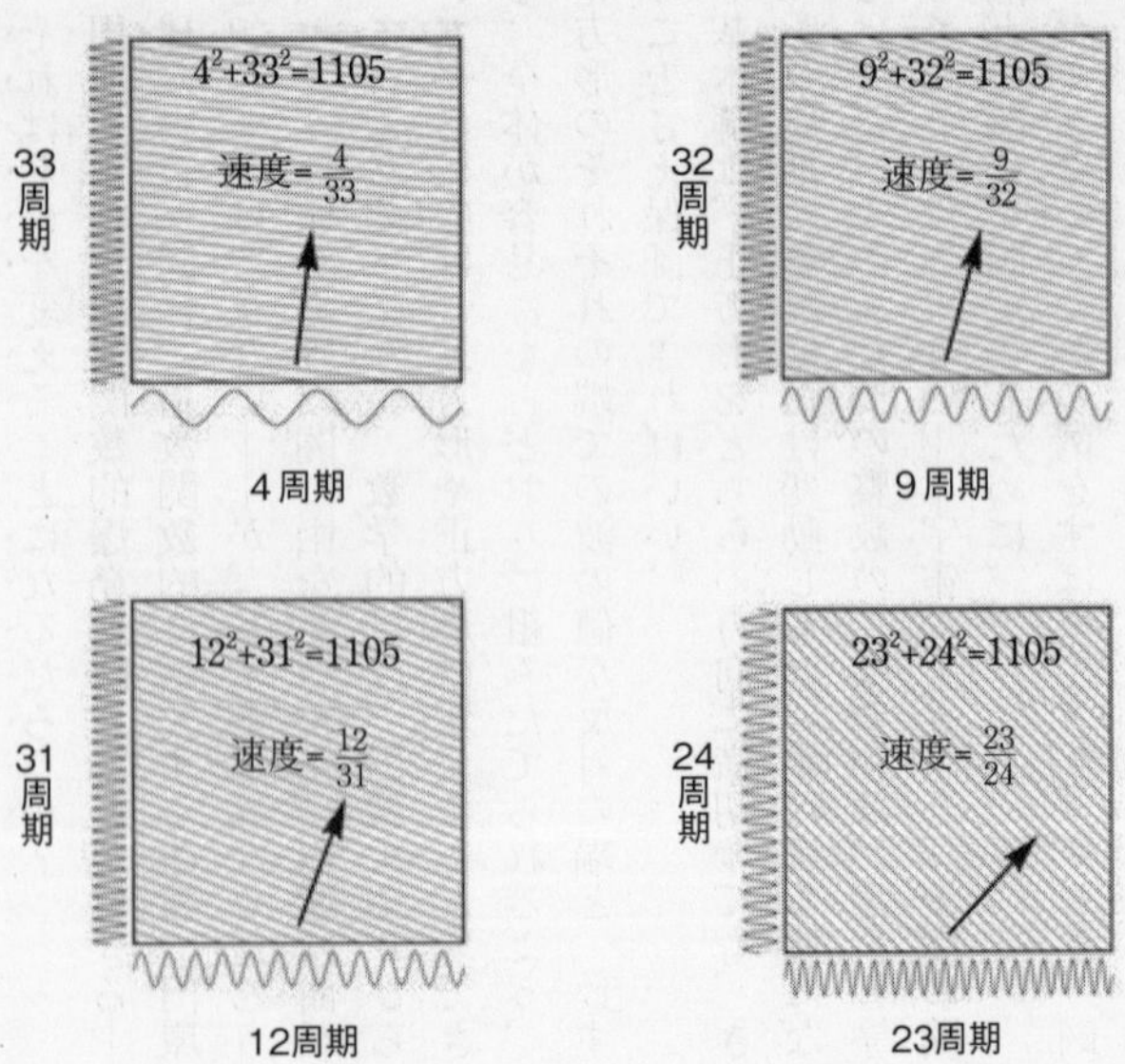

係数をかけた基本解の和としてあらわすことが可能だった。

その係数を見つけて波全体を――環状体宇宙での光の来歴全体を――復元するのに必要なデータは、なにか？ 球面調和関数とは違って、そうした基本解の痕跡は、どこかの極にむかって集中したりしない。基本解の寄与を評価するには、正方形のひとつの縁全体に沿って波がなにをしているかを――選択した縁沿いの値がゼロであるような波についても知るために、その値だけでなく、直交方向での変化率も――知る必要がある。

こうした必要条件は、物理学者のお気に入りである弾かれた弦の場合と、ほぼ正確に同じだった。弦の初期の形と運動を設定すると、方程式がそのあとどうなるかを教えてくれる。唯一の違いは、こちらの方程式は波の速さに制限がないので、同じ情報を遠く彼方から集める必要があることだ――可能性としては、宇宙の全幅をも横断して。これは、まさにトゥリアのいっていた「ある一瞬の時間において、あなたに対して秘密にできることはどこにもない」という状況だが、もう指数関数的増大によって役立たずになることはない。

環状体宇宙では、予測は理にかなった行為になる。ごく周囲の状況がわかれば、じゅうぶん遅い波に直近の未来になにが起きるかを予測できる。予測などさっぱりお手あげということもないが、馬鹿げた全知全能になるのでもない。対応を準備する暇もないほど速い波もつねに存在して、不意を突かれることになる――かなにもないところから出現する疾走星のように――からだが、そういう波が存在しなければ、物事は予想されたとおりに進行していくだろう。

円環を四次元的な等価物と置き換えれば、そうした仮定のルールに従う光は、現実世界でとまったく同じようにふるまいはじめることになる。

ヤルダは頭を下げて、ふたたび両腕を休ませようとしたが、両肩が疲労で熱を持っていた。そこの筋肉にも休みを取らせることができずにいる。それを可能にする動作には最初から最後まで、両腕を完全に引き離していることが必要だった。

少なくとも、ヤルダはいま、トゥリア宛ての伝言にどういう言葉を使えばいいかがわかった。「この罰金を払うのに手を貸してもらえないときは、いま、わたしの身体がとっている形状について、よーく考えてみてもらえれば、それでいいです」

十一日目、ランプを持ったふたりの看守がヤルダの独房に入ってきて、壁から鎖を外した。いったいどういうことなのか、とはヤルダは訊かなかった。もし判事がヤルダの出廷の日取りを数日早めたのなら、それはとにかくいいことだ。

上の階に来たヤルダは、まぶしくて目が眩みそうだった。前回とは違う部屋に連れてこられたことに気づいたのは、看守のひとりがヤルダをひざまずかせて、ヤルダの顔の前になにかを掲げたときだった。看守がその物体を裏返すと、ちらちら光る反射した日光がヤルダの目に刺さった。

「準備はいいか？」看守が急かすように尋ねた。

「なんの準備？」ヤルダは不安と困惑とで訊いた。

「おまえの罰金を払ったやつがいる」看守がいった。「これからおまえを切り離して、釈放する」

ヤルダは両手のあいだの皮膚を固くして、親指大の突起になるまで縮めた。切り離しを自分でおこなうか、それどころか歯で皮膚を引きちぎることさえ夢想していたのだが、少なくとも肉を切断されずにすむ点は、看守にやられてもかわりがない。

看守はヤルダに、両腕を木製の作業台の上に置くよう指示した。切り離し作業は速やかで、痛みは皆無ではなかったけれど、最初の融合時よりはるかに小さかった。看守が鎖を片腕からするりと引き抜くと、ヤルダは苛酷な目に遭わされていた肢を完全に体内に再吸収した。立ちあがって一歩後ろに下がり、肩をまわして、胴体の中の肉の半分を再配置しながら恍惚となって歓喜の声をあげる。ふたつの小さな傷口は、移動して背中の左右に落ちついた。

　看守がいらついた声でいった。「身づくろいは外に出てからにしてもらえるか？」

「喜んで」時間がもったいないので、だれが罰金を払ったのかは看守に尋ねなかった。〈単者クラブ〉に来る女性実業家のだれがヤルダを気の毒がってくれたかは、トゥリアが知っているだろうし、そのことへの感謝の意を示す適切な方法も、アドバイスしてくれるだろう。

　ヤルダは建物の入口を示すまぶしい長方形の光にむかって、ゆっくりと廊下を進んでいった。牢獄で一年耐えることなど、とうてい無理だったろう、といまのヤルダは認めることができた。一ダース旬（スティント）のうちに、死ぬか正気を失うかしていたに違いない。機会がありしだい化学科に出かけて、この忌まわしい場所を瓦礫の山に変えてくれるようななにか不安定な物質を手に入れなくては。

　ヤルダは空の下に足を踏みだすと、身震いして、ひとりで静かにハミングした。一瞬、トゥリアが建物の外で待っていてヤルダが自由の身に戻ったのを喜んでくれる、という期待が外れたことにがっかりしたが、そんなことを思うのは心が狭すぎる。世界は歩みを止めたわけではなく、トゥリアは自分の生計を立てなくてはならない。ヤルダは新たな腕を二本成形して目の上にかざすと、自分のいる場所を確認しようとして周囲を見まわした。

「ヤルダ？」明るさにかすむ風景の中を、男性が近寄ってきた。

「エウセビオ？」私的講師が全部で何回中止になったのか、ヤルダはわからなくなっていた。最初はヤルダが〈孤絶山〉に滞在した三旬（ステイント）間分、そして今度のこの、なんの説明もなしの休講。「ごめんなさい、あなたに連絡することができなくて――」

　エウセビオはヤルダのすぐそばまで来ていて、その顔に浮かんだ決まり悪げな表情が見てとれた。もちろん、ヤルダの身になにがあったかは、全部耳にしているのだろう。

「いっしょに歩いてもいいですか？」エウセビオがいった。

「もちろん」ヤルダはエウセビオに道を決めてもらった。まだ方向感覚が戻っていなかったし、なにより、どこに行きたいかが決められなかった。

　エウセビオはしばらく無言で、視線を地面にむけていた。「もしあなたが私的講師をやめるという選択をしても」エウセビオがようやく話しはじめた。「無理もないと思います。その場合でも、年度末までの授業料はお支払いします」

　ヤルダは必死で、このわけのわからない提案の意味をつかもうとした。ヤルダの恥ずべきおこないのせいで自分も肩身が狭いので、もう彼女の生徒でいたくない、とエウセビオはいおうとしているのか――だが、自分から解雇を告げて嫌な思いをしたくないので、ヤルダの側からいいだしてほしい、と？

「じっさいには、わたしはあなたの私的講師を続けたいと思っているわ」ヤルダは冷ややかにいった。もしエウセビオがヤルダをお払い箱にしたいなら、それをきちんと言葉にする勇気を持つべきだ。

　エウセビオは体を震わせて、嫌悪よりは面目なさを感じさせる音でうなった。「あなたがもっと怒っていて当然だと思っていました」驚きが声に出ていた。「ぼくが悪かったんです。あなたに警告しておくべきでした」

　ヤルダは足を止めた。「わたしに警告すべきことなんて、なにがあったの？」

「アシリオのことですよ、もちろん。あいつら全員――でも最悪なのはアシリオです」

ヤルダには話がさっぱりわからなくなっていた。

「アシリオがわたしに石を投げようとするなんてこと、あなたには知りようがなかったでしょう?」宇宙が結局は球で、エウセビオがある晩、自室にすわって全宇宙の調和振動を読んでいたというなら別だが。

「そのとおりです」エウセビオは答えた。「それはまったくの偶然だったのかもしれません。けれど、あなたがだれなのかを、ぼくとつながりがあるということを知ったあいつは……」

ヤルダはこの話を飲みこもうと苦労した。「あいつがあの莫大な賠償金を要求したのは、あなたを困らせるためだった、といっているの?」

エウセビオがいった。「そうです。あなたに恥をかかされたのは確かだから、あいつはあなたがどれだけ害を被ろうと気にかけないでしょうが、罰金はぼくに思い知らせるために取られた手段です」

罰金を払ってヤルダを釈放してくれたのは、エウセビオだったのだ。だが、ヤルダが一生を独房で送る可能性とむきあうことになったのは、エウセビオとアシリオとのあいだのなにか子どもじみたいざこざが、そもそもの、そして唯一の理由だったのだ。

さらに、こうした事情を知らずにいたのはヤルダだけだった。判事がヤルダに、自分の手持ちの札を再考するよう促したのは、きっと、私的講師を依頼されている大金持ちに援助を請うだろうと思っていることをほのめかしていたのだ。

「それで?」ヤルダは辛辣にいった。「あなたはわたしをお金で買って、わたしを所有しているといいたいの?」

エウセビオは悲しげにたじろいだ。「ぼくの敵について あなたに警告しなかったのは不注意でしたが、敬意をいだかずにあなたに接したことはいちどもあります」エウセビオは約束した。「あなたが避けるべき相手を全員」

「わたしは本気で……だれも怪我させないよう、注意しなくちゃね」ヤルダはいった。

エウセビオがいった。「どいつも、行列で出くわすのも避けたい連中です」

「なるほど」ヤルダはいまの状況について考えてみた。「この件はこれで終わったの？ それともアシリオは、これからもわたしになにか仕掛けてくるつもりだと思う？」エウセビオが破産するまで、監獄を出たり入ったりを繰りかえすことになるのはごめんだった。エウセビオの敵の馬鹿どもが、無意味な運まかせのゲームでたがいを破滅させることで満足するようになってはくれないものだろうか？

「あいつは同じ手を二度使うことはないでしょう」エウセビオが考えつついった。「利用できる機会は利用するという考えかたもありますが、ぼくを攻撃するためなら気にしないといわんばかりの」


せん」

それには反論のしようがなかった。「ひどいことをいってごめんなさい」ヤルダはいった。

「アシリオなんて、ぼくにとってはどうでもいいやつなんです！」エウセビオはきっぱりといった。「あいつと争いたいわけじゃない！ でも、あいつのお祖父さんとぼくの祖父が、商売敵なんです。それはもううんざりするような話で、ほかの人々の人生を害することさえなければ、ただの退屈な古い冗談ですむんですが。ぼくの望みは、きちんと教育を受けて、自力で成功したいということだけです。ですが、ぼくに近づく人を片っぱしから格好の攻撃対象だと思うような敵がぼくにいることは、あなたに警告しておくべきでした」

「前もって聞かされていれば、違っていたでしょうね」ヤルダは同意した。

「あとでそいつらの名前を教えて、似顔絵も見せまめにあなたを再度使ったら、むしろお粗末な手口だと思われるでしょうね」

「なら、それでひと安心ね。維持されるべき基準があってくれて、うれしいわ」

エウセビオはヤルダと目を合わせた。こんな事態になったことをエウセビオはまだ面目なく思っていたが、その償いとしてできることはすべてやってくれていた。

「それで、ぼくたちの授業のことですが？」

「わたしは続けたいと思っている」ヤルダはいった。「ズーグマの支配階級の気まぐれの中で無事に暮らすための手引きを描いてちょうだい。そのあとで、ほんとうに大事なことを再開しましょう」

看守たちは警察がヤルダのポケットから取っていった硬貨を返してくれなかったが、ヤルダは銀行にいくらか預けてあった。行員は疑わしそうな顔で、ヤルダが胸に浮かべた署名と、紙にそれを写したものを比較してから、契約時にヤルダが決めた三つの秘密の質問にも答えてもらわなければならないといい張った。

「一グロスの八乗足す五グロスの二乗足す十一の最大の真約数は？」ヤルダが答えようとすると、行員が割りこんだ。「こんなものが質問なんですか？」

「かんたんすぎますか？」ヤルダは驚いた。「かもしれませんが」

市場でパンを買って、アントニアの露店があった場所の前を通りすぎる。

大学に顔を出す気にはまだなれなかった。ひっそりした公園に夕方まですわっていて、それからトゥリアの部屋にむかった。

トゥリアは心底驚いている顔で、ヤルダを出迎えた。

「なにがあったの？とんでもない額の罰金の噂は聞いたけれど、監獄に行ってもなにも聞かせてくれないの。あなたが伝言を送ってくるのを待っていたのよ！」トゥリアはヤルダを部屋の中に入れた。部屋の照明は植物だけに戻っていたが、監獄生活のせいでヤルダの目は天文学者並みになっていたので、部屋の中の紙一枚一枚がくっきりと浮きだして見えた。

　ヤルダはエウセビオに聞かされた話を説明した。トゥリアがいった。「次にわたしが私的講師をしている学生について文句をいったら、頭を引っぱたいてくれていいわよ」

「アントニアがどうなったかはわかりますか？」

「三日前に会ったわ」という答えが返ってきた。「市場で、彼女の双もいっしょにね。アントニアは、あくまでも自分の意志で双といっしょにいるのだといっていた。双のほうは、アントニアが強制的になにかをさせられることはない、の一点張り」

「双のいうことを信じたんですか？」

「わたしがなにを信じるかで、なにかが変わる？　もうわたしたちにできることはなにもないわ」

「わたしがどうしようもない馬鹿でした」ヤルダは語気荒くいった。「警察はアントニアを捜してもいなかったのに――」

「それより問題はエウセビオよ！」

「エウセビオがどう問題なんです？」ヤルダは自分自身の軽率さが原因のことで、彼を責める気はなかった。「あの晩、わたしに喧嘩を売る可能性は、どこの馬鹿にでもありました。エウセビオからアシリオについて警告されていたとしても、ほかのだれかと同じことになっていたかもしれません」

　トゥリアは植物のひとつのところへ行くと、指を細くして土を掘り、やがて薬瓶を取りだした。

「警察はあなたのホリンを見つけたんですか？」

「ただの一個も。あなたはいますぐ何個か飲まないといけないわ。相当な回数、飲みそこねたんだから」

「わたしはアントニアと同い年ですよ」ヤルダはいった。「そしてアントニアは、自発分裂のことはまるで心配していませんでした」

「じっさいには、アントニアはここにいたあいだ、ホリンを飲んでいた」トゥリアが言葉を返す。「わたしがそうさせたから。決心のついていない出奔者と同居するよりひどいことがひとつあるとすれば、それは、帰宅したらその出奔者が四人の泣き叫ぶ赤ん坊に入れ替わっていることよ」トゥリアはヤルダに緑色の角剤二個を手渡した。ヤルダはこれ以上議論をしたくなかったので、それを飲みくだした。

ヤルダは床にすわって、両手に顔をうずめた。「じゃあこれで、いつもどおりの生活に戻るわけですか？」

「ありとあらゆる闘いに勝つことはできない」トゥリアがきっぱりといった。「でも、いい知らせが聞きたいなら……ルフィノとゾシモも、それぞれ独自に疾走星を観測していたわ。さらに、不思議な話だけれど、三日後にも別の疾走星が出たの」

「また別のやつがですか？」

「ここからは見えなかったけれど、赤塔市で観測された」

ヤルダは混乱した。「そのことは、なにを教えてくれるんでしょう？」

「疾走星がランダムな事象だということかしら？」トゥリアが考えを述べる。「これは、エネルギーを再充塡して次の弾を発射するのに数年かかる、宇宙規模のパチンコみたいなものとは違う。タイミングが完全にランダムだとしたら、たまに連続することがありえない、という理由はない」

「まったく同じ方向から来るのに、ですか？」人々のあわただしい観測をもとに特定されたかぎりでは、過去すべての疾走星の軌跡はおよそのところ平行だった。「時間的にはランダムなのに、空間的にはそうではないのはなぜでしょう？」

トゥリアは考えてから、「疾走星の側から見れば、空間的にランダムなのよ。わたしたちに疾走星どうしの時間の間隔と見えているものが、疾走星側では距離にあたる」

「頭痛がしてきました」

「あなたが投獄されたと聞かされても、ジョルジョがあなたの講演を中止にしなかったのは、知っていた？」トゥリアの声には驚きがこもっていた。「わたしも、それほど信頼してくれる指導教官につきたかったわ。わたしたちにはどうしても予測問題を解決できなかったという話を、わたしはジョルジョに伝えようかと思っていたところで——」ヤルダの表情を読んだトゥリアは、言葉を切った。「解決したの？」

「指数関数的爆発はありません」ヤルダは高らかに宣言した。「そして、砂粒という砂粒の中に宇宙全部が見えることもありません」

「理由は？」トゥリアは高揚して先を促した。

一瞬おじけづいたように、ヤルダは身震いした。その発見を説明するとき、獄中生活と皮膚の融合を追体験せずにはいられないだろうと気づいたのだ。そして闇の中に十一日間放置されていたあとでは、市場の地下におりて、彼女が生きていようが死んでいようが気にしない見知らぬ人々に囲まれて眠る気にはなれなかった。

ヤルダはいった。「もっとそばに来てください、答えはあなたの皮膚に描書しますから」

9

トラックは村でヤルダをおろし、午前半ばの暑さの中、ヤルダは農場までの残りの道を歩いた。三日かけてズーグマから移動してきたあと、旅の最後の部分はあっという間に終わるだろうと思っていたヤルダだが、その道を歩いた過去の記憶は大幅に編集されたもので、いくつかの顕著な特徴——丘のひとつ、木の一本、辻が一ヵ所——だけが強調されて、その途中の変化なく道が続く部分はすべて削除されていたことに、すぐ気づくことになった。農場まで半分のあたりで、道端に並ぶ小石がたまたま作りだした形の中に、自分が子どものころからそのままだと誓っていえるものがあることに気づきはじめた。

農場につながる小道に折れて北に歩いていると、はじめて見る少女が近づいてきた。

「あなたがヤルダ？」少女が尋ねた。

「そうよ。あなたは？」

「エイダよ」

「どうぞよろしくね」ヤルダはいった。

ふたりは小道をいっしょに歩いていった。ヤルダは村を出発してからずっと、ダニを追い払うために皮膚をピクピクさせていたのだが、道連れができたいま、虫を一匹追い払うたびに描書の断片がでたらめに皮膚に浮かばないよう、いっそう努力をした。

「あなたが来るころだから見てこいって父さんにいわれたの」エイダが説明する。

「あなたのお父さんはだれ？」

そんなことを尋ねる必要がある人がいるのを、エイダは面白がった。「オーレリオよ！」

まとわりついていた懐旧の念を、これでヤルダは完全に振り捨てた。「あなたにいとこはいる？」

「もちろん。ロレンザとロレンゾとウルファとウルフォ」ヤルダがほんとうになにも知らないということをよく考えてから、エイダは説明しのこしたことがないようにつけ加えた。「四人のお父さんはクラウディオ。そしてわたしの姉さんの名前はフラヴィア」

「あなたとお姉さんにも、双はいる？」

エイダはブンブンいってはしゃいだ。「双のいない人なんていないわ！」

「ほんとうに？」

「ほんとうよ」エイダはいい切った。「知ってるわ、あなたの双はズーグマっていう街に住んでるんでしょう、でも彼はあなたといっしょに生まれたんじゃなくて、だからうちには訪ねてこないの」

「あなたはわたしのことをたくさん知っているのね、さっきはじめて会ったばかりにしては」

「あなたはわたしの父さんのいとこよ」エイダはいっ

た。ヤルダの人生をこの子の前にひらかれた本同然にするには、それでじゅうぶんだというように。

ヤルダはいった。「わたしの兄さんのことを聞かせてくれる？」

「ルシオのこと？　ルシオとルシアは、自分たちの農場に引っ越したわ。ヴィト大おじさんもいっしょに。でもいまは……」話していいこととそうでないことがよくわからなくなって、エイダのおしゃべりはそこで止まった。

「父さんのことは知っているわ」ヤルダはやさしく声をかけた。オーレリアの、そしてクラウディアの人生が終わりを迎えたときには、だれも知らせを寄越してはくれなかった。ヴィトの死去だけが、悼むに値する死として扱われた。

ふたりで開拓地に足を踏みいれたところで、ヤルダは悲しみに圧倒された。八人の元気な新しい子どもたちも、二度と会えない三つの顔の埋め合わせにはなれない。

ヤルダが農場の全員と抱きあったとき、ジュースト
おじがいった。「おまえの代理双もいっしょに来れば、
大歓迎されたのにな」

ヤルダは思わず声を漏らし、それがおじの言葉に漠然と感謝を示した程度に思われることを願った。自分がズーグマへ行ったのは、代理双を探すことも学問の探究と同じくらい大きな目的だった、という人々の思いこみをヤルダはいちども正そうとしたことがなかったが、じっさいにその件で嘘をついたり、代理双を見つけたといったりしたこともなかった。

ジューストおじは開拓地の一角に掘られた墓穴に、ヤルダを連れていった。ヤルダは穴を見おろした。死体は花びらで覆われて、だれであっても不思議はなかった。ヤルダは沈みこむように膝をついて、深い悲しみにうなりながら身を震わせた。

落ちつきを取りもどしてから、ヤルダはおじのほうをむいた。「父は善き人でした」ヤルダのためにつねに努力を惜しまない父親だった。ヤルダのいまの人生も、心と頭が健全なのも、この父親あってのことだ。

「もちろんだ」おじはおずおずとヤルダの肩を抱きしめた。

「どんな風だったんですか？」

「静かな最期だった」おじがいった。「眠ったまま逝った。二、三日具合を悪くしていたあとで」

ダニが墓のまわりに群がっていた。ヤルダはいった。「わたしも――？」

「ああ、やりなさい。ほかのみんなもやった。村から来たみんなも」

ヤルダは両腕をスコップの形にした。おじも膝をついて、ヤルダが土を穴に戻すのを手伝った。ヤルダはオーレリアとクラウディアのことも尋ねたかった――少なくとも、子どもたちが何歳かは知りたかった――が、いま訊くのは適切ではない。出産は、死のように

残念がられるべきこととは違う。両者を並べて考えているかのように少しでも思われたら、一種の錯乱扱いを受けるだろう。

ヤルダは昼食の準備を手伝うといったが、すでに手は足りすぎているくらいで、各人に毎度の分担が決まっていた。オーレリオとクラウディオが騒々しい子どもたちに愛情をこめて指図し、ひどい口喧嘩に割ってはいって、どちらかの味方をしたり怒ったりすることなしに丸くおさめるのを、ヤルダは見守った。非の打ちどころがないほど有能で愛情深い父親たちだ。だが、ヤルダには子どもたちの母親がどんな望みを持っていたかを知ることはもうできなかったが、ヤルダ自身が取ったような選択をオーレリアとクラウディアが許されなかったことは、まちがいなかった。

昼食がすむと、ジュ―ストおじがヤルダを脇へ連れだした。

「おまえの代理双のことを聞かせてくれ」おじがいった。「職業はなんだ？ 姪の息子がどんな仕事を受け継ぐのか、知っておかねばならん」

「受け継ぐ仕事なんてありません」ヤルダはいった。

「わたしは大学で研究をしているんです。私的講師をして自力で生活を支えています。それがわたしの暮らしです。仕事と勉学。代理双はいません」

おじの顔にはなんの驚きもあらわれていなかった。

「ひとりで暮らしているのか？ それはいい知らせだ！ おまえがだれの縛りも受けていないとわかって、うれしいよ」

「認めてくれるんですか？」ヤルダはとまどった。

おじがいった。「代理双のことを気にしなくていいなら、おまえは新しい農場で父親の代わりを務められるじゃないか。おまえの兄はひとりではとても農場を切り盛りできないからな、子どもたちが幼いあいだは」

「幼い子どもたち？」ヤルダは開拓地をぐるりと手で

示した。「ここではもう、子どもは足りているでしょう？」

「今度はルシオの番だ」とおじ。「どれだけあいつは待たねばならんというのだ？ 農場はもう買った。ヴィトが死んで、予定が滞っているだけだ」

ヤルダはいった。「こうすればいいわ。新しい農場を二、三年、賃貸して、おじさんの孫たちがもう少し大きくなったら、オーレリオの家族かクラウディオの家族が、ルシアとルシオといっしょになって引き継ぐの」

おじはブンブンいって嘲笑った。「世代をごちゃ混ぜにする気か？ おまえは自分の兄にとても年老いてから子どもができて、その子たちの世話をいとこの子どもたちに見てもらうようにさせたいのか？」

「ルシオとルシアがどうするかは、ふたりが決めることよ」ヤルダは反論した。「ともかく、わたしは新しい農場で働く気はありません」

おじは怒りを募らせていた。「おまえは自分の家族のことなどどうでもいいというんだな？」

「わたしがいなくても家族はやっていけます」ヤルダは冷静にいった。「新しい農場を運営していく方法は、さっき話したとおりです」

「その農場で父親の代わりをすることが、おまえの義務だ」

「父さんだったら、そんなことはいわなかったと思う」

「いったいおまえはズーグマでなにをしているというんだ？」おじが問いただした。「おまえの人生のほかのすべてをうっちゃれるほど、なにがそんなに重要なのか、聞かせてほしいもんだ」

「わたしは光の研究をしています」ヤルダはいった。

「星の尾。疾走星」

「疾走星？」

「流星とちょっと似たものです。わたしたちはここで何年も前に、いちど見たことが――」

おじは気短にヤルダの話をさえぎった。「わたしはオーレリオとクラウディオに英雄譚（サーガ）の暗誦を教えた。おまえにも同じことをしてやっていい。おまえがほんとうの教育を受けたければ、六期分（エイジ）の学問からはじめるべきだ」

「そのすべてが少なくとも六期分（エイジ）は時代遅れよ」ヤルダはいい返した。

おじはヤルダをまじまじと見つめ、その目つきは彼女の頭がおかしくなったと思っているかのようだった。ヤルダにいえるのは、おじの考える学問とは、偉大な詩人や思想家によって遠い過去に完成された不変のなにかがそのすべてだ、ということだ。そこから受け継がれてきたもののみが必要な真実で、新たに発見されるべきことなど存在しない。

「わたしはズーグマから帰ってきたりしないわ」ヤルダはいった。「光について完全に理解できた人はまだいなくて、人々はそれを目標に研究を続けている――ズーグマでも、赤塔市でも、ほかの街でも。わたしにそこから離れろなんて、あなたにいう資格はない！　いまの世界でこれほどわくわくさせられることはないわ。そしてわたしはその一部なの」

おじは呆れ果てたようにそっぽをむいた。「それがおまえの父親のそもそものまちがいだ」

「なにがまちがいですって？」ヤルダは気色ばんで問いつめた。

「おまえを誉めそやかしたことだ」おじが答えた。「双がいないことの埋め合わせで自分にはなにか特別なところがある、とおまえに思わせた。それと、おまえを学校に行かせたこともだ」


ヤルダはすぐに眠りにつけるとは思っていなかったが、開拓地でふたたび寝そべって、土を下に、星空を上にしていると、これこそがほんとうなんだという気分になった。オーレリアの寝床だった場所をいまはエイダが使っていたが、昔使っていた窪みにヤルダがもぐりこむずっと前にエイダは眠ってしまっていた。眠っている一族のまわりに植えられた花があらゆる色相で柔らかく輝いているが、ヤルダが少し頭をあげれば、そのむこうに小麦光が見えるだろう。

夜明けのかなり前に目ざめたヤルダは、時鐘（ベル）を聞いていないことに気づいて一瞬混乱したが、それでもいまの時間はちゃんとわかった。立ちあがってルシアの寝床まで足を運び、そこでしゃがんで姉の肩に手を触れる。

ルシアが目をひらいた。ヤルダは振動膜の前で片手をじっとさせるという動作で、声を立てないようにと知らせた。ルシアは起きあがって、開拓地の端までヤルダのあとについてきた。

「もう行くわ」ヤルダはいった。「トラックは朝早くに村を出発するから」

「どうしても？　もう二、三日いてくれると思っていたんだけど」ルシアは残念そうだったが、あまり驚いてはいないようだった。

「いっしょにいらっしゃいよ」ヤルダは誘った。

「ズーグマに？」

「別に悪くないでしょ？」

ルシアは笑いさざめくように静かにブンブンいった。「むこうでわたしがなにをするというの？」

「なんでもやりたいことを」ヤルダは答えた。「まわりを見て、自分にふさわしいものを選べばいい。仕事が見つかるまでは、わたしが面倒を見るから」

「でも、ここにはわたしのする作業があるの。新しい仕事はいらないわ」

ヤルダはいった。「ここだけじゃない世界をもっと見たくはないの？」

「それも悪くないかもね」ルシアは認めた。「でも、みんなのことが懐かしくなると思う」

「会いに戻ってこられるわ、いつでも」ヤルダはいった。

ルシアはしばらく考えていたが、「ルシオを起こしてくる」と数歩踏みだしたところで、ヤルダが腕をつかんで引きとめた。

「ダメ！　そんなことをしたら――」

「ルシオもいっしょに誘うんじゃないの？」

「違うわ」

「なに馬鹿なことをいっているの？」ルシアは当惑していた。「どうしてズーグマに行くのに、ルシオを置いていくのよ？」

「それこそがここを出ていく理由なの！」ヤルダはいらだってきた。「ひとりで行けば、気にかける必要がないでしょ」

「なにを気にかけるの？」

「出産よ」

ルシアがいった。「わたしたちは少なくともあと四年は子どもを持つつもりはないわ。わたしたちがあなたといっしょにズーグマに行っても、そのことに変わりはない」

「四年？」

「ええ」

体を震わせながら地面にすわりこんだヤルダは、ルシアの言葉を信じていいのかどうかわからなかった。

「オーレリアは遅らせられなかった。クラウディアも遅らせられなかった」

「でも、わたしはオーレリアじゃない」

「ふたりがいなくなって、さびしくないの？」

「さびしいに決まっているでしょ」ルシアが答えた。

「そんなにふたりのことを思っていたなら」ルシアは当てつけるように言葉を続けた。「あなたはもっとたびたび戻ってくればよかったのよ」

ヤルダは恥ずかしくなった。「こんなに早く機会がなくなるなんて思わなかったから」姉の顔を探って、一族に隠し事があるならはっきりさせようと決心する。

「なにがあったの？　おじさんが強制したの？」

「おじさんはうるさく口を出した」ルシアがいった。

「でも、いとこたちは自分たちの考えがあってやったことだから、全部がおじさんの責任というわけじゃない」

「そしてあなたは、四年もおじさんが待ってくれると思っている」

「決めるのはおじさんじゃないのよ、ヤルダ！　ルシオとわたしは細かく計画を立てているわ。ふたりでいっしょに新しい農場に取りくんで、できるだけたくさんお金を貯める。そしてその時になったら、ルシオは人を雇って農場の手伝いをしてもらいながら、二年くらい子どもたちの面倒を見る。若いいとこの子どもたちのだれかが手伝ってくれるならありがたいけれど、わたしたちはそれを当てにしてはいないの」

ヤルダはいった。「でも、もしあなたの気が変わったら？　もし、もっと遅らせたくなったら？」

「そのときはそうするでしょうね」ルシアは物静かにいった。「ルシオはわたしに強制しない」

「どうしてそんなに確信が持てるの？」

「ルシオはわたしの双よ！　生まれてからずっと、よく知っているわ」

「男は子どもを持ちたくてたまらなくなるものなの」ヤルダはいった。「本来的にそういう性質があって、逆らえない」ダリアはどういう言葉を使っていただろう？「男はそのために自然が作りだしたの。雄の昆虫はいないし、雄のトカゲもいない——なぜなら、そうした動物の子どもは、生まれたときから自分の面倒を見られるから。男が存在する唯一の理由は、子どもを育てられるように、ということなのよ」

ルシアがいった。「女も子どもを持ちたくてたまらなくなるわ。オーレリアの出産を見たとき、自分もしたいという気持ちがこみあげなかったと思う？　でもわたしが我慢できるなら、ルシオにもできる。わたしたちのどちらも、自分をどうにもできないなんてことにはならない」

「でも、自分の命を支払うのは、あなたのほうだけよ」

「ええ」ルシアは認めた。「でもそれはルシオが悪いんじゃない。ルシオがどうにかできることじゃないし、それをいえばだれにもできない。ルシオがどんなにわたしのことを思ってくれていても、わたしの代わりはできない——それは不可能だというだけの話」

ヤルダはすわりこんだまましばらく黙っていた。星々が消えはじめている。あとわずかで出発しなくてはならない。

「ルシオを起こして、意見を聞いてみる？」もしルシアとルシオふたりの前でズーグマでの生活がどんなものかを話したら——ふたりともになんらかの新しい可能性を示せたら——それはやってみる価値があるかもしれない。

ルシアがいった。「こういうことは性急に決断すべきじゃない。ふたりでこれから数日かけて話しあってみる。もしわたしたちが行く気になったら、あなたのあとを追うわ」

「わかった」

ヤルダは立ちあがって、ルシアを抱きしめた。「ジュースト おじさんの圧力に屈しないでね」ヤルダは念を押すようにいった。

「だいじょうぶ」ルシアは約束した。「父さんがあなた以外の子どもたちにはなにも教えなかったと思う？」薄い灰色の隆起がルシアの胸にあらわれた。最初はかろうじて見えるか見えないかだったが、やがてくっきりしたものになって広がっていき、皮膚の上で弧を描いて、不安定ながらも一連のシンボルを綴りあげた。『旅の安全を祈るわ、姉さん』

「ズーグマでならその技能を活かせるのよ」ヤルダは

勢いこんでいった。

ルシアがいった。「かもね。ほかのだれかが起きてきて、こっそりここから立ち去ろうとしている理由を説明するハメにならないうちに、トラックをつかまえにいきなさい」

「ズーグマに来る気になったら、手紙で知らせてね」ヤルダはいった。

「もちろん」

ヤルダはルシアに背中をむけて、歩きだした。最初は後眼にルシアが映っていたが、やがてたがいの姿は、畑で消えゆく赤い光の彼方に見えなくなった。

「きみに贈り物があるんだ」コーネリオがもったいぶって告げた。

「贈り物?」コーネリオからの化学科への招待に応じたのは、好奇心からと同じくらい礼儀としてだったとはいえ、この訪問には先日の講演を表彰かなにかしてもらえる以上のことがある、と期待していたのだが。

「あなたが研究で成功をおさめてくれれば、それがなによりの贈り物よ」ヤルダは実験室に並ぶ棚に載った大小さまざまのきらめく瓶に後視線をむけながら、この建物の屋根が最後に吹き飛んでからどれくらい経つかを思いだそうとしていた。

「その言葉はかたじけないけれど」コーネリオがいう。「自分がなにを頼んだか、忘れたの?」

怒るよりは面白がっている招待主を前に、ヤルダは懸命に記憶を探った。自然科学部集会での講演の一、二鳴隔（チャイム）後、ヤルダはコーネリオと話をしたが、そのとき議論したことは数多くて、十旬（スティント）経ったいま、やりとりのすべてを思いだすのは無理だった。

「ぼくはきみに、なにがいちばんうれしいかと尋ねたんだ」コーネリオが思いださせた。「もしあの講演のお礼に、ぼくたちから実用的なものをあげるとしたら、とね」

その質問をあのときの自分がどれくらい真面目に受けとったかはよく覚えていないが、なんと答えたかは思いだした。「それであなたは、もうその約束を果たしたというの？」

「まだ完璧じゃない」コーネリオは認めた。「でも、役に立つとは思ってもらえるはずだ——まだ完璧でなくても、持っていてよかったと」

「それはまちがいないわ」ヤルダは不安を脇に押しやった。彼女が頼んだものをコーネリオがほんとうに作りだしたなら、化学科の建物にいる危険をおかす価値はじゅうぶんにある。

「じゃあ、見てもらおう」コーネリオはヤルダを実験室の側面にある作業台に案内した。機械仕掛けの回転鏡（ヘリオスタット）の代わりに、コーネリオは手動で調節可能な一対の鏡を設置し、それが日光を部屋の中に導きいれてから、幅約三指離（スパン）の箱の中にむかわせていた。

コーネリオが箱の側面をひらくと、そこにはプリズムが塡めこまれていて、光線を分光して下部の白いスクリーンにスペクトルを投げ落としていた。「できたら、いくつかの色の位置を覚えておいてくれ」コーネリオがヤルダに促した。

「覚えたわ」ズーグマ上空で三つの疾走星を目撃していたヤルダは、さまざまな色が順に並んでいるようすを、背景に関係なく一瞬で記憶できるようになっていた。

　箱の中への日光の入口になっている孔を、コーネリオがそれよりはるかに小さい穴のあいた薄板で覆った。スペクトルはまだ見えてはいたが、ずっと薄暗くなった。続いてコーネリオは、完全に不透明な別の薄板を、最初の薄板と平行になるように溝に挿しこんで、光を完全に遮断した。

　次にコーネリオは、作業台の下の棚から一枚の堅い紙らしきものを取りだして、スペクトルが映っていたスクリーンの上に固定した。それから小瓶を取りだし、それは一部分がふたつに仕切られて、片方の半分には橙色の粉末が、もう片方には緑色の樹脂が入っていた。瓶を紐で縛り、箱の上面をくぐらせて中にぶら下げる。

コーネリオは箱の側面を閉じ、縁に隙間がないことを慎重に確認した。「箱の中は光が完全に遮断されている必要がある」とコーネリオ。「ひびひとつ許されない」

ヤルダは相手の真剣さに驚いたが、その分、先に期待が持てた。「なるほど」

「まず、瓶を揺する」コーネリオは説明しながら、箱の上面から突きだした紐をつかんで、それを小さく揺らした。「これで材料が反応を起こして、生じたガスが紙を活性化する」

「活性化？」

「紙が光に対して敏感になるんだ。ただし、ガスが分散するまでのほんの数停隔のあいだだけのことだから、ぐずぐずしてはいられない――」

コーネリオは不透明な薄板を溝の端近くまで引き抜いてから、即座に押し戻した。

「なにかまずいことが？」ヤルダは尋ねた。

「いや、なにも」コーネリオはあっさりといった。「いまのは必要な露光だよ。約一瞬隔間」

さっき薄板の小さな穴が映したスペクトルはかろうじて見てとれる程度だったが、反応を起こす長さとして一瞬隔間でじゅうぶんなのか？

コーネリオがいった。「ガスはこのくらいの時間が経ったらひとりでに分散しているはずだけれど、完全に排出されるように、ふいごを取りつけるつもりだ。いまは念のためにもう数停隔待ったほうがいいと思う、きみがかまわなければ」

「だいじょうぶ、忍耐力の出番はまだ来ていないから」ヤルダはこれと同じアイデアのもっと初期のバージョンの公開実験を見学したことがあり、それはもっとも明るい星の尾を写すのにさえ、最低でも三時隔の露光を必要とした——そしてそのあと紙を樹脂で処理する必要があり、この樹脂が原因で、しばしば紙が燃えてしまうのだった。

「きっとうまく……」コーネリオは留め金をもたもたといじりまわして、箱の側面をあけた。いちど覗きこんでから脇にどいて、ヤルダに中を見させる。

紙は非常にはっきりと、三カ所で黒ずんでいた。三本の細く黒い縞は——ヤルダの記憶にまちがいがなければ——赤、黄色、青の色があった位置を印している。スペクトル全体を写しとってはいないが、これがすべての色に感光する無差別な反応ではない分、むしろいっそう価値があった。星の尾なり疾走星なりの全体に相当する黒い染みでは役に立たない。三つの特定の色相の正確な位置を一瞬で写しとることのできるこの装置によって、いままでは一瞬の主観的な印象でしかなかった疾走星の細部を、量的に扱うことがついに可能になる。

「すばらしいわ！」ヤルダは有頂天で声をあげた。

「ご希望にかなってうれしいよ」コーネリオが控え目にいった。

「紙がまた……」

「燃えたりはしないか？　それはない。これは以前のものとはまったく異なる反応なんだ」

「だったら、完璧ね。言葉が見つからないわ」

コーネリオは、処理ずみの紙をひと箱にぎっしりと、活性化薬の瓶を詰めたラックを準備してあった。「これはきみのものだ。もっと必要になったら、連絡をくれればいい」

「ありがとう」

ヤルダは早くも、疾走星のデータを捕捉するにはどんな装置を組みたてればいいかを思い描いていたが、この気前のいい贈り物を引っつかんで即刻立ち去るのは失礼というものだろう。

ヤルダはいった。「もしかして光記録器にかかりきりになってくれたのかもしれないけれど、あなたのほかの研究の進行状況もちょっと聞いてみたいわ」

「ぼくは理論的な研究にも取りくんでいる」コーネリオが答えた。「きみの回転物理学は、これまで測定してきた化学エネルギーの差が正しいことを立証してくれた。でも、回転物理学が含意するものは、もっと深く掘りさげる必要がある。じつのところ、ぼくたちは熱力学の大半を再発明する必要に迫られているんだ」

ヤルダは驚いた。「それはちょっと大げさな気がするけれど」

コーネリオがいった。「もし、きみの理論は、この部屋の中にあるあらゆるものが無限の熱さよりも熱いことを示唆している、といったら、教科書を丸ごと書きかえるだけの根拠になる？」

「無限はわたしがいちばん好きじゃない温度よ」ヤルダは白状した。「あなたが本気でいっているなら、わたしは自説を撤回する必要があるかもしれない」


コーネリオは静かにブンブンいった。「じゃあそれを、負の温度と呼ぼう。そうしても形式上はまちがいじゃない。もっとも、無限の熱さよりも熱いという最初のいいかたをすることにも、意味はあるんだけれど」

ヤルダには、負の温度といういいかたのほうがずっと好ましかった。「真のエネルギーは運動エネルギーとは正反対のむきを持つから、矛盾がないようにするには、すべての温度は負だと言明するほかない。熱い気体が持つ真のエネルギーは冷たい気体より少ないから、温度はもっと……違うの？」

コーネリオはいらついた表情でヤルダを見つめていたが、心の中をそのままぶちまけるほど不作法ではなかった。

「わたしは物理学者なんだから、少しは大目に見てよ！」ヤルダは音をあげた。「熱力学はあなたの専門よ。わたしがその分野で勉強したことがあるのは、理想気体の方程式だけだから」

「温度はエネルギーの同義語ではない」コーネリオはおごそかにいった。「温度とは、エネルギーをある系から別の系へ渡す傾向に関することであって、どちらかの系が持っているエネルギー量のことではない」

「それは信じる気になれる」ヤルダはいった。「でも、そういう〝傾向〟をどうやって正確にするの？」

「まず」コーネリオがいった。「ある系が同じエネルギーを持つために取れる異なる方法の範囲を考える。最初は、古い物理学における単一の気体粒子から」

コーネリオは図表を胸に呼びだした。「粒子の運動エネルギーは、運動量の二乗に比例する。粒子が持ちうるエネルギーの例を二、三指定する。ただし厳密にではなくて、エネルギーはある小さな間隔のあいだにあるとする。左側のグラフから、それぞれのケースに対応する範囲の運動量の幅が読みとれる」

ヤルダは図表を検討した。「つまり、エネルギーに対応した水平な直線をたどって曲線にぶつかるまで横

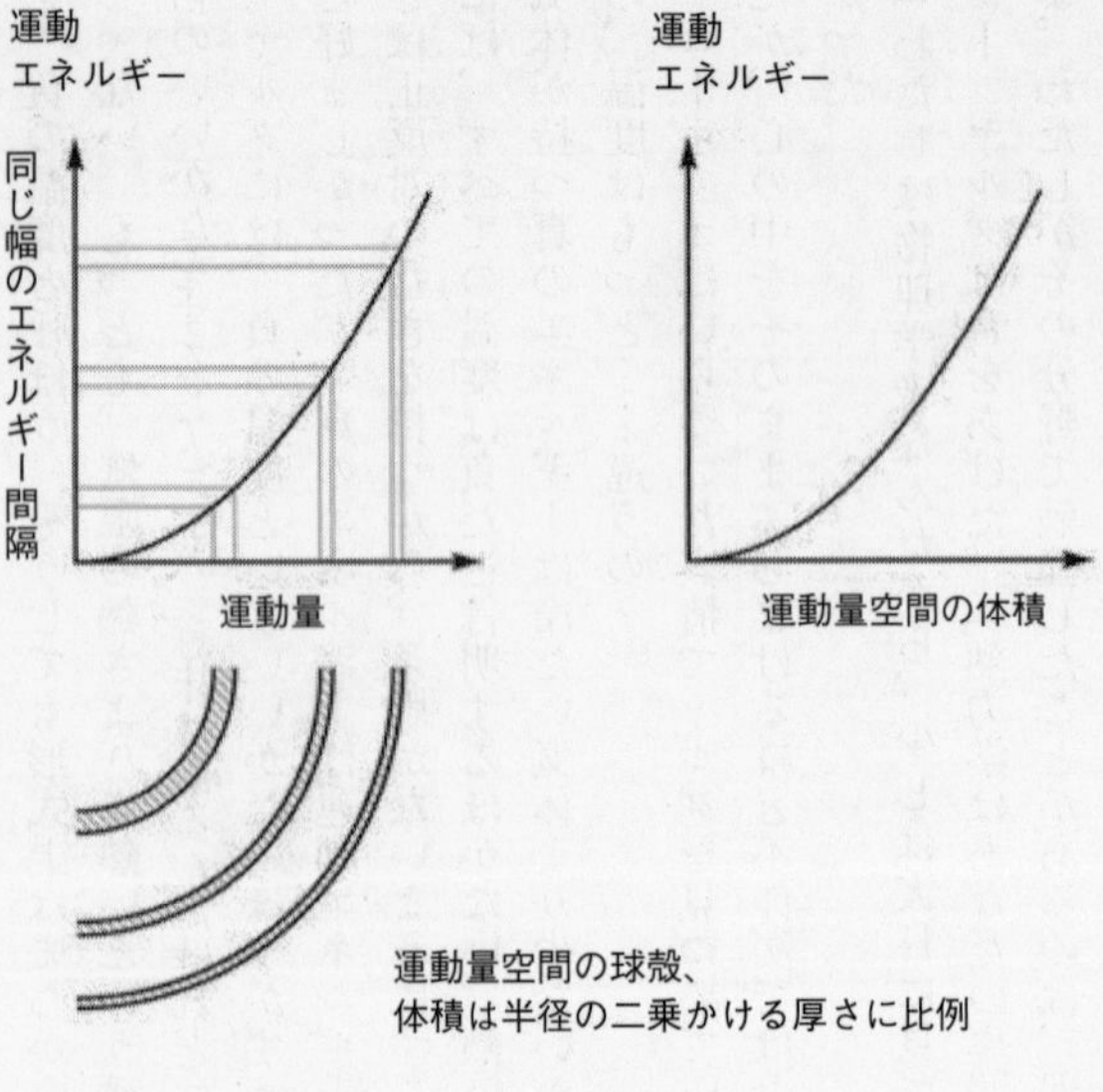

に行き、そして下に運動量の軸まで下がる？」

「そのとおり」コーネリオがいった。「だがここで、運動量はベクトルであることを思いだしてくれ。エネルギーは、そのベクトルの長さを教えてくれるが、方向に関する情報はまったくなにもない。粒子がむかっているのは、北、西、上、下、どれでもありうるが、ぼくたちにはわからない。そこで、長さがだいたいわかっている矢を持ってきて、いっさいの制約なしに、自由に回転させる。矢の先端の軌跡は球を――というより、長さが正確に固定されていないので、球殻を描きだす。〝運動量空間〟におけるその球殻の体積は、所定の範囲内のエネルギーを持ったままの粒子に対してひらかれた、すべての可能性をあらわしている」

ヤルダはいった。「そしてあなたはその各球殻の一部分ずつをスケッチし、運動エネルギーに対するその体積をグラフにした……そしてそれは、運動量自体と同じ種類の曲線になった」

「このケースでは、イエスだ」コーネリオがいった。「だがそれは、一般的に真というわけじゃないんだ！　だから、類似点は忘れて、右側の曲線のことだけを考えて。そこからなにがわかる？」

「運動量空間における体積は、運動エネルギーが増えると大きくなる」ヤルダはいった。「それは意味が通るわ。より速い粒子の運動量は、より大きな球上に存在する。運動量が増えると球殻は薄くなってはいくけれど、広くなっていく球面の面積がそれを補ってあまりある」

「そして体積も増える」コーネリオが同意した。「さて、体積がもっとも急速に増えるのは、いつだろう？」

「最初の時点」とヤルダ。「エネルギーが低いとき、体積は急上昇する。そのあとは、だんだんとゆっくりになる」

「そのとおり」

「でも、それがわたしたちのしていた話とどう関わるの？」

「粒子は跳ねまわり、衝突し、エネルギーを交換する」コーネリオがいった。「エネルギーが低い粒子に少しだけエネルギーをあたえて増やすと、粒子が使える運動量空間の体積は急上昇する。もしもっと速い粒子との衝突によってそのエネルギーを得たのだとしたら、速いほうの粒子にとっての体積は低下する――ただし、同程度に急低下するわけではない」

「なら……そのふたつの体積を足す必要があるのでは？」ヤルダはいってみた。「そして、エネルギーがひとつの粒子からもうひとつに移るとき、合計がどうなるかを見ないといけないのでは？」

「違うんだな」コーネリオがいった。「そのふたつをかけあわせるんだ。それぞれの体積はひとつの粒子にありうる可能性をあらわしている――そしてひとつの粒子の可能性のそれぞれは、もうひとつの粒子のどの可能性とも組みあわせることができる。だから必要なのは、その積だ」コーネリオは新しい図表を描いた。「もしエネルギーがひとつの系からもう一方に移るなら、ふたつの系の運動量空間の体積の積は、この長方形の一辺に沿って増え、別の辺に沿って減る。だから、全体として積が増えたかどうかは、どちらの変化が大きかったかしだいというわけだ」

ヤルダはいった。「あなたは、ひとつの系はより熱く、ひとつはより冷たいという話をしている――でも、いったいどこから、この話に温度が出てくるの？」

コーネリオが答える。「それぞれの系で、運動量空間での体積を、エネルギーが変化したときの体積の変化率で割ったものを計算する。そうすることで、あらゆる関連する情報をただひとつの数字――温度――の中に集約することができる。このとき、もしひとつの系の温度がもう一方よりはるかに高いとしたら――両方ともが正、あるいは負だとしてだけれど――それは

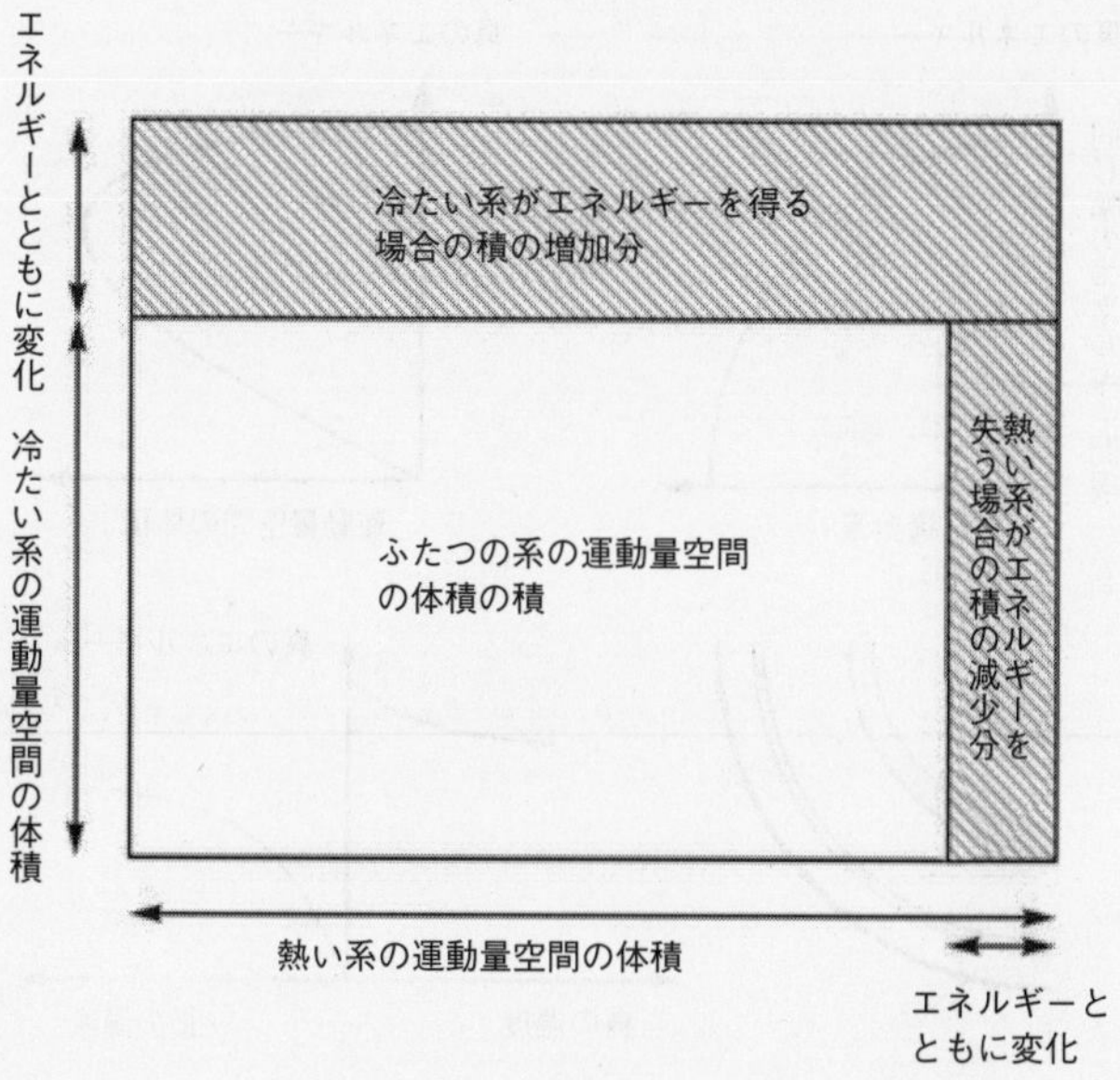

即、最初の系が二番目の系にエネルギーをあたえたなら、可能性の総数が増加する、ということを意味する。それが、エネルギーが熱いものから冷たいものに流れる理由だ。その結果は、より多くの可能性を含むことになる」

「ふぅ」ヤルダはコーネリオの最初の図表を自分なりに書きかえたものを呼びだして、最終段階の計算をしてみた。「そうすると、いちばん単純な例において、温度は最終的に……運動エネルギーと比例することになる！　あれだけの計算をしておいて、両者がほんとうは同じものだという、素朴なアイデアに帰りつく」

コーネリオはヤルダに追い打ちをかけるのをこらえた。

「もちろん真の定義は、きみが教わってきたこととなにひとつ矛盾しない——古い物理学での理想気体については。でも、もしきみが温度とエネルギーは同じだという考えにまだ固執しているなら、きみ自身の研究がぼくらになにをもたらしたか、見てごらん」

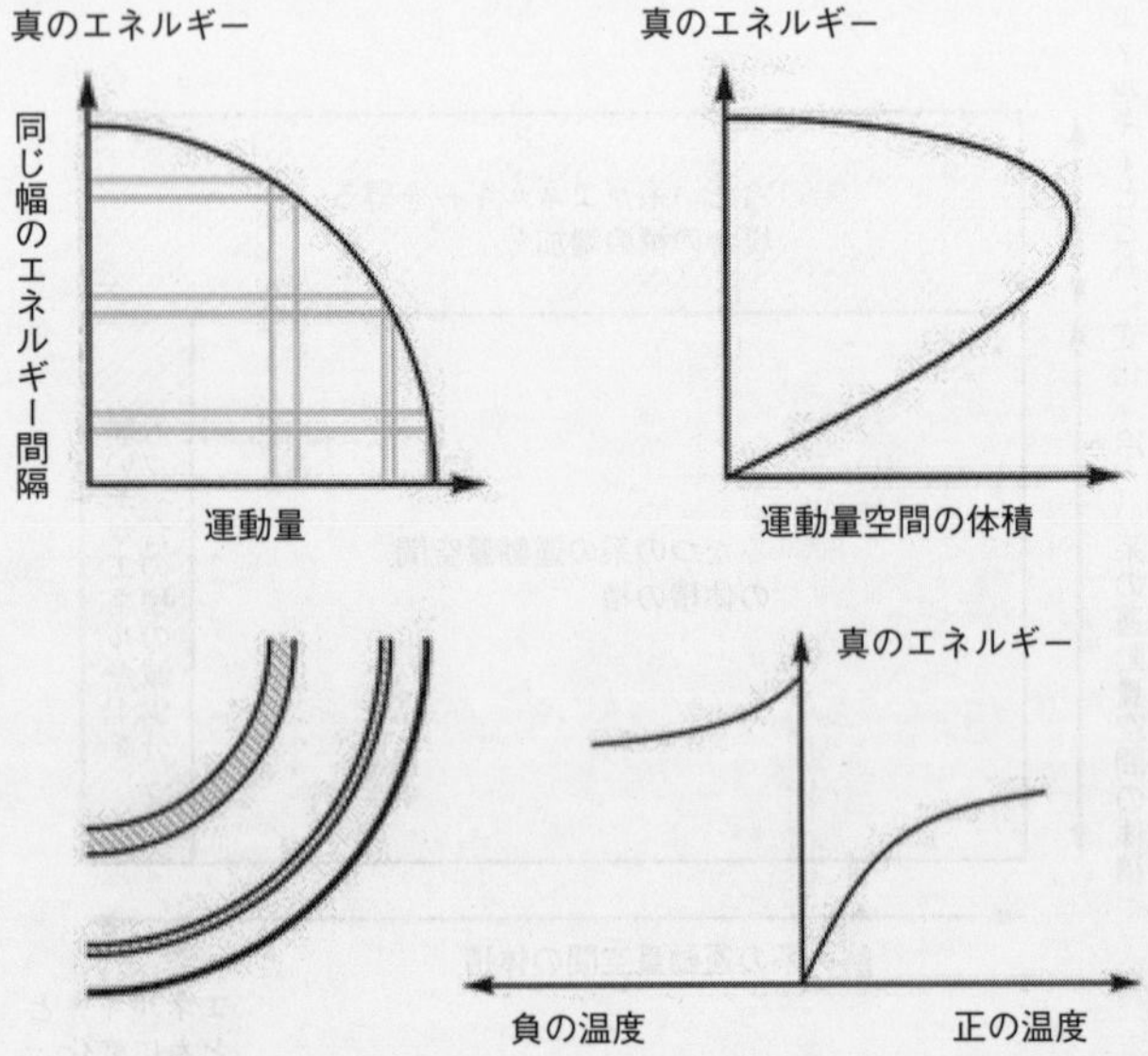

ヤルダは細かく隆起したコーネリオの皮膚を凝視しながら、ふさわしい罰を受けているような、あるいはだまされているような気分になった。それからあらためて、コーネリオがより単純なケースについて説明した手順をなぞって適用していくにつれ、奇妙な全体構成が、異様だが必然的なものとして浮かびあがってきた。

真のエネルギーと運動量はひとつの円で結びつけられていて、それぞれを単純に回転させたものが他方になる。粒子の運動量がゼロから増えていくにつれ、粒子の真のエネルギーは減りはじめる——そして最初の時点では、すべてが前の計算とそっくりに、ただし単に上下逆の図表にしたようにふるまう。

だが、粒子の動きがもっと速くなっていくと、運動量は際限なしに増加できなくなる。運動量の変化がなくなると、運動量空間の球殻はそれほどすばやく大きくならなくなるだけでなく、ずっと薄くなる。最大全エネルギーの約三分の二の地点で、球殻は体積の頂点に達して、縮みはじめる。

その地点で、粒子に対してひらかれた可能性の数に、エネルギーの変化があたえる影響が、逆転する。ゆっくり動いている粒子は、少しだけ速度をあげることで選択肢を得る……しかし、もしじゅうぶん速く動いている粒子が速度をあげたら、選択肢を失うだろう。運動量の上限のため、物事は上側で締めつけられる。

同じことが温度でも起こり、球殻の体積が最大になったとき、正負の符号が入れ替わる。そして負の温度だけなら、おかしな約束事を選んだ結果にすぎないということもありうるが、コーネリオの図表は、負と正の両方ともが現実の可能性であることを明確にしていた。定義をいじりまわせば、正負の符号はいつでも入れ替えられるが、区別自体を消し去ることはできない。

ヤルダはいった。「もしこの部屋のあらゆるものが負の温度を持っているとしたら、正の温度のものはどこにあるの？」

「太陽の表面にある」コーネリオが答えた。「それから、この星で燃えている石の中に」

「なるほどね」燃えている石は周囲を熱して運動エネルギーをあたえるので、真のエネルギーは反対方向へ流れるはずで、それは炎の中へということだ。これは意味をなすだろうか？　コーネリオにさっき忠告されたように、エネルギーは温度の高いほうから低いほうに流れるが、それは両方の符号が同じ場合だ。

けれど、符号が混在しているケースでも、理解するのはむずかしいことではない。正の温度の系は、エネルギーを得たときに可能性も得る。負の温度の系は、エネルギーを失ったときに可能性を得る。ふたつをいっしょに考えれば、もはや微妙な相殺取り引き（トレードオフ）はなくなる――これは両者に有利（ウィン・ウィン）なシチュエーションだ。両方の系が同じ取り引きによって運動量空間で体積を得る。

ということは、負の温度を持つあらゆる系が、正の温度を持つあらゆる系に対して真のエネルギーを失うことになる。だからコーネリオは、通常の物体を〝無限の熱さよりも熱い〟と呼ぶことに意味を見出していたのだ。燃えている太陽石の正の温度がどれだけ高くても、〝無限の熱さよりも熱い〟冷たい微風は、そこに真のエネルギーをさらにいくらでもあたえることができる。

ヤルダはいった。「でも、なにかが正の温度を持っていることを――そしてそれが単に大きな負の温度でないことを――確実に知る方法はあるの？　物が従来のかたちで〝熱い〟だけでないことが、どうやってわかるの？」

「光だ」というのがコーネリオの答えだった。「ある系が自由に――花のような秩序立ったかたちではなく、炎のような混沌としたかたちで――光を作りだしているときには、それは真のエネルギーを、それ以前には存在しなかったなにかに変えて、新しい可能性をひらいているということだ。それは正の温度の定義にほかならない」

「じゃあ、負の温度を持つ通常の系が、ひとたび光を作りだしはじめたら」ヤルダはあえて思いつきを言葉にした。「その温度の符号は変化しなければならないということ？　その間に無限を横断して？」

「まさにそのとおり」コーネリオがいった。「負の温度を持つ通常の系が光を作りだしはじめたら、それはもはや通常の世界のものではなくなる」

ヤルダはふたたび、この実験室が収蔵するエネルギー的に不安定な混合物のほうを盗み見ずにはいられなかった。棚の上の天井には、まだ最近の修繕跡が残っている。

「最終的には」コーネリオが断言した。「森羅万象が光と熱と化す。ぼくたちの力では、それを止めることはできない。ぼくたちにできるのは、それを少しだけ遅らせて、それまでの時間を楽しもうとすることだけだ」

ヤルダは結局、日暮れまで化学科ですごし、それからコーネリオと彼の五人の学生といっしょに科のトラックに乗せてもらって、市街地の大学キャンパスに戻った。トラックが埃っぽい平原を走るあいだ、コーネリオは気体の温度が符号を変えるときに気体の圧力が正のままでいられたり、温度が無限を横断するときに圧力が有限のままでいられたりするのはどうしてかを説明していた。古い理想気体の法則——圧力かける体積は、温度かける気体の量に比例する——にさようなら。それはふつうのランプの炎についてさえ、正しくなかった。

トラックの後部には空の眺めをさえぎる覆いがなく、おかげでヤルダは疾走星の紫色の先端が北からトラックのほうへ迫ってくるのを見ることができたが、そこで運転手がパニックを起こして急ブレーキをかけ、トラックは傾いて横すべりした。完全に停止したとき、ヤルダに思いだせるのは、回転する星々の半球を色の渦が横切るところだけだった。

全員がトラックから這いおりて、各人怪我がないか確かめていたが、すぐに全員無事であることがはっきりした。ヤルダは、コーネリオにもらった光記録用の備品をひしと抱きしめたままだった。星明かりの中で箱の中身を点検したが、コーネリオがすべてを注意深く梱包していたので、薬瓶はひとつも損なわれていないようだった。ヤルダは観測の機会を逃したことを悔やんで時間を浪費したりはせず、数人の学生がトラックを道に押し戻すのを手伝った。最近の割合でいくと、二旬(スティント)もすればズーグマ上空に次の疾走星があらわれる。

「疾走星ってなんだと思う?」トラックがよろよろとふたたび走りはじめると、ヤルダはコーネリオに訊いた。

「大きな爆発の破片だろう」コーネリオが答えた。

「破片の速度のほんの小さな差でさえ到着時期を数年間にわたらせることになるほどの、非常に遠くのものが爆発したんだ。ぼくの予感だと、これ以降に続く破片は、もっとゆっくり動いていると証明されるんじゃないかな」

「それは興味深い発想ね」ヤルダは感謝の意をこめて贈り物の箱を軽く叩いた。「きっともうすぐ、わたしがそれを調べられるわ」ある一瞬に記録された疾走星の光の尾の鮮明な映像を使って、ヤルダがその非対称性を測定し、物体の速さを数値化することがついに可能になるだろう。

　街に着いたときには暗くなっていた。大学でヤルダはコーネリオと別れの挨拶をして、新しく自分のものになった備品を光学作業室にしまってから、トゥリアがまだ残っていないか確かめるために、あえて学科のルドヴィコが君臨する棟に足をむけた。だが建物に人けはなかった。トゥリアはたぶんさっきの疾走星の観測結果を受けとって、それから自分の部屋か〈単者クラブ〉にむかったのだろう。

　ヤルダが〈単者クラブ〉に行くと、ダリアとリディアがいた。ふたりともトゥリアの姿は見ていないといい、ヤルダにサイコロ六個(シックス・ダイス)でいっしょに遊ぶことをうんといわせた。だれもが驚いたことにヤルダが勝ちをおさめ、ヤルダはもうひとゲームつきあうことになった。今度はリディアがヤルダを負かしたが、僅差だった。

　ヤルダはもうくたびれていたが、トゥリアの部屋には立ち寄る価値があると判断した。〈切断小路〉訪問の大成果を知ってもらうのは意味があることだ。トゥリアは数旬(スティント)後に〈孤絶山〉にのぼる予定でいる。トゥリアはあそこで、コーネリオの発明を有効活用できるだろう。

トゥリアの部屋の前まで来ると、入口の横木は外れているが、カーテンは閉じられていた。ヤルダは小さな声で二、三度呼びかけたが、返事はなかった。トゥリアはふだん、こんな早い時間には寝ないのだが、多忙な一日のあとでうとうとしているのだとしたら、起こしては悪い。

ヤルダは踵を返して階段のほうにむかいかけたが、そこで気が変わった。そっと忍びこんで、なにも問題はないか確かめても、害にはなるまい。引き返して、カーテンを左右に分け、部屋に足を踏みいれる。

トゥリアが窓のそばの床に横たわっていた。ヤルダが名前を呼んでも、なんの反応もない。ヤルダはようすを見ようとして、トゥリアに近づいてしゃがんだ。トゥリアの体には肢がなく、皮膚に見慣れない輝きがあらわれていた。ヤルダは一瞬、祖父のことを思い浮かべてパニックを起こしたが、そのとき、いま見ている光の斑点は、棚に載った花々の歪んだ反射にすぎないことに気づいた。

ヤルダは友人の肩に手をかけて、そっと揺すった。皮膚は奇妙な感触で――張りつめて、硬直しているといってもいいくらい――触れてもトゥリアはまったく反応しなかった。胸のまん中を縦に溝が走っていた。深くて細い亀裂で、トゥリアが自分から進んで描こうとしたのでは絶対にないシンボルの、最初の線。

「嫌よ」ヤルダはささやいた。「そんなことが起きるはずがない」ヤルダは自分のポケットを引っかきまわしてホリンの瓶を探した。もしトゥリアが飲んでいる角剤が効力の弱いものだったとしたら、いまから効き目の強い薬をあたえれば手遅れではないかもしれない。ヤルダは小さな緑の角剤三個を掌に振りだして、トゥリアの口もとに持っていこうとした。

だが、トゥリアには口がなかった。唇のあったところは、いまも色が濃く見えていたが、なめらかに途切れなく続く皮膚の一部分がその色と形をしているだけだった。ヤルダはホリンを取り落として、指でトゥリアの顔をまさぐり、目のひとつにそっと触った。まぶたはまだ識別できたが、上下が融合していた。口の下の振動膜は硬直している。トゥリアの体は、種嚢のように硬くてつるんとしたものになりつつあった。

ヤルダはガクガク震えていた。無理やりその震えを止める。どうしたらいいか知っているのはだれ？　ダリアだ、まちがいなく。窓から身を乗りだしたヤルダは、通りに少年がいるのを目にとめた。彼にむかって硬貨を投げて注意を引いてから、シェフに〈単者クラブ〉の階下のレストランまで走って、『ダリアを寄越して、至急、ヤルダのところへ』と伝言してくれと頼みこんだ。もう二ピースの硬貨と、戻ってきたとき二ピース追加という約束が、功を奏した。

ふたたびひざまずいたヤルダの影がトゥリアに落ちて、トゥリアの体がかすかに輝いているのがわかった――だがそれはヤルダの祖父に苦痛をもたらしたものとは違って、体表が輝いているのではなかった。この光は体の奥深くから発していて、絶えず明滅して揺らいでいた。いまや激しい光の明滅は強烈で、途中にある肉をすべて通しても外から見えていた。

ヤルダはトゥリアの額をなでた。「わたしたちで治してあげるからね」ヤルダは約束した。「きっとだいじょうぶ」もしダリアが融合樹脂を入手できれば、溝の両側をくっつけ合わせて、境目を作っている壁をトゥリア自身の体に攻撃させることができる。さらに、公開講演で使った太陽石ランプをダリアがだれかに取ってこさせれば、実験で樹精の筋肉を引きつらせたのと同種類の閃光を使って、トゥリアの分裂を司っている信号を妨害できるかもしれない。ヤルダたちの打てる手はいくらでもある。トゥリアは病気でも、高齢でも、虚弱体質でもない。短気な双のいいなりにさせられているのでもない。トゥリアは自立した女で、面倒を見る友人たちがいた。

溝はトゥリアの胴体のいちばん上に達すると、今度は振動膜を分割しはじめた。ヤルダはその割れ目をつかんで全力で引っぱりあわせようとした。「これ以上は広げさせない」ヤルダはいった。「この手が疲れても、まだ出番を待っている十本があるんだから」だがじっさいには、ヤルダの干渉に抵抗する大きな力はなく、振動膜の下にある肉がバネのような弾力をかすかに感じさせるだけだった。

トゥリアは生き延びるだろう。ヤルダはいまではそのことを確信していた。トゥリアは生き延びて、元気でやっていく。これからも一ダース年以上、教え子たちを啓発し、友人たちを楽しませる。遠い星の世界に、森が放つ光を発見するだろう。

割れ目自体は延びるのをやめたが、皮膚が硬い壁のようになった部分が、ヤルダがつまみあわせている箇所よりも先に広がって、トゥリアの口があった場所にむかって進んでいることにヤルダは気づいた。視力を失った目がわずかに凸面状になっていたのが、いまではもうわからなくなっている。視覚器官は再吸収され、まぶたは周囲の特徴のない皮膚に同化されていた。

足音が聞こえ、カーテンが分かたれた。ダリアが急ぎ足で入ってきて、リディアがそれに続いた。

「あなた、どこかの男の子に、わたしが四ピース払ってくれると保証したの？」ダリアが腹立たしげに訊いた。「それだけ大事なことなんでしょうね？」

自分がなぜ呼ばれたかダリアが見てとれるように脇にどきながら、最初の溝と交わる横方向の溝ができつつあるのをヤルダは見た。トゥリアの左右の半身それぞれが二分割の危機にさらされている。「融合樹脂を持っていませんか？」ヤルダはダリアに尋ねた。「それとも、裂け目を縫いあわせたほうがいいですか？わたしは手で押しつけたんですけど、効果がなかったんです」

リディアが近くに来た。「わたしたちにはどうにもできないわ」リディアがヤルダにやさしく告げた。「どんな樹脂でも、どんな薬でも、どんな手術でも――ここまで来たらそういうものは、子どもたちを殺すだけよ」

ヤルダはダリアのほうを見た。「そんなことありませんよね」

ダリアがいった。「分割がはじまってしまったら、それは不可逆なの」

リディアがヤルダの肩に手を置いた。「彼女を見守りましょう」

ヤルダはリディアに顔をむけた。「どういうこと――トゥリアが死ぬのを見守れっていうの？」

「もはやそれ以外に選択のしようがない」ダリアが悲しげに説明した。「彼女の体を抱きしめたければ、好きなだけしっかりそうしてあげていいけれど、脳はもうばらばらになっている」

「脳がもう壊れている？」ヤルダは目も口もなくなったトゥリアの顔をまじまじと見おろした。「これを引き起こしているのは、トゥリアの脳じゃないんですか？ 信号を送りだして指示しているんでしょう？ それがもうばらばらになっているはずがありません」

ダリアがつかつかと近づいてきて、ヤルダの横にしゃがんだ。「ヤルダ、彼女は死んだの。死んだのは、あなたが見つけるずっと前だったと思う」

「嫌、嫌、嫌」途中で終わらされる人生は、もうたくさんだ。クラウディアとオーレリアは遠すぎてヤルダの手が届かなかったが、トゥリアは違う。

ヤルダはリディアにむき直って、懇願した。「なにをしたらいいの？ 教えて！」

リディアがいった。「もうわたしたちにできるのは、彼女を忘れずにいることだけよ」

ヤルダはトゥリアの体の裂け目に手を走らせた。溝はいまや脳天にまで達していた。「できることが絶対ある」

ダリアが今度は厳しい声を出した。「ヤルダ、これはもう変えようのないことなの。彼女はわたしたちの友だちだったし、わたしたちは彼女を愛していたけれど、彼女の心は消えてしまった。墓の中の男たちと同じ意味で、彼女はもう、わたしたちの前にはいないの。今夜わたしたちにできるのは、彼女を悼むことだけよ」

ヤルダは自分が体を震わせて、うなり声を出しているのに気づいた。ダリアの言葉を信じてはいないが、心の中にいる裏切り者が、その言葉が真実であるかのようにふるまおうと決めていた。

「そして朝になったら」ダリアが続けていった。「彼女の子どもたちをわたしたちでどうやって育てるか、相談する必要があるわ」

10

待ち人が来るのを大学の中庭で待っているあいだに、ヤルダは鏡像的に対になった二ダースのおぼろな色の縞が午後の空を横切るのを数えた。速度が遅かったので、いまの疾走星群は特段近くはない――たぶん太陽自体よりも少し遠い――ことがわかったが、そんな距離でも日中に見えるのだから、夜にしか見ることのできない小片よりもはるかに明るく輝いていたということだ。

より明るいことはほぼ確実に、より大きいことを意味する。

ヤルダは中庭を横切ってくるエウセビオに気づき、片手をあげて挨拶した。「こんにちは、議員」

「また会えてうれしいです、ヤルダ」エウセビオがいった。

「わたしもよ」

エウセビオはちらりと空を見あげた。「いまでは当たり前なことみたいになったと思いませんか？　人はどんな奇妙なことにでも慣れることができる」

「その特質が有益な場合もあるわ」

「でも今回は違う」エウセビオが先まわりするようにいった。

「たぶんね」

ふたりは中庭を出て、大学構内を散策した。ヤルダは会議室を手配すると申しでていたが、エウセビオは、ふたりのどちらかでもが公的な立場で動いていると思われかねないことはいっさい避けようとした。これは、古い知り合いのふたりが思い出にふけっているだけだ、と。

「疾走星に関するあなたの説は、伝聞でしか知りません」エウセビオがいった。「でもそれだけで、不安にならずにいられませんでした」

「このアイデア全体が、まだまだ理論上のものでしかないわ」ヤルダはいった。「いまのところ、わたしはどこかに逃げだそうとは思わない」

エウセビオは面白がっているように、「いまのところ？　いいですか、早まった行動であろうがなかろうが、逃げるというのはぼくが目ざしている方向ではありません」

「でも、不安だといったでしょう」

「不安を感じているのはほんとうです。そこが重要なのでは？　だからこそあなたは、ああいう可能性についていいだしたのでしょう？」

それにどう返事をすればいいか、ヤルダはよくわからなかった。そのアイデアを数人の同僚たちと論じはじめた当初、ヤルダはそれをあまり本気で考えてはいなかったというのが、ほんとうのところだ。暗中模索の大胆な憶測にすぎないし、難解すぎるのでパニックの種を蒔く危険をおかすことにはならない、とヤルダは考えていた。

エウセビオがいった。「ではまず、この問題を説明してもらうところからはじめましょうか。数年前、あなたはある講演で、宇宙は平らな、四次元円環体だという話をしました。その場合……もし来歴の束に沿って時間をたどっていったら、来歴はほとんど平行なままでいるんじゃないですか？ そして束どうしが出会ったときには、単に環を形成するんじゃないですか？」エウセビオは二次元バージョンをまず正方形で描き、それから丸めて人為的な縁を取り除いた。

ヤルダはいった。「平らな円環は単なる理想化よ——光方程式がうまく解けるような、もっとも単純なケース。宇宙の位相幾何学はもっと複雑だろうし、あるいは、幾何学は平面ではないのかもしれない。それとも、もしかするとさまざまな世界の来歴は、あなたが

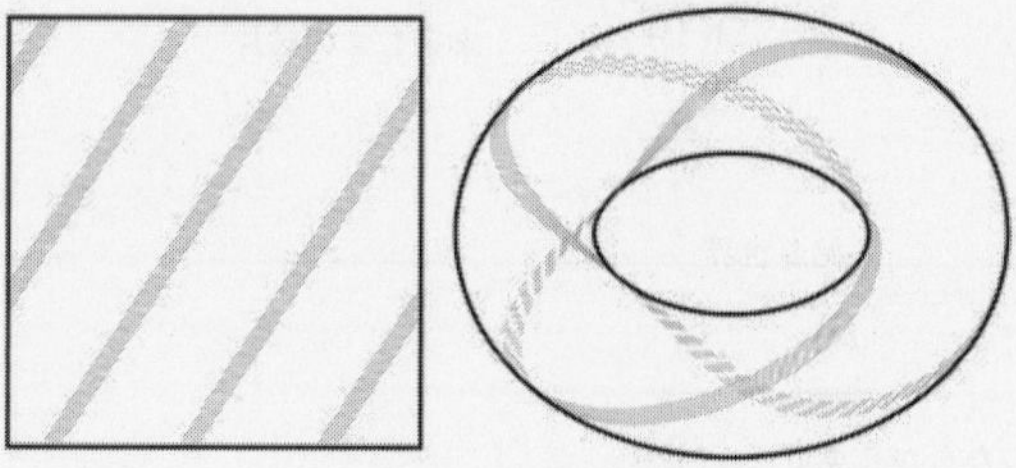

さっき描いたようには、きっちりした束にまとまったままではいないのかもしれない。最終的にすべてがひとつにまとまらなくてはならないのは確かだけれど、それが整然とおこなわれる必要はない。もし始源世界が存在して、それが両方向に分裂して――ひとつはわたしたちが未来と考える方向で、もうひとつはわたしたちが過去と考える方向――その破片自体がさらに分裂し、という風に続いていったなら……わたしたちは過去の破片と、ほとんどどんな角度でも衝突することがありうる」

ヤルダはそのアイデアの大ざっぱな図解をスケッチした。「この図解を円環に巻きつけたものを描く気はないけれど、ふたつの方向の破片群がいずれ重なりあう可能性は、想像できるでしょう」

「では、始源世界は後方と前方の両方にむけて爆発的に分裂をはじめたんですか?」エウセビオのわくわくしているような声には、うっすらと疑いが混ざってい

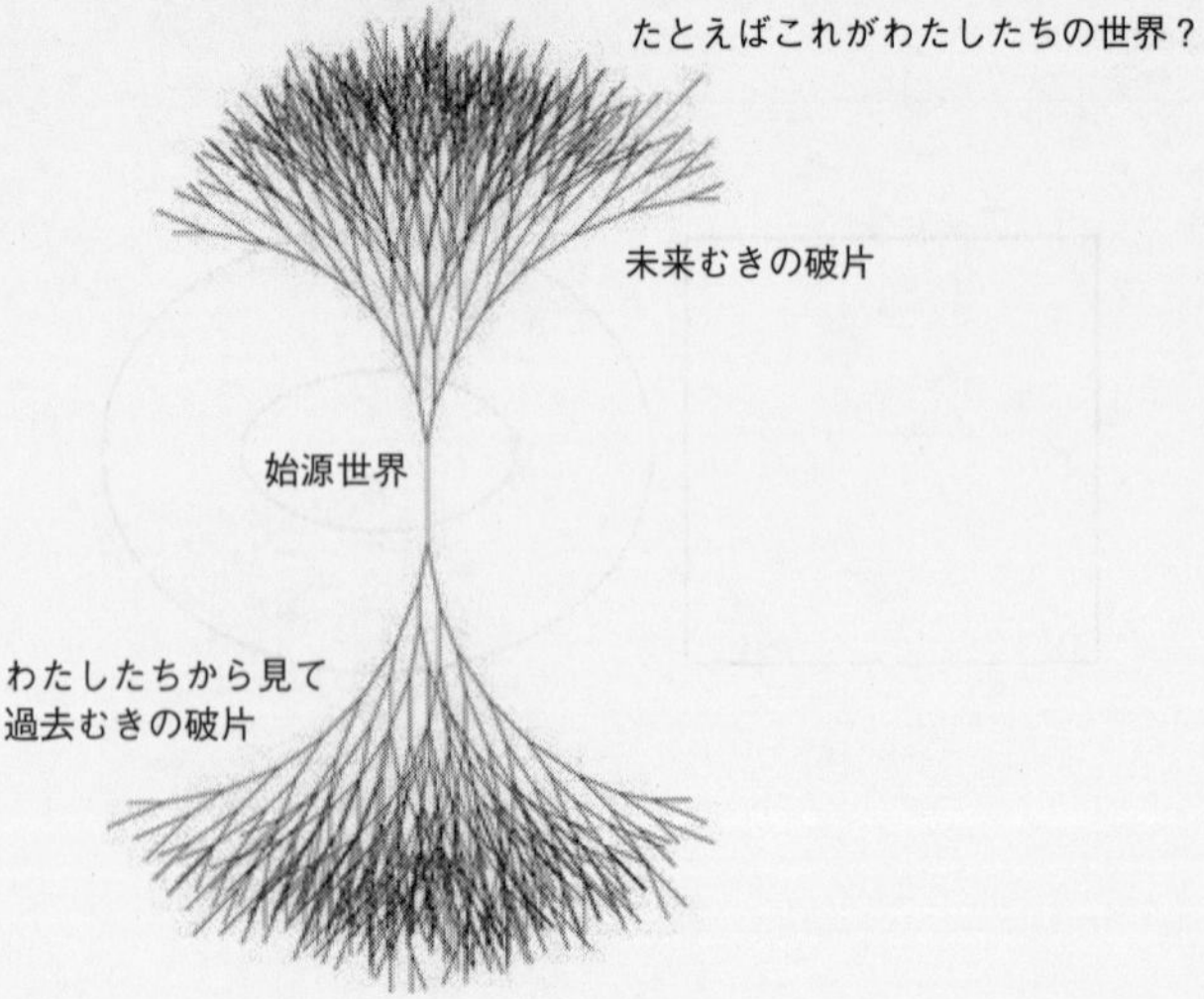

た。

「奇妙に聞こえるのはわかっている」ヤルダは譲歩した。「でも、始源世界がエントロピーの値が最小になる場所だとしたら、一方向と同時にその正反対方向にも爆発的に分裂するのが、当然というものでしょう。宇宙は無秩序な糸——全物質の粒子の来歴——のもつれあった巨大な塊でいっぱいだと想像してみて。そしてそのすべてがどこかでひとつに束ねられて、完全な一直線に並べられている、と考えて。どうしてそんなことが起きるのかは全然わからないけれど、なにか特別なルールが最優先で押しつけられるようなことがないとすれば、糸は締めつけられてくびれた部分の両側に、同じ形で逃げだそうとするでしょう——そして正反対の方向を指す、ふたつの局所的な時の矢を生みだす」

「でも、細かいあれこれは置くとしても」エウセビオがいった。「宇宙が有限であるかぎりは——そして光方程式はそうに違いないといっているわけですが——疾走星群がもっと悪いなにかの前兆だという潜在的可能性があります」

「潜在的可能性。そのとおりね」ヤルダはエウセビオに、その点を忘れてほしくなかった。「宇宙には、ふた組の世界の進路が交差しあう場所が存在しうるからといって、それがいまここで起きていることに違いない、ということにはならないわ」

「いまここで起きていることについてのほかの説明が、どれもあまりうまく答えを出していないことを別にすれば、ですね」エウセビオが言葉を返した。「もし疾走星群が、いちどきりの途方もない爆発の残骸にすぎないとしたら、破片はしだいにゆっくりとやって来るようになるはずでしょう？」

ヤルダはいった。「そうね——でも、速度の変化がほんの二、三年で測定できるかどうかは別問題。疾走星の速度を数値化するだけでも、大変な仕事なんだから」

エウセビオは納得しなかった。「でも、速度の変化を見てとるのが、どうしてそんなにむずかしいんですか？ 爆発した星が、一陣の高速の塵とともに、もっとゆっくり動く大量の小石を放出するというのはわかります。でも、それでほんとうになにもかもの説明がつくなら、速さの違いは大きさの違いと同様にはっきりわかるはずなのでは？」

「そのはずよね」ヤルダは認めた。

「ぼくの伝聞の情報源によると、あなたはこうなることを」――エウセビオは空に次々とあらわれる色の尾を手で示した――「ほとんど二年前には、ある程度予測していたようですね。ぼくたち自身がその中にいると思われるものとよく似た、惑星や恒星の星群団（クラスター）が存在して、それは細かい塵のかさ（ハロー）に周囲を取り巻かれている。その周囲の奥深くへ入りこんでいくにつれて、より大きな物体と遭遇するものと思われる」

「どんな構造をしているかを確実に知るのはむずかしいわ」ヤルダはいった。「わたしたちには世界の分裂についてなにもわかっていないのよ、重力や、破片どうしの衝突の長期的影響はいうまでもなく」

「でも、希薄な塵が縁のほうにあり、もっと大きさや重さのある物体がより中心近くにある、と想定するのは」エウセビオが食いさがる。「理屈に合わない意見ではないでしょう？」

「そうね」ヤルダがどれだけそんな結論に大した意味はないといいたくても、自分がこれまでおこなってきた議論を丸ごと撤回することはできない。

エウセビオがいった。「だとしたら、もし時間に関するぼくたちの概念が、空間に関する星群団（クラスター）の概念のひとつに該当するとしたら……ぼくたちはすべてがほぼ同じ速さで動く、だんだんと大きさを増す物体と遭遇していくことになるはずだ。まちがっていますか？」

エウセビオは図解を見せた。

「せめてわたしたちが、直交星群団（クラスター）の縁をかすめるような図にしてもらえない？」ヤルダはいった。「いまの図に描かれているほど奥深くまで入っていく必要は、わたしたちにはないわ」

エウセビオはいわれたとおりに図を修正した。「自分は物理学者になるべきだったと思ったものです」エウセビオがいう。「世界について気に入らないことがあったら、自由にできるパラメーターを調節するだけで、すべては完璧になるんですから」

「わたしになにをさせたいの？」ヤルダはいった。「孫世代の全員を絶望させろとでも？」

「まったく違います。最悪を想像して、そして、どうしたらぼくたちがそれを生き延びられるかを教えてほしいんです」

ヤルダは辛辣な短いうなりを漏らした。「最悪？ 疾走星は到来を続けて、大きさは増す一方、数もどん

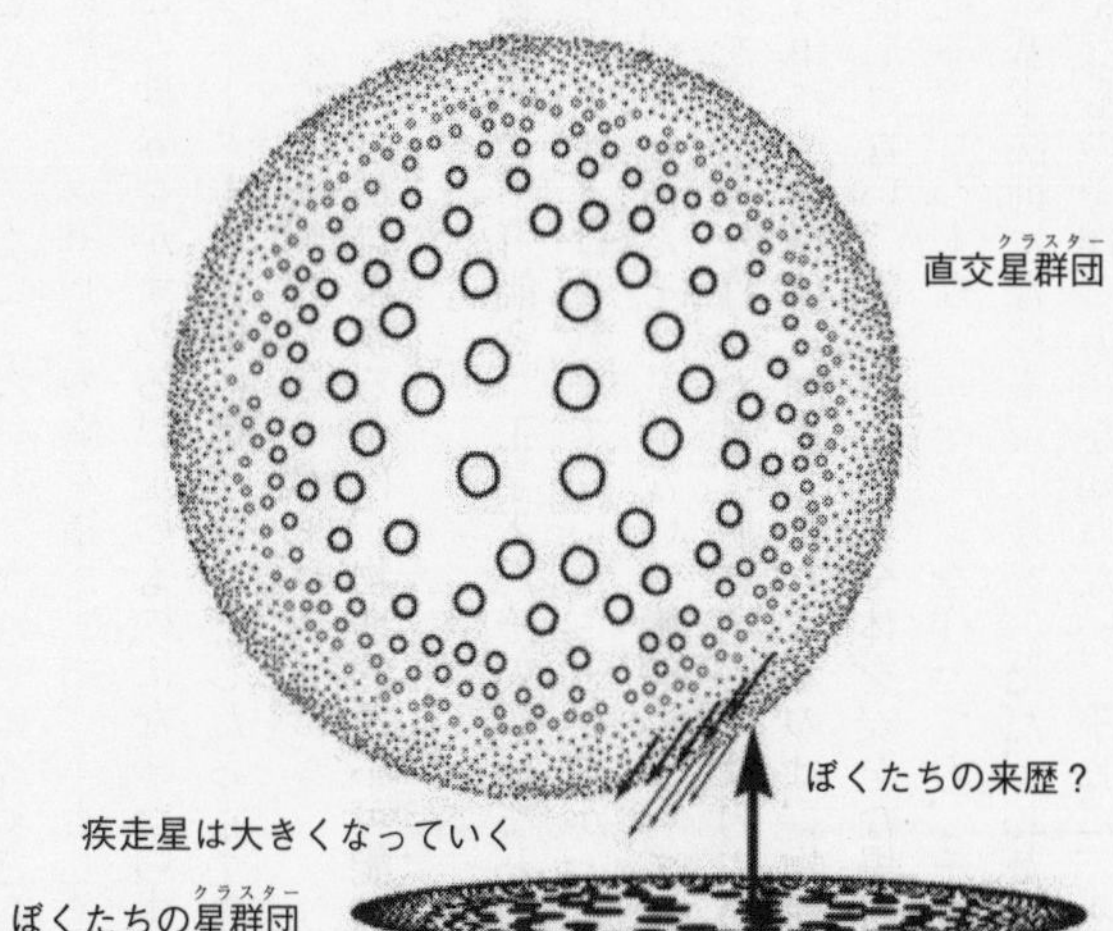

どん増える一方で、ついにはこの世界に衝突する見こみが不可避なレベルに近づく。仮にわたしたちがそれを生き延びたとしても、今度はおそらく直交ガス塊と衝突して——世界を巨大な疾走星のようなものに変えるでしょう。その途中で重力崩壊が起きて、もしかするとこの星を太陽から完全に引き離すかもしれない——あるいは、太陽に放りこむかもだけれど。もしここまでの話が、どれもあまり恐ろしげに聞こえないというなら、遭遇そのものがわたしたちの時の矢をすっかり目茶苦茶にして、わたしたちには過去もなければ未来もなくなるかもしれない、というのはどう。この世界は最大エントロピー状態で、生命のない熱揺らぎの塊として終わりを迎えるでしょう」

エウセビオはひるみもせず、まったく口をはさむこともなしに、ヤルダの話を最後まで聞いていた。それから、こういった。「それで、どうやったらぼくたちはそれを生き延びられますか？」

「どうやってもできないわ」ヤルダはぶっきらぼうに答えた。エウセビオの胸を指さして、「もしその遭遇がこの世界をかすめる以上のものになったら——衝突パラメーターを自由に選べないとしたら——そのときは、わたしたちはひとり残らず死ぬ」

「ぼくたちが自衛するのは、物理的に不可能だということですか？」

「物理的に不可能？」工学者がそのいいまわしを使うのを、ヤルダはそれまで聞いたことがなかった。「いいえ、もちろんそうじゃない。衝突のすべてからこの世界を守る盾を作ったり、脇にどいてよけたり、あるいは単に遭遇自体を回避したりするのは、物理的に不可能じゃない。もしこの世界全体を安全な場所に移動させるとてつもないエンジンを作っても、それは物理学の基本法則になにも反しない。ただ、わたしたちはそんなものを作る方法を知らない。それに、その方法を学ぶ時間もない」

「どれくらいの時間がかかると思いますか？」エウセビオは落ちついて尋ねた。「ぼくたちが身の安全を守るために知る必要のあることを、学ぶには？」

エウセビオの粘り強さに、ヤルダは感心するほかなかった。「責任のある答えはできないわ。一代(エラ)？　一期(エイジ)？　わたしたちは物質について、いちばんの基礎さえまだ知らないのよ！　その基本構成は？　化学反応で転位する仕組みは？　物質をひとつにまとめておいたり、引き離したままにしたりしているものはなに？　物質はどうやって光を作ったり、吸収したりしているのか？　なのにあなたが求めているのは、無限の速度での衝突に耐える盾とか、世界丸ごとを動かせるエンジンとかを作ることなのよ」

エウセビオがあたりを見まわした。食堂のそばで楽しそうに会話している学生の一団は、まるでヤルダが未解決問題を列挙したのをたまたま聞いて、それを挑戦として受けてたとうと決心したかのようでもあった。

「じゃあ、一期(エイジ)かかるとしましょう」エウセビオがいった。「一大グロス年。危険が差し迫ったものになるまでには、実際問題あとどれくらいありますか？」

「憶測しかいえないわ」

「それでいいです」エウセビオは退(ひ)かなかった。

「二、三ダース年」ヤルダはいった。「ほんとうのところ、なにがこの世界にむかってきているとしても、わたしたちにはそれがまったく見えない。ひとつの惑星が、あるいは燃えさかるひとつの直交星が、いまこのとき、明日にもこの世界にぶつかる位置にいるということだってありうる。でも、これまでの疾走星の大きさの変化から考えると、わたしたちがよほど不運でないかぎりは……」言葉が宙に浮いた。なにかが変わるというのだろうか？　六年か、一ダース年か、一グロス年かで？　ヤルダには、知りようのない未来から目を逸らしたまま、一日また一日と生きつづけることしかできない。

エウセビオがいった。「ぼくたちには一期（エイジ）が必要だけれど、そんな時間の余裕はない」

「そういうこと」

「ぼくもそう考えていました」とエウセビオ。「でも、あなたからそれを聞くまでは、確信が持てなかった」

エウセビオの口調は重々しいけれども、絶望からはほど遠いものだった。ヤルダは足を止めて、エウセビオとむきあった。「いい知らせを聞かせてあげられなくて、ごめんなさい」ヤルダはいった。「もしかすると、さっきからわたしのいったことは全部まちがっているかもしれない。わたしたちの幸運は、もしかするととんでもなく——」

エウセビオが片手をあげて、ヤルダの言葉をさえぎった。「ぼくたちには一期（エイジ）が必要だけれど、そんな時間の余裕はない」と繰りかえしてから、「だからぼくたちは、その時間をどこかよそで見つけるんです」

エウセビオは衝突する星群団（クラスター）の図解を胸から消し去って、かわりに、二本の線を描いた。一本は直線、もう一本は曲がりくねっている。さらに、いくつかの説明が足された。

「まずロケットを作ります」エウセビオがいった。「この世界から離れていけるくらいに強力なものを。それを宇宙空間に送りだして、疾走星の速度と同じになるまで加速させます。それが達成されたら、直交星群団（クラスター）から来るなにかがロケットにぶつかる可能性は非常に小さくなる——ただし、ぼくたち自身の星群団（クラスター）のガスや塵との衝突を避けられるように、出発時点で位置を調節する必要があるでしょう。

道程の全体は、ここに描いたとおりです。この世界で経過する時間は、ロケットの来歴を合計で一回転させるのにかかる時間になります。四分の一回転で加速、半回転で反転、最後の四分の一回転で減速。仮にロケットが一重力で加速したら——乗員たちの体重は地上と同じにしかなりません——帰還までの四分の一回転

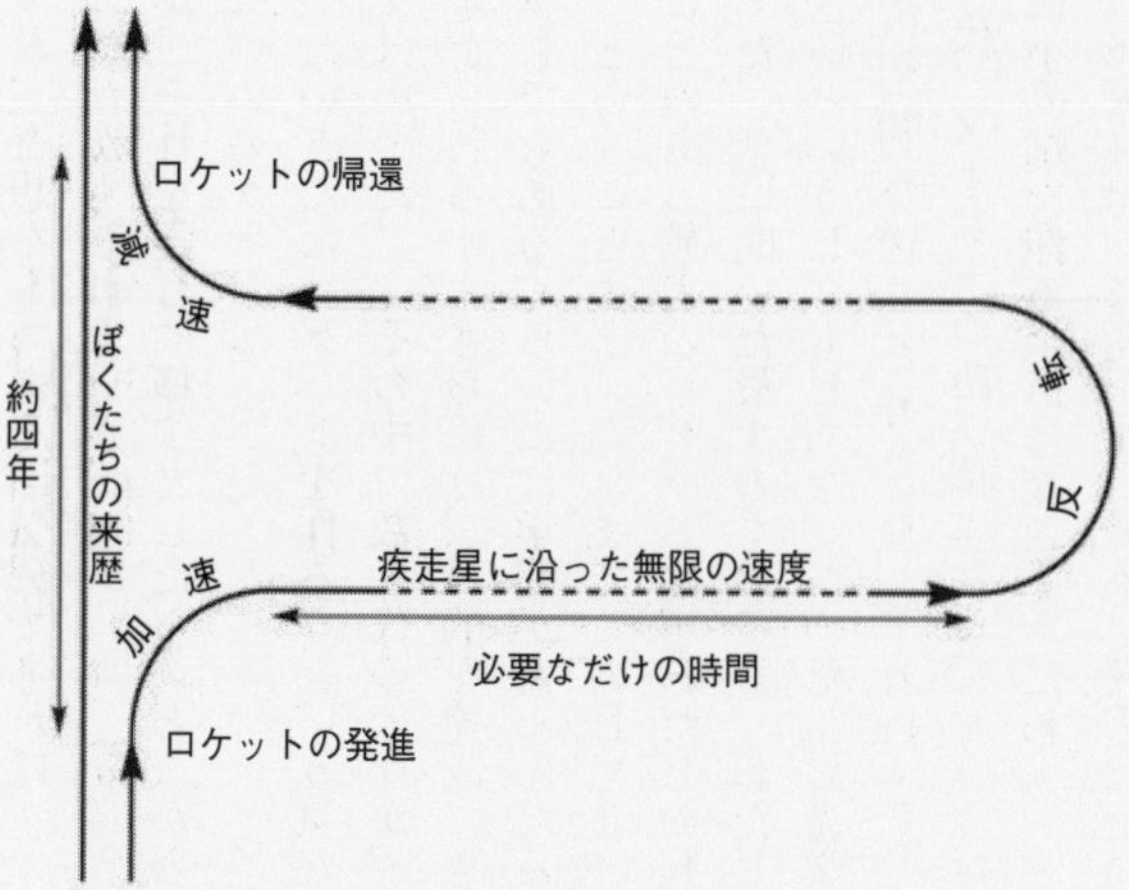

ごとにこの世界で経過するのは約一年ずつで、全体は四年がかりになります。

　回転の各段階でロケットの上で経過する時間は、それよりもそんなに大きくはならないでしょう。湾曲部分のそれぞれは、この図の高さより二分のπ(パイ)倍長いだけです。けれど、ロケットの来歴がこの世界の来歴と直交しているあいだは、出発地のこの世界ではまったく時間が経過しません。だから、ロケットの搭乗者たちは、必要ならいくらでも長いあいだ、旅をすることができます。もし課題を達成するためにもっと時間が必要になったら、航宙をもう一代(エラ)、もう一期(エイジ)と延ばしていける。それでもロケットのこの世界への帰還は、一瞬(フリッカー)隔たりとも遅れることはない」

　ヤルダは絶句した。ふたりの役割は完全に逆転していた。いまエウセビオが提示した案は物理学的にすばらしく単純明快で、ヤルダは自分でそれを考えつかなかったのが恥ずかしいほどだった——疾走星群を、過去にむかう始源世界の破片だと最初に考えたときと同じような、奇想をもてあそぶ気分であれば、ヤルダも思いついたかもしれないが。

だが、それを実行に移すとしたら、どこから手をつければいいのか？

「いったいどんなロケットを作ろうという気なの？」ヤルダはいった。「その中で数世代の人々が、一期間(エイジ)生き延びられる――さらには、目的を達成できる可能性が少しでもあるくらいには学問が盛んになるような場所、ということよ？　これまでこの目でじっさいに見たことのある最大のロケットは、わたしの腕のサイズだった。話に聞いた最大のものでも、わたしの体より小さいというし。もしあなたがわたしの光学作業室を宇宙空間へ送りだせたら、それはこれから一世代(ジェネレーション)、ズーグマの語り草になるでしょうけれど、そこに小麦畑を作る余裕はなさそうだわ」

　エウセビオは口ごもっていたが、それはどう返事をするか考えていたからで、ヤルダの言葉にはこれっぽっちもくじけてはいないようだった。

「あなたは〈孤絶山〉にのぼったことがありますよね」エウセビオがいった。

「もちろん。大学の観測所が頂上にあるわ」

「なら、あの山が、人の定住している土地のどこからも遠く離れているのをご存じでしょう」

「確かにね」エウセビオの話がどこにむかっているかがわかった、とヤルダは思った。人の住む場所から隔絶した、高度の高い場所は、新型ロケットのテストに理想的だ。

　だがエウセビオはこういった。「地質学者によると、〈孤絶山〉の中心部は純粋な太陽石だそうです。そこにトンネルを掘り進んで、太陽石に点火して、山を丸ごと宇宙に打ちあげる、というのがぼくの計画です」

　ヤルダは学校に子どもたちを迎えにいって、そのまま光学作業室に連れてきた。アメリアとアメリオは床の上で楽しく遊んでいる。傷のあるレンズをしまった箱を見つけたふたりは、そのレンズを並べて即席の望遠鏡を作り、おたがいの歪んだ像を見て、際限なくブンブンいっていた。ヴァレリアとヴァレリオは、空想の動物の絵を描くという子どもの成長段階のただ中にいる。こちらのふたりはその絵をどうしても取っておきたいといい張るので、ヤルダは昔の学生が課題として提出した片面が空白の紙と、リディアが工場から住居に持ちかえった染料の壺を渡した。

そして自分の机の前に立って子どもたちのようすを見ながら、ヤルダはエウセビオの計画をどう考えたものか、結論を出そうとした。

ジョルジョが偏光の実験でヘリオスタットを使うために、学生の一団を連れて作業室に入ってきた。子どもたちは歓声をあげてジョルジョに駆け寄り、ジョルジョは少しもわずらわしそうにも恥ずかしそうにもせずに抱きつかれるままになっていたが、そのうち自然に子どもたちをさっきまでの遊びに戻らせた。ヤルダは学生の力学の課題の山を出して、採点をはじめたが、その間も、さっき自分が惑星の全滅を回避する適切な手段を考えるために、日常の職務から二鳴隔(チャイム)ほど離れていたのを後ろめたく思ってしまうことに驚いていた。ヤルダは疾走星についての考えをジョルジョと話しあっていた――そしてジョルジョはいつものように、洞察に満ちた意見をいい、反論もした――が結局のところ、ジョルジョはまだそのすべてを、形而上学の演習問題のように扱っていた。

ヤルダが子どもたちを連れて住居に帰ったとき、ちょうどリディアも勤務シフトが終わって戻ってきた。

「また染料を持ってきてくれた？」といってヴァレリアがリディアにつきまとった。ヴァレリアとヴァレリオは、体の横に並んだ六つの口を大きくひらいた巨大な長虫の絵を何枚も描いて、もらった染料の最後の分を使い果たしていた。

リディアは両腕を広げ、ついでに冗談半分で六つの空（から）っぽのポケットもひらいた。「今日はないの。今日は全部の瓶が検査に合格したから」

ヴァレリアは不機嫌になったしるしに、六本の腕を自分の双に巻きつけて、頭をもぎ取ろうとした。ヤルダは一回ごとに声をきつくして、やめなさいと三回いってから、じっさいに手を出してふたりを引き離した。

「いっつもヴァレリオをひいきするんだから！」ヴァレリアが金切り声をあげた。

ヤルダは暴れるヴァレリアをおとなしくさせようと苦労しながら、「ひいき？　ヴァレリオがなにか悪いことをした？」

返事に詰まったヴァレリアは作戦を変えた。「あたしたちは遊んでただけなのに、ヤルダに邪魔された」

「これからはいい子にしている？」

「わたしはいつもいい子だよ、この太った変人」

リディアがうなり声をあげて叱りつけた。「ヤルダおばさんに、そんないいかたをしてはダメ」

「あんたはもっと変人じゃん！」ヴァレリアはいい放って、リディアとむきあった。「ヤルダに双がいないのは、別にヤルダのせいじゃない。生まれる前にまちがって双を飲みこむかなにかしたんだけど、あんたが石で自分の双を殴り殺したのはみんな知ってるわ」

ヤルダは、ヴァレリアが作業室でとてもいい子にしていたのを思いだすことで、自分の中に残っている忍耐力を呼びおこそうとした。

ダリアは以前、トゥリアの子どもたちが学校の三年生になったら、どんどん冷淡になっていく級友たちから笑いものにされるのはおまえたちのせいだとばかりに、養母たちにむかって暴言を吐くようになる、といったことがあった。だから子どもたちが三年生になるときに、ヤルダは四人が直面することになるだろう無知と敵意について話し、それをうまくあしらう方法を聞かせた。そのときには、ヤルダのアドバイスを受けとった子どもたちは、悪意に満ちた世界でなにがあっても、自分たちがおばさんたちに感じる愛と誠実な気持ちはずっと変わることはありえない、と約束したのだったが。

そこまでのやりとりを無表情に眺めていたアメリオが、うんざりしたあきらめをこめて発言するのにふさわしいタイミングだと判断した。「女がいるのは子どもを作るためで、育てるためじゃないんだ。この人たちにちゃんとできると思うのが無理だよ」

ヤルダは思った。疾走星がここに落ちればいい。

リディアがいった。「自分たちで染料を作ってみない？　市場に行けば、材料が見つかるわ」

ヴァレリオの顔が興奮でパッと明るくなった。「それいい！」

「わたしも行きたい」アメリアが頼みこむようにいった。

ヴァレリアは二、三停隔（ポーズ）、我慢していたが、染料の話は自分がいいだしたことなんだからと判断したらしい。「最初にどの店に行けばいいか、あたし知ってる。頭の中にリストができてるわ」

ヤルダはリディアと目を見交わして、状況の悪化を食いとめてくれたことに感謝した。「じゃあ全員で行きましょう」リディアがいった。「暗くなる前に」

ヤルダは真夜中すぎの最初の時鐘（ベル）で目をさました。ダリアはまだ帰ってきていない。ダリアはときどき、夜、大学から〈単者クラブ〉に直行して、そのまま自分の部屋に行って眠ることがあった。そのときは翌朝、リディアの勤務シフトしだいで、ヤルダかリディアが子どもたちを学校に連れていくことになるが、この部屋の家賃の半分以上を出しているダリアにむかって、担当分の役目を果たしていないと文句をいうわけにはいかなかった。

窓の脇の床に光の斑点があって、散乱光の端にかすかに色がついていた。ヤルダは起きあがって、音を立てずにそこに歩み寄った。窓のむこうに四組の尾が見えていて、広がりかたは遅いが、それでもほとんどの星を見えなくする明るさがあった。初期に報告された疾走星は、動きが速くてこの星の近くを通るものばかりで、それはたぶん、もっと遠くのものは暗すぎて肉眼では見えなかったからだと思われる。もし、現在出現している疾走星にかつてのように近くを通るものがあれば、すごい眺めになるだろう。それはもしかすると、ヤルダの優柔不断にケリをつける力があるかもしれない――はるかにひどい事態を引き起こさなければ、だが。

仮にヤルダの心の中に、遠い過去から次々と押し寄せる岩のせいでこの世界が終わることをどうにも信じられない部分があるとしても、それを信じている部分は、その大宇宙的騒乱の回避策が存在すると想像するのにもっと苦労していた。もしかするとこれは、人はだれもが生まれたときから、人生はふつうどおりに続いていくと思おうとする傾向を持っているということでしかないのかもしれない――そしてその先天的ともいえる確信を、〈孤絶山〉で作ったグラフの中に隠れているのを発見した直角三角形に端を発する議論によって覆せると思うのは、これまで受けてきた教育がどれほど役に立つとしても、ヤルダの脳の動物の部分にとっては、ないものねだりでしかなかった。

ヤルダは、眠っている子どもたちにちらりと目をやった。ひどく腹が立つこともときどきあるけれど、絶対にこの子たちの運命に無関心ではいられなかった――だが、この子たちの人生が、そしてこの子たちの子どもたちの人生が、いまや自分の真面目で、熱心で、頭がおかしいかもしれない昔の教え子の手の中にある、という気分を腹の底深くから感じることはできなかった。

（トゥリアだったら、どうしていただろう？）笑いのめし、熟考し、嘲笑し、議論し、対立するすべての議論の弱点を探し、ほかの人々の盲点に光を当て、それから、ほかのだれもと同様に不完全な、自分自身の本能に従っただろう。ヤルダはいまもつねにトゥリアを思いださずにはいられなかったが、今回はそうでなくても頭が混乱しすぎていて、亡き人々に助言を求めるどころではなかった。

床の光が明るさを増した。ヤルダは振りかえって窓際に戻った。新たなまばゆい紫色のすじが出現していた。それはゆっくりと、先行する尾と平行にひろがっていった。

ヤルダはなんらかの結論を下す必要があった。いまから眠りに戻るだけのためだとしても。では……エウセビオの計画に乗って、自分にできるかぎりの手引きを提供し、奇妙な活動計画の落とし穴を見つけだすのを手伝うことにしよう。そこまでするだけなら、正気の沙汰ではない空飛ぶ山の乗員になることに同意する必要はない——そして、エウセビオと自分とを悩ませている宇宙花火が、ダニの群れ程度の無害なものだとこの先判明するかもしれない、という希望を捨て去る必要もない。

エウセビオに連れられて、ヤルダは埃っぽい茶色の平原の最後の数区離（ソーンター）を徒歩で横断した。「こんなに長く歩かせることになってすみません」エウセビオがいった。「でも、トラックを近づけすぎるのは、どう考えても避けたいので」

ヤルダはその言葉の意味を理解するのにちょっと手間取った。トラックの燃料の解放剤は、太陽石に用いられるのと同じものではないが、それでも交差反応する可能性はある。ひとつまみの灰色の粉末がタンクからこぼれて、風でまずい方向に運ばれ、そしてなにかを急激に過熱することはありえた。

「じゃあそもそもどうやって、太陽石をここに運びだしたの？」ヤルダは質問した。

「通常の輸送方法でですよ。しっかりと小さく分包して」

　ふたりは試験用ロケットのところに到着した。ヤルダの背丈くらいの硬石でできた円錐だ。頂部のいくつかの隙間から、複雑に組みあげられた歯車やぜんまいが内部にしっかり固定されているのが見えていた。

「このほとんどは姿勢制御のためのものです」エウセビオが説明する。「もし太陽石の燃焼にムラがあったら、それはロケットに回転モーメント（トルク）をあたえ、全体が進路から逸れはじめます。ロケットの機械装置類は、それを感知し、直ちに燃焼点間の解放剤の流れを調節して対応することが要求されます」

「感知する方法は？」

　エウセビオはロケットの脇に置き去りにされていた道具箱からクランクを手に取って、主ぜんまいを巻きはじめた。「回転儀（ジャイロスコープ）です。三つのホイールが常平架（ジンバル）の上に据えられて高速で回転していて、もし支え台（ハウジング）に対して回転軸がズレたら、それはロケットが直線コースから逸れたことを意味する」

　ぜんまいを巻きおわったエウセビオはしゃがんで、六本の短くて太い脚で地面から半歩離（ストライド）上に持ちあげられている円錐の底を、クランクで指し示した。「太陽石には四ダースの先細りの穴があけられていて、穴の内側はいちばん奥近くまで安定石で覆われている。それぞれの穴を作るために切りだされた円錐形の太陽石の塊も、安定石で覆われてもとに戻されていますが、こちらの安定石には溝が刻まれていて、穴とのあいだに隙間がある。解放剤はその隙間を伝い落ちて、安定石で覆われていない底の部分に点火する。太陽石が燃えるにつれて覆いが劣化して、だんだんと燃料を露出させていくわけです」

　ヤルダはエウセビオの脇にきて、〝完全にはふさがれていない穴〟が規則的に並んでいるのをじっと見あげた。大公会堂での夜通しの公演のあいだ輝きつづける太陽石ランプには、最小量の解放剤が用いられ、しかもある種の不活性な砂を混ぜて効力が弱められている——それでも毎年、不注意な操作係が二、三人死んでいた。このロケットの奥深くで燃料にむかって落ちていくのを待っているのは、なんの混ぜものもない、タンクいっぱいのそんな物質だ。

「昔あなたが、化学科を訪問するのを怖がっていたことがあったわね」ヤルダはいった。

「怖がったことなんてありません！」エウセビオが抗議した。「エネルギー一覧表もまともに作れないような化学者たちとつきあって時間を無駄にするな、とあなたがぼくにいったんですよ」

「はいはい、確かにわたしは、そんなことをいったかもね」ヤルダは立ちあがって、ロケットからあとずさった。

エウセビオは道具箱にクランクを投げいれると、平原のむこうのアマンドがいるほうに顔をむけた。アマンドは、ヤルダがここに到着したとき実験場で作業中だった三人の助手のひとりだ。エウセビオは二本の手を大きく振りまわし、同じ身振りが返事として返ってきた。それを見てエウセビオは円錐の中に手を伸ばし、レバーをひとつ外した。

「いまのはなにをしたの？」ヤルダが訊いた。

「点火まで一鳴隔（チャイム）」

「警告してくれてありがとう」

「一鳴隔（チャイム）もあるんですよ！」エウセビオは道具箱を拾いあげながら冷笑気味にいった。「点火のずっと前に、防壁の陰に隠れられます」

ヤルダはすでに、十歩離（ストライド）先を走っていた。「お父さんはほんとうに、あなたに列車の設計をさせてくれたの？」後ろのエウセビオにむかって叫ぶ。

「くれましたよ、でもぼくは他人の設計にちょっと手を入を入れただけですけれどね」エウセビオは白状した。

「列車は複雑だ。あんなものをゼロから発明するのはごめんです」

ヤルダがロケットにいちばん近いトラックにたどり着くと、ほかのふたりの助手、シルヴィオとフリドが胸を下にして荷台に伏せていた。高さ約四歩離（ストライド）の頑丈な木材の防壁がトラックの横に取りつけられている。ふたりの男は、経緯儀が設置された細いスリットの後ろで、両肘をついて体を支えていた。理論どおりにいけば、ロケットは垂直に上昇し、燃料を使い果たして、運動量のみでさらに少し上がり、それから垂直に地面に戻ってきて、だいたいのところ打ち上げ地点に穴（クレーター）を作る。ロケットが到達した高さがわかれば、実験チームは、作りだされたエネルギーのうちでじっさいに有効な働きをした分を数値化することが可能になる。これが作業室の実験なら、四分の一摘重（スクラッグ）の太陽石を燃焼させた結果を、密封されたチェンバー内で発生したガスに荷重のかかったピストンを駆動させることで、計測できるだろう。だが、ガスがロケットの側面からまき散らされ、熱で砕けた燃料が砂漠にばらまかれっぱなしという状況で、実験室と同じ成果を期待するのは、少々楽観的かもしれない。

エウセビオが追いついてきて、防壁の後ろでヤルダとアマンドに並んだ。アマンドがいった。「打ち上げ一分隔前（ラプス）」アマンドが手にした小さな時計は、エウセビオがロケット内に設置したものと同期していた。ヤルダは不安な思いで時計の文字盤を見つめた。もし太陽石が予想よりも高温で速く燃えたなら、防壁がなんの保護にもならない高さにロケットがあがってから、炎が立ちのぼってタンクいっぱいの解放剤をぶちまけ、なにもかもがひとまとめで巨大な閃光と化すことも考えられなくはない。

「わたし、こんなところでなにをしているの？」ヤルダはつぶやき、視界を完全にさえぎることなく安全に低く伏せる姿勢を探ろうとした。

「歴史が作られるところを目撃しているんですよ」と答えたエウセビオは、本気一辺倒ではなかった。ヤルダはちらりとアマンドを見たが、その顔からはなにも読みとれなかった。

「三、二、一」エウセビオがカウントした。

　防壁は点火時の閃光は遮蔽したが、ヤルダが地面の震動を感じたときには、目も眩むほどの白い光の線が、視界に入る高さにのぼっていた。一瞬後、シューッという大音響が空気を伝わってきた。

　ヤルダは目の上に手をかざして、残像のてっぺんにいるロケットを探したが、なにかが正常ではなかった。視野に焼きついた光の軌跡は、弧を描き、円になり、曲がりつづけて螺旋になった。そうした曲線を描いていた輝く点はまもなく防壁より下に落下し、地面が揺れた。ヤルダは衝突音が聞こえないように振動膜を硬くして守り、もっと大きな爆発を予想して体じゅうが張りつめた。

　だがそのあとはなにも起こらなかった。燃料がすべて燃えつきていたか、あるいは解放剤が飛び散ってしまっていたかだ。

　ヤルダはエウセビオのほうをむいた。動揺しているようすだったが、たちまち冷静さを取りもどした。

「ずいぶん高くまであがりましたね」エウセビオはいった。「十街離（ストロール）くらいかな」

　一時隔（ベル）以上かけて砂漠をトラックで走りまわって、ようやくロケットの残骸が見つかった。もしロケットがひとまとまりのままだったら、目を見張るようなクレーターができていただろうが、地面にばらまかれた硬石の外被や鏡石の歯車の破片は、ほとんど地表をえぐっていなかったし、早くも砂埃に半分埋もれているものもあった。仮にヤルダがなにも知らないでその破片につまずいたとしたら、考古学者を呼びにいくだろう。

「姿勢制御だ」エウセビオがいった。「改良が必要だというだけのことです」

エウセビオは助手たちに残骸の整理をまかせ、街に戻る車にヤルダを同乗させた。

「ご家族はこの件をどう思っているの？」ヤルダは尋ねた。ヤルダ自身はリディアにもダリアにも、大学の同僚のだれにも、なにひとつ話していなかった。エウセビオから、各種の〝管理上の未決事項〟に決着がつくまでは、プロジェクトについてだれかに話すのは待ってほしい、といわれていたからだ。

「金を注ぎこむ価値はある、と父には納得させました」とエウセビオ。「たとえ世界が疾走星の危機にさらされていないとしても、搭乗者たちが旅の途中で発明するなにかは、財産を軽く倍にする可能性がある、といってね」

「あなたの双は？」

「エウセビアはぼくの頭がおかしいと思っている。でもぼくは彼女に――そして父に――このロケットが飛びたって、未来を保証してくれるようになるまでは、この世界に自分の子どもたちを生みだすことには同意しない、といってあります……ふたりともそれを聞いて、喜んでいるらしい」

「どうして？」

エウセビオは愉快そうにブンブンいった。「エウセビアは、その日がずっと先だから喜んでいる。父は、その日がもうすぐだと思って喜んでいる」

ヤルダはなにもいわなかった。エウセビオはヤルダのほうをむいて、言葉を続けた。「念のためにいっておきますが、エウセビアはこの件とかかわりなく、そう望めばいつまででもそのときを遅らせることができます」

ヤルダは嫌みな言葉を返したくなるのをこらえた。あなたはとても寛大なのね。もしエウセビオがほんとうに、自分の双といっしょになって、父親のうるさい催促に逆らっているのだとしたら、その話が自慢のように聞こえたからというだけで口論をはじめるのは、感心できることではない。

「これのせいで財産を失うことにならないという確信はあるの？」ヤルダは訊いた。「いま、山ひとつの時価はいくら？」

エウセビオがいった。「〈孤絶山〉の管轄権を主張している市議会のすべてから、鉱業権は買いとってあります。安くはなかったですが、破産はしませんでしたよ」

〈孤絶山〉は五つの別々の都市からほぼ等距離にある。所有権を主張してもいっさい異議が出ないようにする唯一の手段は、五つの都市すべてにお金を渡すことだ。ヤルダはいった。「鉱業権には利益の分配に関する取り決めも含まれるんじゃないの？」

「当然です。もしこのプロジェクトで儲けが出たら、各議会に分け前を払います」

「でも、各市議会はあなたが計画しているのは、太陽石の採掘とその販売だと思っているんでしょう？」

「その誤解を解こうとしたことはありません」石だけの道でトラックが揺れる。「でも、ぼくがわが同僚たる議員諸氏相手に回転物理学の講義をしようとするのを、あなたはほんとうに望みますか？ 父は進んでぼくのいうことを鵜呑みにしてくれました——ぼくの教育にあれだけの金を使ったんですからね——でも、アシリオや取り巻き連中が、速度‐波長の公式からはじまって、高速で移動する旅人にとっての時間経過にいたるまで、証拠の道すじを根気よくたどることができるとは思えません」

「無理でしょうね」アシリオの名前が出たことで、ヤルダはもうひとり、考えまいとしていた人物のことを思いだした。「大学との交渉はどんな具合？」

「ぼくが観測所移転の費用を払うという線で交渉中です」エウセビオがいった。「まだ決着してはいませんが、現在検討している金額を考えれば、大学は二倍のサイズの新しい望遠鏡を作れるでしょう」

「でも、同じ高度にではない」

「すべてを手に入れることはできませんよ。サイズのほうが重要だとは思わないんですか?」

「あなたが納得させる必要があるのは、わたしじゃない」ヤルダは忠告した。「メコニオという名前の男について、聞いたことはある?」

「メコニオ? はるか昔に死んでいる人なのでは」

「精神的な意味では違うのよ」たぶん、大学がエウセビオの金を受けとって取り引きに合意するほうが、ルドヴィコがこの〝採鉱プロジェクト〟と新しい物理学の忌まわしい主題との関係に気づくよりも、早いだろう。

「山のどれくらいが太陽石だと考えているの?」ヤルダは訊いた。

「質量でたぶん三分の二」

ヤルダは背中を使ってすばやくいくつかの計算をした。「それは四空間での四分の一回転の一回分にはじゅうぶんそうだけれど、旅の全体分をまかなえる見こみはまったくないわ」

エウセビオはびっくりしたようすでヤルダを一瞥した。「半期（エイジ）もののあいだ改良に取りくんでも、燃焼効率が同じままだと思うんですか?」

「たぶんそんなことはないかもしれないけれど、もし加速段階が終わったとき、太陽石がほとんど残っていなかったら……どれだけ高い燃焼効率を期待しているの?」

「加速後の段階では太陽石を燃やすことはないと思っています」エウセビオが答えた。

ヤルダは仰天した。「搭乗者たちが、硬石や安定石を燃料に変えるようになるというの?」

「そうかもしれないし」とエウセビオ。「あるいは、燃料をまったく必要としないレベルに移行するかも」

いまのは冗談ですよという合図を、ヤルダは待った。そんな合図は来なかった。「つまりあなたは、このロケットが〈永遠の炎〉に乗って飛ぶのを当てにしているの？　そんなことを期待しろと、お父さんに話したの？」

エウセビオは身構えるように肩をそびやかした。

「第九期のペテン師たちが似たような発想で山のようなたわごとを書いていたというだけでは、それが現実に不可能だということにはなりません」

「燃料をまったく燃やさない炎が？」

「それが存在するはずがないという理由を教えてください！」エウセビオは逆に質問した。「思想家たちが勝手に空想したやつのことじゃなくてですよ。いつのまにか棚の上にあった魔法の石は、光を作りだすが、ほかにはなにも生じませんでした、なんていうのじゃなくて——それじゃあエネルギー保存則に反するでしょうからね。けれど、もし光と運動エネルギーがいっしょに作りだされるなら、両者が正確に釣りあってはいけない理由はありません——そして隙間を埋める化学エネルギーにはなんの変化ももたらさない。燃料はかならずしも燃えなくていいんです。ぼくたちがいま手にしている種類の燃料が、そういうかたちで作用しているにすぎません」

ヤルダはエネルギー収支については異論がなかったし、この問題に関係するエントロピーをその場で計算することもできなかったが、光を作りだすことは一般的にエントロピーの増加を意味する。通常の炎では、消費された燃料が生んだ熱いガスは、エントロピーの上昇にも寄与するが、それが不可欠なことだと考える理由はない。だとすれば、表面的には岩板が光線を作りだすことも可能になる——光線を出すのと反対方向に後退するがほかにはなんの変化も被らないことによって、光線のエネルギーと運動量の釣り合いを取る——ヤルダの思いつけるどんな法則にも反することなしに。

理論が主張するところを受けいれるのは、それはそれ。無限の速度で宇宙空間でにっちもさっちもいかなくなり、呪文を唱えて〈永遠の炎〉を実在のものにできなければ故郷の星へ戻る術がない、というのは別の問題だ。

「ありえない、ということはできないわ」ヤルダはその点は認めた。「それでも、加速後にも使いものになる量の太陽石が確実に残っているようにする必要はある――たとえ、死重を除去するために、その時点で残っている山の半分を投棄しなくてはならないとしても。搭乗者たちにもっと有効活用できるものをあたえてあげてちょうだい、第九期の神話を実現するか、さもなくば決して戻ってこられないかの選択じゃなしに！」

「山の精密調査の結果が出てから考えましょう」エウセビオはそれが妥協案であるかのようにいった。「三分の二が太陽石というのは、控え目な想定にすぎませんから」

ヤルダは砂漠の彼方を見やった。疾走星より生き延びるのがむずかしく思えるこんな愚行の搭乗者に、だれが志願しようとするだろうか？

ヤルダはいった。「まさか、廃熱処理の方法を、搭乗者たちに自力で考えださせるつもりじゃないでしょうね」

「もちろん違いますよ」

「じゃあ……？」

「排気ガスの一部の転用を考えています」エウセビオがいった。「断熱状態で膨張させることによってピストンを駆動させ、それによって冷却されることで有益なエネルギーを供給する――そのあとさらに減圧しながら居住区を循環して、熱を吸収する。そこで大半は宇宙空間に放出されますが、居住区の圧力を維持するために使われる分もある。そうしないと、長期間のうちにもともとの空気は漏れだして、圧力は低下するでしょうから」

「そうするとその目的のために、ロケットが使われていないあいだも、太陽石を燃やすことになるのね？」

「そうです――でも、推進に使われる量に比べれば、大したことはありません」

ヤルダはこの計画の欠陥を指摘することも、明白な改善点を提案することもできなかったが、だから問題なしだとはいえない。「これであなたが爆発を怖がっていないことは証明できたんだから」ヤルダはいった。「このまま〈切断小路〉に寄っていかない？」

エウセビオは不審げにヤルダを見た。「なぜです？」

「コーネリオという男の人がいて、彼は熱についてわたしたちのどちらよりもよく知っている。この件について、アドバイスを求めるべきよ」

「その人は秘密を守れますか？」

「さあどうかしら」ヤルダはいらいらと言葉を返した。

コーネリオはつねに彼女に敬意を持って対応してくれるが、エウセビオの酔狂に進んでつきあってくれるという保証はできない。

「心配はいりません」エウセビオがいった。「その人をコンサルタントとして雇って、契約書にサインしてもらいますから」

ヤルダは我慢の限界に来た。「あなたは本気で山ひとつ丸ごとを、こっそり宇宙空間に送りだせると思っているの？　あなたと、数ダースの助言者だけで？　それに、あのでかい無生命の岩の塊を地面から飛びたたせることなら、試行錯誤だけで実現できるかもしれないけれど、いましているのは、人命を危険にさらすという話なのよ！　あなたは世界じゅうの最優秀な人々にこのことを知らせる必要がある、そして頭を絞ってもらうの――あなたのアイデアのすべてを、あなたのシステムのすべてを、あなたの戦略のすべてを、厳しく検討してもらうの。ついでにいえば、その最優秀というのは、あなたが給料を払って沈黙の誓いを受けいれさせられるうちの最優秀じゃなくて、無条件の最優秀ということですからね」

「ぼくには敵がいるんです」エウセビオは苦々しげにいった。「そいつらは、この計画を知ったら、ぼくが失敗するのを見るだけのために、自分たちの財産の大半を喜んで費やすような連中です」

「わたしの知ったことではないわ」ヤルダは、自分がエウセビオの敵たちの怒りのせいで、彼本人の経験したよりもはるかに大きな被害を受けたことを思いださせたくてたまらなかったが我慢して、冷淡に返事をした。「生き延びるなんらかの望みを搭乗者たちが持てるようにするには、この星のありとあらゆる生物学者、農学者、地質学者、化学者、物理学者、それに工学者に、搭乗者たちの運命をあなたと同じくらい気にかけさせる必要がある」

「それで、その学者たちが数人の赤の他人の生命を心配する理由が、どこにあるんです？」エウセビオがいい返す。「この旅が未然に防ぐことを目的としている大破局のニュースを広めることに、あなたは熱心ではないようでしたが」

「それはわたしがまちがっていた」ヤルダは認めた。「最初は自分で自分の推論を真剣に受けとめていなかったし、そのあとは、自分に対応策を見つけられないなら、そんなものは存在しないと考えるほどうぬぼれていた。そうではないことを教えてくれたのはあなたで、その点では感謝している。でも、いまはもっと先に進まなくては」

エウセビオは無言で、視線を前方に据えていた。

「これからは秘密はなしよ」ヤルダは宣言するようにいった。「わたしは問題点を洗いだすために、ことを公にする必要があり、あなたは解決策を見つけるために、ことを公にする必要がある。人々に議論してもらい、わたしたちのまちがいを正してもらい、わたしたたちを支援してもらい、わたしたちを論破してもらいましょう。これをうまく進めるには、それが唯一、希望の持てる方法よ」

ヤルダが部屋に帰ったとき、ダリアが来ていて、ズーグマを破壊する巨大なトカゲたちのスケッチに解剖学的リアリズムを持ちこもうとしているヴァレリアとヴァレリオの手助けをしていた。

「トカゲはほとんどどんな風にでも、好きなように肉の位置を変えることができる」ダリアが説明する。「でも、とくに好きな姿形が五つあって、それは別々の場所で別々の目的のために使われる。もしトカゲが地上にいて、こんな風に建物を壊していたら、後ろ脚と尻尾にたくさんの肉があることは、賭けてもだいじょうぶ。細い枝を走っているように見えるのは、ダメな描きかたよ」

子どもたちは夢中だった。ヤルダもすわって、あまり言葉をはさまずに話を聞き、そうやって同じ興味を持つだけのことが愛情のしるしと思ってもらえればいいのだけれどと思った。ヤルダが熱心になりすぎると、ヴァレリアの反応は軽蔑混じりになったが、距離を置いたら置いたで、無視していたといってあとから責められる。そのことでこれほど頭を使わなくてはならないのには、消耗させられた。なにがきっかけかはわからないが、子どもと保護者の関係がほとんど苦労のいらないものになることがときどきある。とはいえトゥリアの子どもたちと、その子たちを育てることに決めた三人の友人たちに関していえば、そうなったといえることはごく稀だった。これは自分が好きでやっていることだが、だからといって、ヤルダがこれまでの人生でやってきたことの中でいちばん大変なことでなくなるわけではない。

リディアはアメリアとアメリオを医者に診せにいっていたが、もうすぐ戻ってくるはずだ。今夜子どもたちが眠ったら、リディアとダリアにすべてを話そう、とヤルダは決心した。

ふたりには真実を知る権利がある――でも、もしふたりがヤルダの正気を疑うだけで終わったら？　ヴァレリオとふたりで、悪ふざけや凝った工夫を次々と繰りだしつつ、たがいのトカゲを描きなおしながら楽しげに歓声をあげるヴァレリアの姿を見ながら、ヤルダは疾走星の危険性に関する自分の確信がまたしても揺らぐのを感じた。家庭生活に没頭していると、身のまわりの人々に対する脅威への心配が深まるのではなくて、自分が無感覚で懐疑的になっていくのに気づく。ここでいっしょに暮らしているだれもが死んでしまったときのことを想像するのは、むずかしくはない。時がすぎ去れば、それは避けがたいことだ。だが、いま生きているあらゆる女、あらゆる少女が男と同じ死にかたをして、自分よりも先の時代に生きる子どもがただのひとりもいない、という光景を思い浮かべると、ヤルダの心は、そんな不条理な結末を導きだす理論の連鎖の全体に、反感と疑いを覚えるほかはなかった。

ダリアが解剖学の授業から一瞬離れて、ヤルダに直接話しかけた。「あなた宛ての手紙がサイドボードにあるわ」

「ありがとうございます」芸術家たちは作業にすっかり夢中で、ヤルダがちょっと授業を中座しても、気にしそうになかった。

手紙はルシアからだった。農場を最後に訪れてから、ヤルダは何回か彼女宛ての手紙を出してはいたが、ふたりの手紙のやりとりは途切れがちだった。

ヤルダは木筒の蓋を取って、数枚の巻かれた紙を引っぱりだすと、平らに延ばした。ルシアが紙を皮膚に押しつけたときに隆起を静止させていられなかったかのように、シンボルのいくつかは線が少々揺らいでいた。

『親愛なるヤルダ姉さん。
最後に手紙を出してからずいぶん経ってしまってごめんなさい。あなたがここへ来て、新しい農場を見てもらえればいいなと思ってからもずいぶん経っているけれど、あなたの友だちのトゥリアの子どもたちを育てながら、大学での研究も続けているのだから、忙しいのはよくわかっています。（これを聞いてもあなたは驚かないと思いますが、ジューストおじさんにとうとうその子どもたちのことを話したとき、あの人はそんなことが起こるなんてありえないと断言し、あなたはその出産に責任があるに違いない逃避双か代理双を捜しだすべきだ、なんていったの！）

クラウディオと彼の子どもたちが、一旬（スティント）前から新しい農場に来て、わたしたちと暮らしています。これだけの歳月をふたりきりで暮らしてきたあとで、こんなにたくさんの人が身のまわりにいるのは、とてもすてき。わたしたちが昔の農場を訪ねていくのをやめたりしていないのはもちろんですが、しきたりどおりにふたつの農場は一中旅離（セパレーション）以上離れているので、あまり頻繁ではありません。

こうしてあなた宛ての手紙を書いているいちばん大きな理由は、これがわたしの最後の手紙になるだろうことを知らせるためです。オーレリアとクラウディアの出産の一報も予告も送られなかったことで、あなたがとても傷つき、悲しんだことは忘れられないし、わたしと双のときも同じことになるのは嫌だとずっと思っていたの。だからいっておきます。明日、わたしは母親になります。

怖くないといったら嘘をついていることになるけれど、ルシオとわたしが子どもたちの未来のために最善を尽くして準備してきたという確信があるから、わたしは大きな希望と幸せでいっぱいでもあります。農場の経営はとても順調で、わたしたちはたくさんのお金を貯めたから、若いとこの子どもたちが父親に見守られながら農場の仕事をするあいだ、ルシオは育児にほぼ専念できるでしょう。(そしてルシオに腹を立てないでちょうだい、この決断は彼のものであるのと同じくらい、わたしが下したものでもあるのだから)

ここでわたしたちが見ているのと同じ美しい流星が、ズーグマでも見えているのでしょうか? あなたはそれを研究しているのだから、とても興奮しながら日々を送っているに違いありませんね。昼間でも流星は信じられないくらいにとてもすばらしく見えますが、わたしの子どもたちはそんな光景を当たり前のものとして育つのだと思うと、なんだか不思議で、そしてすてきな気分です。わたしの子どもたちは、昔、空がもっとずっと空っぽだったころがあると父親から聞かされて、びっくりすることでしょう!

あなたの姉のルシアより』

11

エウセビオといっしょに大公会堂の舞台にはじめて立った翌朝、ヤルダは早い時間に起きて、新聞各紙がどんなことを書いているか確認しに出かけた。

近くの街角に〈街の皮膚〉紙を売っている少年がいたので一部買ったが、三回パラパラとページをめくった結果、世界の終わりはここでは掲載の価値ありと見なされなかったことが判明した。ヤルダは〈噂話〉紙を買おうとして少年のところに引き返したが、売り切れていたので、少年が胸に染料を振りかけて新たに一部作ってくれるのを、その場で待った。

「ニュースと娯楽のページだけ作ってくれれば、全ページ分の代金を払うわ」ヤルダは待ちきれずに提案した。

「それは許可されていません」少年はいって、次のページの記憶を胸に呼びだした。

「どうしてダメなの？」

「広告主が嫌がるからです」

　印刷が終わるとヤルダは全ページの束を受けとったが、建物の角を曲がると、金融アドバイスやレストラン・レビュー、列車時刻表を捨てた。残りのページを二度探しまわって、目当ての記事が見つかった。

『昨夜、わが紙の潜入員たちが赴いたのは大公会堂。無料で入場した（！）聴衆たちに供されたお楽しみは、超自然的にふくよかなヤルダ教授による目前に迫った文明崩壊の話だった。奇術の演し物をぞっとするほど理解不能な幾何学と混ぜたパフォーマンスで、あっぱれな巨体の教授は、俊足の〈母なる時間〉なるものの脚を縛りつけてみせようとしたが、多くの観客にはなにがしたいのかさっぱりであった。

　教授の破滅のお告げに聴衆が納得しなかったとしても、そのあとのエウセビオ議員による〈空のむこうに旅しよう〉計画への支援者（あるいは志願者さえも！）を募ろうとする試みは、不信と嘲笑の大合唱に迎えられた。この大冒険を支持するつもりのある読者へ――当編集部の戸棚には〈機械の翼〉の設計図が埃を被ったまま眠っていて、あとはおめでたい投資家が手を出せば計画が始動します。

　こんな話をまともに受けとめていいものか、本紙に意見を求められたズーグマ大学のルドヴィコ教授は、昨夜の掛け合い漫才に見られる不安の原因となっている疾走星とは、〈太陽瘴気の自発的励起〉以外のなにものでもないと語った。見た目こそ不安を呼ぶ現象だが、この星の大量の大気全体に〈瘴気〉が浸透することは不可能なので、なんの害も及ぼさないという。

　この空前の愚行はあと十夜続く。もし有料だったら、この陰気な悪徳公演はたちまち資金不足で打ち切りになっていただろうが、本紙は次善の結末が訪れるよう、強く訴えたい。ガラガラの会場を前にして、このペテン師たちが恥じ入って沈黙するという結末を』

部屋に戻るとダリアが目ざめていたので、ヤルダはその記事を見せた。

「わたしなら、〈噂話〉になにを書かれても別にかまわない」ダリアは見下すようにいった。「文学サロンの取材を、ジャーナリズムの知的限界の拡張だと思っているような新聞なんか」

「文学サロンってなんですか？」

「読んだり論理的に考えたりできない連中が集まって、おたがいに相手が重要人物だと認めあう行事よ」

ヤルダはいった。「でもこの記事を読んだ人は、わたしたちのやっていることをある種の……投資詐欺だと思いますよ！」

ダリアは面白がっていた。「こんななにも理解していないでたらめを真剣に受けとるような人は、そもそも相手にしてもしようがない。〈孤絶〉を前進させる役に立つことは絶対にない人たちだし、ましてや乗員に志願するなんてことは」

「まあそうでしょうね」ヤルダは同意した。「でも——」

「でもあなたは、ズーグマのあらゆる人に、なにが危機に瀕しているかを理解してほしい？」ダリアがヤルダの言葉の先をいった。

「もちろんです。あらゆる人にその権利があると思いませんか？」

ダリアがいった。「わたしはこういう商売を十年やってきたけれど、これよりはるかにひどい記事を何度も書かれたことがある。だから信じて、それでもほんとうに興味を持った人たちは、やって来るから」ダリアは新聞を器用に丸めて筒にしまうと、部屋のむこうに投げつけた。「もう忘れなさい」
リディアは夜遅くのシフトから帰ってきて、まだ眠っていた。ダリアが子どもたちを学校へ連れていってくれることになった。ヤルダは精いっぱい、ダリアのアドバイスに従おうとしたが、大学に着くと、ジョルジョからさらに悪い知らせを聞かされた。学科の上級者会議の投票で、新しい観測所の資金を出すというエウセビオのオファーが否決されたのだ。そればかりか、現在そこを使用している大学へのエウセビオの干渉を禁止する命令を求めて、観測所の土地所有権をズーグマ市議会に引き渡そうとしていた。

ジョルジョがいった。「もし望遠鏡を大気圏よりずっと高いところに持っていければ、観測の質は目に見えて向上するだろう。だからもしきみたちがそのへんをうまい言葉で……」

ヤルダは冗談につきあう気分ではなかった。「先生はご友人たちが賛成投票をしてくれるよう、説得したんじゃなかったんですか！　エウセビオのロケットのことをどう思おうが、いまより大きな望遠鏡は交換条件としてじゅうぶんでしょう、どう考えても」

「申しわけない」ジョルジョはいった。「ルドヴィコが賛同を求められる支持者のほうが、わたしより多かったんだ」

ジョルジョが約束を守ったことを、ヤルダは疑ってはいなかった。だがジョルジョにはまだ、現実感を欠いているところがある。ヤルダ自身、その状態を抜けだすには長い時間がかかった。ヤルダと物理学を論じているときのジョルジョは、疾走星に関する直交星群団（クラスター）理論がほかの説明よりも説得力があることを受けいれられる——けれど、自分の子どもたちを見て、この子たちが死んでしまうのだと想像するくらい深刻に脅威を受けとめるようには、なれずにいた。

ヤルダは受け持ちの光学入門の講義をした。彼女が表示する薄レンズの法則に関する図表や方程式を学生たちが従順に記録しているのを見ながら、ヤルダは、猛威をふるう野火の際で安物の装身具をばらまいているような気分になった。けれど、講義中にエウセビオのプロジェクトの話をしたり、大学構内で参加者募集の集会をひらいたりするのは禁止されていた。もしこの聡明な若き男女の中に、この問題に関する真実を知りたいと望む人がいるなら、夜の悪徳公演に顔を出す努力をしてもらうほかない。

昼食時間に食堂に来たヤルダは、ルドヴィコが食料品室から出てくるのを目にした。食事に同席する人たちのパンを腕にかかえている。ヤルダは顔を合わせるのを避けようとあとずさったが、ルドヴィコのほうがヤルダを見つけて近づいてくると、なるべく大勢の注意を引くように調節した轟き声で呼びかけてきた。

「ヤルダ教授！　ここでお会いするとは驚きだ！　わたしたちのところから見せ物商売に転職したのだと思っていたよ」

ヤルダは散漫にブンブンいって調子を合わせてやったが、こういい足さずにはいられなかった。「近ごろはふたつの仕事を持つのが流行りのようですね。先生ご自身もジャーナリズムに進出されたのを拝見しました」

「わたしはジャーナリストから意見を求められたのだ」ルドヴィコはきまじめな言葉を返した。「疾走星に関する著名な権威としてであって、賃金雇用者としてではない」

ヤルダはいった。「それは失礼しました、ですがわたしは、〈太陽瘴気の自発的励起〉に関する先生の学術的刊行物をすべて見逃してしまったに違いありません。そうした用語がいったいなにを意味するものか説明してくだされば、このテーマに関するわたしの無知を正していただけるかと思うのですが？」いまや食堂にいるだれもが、後眼でだったり前眼でだったりするが、ふたりに視線をむけていた。

ルドヴィコがいった。「もちろんいいとも。太陽風のひとつの粒子は、高速の輝物質を押しだし、それは別の輝物質にぶつかって、それに同じことをさせる。それが繰りかえされていく。ほかの、もっと遅い光も太陽風の粒子から放射される。これこそが疾走星だ。高速の光の粒子に媒介されてガスそのものの内部で発生する活動の、長い連鎖」

ヤルダは感謝のしるしに頭を下げてから、数停隔間(ポーズ)、深く黙考しているふりをした——その黙考でも当惑を解消できなかったというように。「ですが、その〝活動の連鎖〟が、なぜたがいに平行になるのでしょう？なぜランダムな事象である〝自発的励起〟が、すべて正確に同じ方向に並ぶのでしょう？」

ルドヴィコは躊躇することなく答えた。「それ自身で励起を引き起こすレベルの共振エネルギーを持たない、遠方にある高速の輝物質の発生源が、太陽風を輝かせ、粒子を軽く押して整列させる。ガスは自発的に光を発生させるが、そのときのむきはランダムにはならないのだ」

恥というものをまったく知らないこの自己撞着的発想に恐れいって、ヤルダは一瞬言葉を失った。「意味をなさない話ですね」ヤルダは明るくいった。「そして自分でも意味をなさないとわかっている」

ルドヴィコは平気な顔で尊大にいった。「なら、論破してみたまえ。わたしの理論の誤りを立証できる、おまえの綿密な観測結果を見せてみるがいい」いったん歩み去ろうとしたルドヴィコだが、立ち止まって、ヤルダとむきあった。「おっと、すまなかった、考えなしなことをいってしまった！ 観測をするには、観測所が必要だった……頭のおかしいおまえの代理双が粉々にするところを、おまえが見たがっている施設がね。では食事を楽しんでくれたまえ、ヤルダ教授」

大公会堂の舞台に立ったヤルダは、今日直面した逆境の数々を頭から追いだして、発表に集中しようとした。彼女のあっぱれな巨体でさえ、そこに描書された文字や図表を後ろのほうの席の人が読みとるには小さすぎたので、ヤルダは会場の舞台装置家と協力して、印刷された映像を太陽石ランプとレンズを使って背後の大きなスクリーンに投影する装置を作りだした。聴衆の姿を隠している闇の中を覗きこむようにして、ヤルダは伝えるべきメッセージを研ぎすまし、それが単純なものであることを強調した。時間は空間におけるもうひとつの方向にすぎない。光のふるまいや、燃える燃料の持つ凶暴な力を説明できる方法は、ほかにない。そして光をおとなしくさせておくためには、時間は有限である必要がある——それはつまり、来歴が一周まわってきてそれ自身と出会うということであり、そのことは包みこむようにこの惑星に巻きついている道路網や列車網と同様に確かなことだ。けれど、隣りあう都市どうしの列車路線は両者が共同で計画するのに対して、複数の世界の来歴が交差するのは、偶然であり、コントロールされていない。疾走星は壮観ではあるが、この地図上では単なる踏み分け道だ。前方には過密な貨物線がある。

エウセビオも説明に加わった。かつてエウセビオがヤルダに見せた単純なスケッチが、スクリーン上に再現される。まわり道をして、長くゆっくりしたジグザグの進路で未来へむかうことで時間を稼ぎ、その間に斬新な発想や発見を生む。それは危険な旅になるだろうし、考えただけでだれもがたじろぐだろうが、〈孤絶〉号はズーグマの人々に提供してもらえるあらゆるものを必要としている。宇宙空間を無事に航行することは、スタート地点にすぎない。搭乗者のコミュニティの活気と繁栄を維持するには、この街全体をあげてのひらめきと専門知識が必要とされるだろう。

聴衆から質問を受けつけてはいけない、とダリアからヤルダたちふたりはアドバイスされていた。それは自己顕示欲の強い妨害者に機会をあたえるだけだから、と。そこで質問時間を取るかわりに、ふたりは大公会堂のホワイエの一角に机をふたつ用意して、壇上の説明のあと、穏やかに、一対一で話ができますと聴衆に呼びかけた。

ヤルダは、〈噂話〉の敵意ある記事に煽られた誹謗(ひぼう)が殺到するのを覚悟していたが、全体としての聴衆は前夜より騒々しいということはなかったし、公演後にふたりのところへ個々に話しにきた人たちは、むしろいっそう礼儀正しく、心強い思いにさせてくれた。

「ぼくはあなたの人騒がせなデマはひと言も信じないけれども」とにこやかにヤルダにいった若い男もいた。「あなたたちの幸運を祈っています」

「なぜデマだと思うの？」

「世界は何累代(イーオン)も滅ぶことなく続いてきたんです」男はいった。「歴史には、最近みたいな流星の話は出てこないかもしれませんが、世界はぼくたちよりずっと古くからの存在だ。地質学者によると、この惑星は以前も何度となく宇宙から石が降りそそいだそうです。もうあと二、三個、天から石が降ってきても、大惨事にはとうていならないでしょう。でも、あなたがたが宇宙空間の彼方にロケットを送りだして、無事に戻ってこさせることができたら、それは称賛に値することです」

「あなたに自分を搭乗者になる気にさせるのは無理かしら？」とヤルダがいったのは、からかっているわけではなかった。思慮深い温厚な懐疑派が搭乗者の中にいるのは、価値があることのはずだ。

若者はいった。「ぼくの子どもたちが生き延びられる見こみは、しっかりした大地を踏みしめていたほうが大きいだろう、と思いますので」

エウセビオが観測所紛争に関する顧問弁護士との打ち合わせに行く時間になった。ヤルダはもう少し残っていることにした。とはいえ、ホワイエはまだ無人になってはいないものの、居残っている人々は仲間内で話していて、ヤルダのところへ来るタイミングを見計らっているわけではないようだ。

真夜中まで二鳴隔（チャイム）を時計が告げたとき、ヤルダは用意してきた資料用小冊子を箱詰めしはじめた。前夜の七人に加えて、新たな登録者が五人いた。たとえその志願者たちが、山の内部の人工洞窟で作物の種蒔きをする以上のことをする気はまるでないとしても、それでもそれは成果のうちだ。

ヤルダが机を置いた場所から立ち去ろうとしたとき、若い女がこちらにむかって足早にホワイエを横切ってきた。

「申しわけありません」その女はいった。「お話ししようかどうしようか迷っていて……」

ヤルダは小冊子の箱を下ろした。「話したいことというのは？」

「あなたがたのロケットのことを考えていたんです。ひとつ不安なことがあって――」そこでいいやめて、すでに差し出がましすぎることをいったかもしれないと気づいて急に恥ずかしくなったかのように、視線を下げた。

「続けて」ヤルダは励ました。「不安なことがひとつしかないとしたら、あなたはわたしの一ダース倍は自信を持っていることになるわ」

若い女はいった。「ロケットが方向転換して、わたしたちのほうへ戻ってくるとき……旅の前半分での搭乗者たちの視点からすると、それは時間を逆行していることになりませんか？」

「なるわ」ヤルダは肯定の返事をした。「まったくそのとおり」

「そして疾走星の、それからあなたがたがわたしたちと衝突すると考えている世界の側から見たら……やはり同じことがいえますか？　旅の後ろ半分では、ロケットは疾走星やむこうの世界の過去へむけても旅することになるんでしょうか？」

「そうよ」ヤルダは感心していた。それは観察に基づく単純な考察にすぎないが、これまでヤルダの前でその問題を持ちだしたのは、エウセビオとジョルジョだけだった。

女は顔をあげ、不安で落ちつかないようすで、「それは……安全ですか？」

「それはわからない」ヤルダは認めた。「ロケットがそれ自身の時の矢を、搭乗者や積み荷というかたちで実体化したそれを、どの程度まで運ぶのか、そして周囲の状況がその矢にどの程度まで影響をあたえるのか……わたしたちにはわかっていません」

「ではあなたがたは、搭乗者たちが外側へむかう旅のあいだに、内側への行程で自分たちを守れるような知識を身につける、と期待しているんですね？」女は確かめるように訊いた。

「そういうことになるわね」ヤルダは以前、まだ発明されていない推進手段を頼みにしているといってエウセビオを非難したが、じつのところ搭乗者たちに、旅が確実に伴うであろうありとあらゆる危険に前もって準備させておける望みは、まったくないのだった。

勇気を得て、女はいった。「あなたがたが最低限、旅の開始時点ではロケットが疾走星の未来にむかって進むと確信を持てるなら、それでわたしは納得できます。衝突に備えるのに半期（エイジ）かかるなら、それでもかまわない——でも、最初の最初から問題に直面しなくてはならないのでは、たまりませんから」

「納得できるというのは……この大事業に賛同するためにということ？」

「わたし自身が搭乗者になるために、です」

ヤルダはいった。「お名前を聞かせてもらえますか？」

「ベネデッタです」

ヤルダはベネデッタを机のところに連れていって、

こまごましたことを聞きだしながら、ここまで真剣に問題点について考えている人はこれまでほかにいなかった——ここにいるヤルダ本人でさえ——と思わず漏らしてしまわないよう気をつけた。

「どこかの学校に通ったことはある？」ヤルダは尋ねた。〈孤絶〉搭乗者第一号は、職業を〝工場労働者〟と申告していた。

「翡翠市で」なぜかそれが恥ずかしいことであるかのように、ベネデッタはおずおずと認めた。「工学の勉強をしましたが、一年間だけです」

「それは別にかまわないわ、ちょっと聞いておきたかっただけ」自分が無理に明るい声を出しているように聞こえることにヤルダは気づいて、意識してふだんどおりにしゃべろうとした。あなたは出奔者ですかと質問したら、ベネデッタは震えあがって逃げてしまうかもしれない。それはヤルダたちがどこかの時点で——ベネデッタとプロジェクトを守るために——対処する必要がある問題ではあるが、いま、とにかく重要なのは、ベネデッタに熱意があり、問題の核心をたちまち見抜けるほど頭の回転が速いということだった。

ホワイエからはほかの人影が消えていた。ヤルダはいった。「真夜中に清掃の人たちが来る前にここを出ることになっているのだけれど、あなたに用事がなければ、外に出てもう少し話しましょう」

「わたしに用がある人なんていません」ベネデッタが答えた。

建物を出ると、街はひっそりとしていた。一ダースの遅い疾走星が空を横切って色を広げていた。ふたりで丸石を踏んで大公会堂から遠ざかりながら、ベネデッタがいった。「時間が閉じた環を作るとほんとうに信じているんですか？」

「確信はない」とヤルダは返事をした。「けれど、証拠はしっかりしていると思う」

「では、未来は過去とまるで違いがない？」

「ほんとうに違う点は、未来と過去のそれぞれについてわたしたちがなにを知っているかということ」ヤルダはいった。「その情報をわたしたちがかんたんに入手できるかどうか。わたしたちは未来よりも過去についてずっと多くを知ることができる、少なくとも、あまり昔まで振りかえろうとしなければ。でも、それは歴史の予測不能な変化の結果であって、絶対的な区別は存在しない」

「でもそれなら……過去のあらゆることと同様、これから起こることも決定ずみだ、と？」

「そうよ」

「ではなぜあなたがたは、未来を変えようとそんなに必死で努力しているんですか？」

ヤルダはうれしくてブンブンいった。その質問は当然予想できていた。「〝変える〟は正しい言葉じゃない」ヤルダは示唆するようにいった。「悪い法律を〝変える〟ために努力することはできる――なぜなら、時代が違えば法律は違うものでありうるから。でも、疾走星群との遭遇は、それをわたしたちが生き延びられるか、生き延びられないかのどちらかしかない。そして結果がどうなるにせよ、だれにもそれは変えられない」

ベネデッタはここまでを納得したが、さらに食いさがった。「なら、使うべき言葉はなんですか？ 〝影響〟？」

「それは使える表現ね」ヤルダはいった。「わたしは懸命に未来に影響をあたえようとしているんだ、と認めましょう」

「でも、未来が過去と同様に決定ずみなら、どうやって影響をあたえられるんですか？ 昨日起こったことに影響をあたえようとしてみたんですか？」

「いまはもうしない」ヤルダはいった。「けれど、まちがいなく一昨日には、昨日に影響をあたえようとしていた」

「どうしてそんなことを？　昨日起きたことはつねに決定ずみだと信じているなら、一昨日そんなことをしても、どうせ結果は変わらないのでは？」ベネデッタはヤルダをからかっているのでも、レトリックのゲームをしているのでもなかった。彼女はその答えを心から必要としていた。

「ああ」ヤルダがこんな会話をするのは、トゥリアと言葉を交わしながらいくつもの長い夜を送って以来のことだった——そしてあのころは、役割が逆だった。「わたしは、人の行為が無意味だと主張する類の予定説は、信じていないの。だから、わたしがなにをしたところで昨日は同じ結果だっただろうとは、認めない」

「ですが、人の行為が無意味ではないとしても、その行為を自由に選ぶことはできませんよね？」ベネデッタが問いつめる。「未来が決定ずみで、人の行為が未来に影響するとしたら……その行為それ自体が決定ずみでなくてはならず、そうでなければその行為はまちがった結果を導くことがありうる。それはつまり、じっさいには人の行為には選択肢がないということです。人は、自分ではコントロールできない力に動かされている操り人形でしかない」

ヤルダはしばらく考えてから、「右手をあげて」

「なぜです？」

「やってみてよ。別にかまわないでしょ」

ベネデッタはいわれたとおりにした。

「いま、手をあげるかあげないかは自由だったと感じた？　あなたが望んだとおりにできた？」ヤルダはベネデッタに問いかけた。

「そう思います」

ヤルダはいった。「じゃあ聞かせて、時間が環になっていて未来がほんとうは遠い過去であるか、そうでないかによって、いまの行動をなにか違う風に感じなくてはならない理由が、ある？」

ベネデッタはその問いに考えこんだ。「もし、つねにいまの行動が起こることになっているとしたら――もし、ある意味ではすでに起こっていたとしたら――自分がいま決定を下したとわたしが思ったとき、それは幻想にすぎなかったんです」

「その幻想というのは、なにと比較しての話？」ヤルダはさらに問いつめた。「教えてちょうだい、あなたをなんらかのかたちで〝もっと自由〟にするには、世界がどんな風に動いていればいいのかを――物理学はどんな風に機能していればいいのか、歴史はどんな風に形作られればいいのかを？」

「未来がひらかれていればいいんです」ベネデッタが答える。「自分がなにをするかをわたしたちが決めるまで、わたしたちの行為が決定されないのであれば」

「ではもし、現実がそういう風だとしたら」ヤルダはいった。「そのとき、あなたが手をあげるかあげないかを、なにが最終的に決めたことになるの？」

「わたしが決めました。わたしが選択したことです」

「でも、なぜあなたはその現実にやった選択をして、わたしのいったことを拒否しなかったの？」

答えはすぐには返ってこなかった。「あなたの頼みかたが理由だった、と思います」ベネデッタはようやくいった。

「じゃあ、わたしがあなたの行為を決めたの？」

「いいえ、それがすべてではなくて。わたしの気分やわたしの精神状態も、そこに関わっていました」

ヤルダはいった。「いまあなたがあげたことはひとつも世界から消滅しないわ、もし未来がひらかれているのではなくて決定ずみだとしても。決定ずみだとしても、わたしたちはふたりともここにいる。決定ずみだとしても、わたしたちの行為は、そうでない場合とまったく同じかたちでわたしたちの望みとつながっていて、その望みはわたしたち個人の気分や来歴とつながっていて、そしてそれは、という風に続けていける」

ベネデッタは納得しなかった。「もし未来が決定ずみなら、この会話にだってなにか意味があるんですか？　わたしはこれから、わたしがあなたにいうことになっているあれやこれやをいう、というのが変えられない事実だとしたら――まるでわたしたちが、台本に従っている役者でしかないかのように――おたがいの考えを変えるなんていうことが、わたしたちにはほんとうにできるんでしょうか？　なにかを伝えるなんていうことができるんでしょうか？」

「わたしの出している声は、とくになんの理由もなく、ランダムな雑音を発生させているように聞こえる？」

ヤルダは冗談をいった。

「いいえ」

「もし台本が存在するとしたら」ヤルダはいった。

「わたしたちは役者であると同時に、脚本家でもある。わたしたちのセリフを書くことができる人は、ほかにだれもいない。ただひたすら、歴史があらかじめ定められた結末に到達するように、どたばた走りまわってあらゆることを調整し、わたしたちに自分の意志に逆らって行動したり、自分の本性に反する選択をおこなったりするよう強制している人形使い師なんて、どこにもいないの」

「だとしたら、世界はどういう風に動いているんですか？」ベネデッタが答えを迫った。「物事はどうやって、あるべきかたちになるんですか？」

ヤルダはいった。「ここで大事なのは、英雄譚（サーガ）における運命みたいなものが作用していると考えるのをやめること。どこかのつまらない君主が逆境をひっくり返して重要な戦いに勝利するのは、すべての下っ端が歯車の歯にすぎなくて、そのあらゆる行動が運命に従属しているからだ、みたいに考えるのをね。現実はそれとはまったく逆。〝物事のあるべきかたち〟は、まったく見映えのするようなものではなくて、考えうる最低レベルで履行される。

わたしたちはすべての種類の物質について詳細を知っているわけではないけれど、自由な光の場合、その基本的な構成要素は単なる循環する波よ。波が宇宙をぐるっと一周してきたら、どの方向にまわっても、それはきっちり整数回だけ変動するので、はじめの値にスムーズに戻ってくる。それだけのこと。それはすでに全うされた運命で……なぜなら、そういう波から構築されたものは、すべて自動的に同じ性質を共有しているから。どんなに複雑な光のパターンを作っても、一周まわって戻ってきたときに自分自身と矛盾することはない。それはもっとも基礎的なレベルの物理によって保証されている。うまく調整されたり、台本化されたり、なにかの手が入ったりする必要はない」

ベネデッタは考えながらいった。「では、そういう世界の中で、〝わたしたち〟はどこにいるんでしょう？　わたしたちを作りあげている物質もそれと同じ仕組みになっているのだとしたら、わたしたちが選択をする余地はどこにあるんです？」

「生物学レベルに」ヤルダは答えた。「わたしたちの欲求と行動には、脳と体の構造に根ざすある程度の一貫性があるのだと思う。あなたがなにを望むか、あなたがなにをするか、あなたが何者であるか……そうしたことは完全には調和していないだろうけれど、わたしたちは自分の体の中に閉じこめられた囚人で、その間に体のほうはわたしたちと無関係な計画に従っている、というわけじゃない」少なくとも、分裂する力が支配的になって、体を四分裂させるまでは、の話だが、ヤルダはそこに踏みこみたくなかった。

ふたりで〈大橋〉を渡りはじめると、ベネデッタは黙りこんだ。ヤルダは、この問題についてのベネデッタの考えを変えられるとは思っていなかった。重要なのは、このプロジェクトの仲間たち相手にはどんな問題を持ちだしてもいいのだ、とベネデッタにわかってもらうことだった。山ひとつを無限の速度で宇宙空間に飛ばそうと計画しているときに、難解すぎて関心を持っていられないことなど存在しない。

ようやくベネデッタが言葉を発した。「わたしはこれについて、もっと深く考えないといけません。あなたの議論には、確かにある程度の説得力があります」

ヤルダはその声に、留保の響きを聞きとった。「けれども？」

ベネデッタがいった。「抽象的な問題を議論することはできます。未来が決定ずみでもなにも違いはない、じっさいには自由はなにも失われない、それでもわたしたちの行為は同じかたちで決められるのだから、と。けれど、わたしたちは未来をひらかれたものだと考えることに慣れている、というのもやはり事実です。わたしたちには自分の人生がそういう風に見えているし、わたしたちはふだん、そう感じている」

ヤルダは立ち止まった。ふたりは橋を半分まで渡っていた。石造りの細いアーチが架かっているのは、裂け目(クレバス)の闇の上。ヤルダは背中の皮膚を震えが通り抜けるのを感じた。内気で熱心な新しい仲間が次になにをいおうとしているかがわかった、という奇妙な気分になったのだった。

「わたしたちの子孫たちが方向転換して、時間の中を戻ってくるときには」ベネデッタがいった。「子孫たちにはまだ、いまわたしたちがしているように、これを抽象的な問題として議論する余裕があるんでしょうか？ 過去と未来がもはや明確でなくなってしまってもまだ、物事を古いやりかたで見つづけることは選択肢になるんでしょうか？」

エウセビオがカウントする。「三。二。一」

遠くで光の直線が、陽炎(かげろう)に揺らぎながら、空を二分した。一停隔(ポーズ)後、掩蔽壕(えんぺいごう)が震動した。砂を押しとどめている木材板が湾曲してガタガタ音を立て、空気に細かい砂埃が充満する。ヤルダと仲間たちは地面の一歩離下であおむけに身を横たえていたが、地上に傾斜をつけて設置された鏡のおかげで、砂漠に足を踏みしめているのと変わらずに、上昇するロケットを見ることができたし、着色した透明石の板がまばゆい輝きから目を守ってくれた。

ヤルダはシューッという大音響が来るのには備えができていたが、透明石板に突然、ギザギザの対角線が走ってまっぷたつになったときの、ビシッという音は不意打ちだった。それでもヤルダは、割れた板が枠から外れてだれかの首を切り落とす前に、手を伸ばして二枚になった板を支えることができた。

アマンドが小声で悪態をつくと、手を伸ばしてヤルダを手伝った。エウセビオも同じことをしながらヤルダと目を見交わし、そこにはもっとひどいことにならなくてほっとしたという思いが浮かんでいた。ヤルダたちは鏡も透明石板も地面の震動に影響されないようにしておいたが、大気の衝撃波は被害を出すほどの強いものだった。ネレオはひるんではいなかった。まだ経緯儀でロケットを追跡しつづけていて、たぶん板が割れたことに気づいてもいない。

赤塔市のジャーナリストのジュリオが、興奮して甲高い声をあげながら、エウセビオのほうをむいた。「正直いうと、地面で爆発して終わりだろうと思っていたんだ。でも、ほんとうにあそこにあがっている！」ジュリオは大迫力の打ち上げに圧倒されていて、もう少しで巨大な石の刃でふたつに叩き切られていたかもしれないことも気にならないようだった。

「それがロケットのすることですから」エウセビオが控え目に応じた。「上昇することが」

「落ちてくるのはいつ？」ジュリオが質問する。

「これは落ちてきません」エウセビオが予言した。

ヤルダはそこまでの確信は持っていなかった。保護フィルター越しのロケットは、ほとんど見えないくらせて暗くなっていた。エウセビオの発言はロケットの上昇を目測してのものだろうが、専門の観測係であるネレオの精密な測定なしには、最終的な到達地点は確定できない。

ジュリオが頭を起こして、あいだで横になっている人たちの体越しに、ネレオの作業を見ようとした。ネレオはアマンド特製の作業台に固定され、後眼を時計に据えたまま経緯儀でロケットを追えるようになっていた。ネレオの右腕の端から端まで、時間と角度が対になった数列が記入されているのを、ヤルダは見てとった。ヤルダが見守るあいだに、ネレオはもうひと組の数字を追加すると経緯儀から視線を外し、それまでの数列の隣に新しい列を記入しはじめた。ロケットの燃料はまだ燃えつづける――だからこの先、安定性を失って地面に逆戻りしてくる可能性はある――だが、じつは最後にはっきり観測した瞬間にエンジンがピタッと止まっていた、という仮定の事態以上に悪いことはもう起きないという前提でなら、ネレオはロケットの運命に暫定的な審判を下すことが可能だった。

「ロケットはこの世界の重力から脱出しました」ネレオが宣言した。「数ダース年の周期で太陽をまわるような離心軌道にむかっていると思います」

「脱出したとはどういう意味です？」ジュリオが質問した。「重力が無視できる高さを、ロケットが越えたってことですか？」

声に疑いがこもっているのは無理もないとしても、質問はまったくの的外れだった。ネレオがいった。

「わたしが最後に観測した時点でロケットが到達していた高度では、重力はほぼまったく減少していません――けれどロケットがいま動いている速さでなら、この世界によって停止させられることは決してないだろうといってかまわないのです。ただし、太陽はまだロケットをつかんで離していませんが」

ヤルダはアマンドに目をやると、ふたりで力を合わせて、かけらが人々に降りかかることがないようにしながら着色石板を脇にどけた。掩蔽壕にこもっていた五人は立ちあがると、地面と鏡のあいだをすり抜けて大急ぎで砂の上に出た。

ヤルダは東の空高くを見あげた。今日は眺めを混乱させるほど疾走星は多くなく、家サイズのエウセビオの柱状ロケット以外のものではありえないかすかな灰色の染みを見ることができた――エンジンはまだ輝き、まだ速さを増している。太陽からの脱出速度は、この世界のそれの三倍の大きさでしかない。先日の出力実験の結果からすれば、もしロケットが全燃料を無事に燃焼したなら、最終的にはほんとうに太陽系を離れることができるはずだ。

ジュリオがエウセビオに話しかけた。「あんたたち、赤塔市に来て、計画について話をするべきだよ。前にネレオさんが回転物理学についての公開講座をひらいたから、街の人たちにとって聞いたこともない発想というわけではないけれど、聴衆の予習になるよう、おれが〈赤塔報〉に何度か事前に記事を載せるから」

赤塔市方面の穀物で、ズーグマの食卓にあがらないものはあったっけとヤルダは思った。

エウセビオがいった。「それはありがたい」

ヤルダはネレオに、参加してもらったお礼をいった。

「こちらこそ」とネレオが答えた。「疾走星に関するあなたたちの推測が正しいかどうかはわかりませんが、そうした可能性を考えている人たちがいるのは、とてもうれしいことです」

「ご自分でロケットに乗ることを考えていただくのは無理ですか？」

ネレオは陽気にブンブンと音を立てた。「わたしはむしろ安全な地上にとどまって、曾が一ダースつくあなたたちの孫が、自分たちの発見した驚異的科学の数々を教えてくれるのを待っていたいですね」

ヤルダはいった。「みんなそういうんです」

ヤルダはもっとネレオと話していたかったが、彼とジュリオは赤塔市に戻らなくてはならなかった。アマンドがトラックの一台を車庫から出してくると、客人たちを乗せて砂漠を走り去っていった。

エウセビオがヤルダのほうをむいた。「いっしょに赤塔市に行く気はありますか？　巡業公演をしに？」

「大学から休みが取れればね」ヤルダはためらってから、「少しでいいからその分の報酬を払ってもらえる？」

「もちろんです」エウセビオは何度かヤルダに、自分のもとで働かないかと誘っていたが、ヤルダはこれまで断っていた。雇われ人ではないという立場を維持して、エウセビオに対していいたいことを好きにいえるようにしておきたかったのだ。

ヤルダはすまなそうにつけ加えた。「学生を教えていないあいだは給料をもらえないし、なんの援助もしないでリディアとダリアにだけ子どもたちの世話をさせるのはフェアじゃないから」

「ふうむ」ヤルダたち三人のやっていることには賛成できないと、エウセビオは前からはっきりいっていた。ほかの分野でどんなに有能だとしても、自然は女を子育てをするようには形作っていない。目の色を変えて跡継ぎを探している男やもめがズーグマにはいくらでもいて、いつでもヤルダのところの子どもたちを自分自身の双の分身であるかのように遇してくれる。

だがエウセビオは、ヤルダの家庭生活の問題よりも重要な案件をかかえていた。「赤塔市の一般市民にこの件を広めるだけでなく」エウセビオはいった。「あなたの友人のネレオに、彼のパトロンとぼくの会見を手配してはもらえないでしょうかね」

「あなたの力でも、パオロへの伝手（つて）は作れないの？」ヤルダは面白がった。「お金持ちどうしの人脈をたどればいいじゃない」

「その脈は別々に複数あるんです。全部がつながりあってはいないんですよ」

「どうしてパオロと話したいの？」

「金です」エウセビオの答えは身も蓋もなかった。

「父はぼくのロケットへの出資に上限額を設定しました。もし乗り物全体を一から建造しなくてはならないとしたら——それは太陽石をすべて採掘して山から運びだし、人工の外殻の中に詰めこむということですが……〈孤絶山〉の規模でそれをする費用は、山そのものを打ちあげる場合の数グロス倍に膨らみますが、実用になる最小規模の代替案でさえ、ぼく個人の調達できる額をはるかに超えるんです」

「観測所についての投票権がある大学関係者全員を手なずけることは考えた？」ヤルダは提案してみた。

「ピカピカの新しい望遠鏡だけじゃなくて——投票者たちが自分のポケットにしまえるお金を使って？」

エウセビオは侮辱されたと思ったようで、「馬鹿にしないでください。いちばん最初に考えた案がそれですよ。でもアシリオが議会に大学の経理をこと細かに調べさせているし、あいつ自身も大学内にやたらたくさんの情報源(スパイ)を持っているから、ぼくがその種の手段を使ったらお咎めなしですむとは思えません」

ヤルダは冗談でいった。「わたしはいつでもルドヴィコを殺す気があるわ、わずかなお金と引き換えで」

エウセビオは気まずくなるほど長いあいだ、感情の読めない表情でヤルダを見つめていた。

「その気になるようなことをいわないでください」エウセビオはいった。


列車が赤塔市に近づくにつれ、街の名前がいまも伊達ではないことに、ヤルダは驚いた。名前の由来となった色合いをした安定石の鉱床はとっくに掘り尽くされたとヤルダはなにかで読んでいたが、いま自分の目に映っている建物の輪郭は、まぎれもなく赤みを帯びていた。たぶん昔の建物が手間暇かけてそのまま保存されているのだろう。あるいは、昔の建物の建材が丸ごと、装飾用の化粧張りとして再利用されているかだ。

ネレオが駅でヤルダを出迎えた——彼の四人の子どもたちも全員いっしょで、だれがヤルダの旅行鞄を運ぶというわくわくする役をするかで争いあっている。子どもたちがとても若いので、ネレオの双は自分の祖父と同じくらい長生きしたに違いないとヤルダは思った。ネレオ自身はいまも健康だし、たとえなにかの悲劇で急逝することがあったとしても、子どもたちが面倒を見てもらえるように手を打ってあることはまちがいなかった。

「ご友人のエウセビオは、もううちに来ています」ネレオがいった。

「彼は粉砕丘で商談があったので」ヤルダは説明した。「わたしたちは反対方向からここに来たわけです」

ネレオは、壁で囲まれた彼のパトロンの敷地内で暮らしていた。敷地に入るとき、歩哨たちがナイフ・ベルトをしているのを見てヤルダは皮膚がざわついたが、子どもたちにとっては当たり前な光景だった。「単なる伝統ですよ」ヤルダが不快そうなのに気づいて、ネレオがいった。「パオロに敵はいません。あの武器が使われたことはいちどもないんです」

「それでも見張りは退屈しないんですか?」

ネレオはいった。「もっとひどい仕事だってあります」

エウセビオは客間で床にすわりこんで、〈赤塔報〉を読んでいた。ヤルダに挨拶してから、信じられないという声で、「あのジュリオという男は、ぼくが送った説明文書をちゃんと読んで、ひと言も余さずに理解していますよ。異議や懸念も提示していますが……それが全部、完全に理性的なんです」

「じゃあ、この街を丸ごとロケットにくりつけて、打ちあげちゃいましょう」ヤルダは応じた。「そして赤塔市を宇宙空間で一、二期(エイジ)、完璧な隔離状態で繁栄させれば、戻ってきてこの世界にどうやって生きたらいいかを教えてくれるかも」

公演まではあと二時隔しかなかったので、ヤルダたちは建物の構造や設備を確認しておくために会場に赴いた。ズーグマで使っていた映像投影装置をヤルダは持ってくることができなかったが、同じ内容を紙に印刷したものをジュリオが手配してくれていて、入場時に聴衆に手渡されることになっていた。それは公演のあいだじゅう、一般照明を点けっぱなしにしておくということだった。

「会場じゅうの顔が見えたら緊張しちゃうわ」無人の会場正面の舞台上で、ヤルダはエウセビオにいった。

「心配いりません、あなたはもう経験豊富ですから」エウセビオは安心させるようにヤルダの肩を強く握った。

時間が来て聴衆の前に歩みでるときになって、ヤルダは解決策を思いついた。聴衆に伝える内容はズーグマのときとまったく同じだったが、注意力を後眼のほうにまわして背後のなにもない壁に意識をむけることで、会場の人もみんな、自分ではなく白い壁を見つめて穏やかな気持ちになっているのだと思いこむことができた。

エウセビオが自分の出番――山ひとつの大きさのロケットについて誇らしげに語っていた当初の話を、数カ所変更したもの――を終えて、質問時間になった。赤塔市に来てから話をした人はひとり残らず、会場からの質問を受けつけなくてはいけないという意見だった。それがこの街の慣習で、拒んだりしたら大目に見てはもらえない、と。ジュリオ――会場の使用料の半分は彼の働いている新聞が出していて、その条件は会場じゅうに目立つかたちで新聞名を掲示する権利だった――が司会役で舞台上のヤルダとエウセビオに加わった。

ヤルダはありきたりな「なぜわたしは昨日へ歩いて

いけないのか?」ジョークや、あるいは一生つきまとう「あなたの双はどこ?」を訊かれることさえあるだろうと覚悟していた。

　ジュリオが選んだ最初の質問者は年配の男で、大声でこう尋ねた。「機械類の修繕体制はどうなっているのかね?」

　エウセビオが答えた。「あらゆる事態を想定した装備を持つ数カ所の作業室を、ロケット内に作ります」

　質問者はまるで満足しなかった。「工場もいくつも作るのか? 鉱山も? 森も?」

「鉱物類は貯蔵していきます」エウセビオがいった。「各種材料および食料となる植物は、栽培用の区画を設けます」

「その貯蔵分で一期(エイジ)保たせる? 土が一期(エイジ)保つ? ひとつの塔の内部だけで? 無理だと思うね」

　ジュリオが別の質問者を選んだ。

「人口の制御はどうするんですか?」質問者の女がいった。

「現時点では、搭乗者は過剰というよりは不足している状態です」エウセビオが答えた。

「その人数が数ダース回、倍になったときには」質問者が話を進めた。「その人たちの居場所や食べ物の供給はどうするつもりですか?」

　エウセビオに動揺の気配が見えはじめた。答えはヤルダがいった。「ロケットでの死亡率も、現在の世界各地でのものと同じになるでしょう。現実に一世代で人口が倍になった都市はありません」

「では、ロケットの中では医学はまったく進歩しないというんですね? どれだけ代(エラ)が経っても、搭乗者たちが関心を持つのは疾走星への対処法ただひとつだと……もはや疾走星は自分たちにとって脅威でもなんでもないのに?」

　ヤルダはいった。「医学の進歩は死亡率を低下させるのと同様、人口増加を抑制する結果にもなりうるでしょう」

「なりうる——でも、もしそうならなかったら？」

質問はこの調子で続いた。厄介だが、核心を突いていることは否定できないものばかり。永遠がすぎたかと思われるころになって、ジュリオが終了を告げた。ヤルダは疲労困憊のあまり、聴衆から熱狂的な喝采を送られていることに一瞬気づかなかった。

「成功だ」ジュリオがヤルダにささやいた。

「ほんとうに？」

「人々はあんたたちの話を真剣に受けとめた」ジュリオがいった。「それ以上のなにを望んでいたんだ？」

ホワイエに設けた受付には、地上作業の志願者が三ダース以上来たが、搭乗者のほうはゼロだった。この街の人々は、疾走星に関するヤルダの説を、さらにあまり具体的とはいえない構想に支えられたエウセビオの解決策さえも、ズーグマの同胞たちとは比較にならないほど進んで受けいれてくれた——それでも、自分の孫たちに一生丸ごとを送らせてもいいと思える居住環境をエウセビオが築ける、と信じた人はだれもいなかったのだ。

使用人はヤルダとネレオ、それにエウセビオを食事室に導きいれると、そのまま引きさがった。

パオロは部屋の反対側に立って、分厚い紙束をパラパラめくっていた。ヤルダが予想していたより若い男で、たぶん二ダース歳を少し出たところだろう。パオロは紙束を棚に置くと、大きな輪を描いて床に置かれたクッションにむかって手を振りながら、こちらに歩いてきた。「わが家へようこそ！　さあ、どうぞすわって！」

ネレオがヤルダとエウセビオを紹介した。ヤルダは豪勢な部屋に萎縮すまいとした。壁は抽象的なモザイクで装飾され、目の前に途方に暮れるほどずらりと並べられた食べ物は、ほとんどどれひとつヤルダにはなじみがなかった。ヤルダの見たところ、最低でも一ダースの人が食べても余る——そのとき六人の若い男が部屋に入ってきたので、それならこの量でもまあ相応といえるかもと思いかけた——が、パオロの息子たちは父親の客に挨拶するために顔を出しただけで、同席はしないことがわかった。

息子が六人！　何人かは養子なのだろうか、それとも代理双がふたりいるのか？　どちらにしろ、それがここの家風だったら、この家はパオロの孫たちであふれかえることになるだろう。

儀礼的なやりとりが終わると、パオロは客といっしょにすわって、食事をはじめるよう促した。ヤルダは逡巡しないように——料理をじっと見て、材料がなにかを当てようとしないように——心がけることにした。ここにはぞっとするようなものは出されていないはずだし、ましてや危険なものなどあるはずがないのだから、自分がなにを口に入れようとしているかまったくわからなくても、なんの問題もない、とヤルダは信じた。最初にいくつか口にした料理は、不思議な風味だったが嫌な味ではなかった。ヤルダは適度に楽しんでいるという表情を変えずにいることにして、食事のあいだじゅう、なんとかそれで通した。

パオロがエウセビオに話しかけた。「きみのロケットの話は聞いている。桁外れの事業だ」

「ロケットは手はじめでしかありません」エウセビオが答えた。「人々を安全に宇宙空間に送りだすには、さらに何年もの研究が必要になるでしょう」

「きみの大胆な構想は感嘆すべきものだ」パオロがいった。「そしてわたしも、疾走星が確実に脅威になると判断している。だが、ロケット搭乗者たちが空っぽの空間からいったいなにを持ちかえってくると、きみは考えているのかね？」

「それは予想困難です」エウセビオは認めた。「ですが、想像してみてください、いまわたしたちの暮らしている都市が、第十一期（エイジ）からの訪問者の目にどれほどすばらしいものに映るかを。当時はエンジンもなく、トラックもなく、列車もなかった。あったのは、ごく粗悪なレンズくらいです。当てになるような時計もなかった」

「だが、現在の先にはなにがある？」パオロが疑問を呈する。「いまより少しばかりなめらかに動くエンジン？　一年経ってもまったく遅れない時計？　そうした改良は確かに洗練されたものといえるが、それが疾走星からわたしたちを守ってくれるというのか？」

　エウセビオがいった。「〈永遠の炎〉についてお聞きになったことはありますか？」

　ヤルダは、自分が先ほどから当たり障りのない無表情を取ると決めていてよかったと思った。

　パオロは愛想よくブンブンと音を立てた――客を馬鹿にしているのではないが、いまの言葉はあえて軽率な大ボラとしていわれたものだと思うほかはない、というかのように。

　エウセビオはどこまでも礼儀正しい声を崩さなかったが、いらだちがおもてに出るのを寸前でこらえているのが、ヤルダにはわかった。「〈永遠の炎〉をめぐる古い試みの数々は、細部の誤りのせいで失敗に終わってきました」エウセビオが話を続ける。「しかし、そのようなプロセスが現実に可能だと示唆するアイデアが、現在いくつか存在します」ネレオのほうをむいて、「ぼくはまちがったことをいっていますか？」

　ネレオは慎重に答えた。「エネルギーに関するわたしたちの従来の理解の仕方とは違って、回転物理学ではそれを即座に問題外扱いはしません」

　パオロが驚きの声をあげた。「ほんとうなのか？」嚙んでいたパンを下に置いて、「では、過去の浮世離れした錬金術師たちはどいつもこいつも、あきらめるのが早すぎただけだったと？　ハッ！」パオロはネレオに咎めるような鋭い視線を投げたが、それは、自分の科学顧問がそのような興味深い事実を数年前にご注進に及んでいてもよかったのに、といっているかのようだった。

エウセビオがいった。「サー、昨夜ぼくたちが、赤塔市の人々から非常に明白に受けとったひとつのメッセージを、お伝えしてもよろしいでしょうか？」

「無論だ」パオロが応じた。

「ぼくの計画している事業は、現状では、あまりにもささやかです」エウセビオは正直なところをいった。「たぶんこの敷地くらいの広さにしかならないだろう乗り物に乗った数ダースの人々が、そんな境遇から収穫をあげられるほど長生きできるとは、だれひとり信じていません。その人々の旅の長さに、軌道の基礎物理学による上限はありません——長年のあいだに、どれだけぼくたちより進歩することが可能かも、上限なしです。しかし、その人々の境遇から来る現実問題の数々が決定要因となります。頑強な社会が存在するには、人と資源の両面で、一定の規模が必要です。隔離された砂漠の野営地は、精選された物資を備えていれば、一、二世代（ジェネレーション）は持ちこたえるでしょうが、一期（エイジ）にわたって繁栄を続けるには、都市ひとつ丸ごとが必要になるんです」

パオロがいった。「きみのいうことはわかった」そしてしばらく沈黙した。「だが、どれだけの規模のロケットなら、じゅうぶんな規模なのか？　それはだれにもわからない。当て推量だけに基づいておかすリスクとしては、あまりにも大きい」

「もし、疾走星がぼくたちを滅ぼすのを、それが阻止できるなら」エウセビオはいった。「価値がないなんていえるでしょうか？」

「だがその判断は、ロケットの人々が目的を達成するかどうかにかかっているだけではなく」パオロが理詰めでいう。「ほかの解決策がないかどうかにもよる。同じ資源をこの地上で使うことで、もっと効率的に問題を解決できるかもしれない。他人がどういう意見を持つかは知らんが、わたしは自分の出した金には、監視可能な近場で効果を発揮してもらいたいと思う」

「わかりました、サー」エウセビオはうつむいた。これ以上はっきりした拒絶の言葉はない。

パオロはネレオのほうをむいた。「ところで、〈永遠の炎〉は実現可能かもしれないんだな？」

「かもしれません」ネレオは不承不承認めた。「しかし、検討を要するあいまいな問題点が多数あり、その中には現在ほとんど理解できていないものもあります」

「一グロスの化学者たちを雇って砂漠へ赴かせ、ありとあらゆる成分の組み合わせをテストさせるというのは、どうだ？　だれにも害を及ぼさない、どこか遠い土地で？」ネレオからの答えは即座には返ってこなかったが、パオロはすでに、自分の着想に熱が入っていた。「それぞれの実験は、選択した反応物によって地図上に位置を割りふった場所で、おこなわれるようにしておく。そうすれば、どの反応は決して二度と試されるべきでないかが、穴（クレーター）のできた場所によって明らかになる」

「いいアイデアです、サー」ネレオがそれに応じた。皮肉でいったのだろうが、パオロは額面どおりの言葉として聞くことにしたようだ。

「その評価は」パオロがいった。「客人にむけられるべきものだ。この思いつきをもたらしてくれたのだから」そしてエウセビオに一礼した。

赤塔市での二度目の、そして最後の公演のあいだじゅう、エウセビオは見あげたプロ精神で楽観的な態度を維持しつづけていたが、ネレオの客間に戻ると、崩れるように壁にもたれかかった。

「もう無理だ」エウセビオの声は無気力だった。「これ以上、続けていられない」

「各地に志願者募集に行くのは、ほかの人を探して引き継いでもらえるわ」ヤルダはいってみた。

「志願者募集の話じゃない！　プロジェクト全体が実現不能なんだ。ぼくはこんな愚行は断念して、列車事業に戻らなければならなくなる。疾走星を心配するのは、ほかの人にまかせて。どっちにしろ、最悪の事態が来る前に、たぶんぼくは死んでいる。気にしなくちゃいけない理由なんて、ないでしょう？」

ヤルダはエウセビオのところに行って、安心させるように肩に触れた。「確かに、パオロはロケットに投資してくれそうにない。でも、この惑星の大富豪はあの人ひとりじゃないわ」

「けれど、赤塔市には好条件がそろっているんです」エウセビオがいった。「この街のジャーナリストは、ぼくたちの伝えたいことを完全に理解してくれた。人々はぼくたちの計画に耳を傾けて、知的で建設的な批判を返してくれた。だけど、この街のだれひとり、搭乗者に志願しようとはしないし、街の半分を支配している男は、自分の金が宇宙空間に消えていくのを見守るよりも、錬金術を復活させて、疾走星に対する武器にしたがっている」

「あれは時代錯誤ね」ヤルダも同意した。「でも、いますぐなにかを決断しないで。二、三日したら、物事が違って見えてくるかもしれない」

エウセビオは納得したようすではなかったが、ヤルダの忠告を積極的に受けいれようとした。「心配しないでください」エウセビオはいった。「ぼくがここまでしてきたことすべてを一瞬で投げだすことは、たとえそうしたくても不可能ですから。明日だれかがぼくのところへやってきて、鉱業権の買い取りを提案してくれるわけでもあるまいし」

ヤルダは夜中に目をさまし、自分がどこにいるのか、一瞬よくわからなかった。両肘をついて体を起こし、部屋を見まわす。スペクトルの多色にうっすら染まった縁のあいまいな影が、窓の下から床の上を伸びて、眠っているエウセビオの姿を縁取っていた。

エウセビオは美しい、とヤルダは思った。背が高くてたくましく、眠りこんでいても姿形を完璧に整えている。なぜ自分はいままでそのことに気づかなかったのだろう？

とはいえ、ヤルダが目をさましたのは、エウセビオのことを考えていたからだった。いま、ふたりが体を引き寄せあったら、まちがいなくエウセビオから約束を取りつけられる、とヤルダは思った。そうすればヤルダの肉は、死んで終わりになることはない。ヤルダは心と不安をしだいに消し去って、自分の子どもたちを献身的な保護者のもとに遺すことになる。エウセビオは、ヤルダが望みうるもっとも双に近い存在で、自分が彼に拒まれることがあるとは、とても思えなかった。ふたりきりのいまこの場所で、もしヤルダがせがめば、拒まれることはないだろう。

ヤルダは立ちあがってエウセビオを見おろしながら、彼の皮膚が自分の皮膚に押しつけられるところを想像し、彼を説得できる言葉の予行演習をした。パオロが六人の息子を持てたなら、エウセビオが彼の息子をふたりに限らなくてはいけない理由はあるまい？エウセビオの双を悪くいうつもりはない。生涯をともにしてきた相手を裏切れと頼もうとしているのではなく、将来の家族の人数を増やしてもらいたいだけなのだ。

エウセビオが目をひらいた。ヤルダがそこにいることを、彼女の視線を、彼が感じとったのがわかった。ヤルダは問いかけられるかと思ったが、彼はふたりのあいだのなにもかもをすでにはっきりわかっているかのように、無言のままだった。いま彼の隣に身を横たえたら、説得はほとんど不要だろう。ふたりともがこの慰めと、自分たちの子どもが生きていけるという保証を欲していた。

だが、彼にむかって一歩踏みだしたとき、ヤルダは自分の心が冷たく澄みわたるのを感じた。自分が欲しているのは慰めだった——忘却ではなくて。そしてエウセビオがなにを欲しているにせよ、それはヤルダの子どもたちという厄介者が増えることではなかった。さっき思い描いた偽りの魅力的な未来像にはなにひとつ、ふたりのほんとうの計画や、ふたりがほんとうに必要としているものや、ふたりがほんとうに欲しているものと、少しでも結びついているところはない。ヤルダのいちばん古い部分は、こうすることで自らが生き延びられると信じていた——ヤルダの中で母親が生き延びているように——が、その無茶な希望でさえ的外れだった。空が直交星群で燃えあがったら、何累代(イーオン)永続してきたものであろうが無に帰する。

ヤルダはいった。「疾走星で目がさめたの。起こしちゃってごめんなさい」

エウセビオがいった。「別にかまいませんよ、ヤルダ。気にせずに寝てください」そして目を閉じた。

ヤルダは自分の寝床に戻ったが、夜明けになっても目をさましたままだった。

朝食のあと、アマンドがトラックでやってきて、次の打ち上げ試験にエウセビオを連れていった。エウセビオは逆らわなかった。いちど走りだしたプロジェクトに備わった勢いは、いまもなにかの意味があった。少なくとも、資金が尽きるまでは。

ネレオがヤルダを駅まで徒歩で送ってくれた。「あなたと光学の話をする機会がなくて残念です」ネレオがいった。「最近はあなたの光方程式をいじくりまわして、光源をつけ加える正しい方法を見つけようとしていたのでね」

「そうなんですか？」ヤルダは興味をそそられた。彼女が五年前に発見した方程式は、なにもない空間を光が通過するようすを記述するものだが、光の生成にはなにも触れていなかった。「現在までの成果は？」

「わたしは重力から若干のインスピレーションを得ました」ネレオが話しはじめた。「巨大な物質、たとえば惑星の位置エネルギーを考えてみましょう。物質外部では、位置エネルギーは、光方程式ととてもよく似た三次元方程式に従います。空間の三つの方向に沿って計算した二次の変化率を合計するとゼロになる。物質内部では、ゼロになるかわりに、その和は物質の密度に比例する」

「つまり、わたしが光方程式に同様の項を追加すれば、光源を表現できる、とお考えなのですか？」ヤルダはそれについて考えてみた。「けれど、光波は四つの成分を持つベクトルが関わっています。光源も同じ種類のものである必要があるでしょう」

ネレオがいった。「光源の来歴に沿って未来をむいたベクトルで、その長さが光源の密度に比例するようなものはどうかな？」

「それが正しい種類のベクトルですね」ヤルダは譲歩した。「ですが、この〝密度〟とは、じっさいにはなにをあらわしているのでしょう？」ネレオがいっているのは質量のことではない。これはなにかまったくほかのものだ。

「物質が光を生成するのにどんな性質が必要であるにせよ」ネレオが答える。「それをあらわす言葉を、わたしたちはまだ持っていません。〝光源強度〟、とでもなるでしょうか？　けれど、それに数値をあたえることができると仮定すれば、それがどの程度密集しているかをあらわす、いわば〝光源密度〟について議論することができます」

「ふうむ」駅に着いてからも、ヤルダはその含意を考えつづけた。「では、もっとも単純なケース、なにひとつ動くものがない状況では、方程式の時間成分だけがゼロでない値を持ち、それは重力の位置エネルギーと似たような解を持つのですね」

「しかし、完全に同じではありません」ネレオが強調した。「その場合の解は、空間を移動すると振動します」

ヤルダの列車は発車間近で、ふたりには議論をさらに深める余裕がなかった。ネレオがいった。「論文を書きあげたら、複写を送ります」

ズーグマへ戻る車中で、ヤルダはネレオの方程式の解のひとつを、自力で発見することができた。動かない点状の質量の周囲の位置エネルギーと等価なものだ。重力に関しては、一代(エラ)半前のヴィットリオの研究のところから、位置エネルギーは質点からの距離に反比例することが知られていた。光に関しては、全般的な波の強さは光源からの距離とともに正確に同じかたちで減少するが、それと同時に可能な最小の波長——無限の速さで進む波の波長——で振動もする。このすべては単なる理想化だが——宇宙をなめらかに包む必要か

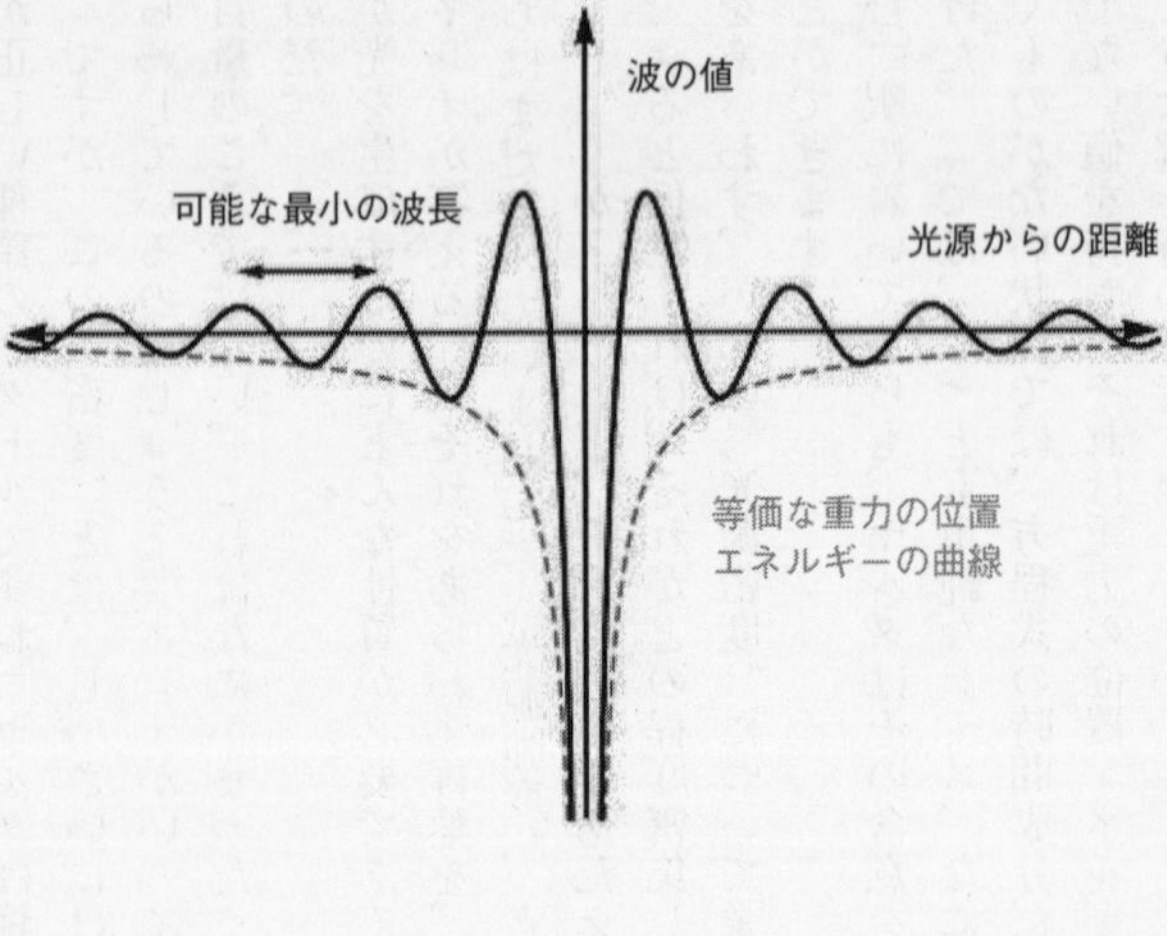

ら、制約の追加とそれによる複雑化が余儀なくされる——それは出発点だ。

ヤルダは曲線について考えた。たぶん、このような振動はそこらじゅうにあふれている。太陽石から花びらにいたるまで。最小の波長の光は不可視なので、光源が静止しているとき、花びらは暗い。だが、振動する光源の集まりは、適切に配置すれば、もともとのパターンをひねってひと組の傾いた波面にすることができ、それは可視領域に存在できるくらい遅い光に該当する。

光源が動いているとき、厳密な解を見つけるのはかんたんではないが、理論の概略はすじが通っている。エネルギーを移動させる波を起こすには、そもそもなにかがそのエネルギーを供給することが必要で、それは弦の端を揺さぶることだったり、振動膜を空気中で振動させることだったりする。光の生成が振動源から真のエネルギーを引きだす——振動源の運動エネルギ

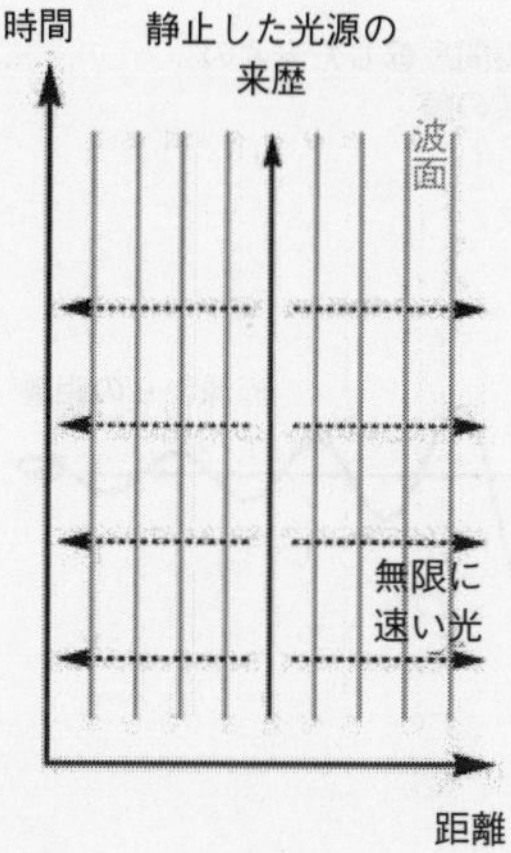

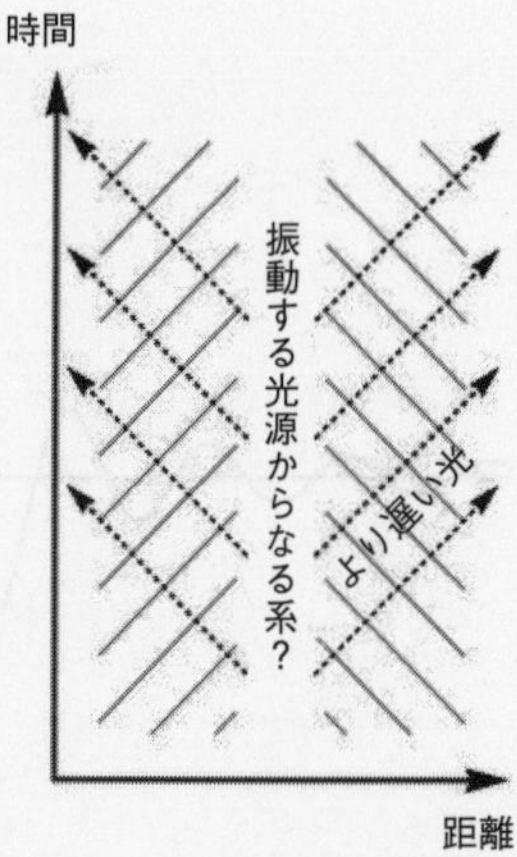

ーを吸いとるのではなく、増加させる――のは特殊で意外な進展で、だがそれこそが回転物理学だ。

ここでヤルダは気づいたのだが、粒子の来歴に沿ったベクトルという、方程式に追加する項としてネレオが選んだ方法に起因する、別の奇妙で意外な進展が存在する。光源を、その来歴が曲がって半円を描き、ついには時間を逆行するほど長く加速したら……光源が新たな直線軌道に乗ったときには、もともとの波と正反対の波に囲まれることになる。そのとき光源が発生させる光のパターンは、以前のものと比較すると、ひっくり返しになっているはずだ。

だが、特徴のない物質の微小片が時間の中をどちらむきに動いているかを、どうやって知ることができるのか？　時間の矢はすべてエントロピーの増加からのみ来るものだとされている。孤立した粒子はだんだん乱雑になったりはできない。砕け散る石と、ひとりでに集まってきてもとの形に戻る破片の違いのような派

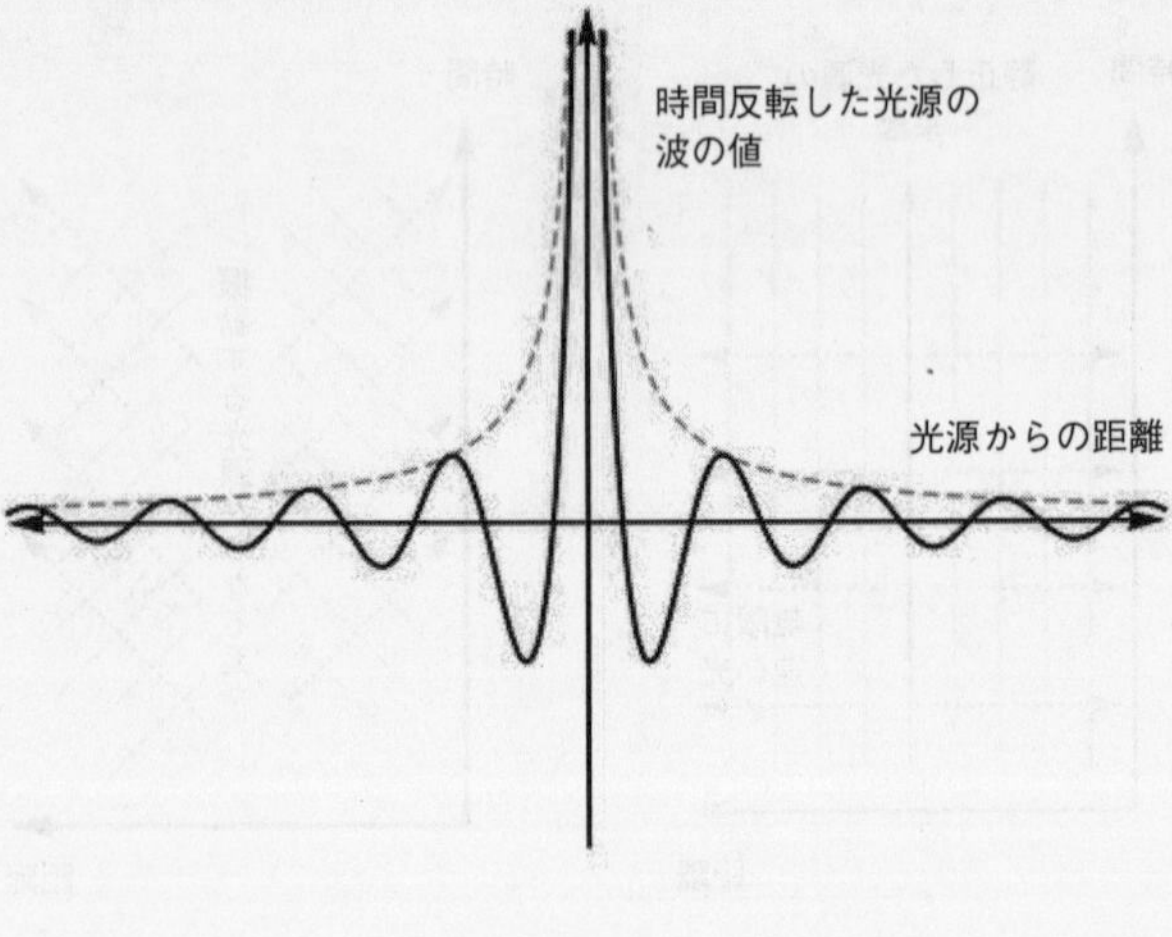

手さはないけれども、符号を変化させる波は、二種類の区別できる光源が——少なくとも、そのふたつがあまり急速に動いていないときには区別できる光源が——あることを意味している。ひとつは〝正〟で、ひとつは〝負〟。

列車がズーグマに入ったときには、夕方になっていた。口喧嘩の絶えない就寝時間のチビども四人と顔を合わせる元気はなかったので、ヤルダはしばらく街の中心部をぶらついて、四人がまちがいなく眠ったころまで時間をつぶした。

ようやく勇を鼓して部屋に戻ったヤルダは、闇に覆われた居間にリディアがすわりこんでいるのを見て驚いた。

「仕事に行っていると思っていたわ」ヤルダはいった。「シフトが変わったの？——それとも、育児ヘルパーになにか問題が？」エウセビオに報酬を払ってくれるよう頼んだのは、自分のかわりに子どもたちの面倒を見てくれる人を雇うためにほかならなかった。

「ヘルパーはいい人よ」リディアがいった。「でも、今夜は彼女に来てもらわなくていいの」

「あなたが朝のシフトに戻ったということ？」

「違うわ、わたしは失業したの」

「まあ」ヤルダはリディアの隣にすわった。「なにがあったの？」

「職場の新しい管理者のことは話したっけ？」

「双に逃げられた自分の兄の代理双になれ、とあなたに要求しつづけた馬鹿のこと？」リディアが自分自身の双を殺したという噂をヤルダは信じていなかったが、より多くの人がそれを本気にしてくれたほうが役に立つかもしれない場合もある。

リディアがいった。「二日前、あの男がそれまでと違うことをいいだした。トゥリアの子どもたちをあの男の兄に譲り渡せ、さもなくば染料を盗んでいることを工場主にいうぞ、って」

「だけど、あなたは廃棄される不良品の瓶しか持ってきたことがない。そんなこと、みんなやっているんでしょ！」

「そうよ」リディアが答えた。「でもあの男は、わたしが使いものになる瓶も持ちだしていると工場主に報告した。いかにもそれらしい在庫目録の書類もでっちあげてね。それで工場主はあの男のいうことを信じた」

「なんてひどいやつ」ヤルダはリディアの肩に腕をまわした。「心配しないで、あなたならもっといい仕事を見つけられるわ」

「もううんざり」リディアはいいながら身震いした。「いまごろにはあらゆることが違っているだろう、と昔は考えていた——わたしがこの歳になるまでには。でも、なにが変わったというの？　女の市議会議員すらいないのよ」

「そうね」

「あなたのお友だちのエウセビオが、この件でなにかしてくれてもいいんじゃない？」リディアが問いつめる。

「エウセビオを責めないで」ヤルダはかばうようにいった。「いまでも議会で、一ダースの別々の方面で論争を繰りひろげているんだから」

リディアはだからなんなのといいたげに、「市議会の新しいメンバーになることの意味は、長老たちと戦って、実益のあるなにかを達成することにこそある。でも、権力を分かちあうことを優先している人は、だれひとりとしていないみたい」

「そう思うと愕然とするわね」

「エウセビオのロケットでは、無料でホリンが提供されるの？」リディアが訊いた。「だとしたら、わたしにはそれだけでも参加する理由になるけれど」

ヤルダは答えた。「無料ホリンの件はもちろんよ。じつをいうと、乗員は単者と出奔者だけで構成されることになりそうなの。いまのところそれぞれがひとりずつ、この部屋と同じくらいの広さのロケットに乗る」

「だんだん魅力的な話には思えなくなってきた」

ヤルダは立ちあがった。「仕事のことは残念に思うわ。勤め口の心当たりがある人がいないか、聞いてまわってみる……」

「うん、ありがとう」リディアは両腕で頭をかかえこんだ。

部屋を歩いていったヤルダは、窓の脇の床に輪郭のはっきりした光の長方形ができているのを目にとめた。疾走星の散乱光がこんな風に見えることはない。それはまるで、近所のだれかが大公会堂からスポットライトを盗んできて、自室のバルコニーに据えつけたかのようだった。

ヤルダは窓に近寄って、外を見た。近所の人たちに責任はなかった。光は近隣の塔よりはるかに高いところから来ていた。青みを帯びたひとつの点が動くことなく空にあって、目で見えるかぎりでは色の尾も引いていない。

リディアも光に気がついた。窓際でヤルダと並ぶ。

「あれはなに？」

ヤルダは突然気がついた。夕方、列車の駅を出たとき、東の空高くにこれと同じ物体を自分が目にしていたことを——だがそのときには、はるかに色が淡くて、あらためて気にとめることもなかった。「ジェンマよ」ヤルダはいった。「あるいはジェンモ」肉眼で両者を分離して見ることは不可能なので、変化を被ったのが双子惑星のどちらかを推測するのは無意味だった。

リディアがカッとなってうなり声を出した。からかわれて我慢できる気分ではないのだ。「わたしは天文学者じゃないかもしれないけど」リディアがいった。「馬鹿でもないわ。あの双子惑星がどんな風に見えるかも、どっちもあんなに明るくないのも知っているのよ」

「その片方が、いまではこうなの」暗くて生物のいない、かつては太陽光の反射で輝いているだけだった惑星が、いまヤルダたちの目の前で恒星に変わりつつある。

リディアは窓枠にもたれて体を支えた。ヤルダの言葉の意味を把握したのだ。「疾走星が衝突したの？ そしてこれがその結果なの？」

「どうやらそうみたい」ヤルダは自分がとても冷静な気分であることに驚いていた。じゅうぶんな大きさのある疾走星は惑星を発火させることができるというのは、トゥリアがずっといっていたことだ。暗い世界、生物のいる世界、恒星。そのすべてが同じ種類の岩でできていて、それに区別をつけているのは、単なる運と来歴の問題にすぎない。

リディアがいった。「このことで、なにかいい知らせはないの」

いい知らせ？ ジェンマとジェンモははるか遠くにあって、太陽よりずっと小さいから、少なくとも新しい恒星がこの世界に耐えがたいような熱をもたらすことはない。

じっさい、双子惑星は太陽から非常に離れているので、惑星近傍の太陽風の密度は、太陽にもっと近い惑星の周囲での値のわずか数分の一だと考えられている——そして、これまでこんな遠方で目撃された疾走星がなかったことは、ガスとの摩擦が石の破片を燃えあがらせているという説と一致していた。けれど、疾走星につきものの宇宙花火がなかったにもかかわらず、この予想外の衝突は起こった。

疾走星は、目に見えるか見えないかに関係なく、あらゆる場所にあるのだ——そして太陽風のみにその原因を押しつけるルドヴィコの馬鹿げた説明は、いまやまったく擁護のしようがなかった。ルドヴィコが自説を撤回するとはヤルダは思わないが、観測所問題でエウセビオの提案に反対投票をした人々は、ルドヴィコ陣営についたとはいえ彼と同レベルのプライドをそこに賭けているわけではない。

新しい恒星は疾走星群それ自体以上にエキゾチックなものではないかもしれないが、その意味を読みとるのはずっとかんたんだった。自分たちが住むこの惑星にこれまであんなことが起こらなかった理由はただひとつ、運がよかったからだ。昼だろうが夜だろうが、この世界もまたいつでも、同じ道をたどることがありうる。

「いい知らせはね」ヤルダはいった。「これでついに、わたしたちは空飛ぶ山を手に入れただろうということよ」

12

「わたしのそばを離れないで！」トンネルの曲がり目に近づいたとき、ヤルダは見学者たちの集団に声をかけた。「吐き気のする人はいますか？　疲れた人は？　目まいのする人は？」

うんざりしたような否定の返事が、いっせいに返ってきた。質問されるのに飽き飽きしているのだ。ヤルダは見学のペースを慎重に定めてきた――それに、山の内部は外部よりも気圧が高く維持されている――だが、新陳代謝はひとりひとり違うので、緊急事態が起こるよりは、うるさがれるほうをヤルダは選んでいた。この搭乗員候補者たちがひとりでも、この場所を気分の悪さと結びつけることがないようにしておきたい。

「さて、もうじき最上層のエンジン給剤機のひとつに着きます」この数区離(ソーンター)のあいだ、トンネルは壁に貼りついた赤い苔に照らされているだけだったが、もっと色とりどりの花畑から発する光が、曲がり目のむこうからこぼれているのがすでに見えていた。

曲がり目をまわったとたん、丸天井をいただく広大な空洞が正面にあらわれた。幅半街離(ストロール)、高さ二通離(ストレッチ)に近い円盤形である。三年前、圧縮空気を動力とする携帯用削岩機を用いて岩石をくり抜いたものだ。太陽石が剝きだしになっているところでは、エンジンもランプも使えない。おなじみのくすんだ赤褐色の苔と、黄色い花をつける丈夫な蔓植物が丸天井を覆っているが、支柱どうしのあいだの床は、ありとあらゆる色相の冷たい光を発する花壇の迷路になっていた。植物の多くはでたらめに配置されているか、ごく狭い範囲で整然と植えられているかだが、ぱっくりと口をあける黒いボーリング穴を囲む花畑から花畑へと、空色と翡翠色の長いすじが、曲がりくねって伸びているのが見てとれた。

「ここは最初からこんなにカラフルだったわけじゃありません」ヤルダは思い起こした。「でも、建設作業員たちが、長年にわたり、いろいろな植物を持ちこんできたんです」

「エンジンを使用するとき、花畑をそのままにしておくんですか?」ニノが尋ねる。

「いいえ――それでは機械装置の邪魔になってしまう。それに長い目で見れば、植物の根が外装板にダメージをあたえることだってありうるし。でも、この植物が死滅するわけではありません。もっと上の常設庭園に移されることになります」

ヤルダは一ダースの見学者を引率して、いちばん近いボーリング穴の縁まで行き、薄闇の奥を見おろすよう一同を促した。空洞のはるか下方では、一面の暗闇に緑色と黄色の光からなる四つの斑点が浮かんでいた。

縦穴のてっぺんから底まで延びている縄梯子（なわばしご）にしがみついて、蔓植物を体に巻きつけた作業員たちが、周囲の太陽石に沿って並ぶ硬石製外装板を点検している。

「エンジンが作動しているとき」ヤルダは説明した。「この穴は埋めもどされているはずだけれど、解放剤が縁のまわりに落とされています。もし外装板に隙間があれば、燃料が不適切な場所で燃えはじめるかもしれません」

「ここはロケットの最上層なんですよね？」ドロテオが尋ねた。

「そうです」

「そうすると、この先かなり長いあいだ使われることはない」ドロテオは指摘した。

「そのとおり。それに、点火の前にもういちど点検されるのは確かです」とヤルダ。「でも、だからといって、いまその仕事をおろそかにしていい理由にはなりません」理想をいえば、搭乗者たちが望むなら、いつでも引き返して無事に帰還できるよう、〈孤絶〉のありとあらゆる機構の準備ができていてほしい——画期的な新機軸はいうまでもなく、新たな建造作業も不必要な状態で。しかし、太陽石の現在の効率では、この最上層の燃料も、じっさいには旅の半ば、減速と反転段階のいつかの時点で燃えつきるだろう。現状の技術や設備で旅を完遂できると考えることは、選択肢にはない。

ヤルダは見学者たちを、部屋の縁にある階段吹き抜けに連れていった。一同は苔に照らされた高みに目を凝らした。ピンと張った縄梯子が四つ、中心に垂れていた——建設の初期段階に設置され、無重力状態を見越して、そのままにしてある——しかし、いまのところは、もっと便利な上昇の方法があった。奥行き三歩離（ストライド）の溝が螺旋状に壁に刻まれており、底面が積み重なって、螺旋階段となっているのだ。

「ここで四区離（ソーンター）のぼります」ヤルダは見学者たちに警

告した。「どうか、気をつけてのぼって、必要なら遠慮なく休んでください」

ファティマがいった。「疲れた気はしませんが、お腹が空きました」

「じきにお昼にします」ヤルダは約束した。ファティマは単者で、九歳になるかならないか。その少女を見るたびに、ヤルダは心配になる。娘にひとりきりで荒野を渡らせ、宇宙空間への片道旅行に進んで参加させるとは、いったいどんな父親なのか？　だが、ひょっとしたら、少女はここへ来るため、父親に嘘をついたのかもしれない。ひょっとしたら、父親は娘がズーグマで代理双を探していると思っているのかもしれない。

見学者は、連れだって来ている双と、単身で来ている人が、半々だった。単身者は全員が女で、例外はニノだけ。ヤルダはニノの背景を聞きとっていなかったが、あの稀にしかいない恥ずべきもの、男性の出奔者だと直感していた。

一行はゆっくりと階段をのぼりはじめた。勾配は、その気になる人が出るといけないので、走る気を殺ぐ角度をつけられているように見えた。一行の足音と、前方にいるアッスンタとアッスントがささやき交わすジョークが、頭上の階段の裏側から多重のこだまとなって返ってきた。自分たちの立てる音以外に、もっと上の層から流れてくる奇妙な打撃音や、軋みや、つぶやきの寄せ集めがヤルダには聞こえた。山の内部での労働人口は、ピーク時をはるかに下まわっている。だが、それでも約一大グロスを数え、いまやその活動の大半は、エンジンより高い居住区でおこなわれていた。

「搭乗者は星を見られるんですか？」ヤルダの二歩あとを歩きながら、ファティマが尋ねた。

「もちろんよ！」ヤルダは請けあい、〈孤絶〉が空飛ぶ地下牢のごとく感じられるようになるという考えを払拭しようとした。「透明石の窓がついた観測室があるわ——それに、短いあいだなら、外へだって出られる」

「宇宙空間に立つんですか？」ファティマが疑わしげな声でいった。まるでそれが、太陽の上を歩くのと同じくらい突拍子もないことであるかのように。

ヤルダはいった。「わたしは減圧室に入ったことがある。ポンプに生みだせるかぎり、ゼロ気圧に近い状態で。ちょっと……ピリピリするけれど、痛くはないし、長居をしなければ害はないわ」

「ふーん」ファティマはしぶしぶ感心した。「じゃあ空にあるのは――あたしたちがいま見ている星々なんですか、それとも直交星群なんですか？」

「旅の段階によるわ。両方とも見えるときもあるでしょう。でも、その話はあとでみんなにします」苔に照らされた階段は、四空間ダイヤグラムを見せはじめるのに適した場所ではない。

階段吹き抜けから出ると、幅広い水平のトンネルになっていた。このトンネルは山をぐるっと一周してい

るが、最寄りの交差点は、歩いてすぐのところにあった。角を曲がったところになにがあるか、ヤルダは前もって教えなかった。光が多少の手掛かりになるが、はじめて見る人は決まって、意外な光景に驚いた。

その空洞は下の空洞よりも幅があるわけではない。だが、高さは六倍もあり――丸天井を支える太い石柱が、木々に飲みこまれそうになっていた。一行の頭上高く、だが樹冠よりははるか下方で、巨大なスミレ色の花々が、断片的な天蓋を形作る蔓植物の網をよぎって垂れており、森を垂直に分けていた。活動を導く陽光が射さないので、この花々は時間のズレた日周に従うふたつの群れに分かれ、片方のグループがひらいているあいだ、もう片方は閉じている。垂れさがって眠っている花と花との隙間越しに、頭上の石に跳ね返った弱い紫色の光線が、渦巻く埃や、舞いおりる昆虫の群れを照らしだしていた。ここでは空気の動きさえ違っていた。植生から生じる複雑な温度勾配に応じて動

くのだろう。

ヤルダは部屋の縁にぐるっと植えられた灌木を掻きわけて前進した。そこでは天井が低すぎて、樹木は育たない。「ここは風変わりな道楽に見えるかもしれません」ヤルダは認めた。「農場や、人造林や、薬草園があるのに、どうして未開地がなければならないのか？　確かにわたしたちは、自分たちの生存に関わるひと握りの植物については、すでに定期的に収穫できる程度の知識がありますが、この場所には光と化学についての、これまでに書かれた本を合わせたよりも多くの知識が暗号として存在しています。生きとし生けるものは、わたしたちが理解しはじめたばかりである物質の安定性とエネルギーの操作に関する問題を解いてきました。従って、できるかぎり多種多様な植物と動物を連れていくのは、賢明といえるのです」

「どんな動物ですか？」レオニアが尋ねた。多くの動物たちと〈孤絶〉を共有するという見通しが、あまりうれしくないようだ。

「いま、ここには昆虫、トカゲ、ハタネズミ、トガリネズミがいます。もうじき二、三体の樹精も加わるでしょう」ヤルダは後眼で見学者たちの反応を見守った。

とうとうエルネストがこういった。「樹精は危険じゃないんですか？」

「それは樹精が身の危険を感じたときだけです」ヤルダは自信たっぷりにいい切った。「樹精にまつわる話の大部分は誇張されています。とにかく、あの動物はわたしたちにいちばん近いいとこです。もしテストしなければならない医療措置があっても、ハタネズミからでは大したことは学べません」こうした主張の大部分はダリアの受け売りだった——興行主が吹聴する、その生き物の獰猛さから富の半分を築いたのも、そのダリアなのだが。

ファティマがいった。「重力がなくなると、なにが起きるんですか？　なにもかもが……ばらばらにならないんですか？」

ヤルダはしゃがみこみ、土の一部を取りのけて、その上にかぶさっている網の層をあらわにした。「これは一定の間隔を置いて、棘で岩にくっついているの。根の組織が土をくっつけ合わせてもいるし――それに土そのものが、じつはすごくネバネバしている。ひと握りの土は、指の隙間からあっさりとパラパラ落ちてしまうけれど、重力がなくなっても、なにもかもが逆さまになるわけではないわ。わたしの予想では、ここや、農場の空気は土埃で靄がかかったみたいになるでしょう。でも、そのうち釣り合いが取れて、土埃が土本体からばらけるのと同じ割合で、またくっつくようになるはずよ」

一行は階段をのぼって農場のひとつまで行き、そこで穫れた穀物から作った昼食をとった。小麦は日照のない状態にうまく適応していた。ジェンマが夜をふたたび追放したも同然のいま、外部の農場よりもここのほうが生長が速いのだ。第二の太陽が原因で生じる混乱は、季節や年によってまちまちだった――そしてジェンマがもとの太陽のそばでのぼったり沈んだりして、ほぼ正常に復する時期もある――だが、ヤルダがこの前ルシオに聞いたところでは、ルシオとヤルダのいとこたちは、複雑な周期に合わせようとするのをあきらめ、畑全体に天蓋を被せているだけだという。

そのあとは倉庫、作業場と工場、学校、議場、宿舎へと進んだ。その日の締めくくりは、山頂近くの観測室だった。そこで太陽がふもとの平原に沈み、東から射す競争相手の光を浴びて山の影がくっきりとあらわれるのを見守った。

その部屋のかたわらに食堂があった。建設作業員で混みあう中、ヤルダは床の空いている一画を見つけて全員をすわらせた。ここまであがると、太陽石からじゅうぶんに離れているので、ランプが使えた。そこはズーグマや赤塔市のにぎわう施設であっても不思議はなかった。

　ヤルダは人員募集の宣伝をやめて、見学者たちに食事をさせた。聞こえるのは、炎石のパチパチいう音と、まわりで食事をしている人たちのおしゃべりだけ。いまでは〈孤絶〉の全貌ではないものの、そこにおさまっているあらゆるものの少なくとも一例を見学者たちは目にしていた。この山の内部で人生を送るとはどういうことか、想像可能な地点に達しているということだ。

　レオニアは、見学のあいだ緊張しっぱなしだったが、いまはほとんど落ちついているように見えた。野生動物の仲間になって宇宙空間へ逃げこむよりは、双を避けるもっとかんたんな方法を見つけようと心を決めたのだろう、とヤルダは推測した。ニノはなにかに取り憑かれたような顔をしていたが、その正反対の選択をする決意を固めたようだった。いまにして思えば、ニノの質問は些末なことに関するものばかりだった、とヤルダは気づいた。まるで礼儀として熱意のあるところを見せたいが、はじめから考えは固まっているので、決意がぐらつくような問題には深入りしない選択をしたかのように。

　ほかの人たちについては、なんともいえなかった。搭乗者たちが直面する問題を控え目にいうのは、強調しすぎるのと同じくらいかんたんだ。見学の終わりに、このプロジェクトは絶望的なまでにひどい計画だと信じるようになった人は皆、歩み去るだろう――しかし一方、〈孤絶〉はかならず凱旋すると納得した人も皆、乗員に加わる動機が弱まっただろう。子孫に無期限の流浪を宣告するよりは、〈孤絶〉の帰還を待つわずか四年の歳月を選ぶほうがよくはないか。そうすれば、故郷から遠く離れて死ぬ代わりに、望めるかぎり最強の味方がたちまち到着するのだ。もちろん、その前に疾走星がこの世界を灰に変えるかもしれない。だが、ジェンマの発火から五年が経つのだから、同じ幸運があと五年続くと想像するのはむずかしくない。

　その両極端のあいだにスイートスポットがあり、飛行（ミッション）任務が秘める可能性に疑問の余地はないが、成功は保証されているとはとうていいえない――迷っている応募者に、自分たちの寄与が天秤を傾けるところを想像させる余地がある。ヤルダは応募者がそういう気分になることを明白に狙いとしていて、そうすることにもはや後ろめたさや、ごまかしをしている気分を覚えなかった。じつをいえば、彼女とエウセビオは、まちがいなく必要だとわかっている仕事分の人員はすでに全部埋めたのだが、人数をさらに増やすこと――搭乗者のあいだで技術や気質や背景の幅を広げること――に、やりすぎはない。農場だけでなく森も運んでいくようなものだ。〈孤絶〉は全員の使い道を見つけるに違いない。たとえそれがどういうものか、いまのヤルダたちにはわからないにしても。


「ひとつ帰ってきました！」メイン・オフィスとトラック駐車場とのあいだに広がる砂地を走ってきたベネデッタが、感極まった声で叫んだ。その手には丸められた紙が握られていた。「ヤルダ！　ひとつ帰ってきました！」

　ヤルダは身振りで見学者たちに待つようにいった。打ち上げのデモンストレーションを見学するため、一行を試射場へ連れていこうとしているところだったが、ベネデッタの不可解な興奮ぶりの理由がヤルダの思っているとおりなら、遅らせる価値がある。

ヤルダは小走りに彼女を出迎えた。「探査機のひとつが帰ってきたの？」

「そうです！」

「ほんとうなのね？」

「ほんとうに決まっています！　これが探査機の撮った画像です！」

　ベネデッタは皺になった紙を広げた。

跳ね散った黒い斑点の意味をヤルダがはかりかねていると、ベネデッタが紙を裏返し、反対側を示した。そこには赤い染料で三つの署名が記されていた。ベネデッタの署名、アマンドの署名、ヤルダの署名。それに加えて通し番号、画像撮影装置の方位を確定するため隅に記された矢印……そして戻ってきた探査機を見つけた人に対する指示。

感光側の画像を別にすれば、ヤルダは確かにその紙に見覚えがあった。二年半前、それが本物であると保証するため、ベネデッタに請われて署名した一グロスのうちの一枚だ。

「だれがこれを送ってきたの？」

「〈休止山〉近くの小さな村にいる男です」とベネデッタ。「あなたの認可をもらって、その男に報酬を支払わないと」

「探査機本体がどういう状態なのかわかる？」

「手紙によると、フレームからぶら下がった二、三の

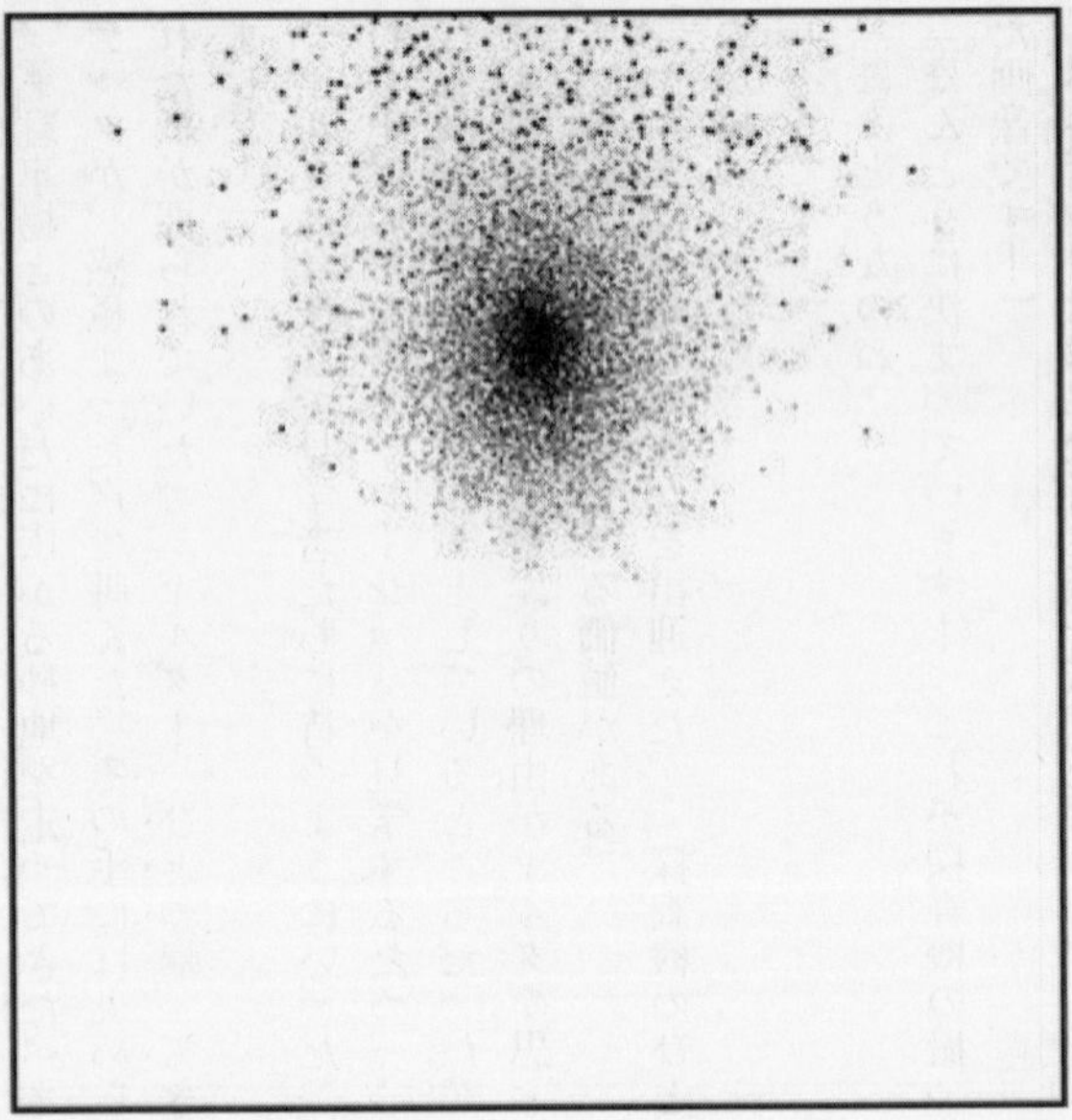

はめば歯車くらいしか残ってないようです。それでも重すぎて、こちらへ送る金銭的余裕はない、と」

「報酬に運賃を加えて、丸ごと届くようにして」ヤルダは紙をベネデッタから受けとった。「わたしなんか八分裂すればいい」ヤルダはつぶやいた。「あなたとアマンドはほんとうにやったのね」顔をあげ、「アマンドにはもう話したの？」

「彼はズーグマでエウセビオの手伝いをしています」

「うまくいくとはまるで思っていなかった」ヤルダは認めた。

ベネデッタは上機嫌で甲高い音を立てた。「知っていましたよ！　だから、この結果はますますすばらしいんです！」

ヤルダはいまだに信じかねていた。自分が手にしているのは、この世界をあとにして、疾走星以外のなによりも速く宇宙空間を渡り、まわれ右して戻ってきて……そのあと〈休止山〉からここまで郵送されてきた紙切れなのだ。

「どの段階で撮られたものなの？」ヤルダは尋ねた。

ベネデッタは通し番号を指さした。

「ということは……？」ヤルダは数字が意味するものを忘れてしまっていた。

「奇数は旅の第一段階をあらわしている。つまり、探査機がわたしたちから遠ざかっていたときです」

「なるほど」ヤルダは痺れたような声でかろうじて答えを返した。しばらく考えて、「こっちへ来て、わたしの応募者たちに、あなたの発見を話してやってもらえないかしら」

「喜んで」

ヤルダは見学者たちにベネデッタを紹介してから、問題の背景をかいつまんで述べた。何年も前、自分は疾走星の光の軌跡にわずかな非対称があることをなんとか突きとめ、それらの来歴がこの世界の来歴と正確には直交していないことを論証した。おかげで、疾走星の光がどの方向から来ているのか、ようやくわかるようになった。そのときまで、疾走星の軌跡は空のどちらの方向へ飛ぶ燃える小石の徴(しるし)でもありえたのだ。しかし、疾走星自体の時の矢については、なにも明らかにならなかった。

ドロテオは混乱した。「なぜ疾走星の時の矢は、光源から目的地を指すだけじゃすまないんですか?」

ヤルダが答えた。「線路の踏切へむかって車を走らせるとしましょう。そしてレールが、走っている道とは完全な直角になっていないことに気づいたとしましょう。踏切に近づくにつれ、それは左側から入ってきます。レールの〝起点〟は、背後の左側にある駅だと思えるかもしれません——でも、このレールが一方向にしか使われないと仮定すれば、列車がじっさいに左から右へ走っていると信じる理由は、相変わらずありません」

ドロテオはこのアナロジーに取りくんだ。「そうすると……四空間を飛ぶ疾走星の来歴の幾何学は特徴のない線として描けるけれど、それに矢印はつけられませんね。あなたの発見した傾きが、疾走星の矢がわずかにぼくらの未来のほうを指している意味だと決めてかかることはできません。わずかにぼくらの過去のほうを指していたって、ちっともおかしくないんですから」

「そのとおり」とヤルダ。「あるいは少なくとも、いままではそういう風でした」

ベネデッタは知らない人たちを前にしてはにかんでいたが、ヤルダに励まされて話を引き継いだ。

探査機は二年半前に打ちあげられた。山の掘削で出た太陽石を燃料とする六ダースのロケットが、同一の計測器を積んだ上で、渡りブヨの群れのように送りだされたのだ。そのうちの一機が任務を完了し、帰り道を見つけるだろうという希望のもとに。探査機の飛行計画は、〈孤絶〉のそれほどには野心的なものではなかった。青い光の速さのちょうど五分の四に達したところで減速と反転に移り、途中、文字どおり二時隔きっかりを自由落下状態ですごす。圧縮空気、エンジンのタイミングを制御する機械仕掛けとカム、さらには機体を回転させる必要を避けるため設計に組みこまれた、何対かの対向する姿勢制御ロケット。プロジェクトの狙いは、画像撮影装置を疾走星の経路と平行に、まずは一方へ、ついで反対方向へ、できるだけ速く動かすことにあった。

「この紙は紫外線、つまり青い光の約一・五倍の速さがある光に感光するようになっていました」長旅でよれよれになった紙を掲げてベネデッタは説明した。「直交星群は、すべてわたしたちの未来にありますから、それを目にしたり、通常の条件下で画像を撮ったりすることは期待できません。しかし、〝過去〟と〝未来〟の意味全体は、人が動いている状態によります」ベネデッタは関連する来歴を胸に描きだした。

「探査機が青い光の五分の四の速さで飛ぶと、直交星群から出た赤外線は、四空間内で探査機の過去方向から来る紫外線に相当する角度で到達するでしょう」ベネデッタは証拠をふたたび掲げた。「そこで、直交星群の画像を——わたしたちにとっては依然として完全に未来にあるわけですが——なんとか記録できました。星々の来歴の一部を探査機の過去に置くような速度を、探査機にあたえることによって」

ファティマがいった。「どうしてそれが通常の星々じゃなくて、直交星群の画像だとわかるんですか?」

ベネデッタは身振りで自分の胸を示し、「光と、通常の星々の来歴との角度を見てください。通常の星々にとって、光は時間を遡っているんです! それを発することができたのは、直交星群だけです」

ヤルダがつけ加えた。「それに、もし直交星群の未来が反対側をむいていたら、探査機が反転してこちらへ戻ってくるようになってからでないと、画像を撮影

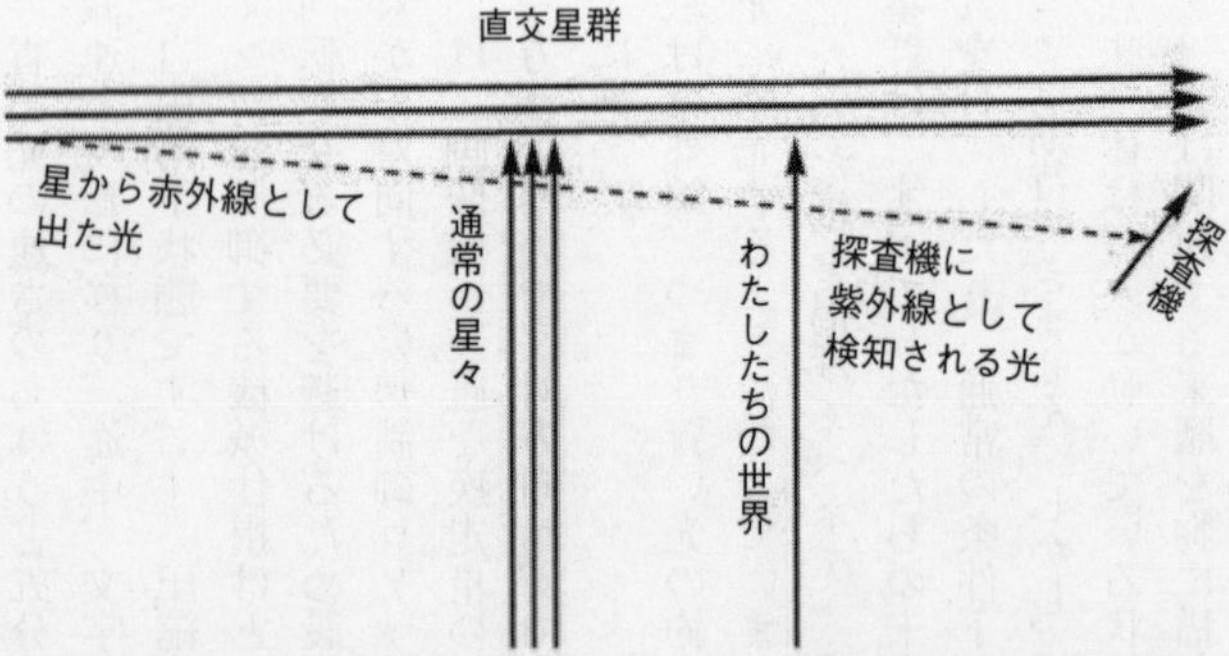

できなかったはずよ。だから、いまは矢印のむきがわかるわ――疾走星そのものではなく、疾走星と起源を共有する星々の光から」これでようやくベネデッタが前からいだいていた不安がおさまった。〈孤絶〉が直交星群団（クラスター）の過去へまっしぐらにむかっているので、ロケットを周囲のエントロピーの矢に対抗させつつ作動させる必要があるかもしれない、という不安が。旅の復路まで、その挑戦には応じなくてすむことが、これではっきりしたのだ。

「じゃあ、どれくらい遠いんですか？」ファティマが尋ねた。「その直交星群は」

ベネデッタは画像を見おろした。「はっきりしません。どれくらい明るいのかわからないから。でも、わたしたちの星と同じくらいの明るさだとすれば、いちばん近い星は、せいぜい一ダース年といったところでしょう」

見学者たちは沈黙したままこの新事実を吸収した。

五つの疾走星がのろのろと朝空に広がりつつあった。そしてジェンマ本体が地平線より下にある一方で、その世界を火だるまにした小球よりもはるかに大きな侵入者が、ここには約束されていた。

迷っていた人たちの中には、その明確な新たな脅威を理由に参加を決めた人がいるかもしれない、とヤルダが考えはじめたちょうどそのとき、レオニアがその雰囲気を破った。「六ダースの探査機が出ていって」レオニアはいった。「回収されたのはこれひとつなんですか？　なにがあったんです？　ほかのはひとつ残らず地面に穴(クレーター)をあけて終わったんですか？」

「そうかもしれません」ベネデッタは認めた。「着陸を自動化するのは困難です。でも、ほんとうの問題は、それほど遠いところから探査機をこのちっぽけな岩のかけらに帰還させることでした。この世界は非常に小さな標的です。姿勢と噴射の制御に許容される誤差は、実現可能な限界ギリギリだとだれもが思うようなものでした。ひとつでも帰ってきたのは幸運でした」

「でも、〈孤絶〉はずっと速く飛ぶことになるんですよね」セラフィナが不安げにいう。

「操縦する人が乗っているから」ヤルダは答えた。「帰還を機械仕掛けまかせにすることはありません」

レオニアは動じなかった。「でも、そうだとしても、あなたがたの大計画を――はるかに小さなスケールで――リハーサルしたとき、六ダースのうちひとつしか成功しなかった。それなのに、ハタネズミをお手玉すれば、わたしたちを感心させられると思っていたんですね！」

ヤルダがお膳立てした打ち上げのデモンストレーションは、六匹の動物を大気圏より上へ運んでから、連れおろすことになっていた――願わくは生きたままで。〈孤絶〉の飛行の代わりにならないのは明らかだが、取るに足らない業績ではない――そしてエウセビオのロケットがもはや打ち上げ時に爆発したり、エンジンの熱で乗員を蒸し焼きにしたりしないとわかれば、心安まる人もいるはずだ。

「それなら、どうすれば納得してもらえるの？」ヤルダはいらだたしげに尋ねた。「フルスケールの予行演習として、樹精の乗員を乗せた〈荘厳山〉を打ちあげればいいのかしら？」

　レオニアは、この皮肉っぽい壮大な申し出に、はるかに慎ましい代案で応じた。「ハタネズミの代わりに、あなた自身が行くなら、考えないでもありません」

　ヤルダが答える暇もなく、ベネデッタがいった。

「わたしが行きます」

　ファティマが心配そうに低い音を発し、「本気なの？」

　ベネデッタはファティマにむき直り、「本気も本気よ！　ロケットを点検し、新しい重量に合わせて調節しなおすため、二、三日もらえればいいわ」

　ヤルダがいった。「この件は話しあう必要が――」

「それならハタネズミよりはるかに説得力がある！」アッスントが勢いこんでいった。彼の双が同意し、「あたしの手くらいの大きさの動物が、飛行のリスクについてなにを教えてくれるっていうの？」と不平をいった。「あたしたちの体は、まったく別物なのに」

　ヤルダがなすすべもなく見つめる中、見学者たちはベネデッタの申し出について話しあった。まもなく大多数は、それ以下のレベルのテストには興味が持てないという見解に達した。ファティマだけは、それほどリスクの大きい離れ業を見るのは気が進まず、一方、ニノはどちらでもかまわないという外見を取りつくろおうとしていた。

　ヤルダは全員の前でこの件をベネデッタと議論するつもりはなかった。応募者たちをベースタウンの市場へ送りだし、時間つぶしをさせることにする。

　ベネデッタはすでに深く悔いていた。「あれはまずい判断でした」彼女は認めた。「藪から棒にいいだすべきじゃなかった」

　ヤルダはいった。「タイミングのことはどうでもいいわ」応募者たちの前で面目を失ったのは、いちばん些細なことだ。「そもそも、なぜそんなことをしなければならないと思うの？」

「この話は何年もしてきました」ベネデッタは答えた。「あなた、エウセビオ、アマンド……だれかを上へ送りだすのはいい考えだと意見は一致する――でも、いつも先送り。〈孤絶〉の打ち上げまで、あとどれくらいあります？」

「一年以下、だといいわね」

「それなのに、まだ人をひとりもロケットに乗せていないんですよ！」

「肉は肉よ」ヤルダはきっぱりといった。「ハタネズミはなんでできているの――石から？〈孤絶〉についていえば、心配しなければならないのは、姿勢制御と冷却よ――わたしたちは、その両方とも芸術の域にまで高めてきた。過去四ダースの打ち上げ試験で、ロケットは申し分なく作動したわ。失敗したのは着陸だけよ」

「それも三回だけです」ベネデッタが指摘した。「だから、わたしが直面する賭け率は悪くない」

　ヤルダはいった。「確かに……でも、そんなことをして、じっさいになにがわかるというの？あなたが生きて戻って来るにしろ、来ないにしろ、〈孤絶〉がより安全になるかどうかと、それがどう関係するの？」

　ベネデッタはそれに対する答えを持ちあわせていなかった。「なにひとつ指摘できません」とうとう彼女はいった。「でも、少なくともわたしたちのひとりがまずそこへ行かないで、ひとつの街に匹敵する人口を打ちあげようとするのは、わたしにはやっぱりまちがっているように感じられます。たとえ宣伝行為にすぎなくても、人々の不安を鎮め、わたしたちにもう何人か応募者を勝ちとらせ、敵の何人かを黙らせる宣伝行為です」

ヤルダはベネデッタの顔を探った。「でも、なぜいまなの？　未来の画像を――それが決定ずみである証拠を――目にしたから、急に自分の命を運命にゆだねる申し出をしているの？」

ベネデッタはその言外の意味を面白がって、ブンブン音を立てた。探査機からの紙を掲げ、「もしわたしがこれをじっくり眺めていたら、直交星群のあいだで幸せに暮らしている自分を見つけるかもしれない、と思うんですか？」

ヤルダはいった。「わたしが未来を見たら、ハタネズミばかりだった、といったらどうなるの？」

ベネデッタは市場のほうを身振りで示した。「それなら自信を持って予言できますよ、あの応募者たちの大部分が二日のうちにいなくなるだろう、とね」

シルヴィオがヤルダのオフィスの出入口に立ち、「この新しいキャンプを見てもらわないと」といった。

「街の郊外の」

ヤルダは、ベネデッタが提出した、変更を加えられた打ち上げ試験に関する計算を見おろした。何度もチェックを重ねたが、飛行を認めるか認めないか、依然として最終決断を下せないでいた。

「問題があるのは確かなの？」ヤルダは尋ねた。交易商たちがときどきやってきて、不便な場所にキャンプを張るが、ふつうは二、三日もすれば、ベースタウンにいるほうがいいことを悟る。

シルヴィオは返事をしなかった。助言をしたのだから、それを繰りかえすつもりはないらしい。給料を払っているのはエウセビオであり、もしシルヴィオが留守のあいだにエウセビオがヤルダをプロジェクトの責任者に据えたのなら、ある程度の礼儀は尽くさなければならない――だが、あくまでもある程度だ。

ヤルダはいった。「わかったわ、行ってみましょう」

シルヴィオの運転で、ベースタウンから使われていない山の入口のひとつまで延びている未舗装道路を数街離（ストロール）北上した。シルヴィオがそこでいったいなにをしていたのか、ヤルダは知らなかった。エウセビオにいわれてそのあたりをパトロールしていたのだろうか。

放棄された建設キャンプには五台のトラックがあった。その大部分は土砂と農機具を積んでいた。二ダースの人々が、埃っぽい地面を掘っているのが見えた。いくつかの点で、そこが農作に適さない場所ではないことに、ヤルダは気づいた。山の影がジェンマの光をじゅうぶんな時間さえぎってくれるので、扱いにくい日よけの必要なしに、作物は従来のリズムを保ってくれるだろう。土砂をトラックで運ぶ必要があるのは将来性の点で問題だが、いったん作物が育てば、植物の根と、そのあいだに棲んでいる長虫が、その下の岩を壊しはじめるかもしれない。

ヤルダは運転台からおり、農民たちに近づいた。「こんにちは」と陽気に声をかける。「だれか一、二分隔（ラプス）ほど話につきあってもらえない？」

ヤルダは、数人が目を逸らすのに気づいた。単者に話しかけられたと悟ってまごついているのだろう。だが、ひとりの男がシャベルを置き、ヤルダのところまで歩いてきた。

「ヴィットリオだ」男はいった。「ようこそ」

「ヤルダよ」男と同名の有名人についてジョークを飛ばしたい気持ちを抑える。そういわれるのにうんざりしているか、こちらがなにをいっているのか見当もつかないかのどちらかだろう。「わたしはズーグマから来てエウセビオといっしょに働いている——ここの鉱山を所有している男と」ロケット・プロジェクトに触れるときは、遠まわしにそういうことが通例になっていた。山の内部でなにが、なぜおこなわれているのか、だれもが正確なところを知っているが、このエウセビオの事業全体について懐疑的な人々の中には、それを露骨に持ちだされなければ敵意を減らしてくれる者がいるのだ。

「その男は、ここの土地は所有していないと思うんだがな」ヴィットリオはいいわけがましく答えた。

「ええ、していないわ」ヤルダはできるだけ親しげな語調を保とうとした。「でも、彼の作業員たちと交易したいと思っているなら、あなたがたの入植を歓迎してくれる街がひとつ、ここのすぐ南にあるわ」もしこの人々が理にかなった条件で同意書にサインすれば、ここで使っているのとまったく同じだけの土地を耕作し、まったく費用をかけずに生産品を市場で売ったり、ベースタウンの工場へ持ちこんだりできるようになる。

「おれたちはこの場所を念入りに選んだんだ」ヴィットリオが請けあった。

「ほんとうに? ベースタウン以外のどこからも遠く離れているし、そのベースタウンでさえ近いとはいえないわ」

ヴィットリオは身振りでどうでもいいと伝えた。コミュニティのほかのメンバーが、控え目にふたりを見つめていたが、ヤルダは肉体的な危険はとくに感じなかった。彼女の口出しに憤っているという雰囲気だけだ。

「正直に話さないといけないわね」ヤルダはいった。「一年以内に、この土地はもう農作には適さなくなるわ」思いつけるもっとも悪意のない状況を、ヤルダはまず考えてみようとした——この人たちは、空の大混乱のせいで自分たちの土地から追いだされ、確実に一日のある時間、闇がおりる場所を探しに出た。そして、もうしばらくすれば〈孤絶山〉がその都合のいい影を落とさなくなるのを、まったく知らずにいるのだ、と。

「おれたちを脅迫してるのか?」ヴィットリオの態度は完全に喧嘩腰だった。

ヤルダはいった。「とんでもない。でも、わたしがなんの話をしているのか、わかっているんでしょう。作物のための影がなくなるのは、いちばん些細なことなのよ」

「ほう、それじゃ、あんたのご主人さまのエウセビオは、おれたちみんなを火あぶりにしようっていうのか？」ヴィットリオはもう蔑みを隠そうともしなかった。「知っての上で、このコミュニティを皆殺しにしようっていうのか？」

「メロドラマじみたことはいわないで」ヤルダは懇願した。「あなたがたはまだ畑を耕しはじめていないも同然。そしていまや危険を知らされたのだから、ここに根を張ろうとして時間を無駄にしないで。だれも火あぶりにならなくてすむわ」

「それなら、ジェンマの運命は気にならないのか？」

ヤルダはとまどった。「ジェンマは、この惑星の半分がエウセビオの努力に賛同する理由よ」

「ジェンマは」ヴィットリオはいい返した。「世界全体が炎に飲みこまれることがある、とおれたち目のついている者に教えてくれた。でも、あんたのご主人さまはなにも学ばなかったし、無知だから、この世界にも無闇に点火するだろう」

ヤルダは〝ご主人さま〟云々にいらだってきていたが、いつもエウセビオを代理双扱いされていることからすれば目先が変わったといえる。トラックのほうにちらっと視線を走らせる。シルヴィオは居眠りしているふりをしていた。

「ロケットが世界に点火すると思うの？」もしこの男が心からそう信じているのなら、迫り来る大火災に対して生きている盾になろうと決めたことを称賛するほかはないが、まずオフィスに立ち寄っていくつか質問してくれてもよさそうなものだ。「ジェンマに点火したのは疾走星だった。この世界に同じことをするにも、疾走星が必要よ」ヤルダはきっぱりといった。

「疾走星しかないって？」ヴィットリオはブンブン音を立てた。ヤルダの論法を面白がっているのだ。「どうしてそんなことがわかる？」

ヤルダはいった。「それだけにしかできないかどうかはわからない――でも、このロケットがなにをして、なにをしないかはわかっている。山の下、太陽石の下に、安定石の岩層がある。そこへ行ったことがあるし、この手で触ったことがある。組み合わせをテストして、重ねあわせて燃やしてみたわ。打ち上げ時にくっついているよりもはるかに、はるかに長いあいだ。安定石は炎で一部蒸発するけれど、その場を越えて広がる持続反応は起きない。安定石が純粋であることはありそうにないと抗議をはじめる前にいっておくけれど、ほかの何ダースもの岩も同じようにテストしたわ」

「それで、あんたの炎はどれくらいの大きさだったんだ？」ヴィットリオが尋ねた。「山の大きさか？」

「いいえ。でも、それは問題じゃない」ヤルダは説明した。「テストの際に長いこと炎をその場にとどめておけば、幅が数歩離（ストライド）ある石板の中と同一の条件を達成できるから」

ヴィットリオはこれを受けいれようとしなかった。「あんたたちは子どもじみた花火をもてあそんで、なにかを証明したと思ってる。証拠は空にある」

「もしジェンマの例がそれほど印象的だったのなら、ここでそれをそっくり再演する疾走星をどうやって避けるというの？」ヤルダは問いただした。「エウセビオの邪魔をしても、それを免れることにはならないわ」

ヴィットリオはひるまなかった。「ジェンマに人がいたと思うか？」

「いいえ」だんだん現実離れしてきた。「それでなんの違いがあるの？」

「人がいれば小さな火を消せる」ヴィットリオは答えた。「一種類の石が燃えているなら、別の種類の砂を取ってきて火を消せる。ジェンマに人がいたのなら、彼らはそうしただろうし、あの世界は炎に飲みこまれはしなかっただろう」

ヤルダはこれにどう答えていいのかわからなかった。すばやい判断とバケツ一杯の砂で疾走星を打ち負かせると望むことは馬鹿げている……しかし、もし当番で見張る観測者のチームを村という村に配置し、トラックに満載した不活性鉱物を準備するといった組織的なものに規模を拡大すれば、じっさいに小さな衝突の効果を抑えられるかもしれない。

「疾走星の大きさはどれくらいだ？」ヴィットリオが尋ねた。二本の指を一微離(スキャント)ほど離して掲げ、「これくらいか？　もっと大きいのか？　小さいのか？」

「だいたいそれくらいよ」ヤルダは認めた。

「それなら、小石から起きる火事と、いつか起きる火事のどっちを選ぶかってことだ」ヴィットリオはむきを変え、身振りで山を示した。「大きいほうのリスクを選ぶのは愚か者だけだ」

ロケットのてっぺんからは、平原から風に巻きあげられた茶色い土埃が、風の渦や流れをなぞっているのが見てとれた。「まだ考えなおしてもいいのよ」ヤルダはいった。

「でも、すでに旅は終わっていますから」ベネデッタが落ちつきはらっていった。「時間は円環をなしている。それは起きて、終わっているんです。選択の余地はありません」

ヤルダとしては、この運命論者風のたわごとでベネデッタが自分をからかっているだけでいてほしかったが、いまはそれについて論じても仕方がなかった。ちっぽけなキャビンを見学させるために連れてきた応募者のうち最後の三名が、地上へむかって梯子をおりている。ベネデッタは、もとの設計ではハタネズミの檻の棚があった場所に設置されているベンチに安全ベルトでくくりつけられていた。これまでの打ち上げで、動物を高体温から無事に守ったのと同じ冷却ガスが、彼女の体に吹きつけるだろう。エンジンやパラシュート放出のタイミングを制御する周囲の複雑精緻な機械仕掛けは、三度も点検されていた。フリドによって、ヤルダによって、そして最終的にはベネデッタ本人によって。ハタネズミは二回調べてもらっただけだった。

「それなら、幸運を祈るとはいわない。必要ないんだから」ヤルダはベネデッタにいった。

「そのとおりです」

ヤルダはそのまま立ち去ることはできなかった。ベンチのかたわらにしゃがみこみ、「ねえ、このおかげで有名になったら、あなたの双が探しに来るかもしれないわね」

「だれの双が？」ベネデッタはいい返した。「わたしの生まれたときの名前を知っている者は、ここにはいませんよ」

「ええ。でも、あなたくらい頭のおかしな人が、いったい何人翡翠市で生まれるっていうの？」

ベネデッタは面白がった。「わたしが翡翠市出身だと思っているんですか？」

「そうじゃないの？」ベネデッタの身の上話のその部分を、ヤルダは疑ったことがなかった。「あなたの訛りは本物らしく聞こえるけれど」

「わたしがほかに六つの方言で話せるのを聞くべきでしたね」

ヤルダはベネデッタの肩をぎゅっと握った。「またあとで」背すじを伸ばして、キャビンの外へ出る。梯子の上の張り出しに腰かけると、ハッチをしっかりと所定の位置にすべりこませた。窓ごしに、ベネデッタが機器を使用可能にするレバーのほうを身振りで示してから、四本指の手を一本生やすのが見えた。ベンチのかたわらにある時計の四度目の鳴(チャイム)で、ベネデッタはロケットを発進させることになっている。これは通常の手続きだが、ハタネズミとは違って、ベネデッタは自分自身でそのプロセスを開始しなければならない。

ヤルダはふだんなら高いところは苦手ではないが、梯子をおりる途中、キャビンがまもなく達する高度を思って、わがことのように一種の目まいに襲われた。

地上に着くと、梯子を引っぱって外し、片側へ落ちるにまかせた。応募者たちはいまや静まりかえっていた。一同が待避壕のほうへ歩きだしたとき、レオニアさえおとなしくしていた。

一陣の風が巻きおこって、チクチク刺す土埃を一同の顔に吹きつけた。ファティマがいった。「圧縮空気で走るトラックをだれかに作ってもらわないと」

「そうしてもらわないとね」ヤルダは同意した。おそらくその件はある時点で議論されたが、やがて予定表からすべり落ちたのだろう。そういうことは多くの名案に起きていた。プロジェクトのとんでもない複雑さという問題を倍加させることに関して、エウセビオの投資家仲間の中には、自分たちの資金は直接ロケットにしか使ってはならないと主張する者がいたのだ。搭乗者たちの子孫が戻ってきたとき、自分たちがただの脇役に見られないようにするために。そういう選択をすれば、まちがいなくプロジェクトの究極の収穫にあずかれると信じる人がいる、ということがヤルダには面白かった。もし宇宙空間で一期（エイジ）をすごしたあと、〈孤絶〉が——疾走星や、そのあと脅威となるものを片っぱしから打ち負かせるようなテクノロジーを引っさげて——ほんとうに戻ってきたら、搭乗者たちの子孫は自分たちが望む条件で、自分たちの好きなだれとでも取り引きするだろう。望めるのは、せいぜい遠いいとこたちに対するある程度の哀れみくらいだ。とっくの昔に死んだ祖先の結んだ契約が実直に守られるという見通しは、エウセビオが助長した幻想にすぎない——大金持ちたちが、じっさいは公益のために使われるという恐るべき現実に直面する必要なく、莫大な金鏡に映る地平線を見つめた。ロケットは茶色い靄に飲みこまれそうになっていた。時計にちらっと視線を走らせる。打ち上げまであと三分隔（ラプス）。

「レオニアがいった。「彼女が考えなおして、それからまた考えなおしたらどうなるの？　あたしたちが待避壕から出て、あれが発進したら——」

「そんなことは起きないわ」ヤルダは答えた。「ベネデッタは所定の時間に発進するか、まったくしないかよ」

「もしエンジン給剤機の内部でなにかが詰まったらどうなります？」エルネスタが尋ねる。「いつなんどき詰まりがとれて、エンジンが点火しても不思議はないのに、どうしたらあれから安全に歩いて遠ざかれるんです？」

ヤルダは答えた。「解放剤タンクを閉じるバックアップ・システムがあるわ。もしそれが働かなくても、ベネデッタはエンジン給剤機全体をばらばらにする方を手放せるように。

フリドが待避壕の脇で待っていた。「彼女の調子は？」と不安げに訊く。

「落ちついているわ」とヤルダ。「わたしにジョークをいっていた」

フリドは平原のむこう側にじっと目を凝らした。宇宙的決定論をほんとうに味わっているのは自分たちだ、とヤルダは思った。ロケットを打ちあげるか中止するか、ベネデッタはまだ決めることができる。だが、ベネデッタのふたりの友人がいまなにをしても、彼女の選択に影響をあたえることはできない。

全員が待避壕にもぐりこんだ。ロケットが打ち上げ時に爆発してから、もう何年も経っていたが、こうした予防措置はつらいものではなかったし、こちらでは土埃がさらにひどいものの、風を避けられるのはさいわいだった。

ヤルダはフリドとファティマとのあいだに横たわり、

法を知っている」（つべこべいわずに、黙って見ていられないの？）ヤルダは目を閉じた。頭がズキズキしていた。

沈黙のうちに時間がすぎた。ファティマが彼女の腕におそるおそる触った。ヤルダは目をあけ、時計を見た。フリドが小声でカウントする。「三。二。一」

燃える太陽石の輝きが靄を突きぬけて炸裂し、平原を照らしだした。ベネデッタはひるまなかった。鳴(チャイム)から一瞬隔(フリツカー)も待たなかったのだ。ロケットがするすると空へのぼるにつれ、待避壕の壁が震えたが、そっと小突かれたのと大差なかった。ヤルダの胸にわがことのような喜びがこみあげてきた。あの勇気ある女はレバーを押し、ロケットが彼女の命令に従ったのだ。涼風が彼女の肌をなでて流れているだろう。彼女の体重は通常の一・五倍は超えていないだろう。そして彼女の振動膜は硬くなり、エンジンの騒音はあまり彼女をわずらわせないだろう。同じように体を突っ張っているヤルダは、打ち上げの音が届いても、ろくに気づかなかった。

ロケットが鏡の縁から出ていくと、ヤルダは待避壕から飛びだし、上昇するそれを目で追った。フリドがヤルダに続く。そして応募者たちになんの指示もあたえなかったものの、全員がじきにふたりに合流した。

一鳴隔(チャイム)と経たないうちに、ベネデッタは地上から四小旅離(スログ)の上空に達するだろう――〈孤絶山〉の高さの九倍近くだ。ベネデッタはベンチから窓の外を覗いて、地平線がぐんぐん広がるのを見守るだろう。より壮大な旅のこの前触れ――世界と永久に別れるという苦渋なしに、上昇して戻ってくること――を思って、ヤルダの肌がわがことのようにチリチリした。

フリドは待避壕のかたわらに立てた三脚に経緯儀を設置していた。だが、ヤルダは肉眼を使い、ふたりの背後にある時計で時間をチェックするだけで満足だった。距離が広がり、まもなくロケットはかすかな白い点となったが、それほど青白くはなかったので、エンジンが止まり、姿がすっかり消えるときははっきりとわかった。いまやベネデッタは無重力状態にあるだろう。まるでほかにはなにも知らない世代に属す、子孫のひとりの皮膚の中へ踏みこんだかのように。

ロケットはさらに二小旅離（スログ）上昇してから、重力に停止させられるだろう。五分隔（ラプス）が経過するあいだ、それが減速し、頂点へ近づいていくところをヤルダは思い描いた。ベネデッタ自身の時計の数値を別にすれば、旅の中間点にたどり着いたことを知る方法が、ベネデッタにはあるのだろうか？　唯一の手掛かりとなる風景がこれほど隔たっているのに、自分の速さをどの程度まで判断できるだろう？　ヤルダは頂点からの眺めを想像しようとしたが、その仕事は手にあまった。この旅をした本人の言葉を聞くまで待つしかないだろう。

さらに五分隔（ラプス）のあいだ、ロケットは自由落下し、ついでエンジンがふたたび始動して、上昇中よりも激しく燃焼し、パラシュートがあとを引き継いで落下の勢いを殺げるところまで、ロケットを減速するはずだ。ヤルダは後眼を時計にむけたまま、疾走星に気を逸らされないように努めながら、前視線を天頂まであげた。

光の点はどこ？　ヤルダはフリドをちらっと見たが、彼も見つけていなかった。ヤルダは無理やり気を落ちつかせた。風が四方から土埃を吹きつけてきていたし、ロケットがふたたび輝いたときその姿を捉えるよりは、ロケットが燃焼を終えるまでその跡を追うほうがいつだってかんたんだ。

あそこだ！　ヤルダが見ていたところよりも低く、西寄りだし、かすかだが、まちがいない。横風を受けたロケットは、予想外に水平方向に押されて、軌道を正確にたどり直せずにいるのだ——そしてヤルダは、視線を固定していたつもりだったけれど、じっさいはゆっくり動く星を視線で追っていたために少し方向がズレたかもと疑っていた。

フリドが静かにいった。その言葉はヤルダだけにむけられていた。「なにかおかしい。降下速度が速すぎる」

ヤルダは同意できなかった。フリドのほうが数多くの打ち上げを見てはいるが、今回はヤルダ以上に心配してもいた。フリドの見方には歪みが生じている。

炎が近づいてきて、そのまばゆさに目が痛くなった。ヤルダは心の目で、発射場からほんの数街離（ストロール）の地点までそれを追っていった。ベネデッタは平原の途中で自分たちと出会うだろう。勝ち誇ったように手を振り、叫びながら。

ヤルダは炎が消えるのを待った。その瞬間が近づくあいだ、時計から目を離さずに。だが、その瞬間がすぎても、エンジンはまだ噴射していた。

「なにかおかしい」フリドが小声で繰りかえした。「燃焼の開始が遅れたに違いない」

フリドがそういっているうちに炎が消えた。ヤルダは時計の数字を心に書きとめた。予定時刻から六停隔（ポーズ）後。もし燃焼全体が六停隔（ポーズ）遅れたのだとしたら、意図していたよりも毎停隔十ダース歩離（ストライド）以上速くロケットが動いている状態で、エンジンが切られてパラシュートがひらいたはずだ。予定より速く、より低い高度で。

「なにが見えるの？」ヤルダは尋ねた。応募者たちがふたりのひそひそ話に気づきはじめていたが、ヤルダはそれを無視して、経緯儀の小さな望遠鏡で空を探るフリドを見守った。点火していないロケット本体は、この距離では見分けられないだろうが、もしパラシュートがひらいていれば、白い織物は陽光を捉えるだろう。

ヤルダのほうが先に気づいた――彼女の視界のほうが広いし、望遠鏡はいらなかった。布に日射しが当たってちらついたのではなく、燃える太陽石のギラギラした光がふたたびあらわれたのだ。ヤルダはフリドの肩に触れた。フリドは顔をあげ、驚きのあまり悪態をついた。

「彼女はなにをしてるんだ？」呆然としてフリドが訊く。

「制御してるのよ」とヤルダ。エンジンには手動操縦の用意がないが、ベネデッタは無用の長物となったタイミング機構を外して、自分自身で解放剤の給剤機をまたひらいたに違いない。

ファティマが近づいてきて、「なにがなんだかわからない」と不平をこぼした。

ヤルダは応募者たちに話しかけ、なにが起きているか、自分の信ずるところを説明した。ロケットが自由落下状態にあるうちに、タイマーが二、三停隔（ポーズ）のあいだ動かなくなったに違いない。従って、そのあとのいっさいが遅れたのだ。パラシュートは、速すぎるスピードでひらいたとき、千切り取られてしまったに違いない。いまやロケットの降下を減速させる方法は、エンジンによるものしかない。ベネデッタは一連の燃焼を実行して、無事に地上へおりようとするだろう。

ヤルダはそれ以上はなにもいわなかった。いまできるのは、見守り、祈ることだけだ。しかし、完璧な知識があり、完璧な制御をしたとしても、動力着陸は妥協でしかない。最終的にエンジンを切る前に、できるだけ低いところにいて、落下の衝撃をやわらげなければならない――だが、低くおりればおりるほど、下の地面はロケットの排気の熱を蓄えることになる。

そしてベネデッタに完璧な知識はない。自分自身の体重の感覚でエンジンの推力を測り、斜めに見える風景から高さと速さを判断するしかないのだ。ヤルダが見ていると、ロケットの落下を遅らせるための燃焼は長く続きすぎた。目を射るような光が、つかのま平原の上空高くにかかったかと思うと、また空へのぼっていった。

炎が消え、ロケットはまた見えなくなった。ヤルダはキャビンへ戻る方法を考え、打ち上げの瞬間に覚えた共感を取りもどそうとした。ベネデッタはすでに頭の回転の速さと不屈の闘志を見せている。だが、ベネデッタにいちばん必要なのは情報なのだ。

エンジンがいまいちど生き返り、先ほどよりはるかに低いところにロケットが姿を見せた。ヤルダは地平線へ近づいていくロケットを目で追いながら、減速の勢いが足りないのではないかと心配したが、それが土埃の靄に入り、さざ波打つ光と影の矢を平原に送りだしたとたん、天にものぼる心地となった。いまではその軌跡はかんたんに判別することができ、ヤルダに望めるかぎりの完璧に近いように見えたのだ。もしベネデッタが最下点でエンジンを切ったのなら、墜落しても生き延びられるかもしれない。

炎がわずかに暗くなったが、消えはしなかった。ヤルダは土埃とギラギラする光の奥に目を凝らし、なんとか動くものを見分けようとした。フリドが手を伸ばし、ヤルダの腕に触った。フリドは経緯儀越しに見ていた。「彼女はもっと下がろうとしている」フリドがいった。「近いのはわかっているが、まだ足りないと考えているんだ」

「足りているの？」

フリドが、「そう思う」と答えた。

（それならエンジンを切って）ヤルダは懇願した。

（エンジンを切って、落下して）

光が明るくなったが、その場にとどまった。ヤルダは混乱したが、すぐにピンときた。ベネデッタが推力を増やしたわけではない。だが、ロケットはいまやあまりにも低いので、下の地面を白熱するまで熱しているのだ。

フリドが狼狽のあまりブンブンいう音を漏らした。「あがれ！」と懇願する。「チャンスを失ってしまう。冷える時間をやれ」

光がパッと輝き、散らばった。風むきが変わり、靄が晴れたので、ヤルダにはなにが起きているか正確に見てとれた。地面が燃えあがっており、一方ロケットは炎を注ぎながら、そちらへじりじりとむかっているのだ。

ヤルダは「伏せて!」と叫び、なんとかファティマを待避壕のほうへ押しやった。次の瞬間、光が目も眩むほど強くなり、ヤルダはよろめいた。顔を土に埋め、一本の腕で後眼をかばいながら、倒れた場所にうつ伏せのままでいる。

地面が揺れたが、大きな爆発ではなかった。太陽石と解放剤の大部分は、すでに使い切られていたのだ。残骸が飛んでくるのを待ったが、飛び散ったものは全部、もっと手前に落ちた。振動膜をゆるめると、聞こえるのは風の音だけだった。

ヤルダは起きあがり、あたりを見まわした。フリドがかたわらでうずくまって、頭をかかえていた。ニノは立っていた。怪我はないらしい。ほかの応募者たちは、まだ起きあがろうとしているところだった。ファ

ティマが、嘆きのあまりブーンと静かな音を立てながら、待避壕から覗いていた。

遠くでは、青白い炎の斑点が、地上を小刻みに動きまわっていた。こぼれた燃料が燃えているのか、それとも平原そのものの土埃や岩なのかはわからない。炎が消え去るまで、ヤルダは無言で見つめていた。

「ベネデッタが画像撮影探査機を打ちあげたがったときき」エウセビオが思い起こした。「ぼくに粘り勝ちしたんです。彼女は六ダースの打ち上げを望み、六ダースを打ちあげた。もしぼくが飛行試験に立ち会ったとしても、同じことになったでしょう。ぼくがなにを心配しようと、ベネデッタはぼくを説き伏せたはずです から」

ヤルダがいった。「彼女の一族と連絡を取る方法があればいいのに。せめて、どこかの友人と。彼女が伝えてほしかっただれかがいるに違いないわ」

エウセビオがお手上げの仕草をして、「ベネデッタは出奔者でした。どんな別れの言葉をいえたにしろ、とっくの昔にいってしまったんです」

それを聞いてヤルダの胸に怒りがこみあげてきたが、それがなぜなのかさえよくわからなかった。エウセビオは、双から逃げる人々を利用するために助けているのだろうか？　逃げ道を提供することは、そこになにがついてまわるかを隠しだてしたりしないかぎりは犯罪ではない。

掘っ立て小屋の照明は、床に置かれたランプひとつきりだった。エウセビオががらんとした部屋を値踏みするように見まわし、ひと言いいそうになったが控えた。ヤルダはこの十日をここですごしてきた。ベネデッタの無意味な死からなにかを救いだす方法を必死に見つけようとして。

ヤルダはいった。「わたしたちは、なにをするにしても、もっと慎重にならなければ。つねに最悪の可能性を考えるようにするべきよ」

エウセビオがそっけなく低い声でいった。「そういうことはいくらでもあります。もっと特定してもらえますか？」

「この惑星に点火すること」

「ああ、ジェンマ症候群ですか」エウセビオはうんざりした声を出した。「噴射地域に作物を植えにきた農民たちが、自分でそれを考えついたと思いますか？　アシリオが人々にその考えを広めさせて、金を払って移住させているんです」

「あなたに意趣返しするだけにしては、大変な力の入れようね」ヤルダはいった。「もしかしたら、リスクがあると本気で信じているのかもしれないわ」

「なにと比べてのリスクです？」エウセビオがいい返した。「なにもしないまま直交星群団（クラスター）にぶつかるのを待つことに比べてですか？　探査機が撮った画像を見ました。もう当てずっぽうじゃありません。確実なことです」

「最悪の事態は」ヤルダは食いさがった。「〈孤絶〉のエンジンが、山を上昇させるのに必要な推力を出せないかたちで不調に陥ることよ。そして何鳴隔(チャイム)も何鳴隔(チャイム)も、そのままでいること――もしエンジンを停止させられる人がひとり残らず死んだら、ひょっとして時隔(ベル)に次ぐ時隔(ベル)、日に次ぐ日になるかもしれない。そして、いつかの時点で、疾走星がジェンマにしたなにかが、ここでも起きる。もし万事が順調にいけば、それを防ぐためのテストはできる――でも、もっとも極端な場合はテストできない。太陽石の山が何日ものあいだ丸ごと動かず、下から燃やされるときなにが起きるか、教えてくれる縮尺模型はないのよ」

エウセビオは目をこすった。「わかりました。もしぼくがすべてを用意立てるとしたら……なにを提案します？」

「山を取り巻く風隙ね」

「風隙というと？」

「細長い溝よ」ヤルダは説明した。「いちばん低いエンジンと同じ深さで、幅は一街離(ストロール)くらい。それからエンジンの下に溝を掘って、すべての排気ガスが自由に逃げられるようにするの。岩にたまる熱にとっては大きな違いになるわ、もしエンジンがしかるべきかたちで作動しつづければ」

「幅一街離ですって？」エウセビオは目を閉じ、後ろに体を揺らして、不作法な言葉を使うのを思いとどまった。

ヤルダがいった。「こういう見方をして。それだけ幅のある溝を掘れば、あのわずらわしい農民たちをひとり残らず追い払えるでしょう――あの人たちには反論のしようがない理由で。アシリオにだって資金援助を頼めるでしょう、彼が防火性をそれほど熱望しているというのなら」

エウセビオは目をあけて、哀れみの眼差しでヤルダを見た。「そうでしょうね、理にかなっていて一貫した立場を取る必要性が、アシリオをたちまち納得させることでしょうよ」

「ダメなの？」

「だれもが自分なりの虚栄心を持っています」エウセビオがいった。「あなたとぼくは正しくあることに喜びを覚えます。ぼくたちは世界が働く仕組みを理解し、それから敵の推測がまちがっていることを証明して、恥をかかせてやりたいと思います。ちょうど……あなたとルドヴィコの場合のように」

「うーん」ルドヴィコは二年前に亡くなっていたが、疾走星の性質について、彼を論破して大いに溜飲を下げたことをヤルダは否定できなかった。

「アシリオはそういう性格ではありません」エウセビオは言葉を続けた。「それに、あいつがそういう風に育てられなかったのは確かです。アシリオの一族から見れば、歴史上もっとも重要な事件は、ぼくの祖父に欺かれ、自分たちが享受する権利があると信じていた商売の機会を奪われたこと。そしていま一族の名誉は、ぼくを辱(はずかし)めることにかかっている。そのためなら、アシリオはどんなことについても正しい必要はない。あいつは、ぼくの失敗を見られさえすればいいんです」

ヤルダは愚かな反目全体にうんざりしていたが、「もしアシリオが障害を作ることに精を出しているのなら、こちらはそれを迂回する道を見つけるだけだ。ヤルダはいった。「もしかしたら、パオロが溝の資金を出してくれるかもしれない」

エウセビオが立ちあがった。「考えさせてください」

「わたしたちがしなければならないことは、もっとあるわ」ヤルダは警告した。

「もちろん、あります」エウセビオはまた腰をおろした。

ヤルダはいった。「計画がいるわ、〈孤絶〉が留守にしているあいだに、疾走星の衝突を生き延びるチャンスを人々にあたえるための。村という村に見張りを置いて、火事を消すのに使える機材を……」

ヤルダは言葉を切った。エウセビオがぶるぶる震えていたのだ。ヤルダは近寄ってかたわらにしゃがむと、一本の腕をエウセビオの肩にまわした。

「どうしたの?」さらに費用がかさみ、さらに仕事があるという怖れだけではない。エウセビオはとっくの昔に、そうしたことには慣れていたのだから。

「ぼくの双が出産しました」エウセビオがいった。必死に言葉を絞りだし、「だからズーグマにいたんです。子どもたちに会うために」

「彼女は――」

「ぼく抜きで」エウセビオはいった。「自分から進んでではなく。もし彼女が望んだのなら、ぼくたちはいっしょにやったでしょう。でも、ぼくたちは待ち、ぼくがそばにいなかったので、彼女の体が……体それ自体が決定を下してしまったんです」

「お気の毒に」ヤルダはどう慰めればいいのかわからなかった。自分も同じようなショックを切りぬけたのだ、といってやりたかったが、トゥリアとの比較はエウセビオを不快にさせるだけだろう。

「ぼくがあまりにも頻繁に留守にしていたからだ、と父にはいわれました」とエウセビオ。「もしぼくが彼女のそばから離れなければ、彼女の体は、ぼくたちが正しい時を待っているのを理解しただろう、と。でも、双がいなかったので、子どもたちが父親を持てるという望みを捨てたんです」

ヤルダはいまの話がほんとうの生物学なのか、それとも古い民間信仰と、ホリンの話を広めないようにする試みのごた混ぜにすぎないのか、よくわからなかった。エウセビオはその薬が乗員の手に入るようにしたが、自分の家族内でそれを使うのを認めることはどうしてもできなかった。

「その子どもたちには、ちゃんと父親がいるわ」ヤルダはいった。

「いいえ、いません」エウセビオはぼんやりと答えた。「もちろん、まだあの子たちを愛しています。でも、あの子たちにとってぼくはいなくてもいいんです。あの子たちに会っても……」エウセビオは拳で自分の胸を打った。

ヤルダには理解できた。彼女はトゥリアの子どもたちにできるかぎりの世話をしたが、あの子たちがいてくれて純粋な喜びを覚える瞬間があるにもかかわらず、それが、自分に対して自分の父親が感じていた愛情と同じものでないことは、わかっていた。

エウセビオが立ち去ると、ヤルダはランプを消し、暗闇の中にすわった。ひとつだけ確かなものは、ヤルダが牢獄で体に作った筒の皺のように宇宙をくるんでいる波とともにある。その波と、波が作りだしたものすべてはもとの状態に一致して円環をなすだろう。ほかにはなにも当てにならない。だれひとり、自らの体を完全には制御していない。この世界の最小の部分を支配している者はいない。

それでも……あらゆる人の本性として、自らの意志と、自らの行為と、その結果とが調和しうることは、確かなのだ。絶対確実とはいえないが、意味のない笑劇としてかんたんに片づけられるほど稀でもない。意志と肉体と世界を完璧に連携させることはできないが、知識はその三本の撚り糸をもっとしっかりと結びあわせることができる。正しい知識があれば、トゥリアとエウセビアは、自分の体をもっと思いどおりにできただろう。正しい知識があれば、ベネデッタは無事に地上へおりられただろう。

ヤルダは嘆くのに飽いていた。死者や出産で分裂した者たちのためにできることは、もうないのだ。その人たちの思い出を正当に取り扱うには、続く世代が同じリスクと不安なしで生きられるようにする知識を見つけるしかないのである。

13

大学の数区離西（ソーンター）にある自宅で、ジョルジョがヤルダの送別会をひらいてくれた。ヤルダは六年間、フルタイムで〈孤絶〉の仕事をしてきたが、物理学科における役職を公式に解かれてはいなかったので、一種の離職のお祝いでもあった。ヤルダの学友のうちでただひとり学究生活にとどまったゾシモが、ヤルダの初期の発見にまつわる愉快なスピーチをした。「昔は科学雑誌を読んでいる人と出会って、その人がページを斜めにしたり逆さまにしたりしていれば、なにを見ているのか、さっぱりわかっていないしるしでした。いまでは、ヤルダのおかげで、回転物理学の専門家を前にしている証拠です」

招待客のあいだを歩きまわりながら、ヤルダは自分の感情が悲嘆や自己憐憫（れんびん）に陥らないように必死だった。式典なしで消えてしまったほうがよかったかもしれない。だが、それが手遅れだとしても、まだできるだけ痛みなしで別れようとすることはできる。前日、最後の手紙でルシオ、クラウディオ、オーレリオには別れを告げていた——簡潔な手紙だ。ルシオは彼の双のようにはうまく読み書きができないので——しかし、この別れの手紙がなくても、彼らはもういちどヤルダに会えるとは思っていなかっただろう。ジューストおじが亡くなっても、ヤルダが一族のもとを訪れて悲嘆に加わらなかったとき、彼らはヤルダが二度と戻らないのを理解したはずだ。ヤルダはいまも兄といとこたちの無事を祈っていたが、彼らの人生の一部にはなれなかった。いまやズーグマの友人たちについても、同じように考えはじめなければならない。

中庭でヤルダを見つけたダリアは、気を散らす雑談をする代わりに、その問題に正面から取りくむほうを選んだ。「その昔」ダリアがいった。「一ダース世代ごとに一族は分裂して、移住する側の人々ははるばる一大旅離（セヴエランス）も彼方へ旅したものだった。機械化された輸送手段がないのに、そうしていたの。訪ねていく望みも、戻ってくる望みもなしに」

「なぜ？」その習慣は耳にしたことがあったが、ヤルダはその目的を理解できずにいた。

「それが健全だと考えたの、子どもたちに新しい影響をあたえることが」

「一中旅離（セパレーション）では足りないんですか？」ヤルダの父親が買い入れた新しい農場は、ヤルダが育った農場からその距離にあった。

ダリアが答えた。「当時は旅をする人が少なく、それ以外の理由で人々が混ざりあうことも少なかった。それを強制する方法だったわけ」

ヤルダは疑わしげに低い音を立てた。「そうする値打ちはあったんでしょうか？　それで子どもたちの健全さは増したんでしょうか？」

「わからない」ダリアは認めた。「そういうことは研究になじまない。でも、影響が人から人へ広がるということは、あらゆる生物学者が認めている。人を病気にする影響もあれば、人をより強くする影響もある。あなたの搭乗者たちが、いろんな街の出身でうれしいわ。少なくとも、うまく混ざった状態からはじまることになるから」

「じゃあ、混ざらなくなったら、どうすればいいんです？」とヤルダ。

「新しいものを生みだすには、物事それ自体について じゅうぶんに学ぶことよ」ダリアはあっさりと答えた。

「わあ、それは単純明快ですね」ある種の……ガスの影響はどうだろうか？　土埃の影響は？　それはどうやって体を出入りしているのだろう？　それが人の肉に出会うと、正確にはなにをするのだろう？　だれにも見当さえついていない。

ダリアがいった。「もし〈孤絶〉がその仕組みを見つけずに帰ってきたら、わたしは自力でわかるようになるまで考えつづけなくてはならないだけ」

「ただ待っているつもりなんですか？」ヤルダは叱責するようにいった。「〈孤絶〉は、ほかのだれもが四年間の休暇を取るためのいいわけじゃありません。競争だと考えてください。あなたがたはできるだけたくさんの発見をして、〈孤絶〉の搭乗者たちを打ち負かそうとしなくてはならない。こちらは時間の面で優位かもしれないけれど、そちらにはつねに数の面での優位があります」

ダリアはこの考えを面白がったが、否定的にではなかった。「自尊心の問題になるわね」ダリアは認めた。

「〈孤絶〉の帰還を出迎えるとき、少なくともひとつ、わたしたち自身の功績をあげているかどうかは」

リディアが、ヴァレリアとヴァレリオを連れて中庭

「いっしょに来て、わたしの代わりにそれをまとめあげてくれない?」ヤルダは懇願した。「現状は、せめてわたしが死ぬまで、熱を帯びた論争がなにも起こらずにいてほしいと願うばかりよ」

リディアはその誘いを真剣に受けとるふりをしたが、返事は明らかだった。

子どもたちが後ろに控えて、リディアが挨拶を終えるのを待っていた。ヴァレリオはヤルダをぎごちなく抱きしめてから、食べ物を探しにいったが、ヴァレリアは逃げなかった。

「勉強を楽しんでいる?」ヤルダは尋ねた。

「レンズの設計が好き」ヴァレリアが答えた。

「それは重要な科目よ」ヴァレリアを火災監視プロジェクトの仕事に雇うとエウセビオが約束していた——安価で、軽量で、視野の広い望遠鏡は、あらゆる村に必要となる機材の一部となるだろう。

「贈り物を持ってきたの」ヴァレリアがいった。ヤルダに入ってきた。

「演説を聞き逃したわよ」ダリアが同居人たちに告げた。

「聞きたかった」リディアが答えた。ヤルダを抱きしめ、「空飛ぶ山の評議官になるというのはほんとうなの?」

「独裁者よ、たぶん」ダリアが訂正した。

ヤルダはいった。「工場の管理者のほうに近いわね。わたしに関するかぎり、おもな仕事は機械がまちがいなく無事に運転を続けられるようにすること。最初の一年か二年は、それがほかのなにより優先しそうだけれど、いったん技術的な問題をコントロールできるようになれば……永続的な統治機構の準備が必要になる」

「それは有望に聞こえるわ」リディアが熱をこめていった。「出奔者の街では、権力の公平な分割でなければだれも受けいれようとはしないはず」

ダに木製の筒を渡す。

「ありがとう」ヤルダは蓋を外して、紙切れを引っぱりだした。

「きれいだわ」ヤルダは心を動かされ、好奇心をそそられた。「これはなに？」

「ネレオの方程式を覚えてる？」ヴァレリアが尋ねた。

「もちろん」ヤルダは何年にもわたり光学の分野で独自の研究をする時間がなかった――そしてネレオ本人は、赤塔市に彼女が訪ねたあとまもなく亡くなっていた――が、ヤルダは光と物質との相互作用にまつわるネレオのアイデアを追求したくて仕方がなかった。

「三年前」とヴァレリア。「あたしが大学に通いはじめたばかりのころ、あなたがその方程式の説明をしてくれた。そしてただひとつの点――〝輝素〟からなる光源の解を見せてくれた」

「覚えているわ」ヤルダは、その問題について知られていることがいまだにどれほど少ないかをヴァレリア

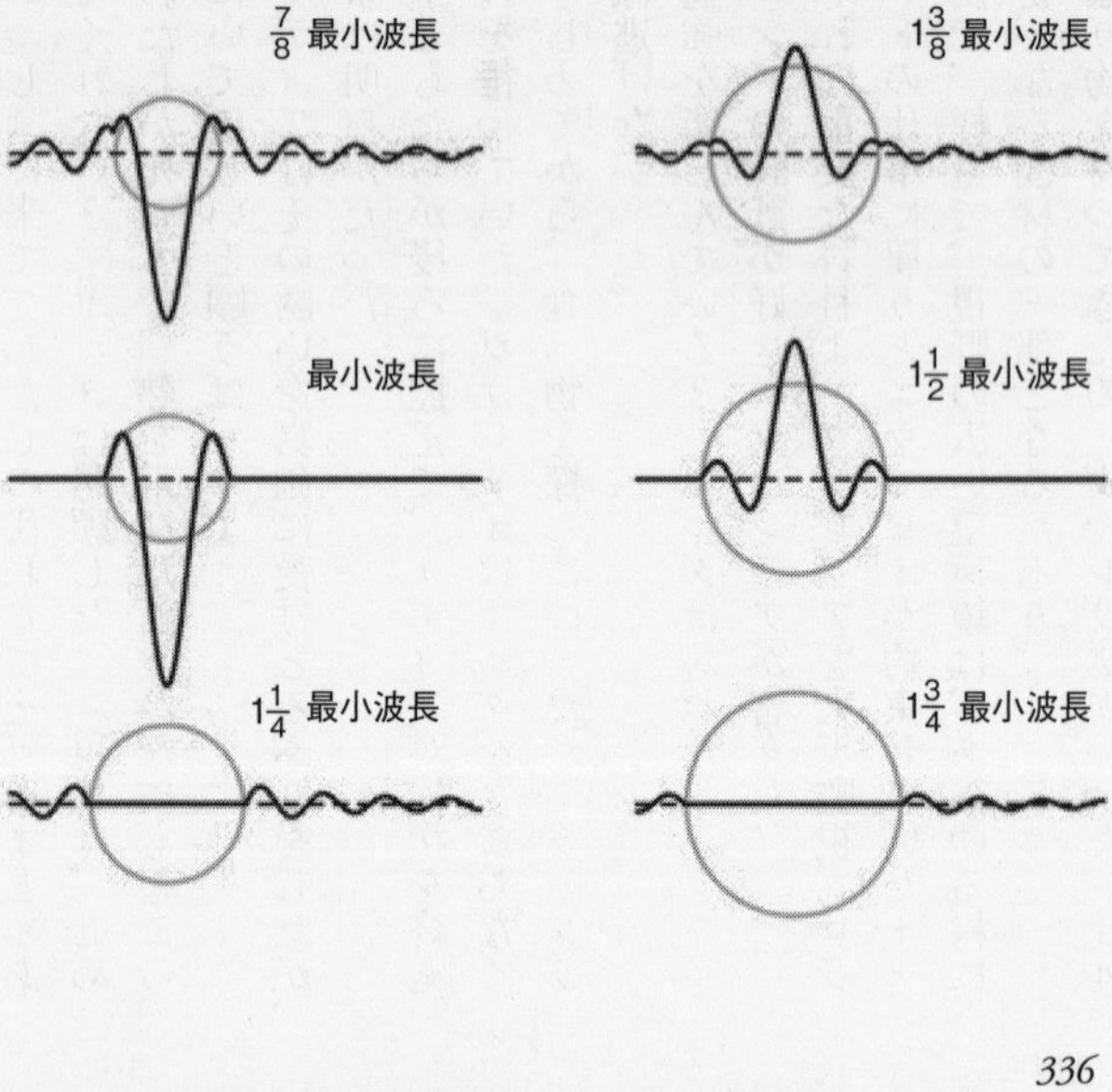

に伝えようとする一方で、まだ広げられるかもしれない無知の裂け目をちらりと見せてやったのだった。

「あのあとまもなく」ヴァレリアは言葉を続けた。「あたしたちは重力を学んだ。そして、ヴィットリオがただ一点に集中された質量の位置エネルギーを推測したあとにまずやったことは、その質量を球殻状に並べた場合にどうなるか計算することだったと聞いたの」

「なるほど」ヤルダは紙をじっくりと見直し、誇らしさと喜びで胸がいっぱいになった。「するとこれは等価物なのね、光の場の」

「ええ」

ヤルダは結果を吟味した。「あなたの描いたこのサイズは、それぞれの殻の半径なの?」

ヴァレリアが答えた。「ええ。ヴィットリオによれば、殻の外側では、重力の位置エネルギーは、単にすべての質量が中心に集中している場合とまったく同じだから、光の場も同じ法則に従うだろうと思ったの。でもそれは従わなかったので、あたしは自分が過ちをおかしたと考え、クロスチェックとして使える別のテクニックを習得するまで待たなければならなかった」

ヤルダは目にしているものの含意をいまだに吸収しようとしていた。「あるサイズの殻にとって……外の場は完全に消失するの?」

「そのとおりよ」ヴァレリアがヤルダの言葉を裏づけた。「半径が最小波長の半分の倍数だと、いつでもそうなるの。そして四分の奇数波長だと、内側の場が消える」

無数の点光源から生まれる波打つ場が、少しでも幅を持つような領域でぴったりと相殺できるとは、ヤルダには思いもよらなかった——無限のそれはいうまでもなく、しかもそれほど単純な幾何学から。ヴァレリアが最初の計算を疑ったのも無理はない。それはまるでだれかが、一グロスの鳴り響く鐘は、正しいサイズぴったりの円内に配置するだけで聞こえないようにできると主張したようなものだ。

「ゾシモとジョルジョには見せたの？」ヴァレリアはいった。「あなたに最初に見てもらいたかった」

ヤルダは紙片を脇にやり、ヴァレリアを抱きしめた。「すてきな贈り物よ。ありがとう」（あなたのお母さんは、ここにいてこれを見るべきだった）ヤルダは思った。しかし、その言葉は異様すぎて、声にはできなかった。

リディアがいった。「おふたりの邪魔はしたくないけど……そのなにかの絵は本物なの？」

ヤルダは、ネレオが輝素と名づけた仮説上の粒子のまわりにできる光の場について、そしてヴァレリアが殻の中に配置された無数の輝素が作る場をどのようにして足しあわせたかの説明をはじめた。しかし、リディアがそれを黙らせて、「わたしは、それがだれの目にも見えて、触ることのできる物なのかって訊いたの」

ヤルダはしばらく考えた。輝素はふつう、光の場の溝に囲まれているけれど、正しく配置されれば、その周囲の地形がまっ平らになりうるということは、なにを意味するのだろう？

ヤルダはいった。「触ることはできるけれど、見えないっていうのはどう？」

「なに、薄い空気のこと？」リディアがジョークを飛ばした。

「そのとおりよ」ヤルダはヴァレリアと目配せを交わした。ヴァレリアは一瞬とまどったようだったが、すぐに理解した。

「物質のあらゆる性質は、光の場に原因があるのかもしれない——ネレオはそう思ったのよ」ヤルダは説明した。「燃料が燃えたり、花びらが光ったりすることだけじゃなく、どうやって岩がボロボロと崩れるのではなく結合していたり、つぶれて粒にならずにいたりするのかも。土埃はネバネバしていて、細かい土埃はもっとネバネバしているのに……だれもがいちばん細かい土埃だと考える空気のような不活性ガスは、なぜどんな物にもくっつかず、それ自体にさえくっつかないのか」

「で、この絵が答えなの？」リディアは困惑した。

「すべての答えではないわ」とヤルダ。「でも、ひょっとしたら、最後の謎に関する手掛かりになるかもしれない。固体がどうすれば輝素からできるのか、調べるのはむずかしくないわ。粒子はたがいの作るギザギザになった場の溝の中にあって、そのために粒子どうしは一定の距離を保ってある種の配列をなす。地面から拾ったふたつの石は、くっつき合おうとしない――たとえ平らに磨いたとしても――なぜなら、それほどおびただしい数の粒子の場合、むきのそろった単一の完全な配列になることは望めないから。でも、土埃の粒はもっと軽いし、じゅうぶん小さいから、内部の幾何学はそんなに雑多な寄せ集めにはならない。なにもかもが一列に並んで、ふたつの粒がくっつく見こみは増えるのよ。従って、もしガスも輝素からできているなら――そして目に見えないほど細かいのなら――なぜもっと強くくっつき合わないのか？」

リディアにはやはりお手上げだった。ヤルダは手助けをしてやれとヴァレリアに目配せした。

「ちょうどいい大きさの球殻内に輝素を並べるとしましょう」とヴァレリア。「そうすると、輝素の規則的な配列のほとんどを引っつきやすくしている力は、殻の外で消えてしまう。そういう殻はどんな物にもくっつかない――だから、もしかしたら、ガスはそれでできているのかもしれない」ヴァレリアはためらってから、ヤルダのほうをむいた。「もっとも、それでうまくいくとは思わない。もし外側の場が消える殻の端で位置エネルギーの曲線を見れば、外むきの力を生みだ

「でも、あなたは勉強しないと！」小言をいうつもりはなかったが、ヴァレリアが自らのチャンスをつぶそうとしていると思うと、ヤルダは我慢できなかった。

「そんなことをずっとしている余裕はないでしょう」とつけ加える。

「してないわ。ヴァレリオも手伝ってくれる。それにアメリオにもほかの友だちがいるし」ヴァレリアは見るからに話したくなさそうになってきていた。ヤルダはその話を取りさげることにした。もしアメリオが許せば、リディアとダリアが子どもたちの世話を手伝ただろう。しかし、彼とアメリアに遅らせるよう説得しようとしたふたりに対して、アメリオはいまだに腹を立てていた。ヤルダがトゥリアの孫に会うことは決してないだろう。しかし、アメリオが最後には怒りを解き、別の名義上のおばたちとの仲違いを解消するかどうかも怪しかった。

リディアがいった。「スピーチを聞き逃してよかったような仕方でつねに傾斜する――だったら、殻そのものを引き裂いてしまわないかしら？」

ヤルダは図をチェックして、「ほんと、そのとおりよ」といった。「そうすると、もっと微妙な力が働いているに違いないわ」

「なるほど、ここに答えはないのね」ダリアがジョークを飛ばした。「〈孤絶〉に出かけてもらって、わたしたちの代わりに答えを取ってきてもらわないと」

「でも、これは惜しいところまでいっている」ヤルダはこだわった。「もし説明のすべてでなくても、やっぱり有力なヒントよ」

ヤルダは光学についてヴァレリアとひと晩じゅうでも話していられたが、それでは別れがむずかしくなるだけだろう。「最近あなたのお兄さんに会った？」ヤルダは尋ねた。

「二日前に」ヴァレリアが答えた。「彼が工場へ行っているあいだ、子どもたちの世話をしたわ」

た。でも、食べ物にまったくありつけないのは願い下げよ」ヤルダが先に立って屋内へ入ると、ジョルジョの子どもたちが相変わらず食料貯蔵室とのあいだを走って往復して、全員に食べ物を配っていた。

ヤルダは会話が厳粛になりすぎないように努めた。友人のひとりひとりに真面目な宣言のようなものをしたり、まるで相手が勘定を清算するビジネス・パートナーであるかのように、たがいのあいだにあったいっさいを総括し、正そうとしたりするつもりはなかった。ヤルダはこれまで、子どもたちを育てるという重荷を過分に負ってくれたリディアにしばしば謝ってきたし、何度となく助けてもらうたびにジョルジョとダリアに感謝してきたし、受けいれてもらえそうなときはいつでもヴァレリアとヴァレリオを励ましてきた。あわただしいふた言三言で伝えられそうなことはもうないし、ヤルダがいちばんしたくないことは、死の床で償いをしているように思われることだった。

真夜中に近いころ、招待客たちがいとまを告げはじめた。大学や〈単者クラブ〉から来た数ダースの人々——ヤルダがいっしょにダイスを振ったり、哲学や物理学のなんらかの問題を論じあった知り合いたち——は、飛行の無事を祈ってから、それ以上の愁嘆場はなしに去っていった。

家が空っぽに近くなると、ジョルジョが近寄ってきた。

「駅で見送ってもいいかな？」ジョルジョが尋ねた。

「もちろんです」

ヤルダには荷物がなかった。所有物はすでにひとつ残らずベースタウンにあるし、これから必要になるものは、いっさいが山そのものの中にある。六人はそろって、ひっそりした通りを歩いていき、頭上高くでジエンマが道を照らしていた。

プラットフォームで、出発まであと一分隔になったとき、ヴァレリオがうなりをあげてむせび泣きをはじめた。ヤルダは困惑した。ヴァレリオが三つのときから、ふたりは親しくなかったからだ。ヤルダは身をかがめて彼を抱きしめ、ほかの人たちが泣きはじめないうちに静かにさせようとした。

「わたしはまだ死んでいないわ！」とジョークを飛ばし、「一年と一日待って。そうしたら、わたしを悼んでもいいわ。でも、そのときまでわたしが長生きしたはずだということを忘れないで」

ヴァレリオはなにをいわれているのかじつはわからなかったが、落ちつきを取りもどした。「ごめんなさい、おばさん。旅の無事を祈ってます」

「お兄さんの世話をしてね」ヤルダはいった。（そして彼の真似はしないように）

ヤルダの後眼に、こちらをにらんでいる車掌が映っていた。エンジンはすでに動いており、火花が宙に立ちのぼっている。ヤルダがヴァレリオを放し、ほかの人たちに手をあげて、がらんとした客車に飛び乗ると同時に、列車が動きだした。

ヤルダは床にすわりこみ、目を閉じると、手足を切断されるようなショックに備えた。

遠目に見る〈孤絶山〉は、もとの状態からほとんど変わっていなかった。列車が近づいていくあいだ、ヤルダは山頂をはじめて目にしたとき以来、わずかに植生が薄くなった以上のなにかを必死に見つけようとした。拡幅され、延長された山道は、いまも地上からは見えない。そして新しい溝から掘りだされた荒石の山さえ靄の中に消えていた。

ベースタウンが路線の終点だった。ヤルダが駅（ステイント）から出ると、大広場は人けがなかった。ほんの一旬前には市場が立っていた場所には、剝きだしの埃っぽい地面があった。建設作業員も交易商人もひとり残らず去っており、おそらくエウセビオの関係者がまだ数ダース残っていて、最後の片づけをしているのだろうが、オフィスへの途中で出会ったのは、仲間の搭乗者たちだけだった。このことは、自分たち以外の世界とはすでに縁を切ってしまったという不気味な感覚を呼びおこすばかりか、応募者の最終リストに載っている六グロスほどのうち、ごくわずかしか名前を覚えていないという問題も引き起こした。

「こんにちは、ヤルダ！」通りの反対側から女が声をかけてきた。

「こんにちは！」女の顔を知っていることは、気まずい思いを募らせただけだった。

「もうじきですね」女は陽気にいった。

「ええ」ヤルダは「あなたの双に望遠鏡の買い時だと教えてあげなさい！」といいたくなる気持ちを抑えた。それが適切な助言で歓迎される確率は高いものの、双といっしょに乗り組みにきている人を離反させるリスクをおかしてまでいうほどのことではない。

エウセビオはオフィスにいて、アマンドとシルヴィオとともに報告書を熟読していた。ヤルダは彼らの邪魔をしなかった。彼女自身のデスクは空っぽも同然だった。ヤルダはここを立ち去る前に、もし予想外の障害に遭遇したら、〈孤絶〉が実行しなければならない操縦に関する計算をダブル・チェックしていた。ヤルダたちはどうやら、航宙のための完璧な針路——宇宙空間を突きぬける空っぽの回廊で、正しい方向にあり、ひとつの星にも近づかずに通り抜けるのに一期かかるほど長い——を発見できたように思われるが、しかしひとたび大気圏の上に出れば、新たな観測の結果、よけなければならない障害物が明らかになる可能性はある。

ヤルダはもういちど細部を検討した。もし障害物が大きすぎなければ、迂回しても、まだ無限の速度に達することができる——たとえあとの旅のための燃料が、当初の計画よりは残り少なくなったとしても。〈孤絶〉の凱旋を保証する方法はないが、もし搭乗者たちが直交する軌道を獲得できず、疾走星を手なずけて母星での時間経過を停止させることに失敗すれば、利点はまったく残らないだろう。

　助手たちが立ち去ると、エウセビオがヤルダに近づいてきた。「ズーグマの友人たちとはうまくいきましたか？」彼は尋ねた。

「申し分なく」ヤルダはエウセビオに無理して気づかってほしくなかった。お気持ちはよくわかります、といってほしくなかった。ヤルダはいった。「名札が必要だと思うわ」

「名札ですか？」

「搭乗者用に。全員が首飾りにつけられる物。だれがだれかわかるように」

　エウセビオが困った顔をした。ヤルダはいった。

「わたしが自分で手配するわ——心配しないで」

「作業場はどこも空っぽです」エウセビオは腕を広げ、ゴースト・タウン全体をかかえこもうとした。「人々だけじゃなく、道具や材料も」

「〈孤絶〉の中は違うんじゃないかしら」

　その言葉にエウセビオは意表を突かれたようだったが、すぐに反対する根拠がないことに気づき、「なるほど、そうですね」壁の計画表をチェックして、「七番作業場はどうです？」

「いいわ」

　ヤルダは応募者リストの予備を見つけた。エウセビオとふたりで、志願者を募るためにはじめて出かけたときには、一ダースの紙が名前で埋まるとは想像もできなかった。だが、この最終的な総数でさえ、ヤルダの故郷である村の人口には及ばないのだ。

　ベースタウンと〈孤絶〉とのあいだを毎時隔(ベル)往復するトラックはまだあったが、もはや需要は高くなかった。ヤルダのほかにはよく知らない運転手が乗っているだけだったので、彼女は後部にひとりきりですわり、靄の中へ遠のいていく街を見守った。エウセビオのところへ行って、「気が変わった。残るわ」といったらどうなるだろう、と疑問が湧いた。自分に期待されていることは、すべて代わりが務まる技能を備えた人々がほかにいる。プロジェクトがすぐに瓦解することはないだろう。しかし、とても多くの他人に仕掛けた罠に自分自身がはまっていることに、ヤルダは気づいた。自分がいるかいないかで成功か失敗かが決まるかもしれないと信じるほどには、うぬぼれているのだ。それに、〈孤絶〉を見捨てて、留守のあいだの四年間、世界の問題がよそで解決されるのを地上で待つという職務放棄は、空想するだけならぞくぞくしなくもないが、もし実行に移したら、その期待の四年間の結末に沈黙が待っている可能性のほうが、宇宙空間を抜ける旅をすることよりもよほど恐ろしい、とヤルダには思えた。

　トラックはいちばん近い歩道橋でヤルダをおろした。山を取り巻く風隙は、ズーグマを分断する裂け目（クレバス）よりも幅があったが、ロープと木でできたこのまにあわせの構造物は、〈大橋〉にはほど遠い代物だった。ヤルダは手すり代わりのロープをしっかりと握り、揺れる板の上をそろそろと歩きはじめた。

　北風が、掘りだされた土砂の山から土埃をまともに運んできて、ヤルダの目と肌を刺す。途中で麻痺したようになって、ヤルダは立ち止まった。これよりも風が強いとき橋を渡ったことは何度かあったが、その過去の試練を思いだしても助けにはならなかった。

　打ち上げは五日後だ。作業場までのぼるのは一日がかりで、すべての名札を作るのに少なくとも二日はかかるだろう。そのころには、搭乗者全員が合流してきて、ベースタウンの最後の立ち退きがはじまっているはずだ。いま山に入れば、二度と出てこないことになる。

　ヤルダは静かにハミングしながら、トゥリアがかたわらにいて、自分を元気づけようとしているところを思い描こうとした。なにを恐れているの？　死はどこにいても襲いかかってくるだろう。世界に安全な場所は残っていない。旅の危険と放浪の辛苦のことを長々と考えつづけることはできる——あるいは、これをほぼ完璧な聖域へ導いてくれる計算ずみのギャンブルとして扱うこともできる。聖域とは、脅威を追い払い、帰郷する方法を見つけるのに必要な期間を、何世代もが考えたり学んだり、計画を立てたり実験したり、自分たちのアイデアをテストしたり、方法を洗練させたりできる場所のことだ。

もし〈孤絶〉が砂漠の中の都市——学者の都市、無料ホリンの都市、ヤルダの腕を融合させたり、ヤルダを投獄したりできる、ナイフをふるう凶徒のいない都市——にすぎなかったら、その城壁の内側をさまよって二度と出てこない、ということはなかったのではないか？　ここがわたしの死に場所なのとうれしげに宣言することもなかったのではないか？

ヤルダは気を取りなおし、橋を渡っていった。

議場は〈孤絶〉の現在の人口の二倍を収容できる設計だった。もっとも、優雅な段になった床がのちのち——つまり、重力のない状態で——どれほどうまく機能するか、ヤルダにはよくわからなかったが。ヤルダは入口に立ち、ぞろぞろと入ってくる人々に挨拶しながら、十二個のバケツに分けて入れておいた名札を取りだし、別の容器から出した首飾りといっしょに手渡していた。搭乗者たちは落ちつきはらっているように思えた。ひとりひとりと長く言葉を交わす時間はなかったが、ズーグマでの勧誘のときは、もっと不安げな表情を目にしていた。

予定の時刻には、引き取り手のいない名札は二ダースに満たず、遅刻しただけの人が何人かいるという可能性もまだあった。ヤルダは大いに驚いていた。心変わりして約束を取り消した志願者は、三ダースにひとりだけだったのだ。もし一年前に、脱落者が何人出るか賭けるかといわれたら、三人にひとりに賭けただろう。

エウセビオが演壇の脇で待っていた。時計をチェックし、ヤルダのもとまで歩いてくる。

「はじめますか？」

「遅れてくる人にあと一鳴隔(チャイム)あげて」ヤルダはいってみた。「ベビーシッターの残業代を心配するような人は、ここにいないみたいだから」

エウセビオはひるんだ。ズーグマでの自由討論会のひとつに出席した男が、まさにそれを根拠にふたりを追いつめ、支払いを要求したのだ。「思いださせないでください」エウセビオがいった。「二一旬(スティント)のうちに、ぼくは大公会堂の巡回に戻って、火災監視員の募集活動をします」

「募集活動ですって？」ヤルダは驚いた。「あなたが引き受けなければならないの？　プロジェクトにはほかにも支援者がたくさんいると思っていたわ」

「言葉を広める人々はたくさんいますよ」エウセビオは同意した。「でも、支援をさらに積みあげる必要がまだまだあります。さもなければ、監視する地域が隙間だらけで、じっさいにうまく機能する見こみがなくなります」

エウセビオの新しい目標に幸運を祈り、話を切りあげるべきだろうかとヤルダは思ったが、すぐに失うものはないのだと判断した。

「わたしたちに加わる気はないの？」ヤルダは尋ねた。「これを最後まで見届けられる人はいないけれど、もうしばらく〈孤絶〉を監督できるわよ」

落ちつかなげな表情がエウセビオの顔をさっとよぎり、守りを固めるかのように強ばった。「ぼくは自分の役割がなにか、つねにはっきりさせてきました。ロケットを作る以上のことは、いちども約束していません」

「わかっているわ」ヤルダは穏やかにいった。

「そうしなければならないのなら、子どもたちを置いていけます」エウセビオは認めた。「あの子たちを育てているのは、ぼくよりは父です。それに、ほかの人々が火災監視の闘士として働くだろうということも確かです」そこで言葉は途切れた。

ヤルダは沈黙を埋めたいという衝動と闘った。あなたの選択は理解できるし、それを責める理由などないのだといってやりたい衝動と。エウセビオを傷つけたり、バツの悪い思いをさせたくなかった。しかし、彼の答えを最後まで聞きたかった。

「もしぼくがいっしょに乗って」エウセビオがいった。「〈孤絶〉が失敗したら……そうなったら、ほかのだれかが同じことをもういちど試みる気になるでしょうか。そのときも、この世界を守る本物のチャンスはこれしかないでしょうが、ほとんどの人々は、その考えを一から十まで信用できないものだと見なすでしょう。だからぼくは残るんです。ぼくはこれを達成するために闘える状態でいなくてはなりません」——周囲の山を身振りで示し——「もしそうすることが必要になったときには、また一から」

ヤルダはエウセビオの論法に欠点を見つけられなかったが、彼の描いている見通しには背すじが寒くなった。ここは、あとに残していく人々に第二の機会があたえられるのだと思って、喜ぶべきところなのだろう。しかし、結局は〈孤絶〉さえ替えが効くのだという考えは、ヤルダ自身の選択を正当化する役にはあまり立たなかった。

ヤルダは返答しなくてもよくなった。ある年配の男が申しわけなさそうな顔をして近づいてきたのだ。

「曲がるところをまちがえた」男は説明した。「ここはまるっきり迷宮だよ」

「お名前をお聞かせ願えますか？」

「マカリオ」

ヤルダがマカリオの名札を取りにいくと、エウセビオはそこから離れて演壇にあがった。遅れてきた男が首飾りをかけたときには、議場は静まりかえっていた。「〈孤絶〉へお帰りなさい」エウセビオはそういってはじめた。「わたしが友人で教師のヤルダに近づき、疾走星についてなにができるかを話しあってから、かれこれ七年近く経ちました。当時は、自分たちの身を守るチャンスは大してないように思われました。自分たちが直面しているものを、ろくに理解していなかったのです――そして知っていたことの大部分は、無力感を募らせるものばかりでした。しかし、いま、われわれには答えのはじまりがあります。この世界全体で、〈孤絶〉とその搭乗者たちは、希望をいだく理由なのです」

議場全体でランプが点いていて、それを消したり、演壇にスポットライトを投じたりする照明技師はいなかった。ヤルダが後視線を聴衆に注ぐ中、エウセビオが聴衆の勇気と献身に礼を述べた。危惧をいだいているしるしが議場のあちこちに見てとれた――不安げに背中を丸めたり、目を伏せたり――だが、ほとんどの人々の気持ちは揺らぐことなく、自分の決断と折り合いがついているようすだった。

「同僚とわたしは、みなさんの旅が確実に安全で心地よくはじまるよう、力のかぎり働いてきました。しかし、過去においてみなさんに嘘をついたことはありませんし、いまも嘘をつくつもりはありません。われわれには、みなさんになにかを約束する力はありません。最善を尽くしたにもかかわらず、すでに七名が死亡しています。六名の建設作業員と、飛行試験をおこなった一名の志願者が。二日のうちに、この山全体が荒石と炎に変わらないと保証することはできません。そんなことは起きるはずがないと信じるかたがこの議場にいらっしゃれば、立ち去って、故郷へ帰ってください。なぜなら、誤った前提のもとにここにいることになるからです。

同僚とわたしは、〈孤絶〉が宇宙空間を旅するあいだ、みなさんと、みなさんの子どもたちが生き延びて繁栄するために必要となる物を予想しようともしてきました。しかし、その旅をした人はこれまでおりません。この件に関して知識の一覧表はないのです。行く手に横たわる領域に関する専門家はおりません。もしこの点を誤解なさっておられるなら――もし一ダース世代のあいだ生活の必需品は保証されているとお考えのかたがいらっしゃれば――その人も立ち去り、そういう確実性をよそで探してください。なぜなら、〈孤絶〉にそういうものは存在しないからです」

エウセビオが率直に語る必要性は理解できたが、やりすぎではないだろうか、とヤルダは思った。いまや多くの人々が明らかに居心地悪げにしているし、目に見えて興奮している者もちらほらいる。新しいことを知らされているわけではないが、同じ飲みこみにくい真実と対処するのにも、各人それぞれの流儀があるのだ。

「万事が順調なら、あと二日で、みなさんはこの世界をあとにするでしょう」エウセビオは言葉を続けた。「そのとき、みなさんの運命は、わたしの手中ではなく、みなさんの手中にあります。しかし、〈孤絶〉は複雑な機械であり、みなさんはひとり残らず自分自身の任務に関してはできるかぎり徹底的に訓練を受けているものの、機械全体を理解している人はごくわずかにすぎません。教育の過程は続けられるでしょう――そして一世代か二世代のうちに、〈孤絶〉の中で暮らす成人の全員が、わたし自身よりもしっかりとその複雑さを把握するよう願っています。とはいえ、さしあたり、この機械をどのように動かし、危機をどのように切りぬけ、不和をどのように解消し、次々と持ちあがる困難や論争にどのように対処するかを決めるのは、ヤルダの役目です。ヤルダと、その代理人フリドと、彼女が助手や助言者に任命するほかの者はだれであれ、みなさんを安全に保つことに責任を負います。そしてその人々の決断が、最終的なものでなければなりません。来たるべき代(エラ)に〈孤絶〉がどのように自らを律するかを語るのは、わたしの役割ではありませんが、この瞬間に関しては――そして彼女が適切と見なす期間は――ヤルダが唯一の権威でなければなりません。ヤルダに絶対の忠誠と服従を約束できないのなら、いま出ていってください。なぜなら、その人はここにいる全員にとって危険だからです」

　この宣言に応じてむきを変え、ヤルダを値踏みするようにじろじろ見るほど不作法な人は、ほんのひと握りだった。そしてヤルダは、これまでのところ、この取り決めにいちばん満足していない搭乗者は自分ではないだろうかと思った。しかし、ヤルダの全能には委任の権力も含まれているのだから、いちばんだまされたと感じてしかるべきなのは、おそらくフリドなのだろう。

「今夜、わたしが歩み去るように説得したみなさんには」エウセビオがいった。「すでにわたしの感謝と敬意を獲得しており、ご自分の立場を再評価しても、それを失いはしないのだと申しあげます。しかし、警告と、意気をくじく話は、これでおしまいです。とどまることを選ばれたかたすべてに対して――行く手にある危険と困苦に目をひらかれているのですから――わたしのメッセージは、約束のそれです。力を合わせて、われわれはこの美しい、複雑精緻な種子を作りあげました。それを宇宙空間へ放りこむ準備をしているいま、それが生存のための回復力だけではなく、驚くべき新文明へと成長する能力も備えていると信じます。みなさんの勇気と不屈の闘志にはすでに感服していますが、みなさんの子孫の業績は、あらゆる時代を通じての驚異になるだろうという希望をいだいて、わたしはこれでみなさんとお別れします。幸運を――そしてみなさんの故郷へようこそ」

聴衆が拍手喝采をはじめる中、エウセビオの判断は結局正しかったのだ、とヤルダは結論づけた。もし搭乗者たちが直面するリスクについて触れずにすませば、エウセビオの称賛は空虚なお世辞のように聞こえただろう。たとえひと握りの者が出ていったとしても、いまや残った人々は、自分たちの決意がいまいちどテストに合格したという事実から力を得ることができる。

エウセビオがフリドを壇上に呼んだ。「打ち上げのときの持ち場はだれもが承知していると思いますが」フリドはいった。「ここでお待ちいただき、わたしか、リナか、ラヴィニアの確認を受けるようお願いしなければなりません——彼女たちはまもなくわたしの右側に立ちます。まず第一に、立ち去られるかたは、どうか進み出て、名札をお返しください」

数人がおずおずと演壇にむかって動きはじめた。エウセビオはフリドと短く言葉を交わしてから、彼を抱きしめた。自分が加わる気になったのは、孫たちを見たからだ、とフリドはヤルダにいったことがある。このプロジェクトで働けてじゅうぶんにお金をもらったので孫たちは不自由なく暮らせるが、疾走星の火災を消す見こみがどうあれ、迫り来る直交星群に対処する希望をさしだしてくれるのは〈孤絶〉だけだ、と。

フリドと別れると、エウセビオはヤルダに近づいてきた。「そろそろ行かないと」エウセビオがいった。「立ち退きの予定はギリギリです。いっしょに歩いていきませんか？」

ヤルダの打ち上げ時の持ち場は、議場の三街離（ストロール）下、ほぼ地上階にあった。ふたりはいっしょに移動し、追憶にふけり、最後の考えを交換して一日をすごすこともできる。

「ここに残って、何人を失ったのか確かめないと」ヤルダはいった。

「フリドとスタッフで、仕事の配分はやり直せます」エウセビオが答えた。「彼らを信用して、そういうことはまかせないといけません」

「万全の信頼を置いているわ」とヤルダ。「でも、わたしもいっしょにここにいるべきなのよ、なにもかも片づくまで」

「わかりました」エウセビオはヤルダの決断に困惑しているようだったが、これほど多くの見物人の前でい い争うつもりはなかった。「では、道中ご無事で」エウセビオはいった。

「あなたもね」ヤルダは静かにブンブンと音を立てた。「わたしたちふたりにとって長い四年になるでしょう。わたしの子孫が戻ってきたとき、太陽が三つ見つかったなんてことにならないようにして」

「最善を尽くします」エウセビオはヤルダと目を合わせ、ふたりの仲がどういう状況か見極めようとした。ヤルダは、単なる友情と、別れに対する抑えた悲しみだけを顔に浮かべた。感情はそれしか見せない。いまとなっては、それ以外の感情を明かすことさえ無意味だった。ややあって、エウセビオはそれ以上のものを探すのをやめた。

「幸運を」エウセビオがいった。目を伏せ、ヤルダの脇を通りすぎて、議場から出ていく。

ヤルダは、新しい隣人たちが先を争うようにフリドと助手たちのもとへ殺到するのを見守った。どこからともなく、ダリアに対する怒りがいきなりこみあげてきた。もう責任を負うべき相手もいなければ、退職もまぎわだというのに、なぜここへ来て教師役を務めることができないのか?

若い単者が人混みの端に立っていた。ベネデッタの死を目撃した応募者のひとりだ。あのときの見学者のうち、プロジェクトに残ることを選んだのはふたりだけだった。

ヤルダは彼女のもとまで足を運んだ。「ファティマ?」

「こんにちは」少女は恥ずかしそうに返事をした。ふたりは前にも会っているが、エウセビオがヤルダの権力を宣言したいまでは、おそらく近寄りがたいとても尊大な評議官に見えているのだろう。

「あなたの仕事は？」ヤルダは尋ねた。「知っているべきなんだけれど、あなたの配属先を忘れてしまって」

「薬草園です。草むしり」ファティマはがっかりした声を出したが、自分の運命を甘受していた。

「でも、まだ授業を受けられるわ。興味があれば、わたしが教えてあげる」

「光について教えてもらえますか？」

「ええ」

ファティマはためらってから、大胆になってこうつけ加えた。「あなたが知っているなにもかも？」

「もちろんよ」ヤルダは約束した。「そうでなかったら、どうやってわたしの二倍の知識を身につけるの？　でも、とりあえず、あなたといっしょに薬草園で働くほかの人々を探してみてから、みんなで下におりていきましょう」

14

ヤルダは航法士の持ち場に備えつけのベンチにすわり、フリドとバビラ越しに、苔に照らされた部屋の反対側にかかった壁時計にちらっと視線を走らせ、その機械の同類たちが給剤機をひらいて山の奥底に点火するのを待った。

〈孤絶〉を地面から離昇させるエンジンは、山の幅いっぱいに散らばった三ダースの給剤機室から制御される。それぞれの室内には機械仕掛けとジャイロスコープからなるシステムがあり、下の太陽石にむかう解放剤の流れを調節する。打ち上げ計画全体と、ロケットが上昇中に傾いたり、逸れたりしないよう力の配分を微調整する必要との両方を考慮に入れてのことだ。二名の機械工がエンジン給剤機ひとつひとつを見張って、かんたんな調整や修理を施すべく待機しており、同時に、信号ロープのネットワークによって、隣の地区、あるいは必要ならもっと遠い地区から応援を呼べるようになっている。

この一年にわたり、機械工と航法士は想定される何ダースもの緊急事態に対応するリハーサルを重ねてきた。エウセビオとフリドがシナリオの初稿を書き、ついでヤルダと赤塔市出身の工学者、バビラが加わり、やがて生き延びられる災厄のうち想像できるものすべてに備えができ、チーム全体がその計画案に同意した。きっかけは、ヤルダの飛ばしたジョークだった。できのいいぜんまい人形なら、自分たちの代わりに仕事ができるかもしれない。でも、その人形が動かなくなったら、どうすればいいかを指図する新しい計画案一式が必要になるだろう、と。

「点火二分隔（ラプス）前」フリドが声を張りあげた。まるでほかのだれも時計を見ていないかのように。いまごろベースタウンは空っぽになり、最後の列車がズーグマへの途上にあるだろう――もっとも、炎が線路の反対端を飲みこみはじめる前に、目的地に到着することはないだろうが。もしだれかが安定石のレールに耳を押しあてたら、その下にある、もっと組成のゆるい、不均質な岩を伝って震動が届く前に、打ち上げの音を聞くことになるかもしれない。〈孤絶〉はズーグマの地平線の上に音もなくのぼるだろう。東の空に浮かぶジェンマ並みの明るさで。地鳴りや、空中のシューシューいう音はあとからやって来るだろう。ひょっとするとヴァレリアとヴァレリオは、リディアとダリアといっしょにバルコニーに出て、出発するおばに手を振るかもしれない。エウセビオはまだ列車上で西へむかっているところだろう。打ち上げを見るために、最後尾の車輌を貸し切りにしたのではないか、とヤルダはにらんでいた。

「一分隔（ラプス）」

逃げだしたい――あるいは、危険を免れるためなら暴力行為でも懇願でもなんでもする――という本能的な衝動が不意にこみあげてきた。だが、堅固な地面へ連れもどしてくれる選択肢はもうないのだ、〈孤絶〉の全能の支配者にとってさえ。ヤルダたちは打ち上げ中止の判断の最終期限を点火三分隔（ラプス）前に設定していたが、その時間はさっき、フリドがなにもいわないうちにすぎてしまっていた。一分隔（ラプス）半あれば、山の縁まで延々と延びているロープで中継して中止命令を伝達できる――事故も遅れもなく、だれもがすばやく反応すれば――のだが、最終期限は必要以上の安全性を見こんで設定してあった。なぜなら、もし給剤機のすべてではなく、いくつかにだけ中止命令が届いて、それ以外の給剤機が予定どおり点火したなら、想像できる最悪の結果を招くだろうから。

「六停隔（ポーズ）」

この合図でヤルダはベンチにあおむけになり、訓練どおり、安全ベルトで体を固定した。ベネデッタの死以来、彼女の離れ業を再現して、完遂しようと試みた人はいなかった。しかし、薬づけにされた樹精二体が、同じような旅を生き延びていた。地上に戻ってから鎮静剤が切れると不機嫌そうになったが、肉体的には無傷だった。こうして、宇宙空間を抜けて飛ぶことそれ自体は、致命的ではないのが明らかになった。そして旅のいちばんリスクの高い部分——着陸——は無期限に遅らせられるので、〈孤絶〉の成算はそれほど悪くないといえる。すべての飛行試験とほんとうに違うのは、スケールの問題だけだ。

フリドがカウントする。「三。二。一」

山の各地でいま、給剤機がひらいて、燃料を守る硬石の外装板に走る亀裂に解放剤を落としこんでいるだろう。ヤルダはむきを変え、時計に視線を走らせた。二停隔（ポーズ）しか経っていない。灰色の粉末が剝きだしの太陽石へたどり着くまで、まだ延々と落下しなければならない。バビラが降下をカウントする任務を引き継いだ。「五。六。七」

ヤルダは振動膜を引き締めた。

「八！」

一瞬隔（フリッカー）と経たないうちに、圧縮波が岩を伝って押し寄せてきた。ベンチを通して、いちばん近い点火地点からの執拗（しつよう）な震動を感じた。ついでさらに多くのエンジンの轟音が届き、やがていちばん遠いエンジンさえヤルダの体を乱打していた。身の毛のよだつ一瞬、体重の変化は感じとれなかった——皮膚はベンチの震動しか伝えなかった——と、次の瞬間、腕をあげようとして、まぎれもない抵抗に遭った。かんたんに克服できたが、不安を払拭するには足りた。もしエンジンが弱すぎて、山を浮かせられなかったのなら、これを感じることはなかっただろう。いくら猛火をむなしく吐きつづけても、いくらただの震動と揺動が続いても、加速の輝かしいしるしを模倣することはできなかったはずだ。

遅ればせながら、ヤルダはかたわらのバネ秤をチェックした。震動を打ち消すフレームにおさまって、小刻みに震える床からは隔離されている秤だ。磨かれた硬石の挾重重り（スクルード）が、もとの重さの二倍近くまでバネを伸ばしており、意図した値の範囲内で推力を増していた。〈孤絶〉が上昇し、空へむかってぐんぐんのぼっていることに疑問の余地はない。

冷たい空気が部屋に流れた。冷却システムが作動しているのだ。山が崩壊して、くすぶる荒石に変わったり、地面にうずくまって、世界に火が点くまで熱を貯めこんだりしなかっただけではなく、乗員を生きたまま蒸し焼きにすることもなさそうだった。

ヤルダの安堵は天にものぼる心地に変わった。下で起きていることを思い描いてみる。切断された山が地面に残した穴から炎がこぼれだし、熱いガスと燃える土埃が渦巻きながら平原を横切って、ベースタウンの空っぽになった建物を飲みこむ。いまエウセビオをうらやむ点があるとしたら、自分の前にはこのガタガタと揺れる赤く照らされた洞穴しかないのに、東の空を切り裂く、目も眩むほど白い火炎のすじが見えることだ。しかし、それでもかまわない。ヤルダは彼に置き手紙を書き、何期（エイジ）をも超えて伝わるよう、石にこう刻ませるだろう――『あなたは華々しい打ち上げを目撃した。でも、わたしがあなたの世界を見おろしたとき、それは小石並みに小さかった』

部屋がガタガタと震えた。ヤルダは安全ベルトを締めたまま横むきに投げだされ、浮かれた気分は掻き消えた。部屋の中央にあるジャイロスコープに目をやり、この小刻みな震動をなんとか解釈しようとする。ヤルダは、フリドとエウセビオといっしょにありとあらゆる悲惨な状況でのこの装置の動きを計算してきたが、いま彼女の心は空白で、目にしているものを、その予測のどれとも一致させられなかった。

　バビラが伸ばした掌に一連のシンボルを描書して、ヤルダの目を捉えた。『エンジン一台故障、だが回復しました』それならすじが通る。もしロケットがバランスを崩したままで、山が宙返りをはじめたのなら、ジャイロスコープの軸は当初の標識から遠く離れたところにあるはずだ。ほかのエンジンに給剤する機械が最初の逸脱を検知して、それを補塡する位置に配置された機械が、その役を果たしているのだ。

　三ダースのうち、一台の給剤機が不調を起こした。その割合は、辞退した応募者よりも悪くない。担当する機械工たちは、エンジンがいまだに追加の推力を生みだし、なんとか世界の重力に打ち勝とうとしているあいだ、修理を試みるためにベンチを離れようとさえしないだろう。この程度の故障は予想していた。緊急事態ではないのだ。重量が正常になるまで、六鳴隔待てばいい。

　ヤルダは時計をチェックした。一鳴隔が経過していた。〈孤絶〉はいま、地上約一中旅離にあるはずだ。窓がほしかった——そして炎越しの視力をあたえてくれて、窓を意味あるものにするなんらかの魔法が——しかし、いちばん高い観測室にいる幸運な人々でさえ、しだいに縮んでいき、やがて排気のギラギラした光に覆い隠される遠い地平線しか見えないだろう。〈孤絶〉の針路がじゅうぶんにカーブを描き、出発点を振りかえられるようになったころには、世界はほんとうに小石ほどに小さく見えるだろう。

　部屋がまたぐらりと傾き、胸の悪くなる揺れが唐突におさまった。ヤルダは体を安定させ、ジャイロスコープを不安げに見つめた。ロケットは水平を保っている。第二のエンジンが停止したのだろうか、それとも最初のエンジンが自発的に回復したのか？　エンジンが二台止まっても安定性は脅かされないが、この割合で故障が続けば、問題が生じるのは確かだ。なにが起きたにしろ、現場の機械工たちが今度はベンチを離れ、点検と報告をするだろう。

　ヤルダはフリドに目をやった。彼がそっけなく合図を送ってきた。『辛抱ですよ』もっと情報が得られるまで、航法士にできることはない。〈孤絶〉は依然として制御下にあり、依然として目標に近い速度で上昇している。もし幸運がこの調子で続けば、あと二鳴隔(チャイム)のうちに、すべてのエンジンを停止しても、地上へまっすぐ戻る恐れがなくなる高度に達するだろう。幅の広い、低速の太陽周回軌道に乗れれば、状況を評価し、修理ができる。そういう挫折で落胆が生じるだろうが、〈孤絶〉を螺旋花火に変えるよりは、遅れたり、士気にダメージをあたえるほうがマシだ。

　三たび、ロケットはよろめいてから、体勢を立て直した。ヤルダは風隙に架けられた歩道橋に戻って、足もとの深淵の光景に足をすくませているような——そして、橋を支えるロープが目の前で一本また一本と切れていくような気分になった。（機械工たちからの報告はまだ？）信号用ロープにつながった紙テープ描書機の列に目を凝らす。その装置は〈孤絶〉の外で使われたことはないものの、計り知れないほど価値があることを建造中に証明していた。直につながっているのは隣接する部屋どうしだけだが、さらに遠くへ届けなければならないメッセージは部屋から部屋へと中継できる。この特別な装置(ユニット)は徹底的にテストされていた——いちばん最近は、打ち上げに先立って、機械工たちがはじめて持ち場に到達したときだ。

　ようやく、一台の描書機がメッセージを吐きだしはじめた。バビラはベンチを離れずに手が届いた。紙片の端をつかみ、目を凝らすと、メッセージが終わる前に顔をしかめる。メッセージをじっさいのシンボルとして印刷することは複雑すぎるので、搭乗者たちは二本のロープのどちらかを引くことで伝達できる単純な符号(コード)を考案し、暗記していた。

『四番室より』バビラは掌に描書し、その手を延長して言葉を足せるようにした。『給剤機停止。待機中』四番室は外縁にある。そのメッセージは、ふたつの中間段階を経て到達したわけだ。

そのメッセージは最初の故障に関するものだったのだろう。機械工たちは計画案に従い、推力が減少して動きやすくなるまで点検を遅らせたのだ。が、そのとき、間髪をいれず、次のメッセージが届いた。『三番室より。給剤機停止。調査中』

三番室も外縁にある。四番室のすぐ隣だ。隣接していることで引き起こされる故障の原因がなにかあるだろうか、とヤルダは思った。建設中に荒石から出た土埃が――どういうわけか、すべての点検で見落とされ――積もっていた場所から振り落とされて、震動で舞いあがったのだろうか？

だが、それはすじが通らない。じゅうぶんに粗い破片は機械仕掛けを動かなくさせるかもしれない――そもそも給剤の開始を遅らせるだろう――だが、いったん開始されれば、はめば歯車にはさまった砂粒のせいで給剤が止まるような部分が、機構のどこにもないのは確かだ。

四番室、ついで三番室……第三の故障がどこで生じたのか判明するまで待つつもりはなかった。ヤルダはバビラにむけて手をあげた。『二番室へメッセージ、そして隣接するすべての室へも――徹底的に調査させて』

バビラがロープを操作しはじめた。フリドがヤルダの目を捉える。

『破壊工作だろうか？』フリドが尋ねた。その顔には疑惑の表情が浮かんでいた。これは予想していたシナリオではない。

『ただの用心よ』ヤルダは答えた。最初のふたつの故障の原因がなんであれ、隣りあった場所で起きたのは単なる偶然ではないと仮定し、その仮定を試しても害はない。

ヤルダは時計のほうをむいた。あと二分隔（ラプス）で惑星脱出速度に達する。計画案によれば、三つの故障が上限だ。あとひとつでヤルダの選択肢は、安全になりしだいすべてのエンジンを停止させ、原因を突きとめて問題を修正するまで、〈孤絶〉に太陽のまわりを漂わせることだけになる。

別のテープ描書機が動きはじめた。これはバビラの手の届かないところにあった。バビラは安全ベルトを外し、よろよろと床を横切った。立ち止まって、上体の余っている肉で脚を強化する。メッセージを読むあいだ、振動膜がぴくついた。まるで無言で悪態をつくのをやめられないかのように。やがてバビラは機械からむき直り、胸いっぱいに描書した。『二番室より。侵入者を目撃。追跡中』

ヤルダとフリドはその知らせを広めるのに加わった——まずは二番に近いが、そのメッセージがまだ見られていないはずのいくつかの室へ。ロープ・システムはどんな徒歩の伝令よりも速いのだが、それが絶望的なまでに遅くて扱いにくく思えてきた。

操作を終えると、ヤルダは混乱し、憤懣（ふんまん）をかかえて、テープ描書機のかたわらに立った。（侵入者ですって？）その考えはもともと受けいれにくかったが、ヤルダの役割のせいで、いっそう耐えられないものになった。自分は破壊工作者をつかまえようとして給剤機室を駆け抜けているべきなのだ、ここで通信係を演じてぶらぶらしているのではなく。

点火から六鳴隔（チャイム）——予定ぴったりに——ほかの給剤機は、ロケットの推力を二重力から一重力へ減らして、支障なく作動していることを証明した。その間ずっと、停止したエンジンを埋めあわせてバランスをとる活動をスムーズに維持しつつ。〈孤絶〉はいまや、打ち上げ時点より四倍も世界の中心から離れていた——そして無限の上昇を続けるために必要なスピードの五倍近い速さで動いていた。〈孤絶〉の飛行を地上から追跡している天文学者たちにとって、その旅はなにごともなく進んでいるように見えるだろう。もっとも、あとひとつ給剤機が動かなくなれば、トラブルに見舞われているのを全世界が知るだろうが。

ヤルダはおそるおそる振動膜をゆるめた。エンジンの打撃音は依然として不愉快だったが、耐えられないほどではなかった。

「どうやらまた話ができそうよ」ヤルダは同僚たちに叫んだ。

『なんていったんです？』バビラが胸に描書した。

ヤルダはフリドのほうをむき、「さて、破壊工作者を送りこんでくる第一の候補者はだれ？」

ヤルダがだれを念頭に置いているかをフリドがわかっているのは、表情を見れば明白だったが、それでも彼はその考えに尻ごみした。「六グロスの死傷者、それも罪のない人々ばかりを……？」

「アシリオだとしたら、わたしたちを殺そうとしたわけじゃないわ」ヤルダは答えた。「それが目的だとしたら、ジャイロスコープを狙う者を送ってきたでしょう。〈孤絶〉が地面からろくに離れないうちに墜落させ、ズーグマから見ていただれにとっても派手な見せ物にすることができた」

「それなら、われわれを漂流させたかったんですか？」とフリド。「エンジンの故障で士気をくじき、給剤機という給剤機を分解して、部品という部品を一ダース回も点検するまで軌道をめぐらせたかったんですね。死者は出ないが、その程度の挫折でもエウセビオの面目はつぶれる」

「そのアシリオとやらは何者なんです？」バビラが尋ねた。

「ズーグマの市議会議員よ」ヤルダは疲れた声で説明した。「この男の祖父とエウセビオの祖父が商売上の諍いを――」

バビラが手をあげてヤルダの話を止めた。「だれの先祖が喧嘩していようとかまいません。戻っていってその男を見つけだして殺す人々にとっては、名前と立場がわかればじゅうぶんですから」

ヤルダはいった。「ええ、そしてわたしたちは、そういう世代を超えた野蛮な反目には興味がないしね」

テープ描書機の一台が急に動きだした。ヤルダは進みでて、メッセージの解読をはじめた。「一番室からよ」ヤルダは読みあげた。「侵入者を捕獲。単独犯だと主張。そちらへ連行する」

半時隔(ベル)後、四人の機械工が航法士の持ち場へ入ってきた。ピア、デルフィナ、オネスタが一列縦隊になって歩き、虜囚を肩に担いでいる。余分な腕を押しだして、男を逃がさないように抑えていたが、男はもがいているようには見えなかった。四人目の機械工セヴェロは、背が低すぎて隊列に加われなかったので、見張りとして女たちの前を歩いていた。

機械工たちは航法士たちの前で重荷を落とした。破壊工作者は、顔を床にむけて、石の上にうずくまった。名札をつけていなかったが、それがだれか、まずまちがいなくわかった、とヤルダは思った。

「ニノなの？」

男は返事をしなかった。ヤルダはもっとよく見ようとしゃがみこんだ。ニノだった。エウセビオの大演説の前に、名札を渡したのをいまだに覚えている。

「なぜ？」怒りと困惑がこみあげてきて、ヤルダは語気を強めた。ニノはベネデッタの墜落を目撃したが、それでもヤルダたちのもとに残ることを選んだ。それはこの男が賛同してくれたしるしだと思っていたのだ。

「アシリオはなにを申しでたの？」

その名前が出たとたん、ニノの後眼がさっとヤルダのほうをむいたのは、推測をほぼ裏づけたも同然だった。「アシリオのために働いている者が、ほかにもここにいるの？」とヤルダ。

ニノの返事はエンジンの騒音に掻き消された。「もっと大きな声で」ヤルダは叫んだ。「アシリオはほかにだれを手下にしたの?」

「自分のことしか知らない」ニノはいい張った。「もしほかの者がいても、教えられなかった」

ヤルダは機械工たちに声をかけた。「よくやってくれたわ。さあ、持ち場に戻ってちょうだい。給剤機を無防備にしておきたくない」

「こいつを確実に抑えておけますか?」デルフィナが尋ねた。「こいつは足が速い。融合樹脂を取ってくるべきです」

(融合樹脂ですって?)ヤルダはいった。「この部屋から出しはしないわ。お願いだから、あなたたちの給剤機を守って」

機械工たちが行ってしまうと、ヤルダはニノの前の床にすわりこんだ。「ほんとうのことをいって」ヤルダは懇願した。「ほかにだれかいるの? もし〈孤絶〉がダメージを受けることになれば、あなたの命も道連れなのよ」

「隣の部屋に道具があるわ」バビラが暗い声でいった。「フリドに取ってきてもらえばいい」

「道具って?」

「スクリュードライバー、錐、突き錐」バビラが説明する。

ヤルダは、「ちょっとだけ……この人と話をさせて」といった。

ニノにむき直り、「ことの起こりからはじめて。信じてもらいたかったら、洗いざらい話してもらわないと」

ニノは目を伏せたままだった。「おれは嘘をついた」彼は認めた。「おれには子どもたちがいる」

若いころ双を亡くしたとニノはいっていたが、それを信用しなかったのをヤルダは思いだした。家族を育てる圧力から逃げているのだと思ったのだ。「それじゃあ、なぜその子たちから離れているの？」

「ジェンマのせいで農場が壊滅状態になった」ニノがいった。「おれはすでに負債をかかえていた。借金の肩代わりをしてやる、と議員はいった――それに子どもたちの養育費に足りるだけの金を兄に払うと」

「その引き換えになにを要求されたの？」

「まず、あんたたちの仲間に加わり……議員のスパイを務める」ニノの声が途切れたが、自分の行為を恥じているのか、バツの悪い思いをしているだけなのかは、ヤルダにはよくわからなかった。「それですめばいいと思っていた――自分で宇宙空間へ行かなくてもすめばいいと。でも、そのあと給剤機を動かなくしろと指示がきて、もし〈孤絶〉の炎が打ち上げの一時隔(ベル)以内に消えれば、家族への支払いを倍にするといわれた」

「アシリオは給剤機の詳細をどうやって知ったの？」ニノの持ち場がどこになるはずだったたか、ヤルダは忘れてしまっていた。だが、機械工の仕事のための訓練を受けなかったのは確かだ。

「さあね」ニノが答えた。「議員は、このロケットについておれよりくわしかった。ほかにもスパイがいたに違いない」

「ほかのスパイはどこにいたの？」ヤルダは語気を強めた。「建設作業員の中、それとも搭乗者の中？」

「さあね」ニノはにべもない答えを繰りかえした。

「なにを使って給剤機を止めたの？」ヤルダは尋ねた。

「これだ」ニノはふたつのポケットをあけ、小さな岩石をいくつか取りだした。「解放剤タンクの緊急遮断レバーの下にこれを押しこんだ。できるだけ多くの給剤機にそうしろ、といわれた。機械工がすべてのエンジンを停止させろという命令を受けるまで」

　そういうレバーは、それぞれの給剤機室に何本かある――中には機械工の持ち場から遠く離れているものも。室は機材で足の踏み場もないので、姿を見られずに入り、岩石を置いてくるのもそれほどむずかしくはないだろう。とりわけ、だれもが自分のベンチに縛りつけられているときには。

ヤルダは岩石のひとつをニノから取りあげた。柔らかい粉末石の一種で、握っただけで細かな砂が散らばった。レバーの下に押しこめば、まもなくあっさりと砕けて、落ちてしまっただろう。もしニノが現行犯でつかまらなかったら、ほんとうはなにが起きたのかわからずじまいで、給剤機自体に欠陥があったのだと納得して終わったかもしれない。

「で、そのあとはどうするの？」ヤルダは尋ねた。

「それだけだ」ニノが答えた。「もしつかまらなかったら、またまぎれこむことになっていた。持ち場へ戻り、仕事をするだけだ」

「そうすると破壊工作が終わったあと、自分の職務を果たすつもりだったの？」ヤルダは皮肉っぽい声で訊いた。「またチームの一員になるつもりだったの？」

「おれはだれも傷つけたくなかった！」ニノが猛然と抗議した。「〈孤絶〉はしばらく宇宙空間を漂流することになっていた――それだけだ。ひとたび議員の望みをかなえてやったら、あんたたちに悪意をいだく理由はない」

「あなたの背景がほんとうはどうであれ」ヤルダは答えた。「わたしたちに採用されてからいろいろと見てきたのだから、これがどんなに危険なことかわからないはずがない。わたしたち全員を殺すかもしれないという考えが、いちども心をかすめなかったふりはしないで」

ニノはその非難に腹を立てて体を強ばらせたが、憤然とした否定で終わるには沈黙が長引きすぎた。「そのことは議員に訊いてみた」とうとうニノは認めた。「もし山が地面に激突すれば、慈悲になるって話だった」

「慈悲ですって？」

ニノは顔をあげ、ヤルダと視線を合わせた。「議員にいわせれば、宇宙空間に街があるという考えそのものが正気じゃない。ひとつまたひとつと、物事はおかしくなるだろう――外部からの助けがなくては直せない物事が。一世代のうちに、全員が飢えているだろう。そして土を食う。そして殺してくれと泣いて頼む」

ヤルダはいちばん近い建設作業場へメッセージを送り、頑丈な監房を作る技術を備えた人々に招集をかけた。だが、材料を運んでくるので、到着には二日かかるものと思われた。応急措置として、航法士の持ち場になっている食料貯蔵室から食料を出し、隣の給剤機室から調達した道具と予備の部品を使って、ドアに急造の掛け金を取りつけた。航法士たちは交替で眠るので、少なくとも二名はつねに目をさましていることになる――そして食料貯蔵室のドアのすぐ隣にベッドを移したおかげで、それがバリケードとなり、眠っている者さえ第三の看守の役割を果たせるようになった。

バビラはニノを山の上方へ移送し、遠くの倉庫に監禁することを具申した――無防備なものからできるだけ遠ざけ、これ以上の破壊工作ができないようにするためだ――しかし、ヤルダはニノを手近に置くほうを選んだ。アシリオの陰謀に関して、大事なことを訊きそこねたと思う場合に備えてだ。応募時の記録によれば、ニノは学校へ行っていないが、経験を積んだ農民として、〈孤絶〉でも同じ仕事をする予定になっていた。この男が真実を語ったと信じる理由はないが、自分自身の行動に関する説明はもっともらしく聞こえた。たとえ、自分をできるだけよく見せるために、おそらく話に尾ひれをつけたり、細部を省略したりしたのだとしても。

ショックと怒りがおさまるにつれ、ヤルダは気がつくと、物事のじっさいの展開に自虐的な高揚感のようなものを覚えていた。〈孤絶〉は三度も傾いたが、バランスを保ったのだ――そのテストが歓迎できないものだったとしても、その結果はそれでも祝う価値がある。自分たちが命を預けた機械仕掛けは、どの一部をとっても望んだとおりの回復力があると証明されたのだ――しかも、敵の鼻を明かしてやったのである。

ひょっとしたら、自分とエウセビオは、アシリオがどこまでやるか予想しなかった点で愚かだったのかもしれない。だが、自分たちを守るために、あれ以上なにができたというのか？ 人々を雇って、世界じゅうを旅させ、乗員の話を片っぱしからチェックしろとでも？ そんなことをしたら、応募者の採用率が驚くほど変わり――けれど、知る価値のあるようなことはなにもわからなかっただろう。出奔者は、ちゃんとした理由があって、ひとり残らず嘘をつくのだから。

もしニノの行為で破壊活動がほんとうに終わりだったら――古い世界が新しい世界を弱々しく殴打するのが、これで終わりなら――それもお祝いの理由になる。かつてダリアがいったように、別れに痛みはつきものだが、それは古い影響から脱するときでもあるのだ。

『ニノの命を助けるわけにはいかない』胸いっぱいに言葉を浮かびあがらせて、フリドがヤルダに伝えた。ひょっとしたら、声に出さないのは、囚人の感情をおもんぱかってのことかもしれない――だが、それをいうなら、バビラは眠っていたし、エンジンの音に負けないよう声を張りあげるのに、だれもがときどきうんざりするようになっていた。

『なぜ？』フリドの助言は意外ではなかったが、いつかどこかの部署からそれがもたらされるのをヤルダは怖れていた。

『ひとたびニノから得られるだけの情報を絞りとったら』フリドが答えた。『いちばん重要なのは、アシリオの報酬に応じた行動をほかのだれにも取らせないようにすることだ。ほかのスパイを見つけられなかったら、次善の策は、怖くて行動できないようにすることです』

ヤルダには説得力があるとは思えなかった。『ひとたび地上からわたしたちの姿が見えなくなれば、アシリオはもうなにをしても得にならない。わたしたちがどんな妨害をされるにしろ、地上から見てわからなければ、エウセビオの面目はつぶれない。それにたとえアシリオがこれ以上わたしたちを苦しめたくても、望みを実行してくれたスパイにどうやって報いられるというの？　支払いができるわけないのに』アシリオとニノとの取り引きなら理解できる。たとえ約束が守れるかどうかニノに確かめる方法がなくても、ニノの兄がアシリオのもとへ行き、「ロケットの炎が消えたのはだれもが知っている。それなら、あんたが約束した金はどこにあるんだ？」といえるのだ。しかし、打ち上げ時に〈孤絶〉を消滅させる努力をしなかったことを思えば、〈孤絶〉が帰還に失敗するという条件で、アシリオが第二の破壊工作者に家族を養う金を申しでると は思えない。

『それはそのとおりかもしれない』フリドが認める。『しかし、たとえニノがわれわれを殺そうとしなかったとしても、われわれを裏切ったことは確かだ。もうわれわれのあいだに居場所はない。人々はあの男の死以外は受けいれないでしょう』

「それなら、わたしがうんといわなかったら、あなたは反乱を起こすつもりなの？」意図した皮肉がシンボルだけで伝わるとヤルダは思わなかった。しかし、エンジンの騒音に負けないよう、その言葉を叫んだあと、表現方法を変えたのがとくに役立ったかどうか、よくわからなくなった。

「そうすればあなたの権威が弱まるといっているだけです」フリドが叫びかえした。

『では、権威のために人を殺すべきだというの？』

フリドはその質問を真剣に考慮した。『もしここが掌握できなくなった場合、何人が死ぬとあなたが考えるかによります』

ヤルダはいった。「自分が〈孤絶〉を針路に乗せておくことのできる唯一の正気の柱だなんて、うぬぼれてはいないわ」

「そんなこともいっていません」フリドは請けあった。『だが、権力が移行するときは、暴力のリスクがつきものだ——不満の徴候があらわれたとき、あなたがあっさりと辞職しないかぎり』

ヤルダはどう答えていいのかわからなかった。フリドは自分の地位をほしがっているのだろうか？　打ち上げから二日と経っておらず、エウセビオにこの役割をあたえられてから四日と経っていない。その重責はおよそありがたくないものであり、自分に取って代わりたいと願う者がいるという考えは、これまで脳裏をかすめたこともなかった。しかし、もしそれほどありがたくないのなら、返上してもいいのではないだろうか？　もしエウセビオがフリドを〈孤絶〉の支配者に任命したとしても、自分は反対しなかっただろう。現状維持に固執しすぎる者が出る前に、エウセビオの決定を訂正してもいいではないか？

ニノは死んでヤルダに権力を握らせつづけるのではなく、死んだらヤルダに安楽な生活をあたえてくれるのかもしれない。

観測室は山腹に浅く掘られた洞穴で、透明石の板からなる傾いたドームによって、宇宙空間とは遮断されていた。洞穴のへりに立ち、ヤルダは斜面をじっと見おろし、かつて山のふもとから広がっていた平原が、ほんとうに消えていることを確認した。エンジンから発する散乱光の靄が山の根もとの縁からこぼれだして、目もあやな夜明けの前触れのようだ。ただし、その激しく燃える〝太陽〟は、じっさいの夜明けとは違っていまは輝きよりも上方にあって動くことなく——けれど、太陽がこんなに山の下のほうにあるうちに輝きが見えることは、じっさいの夜明けではありえなかったわけだが。ヤルダは腕を伸ばし、それが洞穴の天井に投げる影を後眼で見た。

周囲にある多角形の透明石は、打ち上げのあいだに破片で穴だらけになっていた。その疵（きず）が陽光を捉え、気を散らすまばゆい斑点を生みだして、そのむこうの本物の空とヤルダの視線を奪いあっている。どこを探せばいいか前もって知っていなかったら、目標を探しあてるのに苦労しただろう。太陽と、部屋の床によって暗黙のうちに決まる〝地平線〟との中間あたりだ。

ヤルダの肉眼には、ほっそりした三日月が特徴のない灰色の円盤をかかえているように見えたが、経緯儀の小さな望遠鏡を通せば、惑星の夜の側は、複雑精緻な色相のパッチワークとして姿をあらわした。純粋な小麦光のちっぽけな斑点がちらほらと認められたが、大部分は森と畑の色がしっかりと織りあわされて、区別できなかった。ヤルダはトゥリアが、スペクトルにあらわれるほかの世界に棲む植物の証拠を探したことに――さほど遠くない昔、まさにこの山の頂上で――思いをはせた。

これだけ隔たると、都市は見えなかった。野火も見えなかった。たとえ〈孤絶〉があとに残してきた穴（クレーター）がいまだにくすぶっていても、打ち上げが新たなジェンマを創りださなかった証拠がここにあった。ヤルダはぶるっと身震いした。後ろを見て、自分たちが必死に守ろうとしてきたいっさいが猛火に包まれているのを発見したら、いったいどんな気分になっただろうと一瞬想像したのだ。

ヤルダは経緯儀のダイヤルから位置を記録し、その後、ジェンマ、内惑星ピオ、一ダースの明るい星々を観察した。四つの疾走星が見えた。盲目だが、疲れ知らずの暗殺者の道具のように、燦然（さんぜん）と光る長い逆棘（さかとげ）が、その光景を串刺しにしていた。機械仕掛けとジャイロスコープだけでは、〈孤絶〉を目的地、つまり、どんな角度からも刺される恐れなしに一期（エイジ）のあいだ漂っていられる空っぽの回廊へ、安全に導けない。細心の注意を払った日々の観測と計算と調整だけが、旅の成功する確率を、ベネデッタの自動化されたプローブのそれよりマシにできるのだ。

計算には一時隔（ベル）以上かかったが、結果は心強いものだった。〈孤絶〉の位置と方向は、飛行計画で決められた値に非常に近く、給剤機室に些細な調整を伝えれば、ロケットは理想の針路へかんたんに戻るだろう。

ヤルダはその場を立ち去りがたかった。望遠鏡をまた生まれ故郷へむけ、その見慣れない顔を記憶に刻もうとする。地上では、別れに次ぐ別れがあった。しかし、これが最後の別離なのだ。

孤立の痛みが胸のうちで大きくなってきて、ヤルダはその問題に直にむきあうことで痛みをやわらげようとした。もし望むだれかを連れてこられるチャンスがあったとしたら、だれを選んだだろう？　エウセビオとダリアだったら同行してくれただろう、とヤルダは思った。リディアと子どもたち、ジョルジョとその家族、ルシオとほかのみんなは残ったほうがいい。もし自分が気にかける人がひとり残らず搭乗しにきたら、〈孤絶〉は帰還するのだという考えを捨てたくなったかもしれないから。この幸運な少数の人々が、安全で自給自足しながら、後眼をしっかりと閉じたまま宇宙空間を漂いつづけるところを想像して、満足していたかもしれないから。

非常時がすぎ去り、自分が不在のあいだに破壊工作者があらわれる事態はもう起こりそうにないと確信すると、ヤルダは山をのぼる短い旅に出ることに決めた。軽微な損傷の知らせをロープ・ネットワーク経由でいくつか受けていて、修理は順調だと報告があったものの、どういう具合なのか、自分の目で見たかったのだ。

エンジン第二層の給剤機室のひとつは、打ち上げの際に天井の一部が崩落していた。当時は無人だったので、怪我人はなかった。ヤルダが到着したとき、作業チームはまだ荒石を片づけているところで、建設にたずさわった鉱山技師あがりのパラディアが現場にいて、損傷を評価したり、新しい支柱を填めこむ計画を練ったりしていた。

「五旬（ステイント）以内にこれを直せる？」ヤルダはパラディアに尋ねた。第二層はそれほど早く噴射はしないが、損傷を負った部品を取りかえるだけでなく、給剤機構を掃除し、点検し、テストしなければならない――建設作業が進行しているあいだは、いずれも不可能だ。

「三旬（ステイント）で」パラディアは約束した。ヤルダは室を見まわした。手押し車を押したり、シャベルや箒を持ったりしている女や男が、硬石の外装板の拳大の塊から、壊れた天井を抜けて周囲の鉱脈から落ちてきた粉末状の太陽石の無害に見えるすじまで、手当たりしだいに回収している。もし解放剤のタンクが破裂していたら、〝無害〟という言葉はふさわしくなかっただろう。

「修理する物があるのは、士気にいいと思います」パラディアがしみじみといった。「いちど自分の手で建物を修理すると、ほんとうに関わったことになるんです」

「きっとそうなんでしょうね」とヤルダ。檻に入れられたハタネズミのような気分を味わいたい者などいない。自分はエウセビオに宇宙空間に投げこまれた繁殖用の動物で、ここにいるのは、遠い子孫が偉業を達成するためでしかないと思いたい者など。「それでも、同じようなことはあまり起きてほしくないわ」

「打ち上げでここに生じたような圧縮力は、二度と生みだされないでしょう」パラディアが答えた。「でも、山の重量がすっかり消えたら、これまでほんとうには実行できなかった実験になるでしょうね」

作業員たちが食事休憩を取るとき、ヤルダもいっしょにすわって食べ、サイコロ六個の略式ゲームに興じているグループに加わった。各層の食料貯蔵室にはパンが貯蔵されている——そして、ある種の香辛料であるかのように、女たちがさりげなくまわすホリンが。そのチームに男は数少なく、その大部分は双同伴であり、この異様な新しい環境でもすっかりくつろいでいるように見えた。もし絆を断ち切ったことを後悔している人がいたとしても、ここでの仲間意識がその痛みを確実にやわらげていた。

食事のあと、片づけが再開されたが、ヤルダは食事をふるまってくれた人々とは活動周期がズレていて、どうしても眠らなければならなかった。目がさめると、パラディアと作業員たちに別れを告げ、山をのぼる長い歩みを続けた。

苔に照らされた階段が、頭上で果てしなく延びている。のぼっていっても、その光景にほとんど変化はなかった。高いほうのエンジン層に損傷はなく——あるいは少なくとも、表面的な点検には合格しており、もっと念入りに調べるのは、第二層が完璧な状態になるまであとまわしにできる——従って、そこの人けのない室に長居をする理由はなかった。下のエンジンの音はまだ聞こえていたが、距離のおかげでいらだたしい角が取れており、残ったのは心安まるようなブンブンという音だった。

連れがいないので、ヤルダは心配事の長いリストを整理して時間をつぶした。（ここの出奔者は、友人の子どもたちを育てるという仕事を、自分がトゥリアの子どもたちにしたよりもうまくやるだろうか？）少なくとも父親のいない子どもたちは、ここでは嘲笑される少数派にはならない——だが、もし父親のいないことが重要な要素になるとしたら、逆に父親のいるわずかな子どもたちの運命はどうなるだろう？　そのあとに必然的な移行が続いて、次の世代では性別がバランスを取りなおし、そのときにはまた新たな問題が生じる。〈孤絶〉は出奔者たちにとって贈り物だったが、ここからは逃げだす場所がない。子どもたちにとって希望があるとすれば、選択は個人の自由にまかされるという原則が人々に深く浸透して、自らの双を怖れる理由がなくなることとしかないだろう。

最高所のエンジンの上にある第一層にたどり着いたとき、ヤルダは安全ドアのかんぬきを外し、階段吹き抜けから踏みだした。ドアがさらに三組並ぶ短いトンネルをたどって洞窟の端まで行く。樹精たちが〈孤絶〉でいちばん居心地のいい場所を離れる理由はないが、混乱した動物たちが、下の給剤機室を暴れまわっているような事態は願い下げだった。

ヤルダは灌木のあいだに立ち、近くの樹木を見つめた。一本の枝が小刻みに震えた。二匹のトカゲがダニを追いかけて走っているのだ。この地中の森を作るには多大な労力を要したので、それがはじめて繁茂する徴候を見せたとき――打ち上げよりずっと前だ――まるで全世界を宇宙空間へ連れていくことにすでに成功したような気がしたものだ。しかし、その感傷が時期尚早だったとしても、少なくとも打ち上げでここに危害が加えられたようすはない。樹木はじゅうぶん回復力があることを証明しており、トカゲは以前と変わらず活発に見えた。樹精を探しだして、健康について尋ねるつもりはなかった。飛行試験後、樹精たちがどういう気分に陥ったかを目にしていたので――しかし、あの飛行には、〈孤絶〉が経験したよりも大きな加速が含まれており、それでも生き物は怪我をしなかったのだ。

その場所に漂うかすかな腐敗臭は、ヤルダの子どものころの記憶にあるどんなにおいとも完全には一致せず、天井から反射する紫色の光は、懐かしいというよりは不気味だった。それでも、時おりここへ来て、この小さく不完全な生命の豊かさのサンプルを提供した世界を思いだす――あるいは、のちの世代では、想像する――ことは、人々のためになるだろう。

ヤルダは農場への損傷の報告を受けていなかったが、自分の目で作物を調べるため、小麦洞窟のひとつに立ち寄った。下の森と同様に、この畑は何年も前からできていたので、わずかなあいだ上昇した重力を生き延びられたのなら、今後も盛んに生育しつづけられないと考える理由はなかった。赤い花の半分がひらいて、健康に輝いている一方で、半分は眠っていた。ひとりきりで列のあいだを歩いていると、折れた茎や乱れた花に時おり気づいたが、根こそぎにされた植物はない。突風が吹き荒れたあとの故郷で、これよりひどい状態を見たことがある。

薬草園のひとつで天井の崩落があったので、ヤルダはそこを次の立ち寄り先にした。階段吹き抜けからトンネルを進むにつれて、苔の暗褐色の光が、森の放つ光よりも豊かな輝きに席を譲り、そして最初にちらりと見えたのは、洞窟いっぱいに広がる青々とした色合いの植物からなるモザイクだった。入口にたどり着いてはじめて、左側にある荒石の山と、貴重な灌木を踏みにじらずにそれを片づけようとしている一ダースほどの人々が目に入った。

ヤルダはそのグループに近づき、挨拶の声をかけた。だれもが丁重に応えたが、うやうやしく会釈するにとどまらない作業員はひとりだけだった。

「ヤルダ！　こんにちは！」

「ファティマなの？」

ファティマは岩の残骸とつぶれた植物のあいだを注意深く縫って、ヤルダのもとまで歩いてきた。

「怪我人は出たの？」ヤルダは尋ねた。

「いいえ、天井が落ちたとき、みんな共同寝室にいましたから」

「それはよかった」ヤルダは天井を見あげた。小さな家並みの大きさがある塊がなくなっていた。ここは太陽石の鉱脈の上に当たるので、壁には保護用外装板の必要がないが、もともとの掘削でさらけ出された天然の鉱物組成は、工学者たちが思ったほど安定していなかったに違いない。「植物はどう？」

　ファティマは荒石を身振りで示し、「あれは全部、傷痍兵（ショウイヘイ）ノ木だったんです」ヤルダはその青い花をつける灌木を知っていた。農場のそばに自生していたのだ。その木の樹脂は傷の治癒を助けてくれる。もっとも、役に立つとはいえない化学者の中には、その樹脂に手を加えて、警察が愛用する融合剤を作りだす方法を見つけた者もいたが。

「そう気を落とさないで」ヤルダはいった。「ほかの庭にもっとたくさんあるし、一、二旬（ステイント）のうちに、またここにも生えてくるわ」

　じつはファティマは、その損失を嘆いているようには見えなかった。「あたしたちは、ほんとうに世界をあとにしたんですか？」ファティマが尋ねた。

「まちがいなく」ヤルダは請けあった。

「後ろに目をやって、見たんですか？」

「ええ」もし宇宙空間に到達しなかったら自分たちは一巻の終わりだったことを、ファティマが完璧に理解しているのはまちがいない——だが、あらゆるものの重量が正常に復したので、この洞穴の中にはファティマの感覚に真実を伝えるものがないのだ。「自分の目で見るべきね。あなたたちみんなが。ここの責任者はだれ？」

「ジョコンダです」ファティマはその女を指さした。

　ヤルダはジョコンダに近づき、仕事の進捗状況を尋ねてから、望む人がいれば、自分といっしょに最寄りの観測室まで行けるよう、一時隔（ベル）の休憩が取れないかと交渉した。

「わたしもこの目で世界を見たい」ジョコンダはいった。「かすかにしか見えなくなる前に」

　人々の準備ができるあいだ、ヤルダは荒石の片づけを手伝った。ジョコンダは、その荒石を使って庭に一連の小道を通す計画を立てていた――いまのところ雑草の聖域となっている、区画どうしのあいだで剝きだしになった土を覆うわけだ――しかし、大きめの石は砕かなければならないだろうし、〈孤絶〉が加速をやめたとき、ふらふら漂っていかないように、すべての敷石に網（ネット）を被せなければならないだろう。

その作業は緊張をほぐすものであり、チームは意気軒昂に思えた。ひとたび学校がはじまれば、この空飛ぶ山を、どんな小さな街にも負けないくらい住みやすい場所にするのに、さほど時間はかからないだろう、とヤルダは判断した。ズーグマに匹敵する料理の豊富さは望めないだろう――あるいは、旅まわりの芸人が訪れることもないだろう――しかし、人々が独自に新しい献立を発明したり、独自の演芸を考案したりすることを止めるものもないのだ。

観測室は遠くなかった。山の端は一街離（ストロール）と離れておらず、そのあと短い坂を下ると、航法士の階層にあるのとそっくりの透明ドームをいただいた洞穴に着いた。ヤルダは座標を用意していなかったが、バツの悪い思いをするほど遅くならずに、ちっぽけな三日月となった世界をなんとか探しあてた。

園丁たちは列に並んで、順番に経緯儀を覗きこんだ。人々が無言で、考えこんだように後退するとき、ヤルダはその顔から目を離さなかった。〈孤絶〉が帰還することを望んでいる場所が、確実に薄れて消えていき、生きているうちには二度と目にすることがなくなったいま、人々の究極の目的は、これまでなかったほどよそ事に思える。けれどヤルダの目に、人々が絶望している気配はまったく映らなかった。自分たちはもはや世界の一部ではないが、前進させ、守るべき自分たちの故郷がある。なによりも救いになるのは、こうして別れていくからといって、自分たちが競争相手や職場放棄者になったわけではないことだ。〈孤絶〉が繁栄したならば、古い世界もその分け前にあずかるだろう。

ここに来た目的のものを全員が見終わると、ヤルダはピオの荒涼とした土地、ついでシーサの煌々と輝く色の尾を人々に見せた。

「直交星群はいつ見られるようになりますか？」ファティマがじれったげに尋ねた。

「もうしばらくは無理」ヤルダは答えた。「これまでのところ、わたしたちが星の光となす角度はほとんど変化していない」部屋をぐるっと見まわし、ほかの人々を目におさめて、「ほかに見たいものがある？」

園丁のひとり、カロゲラがドームのむこう側にある不毛な斜面を身振りで示し、「裏切り者のニノが落っこちるところが見たい。山頂から投げだされて、エンジンの炎へ落ちていくところを」

拍手喝采がおさまるまで、ヤルダはなにもいわなかった。おかげで、反応しないのがいちばんだと判断する時間を稼げた。「わたしはそろそろ行かないと」ヤルダはいった。「まだまだ点検をしなくてはいけないの。みんな、しっかり修理してね」

ヤルダは航法士の持ち場に戻った。部屋の一画に独房が設けられていたが、目立たないようにされていた。壁はもとの壁と継ぎ目なく混じりあい、三重に差し錠のかかったドアはほとんど目につかなかった。フリドとバビラは小さなハッチをあけて、中にいる者とはひと言も交わさずにパンを投げこんでいた。土の床には囚人の糞便を食べる長虫がひしめいているので、ドアをいちどでもあける理由は、じつのところなかった。

錠を外し、独房に踏みこむ勇気を奮い起こすのに二日必要だった。囚人は暗黒に苦しめられてはいなかった。ここの壁は、外と同じ苔の赤い輝きを放っている。ニノは拘束されずに片隅にすわっていた。ヤルダがドアを閉めて近づいても、顔をあげなかった。

ヤルダはニノの正面の床に腰をおろし、「わたしにいいたいことはある？」と尋ねた。

「洗いざらい話した」ニノが大儀そうに答えた。「ほかに破壊工作者がいても、議員はおれにはいわなかった」

「わかった。信じるわ」この男自身の任務を全うするのに必要な指示以外のなにかを、アシリオが教える理由はない。「あなたの自白はすんだ。で、これからどうするの？」

ニノは床に目を伏せたままだった。「あんたの慈悲にすがる」

「そういうこともあるかもしれない」ヤルダはいった。「でも、あなた自身の望みがあるに違いない」

「望みだって？」ニノはその言葉を、幼児の無意味な言葉のようないいかたをした。

「選べるとすれば」ヤルダは食いさがった。「どういう運命がいいの？」

しばらくしてからニノは答えた。「議員に耳を貸さなかった運命。借金を背負わなかった運命。空に第二の太陽を拝まなかった運命」

「そういう意味じゃないわ」ヤルダが想像していたのとは、まるで違う会話の進み具合だった。「あなたはここにいて、あなたがしたことをした。それは変えられない。で、今度はなにを？運命を終わらせてほしいの？」

ニノは愕然としてヤルダを見あげ、「死にたがるやつはいない」といった。「そうなると予想はしているが、あんたに助けを乞うつもりはない。自分のしたことを恥じているが、威厳をすべて失ったわけじゃないからな」

「失ってないの？」ヤルダは独房を示すように腕を広げた。「ここにどんな威厳が残っているの？」

ニノはヤルダをにらむと、自分の額に触れた。「まだ心はあるんだ！まだ子どもたちがいるんだ！」

「つまり、思い出があるってこと？」

「おれには過去がある」ニノがいった。「そして子どもたちの未来が。議員の二度目の支払いがなければ、兄は苦労するだろう。だが、兄が最善を尽くすのはわかっている」

「それなら……ただここにすわって、家族の人生を想像するの？」

「喜んで、できるかぎり長いあいだ」ニノは反抗的に答えた。

ヤルダは恥ずかしくなった。ニノに慈悲を垂れているのだと納得しようとしていたが、じつはその論理はアシリオのそれと同じくらい唾棄すべきものだったのだ。かつて自分は一生鎖につながれるのだと信じ、自分を助ける力のある者は、自分の窮状など一顧だにしないのだと確信した。独房の暗闇の中で、トゥリアの励ましがまだ心に新しい状態で、驚くなかれ、宇宙の形を推測した――だが、それ以上の仲間意識を奪われたら、自制心が長く保ったかどうかは疑わしい。ニノもいまは考えごとをして正気を保っていられるが、永久には保たないだろう。

ヤルダはニノのもとを立ち去った。自分のデスクのところで立ち、フリドのもの問いたげな視線を無視して、星図を熟視しているふりをする。

自分は〈孤絶〉の乗員たちにどんな責任があるだろう？　なによりも安全だ。しかし、ニノの死はそのために不可欠というわけではない。復讐の満足感だろうか？　ニノが死ぬところを目にすれば、大部分の人が喜ぶだろう。だが、自分はその快楽を人々にあたえる責任があるのだろうか？

そして、ニノに対してはどんな責任があるのか？　ニノは弱く、愚かだったが、生きる権利を喪失したのだろうか？　アシリオがヤルダを彼の愚劣な争いに引きずりこんだとき、ヤルダ自身の誇りはアントニアの自由を失わせた。ニノの犯罪があまりにも重大なので、いかなる慈悲にも値しないと宣言する自分は何様だろう？

　だが、もしニノの命を救えば、それで終わりにはならないだろう。ニノを監禁しつづければ、頭から追い払えず、自分にはニノの安寧と正気に対する責任はないというふりはできないだろう。

　ヤルダは星図をじっと見おろした。図の端からはみ出している針路の始点近くにある二、三の×印を。

（自分は将来の世代にどんな責任があるのだろう、自分のふるまいしだいで決まる針路をたどることになる人々に対して？）正義の概念が、祖先の時代よりも粗雑ではなくなるという希望だ。二、三の的確な賄賂や、ひとりの判事の気まぐれが、だれかを死ぬまで地下牢に閉じこめることのできた、祖先の時代よりも。高い視点を持つことが、将来の世代に対する自分の責任だ。

　ヤルダはフリドに目をやった。「死刑はおこなわない」ヤルダはいった。

　フリドは満足そうではなかったが、ヤルダの態度から、議論しても無駄だと理解したようだ。「決めるのはあなただ」フリドが答えた。「あの男を山の上へ送りたいですか？」

　ヤルダはいった。「わたしがここにいるあいだは送りたくないわ」

「まだ尋問する必要があるんですか？」

「いいえ。ニノがアシリオについて教えられることは残っていない」

　フリドは混乱した。「それなら、なぜここに置いておくんです？」

　ヤルダは、自分たちの叫び声でバビラが目をさましたのに気づいたが、彼女にも聞いてもらう必要があった。

「もしニノの自由を奪うのなら」ヤルダはいった。「その結果に対処するのはわたしの務めになる。彼を忙しくしておく方法を見つける必要が出てくるわ」

「どうやって忙しくさせるんです？」フリドが抗議し

た。「あの男は農民だ、職人じゃない。あの独房を工房に変えることはできませんよ」

ヤルダはいった。「そんな野心的なことを考えていたわけじゃないわ」

バビラがベッドから起きあがり、「じゃあ、なにを？」

ヤルダはいった。「こういう場合の第一歩はなんだと思う？ 記録が正しければ、ニノは学校へ行ったことがない。だから、まず読み書きを教えるのよ」

15

世界が太陽のギラギラした光の中に消えると、ヤルダはほっとした。長いお別れはとうとう終わったのだ。

一旬（ステイント）後、観測室に戻ったときには、ジェンマさえ肉眼では見えなくなっていた。経緯儀の望遠鏡越しに見る太陽とかつての惑星は二重星のうちのひとつにすぎず、この明るい主星とぼんやりした伴星を縁取る紫色と赤はやがて広がっていって、完全な色の尾となるだろう。もし疾走星がヤルダの生まれ故郷の空を照らしているとしても、膨大な距離のせいで、そうした色のすじはかすかになりすぎていて、まったく見分けられなかった。

ヤルダは計測をして、〈孤絶〉の針路を保つのに必要な調節の計算をした。彼女にわかるかぎりでは、ロケットは漆黒の闇の領域へむかっているが、ここは判断を下すための観測ができる場所ではない。給剤機室に指示を出すには便利な位置だが、エンジンの排気から広がる靄のせいで視界が利かないのだ。山頂付近では天文学者の一団が、澄みわたった宇宙空間の中で、もともとそこにあった望遠鏡――エウセビオは大学からそれも買いとっていた――を使って、ロケットが近づいていく回廊を細かく調べている。〈孤絶〉内でこの先、光学に大きな進歩があるかもしれないが、長い直進のために自分たちが選んだ針路にふつうのガスや塵が存在しないことは、いま確認しなくてはならない。ひとたび全速力で飛行をはじめれば、そのような障害物は疾走星と同様のものになる。その来歴が――搭乗者たちの認識からすると――広大な空間に瞬時に広がり、前もって探知することが不可能なものに。

ヤルダにとって、しだいに視界がおかされるこの現象は、完璧に説明がつくと同時に、異様きわまりなかった。〈孤絶〉と、それが踏破しようと計画している領域とのあいだの見通し線は、さえぎるものがないままだろう――しかし、〈孤絶〉の来歴が回廊へむかってカーブするにつれ、視線はそこから無理やり逸らされていく。自然は万人に前眼と後眼をあたえたもうたが、その対称性は三次元でしか保持されない。四空間では、後ろしか見えないのだ。いま現在、回廊方向で前方にある塵からじゅうぶん遠い昔に散乱した光は、四空間内でそれが――〈孤絶〉から見れば――過去からの光になる角度で届く。しかし、もうすぐに、そのような光源から出た光は、〈孤絶〉の未来から届くことになるだろう――従って、光が搭乗者たちの目に落ちるときには、目は光を吸収するのではなく、発することになるだろう。

ヤルダにわかるかぎり、生き物が自分の体から発する光を知覚する能力を持てない根本的な理由はない―

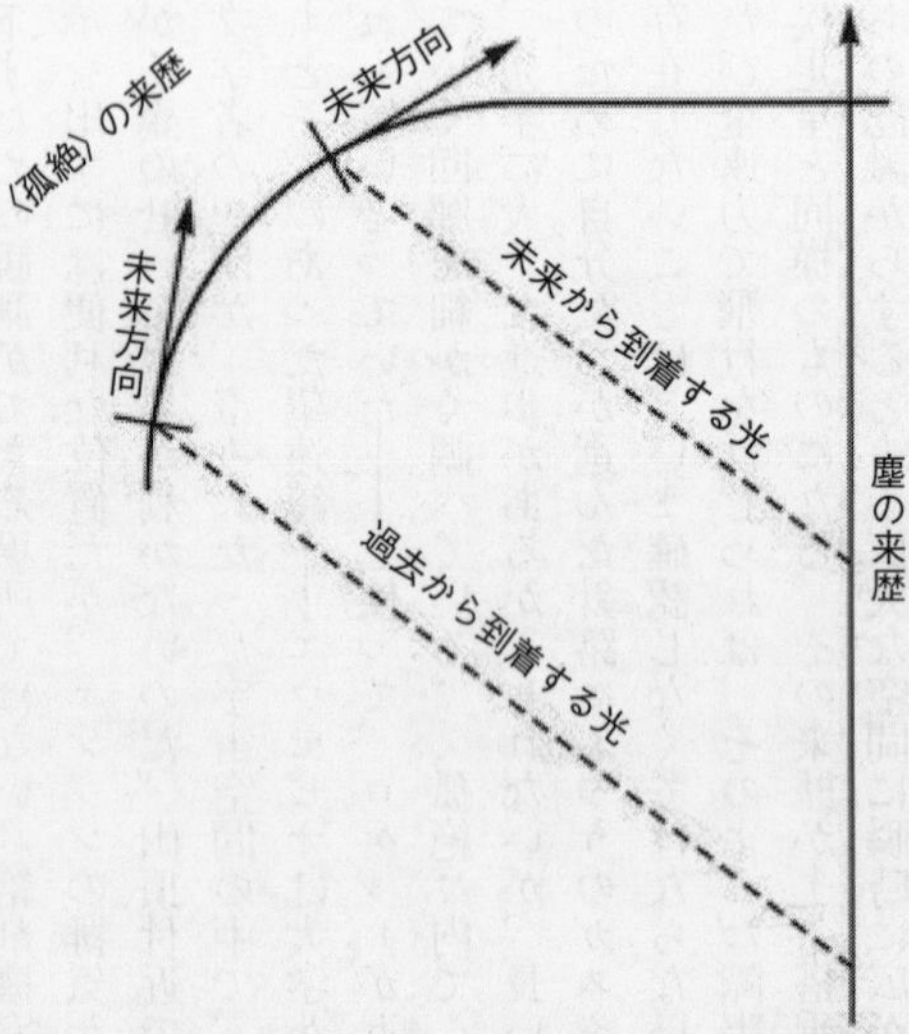

―だが、生命が発生する通常の条件下での運動とエントロピーに関していえば、そのような能力は無用の長物だろう。樹精の祖先がある種の感覚器官を備え、何累代（イーオン）も前もって直交星群を見られるようになったとしても、五瞬隔（フリッカー）未来にトカゲがどちらへ跳躍するかを知る役には立たないのだ。

知る価値のある事柄、備える価値のある技能は、変化する。〈孤絶〉は、自らがあとにしてきた世界にとって時間稼ぎになるが、その手段が功を奏するのはこの一回きりだ。搭乗者たちは自分たち自身の問題を第二グループの搭乗者たちに下請けに出すわけにはいかない。自分たちを形作った来歴に対して直交する状態で生き延びるために、どんな能力が必要であるにせよ、たったの一年半で習熟しなければならないのだ。

ヤルダはもういちど山をのぼっていった。第二層給剤機の修理はほぼ終わり、薬草園は片づけられて、損傷を受けた区画には植物が植えなおされた。ヤルダは主任農学者のラヴィニオに面会し、ふたりは繁茂する小麦のあいだを並んで歩いた。太陽がない状態にとっくに慣れていた植物は、果てしない飛行という新しい状態を気にとめていないようだった。

いまや〈孤絶〉じゅうで授業がおこなわれていて、半時隔(ベル)以内の移動でだれもが出席できるようになっていた。ヤルダはファティマが受ける授業のひとつを聴講した。その授業は初等教育を受けた作業員に、回転物理学と折り合いをつける際に必要な背景をあたえることを目的としていた。だれもが研究者になれるわけではないが、もしコミュニティ全体の常識レベルが、ただの算数から四空間幾何学へ引きあげられたなら、その高くなった基盤が意味するのは、将来の進歩がより容易に手の届くものになったということだ——そして雑草をむしっている園丁全員が、同時に輝素に関するネレオの理論にまつわる問題を黙想しているようなところまで持っていければ、それに越したことはない。

教師のセヴェラが単純な問題を出した。「均等に耕された畑で、北から南へ延びているロープが、三本の鋤(す)き跡と交差しています。同じ畑で東から西へ延びている同じロープは、四本の鋤き跡と交差しています。もしロープが、できるかぎり多くの鋤き跡と交差できる方向に延びていれば……いったい何本になるでしょう？」

生徒たちがセヴェラの述べた問題をスケッチするのに合わせ、一ダースの胸で図が花ひらいた。いちどこの問題に答えを出したら——そしてそれが正解である理由を理解したら——光と時間と運動の秘密の半分が、この人々の第二の天性になるだろう。

航法士の持ち場に戻ると、ヤルダは自分自身の生徒と会った。ニノに執行猶予を知らせたとき、自分の計画を説明しておいたが、それ以来忙しすぎて、約束を果たせずにいた。

ヤルダは床にすわり、ニノと対面して、「最初の一ダースのシンボルは読める？」と尋ねた。

「ああ」ニノの声からすると、その質問を侮辱と受けとったのは歴然としていた。だが、はじめにそういうことをはっきりさせておかなければ、なにも教えようがない。

「シンボルを形作れる？　自分の肌に？」

ニノはすねたようにヤルダをじっと見返した。単に無礼の度合いが増しただけだと受けとったのか、それとも今回は侮辱がきつすぎて答える気になれないのか、なんの手掛かりもない。

ヤルダはいった。「懲罰の類をあたえようというのではないわ。あなたが時間をつぶすのに役立つかもしれないと思ったのだけれど、わたしに立ち去ってほしいなら、そうする」

「好きにしろ」ニノがそっけなく答えた。

ヤルダは投げやりな気分で、「なぜわたしを敵のように扱うの？」と尋ねた。「あなたがわたしたちに悪意をいだいていないと認めても、好意を返してもらえないの？」

「あんたはおれの看守だ」ニノがいった。「自由を失ったことに文句はない。でも、看守は友だちじゃない」

ヤルダは、相手の恩知らずを糾弾したくなる衝動を抑えた。「そのほうがいいなら、代わりの教師を寄越すけれど、なり手がいるかどうか。それにほかの搭乗員たちがどう思うか、よくわからない」

「あんたがここへ来ることを、連中はどう思っているんだ？」ニノが尋ねた。

「そのことは広く知られないようにしてきた」ヤルダは認めた。「でも、ほかのだれかを寄越すなら、議論百出でしょうね」

ニノは一本の脚を床の上で動かした。「あんたにとってなんの違いがあるんだ、おれが読み書きをできるようになると」

ヤルダはいった。「自分の考えしかなくて、生き延びられる人はない。あなたを訪ねようという人々がいるなら、好きなだけしょっちゅう面会に来てもらって、あなたの士気を高めてもらうわ。でも、かつては自分をあなたの友人に数えていた人がこの山にいるとしても、気が変わったか、あなたを支援する姿を見られるのを怖れているかでしょうね」

「だからおれに読みかたを教え、それから本でおとなしくさせておくのか？」それが自分を隷属させるための計略、肉体的な監禁よりもはるかにつらい精神の征服であるかのようないいかただった。

ヤルダはいらだって、手で顔をこすった。「じゃあ、どうしたいの？ 無罪放免というわけにはいかないわ」

「それなら、なぜ自分の良心を慰めようとしているんだ？」ニノが語気を強めた。「おれをここに閉じこめておいたって、あんたが恥じることはない」

「ええ」ヤルダは同意し、「でも、あなたが正気を失えば、恥じるでしょう」

「なぜ？」ニノは皮肉をいっているわけではなかった。純粋に困惑しているのだ。「なぜその恥はおれだけのものではないんだ？」

ニノにとって、これは自尊心の問題なのだろうか？ それとも自分を恃むという問題なのか？ ヤルダがいちばんしたくないのは、すでにニノに備わっている回復力をむしばむことだった。

ヤルダはいった。「あなたが愚かな真似をしたせいで、わたしたち全員が死んでいたかもしれない——でも、あなたがこの岩の上で生きているあいだ、わたしたちはほかのだれにも適用されるのと同じ義務を、まだおたがいに負っている。あなたがまた破壊行動を起こすというリスクから〈孤絶〉が解放されても、ほかのことはなにひとつ変わらないまま。じっさいのところ、わたしはまだ意味のある仕事と教育の機会をあなたにあたえなければならないし――あなたはまだ自分の務めを果たさなければならない。いまはこの義務を果たすのがずっとむずかしくなって、わたしとしてはうれしくないけれど、その義務が存在しなくなったふりをするほどでもない」

ニノは黙りこんだが、いまや態度が軟化したように見えた。自分の役割を果たすよう頼まれても面目を失いはしない。

ヤルダは相手の立場をなんとか理解しようとした。ニノは自分を捕らえた者たちを侮蔑してはいない。アシリオに買収されなければ乗員に加わらなかっただろうが、ヤルダたちの野心に対する蔑みに毒されてここへ来たわけではない。アシリオは、どうせ死ぬのだから時間の問題にすぎないとほのめかすことで、大量殺人のリスクを正当化した。しかし、たとえニノが飛行任務（ミッション）の見通しについて懐疑的だったとしても、搭乗者たちの善意は信じていたに違いない。

「この話はどこへ行き着くんだ？」ニノが尋ねた。「あんたが学ばせたがっていることを学んだら、おれはどんな仕事ができるようになるんだ？」

「かんたんにはいえないわ」ヤルダは包み隠さずにいった。「でも、もう農民にはなれない。基礎的な教育を受けるところからはじめて、それからほかにどんな適性があるのかを見つけださなくてはいけない」

ニノは長々と考えこんだ。ひょっとしたら、希望が膨らみすぎるのを警戒しているのかもしれない。ヤルダは相手を落胆させたくなかったが、慎み深い数歩が最終的に新たな可能性をニノにひらくなら、死ぬまでここで腐らせるよりマシに違いない。

「あんたのいうことはすじが通っている」ニノが認めた。「おれに教えようという気があるのなら、うまくいくようおれも最善を尽くす」

太陽石の層のいま燃えている部分が近づいてくるにつれて、エンジンから発する騒音と熱が耐えがたいものとなり、機械工と航法士たちは上の第二層給剤機へ移動する準備をはじめた。〈孤絶〉は途方もない運動量を獲得していたので、二、三日は手動で訂正しなくても、たどっている針路にほとんど違いはないはずだったし、いったん第二層が点火すれば、わずかな漂流が起きたとしても、かんたんに対処できるはずだった。『ガラクタを処分する絶好の機会になりますね』航法士の持ち場の洞窟が、いまやベンチと計器を剝ぎとられてがらんとなったのを見まわしながら、バビラが描書した。『山の中に散らばってほしくないものは、片っぱしからここへ置いていって、宇宙空間へ吹き飛ばされるようにすればいい』バビラの視線は監房のドアから離れなかった。

『ゴミの山は富の言い換えにすぎない』ヤルダは答えた。『なにかを投げ捨てられるほど、わたしたちは裕福ではないわ』

フリドはとっくの昔にどちらの側の味方につくのもやめていた。少なくとも公然とは。『切り離し火薬の点検を手伝ってくれないか？』フリドがバビラに尋ねた。バビラはフリドのあとを追って部屋から出ていった。第二層に点火する前に、放棄しなければならない岩石の突出部全体を弱くするため、第一層の給剤機室で爆発を起こす手はずになっていた。

ヤルダは独房をあけて、ニノを連れだした。最初の数歩、ニノは方向が定まらず、さっきまでいた場所よりはるかに広大な空間の異様さにまばたきしたり、怯えたりしていたが、すぐに落ちつきを取りもどした。気づかう言葉をかけないほうがいいのをヤルダは承知していた。ふたりは無言で並んで歩き、空っぽの給剤機室を抜けて、階段へ出た。

「どれだけの時間が経ったんだ？」のぼりはじめたと

き、ニノが叫んだ。「おれたちが出発してから？」

「わたしたちにとっては半年近く」ヤルダは答えた。彼女の中の教師は描書で会話をしたがったが、ニノのほうが前を歩いていたし、背中に描書する技をニノはまだ習得していなかった。

「それで、故郷では？」

「ほぼ同じ。考えさせて」ヤルダは故郷での時間経過がつねにわかるようにはしていなかった。この場で答えを計算しなければならない。唯一の実用的な方法は、母星の同時性の観念を使ってふたつの来歴を関連づけることだ。その方法で得られた日付は、〈孤絶〉が直交する方向に飛んでいるあいだは進むのを停止するが、それ以外は比較的ふつうにふるまう。〝いま〟の定義を〈孤絶〉自体の曲折する来歴に結びつければ、〈孤絶〉が加速するときは故郷の日付を無限の未来へと大急ぎで進ませ、反転するときは無限の過去へとはるばる遡らせ、こうして〈孤絶〉と再会するときの故郷の時間の進みかたは正常に戻る。

「十日ほど少ないわ」ヤルダはいった。

「なるほど」ニノは階段吹き抜けのむこう側に目をやった。なにかを考えこんでいるようすだ。

「なぜ訊いたの？」

「もうじき孫ができるかもしれない」ニノがいった。

「まあ」相手がお祝いの言葉を聞きたがっているのかどうか、ヤルダにはよくわからなかった。

「子どもたちが一ダースを二年超えるまでは禁じたんだ」ニノが説明する。「もう数年待ってくれるといいが、子どもたちがどう選択するか、知るのはむずかしい」

「その子たちは分別があるに違いないわ」とくに確信があったわけではないが、ヤルダはそういった。「それで、〈孤絶〉に参加することについて、子どもたちにはどう話したの？」

「エウセビオは喉から手が出るほど農民をほしがって

いるから、おれの技術を利用するために、進んで家族に支払ってくれるといったんだ」

「子どもたちはどう受けとったの？」

ニノは階段の上で立ち止まった。「子どもたちも来たがった。みんなで行くのは危険すぎるといい聞かせた」

エンジンの騒音はしだいに遠のいていった。無重力状態でなにが起こるかをじっくり考えると心が乱れたとはいえ、炎が際限なく岩を叩くことがなくなるなら、それに見合う価値はある、とヤルダは判断していた。

「あなたのお兄さんの子どもたちは年上、それとも年下？」ヤルダはニノに尋ねた。

「年下だ」

「それでお兄さんが姪や甥に圧力をかけると思うの？」

「いいや」とニノ。「兄はそういうことはしない。心配なのは、子どもたちが自分を抑えきれなくなることのほうだ」

第二層のてっぺんで階段を離れた。新しい航法士の持ち場にたどり着く道は、いくつかの給剤機室を抜けるものしかなく、そこは無人ではないはずだ。

「手を背中にまわして」ヤルダが語気を強めていった。「見せかけのために」

ニノは素直に従った。ヤルダはその手をくっつけ合わせてから、自分自身の、より大きな手の一本で包みこんだ。じっさいに融合樹脂を使うつもりはヤルダにはなかったし、こちらを見た人に囚人がじつは位相幾何学的には自由だとひと目ではわからないようにしても、別に害はないはずだ。

ふたりは姿を見られずにいちばん外の室を渡ったが、次の室ではデルフィナが持ち場でテープ描書機を点検していた。「その人殺しにここを歩かせるんですか？」信じられないといいたげに、デルフィナがヤルダにむかって叫んだ。

「独房へ行く道がほかにないのよ」ヤルダは答えた。機械工たちは数日がかりで、片づけと新ピカの給剤機のテストをしているところだった。この状況では、ニノの存在を腹立たしく感じる人がいる理由は理解できる。だが、選択の余地はない。

デルフィナが近づいてきた。「こんなの認められません！」怒りのこもった声でヤルダにいう。「エウセビオがあなたをリーダーに任命したとき、裏切り者ひとりの命をわたしたち全員の命より上に置かせるつもりだったと思うんですか？」

こういう誇張した表現で問題を扱うのは時間の無駄だ、とヤルダは学んでいた。「あなたがここにいてくれてよかった」ヤルダはいった。「囚人を新しい独房に護送するあいだ、見張りを手伝ってくれるもうひとりの看守がほしかったの。でも、バビラとフリドは切り離し火薬のことで手が離せなくて」

デルフィナはためらった。だが、その要求を拒めば、ニノがもう危険ではないと認めたも同然になる。

「あなたが前を歩いて」とヤルダ。「囚人が逃げようとしても、すぐに道をふさげるようにしてもらえる……？」

三人は無言で真新しい機械仕掛けの列を縫って進み、やがて隣の室に入った。オネスタが解放剤タンクの基部でバルブの点検をしていたが、縦列の先頭に立つデルフィナを目にすると、会釈だけですませた。

航法士の持ち場まで来ると、ニノが独房に閉じこめられるまでデルフィナは待機した。

「手伝ってくれてありがとう」ヤルダはいった。

「こんなことが必要だったのは、まちがっています」デルフィナが答えた。「移動させる囚人がいること自体、あってはいけないことだったんです」

「そうはいっても、感謝しているわ」ヤルダは言葉を重ねた。

「それはどうでもいいんです」

「無重力への移行訓練を忘れないで」ヤルダは思いださせた。「あさってよ」

デルフィナはあきらめた。彼女が立ち去ると、ヤルダは独房に入ってニノのようすをあらためた。「ここは――」

「居心地がいいかって？」とニノ。「前のと変わらない」

ヤルダはいった。「とくにほしい物があれば、いまならこっそり持ちこめるかもしれない」

「英雄譚(サーガ)の中では」ニノが感慨をこめていった。「生き延びる支配者は、敵を即座に見抜いて、さっさと片づける者たちだった」

「せいぜい心にとどめておくわ」ヤルダは立ち去ろうとしかけたが、そこで立ち止まり、ニノにむき直った。「サーガを習ったの？」

「もちろんだ」

「暗記している？」

「父親に教わった」ニノが答えた。「すべて暗誦できる。言葉のひとつひとつまで」

ヤルダはいった。「それを紙に書き残すことをどう思う？」

ニノは困惑した。「なぜ？」

「図書室にとって、それがあるのはいいことだから」

じつは、すでに図書室の蔵書にあるだろうとヤルダは思っていた。しかし、どの一族も独自のバージョンを伝えてきており、ひょっとしたら未来において、だれかがその異本の性質を検討したがるかもしれない。「染料と紙を持ってきたら、書きはじめる気はある？どういう風になるか、やってみる気はある？」ニノの書き言葉の語彙は、まだその作業ができるほどではないだろうだが、作業中にぶつかる問題が、授業において取りくむべき課題となるだろう。

ニノは考えをめぐらせた。小麦畑の世話をすることに比べれば、これが名目だけの仕事であることはふたりとも承知していた。だが、ヤルダが毎回準備する退屈なシンボル描きの練習にニノのほうはまだうんざりしていなくても、ヤルダはそれを考えだすのにうんざりしていた。

「いいだろう」ニノが同意した。

ヤルダはほっとした。「道具を持ってくるわ、フリドとバビラがやって来る前に」

「ほんの数年前、息子たちにサーガを教えた」とニノ。「それがすんで、サーガはもう自分には必要ないと思った――すっかり忘れてしまったと思った」

「でも、忘れていなかったのね」

「忘れていない」

ヤルダはいった。「いるものはなんでも持ってくるわ」

新しいエンジンは大過なく始動し、第一層のてっぺんに残っていた岩の突出部を宇宙空間に吹き飛ばした。フリドとバビラが喝采する中、ヤルダは自分がエウセビオに、彼の設計がうまくいったことのお祝いをいうところを想像した。あとになって、それは〈孤絶〉の帰還について、まるで自分がその場に居合わせられるかのように考えていたことになると気づいたが――それをいうなら、ズーグマでは自分のかたわらを歩いているトゥリアをしょっちゅう思い描いていたのだ。自分自身が幽霊を演じるときについて同じようなことを考えるのも、馬鹿げているという点では、それと大して違いがあるだろうか？

ニノはサーガでページを次々と埋めていった。ヤルダはニノのもとを訪れ、その第一稿を読んで訂正点を指摘した――だがそれをするのは、同僚の航法士のひとりが眠っており、もうひとりが観測のため縁へ出ているときだけだった。だれを欺いているわけでもないが、異論のあった決定をわざわざ思いださせるまでもない。山頂の天文学者たちは前方に障害物を見つけていなかったが、いまもヤルダの周囲のあらゆる人々は、機械工も航法士も同じように、〈孤絶〉が針路から外れないようにしておくために、反乱を組織する気になる余裕もないほどの多忙をきわめていた。だが、やるべきことがなければ、その気になっていただろう。

〈孤絶〉が加速段階の中間点に達し、青い光の速さと同じになったとき、ヤルダはセヴェラの授業で話をするために山をのぼった。

その授業は観測室のひとつでおこなわれた。観測室に入ると、生徒たちは黙りこんだ。なにが見えるかは教えられていたが、見慣れて育ったありとあらゆる星が——シーサも、サラックも、ゼントも、ジューラも、ありとあらゆる微妙で、見分けられる光の染みが——掻き集められて、ほかのなによりも疾走星のつるべ打ちに似ている色のすじになっているのを目にするのが、どれほど動揺を誘うことか、ヤルダには理解できた。

生徒たちが最初に直面したのは、その眺めだった。山腹からまっすぐ外を見ると、小さくてでたらめな星々の動きが、〈孤絶〉の速度に飲みこまれるのだ。山が上昇する速さは、あらゆる色の尾を垂直に整列させ、鋤き跡が平行に走る畑を空に作りだすのにじゅうぶんだった。それぞれの尾は異なる点ではじまり、異なる点で終わるが、赤をてっぺん、紫色を底にして、そのすべてが直角の約半分の範囲におさまる。この目に見えるようになった来歴の中で、紫色の最新の報告はつねに、歩みの遅い赤いバージョンより空の低いところにある星々を示している。

だが、天頂のほうを見あげると、このパターンが遠くまでひたすら反復されるという予想は覆（くつがえ）される。こちらでは、星自体の横むきの動きがロケットの前進運動と競合し、幾何学がじゅうぶん複雑になるので、尾は完璧な消失点に収束できなくなるのだ。さらに驚くべきことに、ここでは尾の多くが標準と比較して完全に逆転して、赤い端が下に突きだしている——そしてどちらの種類の尾も、スペクトル全体を横断する前に薄れていた。赤側の尾は緑色を決して越えないし、紫色側の尾は藍色にかろうじて達するかどうかだ。それよりなにより、空の上半分は下半分よりも単純に混みあっており、〈孤絶〉が近づいていく星々が、どういうわけか前方に遠のいていき、自分がそこから離れつつある街の建物がそう見えるようにひとつに集まっていく、という奇怪な印象をあたえている。

ヤルダは生徒たちに話しかけた。「これが奇妙に見えるのはわかります。でも、わたしたちがここにいるのは、これにすじを通すためです。ここでみなさんの目に映るなにもかもが、単純な幾何学で説明できるのです」

セヴェラはこのときのために、ふたつの小道具を生徒たちに前もって作らせていた。ヤルダはそれをセヴェラから受けとり、室の床に置いた。「手はじめに、この物体をじっくり見て、横むきに見えるとおりに描いてください」

ふたつの小道具は紙製の八角形ピラミッドだった。片方は傾斜がかなり浅く、もう片方はずっと険しい。どちらも単純な木製スタンドに載せられている。生徒たちがその周囲に集まり、台座と水平に見られるようしゃがみこんだ。

「それぞれのスタンドの軸は」ヤルダは説明した。「打ち上げ前における〈孤絶〉の来歴の短い範囲をあらわします。時間は垂直に、つまり床からまっすぐにあがることで計られます。空間は水平です。そのときには、星々はわたしたちに対してゆっくり動いているだけだったので、床一面に均等に広がっていると考えられます。星々の来歴はほぼ垂直に上昇しているわけです」ヤルダはファティマの整然とした、様式化された図にちらっと目をやった。

「するとピラミッドは光ですか？」オーシリオが尋ね

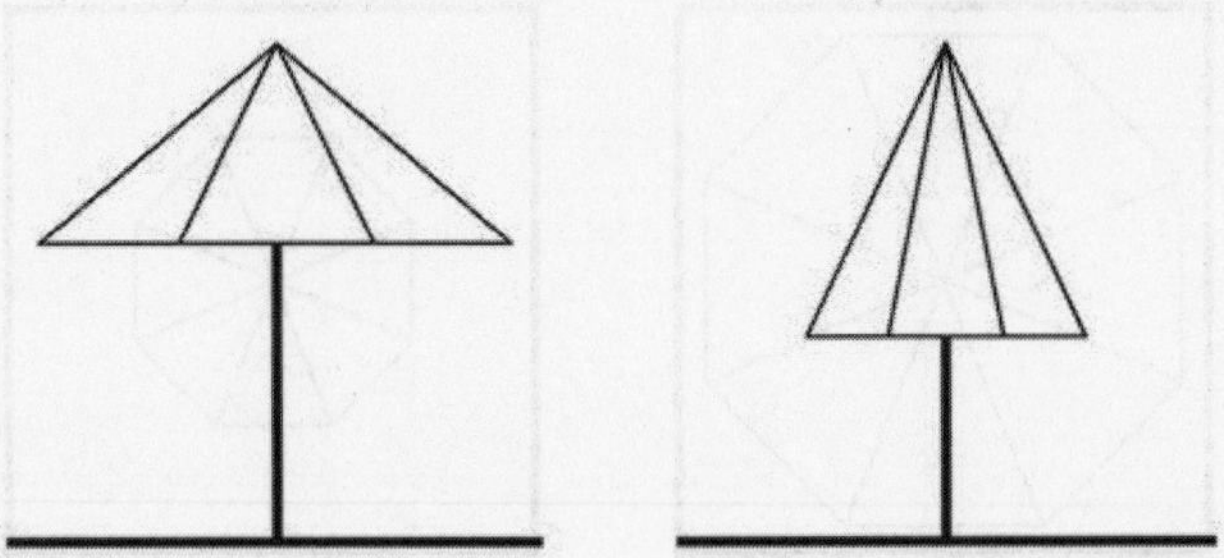

る。

「そのとおりです」ヤルダは認めた。「入来する光、周囲の星々が遠い昔に発し、ピラミッドの頂点でようやくわたしたちのもとに達した光です。ふたつのピラミッドは、わたしたちに見える紫色の光と赤い光をあらわします。険しいほうが……？」

「赤です」プロスペラが自発的に答えた。「一定時間内に辺が渡る空間が少ない――速度が遅いわけです」

ヤルダはいった。「正解。円錐ならもっとくわしいモデルになり、特定の色の光線をすべて見せてくれるでしょう。しかし、このピラミッドそれぞれの八つの辺を見れば、光がどうふるまうか、かなりよくわかりますし――それらが〈孤絶〉のまわりで角度を均等に分けるという事実が助けになるでしょう」

全員が最初の観察を終えた。「今度は上から見おろしてください」ヤルダは指示した。「そして見えるものを描いてください」

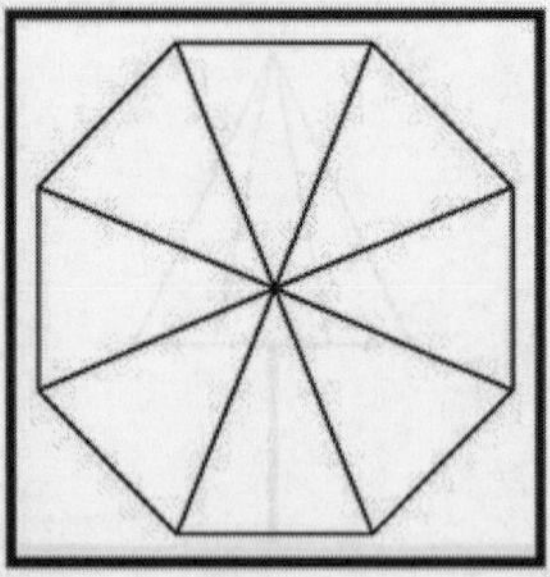

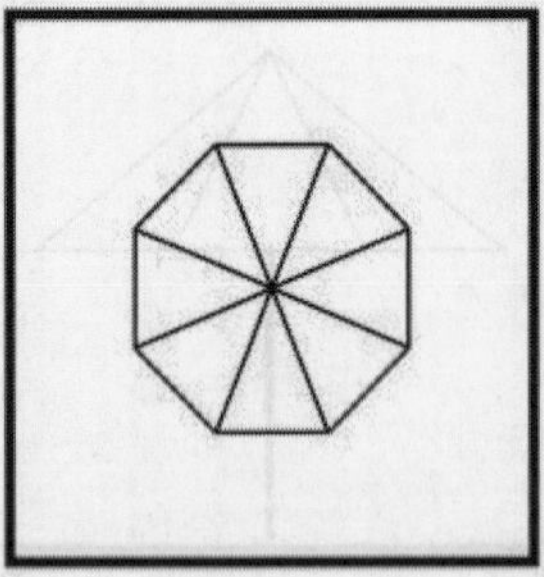

生徒の大半が新しいスケッチを胸に描きおえるのを待ってから、ヤルダは先を続けた。「これらの三角形それぞれの辺のあいだで」ヤルダはいった。「わたしたちのもとに届く光線を考えてください。〈孤絶〉が星々に対して動いていなかったとき、わたしたちに見える空のこうした均等な切片は、周囲の均等な一角から光を受けいれていました。星々は、多かれ少なかれ、わたしたちの周囲の空間に一様に配置されていますから——星々は空全体に一様に散らばっているかたちで見えて、どちらを見ても、ほかの方向とひどく違っているわけではありませんでした」

ヤルダは周囲を見まわし、静かにしている生徒のひとりを選んだ。オーシリアだ。そのふたり組のうちしゃべるのは、もっぱら彼女の双のほうだった。「わたしの代わりに軸を傾けてもらえないかしら。両方とも垂直からできるだけ八分の一回転分近く下げてみて。直交の半分。青い光の速さに」

軸は回転するジョイントで台座とつながっていた。

オーシリアはその作業に熱心に取りくみ、何度もあとずさりして、角度をあらためた。

「みんな、新しい外形を描いてもらえるかしら」ヤルダはいった。「まず側面から」

セヴェラがヤルダに近づいてきて、小声でジョークを飛ばした。「これを代数で解くのを習うときに得られる大きな成果を、奪うことになりますよ」

「はっ！　それまでどれくらいかかるの？」

「二年だと思います」

「そしてこのクラスの何人が、それほど長くついて来ると思う？」

セヴェラはしばらく考えて、「半分以上は」

ヤルダは勇気づけられた。第一世代にとって、それはよい結果になるだろう。しかし、いまこのときは、この生徒たちがひとり残らず、自分の目と直観しか使わずに、周囲の光景にすじを通せるようにするのだ。

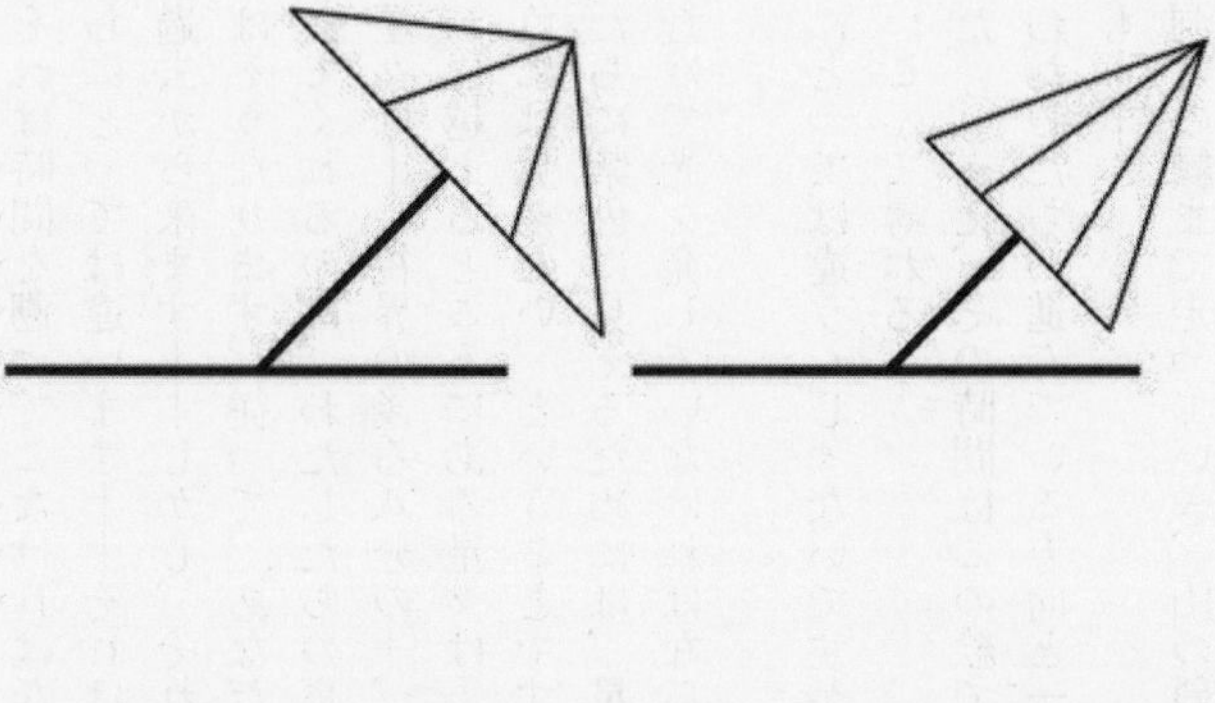

ヤルダはふたたびクラスに話しかけた。「〈孤絶〉から見られそうな光景について、この絵からすぐにわかることがありますか。意見はありますか？」

プロスペラがいった。「わたしたちの後ろから来る紫色の光は、すごく傾いているので……水平を越えてしまいます」そのいいかたで、その変化が重要に違いないことはわかるのだが、どういう意味なのかはよくわかっていないことがはっきりした。

「それなら、もしこちらにむかって来る光を追いかけたら」ヤルダは示唆した。「その高さにはなにが起こりますか？」

「近寄るにつれ、低くなります」プロスペラが答えた。

「その高さは低くなります。そして、この絵において高さはなにをあらわしますか？」

「時間です」プロスペラは一瞬考えこんだ。「そうすると、光は未来から来るに違いないということですか？」

「そのとおり。それは時間を遡ってこなければなりません。わたしたちにとっては違います——それはやはりわたしたちの過去から来ます——しかし、それを発した星にとってはそうなります。従って、あなたが発見したことが教えてくれるのは、わたしたちの真後ろにあるふつうの星々は——視界の後ろ八分の一、あるいはそれをわずかに越えるところにある星々は——わたしたちには紫色には見えない、ということです。なぜなら、わたしたちに紫色に見えるためには、星はそれ自身の過去にむけて光を発していなければならなくなるからです」

「でも、直交星にとっては違うんじゃないですか？」ファティマが勢いこんで尋ねる。

ヤルダは答えた。「ええ、その時間はこの絵では水平だし、未来はわたしたちが進んでいる方向と一直線に並びます。でも——」

ファティマは洞穴の縁まで走っていき、山の斜面を見おろした。

「――でも、あいにく、わたしたちの下にある岩が、眺望のその部分を隠しています」山とエンジンから出る靄とのあいだに直交星を観測できる見こみは、まだまったくない。

ヤルダは傾いたピラミッドを上から描くよう生徒たちに頼んだ。混乱したり、じっさいに見えるものというよりは先入観で描く生徒もちらほらいたが、仲間たちの意見が一致していくのに気づくと、自分の描いた図を見直して正確にした。

ヤルダは、全員が基本的な特徴を正しく描くまで待った。

「八つの切片それぞれは、依然としてわたしたちの視野の均等な一部をあらわしています」ヤルダは念を押した。「しかし、周囲との関係は変わっています。紫色、つまり広いほうのピラミッドからはじめましょう。なにが起きているか、わかる人はいますか？」

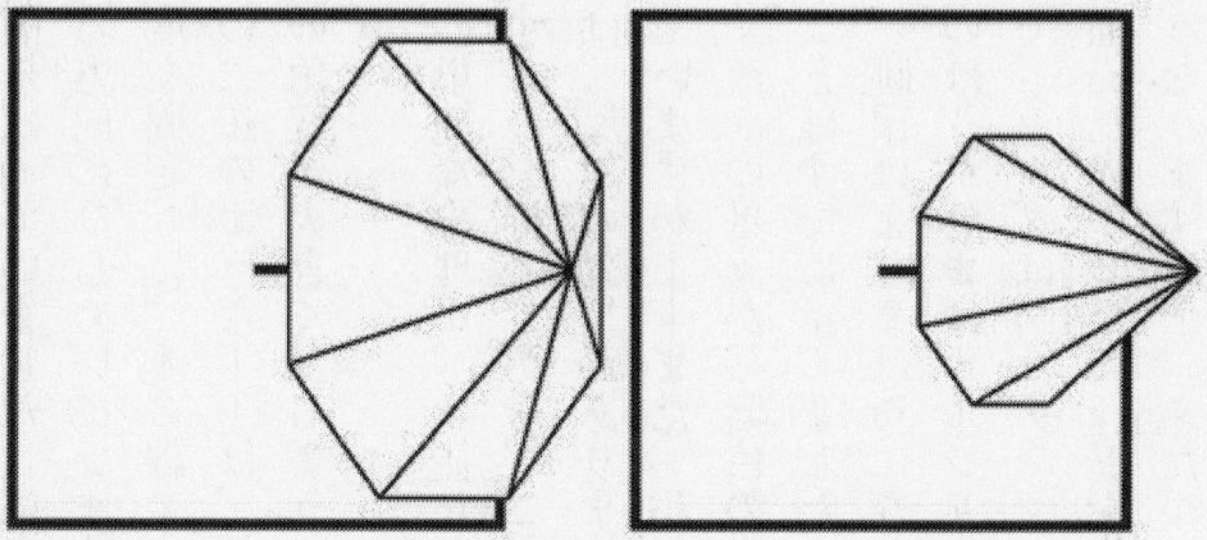

オーシリアが発言した。「前面では」と胸の三角形を指さしながら、「辺と辺との角度は、上から見れば、いまは八分の一よりずっと大きくなっています」

「ということは……？」ヤルダは促した。

オーシリアはためらったが、すぐに最後までいった。「わたしたちの見る八分の一は、星々の八分の一よりも多くからの光を受けているということですか？」

「そのとおり！」ヤルダはオーシリアに近づき、クラス全体が彼女のスケッチを見られるよう、むきを変えさせた。「〈孤絶〉が進んでいる方向については、視界の八分の一の一角は、じっさいにはもっと幅広くを見渡していて、より多くの星々からの光がそこに詰めこまれています。わたしたちはそれを均等な八分の一だと思って見ていますが、周囲の側からすると、ずっと多くを見ていることになるのです」オーシリアから離れて、天頂を身振りで示す。「尾の紫色の端をよく見てください。打ち上げ前は、それらはわたしたちの周囲で一様に散らばっていました。いまは、わたしたちが進んでいる方向にひしめいています。その理由は単純です。角度を固定した二本の線――ちょうどその前面の三角形の二辺のような――は、傾ければ傾けるほど、その間の角度が大きくなるように見えるでしょう」

ヤルダはその単純な論理が、生徒たちの目の前にある証拠と一致するのを待ってから、こうつけ加えた。「反対方向には、反対の効果があります。山のせいで見にくくなっていますが――また、わたしたちの背後に、とにかくふつうの星々から紫色の光は受けとらない領域があることはすでに示しました――全般的には、後ろを見れば、眺望はよりまばらになります」

ファティマのほうがいまはオーシリアよりも近くに立っていたので、ヤルダはファティマのかたわらへ移動し、彼女の描いた赤のピラミッドを指さした。

「赤い光はどうなりますか？　ふたつのピラミッドの

後部に当たる三角形を比べたら、赤い光の角度が、紫色のそれよりもさらに小さいことがはっきりするでしょう——従って、背後では赤いイメージが紫色よりも広く空一面に引き伸ばされるのが見えるはずです。紫色に比べて前に押されているのですから。その違いは、みなさんが視線を後方から遠ざけるあいだずっと続きます。任意の星にとって、赤い光は天底からより離れた場所に落ちつきます。聞き覚えがありませんか？」

ヤルダは背後の垂直になった尾を指さした。赤い端はすべて紫色よりも高いところにある。

「でも、進んでいる方向に目をやると」ヤルダは言葉を続けた。「赤い光になにが起きるでしょう？　ここで見えるピラミッドの三角形は五つしかありません。わたしたちの正面を指している三つの三角形はどうなっているのでしょう？」

　ファティマが助けるように三本の線をつけ加えたので、隠れていた三角形が見えるようになった。

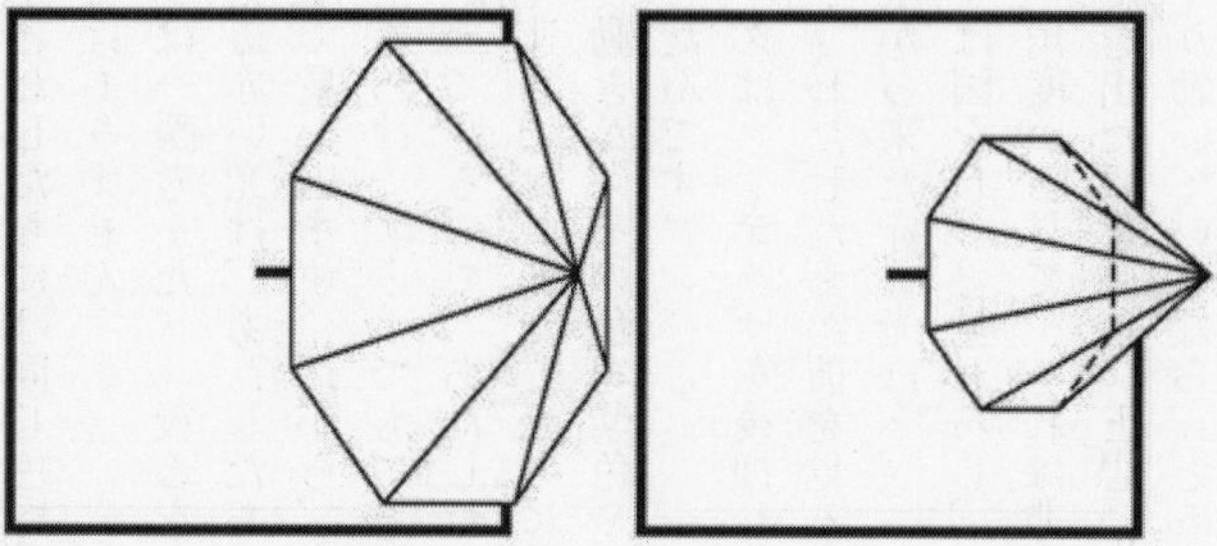

「後ろを指すことになります」とオーシリア。

「そうです！」ヤルダは天頂まで目をあげた。「この奇妙な尾の赤い端が、逆方向に突きだしているのがわかりますか？ それらは、じっさいにはわたしたちの背後にある星々なのです！ そのピラミッドを見れば、赤い光では、わたしたちの正面にあるものは——星々に固定された観察者が、なにかを〝正面に〟あると判断する意味においては——まったくなにも見えないのがわかります。しかし、わたしたちの見る眺望は、その方向に赤がないわけではありません。正面にあるものを見る代わりに、背後にあるものの一部を見ているからです」

「しかもそのすべてを二度」ファティマが指先を図に走らせ、ピラミッドの頂点にむかわせた。「赤い光で背後に見える星という星が……赤い光で正面にも見えます」

「そのとおり」とヤルダ。「でも、それは同じ星から来る光で——わたしたちには同じ色に見える——けれど、同じ光ではありません」

ファティマは一瞬考えた。「後ろをむいたときあたしたちに見える赤い光は、あたしたちとなす角度よりも大きな角度で星を出ます。だから、赤よりも速い光として星を出るわけです……でも、あたしたちはその星から遠ざかっているので、あたしたちが静止していたら追いつく速さでは、あたしたちに追いつきません。あたしたちの動きが、その色を紫色や紫外線から赤に変えてしまったんです」

「そう」ヤルダはファティマを後押しした。「では、ほかの光は？ わたしたちが前を見るときに見える、まさに同じ星から来た赤い光は？」

ファティマは図をじっと見おろし、必死に考えをめぐらせた。「角度から見て、それは非常にゆっくりと動きながら星を出たに違いないと思います。でも、それほどゆっくり動いているなら、どうしてあたしたちに追いつけたんでしょう？」

　ヤルダはいった。「混乱したのなら、とにかく描いて……なんであろうと描く必要のあるものを」

　ファティマは新しいスケッチを描き、間を置いてから、いくつかの注釈を加えた。

「わたしたちには前方から来るように見える赤い光は」ファティマがいった。「遠い昔、わたしたちの背後にある星を出たに違いありません……でも、いまわたしたちがそれに追いついて、追い越そうとしているんです。だから、あたしたちの正面から射してくるわけです。星は背後にあるけれど、光は前方にあったんです」

　ファティマは天頂を見あげ、そこで新たな啓示がひらめいた。「だから、あの逆さまになった星の尾が緑色で消えてしまうんだわ！　光がどれほど遠い昔に星を出たにしろ、最終的にあたしたちの来歴となす角度は、青い光の角度より大きくなることはない。でも、

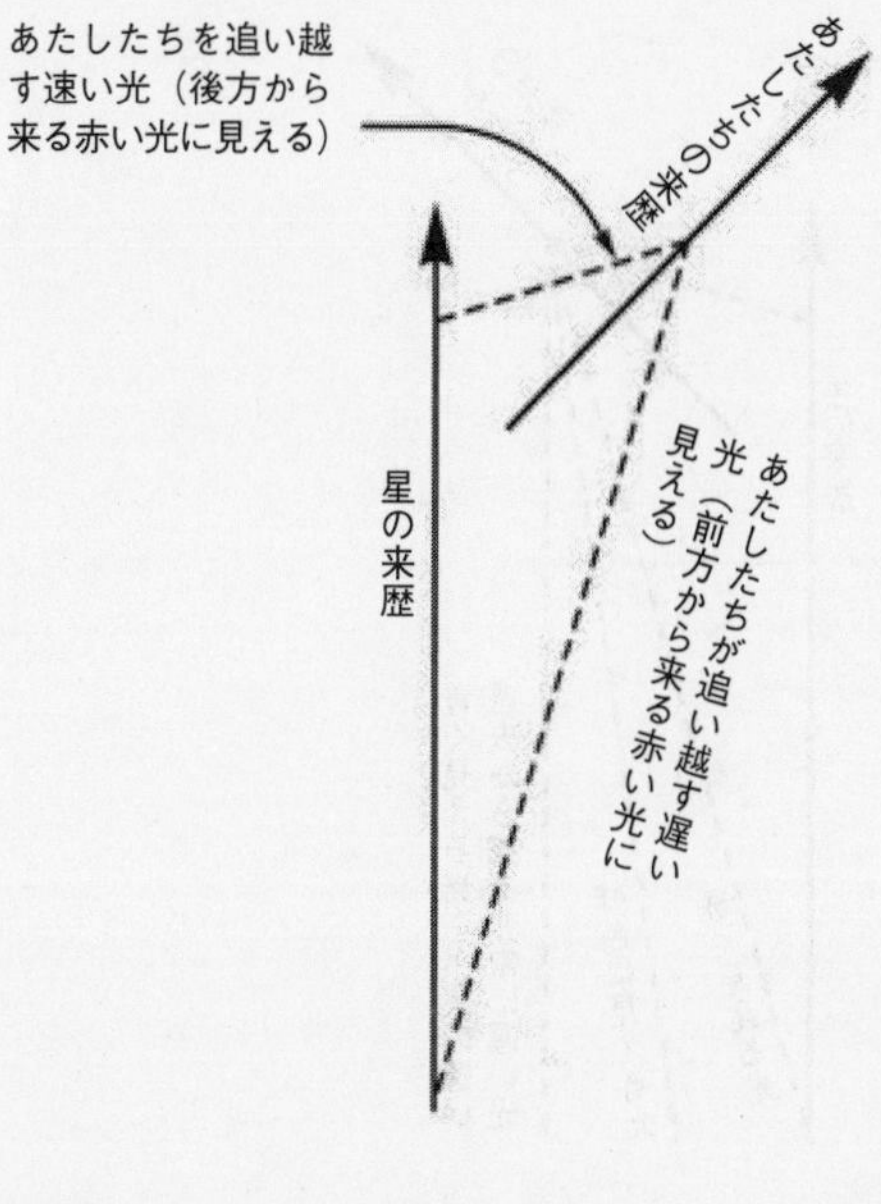

青い光は絶対の限界になる——無限に遠い過去から来た光という限界。現実には、それほど昔を見ることは期待できない」

ファティマは図を修正して、いいたいことをあらわした。

ヤルダはいった。「まったくそのとおり——ただし、それらの尾の中に青が見えない理由は、星がスペクトルの異なる部分でどれだけのエネルギーを放出しているかの問題でもあります。わたしたちが青として見る光は、遠赤外線として星を出て、信じられないほどゆっくりと進んだのでなければなりません。従って、その光は非常に高い割合で星からエネルギーを運んでいるわけがない……つまり、星そのものは、単純にその色で非常に明るく輝いているわけではないのです」

オーシリアはその議論にぴったりとついてきていたが、どこまで理解しているのかは、ヤルダにはよくわからなかった。しかし、そのときオーシリアがファテ

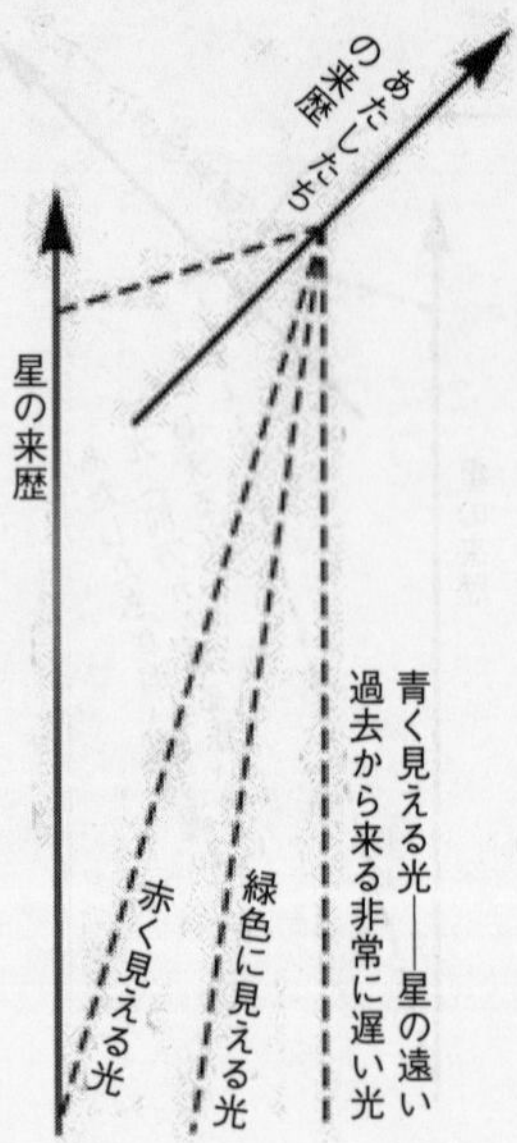

ィマの胸を指さして、「もしその星が、代わりにたまたま正面にあれば、いちばん遅い光はやっぱり青く見えることになるんじゃありませんか？　スペクトルの反対端から近づいてくるだけです。だから、その尾は紫色ではじまるけれど、決して青までは行きません」

オーシリアはためらってから、ファティマのを真似て図を描きだし、自分の論点を明らかにした。

ヤルダは歓声をあげた。体をまわして、その図がほかの全員にも見えるようにしろとオーシリアに身振りで伝え、「これで最後の謎が解けました。わたしたちの頭上にある尾の中に、紫色と藍色だけのものがある理由が。つまり、そういうことです。みなさんだけで、空全体の謎を解明したのです」

じつをいえば、だれもがファティマとオーシリアの理解についてきているわけではなかったが、ヤルダはそこで一歩引いて、生徒たちが助けあい、なかなか解けない謎を解き明かすのにまかせた。星々と後ろに目

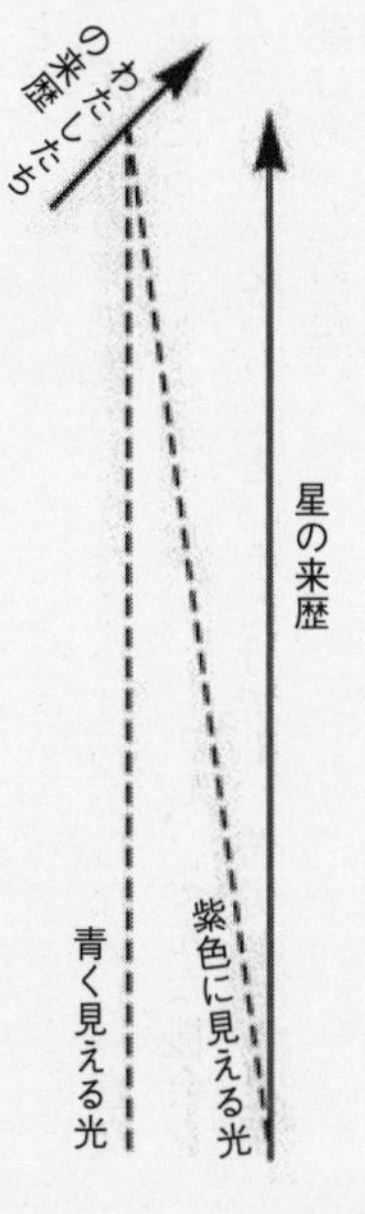

をやり、緑色の尾の細部が眼前の図とつながると、理解できたというぞくぞくするような気持ちが生徒たちのあいだに広がった。

この異質な空は、いまやこの人々のものになった。〈孤絶〉がもっと速く進むにつれ、空の変容はさらに極端になるだろうが、それを見る新しい方法を獲得したからには、その変化にもやすやすと対処できるだろう。

この人々のうち研究者になるのはほんのひと握り、教師になるのはほんのひと握りだーーヤルダにもそれはわかっていた。しかし、たとえこの人たちが、この理解を友人たちの子どもたちに伝える以上のことをしないとしても、そのすべてがなんらかのかたちで、文化を高め、搭乗者たちの子孫がこの異様な新しい状態を怖れることなく生きていけるようにするのに役立つだろう。

そしてとりわけすばらしいことは、とヤルダは悟ったーーあらためて心を打たれたのだ、それを当たり前のことと受けとりはじめていたからーーこの単者たちと出奔者たちのひとりひとりが、このパートナーのいる女たちとその双たちのひとりひとりが、自らの才能を役立て、旧世界の慣習に妨げられることなく、強制されずに自らの生を全うする機会に恵まれるだろうことだ。

疾走星の解決策がどうなるかはわからないし、直交星群についてもわからない。しかし、そんな機会を人々にあたえられたというだけでも、苦労してきた甲斐はあったのだ。

16

　ヤルダは航法士の持ち場にあるベンチに安全ベルトで体を固定し、停隔（ポーズ）ごとにカウントダウンした。これまでその栄誉を担うのは、つねにフリドかバビラだったが、今回はその役割を自分で引き受けたのだ。これが最後のチャンスだと知っていたから。

「三。二。一」

　それに続く肩すかしは、歓迎すべきものだった。それとわかる変化が突如として生じれば、なにか恐ろしくまずいことが起きたという意味なのだから。時計がさらに二分隔（ラプス）進んでも、ヤルダはなにひとつ気づかなかった——そのときでさえ、こう疑っていた。つまり、目まいがしたり、バランスが狂った気がしたりするのは、予感のなせる業でしかないのでは、と。機械工たちはじっくりと時間をかけて解放剤の流れを先細りにしている。エンジンが完全に停止するまで、丸一鳴隔（チャイム）はかかるだろう。

「聞こえたか？」フリドが尋ねた。

「聞こえるって、なにが？」バビラが頭をもたげて耳をすます。

　ヤルダが「岩よ」といった。エンジンの轟音に被さって、天井を伝わってくる低い軋みが聞きとれた。山はその重量のごく一部を失っただけだが、すでに形を変えはじめている。重荷が減ったので、伸張しはじめているのだ。それは悪いしるしではない。変化をためこんで、あとで急激に形を変え、そのエネルギーをいっせいに解放するよりは、いま調整をはじめたほうがマシだ。

　エンジン停止までの四分隔（ラプス）、背中の皮膚が痺れてきている、とヤルダは誓ってもよかった——そして圧力の減少を感じはじめているほんとうの理由を知っていても、それで錯覚が弱まるわけではなかった。七分隔(ラプス)で体重の減少がパニックの引き金を引きはじめ、そのパニックのさなか――わずかなあいだだが――体の下でベンチの脚が折れてしまったのだとヤルダは確信した。エンジンはいまや耳慣れない、静かなパタパタという音を立てていた。頭上の岩は音を立てなくなっていた。打ち上げ以来はじめて、ヤルダは部屋の反対側にある時計が時を刻む音を聞いた。

バビラがむきを変え、最後に食べた物を戻した。思いやり深く同僚たちには見えないところに片づける――もっとも、床そのものが嘔吐物をさほど長くはとどめておかなかったかもしれないが。部屋の安定した見かけと、なにもかもがすべっているという、ぎょっとするような感覚とを折り合わせる望みがないので、ヤルダは目を閉じた。気がつくと、遠方から見た〈孤絶〉を思い描いていた。色の尾を背にした黒っぽい円錐を。しかし、この空想的な光景において、山の中腹三分の一は樹脂のように柔らかくなっており、怖いもの見たさで目が離せないでいるうちに、どんどん伸びて細い管になり、やがてボキッと折れて――

ヤルダは衝撃に備えて体を突っ張った。不幸にも高所から落ちた祖先は皆、これと同じ落下の感覚を味わい、そのあとにはかならず衝撃が続いたのだ。自分の身にそんな激突がいつまで経っても起きないのは、ヤルダにとってもちろん意外ではなかったが、だからといって安心した気分にもなれず、いまにも大怪我しそうな恐れはいっこうに消えてくれなかった。

ヤルダはベンチに横たわって静かにうなりながら、なにかが変わるのを待った。とうとう、恐怖感にすっかり慣れて目をあけられるようになり、周囲を見まわした。フリドは安全ベルトの大部分を外し、上体を起こしていた。ヤルダも同じようにしたが、それで気分が悪くはならなかった。じっさいにはその行動は、体をまだ思いどおりに動かせるという証明になって、心強さをあたえてくれた。

半ダースのロープが、肩の高さで部屋に張り渡されていた。フリドは安全ベルトを外しおえると、手を上に伸ばして、いちばん近いロープをつかんだ。最初はそのロープにつかまって床を歩こうとしたが、石の上で足がすべってばかりだった。やがてフリドはやりかたを変えた。体を丸め、両足をふた組目の手に作りかえて、足でもロープを握ったのだ。二、三度ふらふらと動いたあと、テクニックを習得し、両手を交互に動かして、ロープ伝いに壁まですするすると移動した。それから、かたわらの石につなぎ留められた別のロープにひらりと飛び移り、新しい方向に出発した。

バビラは呆然としてその姿を目で追った。「わたしは残りの生涯、あんな真似はしない」うめき声をあげ、「いますぐ送りかえしてくれてもいいから」

ヤルダは腰から安全ベルトを外し、いちばん近いロープをつかんだ。フリドの例にならって、足を作りかえ、振りあげようとする。だが、次の瞬間、気がつくとゆっくりと宙返りを打っていた。一本の手はまだロープを握っているが、それ以外の手肢でロープをつかめないのだ。

「背中を丸めるんですよ、お馬鹿さん!」バビラがいらだたしげにいった。吐き気がおさまらないので、ヤルダの不器用ささえ気に障るのだろう。だが、それは真っ当な助言だった。ヤルダは体のむきを制御できないが、まだ四本の手をいっせいにある点まで持っていって、ロープをつかむことはできた。そこから、ロープ伝いに手をすべらせ、もっとつかみ心地のいい間隔にした。部屋の反対側に目をやり、フリドのテクニックを研究してから――彼はいちどに一本以上の手を決してロープから離さない――ヤルダはおずおずと体を引っぱるようにして進みはじめた。

最初はうまくいった。やがて垂直の感覚が裏返って、水平のロープからぶら下がっているという心地いい錯覚は、その上にとどまっているという、同じくらい偽りの確信に置き換わった。危なっかしくバランスを取っており、いまにもひっくり返るのはまちがいないという感覚に。目を閉じて、代わりにのぼっていく自分の姿を思い浮かべる。垂直のロープをよじのぼっているところを。目をあけて、ふたたび動きはじめると、自分で選んだ錯覚が消えずに残った。ロープ伝いに体を引きずるとき、体にかかる小さな力は、その考えを補強してくれる方向をむいていた。

しばらく練習すると、ヤルダはかなり上達したが、ロープに頼りきるのは考えものだった。ロープの一本が切れたら、かんたんに張りかえるわけにはいかないだろう。なにはともあれ、こういう室で動きまわれるようにしておくため、壁に必要な把手の数を低く見積もりすぎていたことは、いまや歴然としていた。もし新しいロープをちゃんと張ることが大仕事なら、どんな種類の建設作業も不可能だろう。

フリドは航法士の持ち場を離れ、出入口をすり抜けて、隣の機械工たちのようすを見にいった。バビラはみじめな表情でベンチにすわったままだった。ヤルダはそちらに近づいた。

「ロープを試して」とヤルダ。「そばにいるから」

「無理です」バビラがきっぱりといった。

「絶対に怪我はしないわ。落ちるわけがないんだから」

「にっちもさっちもいかなくなったらどうするんです?」バビラがいい返した。「空中を漂流したら?」

それはまったく馬鹿げた反論ではなかった。その室はじゅうぶんに天井が高く、しっかりした物に手が届かなくなるということは、ほんとうにありうる――じっさいにつかめる物についてはいうまでもなく。

「たとえ偶然ロープを放しても」ヤルダは指摘した。「あっという間に漂流することはないわ。ロープをつかみ直す時間はかならずある。それにわたしが前にいるから、絶対にだいじょうぶ」

バビラは不服そうだったが、片手を上に伸ばし、かたわらのロープをつかむと、腰の安全ベルトを外し、無用の長物となった足を作りかえ、体を丸めて、四カ所でロープを握れるようにした。

「これでみんな動物ね」バビラは絶望に沈む声でいった。「樹精になった気分」

「それがそんなに悪いことかしら?」ヤルダには疑問だった。「わたしたちは、やることなすこと学びなおさなければいけない。でも、似たようなことを前に森でやったことがあるなら、それが役に立つかもしれない」

「それはどこの無重力の森の話ですか?」バビラは驚くほどの速さで、ロープ伝いに進みはじめた。

ヤルダはあわててバビラから後退し、「過去にはなかったわ」といった。「もっとも、樹精がいまどう対処しているか調べると面白いかもしれない。すべての動物から、なにか学べることがあるはず」

「自分たちの身になにが起きたのかもわからないでしょうね」バビラは陰気に予言した。「わたしたちよりはるかにひどい結果に終わるかも」

「かもしれない」

乗り気ではないことをいっていたものの、バビラはきわめて敏捷だと判明した。ヤルダのにらんだところでは、バビラの悲観論の大部分は吐き気がいわせているにすぎず、両方ともじきに消え失せそうだった。

「わたしの一部は、これは一時的だと考えつづけている」部屋の中央付近でロープにしがみつきながら、ヤルダは認めた。ヤルダにとって、室はいま横倒しになった円盤形の空間のように思えた。「まるでなにか賢明で新しいエンジンの使いかたを試しているだけで、飽きたら、いつでもあっさりやめられるかのように」

「いいたいことはわかります」とバビラ。「故郷では当たり前の状況を維持するには、山をひとつ燃やす必要がある……そして、故郷では一停隔(ポーズ)か二停隔(ポーズ)以上はありえなかった状況が、いまは自然な状態になっているなんて」ぶるっと身震いして、「これからここで生きて死ぬ人々は、みんなずっとこんな気分なんですよ。まるで永遠に落下しているような気分」

ヤルダは止まったエンジンの静寂に耳をすました。とうとうそのときが来たら、天にものぼる心地で歓迎するだろうとずっと思っていた。ところが、その不在に慣れるにはしばらくかかりそうだった。

「人々は落下しているような気分にはならないわ」ヤルダはいった。「その気分を、ふつうだと思うようになるでしょう。それと同じ気分がかつて〝落下〟と呼ばれていたものだと教えてくれるのは、古い本だけになるのよ」

エンジン停止の翌日、フリドとバビラと一団の機械工たちが山のぼりに出発した。山頂近くで一行を待っている新しい仕事がある。ヤルダは航法士の持ち場にとどまり、あとから行くと約束した。だれも理由を説明しろとは迫らなかった。

独房のドアをあけると、土埃が濛々(もうもう)とこぼれだし、苔の明かりを浴びて赤く染まった。ここの床の土は、庭園で使われているのと同じ種類のネットで覆われていたが、土を固めるのを助ける植物の根がないので、ほとんどがネットにおさまっていなかった。

ニノは独房の奥でネットにしがみついていた。紐で縛られた紙束が、いくつもの糞便の塊や、半ダースの長虫の死骸とともにニノの周囲に漂っていた。

「そこから出てきなさい」ヤルダは自分の声に怒りを聞きとった。まるでこのゴミ溜めに住んでいるのが、ニノのせいであるかのように。もっと早くようすを見に来るべきだったのだ。

「そのへんにだれかいるのか？」ニノは尋ねた。

「いいえ」

ニノはネットを使って床を這ってきた。出入口で一瞬混乱してためらう。と、ヤルダが後退し、出入口の脇の壁に固定されているロープの上でニノのために場所を空けた。ニノはロープをつかみ、そちらにむかって体を引きあげてから、後ろに手を伸ばして、ドアを勢いよく閉めた。これ以上の土埃が漏れだすのを止めるためだ。

ニノは航法士のベッドに目をやった。タール塗りの布にすっぽりと覆われている。「ああいうことをしたに違いないと思っていたよ。なんでもかんでもこぼれだすわけじゃないから、使いやすいんだろう？」

「かならずしもそうじゃないわ」ヤルダは正直にいった。「ある種の樹脂を砂に加えはじめなければいけなくなりそうなの」

ニノはいった。「おれの問題は、土埃を通すと読みにくいってことだけだ。あのタール塗りの布を二枚分けてもらえれば――」

「もうあんな目には遭わせないわ」ヤルダは独房のほうをそっけなく身振りで示し、「ちゃんとしたベッドで寝られるようにしてあげる、上の階で」

ニノはためらった。彼が振動膜のまわりの筋肉を伸ばすようすにヤルダは見覚えがあった。こういうときは、なにかをいいあらわすもっとも如才ない方法を必死に探しているのだ。「ありがたいお言葉だが」ニノがいった。「すでにあるものを固定できるなら、そのほうがいい」

「ここにはだれも残らない」ヤルダはいった。「直交していないいま、緊急事態を除けば、わたしたちが生きているうちにエンジンは二度と噴射しないのよ」

「なるほど」ニノが答えた。「常勤の航法士はいなくなり、あんたたちはやるべき仕事がよそにあるというわけか。でも、おれは残るほうがいい」

「移動が心配なの？」ヤルダは尋ねた。この前の移送はもっとうまく進めることができたはずだ。「機械工を何人かつけて、道中の護衛をさせるわ。護衛の一団がついていれば、だれもあなたが勝手にふるまったとは非難できないでしょう」

「そもそも、おれが上にいることを受けいれる者がいないだろう」ニノがいった。「ましてや、あんたがおれの独房へやって来る光景を受けいれる者は――」

ヤルダはいらだたしげにその言葉をさえぎった。

「それが問題だと思うなら、あなたの独房をわたしの個室の内部に設けるわ。それなら、わたしがどれほどの頻度であなたを訪ねるか、だれも知る必要がない」

ニノはなにがおかしいのかブンブン音を立て、「そんなことをしたら、ふたりとも一旬(スティント)以内に死んでいるね」

「そんなことにはならないわ」

「そうかい？　じゃああんたは、人々になにができるか知らないわけだ」

ヤルダはいまや腹を立てていた。「なめた口はきかないで。わたしだって牢獄にいたことがあるの、お忘れなく」

ニノがいった。「あんたは甘やかされた若造の手でしばらくひどい目に遭わされた。そいつは、ほかのだれかさんを傷つけることのほうに関心があった。だれもが敵である世界で生きようとすることと、それは同じじゃない」

「そして、その同じ甘やかされた若造のためにあなたがした愚かな真似は」ヤルダはいい返した。「〈孤絶〉の上の人生を左右する肝心かなめのものじゃない。人々には考えるべきもっと大事なことがある」ヤルダはロープから手を離し、一瞬宙に漂った。「こういう状態でパンをどう作ればいいか知っている？　ランプをどう直せばいいかを？　作物の種をどう蒔けばいいかを？」

「それなら、しばらくはだれもが無重力で頭がいっぱいだろう」ニノは認めた。「だからといって、調子に乗っていいわけじゃない。おれをここに放っておいて、人々におれのことを忘れさせろ。でなければ、連中がおれのことを少しでも考えたとしても、できるだけ遠くに追放されたんだと満足させてやれ。追放されて、見捨てられたと」

ヤルダはこれを受けいれるわけにはいかなかった。「見捨てられて飢えるの？　見捨てられて正気を失うの？」

ニノがいった。「苔は食べられる。ほんとうに試したことがないのか？　でも、おれを助けたいなら……信頼できる者を選んで――行動が注意を引かない者を選んで――二旬（ステイント）ごとに少しのパンと本を持たせて、ここへ送りこんでくれ。ときどき新しいものを読めれば、正気を失わずにすむだろう。それに、まだ別の英雄譚（サーガ）の原稿に取りくめる」

「あなたをここでひとりきりにしたら」ヤルダはいった。「だれかが下りてきて、あなたを殺そうとするのをどうやって止めるの？　あなたを山頂へ連れていって、わたしの保護下にあることをはっきりさせたら、人々が怒り狂って、わたしに背くのが心配なんでしょう……でも、まったく保護を受けずに、どれだけ命が保つと思うの？」

ニノはこのことを真剣に考えた。「もしじゅうぶんな数の施錠したドアが途中にあれば、役に立つかもしれん。もしおれが脱獄してのけてもそれなら安全だ、とおれをここへ置いておく口実に使えるだろう。おれが開かずの間の地下牢で生き埋めになっていると思えば喜ぶ連中もいるだろう――おれが死ぬまでは満足しない連中も、少しは手出しをしにくくなるだろうし」

ヤルダはいった。「集会を招集して、あなたがあんなことをしたのがなぜなのかを全員に説明すれば、監禁だけでも罰になると認めてもらえるはずよ。そして、伝統に従おうとしないわたしを軽蔑するのではなく、もっと敬意を払ってくれるはず。〈孤絶〉は変化をもたらすために存在する。ここにいる出奔者たちは、最後のひとりまでこう叫ぶ用意ができているはず。古いやりかたなんか八分裂しちまえってね。もし本気で古いルールに従って生きたいのなら、それに支配されたままの世界にとどまっていればよかったんだから」

ニノは返事に時間をかけた。またしても如才ない言葉を探していたのだ。「勇敢な演説だ、ヤルダ」ニノがいった。「おれ自身はケチをつけられん。でも、乗員全員にむかってそれをいう前に……はじめは決定に反対していたが、その演説で味方につけた者の名前をひとりでもあげてもらえるかな？」

「ヤルダ！　忙しいですか？　お願いです、見にきてください！」

イシドラがヤルダのオフィスの外で大声をあげていた。興奮のあまり、部屋に体を入れる時間も惜しいのだろう。ヤルダは振動する輝素のエネルギー論に関する長い計算の途中だったが、一瞬後にはノートを容器にすべりこませて、掛け金をかけた。イシドラの熱狂ぶりはときにわずらわしいが、光学作業場がこれほど早くまた機能しているのは、彼女の努力の賜物だった。もしまた新たな装置を重力なしで使えるようにしたという興奮をイシドラが分かちあいたいというなら、拒んでは無礼というものだろう。

ヤルダは平行に張られた二本のロープを四本の手で伝っていくことで部屋を横断して、出入口を抜けた。書類に使っていた一対の余分な手はそのままにしておく。焦点つまみをいじったり、プリズムの角度を調整したりしなければいけなくなりそうだからだ。

ヤルダとイシドラの距離が半通離（ストレッチ）まで縮まらないうちに、イシドラは早くも作業場にむかって通廊をあと戻りしていた。

「どんな大手柄を立てたの？」ヤルダがその後ろ姿に

声をかける。

「自分の目で見てもらわないと！」イシドラが答えた。

光学作業場の壁はどこにでも生えている明かり苔がない状態にされていたので、その部屋の濃い影と抑制のきいたランプの明かりはズーグマ大学にある分身を不気味なほど彷彿とさせた——人々と機材があまりにも雑然と詰めこまれた様は、昔懐かしい幻覚へ迷いこんでいるというヤルダの感覚を強めただけだった。イシドラは片隅で待っており、そこでは若い研究者のサビノが、かつての床と天井とのあいだに走る二本の木製の棒（バー）にしがみつきながら、顕微鏡の一台を操作していた。

顕微鏡は何日も前からふたたび使用可能になっていた。ヤルダは好奇心をそそられて近づいた。

「新しい進展はなに？」ヤルダは尋ねた。透明石のスライドが二枚、触れるか触れないかの間隔で顕微鏡の焦点に置かれていた。中身がなんであれ——意外ではないが——肉眼では見分けられないほど小さかったが、ヤルダがはじめて見るレバーとつまみからなる複雑精緻なメカニズムに取りつけられていた。ほっそりした棒（ロッド）が両者の隙間に届いている。試料を照らしている小さな太陽石のランプの正面に薄い板があり、ヤルダの見たところ、その材質は偏光フィルターだった。

サビノがいった。「どうか、自分の目で見てください」彼はヤルダに気後れしていたが、とにかくイシドラに負けず劣らず興奮しているのはわかった。

サビノが脇へのき、ヤルダに顕微鏡の前のバーを譲った。ふたりが場所を入れかわったとき、力が移動して、がっしりした木さえわずかに震えた。ヤルダは震動がおさまるまで待ち、それから接眼鏡を覗きこんだ。

視野には半透明の灰色の微小片がひしめいていた。その大部分は大ざっぱな球形をしていたが、輪郭はギザギザだ。形を別にすれば、目立った特徴はなく、はっきり区別できる部分も細かな構造もない。すべての微小片に焦点が合っているわけではない。素材に触れて、しかるべき位置にとどめておくほどには、スライドはきつく押しあわされてはいなかった。しかし、顕微鏡の焦点面は、ある特定の微小片を捉えるように調整されていた。この微小片は固定されていた。不透明なため漆黒に見えている小さな測径器（カリパス）にはさまれている。ほかの微小片は、拘束されていないものの、ほとんど震動しておらず、スライドとスライドとのあいだの空気がほぼ静止していることを示していた。

「わたしはなにを見ているの？」ヤルダは尋ねた。

「粉末にした安定石です」サビノが答えた。

「偏光のもとで？」

「ええ」

ひとつまみの細かな砂——安定石か、ほかのなにかを磨りつぶしたもの——は、ふつうはこんな風には見えないだろう。一般に粒は偏光を浴びればまだらになる。非常に異なる色調の灰色でできた半ダースの領域からなっているからだ。これはどこまでも均一だ。

「そうすると粉末を選りわけたの？」ヤルダはサビノに尋ねた。「見つけられるうちでいちばん純粋な粒を選びだしたの？」

「はい。こういうのは、十グロスのうちひとつかもしれません」

「十グロスのうちひとつですって？　寝る間も惜しんだのね」

航法士の持ち場からあがってきたあと、ヤルダにはサビノのプロジェクトについて知る時間がなかった。しかし、サビノが寸暇を惜しんだ理由は察しがついた。もし安定石のような固体が、規則正しく並んだ個別の粒子——たとえばネレオが推定した輝素——から構成されているのなら、その特性を研究する最良の方法は、できるだけ幾何学的に完全に近いかたちで並んだ問題の物質を入手することになるだろう。規則正しいパターンを維持する粒子の配列は、なにからなにまで同じ光学的特性を備えているはずだ。偏光のもとでふつうはまだらに見える砂はそれに当てはまらないが、たまたまの例外はつねにある。サビノはこの例外を見つけだし、ほかのすべてを捨てたのだ。

「つまみを動かしてみてください」とサビノ。「右側の上のやつを」

　接眼鏡から目を離さずに、ヤルダは胸から発芽させたひと組の右手のほうを伸ばし、つまみを探りあてた。指先で縁をなぞり、ごくわずかに押してまわす。それに応えてスライドどうしのあいだのカリパスがズレて、ちっぽけな荷物を数分の一微離（スキャント）引きずった。

「わたしはなにを見逃しているの？」ヤルダは尋ねた。砂粒ひとつをぐるっとまわせるという事実で自分を感心させられる、と思う人がいるとは思えない。

「カリパスだけを見ないで」イシドラが促した。「そのまわりで起きていることをよく見てください」

　ヤルダはもういちどつまみをそっとまわした。なにかが目を捉えたが、細かく調べようとするのをやめたとたん、注意を引かなくなった。

　もう少しだけつまみを動かす。と、まったく見たことのない予想外のことがまた起きはじめて、ヤルダはつまみを小刻みに前後させはじめた。カリパスを小刻みに動かし、それがかかえている安定石の微片を小刻みに動かす。

　そうしているうちに、そのかたわらにある第二の微片がまったく同じ動きをした。ふたつのあいだには光が見えていた。つまり、触れあってはいないのだ。しかし、カリパスに捕捉された粒になにをしても、その模倣者は従った。まるで単一の固体のふたつの部分であるかのように。

「ネレオの力ね」ヤルダは小声でいった。「これがそうなの？　じっさいに見られるものなの？」

　イシドラは歓声をあげた。それを修辞疑問と受けとったのだ。サビノはもっと慎重だった。「それであればいいと思います」サビノがいった。「それ以上の説明は考えつきません」

ネレオの方程式によれば、あらゆる輝素はより低い位置エネルギーの溝に囲まれているはずであり、付近にあるほかの輝素はその溝の中に滞在しようとする。あるひとつの輝素にとって、その溝は一連の同心円状球殻にすぎないが、無数の粒子に作用する同じ効果は、それらを結びあわせて規則正しい配列にすることができる――その場合、エネルギー地形におけるギザギザのパターンは、配列そのものをはみ出して延長し、似たような組成の物質の別の断片が、その中に誘いこまれる機会を提供するだろう。要するに、じゅうぶんに純粋な岩石の微小片は、別の同じような微小片に〝くっつく〟ことができるのだ。じっさいにはふたつが触れあっていなくても。

「前にこれを試したの、エンジンが動いているときに?」ヤルダはサビノに尋ねた。

「旬(ステイント)に次ぐ旬(ステイント)、やってみました」サビノが答えた。「しかし、重力と摩擦がその効果を打ち消したに違いありません。なぜなら、こういうものはいちども見なかったからです」

つまり、故郷のだれにも見られないということだ。その実験が現実のものとなるのは、無重力という条件のもとでだけなのだ。

ヤルダは後視線でサビノを見つめていた。いまヤルダは顕微鏡から身を反らし、サビノのほうにむき直って、「これはすばらしい業績よ!」と断言した。「次の数日のうちのいつか、すべての研究者にこの件で話をしてもらいたいわ。理論面でやったものはある?」

サビノは顕微鏡のそばの容器から一枚の紙を取りだし、「いままでのところ、これだけです」といった。

「これは、六角形に並んだ輝素のまわりのエネルギー溝です」サビノは説明した。「このプロジェクトについて最初に考えていたころ、地上で描きました。計算

に約四旬(ステイント)かかりましたよ」
「かかっても不思議はないわね」ヤルダは答えた。それは固体の縁からはみ出しても持続できるパターンの好例だった——そしてこのエネルギー縦穴に捕らわれる第二の配列を容易に思い描くことができた。ちょうど別の車の轍(わだち)にはまりこむトラックのように。ヤルダはいった。「これよりはるかに大きな配列から生じる力を評価し、さらに三次元幾何学全体を計算に入れる方法を見つけないといけないわね。でも、さしあたりそれは心配しないで。この実験手順をさらに精密にすることに集中してちょうだい」
「わかりました」サビノはいまだに少し呆然としていた。ヤルダはできるだけサビノを浮かれないようにさせておこうとしていたものの、彼が自分の発見の重要さを理解しそこなうわけがなかった。もしこの実験が再現でき、精密にできるなら、物質の性質が体系的な問いかけの問題になることが約束されるのだ——石と煙との違いに、〝固体は空間を占める〟という空虚な呪文よりもマシな説明がない時代は終わりを告げる。ネレオは道をひらいたが、いままで彼の美しい数学は、すべて試されていない推測のままだった。サビノとネレオは、惑星の軌道にすじを通したヴィットリオと並び称されるようになるだろう——しかし若い研究者には、絶賛を浴びせまくり、不滅の名声を約束して圧倒しないのがいちばんだ、とヤルダは思った。サビノがいましなければならないのは、その研究をさらに追求することだ。

三人は次の段階に関するいくつかの可能性について話しあった。安定石のひと粒を別の粒から引き離すのに働かせなければならない力を計測するだけでも、ひとつのゴールとなるのは明白だ。しかし、好ましい配向にある状態から回転させ配向を変えるのに必要なトルクも、その背後にある幾何学について情報をあたえてくれるかもしれない。

議論の場を食堂に移すと、話題はほかの鉱物に関する疑問に変わった。すべてが同じ種類の輝素からなっていて、並びかたが違うのだろうか？ 硬石と透明石、安定石と炎石との違いをすべて、幾何学だけで説明できるのだろうか？ ヤルダたちがこれまでに思い描いた実験は、出発点にすぎないだろう。サビノがはじめた追求は一世代にわたり続く——ヤルダにはそれがわかった。

しかし、とうとう体を引きずって、自分の個室へ眠りにいったとき、ヤルダはこう思った。（それこそが美点だ——焦らないでもいいことが）故郷での時間は静止してしまった。そして〈孤絶〉にぶつかる疾走星は、いまや滅多に跡を残さない。山の資源は永久には続かないだろう——そして従来の方法で燃やしていては、帰郷するだけの太陽石がなくなることは確実だ——しかし、太陽石の板がじっさいにはなんであるのかわからない状態に、ようやくかすかなひびが入ったのだ。

ヤルダはベッドにもぐりこみ、タール塗りの布の下で体が覆われるまで、身をくねらせて樹脂でネバネバする砂を動かした。自分たちが正しい針路をたどっているのだと、前にも増して期待に胸を膨らませながら。

ファティマがヤルダのオフィスの外に姿をあらわした。使いにいって帰ってきたばかりなのだ。ヤルダはファティマを招きいれてから、静かな声で尋ねた。

「ニノのようすは？」

「それほど悪くは見えませんでした」ファティマが答えた。「本をありがとうと、あなたに感謝していました」

ヤルダはバツの悪い思いをした。「感謝されるべきはあなたよ」

「あの人に物を持っていくのは苦になりません」とファティマ。「あの階段を延々とのぼっていたら大変だったでしょうけれど、いまはほかのどこへ行くのとも大して違いません」

この旅でファティマを危険にさらしているとは、ヤルダは思わなかった――ファティマは指示に従っただけで、責められることはないだろう――しかし、ニノを訪問するただひとりの者であることが少女にあたえる影響は、心配だった。

「動揺しないの、あんな風に彼と会って？」

「あの人を解放したほうがいいと思います」ファティマが率直にいった。「もうじゅうぶん罰を受けました。でも、まだ釈放できないのはわかります。あの人はあたしに親切でした、ふたりともまだ応募者だったころに。ですから、あそこへ行って、あの人を元気づけるのは楽しいんです」

「わかったわ」これはニノが望んだ人選であり、いまのところヤルダには、それよりマシな案はなかった。

「つらくなりはじめたら、わたしにいうと約束だけしてて」

「そうします」まるで出発するかのように、ファティマはひらりとロープに戻ったが、そこで自分を抑えて、

「ああ、戻る途中で森のようすも見てきました」

ファティマにそうするよう頼んだことを、ヤルダは忘れかけていた。〈孤絶〉のちっぽけな未開地を監視する役目にはだれも公式に任命されてないが、農民たちが無重力の攻撃にまだ慣れようとしているうちは、農民たちのだれかにその仕事をまわしたくなかったのだ。「ようすはどうだった？」

「畑や庭園より埃っぽくありません」とファティマ。「空中には小枝や花びらや長虫の死骸がたくさんあります。でも、それより大きなものはありません――木は根こそぎになっていないし、天井でじたばたしている樹精も見ませんでした」

「それはひと安心ね」

「そうはいっても、小麦はそこであまりうまく育っていないみたいです」ファティマはつけ加えた。

「小麦って？」

「空き地のひとつに小麦の区画があるんです」ファティマは説明した。「茎が丸ごとそこへ移されたみたいに見えます――そこの区画で育ったんじゃなくて、畑から掘りだされて、植えなおされたみたいに。でも、あたしがいたとき、花はひとつもひらいていませんでした」

「なるほど」ヤルダはとまどった。その実験をおこなったのがだれであれ、ヤルダにはその話をしていない。

物理学の授業に出られるようファティマを送りだすと、ヤルダは主任農学者のラヴィニオを探しにいった。

ラヴィニオのオフィスの入口にメモがあり、あと二旬（ステイント）は畑にいるとのことだった。ヤルダは辛抱しろと自分にいい聞かせようとした。〈孤絶〉上での科学的活動をひとつ残らず知らせてもらえるとは思っていないし、些細な実験について問いただす以外の理由も

なしに、いつもの視察から遠く離れて自分が姿をあらわせば、ラヴィニオの恨みを買うかもしれない。

だが、どれくらい些細なのだろう？　農民たちは無重力での収穫という事業計画に取りくむため多忙をきわめているので、隣に生えている植物の生長速度に関する漠然とした推測を試すためだけに、森へ行って小麦を植えるわけがない。重要でないかぎりは、だれもこんなことをしないだろう。

二旬（ステイント）は待てない。

無重力のおかげで、階段吹き抜けは、果てしない苦行の場から山でいちばん円滑に移動できる通路になっていた。ほかにはだれも視界におらず、一対のロープをひとり占めにしたヤルダは、高速の進みかたに切りかえた。四本の手肢をいっせいに動かして体を前へ進めてから、ロープを放し、できるだけ長く弾道を描いて飛んだあと、必要などれかの手でロープにふたたび軽く触れて、横へのズレを修正したり、弾みをつけて速さを増したりする。苔に照らされた壁が飛びすぎていく一方で、螺旋状の溝——そのギザギザの段は、目まいを起こして墜落したら、確実に頭をかち割って終わりだと宣言している——の恐ろしげな縁に囲まれていると、自分が体を制御できているという勝利感がひたすら増した。ひとたび山の高さがある階段から身を投げて生き延びれば、なんでもできるように思えるものだ。

森の階層に到達するまで、一時隔（ベル）とかからなかったように感じられた。階段吹き抜けから連絡トンネルへ移動したとき、ヤルダの心は、途中にある樹精を防ぐドアのすべてをハッチとして扱おうとしつづけた。そして室へ入りこんだときには、床を抜けてのぼってきたという気分が強かった。〝頭上〟にそびえている木々が、ヤルダに垂直の感覚を取りもどさせようと必死の説得を試みたが、その周囲にふわふわと浮かぶ岩屑が、その努力を台無しにしていた。

この室の改装はおざなりだった。対になっていない数本のガイドロープが、壁のフックのあいだに張り渡されているだけなので、ヤルダは岩石を押して飛びだし、空中を漂って森本体に入らなければならなかった。もっとも、ひとたび木々に囲まれると、枝が手掛かりをふんだんに提供してくれたが。ちっぽけな黒っぽいダニが、あふれるばかりのエネルギーで脇を通りすぎていった。目にもとまらぬ速さで行き来している。緑の斑模様のトカゲが、あわててヤルダに道を譲った。その鉤爪(かぎづめ)は、いまも木の皮に足掛かりをかんたんに見つけられるのだ。本能が古く、変わることがなくても、この動物たちは変化に負けていなかった。

ファティマがいっていた空き地が見つかった――そしてラヴィニオがそこにいた。ラヴィニオは木の生えていない小さな空間にロープを縦横に張りめぐらせて、瀕死の小麦に到達しやすくしていた。いまになってはじめて、ヤルダはネットを被せられた土が下にあると感じた。ヤルダは空飛ぶスパイだった。祖父ダリオの物語に出てきた樹精のように、林冠越しに忍びこもうとしているのだ。ヤルダはできるだけ枝を盛大にきしませて、こそこそした感じをあたえないようにしながら下りていった。

ラヴィニオは近づいてくるヤルダを無言で見守った。ヤルダがここにいることに、さほど驚いていないようだ。まるで、ひどい悪運の流れに前から直面していて、その最中に歓迎せざる訪問者がやって来るのは予想の範囲内だったかのように。

「これがなんのためか、教えてもらえるかしら?」幹から下りてロープの一本をつかみながら、ヤルダは尋ねた。

「小麦が木々から学ぶかもしれないと期待していました」とラヴィニオ。

「なにを学ぶの?」

「上を」

ヤルダは体を引いて近寄った。森床が自分に対してふたたび垂直になって、ヤルダはまごついた。洞穴の壁からは周囲の幹が木の芽のように生えだして、巨大な針山を思わせる。小麦の茎は木々と一直線に並んでいる――だがそれは、そのように植えられたからだろう。ならば、なにを学ぶというのか？

「どういうことかしら」ヤルダはいった。「畑にまずいことが起きているの？」元気のない小麦の花を身振りで示す。

「それとは別のことです」ラヴィニオが答えた。「ここだと、花はいつひらけばいいかわかりません。光の中のなにかに混乱するんです。でも、あっちの畑では、生長しきった植物は依然として健康です」

「それは朗報ね。で、種子は？」

ラヴィニオは茎と茎とのあいだの土に手をさし入れ、しばらく掻きまわしてから、種子をひとつ引っぱりだした。別の実験で、そこへ手で植えられたに違いない。

周囲の病んだ小麦にそれを生みだせたはずがないし、地中に埋めこむ手段を持つのはなおさら無理だ。

ヤルダはラヴィニオから種子を受けとり、注意深くためつすがめつした。それは何ダースもの細い白色の小根に覆われており、その小根は皮を突き破って、四方八方へ均等に伸びていた。もっとも、苗条は生えておらず、茎のはじまりもなかった。その種子はどちらへ生長すればいいのかわからないのだ。

「光と空気が茎のできるきっかけだと思っていた」ヤルダはいった。

「わたしもそう教わりました。それは定説でした。決して疑問をいだきませんでした」ラヴィニオは種子を取りもどし、指にはさんでまわした。「でも、どんなに浅く植えても……やはり上を見つけられないようです。たとえ種子の半分をさらけ出しておいても――光と空気に直にさらしても――メッセージを受けとりません」

ヤルダはいった。「それで畑に蒔いたテスト用の種子が育とうとしないので、森のほうが強いメッセージを発しているかを調べにきたというわけ？」

「そんなところです」とラヴィニオ。「ここの植物をすべて同じ方向にむければ、なんらかの影響が木々から小麦へ伝わるかもしれないと期待していた。でも、生長しきった小麦はここでは枯れただけだし、種子のふるまいは畑とまったく変わりません」

ヤルダはなんとか落ちつきを保った。畑の生長しきった植物はいまだに健康だから、来たるべき収穫に影響はない。飢餓が差し迫っているわけではないのだ。しかし、近いうちにこれを解決しなければならない。さもなければ、その後の収穫はないだろう。

「薬草園のようすはどう？」ヤルダは尋ねた。

「あそこの灌木はすべて種子ではなく、匍匐枝から育ちます」ラヴィニオが答えた。「中には奇妙な角度で芽を出すものもありますが、園丁たちがいったん手で直してやれば、立派に育ちます」

「それはよかった」

ラヴィニオはしぶしぶ同意する音を立てた。すべてが災厄に見舞われているわけではない。だが、ホリンと鎮痛剤を糧にして生きていくのは不可能だ。

ヤルダはいった。「この件をもっと早く、わたしのところへ持ちこんでくれたらよかったのに」問題を自分自身で処理して、自分の専門技能を証明したいというラヴィニオの気持ちは理解できる。だが、そこに賭けられているものがあまりにも多かった。

「解決法を見つけるのが先決だ、とフリドは考えたんです」ラヴィニオが説明した。「必要がないときに、パニックを広める代わりに」

ヤルダはこの明かされた事実をじっくり考えた。

（フリドは小麦のことを知っていて、わたしから隠していた？）ラヴィニオは、作物に責任を負うのは自分ひとりだと感じても不思議はない。だが、フリドにはどんないい分があるというのか？

「パニックを広げることに興味はないわ」ヤルダはいった。「でも、できるだけ多くの人々にこの件を考えてもらわないと」

「望める実験は、すでに片っぱしからはじめました」ラヴィニオが語気を強めた。「要素のあらゆる組み合わせを見ています。光、土壌、空気、隣接する植物……ほかにテストするなにが残っているんです？」

「で、なにひとつうまくいっているようすはないのね？」

「これまでのところは」ラヴィニオは認めた。

「それなら、なにが必要かは、ふたりともわかっているということね」とヤルダ。「小麦はいままで申し分なかった――そしてただひとつのことが変わった」

　ラヴィニオはおかしくもないのにブンブン音を立てた。「それなら、これからどうするんです？　またエンジンに点火するんですか、次の作物がしっかりと育つまで？　そしてその次、その次と？」

「まさか。そんなことをしたら一世代（ジェネレーション）以内に太陽石を使い切って、その数年後には飢えて死ぬだけよ」

「それなら、なにを？」ラヴィニオが答えを迫った。

「もし重力だけが小麦を生長させるなら――？」

　ヤルダは片手をあげて、一本の指をくるくるまわした。「回転も重力を生みだすわ。種子を回転する機械に入れてやればいい――遠心機に――発芽するまで」

　ラヴィニオはこれについて考えをめぐらせ、「一案ですね」といった。「でも、発芽がじゅうぶんでなかったらどうします？　植物の生長軸がしっかりするまで、重力下で半シーズンかかるとしたらどうします？」

　ヤルダは答えるのを渋った。乗員たちはいまだに、この前の変化に適応しようと苦労している。個室という個室、作業場という作業場、通廊という通廊を改装し、日課という日課を学びなおしているのだ。その努力がすべて見当違いであり、自分たちの達成したいっさいが障害になろうとしていると宣告したら、どれほどの不満をいだかせるだろう？

とはいえ、小麦がなければ生き延びられない。そして痛みが伴わない治療はありえない。最悪の事態に備える必要がある。

ヤルダはいった。「発芽がじゅうぶんでなかったら、山全体を回転させなければならないわね」

予定時間をとうにすぎたあとも、議場はゆっくりと埋まりつづけた。しかし、全員が到着するまで、開始するつもりはヤルダにはなかった。人々は山の隅々からやってきており、その多くは、無重力下ではいちども試みたことのない旅をしているのだ。

ヤルダは入口のそばから離れず、人々に挨拶したり、来た人たちの名前をリストから消したりしていた。フリドがその仕事を代わろうと申しでたが、どんなに短かろうと、乗員の全員とまた顔を合わせることになるこの機会を最大限に活用するのだ、とヤルダはいって譲らなかった。

いまフリドは最前列で待っていた。バビラや、半ダースの古参給剤機室機械工と並んでロープにしがみついている。ヤルダはフリドと対峙し、彼の不実なおこないをなじる気にはなれなかった。フリドが小麦の問題を自分ひとりの胸におさめていたのは、自分の立場を強くする手段としてではなかったか、とヤルダは疑っていた。全員を飢餓から救う単純な生物学的救済策を宣言することで、乗員たちのヒーローになるつもりだったのではないか、と——じっさいにはラヴィニオの功績だが、それでもフリドの庇護のもとで編みだされ、ヤルダが顧みなかった救済策だ。それをいうなら、回転による解決法を自分の発案だと主張する準備もしていたに違いない。じっさい、この山を宇宙空間に送りだすことについて、はじめて本物の計画が練られたとき、フリドが〈孤絶〉を回転させる可能性を論じたグループの一員だったことをヤルダは思いだした。そのグループが達した合意は、そんなことをしたら航法と針路の修正があまりにも複雑になりすぎて、一部の場所でだけ地上と同じ重力があって快適にすごせるという程度の成果を得てもまったく見合わない、というものだった。重力が生きるか死ぬかの問題になるかもしれないという考えは、頭をかすめもしなかった。

半時隔（ベル）後、未到着者のリストは、当然ながらやって来られないひとりの名前だけになった。ヤルダは感謝の言葉を二、三すばやく述べてから、ラヴィニオを紹介し、彼は自分が目にしたものと、試みた実験の説明をした。

「小麦の種子の中に重力を感知するなにかがあるに違いありません」ラヴィニオはしぶしぶ結論を下した。「遠心機に三日入れておけば、種子は発芽するでしょう。しかし、その信号を取り去られると、生長をやめてしまいます。生長しきった作物は、エンジンが切られたとき畑で枯れませんでした。ですから、種苗を遠心機から畑に植えかえてもだいじょうぶになるタイミングが見つかるという望みをいだいて、遠心機内での期間を長くしつづけるつもりです。しかし、そのようなタイミングが存在する保証はありませんし、生長しきらずに終わるかもしれません」

ラヴィニオは脇へさがり、ヤルダが演壇の上に戻った。背後のロープに四本の手でしがみつき、不安げな群衆を見まわしながら、だれかがこの機会を捉えて、破壊工作者に対するヤルダの寛大さを罵倒したらどうなるだろうと思った。しかし、この人々は、飢餓に襲われるリスクがあるのを知ったばかりだ。ニノはとうの昔に打ち負かされて、見えないところで朽ち果てつつある敵にすぎなかった。

「今後一ダース旬（ステイント）のうちのいつか」ヤルダは切りだした。「もう二、三の遠心機と、農場におけるもっと大きな労働力が、この問題を解決するのに必要なすべてであることが判明するかもしれません。しかし、それが偽りの希望であることが明らかになれば、〈孤絶〉そのものを回転させることが唯一の選択肢になって、それはひとすじ縄ではいかないでしょう。従って、いますぐそれに備えて仕事をはじめ、次の収穫にまにあうよう精いっぱいのことをしなければなりません——その必要はまったくないと希望していてもです。〈孤絶〉を水平軸を中心に回転させたくなると思われるかもしれません。畑の重力を従来の方向にできるだけ近づけることを願ってです——しかし、残念ながら、山の重心が低すぎて、それではうまくいかないでしょう。安定性の問題もあります。もし対称軸以外のものを中心にして円錐を回転させようとしたら、ほんのわずかな乱れでも、全体がぐらつきかねません。従って、じっさいには選択の余地はありません。山頂から基部まで走る垂直軸を中心に山を回転させなければならないのです」

ヤルダはフリドにちらっと視線を走らせた。彼をかたわらに立たせ、後ろ盾にするべきではなかったのか？　この技術的な主張を認めさせるべきではなかったのか？　だれもが遠心力なら理解するが、それでも乗員たちの半分は、もっと細かな点が信用できなければ納得しないだろう。

フリドがどっちつかずの表情でヤルダを見返した。彼がヤルダに背く準備をしてきたことは、ふたりとも承知していた。彼を味方につけようとしても手遅れだ。

「二ダースの小型エンジンを設置しなければなりません」ヤルダは言葉を続けた。「山腹に広げるのです。軸をはさんで反対になるよう二列に並べて。加速に使ったエンジンと比べれば、その装置の推力は非常に穏やかなものになるでしょう。しかしそれでも、その推力がエンジン自体を山から分離させるだけで終わらないように——あるいは、山の表面の一部をいっしょに引き剝がしてしまわないように――エンジンは深い立(たて)坑(あな)の中に設置する必要があります。

つまり、わたしたちを引きつけておく重力のない外で、穴を掘るということです。高体温になるのを避けるため、空気を満たした冷却袋に入って作業するということでもあります。このようなことをやった人は、これまでにだれもいません。そしてどれほど楽観的であろうと、通常の建設作業員に望める以上の仕事をしないと、作物の種蒔きにまにあうよう完成させることはできません。農場で働いていない人は、ひとり残らず手伝わなければなりません。いま建設作業にたずさわっている人たちが計画案を作り、それからほかの人々が作業に加わるための訓練がはじまります。わたし自身が最初の生徒のひとりになります――なぜなら、これより重要なことはないのですから」

「無駄になるかもしれないのに、宇宙空間で何旬(ステイント)も危険な作業をするんですか?」デルフィナが言葉をはさんだ。彼女は最前列にいた。フリドの数歩離(ストライド)左側に。「それが農業問題に関するあなたの解決法なんですか?」

「代わりにどうすればいいんでしょう?」ヤルダは尋ねた。

「重力にそれほど依存しない別の食料源を見つけるんです」デルフィナが答えた。「樹精は森でなにを食べて生きているんですか?」

「おもにトカゲです。トカゲはダニを食べて生きており――ダニは木の皮や花びらを餌にしています」

「わたしたちはトカゲの肉に慣れることができます」デルフィナがきっぱりといった。「わたしたちのいとこの食料になるのなら、わたしたちに食べられないわけがありません」

「確かに食べられるでしょう」ヤルダは認めた。「しかし、森全体を費やして、六体ほどの樹精を生かすのがやっとです」

「もっと集約的にトカゲを繁殖できませんか？」

「それは……一考の余地があります」とヤルダ。「けれど、それはまた別のギャンブルになるでしょうし、たとえうまくいったとしても、見返りは手遅れになるでしょう。ひとつだけ確実にわかっていることは、重力のもとでなら小麦を育てられるということです。いったん〈孤絶〉を回転させれば、新しい畑を準備し、種を蒔くだけでいいのです」

「いったいどこに蒔くんです？」デルフィナが問いつめた。「床が山の軸から遠ざかるように作られている室なんて、どこにあるんですか？」

「回転後の最初の収穫を得るには、即席でやるしかありません」ヤルダは認めた。「以前は壁だった表面に畑を作らなければならないでしょう――理想的な幾何学を持つ新しい部屋を掘りぬく時間はありません」

「では、エンジンを点火する必要が生じたら、どうなるんです？　予想外の障害物を避けるために」デルフィナはこれを楽しんでいた。だれかに入れ知恵されているのだ。

　ヤルダはいらだちを見せないように最善を尽くした。「現状では、まず回転を止めなければなりません。しかし、姿勢制御装置とエンジン給剤機を設計しなおして、〈孤絶〉が回転しているあいだも働くようにできない理由は、原則としてありません」

　デルフィナはためらった。まるで記憶しておいた反論のリストの終わりにとうとう達してしまったかのように。しかし、難癖はそれで終わりではなかった。

「あいにくですが」とデルフィナ。「納得できません。いろいろと考えあわせると、あなたの計画はリスクをおかす価値があるとは思えません。この目的のためのどの作業チームにも、わたしは加わりません」

　ヤルダはいった。「強制はしません。この件に関しては、自由に判断してもらってかまいません」

「そして同じ判断を下すよう、自由に友人たちを説得してもかまわない、といきたいですね」デルフィナが上機嫌でつけ加えた。

「もちろんです」ヤルダはいまやはらわたが煮えくりかえっていた。しかし、態度を変えて、脅迫をはじめるつもりはなかった。山の回転を手伝いなさい、さもないと、次の収穫時に食べ物にありつけないわよ。

脅迫よりはるかにいいのは、とヤルダは判断した。妨害者のこけおどしにひらき直りで応えることだ。

「とはいえ、名簿の作成をはじめる必要があります」ヤルダはいった。「なので、いまこの場で人数をはっきりさせておきたいと思います。この計画の実現のために働くつもりでいる人はどれくらいいますか――農場でも、外の斜面でもけっこうです。その意志がある人は、手をあげてください」

乗員たちのおよそ三分の一が即座に挙手をした。長い苦痛に満ちた瞬間、それが手に入る熱烈な支持の表明のすべてであるかのように、ヤルダには見えた。だが、やがてその数が増えはじめた。

最終的には、デルフィナにつくのを選んだのは二ダースほどの人々だけだった。その大半は給剤機室で働いていた面々で、ニノに関するメッセージを送ってきた連中だった。破壊工作者の死を望む人がもっといるのは疑いの余地がない。しかし、その人たちはまったく別のことに対する怒りを表明するためだけに、作物を危険にさらす――それどころか、作物を危険にさらそうとするところを見られる危険をおかす――つもりはないのだ。

フリドは反対にまわらなかった。いつかの時点で周囲の人数を数え、手をあげることに決めていた。

17

エアロックを使う順番を待つあいだ、ヤルダはファティマがヘルメットを被り、冷却袋に入るのを手伝った。だれの肉もその織物の形にぴったりとなじむほど柔軟ではない——それに、空気が皮膚の上を自由に動くようにすることが重要なのだ——しかし、袋が一カ所でもだらりと垂れさがるようにしたら、膨らんで、強ばったテントになり、動くたびに格闘するハメになるだけだ。空気を袋にギリギリまで満たすが、できるだけ皮膚に皺を寄せて、皮膚と織物とのあいだに狭い空気の通り道を作るのがコツだった。

ヤルダは適合の点検を終え、「これでいいと思うわ」といった。

「ありがとう」ファティマがかたわらの容器に手をさし入れ、圧縮空気の缶をふたつ取りだすと、ひとつをヤルダに渡した。ヤルダはそれを自分の袋の側面にある填め込み口に取りつけた。

「涼しくしておくためのもっとマシな方法を、だれかが見つけてもいいのに」とファティマ。

「次の交替勤務（シフト）にまにあうように？」とヤルダがジョークを飛ばす。

オーシリオはエアロックの気圧を下げおえていて、外側のドアを横にすべらせてあけると、出口のすぐ外側にあるガイドレールをつかみ、体を引いてすり抜けた。オーシリオが後ろに手を伸ばしてドアを叩き閉めると、間髪を入れずにファティマが等圧機をひらき、空気がシューシューと音を立てながらゆっくりとエアロックに戻ってきた。

シフトに次ぐシフト、ヤルダはこの骨の折れる準備段階に飽き飽きしていた。しかし、そのいらだちは胸の内におさめていた。あと三句(ステイント)で、この煩雑な手続きを二度と踏まなくてもよくなるのだ。

ファティマがエアロックに入って、ポンプを勢いよく動かしはじめた。三本の手を透明石の壁に当てて踏ん張っている。

ヤルダが斜面へ出たときには、ファティマやほかのチームの面々は、すでに視界から消えていた。ヤルダはガイドレールのあいだに体を振りあげ、きびきびと、しかし、少なくとも二本の手はつねにレールをつかむようにしながら、山を下りはじめた。重力がないので、斜面の勾配は無視してもよかったが、頭上にあるけばけばしい色の尾からなる逆さまになった鉢の縁が、山が地上にあったときの地平線とぴったりと合っており、地面を水平と考えられなくしていた。

新しい地平線は、目も眩むような色とりどりの円であり、そこでは古い星々から出た最速の紫外線が、目に見える周波数に偏位してから、だしぬけに暗黒に場所を譲っている。ヤルダのまっすぐ前方――〝ふもとのほう〟――では、直交星群団(クラスター)のもっと慎ましい尾が地味に輝いていた。ガイドレールから離れたところで、星明かりを浴びてシルエットになった枯れ木が、奇妙な角度で不規則に広がっていた。空気の薄い高所になじんでいたこうした木々も、空気がまったく存在しない中で、地中に張った根だけで植物全体を冷やしておくのは無理だったのだ。赤い苔の斑が枯れ木に群落を作っていたが、そのかすかな光を見れば、苦闘していることがうかがえた。

エアロックから数区離(ソーンター)のところで、ヤルダは立坑にたどり着いた。トンネルの奥から漏れるランプの光が、口からあらわれ出る土埃を明滅させていた。一見すると、惑星むきに訓練された目には、その埃がある種のそよ風に乗っているように思える。だが、やがて微小片のあいだに散らばった親指大の岩石――もっとゆっくりとだが、同じくらい自由に動いている――がその幻影に終止符を打つ。なにかがその塵を進ませているわけではなく、それがトンネルから流れでているのは、偶然の衝突に容赦なく駆りたてられて、さらに多くの空間を占めるようになっているにすぎない。

打ち上げ前からあるガイドレールは、トンネルの入口の前を通っていたが、中へ連れていってはくれない。ヤルダは、方向を転じて光の奥へと続く一連の木製杭に固定された一対のロープに握りかえた。トンネルの床はゆるやかな下り勾配を描いて、岩石の内部へ通じている。さらに半区離(ソーンター)進んだころ、天盤が頭上にあらわれた。

土埃と砂粒の靄が濃くなった。ヤルダが杭のそばのロープを握ると、携帯用削岩機の震動が感じとれた。手をあげると、後ろから照らされた岩石の微片が、くるくるまわりながら離れていった。織物を抜けてゆっくりと逃げていく空気に押されているのだ。ファティマが不満をいだくのも無理はない。体を冷やす方法が、温かい空気を投げ捨てることしかないなら、それはお粗末な取り引きだ。

露出岩石がしだいに視界に入ってきた。煌々と輝く太陽石のランプに取り巻かれている。チームの七名が、ケージの内部で岩に体を押しあてながら、携帯削岩機でそれを砕いていた。ピンと張った三本のロープが、それぞれのケージのてっぺんからトンネルの壁に走っており、削岩機の容赦ない反動に抗って、作業員とケージをその場にとどめていた。ヤルダはその骨を震わす仕事を二旬(スティント)間続けてやって、ついに音(ね)をあげたことがあった。

ほかの作業員が四人、ケージとケージとのあいだを移動していた。張り綱にしがみつきながら、口をあけた荒石袋を引きずって、削岩機から跳ね飛んでいる割れた岩の残骸に被せている。すべての岩屑をすくいあげるのは不可能だが、この作業のおかげで、作業空間を動きまわるのが多少なりとも容易になっていた。

ファティマがヤルダを見つけて手を振り、それから追いかけていた荒石に注意を戻した。冷却袋が全員の皮膚を覆っているので、目配せと手振りだけが意思疎通の手段だった。もしだれかと軽く触れあえば、二、三のくぐもった言葉を交わすことはできる。だが、シフトはたいてい無言の仲間意識のようなものに包まれてすごされる。そこでは作業そのもののリズム——削岩機ケージの移動、張り綱の留めなおし——が、親しいおふざけの代わりになるしかない。

すでに満杯の袋ふたつが片づけられるのを待っていた。てっぺんの引き紐は閉じられて、トンネルの天盤まで走る滑車綱についているフックに縛りつけてある。ヤルダは綱を引いて、袋が手に届くところまで持ってくると、引き紐を自分の肩にかけて、トンネルの出口へとあと戻りをはじめた。

カタパルトはガイドレールの反対側に鎮座していた。ヤルダは機械の側面にある固定用フックに荒石袋を引っかけると、二本の左手で近くにある支持用の杭をつかみ、それからレールに載ったカタパルトの発射プレートをつめ車で引き戻すクランクをまわしはじめ、その下にあるバネを伸ばした。クランクが抵抗に遭って固くなりはじめると同時に、支持用の杭がひとりでに地面から抜けそうになるのが感じられた。悪態をつきながら、ヤルダは下のほうの手をカタパルトに移し、道具入れから木槌を取りだして、支持用の杭を半ダース回強打した。

ヤルダは杭をチェックした。いまはしっかりしている感じだ。しかし、木槌を道具入れに戻そうと身をかがめたとたん、カタパルト本体がわずかに揺れるのが感じられた。その基部を地面に固定している先細りの木釘を何本かゆるめてしまったのだ。

大したことではない。あとでなんとかしよう。ヤルダはひとつ目の袋を発射プレートに振りあげ、それがきちんと閉まっており、プレートにしっかり載っているのを確認してから、手を伸ばして、留め金を外した。プレートが勢いよく飛びだして、一歩離（ストライド）丸々移動したところでバネに止められる。機械全体がビリビリと反響した。袋は動きつづけ、なめらかに宇宙空間へ滑空していった。こういう風に岩石を処理することについて、ヤルダには納得できないものがあった。なんらかの理由で、子孫たちがこの上なくありふれた物質さえほしがらないとも限らないのだ。だが、荒石を斜面に固定しておくのに必要な労力を——エアロックを通過させて山の内部のどこかへしまっておくことはいうまでもなく——割りふっている余裕はない。

　ヤルダはふたつ目の袋を忘却へ打ちだしてから、トンネルをあと戻りした。

　靄が濃くなってきていた。二台の削岩機が粉末石の鉱脈にぶち当たったのだ。それには集められるような固体の破片はなく、ただふわふわと煙のように漂って、全員のフェースプレートを灰色の塵でべったりと覆った。

　さらに四つの袋が滑車綱で待っていた。ヤルダはそのうちのふたつをおろしてから、ひと休みしてヘルメットをぬぐい、目をすがめて露出岩石を見た。崩れる粉末石はわずらわしいが、仕事ははかどるようになる。ひとたび大きな掘削が完了すれば、露出岩石の後ろに半ダースの小さな供給機室が建設され、地表へまっすぐに通じている個別のトンネルで行き来ができるようになるだろう。ベネデッタが宇宙に送りだした探査機を別にすれば、これが重力で解放剤を供給するのではないエンジン——解放剤は圧縮空気によって燃料を突きぬけることになる——がはじめてほんとうにテストされる機会になる。ヤルダはそれについてすでに不安をいだいていたが、いくつかの点についてはそれほど厳しいテストは必要ないだろう。いちばん重要なのはエンジン配置の幾何学だ。推力のわずかな変動は決定的ではあるまい。

ヤルダは重い足取りでカタパルトへ戻った。クランクをまわすうちに、つかんでいた支持用の杭がふたたびゆるんだ。木槌を手探りする――フェースプレートにまだ頑固にへばりついている灰色の粉末のすじのせいで、それを手に取るという単純な仕事がむずかしくなった――とそのとき、袋のひとつがじっさいに道具入れの前をふさいでいるのだと悟り、それを発射プレートの上に移した。それから低いほうの一対の手でカタパルトの基部を握って体を固定すると、支持用の杭を強打しはじめた。

ヤルダは逆さまになり、地上から二歩離浮(ストライド)かんだところで、下の手首に締めつけを感じた。木槌を落とし、必死にカタパルトのほうへ手を伸ばしたが、すでに手遅れで、どこもつかめなかった。後視線で見あげると、袋の引き紐が手に絡まっていた。発射プレートの側面から引き紐がはみ出していたに違いない。その紐の作る輪に、ヤルダの腕がすべりこんだのだ。

最初の馬鹿げた衝動は、単に袋を振りほどくというものだった――まるでそれだけが、問題すべての原因であり、袋を外しさえすれば、地上にゆらゆらと戻れるかのように。次に考えたのは、袋を体に引き寄せるというもので、ヤルダはじっさいにそうした。それから紐を手首から外し、袋のごわごわした織物をつかんで胸に押しつけた。しかし、とっさの計画を完了させることは、なんとか思いとどまった。つまり、袋を上方へ投げて、体を山のほうへ進めるという案だ。この方策でうまくいく、という本能的感覚は圧倒的だった。〈孤絶〉内部の室のまん中でにっちもさっちもいかなくなったのなら、確かにそれでうまくいったはずだ。だが、たとえ四本の腕で力のかぎり袋を押し離したとしても――たとえ冷却袋の縫い目を破って、さらに二本の腕を成形したとしても――力が足りないだろう。自分がどれだけ長くカタパルトのクランクを苦労してまわし、どれほどのエネルギーをバネに注ぎこんだかはわかっている。いちどだけ力を放出するのではそれに匹敵できないのだ。しかも、そうすることでほかの手を打てなくなるとしたら、いくら上昇を遅らせても部分的な勝利でしかなく、なんの役にも立ちはしない。

ヤルダは後方のトンネルの口から漏れる、遠のいていく光にちらっと視線を走らせた。もしパニックを起こして、考えなしに行動すれば、命はない。地面からの距離がみるみる増していくさまは恐ろしいが、それはほんとうの敵ではなかった。方向を逆転するのにどれだけ長くかかろうと、かまわないのだ。いったん安全な場所にまたむかえば、旅の長さは関係なくなる。あるいは、そういってかまわない。判断の基準はひとつだけで、それは空気缶が空になる前に戻らなければならないということ——そして空気は、六時隔のシフトのあいだ保つようになっているのだ。

(缶そのものは助けにならないだろうか?)ヤルダはその冷たい表面に手を走らせ、すばやい空気の噴出が、自分を安全な場所まで投げ飛ばしてくれるところを想像した。しかし、なんの道具もないので、空気の流出量を制限しているバルブをこじあけられるかどうか怪しいし——たとえあけられたとしても、中身全体の運動量では、その仕事には足りないかもしれない。すばやく降下できなかったら、距離は重要ではないという態度は嘘になるだろう。もし地面へむかってゆっくり漂い戻ることになったら、冷却できないので、高体温のため途中であっさり命を落とすかもしれない。カタパルトの道具入れには一ダースの予備の缶があるが、この缶を壊してあけ、時間切れにならないうちにほかの缶のもとへたどり着ける可能性に本気で賭けたいのだろうか?

では、空気ロケットはなしだ。排気ガスの代わりになるのは袋の中の荒石だけ。そしてそれを推進させるためにあるのは、自分の体力だけ。しかし、カタパルトはヤルダをこの窮地に陥れるのに、蓄えられた筋肉の力しか使わなかった。もしクランクをまわしたときのエネルギーよりも多くのエネルギーをこの作業で消費できるようなかたちに荒石を分配すれば、結果を逆転させられるはずだ。

体のゆるやかな回転のせいで、ふたたび後方のトンネルから漏れる光のほうをむいていた。荒石の袋が滑車綱にたまりはじめれば、同じチームの作業員たちがヤルダの不在に気づくのは確かだ。しかし、あわてて探しには来ないだろう。ヤルダがこの間ずっと、カタパルトにちょっとした修理をしているとしても不思議はないのだ。重大な事故が起きる場所は露出岩石だ。よっぽどの間抜けでもなければ、自分を宇宙空間に打ちだしたりはしない。しかし、チームの人々がいつかはヤルダがいないのを心配しはじめるにしろ、ロープを投げてもらうことは忘れたほうがいい。それにはすでに遠ざかりすぎていた。

それはかまわない。冷静さを失わなければ、なんとかなる。ヤルダは星の尾の地平線上の一点を特定した。自分の進んでいる方向を、いまわかるかぎりで示すものだ。縮んでいく地上の光の斑点とは正反対に当たる。ヤルダは引き紐をゆるめ、体の揺れで中身がこぼれるのを怖れて、少しだけ袋をあけると、手をさし入れ、ひと握りの荒石を取りだした。回転で標的がふたたび正面まで来るのを待つ。逆むきの投擲に同等の力をこめられるように肉を作りかえるつもりはない。それから腕を引いて、ひと握りの岩石を渾身の力で投げ飛ばした。

その努力は取るに足りないもので、無駄骨折りに感じられた——と、不意に悟ったのだ、あわてていた上に興奮していたので、また別の勘違いに基づいて奮闘していたのだと。荒石の袋全体のような重い物体を投げれば、それにこめたエネルギーの限界は、ヤルダの筋肉が生みだせる最大の力になるだろう。もし袋をふたつに分けて、それぞれを別々に投げれば、同じ力でも投げる速さは、袋ひとつ丸ごとよりも半分のほうが速くなるだろう。全体に使っていたのと同じエネルギーをそれぞれの半分に伝えられるからだ。二回投げれば、エネルギーが二倍――すごい！　だが、二回投げただけではまだ足りない。それなら四回、一ダース回、一グロス回投げればいいではないか。時間はかかるが、エネルギーの総量は必要なだけ増えるだろう。それがヤルダの考えていたことだった。カタパルトに注ぎこんだエネルギーと匹敵させるのは、じゅうぶんに注意して荒石を節約する問題にすぎない、と。

だが、ひたすら小さくなる重りをひたすら速く投げるというパターンは、ある点までしか有効ではない――そう、袋半分には当てはまるが、ひと握りの小石には当てはまらないのだ。その時点で、限界因子はヤルダの筋肉が生みだせる速さとなり、筋肉が働かせられる力ではなくなる。そしてスピードが固定されれば、任意の量の荒石にこめられるエネルギーは、その質量と比例するようになる――つまり、何回に分けて投げたかにかかわらず、合計すれば同じ総量になるということだ。

どれだけの体力が残っているかは問題ではない。あのカタパルトのクランクを、疲れずにあと十ダース回まわせたとしても関係ない。ヤルダの運命は、袋の中の岩石の総質量と、それを投げるスピードによって完全に決まっている。最大の量を投げる速度ではなく、最小の量を投げる速度によって。

ヤルダは後ろの山に目をやった。いまではほかに三つの作業現場が見えた。斜面をさらに下ったところにトンネルの明るい口がある。しかし、ヤルダの軌道は側面へ逸れていくものであり、黒っぽい岩石地帯がいまや眼下に広がっていた。山を半周したところに、作業現場が並ぶ第二の線がある。エンジン一式は、軸をはさんで逆をむきあう一ダースの組（ペア）からなる予定だ。

しかし、その現場のどれかが視界に入ってきたら、なにかがおかしいとわかるだろう――投げる方向を誤って、うっかり軌道を曲げてしまったのだと。

ヤルダは袋からまたひと握りの荒石を取りだし、標的を待ってから投げた。回転のおかげでその過程にリズムが生まれ、次の投擲をあまり長く遅らせずに腕を休める機会が得られた。一ダース巡したあと、腕を替えた。冷却袋に損傷をあたえずに新しい手肢を成形することはできない。だが、投げるたびに最後に震えを感じるものの、痛みやダメージが蓄積して、動作がのろくなることはなかった。

もっとも、性能のいいパチンコがあれば、それに越したことはないが。

いまや十の作業現場が見えた。残りのふたつも山のこちら側にあるので、おそらく小さな露頭の陰に隠れているだけだろう。自分がいてもいなくても、このエンジンはすべて完成するはずだ。〈孤絶〉は回転をはじめ、作物はいまいちど繁栄する。旅のほんとうの目的が、まもなくふたたび最重要課題となるのだ。サビノが道をひらいたので、聡明な若い生徒たち――ファティマ、オーシリア、プロスペラ――があとに続くだろう。自分が死んでも、なにかが終わるわけではない。

(では、ニノは?)ヤルダは病的な思考の連なりを断ち切った。荒石の袋の中身はまだ半分以上が残っている――この状況は救いようがないとは、まだ証明されてはいないのだ。

次にひと握りの荒石を投げると同時に、後視線が閃光を捉えた。その場所を正確に定め、残像から同じ道を遡ろうとしたが、回転のせいで混乱した。ほかの作業現場のひとつがちらりと見えたのだろうか、トンネルから漏れる光が、山の端からつかのま覗いたのだろうか? それにしては明るすぎたのではないか? トンネルの口はすべて山をめぐる同じ方向をむいている――だから、ほかの作業現場の口はヤルダから遠ざかっていることになる。いちばん見えてもおかしくないものは、立坑付近の地面からこぼれた光と、土埃の靄の中で散乱した光だろう。そんなものが、トンネルをまっすぐ覗きこんでいる現場より明るく輝くわけがない。

二、三回転後に山のほうをむいていたとき、第二の閃光が見えた。どの作業現場からも遠く離れたところで、漆黒に囲まれていた。だれかが観測室の内側で太陽石のランプを点けたのだろうか、とヤルダは思った——しかし、ほんの一瞬しか点けなかったこともだが、そもそもなぜそんなことをするのだろう？

第三の閃光は違う場所で走ったが、相変わらずどの作業現場の近くでもなかった——そして、人工的な光源であるにはあまりにも短すぎるし、明るすぎる、とヤルダは結論づけた。なにかが〈孤絶〉に衝突しているに違いない——小さいにもかかわらず、岩石を白熱させられるほどのエネルギーを運んでいるなにかが。

望遠鏡は物質がまったくない回廊を示していたが、観測の感度には限界があったのだ。ここの微塵は、通常の星々から見れば悠然と漂っているわけだが、いまや〈孤絶〉にとっては疾走星のようなものとなる。それは、速度を合わせることで疾走星を手なずけることの代償だった。いまや通常の塵が、疾走星が通常の世界にあたえられるのと同じだけの損傷を山にあたえられるのだ。

お気楽な学者の都はこれでおしまいだ。大宇宙の秘密が、自らの前にさらけ出されるまで、のほほんと仕事をすることとは。自分たちがあとに残してきた人々とまったく同じように、大火災の脅威に絶えずさらされて生きることになるだろう。しかも四年間ではない。数世代（ジェネレーション）にわたって。

最悪なのは、とヤルダは悟った、この出来事を目撃するのが、おそらく自分ひとりだということだ。塵は何日も前から山にぶつかっていたのかもしれないが、地表の大部分は作業現場や観測室からは見えない。引き返して、〈孤絶〉のための火災監視体制を組織しなければならない。斜面のどこへでもたどり着いて野火を消せる備えをしなければならない。さもなければ、ジェンマの二の舞になるリスクをおかすかだ。

ヤルダはさらに数個の石を放った——体をだまして、もう少しだけ多く力を分配することを願って、もっと重いと想像しながら。袋の中身は四分の一になってい た。まだ山から遠ざかっているのは確かだと思ったが、この距離では眺望の細かな変化を判断するのは、不可能に近かった。

(どうしたら火事の見張り番を置けるだろう?)地表から高いところで、ロープにつなぎ留められたケージを、安定させる……どうにかして。もっとも、いったん山が回転をはじめれば、問題は安定性ではなく、ロープの強度になるだろう。

そしていったん山が回転をはじめれば、地表を動きまわるのは、はるかに困難になる。無重力のせいでじゅうぶん困難になっていたが、斜面のあらゆる部分が天井に変わるのだ。天井で燃えさかる火事をどうやって消すのか?

袋が空っぽになった。ヤルダはそれをしっかりと胸に抱きしめた。それ以上は使い道がないと思いたくなかったのだ。(自分は山にむかっているのだろうか、それとも遠ざかっているのだろうか?)というのも、しばらくのあいだ、それが空に占める角度に変化が認められなかったが、気が散りすぎていて、そのことはあまり考えていなかったからだ。山の端に近い目立つ星を二、三見つけてから、それがじりじりと山から離れているのか、それとも山のシルエットが徐々に大きくなり、星々を隠すのかどうかがわかるまで待たなければならない。

またしても山から閃光が走った。今度は作業現場のひとつのすぐそばだ。ひょっとしたら、カタパルト操作でトンネルから出ただれかが、そこでいまのを見たのではないだろうか？　ヤルダは山頂から立坑の数を数え、その現場が自分のものだと気づいた。

光がまた明滅した。まったく同じ方向から。では、衝突ではないのだ。いまごろはもう、同じチームの人々があたり一帯で自分を探しまわっているかもしれない、とヤルダは気づいた。そして探索中に太陽石のランプが時おり天にむけられる。カタパルトを調べている人々をヤルダは想像した。カタパルトがどれほどゆるんでいるかを手で探って、こう考える、ありそうもないことだが、もしだれかが不注意すぎて——

同じ光が前よりも明るくなってあらわれ、非常にゆっくりと見通し線を横切ったので、目が眩んだ。半回転しおえたとき、それがヤルダの後眼に当たって、とどまった——わずかにふらついたが、決して完全には消えなかった。

そのランプは山の表面にあるのではない。宇宙空間を抜けてまっすぐヤルダにむかっているのだ。そしてランプがひとりでに狙いを定めているわけがない、ひとりでにヤルダを探しているわけがない。

ヤルダは体の前で空っぽの袋を広げた。もっと大きく、もっと光を反射する標的になればいいと思ったのだ。まるで陽炎を通して見ているかのように、近づいてくる光が奇妙に揺れ動きはじめた。宇宙空間に広がる、噴出した空気を通して見ているかのように。どこかのおめでたい馬鹿が追いかけてきたのだ——カタパルトによって同じ軌道に打ちだされて——そしていま、圧縮空気を使ってブレーキをかけている。ヤルダの持っているようなちっぽけな缶からではなく、携帯用削岩機の動力となる大型シリンダーのひとつから。

目も眩む光がヤルダを行きすぎて、脇へ逸れていった。それは逆戻りしてから、反対側へ行きすぎた。もどかしくてたまらなかったが、救助者を途中まで出迎えにいく術はなかった。試行錯誤を重ね、目と空気噴射だけを頼りに、両者を隔てる距離と速さの差が小さくなっていき、ついにはランプが不要になって、その所有者がランプを消した。もはやランプのギラギラする光に目が眩まされず、星明かりだけでヤルダには目の前の人物が見えた。空気タンクとひと巻きのロープを握り、見慣れた冷却袋に包まれている姿が。

ファティマが巻いたロープの一部を握り、ヤルダのほうへ投げた。これでファティマは後方へすーっと動いたが、わざわざ戻ろうとはせず、ロープがほどけるにまかせただけだった。ヤルダは手を伸ばしてロープの端をつかむと、腰に二回巻きつけて、しっかりと握った。

ロープがピンと張ると同時に激しい上下動が生じ、次の瞬間、ふたりは結びあわされ、共通点をめぐる大きな円を描いて動いていた。ヤルダはロープをたぐって少しだけ進んでから、空気の噴出を利用して角運動量の一部を相殺するよう、ファティマに身振りで伝えた。おたがいの腕が届く範囲に入ったときには、ふたりの回転はほぼ消えていた。

ファティマがヤルダのヘルメットをつかみ、自分のヘルメットに押しつけた。「あたしを下ろしてください。お願いします」

その声は怯えていた。一瞬、ヤルダには返事ができなかった。(これほど怖がっているのに、そもそも、どうして自分を追ってこられたのだろう?)

「その缶を取らせてちょうだい」ヤルダはやさしい声でいった。「わたしがつかむまで離さないで」

ファティマは二本の腕をシリンダーに巻きつけていた。ヤルダは自分も同じようにシリンダーを抱きしめると、ファティマの手から抜いていった。

ほかの手でロープを巻きなおし、ふたつの輪を作ると、自分たちの体に巻きつけてから、一連の結び目でしっかりとつなげる。ファティマはぶるぶる震えていた。ファティマはすでに、ヤルダがだれにも頼めないようなことをしてくれていた。自分たちを無事に下ろすのは、今度はヤルダ自身の仕事だった。

「ベネデッタのことをずっと考えていました」ファティマがいった。「着陸がいちばんむずかしい」

「あのときみたいにはならないわ」ヤルダは約束した。

「火はないし、熱はないし、危険もない——」太陽石のランプがまだファティマの肩にベルトで留められているのに気づき、「もうそれは必要ないわ」ランプを引っぱって外し、そっと宇宙空間へ投げこむ。あれだけ揺さぶられてきたのに爆発していなかったのは、奇跡だ。

ヤルダは地平線上に目標を見つけ、シリンダーのバルブをひと目盛りひらいた。腕に感じたごく軽い衝撃は、これまでの一生で感じた中で、もっともすばらしい感覚だった。ファティマが自分のもとに達する前、すでに地上へむかっていたのかどうかはわからなかった。ヤルダは知りたくなかった。

ピンで刺したような光が、眼下の黒っぽい岩にあらわれた。「いまのを見た？」ヤルダはファティマに尋ねた。自分がこれまで錯乱していたのならいいのだが、とヤルダは思っていた——あるいは、ファティマがありえないくらいに道を逸れながら上昇してきたので、ヤルダの見たすべての光が探索用ランプのせいだったならいいのだが、と。

「見ました。なんだったんですか？」

「見当もつかないわ」ヤルダは嘘をついた。「心配しないで。あとで突きとめましょう」

山が迫ってくるにつれ、一連の作業現場が下方で散らばっていき、いちばん遠いものは暗黒に飲まれていった。ヤルダは横方向の修正を施し、自分たちのトンネルの口にむかって進んでいった。明るい岩の地区が不安をいだかせるほど大きくなりはじめると、空気を下へ噴出させ、降下を遅くした。一停隔（ポーズ）か二停隔（ポーズ）のあいだ、やりすぎて、また山から遠ざかることになったかもしれないと思ったが、いまではじゅうぶんに近づいていたので、近づいているのか遠ざかっているのかわからない状態が長く続くことはなかった。またしてもすばやい噴射を使って水平方向の動きを遅くし、岩で皮膚をこすり取られないようにした。

　トンネルの口を横切っているガイドレールがいきなり視野に飛びこんでくると同時に、ヤルダは新しい特徴を見分けた。チームが数ダースのロープを、二通離(ストレッチ)にわたってレールに縛りつけておいてくれたのだ。ロープは岩から離れて延びており、結ばれていないほうの端を地上高くに浮かべている。もしあの柔軟なフェンスに飛びこめたら――

「できたらロープをつかんで！」そちらにむかって舞いおりながら、ヤルダはファティマを急きたてた。「衝撃を分散する腕は多いほどいいわ」

　そのすばらしい間抜け捕りが手の届く範囲に入る一瞬隔(フリッツカー)前、ヤルダはシリンダーを軽く蹴って、自分たちにわずかに上むきの速力をあたえた。次の瞬間、シリンダーを落とし、腕を振りまわして、なんとかロープの一本をつかんだ。ファティマが別のロープを二ヵ所で握っていた。ヤルダは自分のロープがピンと張る前に、すべての手をそこへ持っていった。関節に衝撃が走り、痛みのあまり悲鳴をあげたが、ロープを握る手をゆるめはしなかった。

　ふたりはガイドレールの数歩離(ストライド)上にいた。ヤルダはロープをたぐって地上まで下りていかねばならないと覚悟していたが、伸縮するロープの強く引く力のおかげで、止まるのに必要な力をわずかに上まわる力をもらったかたちであり、じっさいは地表へむかってゆっくりと漂っていた。

　ファティマがショックでうなり声をあげはじめた。ヤルダも加わりそうになったが、音を立てはじめたら止まらないのではないかと心配だった。

　ヤルダはいった。「もう安全。あなたのおかげよ、ファティマ、もうふたりとも安全なのよ」

18

ラヴィニオがいった。「重力がないと、たぶんこれで精いっぱいでしょう」

ヤルダは試験用の畑に張り渡されたロープから身を乗りだし、その植物をじっくりと調べた。小麦の茎は高さ二指離(スパン)に届くか届かないかだった。

「これは……生長しきっているの？　種子ができているの？」茎から突きだしているちっぽけな構造物は、確かに種嚢に似ているが、あまりにも小さいので、確かなことはいえなかった。

「ええ、生長しきっています」ラヴィニオが断言する。

「でも、ふつうの小麦の十二分の一の大きさしかないわ！」

「どれほど長く種子を遠心機に入れておいても」ラヴィニオが説明した。「取りだすと、かならず生長をやめます――しかし、まずこの高さまで育ててやれば、畑に植えかえても枯れません。これ以上は大きくなりませんが、自前の種子を作ります」

「すてきね」

待望の結果とはいえない。だが、ラヴィニオは魅了されていることを隠せなかった。「まるで成熟のプロセスは、生長の停止が直接の引き金になっているかのようです。植物がある決定的なサイズよりも大きいかぎりは。メカニズムをほんとうに理解したら、いま以上に介入できるかもしれません。しかし、いまのところは――」

「いまのところは、年に六回作物を育てるという選択肢がある――一回ずつ極端に少ない収量で」ヤルダは指先で種嚢のひとつをつついた。「で、これはじっさいに発芽するの？」

ラヴィニオが答えた。「はい――親と同じように、遠心機に入れてやれば。はじめのうち種苗は極端に未熟ですが、四旬（ステイント）ほどで大きさは追いつきます」

ヤルダは明快な評決を期待していた。どちらに転ぶにしろ、ある行動を取らざるをえなくなるような結果を。遠心機による種苗が完全に失敗すれば、〈孤絶〉を回転させる以外に選択肢は残らなくなる。一方、従来の作物を育てられる完璧な解決策があれば、エンジンの建造は予防措置として価値があったが、じっさいに点火することは、ありがたいことに不必要だとわかったと宣言できただろう。「そうすると、これでどういうことになったの？」ヤルダは尋ねた。

「通常の農作よりもはるかに労働集約型になるでしょう」とラヴィニオ。「そして、重力があったときに一年間で収穫していたのと同じ総量の穀物を生産するには、少なくとも十ダースの遠心機が必要でしょう」

十ダースの遠心機を、年がら年じゅう動かす。燃料を燃やし、補修を欠かさず。山全体を回転させれば、太陽石の蓄えに食いこむだろう――しかし、いちどだけやればすむのだ。

「それで生き延びられます」ラヴィニオがいい添えた。「理想的ではありませんが、やってやれないことはありません」

ヤルダはラヴィニオに礼を述べ、次の数日以内に決定すると約束した。

ヤルダは山頂へ引き返し、階段吹き抜けのロープ伝いに進んでいった。ふつうの畑でふつうの小麦を育てるなら、より大きな人口を養うことは、作物のサイズを増すという単純な問題になる。収量を十分の一ずつ増やすためだけに、さらに一ダースの遠心機を建造し、運転させれば、いっさいが変わるだろう。

だが、〈孤絶〉を回転させる計画を進めてそれを実行に移してから、どこかの気まぐれな小石が山腹に火を点けたら、山があらゆる物を宇宙空間に振り飛ばしている状態で炎を消すのは、どれほど難しくなることか?

ヤルダは文教地区で階段吹き抜けを離れ、自分のオフィスにむかってロープ伝いに通廊を進んでいった。通りがかった人たちになごやかな挨拶を返しながら、気がかりをおもてに出さないよう努める。トンネルが仕上がったいま、回転用エンジンの完成は熟練した機械工たちの手にゆだねられている――しかし、ここにいるだれもが、塵と危険の中で山腹に出たことがあり、だれもがプロジェクトを自分自身のものとして考える権利を獲得していた。

興奮と期待の表情をさっと浮かべて見せた人もいる。「あと三旬(ステイント)ですね!」と声をかけてきた人もいる。

もしまわれ右して、みなさんの作業はすべて無駄だった――これからは機械で育てた、発育不全の小麦という乏しい食料で生きなければならない――と宣言するなら、よほど説得力のある議論をしなければ、その決定を支えられないだろう。

マルジアがオフィスの外で待っていた。「テスト装置の準備ができました」彼女はいった。「命令さえあれば、打ちあげます」

「まちがいなく安全なのね？」

「点火するときは五街離（ストロール）も離れていますし、さらに遠ざかりつづけます」マルジアがあらためていった。「観測する機会をすっぱりあきらめるのでなければ、これ以上安全にはできませんよ」

ヤルダはこの言葉を受けいれたが、その実験について気を許すのはむずかしかった。〈孤絶〉のエンジンは世界を火だるまにしそこなったが、それが目的ではなかったのだ。マルジアの装置は、燃えるところを――星の表面は別かもしれないが――見られたことのない鉱物に火を点けるよう設計されている。

「火花が飛んできて、山に当たったらどうなるの？」

「わたしたちに害になるほど熱い残骸は、届くよりずっと前に燃えつきるはずです」

「〈永遠の炎〉に点火しないかぎりね」ヤルダは気弱にジョークを飛ばした。

マルジアはひどく腹立たしげにブンブン音を立てた。「その手の世迷い言をいう気だったら、もういっそのこと、たとえなにがあろうとわたしたちは生き延びられるんだといってくれませんか？ そして、わたしたちはみんな故郷を目ざして、一族と再会できるんだと」

ヤルダはいった。「計画を進めて、装置を打ちあげて。なにに注意していればいいか、火事の監視員たちに念入りに教えておいてね」

三時隔（ベル）後、ヤルダはその地区の観測室でマルジアに会った。マルジアはそこに、装置に照準を定めた二台の小型望遠鏡を設置していた。この位置からだと、山から漂い去っているいまも、装置は固定されているも同然に見える。星明かりを浴びた装置は、ほっそりしたシルエットにすぎなかったが、望遠鏡が正しいほうをむいているかどうかを確かめるため、ヤルダがちょっと覗いたあと、マルジアが光学装置に挿しこむフィルターを渡してくれた。映像はかなり明るくなった。

ヤルダが後視線で壁時計をチェックすると同時に、光の球が装置の安定石でできた梁（はり）の片端に噴きだし、輝く破片を宇宙空間に振りまいた。その梁はさっきまで、がっしりした硬石の殻に包まれた、純粋な太陽石の球形爆薬の中央を貫通していた。時限装置の合図で、燃料に解放剤が投入されて熱と圧力が高まり、ついに覆いが吹き飛んだのだ。殻の赤道部分はわずかに薄く作られていたので、爆発はそこから梁の外側へむかい、梁に取りつけられたほかの機器は影響を受けず、正味の力やトルクはほとんど残らなかった。梁はかろうじてそれとわかる回転を獲得して、視野にそのままとどまっていた。

そして、それは燃えていた。太陽石は散乱しており、安定石そのものが燃えあがっていた。

この未曾有の偉業を前に、マルジアが勝利の歓声をあげた。ヤルダとしては、安定石に点火するのは不可能だとわかったほうが、はるかにうれしかっただろう——そして星々やジェンマは、単に世界の表面の大部分をこの鉱物に覆われていなかったのに違いないとわかったほうが。安定石の砂は燃える燃料を消せる。安定石はズーグマの〈大発火〉の拡大を防いだ。安定石は炎に屈せずに〈孤絶〉の打ち上げに耐えた。しかし、いま——。

「空気のせいで違いが生じます」マルジアがうれしそうにつぶやいた。同じような実験が故郷でも試みられていたが、熱の一部を運び去る空気がつねに存在するので、安定石は決して引火点に達しなかったのだ。

すでに燃えている炎を同じ効果で消せるかどうかは、まもなくわかる。点火トリガーから梁に沿って数歩（ストライド）離のところに、圧縮空気のタンクが四つ、その中身を炎に放出する準備をした時計仕掛けに取りつけられていた。放出が起きたときは、見逃しようがなかった。空気が梁を勢いよく流れると同時に、装置全体が横むきに加速し、ヤルダはその装置を視野におさめておくために望遠鏡をまわしはじめなければならなかった。いったんぴったりと追跡して映像を安定させると、人工の風が梁の周囲に広がる白熱したかさ（ハロー）を歪めているのが見てとれた——しかし、安定石そのものは暗くならなかった。火は自給自足で燃えつづけた。崩壊する鉱物の微片それぞれが創りだす光は、隣人を同じ運命に遭わせるだけの熱を伴っているのだ。周囲のガスがなにを運び去っているにしろ、それを埋めあわすために割けるだけの熱を。

ヤルダはうろたえた。しかし、装置にはもう一段あり、テストする仕掛けがもうひとつある。最初の四つのタンクが空（から）になった一、二停隔（ポーズ）後、二組目のタンクがひらいた。しかし、今回の空気は——はるかに流れが穏やかだったが——粉末にした硬石で半ばふさがれたパイプを通るようにしてあった。これは究極の消火用砂だった。万物のうちでもっとも不活性な鉱物であり、熱を自らに引きこみ、エネルギーの段階的連続（カスケード）を中断させようとするのだ。

硬石の砂は放射状に注がれ、四つの対称的な流れがまっすぐ梁にむけられて、ロケットの効果を無効にし、重力がない状態で、砂ができるだけ多くたまるようにした。それは最良の場合を想定したシナリオのためのモデルだった。混乱させる回転のない状態で山腹を消火することに等しい。

放出のタイミングは、早いほうがいいという根拠で選んだ当て推量であり、この実験の対象である梁の部分は、その時点で火が点いていなかった。砂の中には漂い去っているものもあったが、それを埋めあわせてもお釣りが来るほど追加されていた。蚕食する炎の光に照らされて、大きくなる砂山がヤルダには見てとれた。

火が砂山に当たったとたん、視界がまっ黒になった。フィルターが働いて、星々さえ見えなくなったのだ。ヤルダは自分を抑えた。砂の下でまだなにが起きていても不思議ではない。しかし、これがうまくいけば、あといちどの実験で足りるだろう、とヤルダは思った。もし回転する装置で同じことを試し、遠心力が消火効果を台無しにするとわかれば、発育不全の小麦というささやかな代償を支払って、自分たちの身を守れるようにするまでだ。

光がちらついて明るくなり、装置のなれの果てを照らしだした。火は梁を飲みつくしつづけていた。隠れていたにすぎなかったのだ。救うべき〝消火効果〟などない。

ヤルダはマルジアのほうをむき、「次はなに?」と力なく尋ねた。

「いくつかのパラメーターを変えられます」マルジアがいった。「流出の速度か、硬石の粉末の量を調節できます」

「これがもう、あなたに考えつけるベストの構成だと思った」

「そうでした」とマルジア。「でも、わたしの推測は絶対確実ではありません。いくつかの小さな変化で、まだ改善できるかもしれません」

「違いが生じるほどの?」ヤルダは答えを迫った。

「ありえないことではありません」

ヤルダはいった。「それなら試す価値があるわ」

解決法があるに違いない。あとにしてきた生活と同じくらい危険に満ちた生活が搭乗者たちを待っている、などということは受けいれられない。地表で走る閃光は、これまでのところじゅうぶんに無害だった——しかし、第二のジェンマ誕生の瞬間を、ここで起こすわけにはいかない。最悪の事態が起こりうるという証拠が得られるときはすなわち、〈孤絶〉そのものが炎上するときだ。

　マルジアがいった。「わたしがズーグマで化学を学んだのは知っていますね？」

「もちろん。確かいちど会ったわね、わたしがコーネリオを訪ねたあとに」

「わたしたちは、つねにナイフをかたわらにおいて研究をしていました」とマルジア。「研究中はできるだけ体を保護していましたが……不測の事態が起きると、手遅れにならないうちに効果的な消火器が見つかるとは、かならずしも望めませんでした」

　ヤルダはぞっとした。「それがわたしたちにできる最善のことだと思うの？　手足を切断する覚悟を決めることが？」

「わたしは自分の手を二度切り落とさなければなりませんでした」マルジアが答えた。「そうするか、なにもかもを失うかでした」

「あなたの決意は立派だと思う」とヤルダ。「でも、手は作りなおせる。肉は補充できる。捨てた岩石は永久になくなるのよ」

　マルジアはしばらく考え、「わたしたちの〝空っぽの回廊〟は、望んだほど通常物質が空っぽではないと判明しました」といった。「直交する物質も同じように見すごしているということはありえますか？」

「ありえるわ」直交星群団（クラスター）は、一ダース青光年以上も離れているが、疾走星そのものの塵や小石が四方を取り巻いているし、もっと大きな光らない小天体があっても不思議ではない。

「数世代（ジェネレーション）にわたって山がなくなるまで削りとっていく、ということを考えると不安にはなりますが」とマルジア。「でももし、火にやられた部分を時おり宇宙空間へ投げこむことしか、身を守る方法がないとしたら……もしかしたら、失っているものが、じつはかけがえのないものではないという可能性に気が休まるかもしれません」

ヤルダはいった。「わたしは、気が休まる、という言葉で満足したくはないわ」

マルジアは食いさがった。「別の岩石天体を採鉱しようとして宇宙空間を渡るというアイデアは、いまのわたしたちをひるませるかもしれません。でも、わたしたちの子孫になにができるか、だれにもわかりませんよ」

「子孫にあとどれほどの重荷を負わせようというの？」ヤルダは弱々しく尋ねた。「どれだけになっているかわからない残りの燃料で帰る方法を考えだすように期待するだけでも、ひどいものよ。今度は、火事のダメージが山を人の住めない核にまで縮める前に、応急手当てがまにあうよう宇宙空間の鉱山を見つけることになるわけね」

「どんな選択肢があるんです？」マルジアが答えた。「喜装置の消えかけた残り火のほうを身振りで示し、「喜んでもっと実験をしますが、ツキが変わるとは思えません。解決策がなんであれ、あとから来る人々がそれを見つける役割を果たす、と信頼するしかないんです。もしすべての答えを自分たちで出せるなら、そもそもこの旅に出る必要はなかったでしょう」


一日三回、火災監視員は勤務交替のために縄梯子を下りてきた。監視員たちが報告する衝突閃光の数は上下したが、ヤルダが予想したランダムな衝突数を上まわることはなかった。

もしその塵が既知の縁のある、輪郭のはっきりした障害物のような物でできているのなら、それを迂回する針路を計画できただろうし、少なくとも計算をして、燃料を使う価値があるかどうかを判断できただろう。

しかし、速度のせいで行く手にあるすべての通常物質が見えなくなる前には、そんな問題が存在するとは少しも考えていなかった。そしていまとなっては、問題を回避するための操縦方法は、ランダムな迂回をひとつずつ試して、それで事態がよくなるか悪くなるか確かめる以外にないも同然だ。燃やせる太陽石はそんなにたくさんありはしない。

マルジアの追加実験は無駄に終わった。燃える安定石がそもそも消せるとしても、消しかたの発見は相変わらずの彼方にあった。

ヤルダはもっとも経験豊富な建設技師のパラディアを探しあて、山の一部を放棄する可能性を検討してもらうよう頼んだ。その問題を二日にわたって熟慮した末、パラディアはヤルダのオフィスに戻ってきて、予備的なアイデアをスケッチしてみせた。

「いちばん単純なふたつの選択肢は」とパラディア。「犠牲にする外装板のような物を設置すること――火が点いたら、かんたんに外せる消耗品のタイルで地表を覆うこと――あるいは外部はそのままで、必要なら山の外壁を丸ごと吹き飛ばす準備をすることでしょう」

「外壁を丸ごと吹き飛ばす？」ヤルダはもはやなにも考慮の対象外にしない覚悟ができていた。「そして気圧が失われて、だれもが冷却袋に入って修理をしようとしながら、二年をすごすことになるの？」

「まさか」パラディアは面白そうに答えた。「外の区域を個別のセクションに分けます。与圧ドアをすべての連絡通路に設置して、それぞれのセクションに爆薬を前もって仕掛けておきます。いったん監視員が火事の正確な場所を特定したら、あとは決められている手順に従う――爆薬の時限装置を始動させ、全員を避難させ、そのセクションを封鎖し……それから火事もろとも壁を宇宙空間に吹き飛ばす」

「最初の選択肢について教えて」ヤルダはこうつけ加えたくなる気持ちを抑えた。正気のほうを。「タイル、外装板」

「それには問題がふたつあります」とパラディア。

「地表に効果的な外装板を被せられるほどの量の材料を内部から採掘したら、構造的な問題が起きはしないか？　遠心力から生じる重圧の下でも、あらゆる室の安全性が保証されなければなりません。旅の最後にメイン・エンジンを再使用するときのことはいうまでもなく。しかし、たとえ原料が足りても、次の問題は、われわれの幸運が尽きて地表に火が点く前に、外部全体を覆う時間があるかどうかです。それはどんな条件下でも大変な仕事になるでしょう――しかし、山が回転していれば、これまで試みられたうちでもっとも困難な事業になるでしょう」

「回転の開始は遅らせられるわ、その価値があるのなら」ヤルダはしぶしぶいった。「この盾がじっさいに身を守ってくれるなら、それが完成するまでは、人々は発育不全の小麦で食いつないでいけるだろう。

パラディアがいった。「信頼できる数字を得られるようにしましょう」

ふたりは十日にわたりいっしょに作業をした。マルジアの実験のおかげで、安定石の燃える速さはわかっていたし、地表の微片衝突場所をひとつでも見つけられた人はまだいないものの、無限の速度でぶつかったときにさまざまな質量の塵粒子が外装板に食いこむ深さは、ヤルダが見積もることができた。パラディアは建設中に山全体を調査したことがあり、直にその組成の詳細な記録を集めていたし、さまざまな室が打ち上げのストレスにどう耐えたかを自分の目で見ていた。

数字は思わしいものではなかった。役に立つ保護層で山を覆うと、回転だけで分解がはじまりかねないところまで内部はがらんどうになって弱体化する。しかし、回転をあきらめても救いにはならない。減速のために次にエンジンに点火したとき、〈孤絶〉は瓦礫となるだろう。

「計画を立ててちょうだい……もうひとつの選択肢のための」ヤルダはいった。

パラディアはパニックに近い表情で、まじまじとヤルダを見た。

「なにも急いでくれといっているわけじゃないわ」ヤルダは安心させるようにいった。「これをきちんとやるためには、必要なだけ時間をかけるべきよ。でも、構造的な考慮だけを根拠にすべての選択をして。それ以外の実現可能性は切り離して扱う――機器のいくつかをもっと安全な場所へ移さなければならないのなら、あるいは設備のいくつかを複製しなければならないのなら、そうするわ」

パラディアはそれでも浮かない顔だった。「この件に関してフリドという話をするんですか？」

ヤルダはいった。「わたしがあなたに話をしているのは、あなたならこの仕事ができると知っているからよ。必要なだけ助手をつけてあげる――だれでもいいから、好きな人を選んで。回転用エンジンが仕上がるまで、手が空(あ)くのを待たなければならない人もいるかもしれないけれど、いったん仕上がったら、これが最優先課題になるわ」

パラディアは慎重に答えた。「この責任をあたえられて光栄です――でも、お言葉ですが、フリドとバビラを仲間に引きこむべきだと思います。助手は指示に従い、わたしの計算をチェックできます。でも、わたしがまちがった道を進んだとしても、自信を持ってわたしと議論はできません。これは重要すぎて、ひとりにまかせるわけにはいかないんです」

ヤルダはその言葉に一理あると認めるしかなかった。「なぜフリドとバビラなの？」

「そのふたりが、わたしたちの中でもっとも経験豊富な技師だからです」とパラディア。「ほかのだれに相談しろというんです？」

パラディアは恐れているのだ、とヤルダは悟った。計画がうまくいかず、〈孤絶〉が大破して空気がなくなったら、計画立案者の責任が問われるだろう。ヤルダが非難の矢面に立つとはいえ、この件でヤルダの側近だった者も糾弾を免れない。だが、ほかにひとつしかない独立した党派の最有力メンバーが、プロジェクトに同じように関わるなら、パラディアは余波から多少は守られることになる。

それが、そんなに不合理なことだろうか？ 方針の違いがあろうとも、フリドとバビラがその計画を熱心に精査することをヤルダは疑わなかった。意見の相違がなんであれ、ヤルダの評判を落とすためだけに、〈孤絶〉そのものを危険にさらしはしないだろう。

「わかったわ」ヤルダはいった。「フリドと話しましょう」

フリドは彼のオフィスにいた。彼は問題の要約と、ふたりの計算の結果に辛抱強く耳を傾けた。

「もちろん、喜んで手を貸します」フリドはいった。「しかし、先へ進む前に、この件を乗員集会にかけるべきだと思う――回転用エンジンのときとまったく同じように」

ヤルダは訊いた。「どうして？ 建設作業員はこれを処理できるわ。だれも通常業務から離れさせなくていい」

「確かに」フリドは同意した。「しかし、それでも全員に影響をあたえるでしょう。山じゅうに爆薬を仕掛けることは、軽々しく扱っていいような変化ではない」

ヤルダはパラディアにちらっと目をやったが、彼女は無言のままだった。「軽々しくこの結論に達したわけでないことは、はっきりしているはずよ」ヤルダはいった。「計画に賛成するの、しないの？」

「もちろん賛成します」フリドは落ちついて答えた。「そしてそれが安全に、成功裏に実行されるのを見るために、できることはなんでもしたいですね。問題は、どうしたら乗員たちを味方につけられるかだ。〈孤絶〉を外部の脅威から守るにあたって、内部の敵から命を狙われる危険が増さないと人々を納得させられますか——つまり、破壊工作者の危険から？」

回転用エンジンが点火する前に、準備の具合を確かめるため、ヤルダは山頂から下りてきた。畑では、古い洞窟の床から育つ最後の作物が収穫されていた。薬草園では、作業員たちが植物やネットを被せた土を、まもなく水平になる壁に移しかえていた。土埃と有機物の破片からなる靄が、こうした室に充満し、通廊や階段吹き抜けへ漏れだして、苔の光を暗くしたり、表面という表面を黒い埃でべったりと覆ったりしていた。

ラヴィニオをはじめとする農学者たちと相談した末に、森は手つかずのまま残しておくと決めていた。遠心力に影響されないほど山の軸に近いし、生長しきった木々からなる複雑怪奇な迷路全体を移す——さらには樹精をつかまえて移動させる——のに必要な労力は、そこに含まれるすべての動植物が重力なしでうまくやっているときには、どれほどの利益があろうと引きあわないと思えたからだ。

外側の階段吹き抜けに刻まれた螺旋状の溝には板が被せられて、トンネルの床になる部分の隙間を橋渡ししていた。壁がすでに通行できるので、環状の通廊はそのままにしておけたが、乗員たちは放射状の支トンネルに縄梯子を取りつけるのに大わらわだった。

文字どおり作りなおさないとしても、工場という工場、作業場という作業場、オフィスというオフィスに再考が必要だった。しかし、畑から製粉所や厨房まで、人造林から大工の作業場まで、薬草園からホリン貯蔵庫まで、〈孤絶〉の全域を通っていくヤルダと言葉を交わすだれもが、不平をいわずに大変動を受けいれていた。

いまは人々を仕事から引き離して、パラディアの計画というニュースに直面させるときではない。それにフリドが自分でそうするほど愚かだとも思えない。作物を救うという共通の大義で結ばれて、人々がこのように忙しくしているうちは、ほかのなにかに耳を貸す物好きはいないだろう。

(でも、この仕事が終わったときは？)フリドは耳打ちに次ぐ耳打ちでヤルダの評判を落とし、新しいプロジェクトに関する自分のメッセージを広めて、なぜヤルダが自分で説明しなかったのだろうと疑問に思わせることができる。これをどう扱うにしろ、対決を長く遅らせることはできないだろう。

ヤルダは花火のはじまりを観測所で待っていた。いっしょに見ようと以前の作業チームを誘ったが、だれもが応じたわけではなかった。下方の観測室のほうが、はるかに花火がよく見られるのだ。しかし、ヤルダには別の思惑があった。大型望遠鏡を地平線のすぐ上の一点に固定しておいたので、仲間たちはいちど覗けば、目にしたものを記憶に刻むことができた。チームが山腹にうがつのを手伝ったトンネルからあふれ出る炎は、さぞかし見ものだろう。だが、エンジンの効力をじっさいに証明するものは、まず望遠鏡を通した視野のわずかなズレとしてあらわれるのだ。

ファティマが握っていたロープを放し、空中で体を丸めた。「この場所であなたは回転物理学を発見したんでしょう？」

「そのはずよ」ヤルダは答えた。「でも、じつをいうと、なにひとつ見覚えがないの。地面、建物……なにもかもが変わってしまった」望遠鏡そのものさえ作りなおされていた。ここにあった望遠鏡のレンズが、新しいフレームに塡めこまれている。

「だれかがここに碑を立てるべきです」とファティマがいった。「それを記念するために」

「わたしが死ぬまで待っても罰(ばち)は当たらないわ」

ヤルダは望遠鏡と並んでいる時計に視線を走らせた。点火まであと三分隔(ラプス)。オーシリアと彼女の双が、ドームの端にある清掃人用把手のいちばん下にしがみつき、期待の表情で山を見おろしていた。プロスペラと友人たちは入口の近くに浮かび、透明石の板からどんどん複雑なかたちで斜めに跳ね返ろうとして競いあっている。空中でにっちもさっちもいかなくなることはまずないし、ドームが壊れる心配もない。だが、だれかが望遠鏡に衝突したら、ヤルダは腹が立つだろう。

「昨日ニノに会いました」ファティマがいった。

「どうだった？」答えを聞かなくてすめばいいのにと思いながら、ヤルダは尋ねた。

「あまり元気ではありませんでした」

「本を持っていったの？」

「あの人はもう読んでいません」とファティマ。「集中力をなくしたそうです。文字を見ると目まいが起きるだけだ、と」

ヤルダはいった。「残念だわ。でも、あなたなら彼を元気づけられたはず」

ファティマの表情が強ばった。「いつ出られるかがわかれば、あの人も楽になるかもしれません。日時を決められれば――」

「日時を決めるですって？　かんたんなことだと思う？」

「あなたはリーダーなんでしょう？」ファティマがぶっきらぼうに答えた。「しかも、みんな、ますますあなたを尊敬しています、回転用エンジンの建造をあなたが決めてからは。あなたは作物を救い、あたしたちみんなを飢えから救おうとしている！　そのあとで、人々があなたをお払い箱にすると本気で思うんですか？」

「わたしがほかになにをするかによるわ」とヤルダ。

ファティマは支持ロープから狼狽するほど遠く離れて漂っていた。まにあううちに手を伸ばして体を引き戻す。

「あなたにとってつらすぎるようになっているのなら、

ほかのだれかを訪問に付き添わせましょうか」ヤルダは提案した。

ファティマはヤルダに正面からむきあって、「どういう風か、ありのままに話します」といった。「あたしは二旬ごとにあの人に会いにいきます。パンを持っていき、ゴシップを教えて、ジョークを飛ばそうとします。でも、それだけ、それしかできません。まわれ右して立ち去るとき、あの人にとってなにも変わっていません。あの人はあたしの友だちです。決して見捨てません……でも、だれかが拷問にかけられているあいだ、手を握っているようなものです」

ヤルダの皮膚が粟立った。「ごめんなさい」

「謝るのはやめて」ファティマが怒りのにじむ声でいった。「とにかく、あの人のためになにかしてください」

オーシリオがはしゃぎ声をあげ、プロスペラのグループがドームの端へ殺到して、エンジンから出る炎を目におさめようとした。ヤルダはファティマに身振りで合図し、「見にいきましょう。望遠鏡を通してなにかがあらわれるまで、しばらくかかるから」

ふたりはロープ伝いに最寄りの窓まで行った。山腹を見おろすと、星明かりを浴びた岩石から横むきにあらわれ出ている青白い炎の淡い円筒が三つ見えた。ヤルダは不測の事態が起きるのを不安な思いで待った。エンジンの一台が地面から千切れ、くるくるまわりながら宇宙空間へ飛んでいき、その途中で山に火を振りまくところが目に浮かぶ。だが、青白い炎は微動だにせず、エンジンの振動もほとんど感じられなかった。

有頂天になってもいいはずだった。小麦のことを知らずにいたら、全員が死を迎えていたかもしれない。だが、いまや次の作物の成功は保証されたようなものだ。ニノに聞かされた、〈孤絶〉の人々の運命に関するアシリオの冷笑的な予言を思いだした。そして土を食う。そして殺してくれと泣いて頼む。そうなりかけたという事実は、〈孤絶〉が次にズーグマ上空で煌々と輝くとき、アシリオがどういう顔をするか想像する喜びを限りなく大きくしただけだった。

しかし、自分はニノのためになにができるだろう？　乗員たちの前に立ち、これから彼は自由に歩きまわることを許されると宣言するのか――人々を宇宙空間から隔てている壁という壁に爆薬を仕掛けたい、と知らせた直後に。あるいは、パラディアの計画には新しいリーダーが必要だ、そのリーダーは現行犯でつかまった囚人を遅ればせながら処刑することで、乗員たちのあいだに潜んでいる破壊工作者予備軍に正しいメッセージを送るだろう、とフリドが人々に説明するのを、なにもせずに待つのか？

ヤルダは望遠鏡まで戻り、チームに集まってくれと呼びかけた。望遠鏡の視野の中心に据えておいた星の尾の赤い端が、いまやかろうじてわかるほど、十字線からズレていた。

「望遠鏡がエンジンの振動で揺すられたわけじゃないって、どうしたらわかるんですか？」冗談半分にプロスペラが尋ねる。「山がほんとうにまわったんだって、どうしたらわかるんです？」

つらく危険な仕事、山腹じゅうからあふれ出す美しい火炎。すべては幻影であっても不思議のない変化を付加するためだった。

ヤルダはいった。「どうしたらわかるかって？　辛抱して、しばらく待って、それからもういちど見るのよ」

回転開始から二日目、監視所――賢明にも、回転開始当初は無人にされていた――のひとつが、それを地上につなぎ留めていたロープから引きちぎられ、宇宙空間に失われた。ヤルダが監視の責任者に任命したイシドラは、監視員が再度配置される前にほかの三つの監視所を引き戻し、ロープを強化してテストした。

エンジンが停止するまで、それ以外に深刻な損傷の報告はなかった。文教地区では些細ながら不愉快な事態が次々と持ちあがった――その大部分は、ここでは遠心力が、無視するには強すぎるものの、従来の方法で物をその場にとどめておくほどの摩擦を生みだすには弱すぎることを、理解できるかどうかに関わっていた。古い様式の重力のもとでなら、置かれた場所から動かないはずの機器や家具は、いまではふつうに使うときに押したり引いたりしても移動しないようにするために、無重力だったときと同じくらいしっかりと固定しなおす必要があった。

ヤルダは、自分自身のオフィスや個室で獲得したわずかな重量が大いに気に入った。移動にはいまも古いロープのシステムを使えたが、周囲の壁やロープや把手のどれにも手が届かなくなったときでも、もはやパニックを起こしてじたばたすることはなくなった。そういうとき、床に変わった壁にむかってゆっくりとではあるが降下しているヤルダの体は、にっちもさっちもいかなくなることはないのを受けいれていた。

光学作業場がふたたび機能するようになるのを手伝ったあと――サビノは軸そのものに位置する完璧に無重力の彼専用の部屋へ移った――ヤルダは畑へむかった。中央階段を舞いおりていくあいだは、まるでなにも変わっていないようだったが、放射状出口で縄梯子をつかんだときは、素直に下の手を作りかえて、足から先に下りた。

トンネルは最寄りの室の最上部に通じていた。内部の平たい円盤は、いまや横倒しになっていた。縄梯子はそのまま露出岩石のひとつへ延びており、ヤルダが険しい壁と壁とのあいだを移動していくにつれ、苔の光を浴びていてさえ、その場所を地下の洞窟として考えるのはもうむずかしいのがわかってきた。夜中に秘密の谷へ下りていくほうに似ていた。

ここの重力はいまも弱かったが、土埃が空気から一掃されていた。谷の床は人けがなかったが、ヤルダが鋤き跡と鋤き跡とのあいだに注意深く踏みこんだとき、新しく植えられた種子がすでに苗条を生やしているのが見えた。その光景を見て、安堵の震えがヤルダの全身を走りぬけた。

　見るからに華奢なガードレールが、隣室に通じる放射状トンネルの口を囲んでいた。この出口はいまやまったく実用的には見えなかった。「ああ、エウセビオ」ヤルダは小声でいった。「あなたの美しい設計のなにもかもが横むきになってしまった」レールとレールとのあいだをするすると移動し、縄梯子にたどり着く。それは、かつての通廊の床をたどっていた。梯子の側面を握り、その構造物が自分のほうに揺れたとたん、落ちれば怪我をするという休眠していた古い感覚が、突如としてふたたび目をさました。

　二番目の畑は、最初の畑よりもあとに種蒔きがされていた。苗条は見えなかったが、ヤルダは埋めてある種子を見つけ、発芽しているのを確かめた。問題があれば、ラヴィニオが教えてくれていただろう――けれど、次の収穫を約束するものに自分の手で触れれば、安心できたし、心強くなった。

　山の表面にいちばん近い三番目の畑では、農民たちがまだ働いていた。半ダースの炎石のランプが、室の最上部にある入口から畑の一角まで延びる滑車綱に並べられていた。下りていく途中、露出岩石に斜めに落ちる自分の巨大な影をヤルダは見た。

　地面に達すると、農民のひとりのエルミニアが近づいてきて、ヤルダに挨拶した。

「ここでのみなさんの作業に感謝します」ヤルダはいった。「種蒔きが終わるまで、どれくらいかかるの？」

「あと一日。でも、そのあとまた次の畑が……」エルミニアは山頂の方向を身振りで示した。〝上〟にふたつの異なる意味があるいま、それをどう呼んだらいいのか、よくわからないのだ。「そこで二日。それで作物の種蒔きは完了です」

「機会がありしだい、そのふたつの室をつなげるわ」ヤルダは約束した。

「ほんとうに？」エルミニアの声は、気乗り薄に聞こえた。

ヤルダはとまどった。「ここに大きな畑をひとつ作ったほうが、作業はかんたんになるんじゃないの？」作物のためにはさらに空間が必要で、それは邪魔になる岩石をくり抜いて作ることになるが、とにかく広い土地ひとつだけで作業するほうが好都合だろうと思えたのだ。

「あなたはここに爆発物を仕掛けようとしている、と聞きました」エルミニアがいった。「ここより下で起きる火事を吹き飛ばすために。もしそういうことになるのなら、失う作物はできるだけ少なくしたいんです」

鋭い指摘だったが、ヤルダは返事をしなかった。ただの雑談の中で計画を認めたくなかったのだ。個々のセクションの境界をどこに引くかに関する賛成反対の議論を引き起こすのは、もっと願い下げだった。

けれど、噂はすでに広まりつつあった。対処を遅らせれば遅らせるほど、ヤルダの立場は弱くなるだろう。

ヤルダはいった。「あなたの友だちと同僚たちにニュースを広めてもらえないかしら。いまから五日後の第三時鐘(ベル)に、山頂で集会があると」

「なんについての集会です？」エルミニアが尋ねた。

いい質問ね、とヤルダは思った。（あなたの小麦畑が足もとで爆破されるかもしれなくても、なぜすっかり安心していていいのか、についてよ）

「作物は片がついたから」ヤルダはいった。「今度は、ジェンマの二の舞になるのを避けるためにどうするかの話が必要なの」

ヤルダは集会所の外で待機し、入っていく人々を数えながら、ふたつのスピーチを頭の中でおさらいした。

片方のスピーチは、乗員たちが山腹でともに働いてすごした時間に関するものだった。わたしたちは自らの命をおたがいの手にゆだね、〈孤絶〉の運命を万人の手にゆだねました。わたし自身が事故で命を落とすところでしたが、救出されました。でも、みなさん全員が、友人たちの勇気や創意工夫にまつわる自分なりの話を持っています。なのにそのあとで、なぜ自分たちの安全を守りつづけるには恐怖のルールが必要だ、と考えるのでしょう？　お腹をすかせた子どもたちをかかえた、ひとりの意志の弱い農民が、ひとつの危険な行為をおかすように説得されました。しかし、ニノは悔い改めていますし、罰を受けています。そして、ふたたびだれかを傷つけようとする理由がありません。彼自身の犯罪のためであれ、〈孤絶〉の未来のためであれ、彼は死ぬ必要はないのです。彼を生かしておくことは、弱者のおこないではありません。万人が信頼しあうことの表明になるでしょう。

ひとつ目のスピーチがうまくいかなった場合に備えて用意したもうひとつのスピーチは、仕掛けた爆薬に勝手に近づけないように制限し、なおかつ火事への対応が遅れて役に立たずに終わる心配のないような、設備と手続きに関するものだった。さらにヤルダは、もしどちらのスピーチもうまくいかずにやけっぱちになったときには、予定外の壁の破壊をする場合に、山の外側にいる人たちを救助するための緊急時対応策をどうするかについて、一席ぶつつもりになっていた。

パラディィアが会場から出てきて、「だれを待っているんです？」とヤルダに訊いた。

「ヤルダはリストをあらためて、「イシドラと、あと三人。四人とも、さっきまでの監視のシフトに就いていたんだと思う」そのシフトの本来の終了時刻は集会開始の時刻と同じだったが、たとえ集会のことを忘れていてシフトの最後まで監視をしていたのだとしても、イシドラたちの到着はヤルダの予想よりも遅れていた。

「四鳴隔（チャイム）がすぎるまで待って、そのときはこの人たち抜きでもはじめるわ」

「まさか、だれかが……？」パラディアが不安げに尋ねる。

「ロープを切ったってこと？」ヤルダはほかのことで頭がいっぱいで、そのようなことは考えさえしなかった。しかし、そう考えたとたん、痛いような恐怖が心に走った。「もしそんなことが起きたなら、いまごろはもう、ほかの人たちが警報を発しているはずよ」監視所は、新たに強化された設計ですでに一シフトを無事に終えていたが、いずれにしろ手順はきちんと決まっていた。もしだれかが宇宙空間を漂流するハメになったら、ほかの監視員は自ら同僚を連れもどそうとしてはならない――即座に山へ戻って警報を発するべし。

「会場の雰囲気はどう？」ヤルダは尋ねた。到着した全員に挨拶したが、だれもが同じようにていねいな態度でヤルダに接した。バビラとデルフィナさえ回転開始の成功を祝う言葉をかけてきたときには、だれの言葉もふるまいも、真意を明かしているとは信用できなくなった。

「自分の目で見るべきですね」パラディアがいった。

ヤルダはロープ伝いに入口まで行った。会場には人々がのびのびと手足を広げられるだけの余地がたっぷりとあり、まさにそうしている人も多かったが、乗員の約三分の一が最前列のほうにかたまっており、弱い重力に対して体を固定する支持ロープにしがみついて、興奮気味に体を揺すりあい、ブンブン音を立てたり歓声をあげたりしていた。

この一団の中心にフリドがいて、見識を披露していた。フリドの言葉は聞こえなかったが、熱狂的な反応は耳を聾するほどだった。外の通廊でもこの騒音はずっと聞こえていたのだが、騒々しい友人たちのグループが、自分たちのなし遂げたことを喜んでいるのだとヤルダは思っていて、ひとりの男が群衆を魅了しているとは想像もしなかったのだ。

自分にだれがだませるというのだろう？　自分は政治家でも雄弁家でもない。信頼の上に未来を築くことにまつわる自分の言葉に耳を傾ける人などいないだろう。もしフリドを打ち負かしたければ、とっくの昔に彼に背くよう人々をそそのかしはじめるべきだった——フリドは出奔者だった自分の娘を無理やり双のもとへ戻らせたのだという話をでっちあげるとかして。そうでなければ、英雄譚(サーガ)から採ったニノの忠告を容れて、あっさりと殺しておくべきだった。

ヤルダはパラディアのもとへ戻った。「あなたが彼のところへ行って、わたしからの取り引きを持ちかけたら、耳を貸すと思う？」

「どういう取り引きですか？」

ヤルダはいった。「ニノを生かすと約束すれば、わたしは退いて、彼にまったく反対しない。仮定上の未来の破壊工作者を、八分裂的罵詈雑言(ばりぞうごん)で好きなように脅してかまわない——わたしが任期のうちに下した決定を尊重して、ニノを生かしてくれさえすれば」

「彼が断ったらどうします？」パラディアが尋ねた。「あなたは自分の立場を弱くするだけになりますよ」

会場で歓声がまた湧きあがるのが聞こえた。「ほかになにができるの？　彼に訊いてみて。頼むから」

パラディアはしぶしぶとロープを伝って入口のほうへ戻っていった。

「ヤルダ！　いいニュースです！」

ヤルダは声のしたほうをむいた。大声で呼びかけてきたのはイシドラだった。彼女とほかの三名の監視員が遠くから近づいてくる。

パラディアがためらった。「そうすると、みんな無事だったんですね？」

「ええ、みんなそろっているわ」とヤルダ。

「それがいいニュースなんですか？」パラディアはとまどっていた。「もちろん、いいことだけど……」

それ以外の可能性は考えられない、とヤルダは返事をしかけたが、イシドラの声の響きが気になって、思いとどまった。

パラディアはまた入口へむかおうとした。ヤルダは「待って」といい、むきを変えて、通廊の奥にいるイシドラに声をかけた。「いいニュースというのは？」

イシドラが言葉を発する前に、その顔に浮かぶ歓喜に満ちた困惑の表情を見て、ヤルダの皮膚がチリチリしはじめた。

「衝突なし！」イシドラが叫びかえした。「二シフト、まったく衝突なーーーーし！」

監視員たちが近づいてきて、ちゃんと話ができるようになるまで、ヤルダは無言で待った。

「二シフトも？」とイシドラに尋ねる。

「最初のシフトのあと、話そうとしたんです」イシドラが説明した。「でも、あなたはとても忙しかったし、新しい状況で観測員が混乱しただけかもしれないと思って。わたしたちは監視所を作りなおしたから……すじが通らないのはわかっています。それではゼロという結果を説明できないのは。でも、確かめなけりゃなりませんでした。その件で大騒ぎする前に、自分で確かめなけりゃならなかったんです」

パラディアがいった。「回転開始から衝突がないの？ まちがいないのね？」

ほかの監視員のひとりだったプロスペラが、「四時隔（べル）のあいだ暗い岩を見つめて、閃光の幻覚を見はじめなかったんだから奇跡ですよ。ゼロはゼロです」と答えた。

パラディアはヤルダにむき直り、「どうしてでしょう？ 塵から抜けだしただけだと思いますか？」

「そういう偶然の一致を信じるの？」ヤルダは答えた。

「ほかにどうしたら説明がつくんです？」パラディア

がいい返す。

ヤルダはイシドラと目配せを交わし、彼女に話をさせた。「回転の開始で」イシドラが答えた。「それまで閃光を生じさせていたものがなんであったにしろ、地表にぶつかっていたものがなんであったにしろ、岩石を熱するよりも早く、遠心力で投げ飛ばされるようになったに違いないわ」

パラディアが信じられないといいたげに、「無限の速度を持つ塵粒子にとって、そんな力はなんでもない。そんな話はまるっきり的外れよ！」哀願するようにヤルダに話しかける。「同意してくれますよね？　それとも、みんな頭がおかしくなったの？」

イシドラがヤルダにうなずいた。あなたが説明する番です。

ヤルダはいった。「あなたに完全に同意するわ、パラディア——つまり、閃光はそれほど速く動くものが生じさせたのではありえない、という点は。閃光は、直交する塵から来ているに違いない……ここでいっているのは、いまじゃなくて、打ち上げの前にわたしたちと直交していた塵よ」

パラディアは目をしばたたいた。「疾走星ですか？　もともとの疾走星ですか？」

「そう考えないかぎりすじが通らないでしょ？」ヤルダは答えた。「閃光を生じさせていたものがなんであれ、それは〈孤絶〉に対しては非常にゆっくりと動いているから、回転でじゅうぶん振り払えるに違いない。そういえば、わたしたちは最初から、〈孤絶〉の軌道が疾走星を手なずけると思っていたわ」

パラディアは顔をしかめた。「でも、疾走星を手なずけたというなら、閃光の原因はなんです？　それほどゆっくりとぶつかる物が、どうしたら岩を白熱させられるんです？」

「見当もつかないわ」ヤルダは白状した。「でも、岩を熱しているのが運動エネルギーではないとしたら、考えられるのはなんらかの化学的プロセスだけ――その場合、なんらかのかたちで岩と反応するには、塵はじゅうぶん長く岩の上にとどまらなければならないに違いない。いまは山腹に残骸がとどまれないから……もう閃光はないわけよ」

パラディアはいまや腹を立てていた。「まさか、こういいたいんじゃないでしょうね。疾走星が……安定石用の解放剤でできている、と？ ここの宇宙空間を満たしている、直交する世界由来の塵は、じつは岩石ではなくて、故郷の星では燃料を燃えさせる特殊な目的で植物から抽出されている精製物だ、と」

ヤルダはいった。「最後のちょっと辛辣なところはいただけないけれど、なにがぶつかっていたにしろ、それは安定石用の解放剤としてふるまったに違いないわ。どうやってかは訊かないで――でも、それを信じないなら、ほかにどうすれば閃光が突如としてやんだことを説明できるか、教えてちょうだい」

パラディアは無言でヤルダをにらみ返していたが、やがてこういった。「さっぱりわかりません。でも、あなたのいうとおり、偶然のはずがありません。回転がわたしたちを守っているんです。だから、なにがぶつかっていたにしろ、高速の物質ではありません」

「つまり、閃光を生じさせていた物より何ダース倍も大きい破片であっても、いまや、山腹を火だるまにできると信じる理由はないわけね」とヤルダは話を誘導した。

「まったくありません」パラディアが同意した。

「それなら、壁を爆破する計画は不要なんじゃない？」

パラディアはためらった。「完全に。犠牲にしてもいい外装板が軸の付近に何枚か必要なだけです――遠心力の保護を受けない山頂と基部に……」言葉を途切れさせる。安堵のあまり、パラディアは震えていた。

ヤルダはパラディアの肩に手をかけてから、イシドラにむき直った。「みんなで中へ入って、フリドやその友人たちとこの朗報を分かちあうべきだと思うわ」

19

「先にいっておきますが」ヤルダはいった。「わたしは自分でも理解していないことを話すのに、時間の大部分を費やします。その際に二、三の事実と二、三の推測を提供しますが——そのあと、そうした事実ではじゅうぶんといえない理由と、そうした推測がかならずしも正しくない理由を説明します」

ヤルダは部屋を見渡した。顔の多くは見慣れたものだった。ここでの教育を受けはじめた当初から、そのようすを追いかけてきた若い女たちや男たち。しかし、ほとんど見覚えのない生徒も半ダースいて、それにはいっそう勇気づけられた。ひとたび古い野蛮さを過去のものとすれば、〈孤絶〉に乗っているだれもが、豊かな知的生活を送れるようになる。いつの日か、人々は手肢を動かすのと同じくらい自然に、目を閉じて回転物理学を思索し、四空間の対称性について考えているだろう。

「わたしはなにを理解していないのか」ヤルダは言葉を続けた。「固体が安定している理由を理解していません。気体がくっつかない理由を理解していません。そして、周囲の塵とやんわりと接触しただけで、岩が白熱する理由を理解していません」

「固体が安定していることは証明したはずです」オーシリアが言葉をはさんだ。「この前のセヴェラの授業で」

ヤルダはいった。「たぶんあなたがたは、輝素の配列には、ネレオの力があいだで働くと、その形状を保持すると考えられる幾何配置がいくつかあることを示したのではないかしら」

「そう理解しました」オーシリアが答える。

「では、それはどういう仕組みなの？」

「すべての輝素は、位置エネルギーの山と谷に囲まれています」オーシリアがいった。「もし輝素がたくさんあれば、そのすべてを隣接する谷に落として、それらがその場にとどまろうとする整然としたパターンを作ることができます」

「確かにそのとおりです」とヤルダ。「しかし、まだ基礎を学んでいるうちは、あなたがたを混乱させるのを避けるために、セヴェラが提起しなかった問題がふたつあります」

ヤルダは基本的な一次元の例をスケッチした。

「輝素は、隣の輝素のエネルギーの谷に落ちつくことができます」とヤルダ。「そしてわたしは最初の谷に輝素を置きました。最初の谷よりも浅い、もっと遠くの谷のどれかではなく。しかし、それはほんとうにいちばん深い場所でしょうか？」

数停隔（ポーズ）の沈黙が下り、やがてプロスペラが「縦穴の

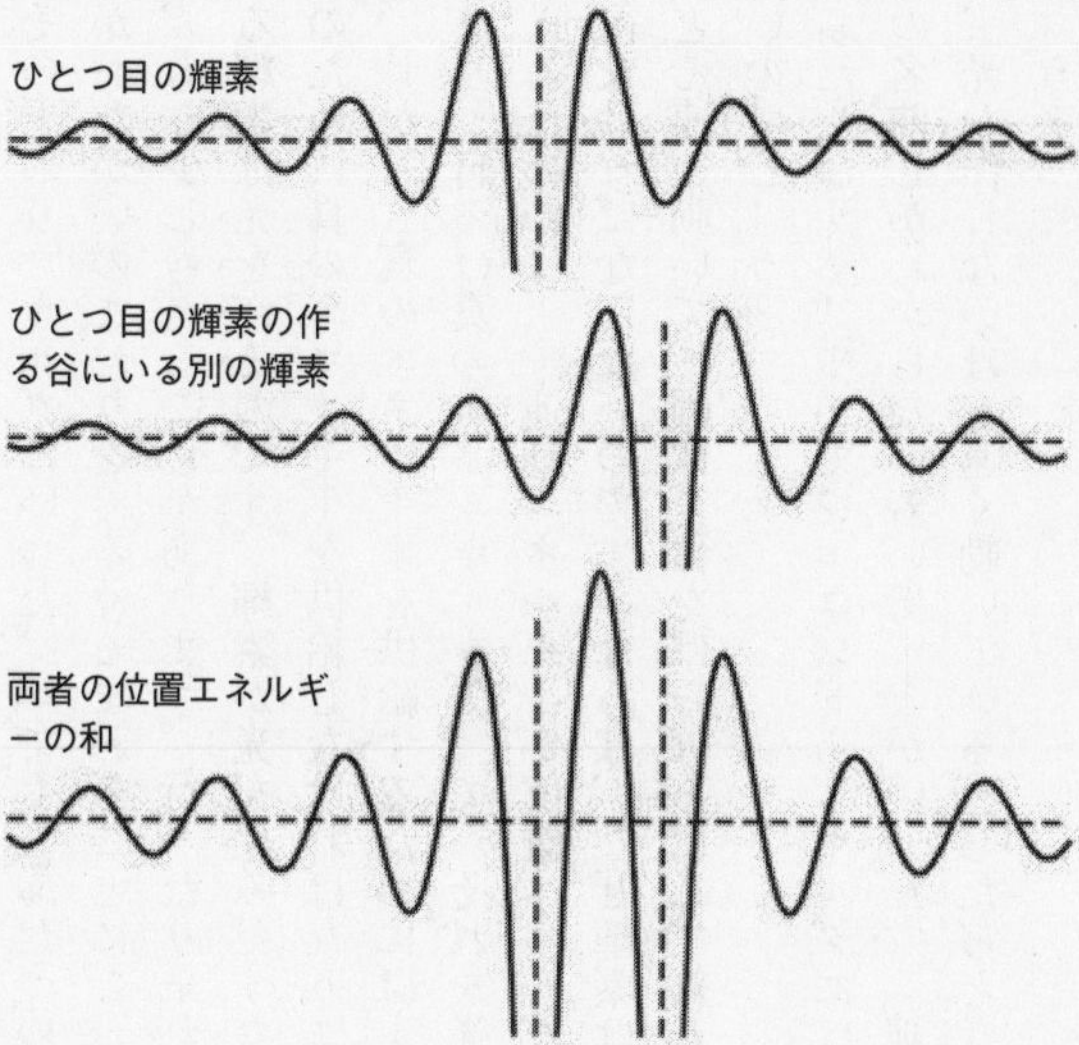

ほうが深いはずです」といった。

「そのとおり」ヤルダは答えた。「輝素そのものの中心にある縦穴は、底なしです。もっとも、図に描いたのは、ごく浅いところまでですが。ひとたびじゅうぶんに近づけば、ふたつの正の輝素は、ひたすら強く引きつけあって、最後には衝突します。それなら、なぜ一個の岩の中にあるすべての輝素が、岩全体が微小片に縮んでしまうまで、おたがいのエネルギーの縦穴に落ちこんでしまわないのでしょう？」

「それは、なぜ世界が太陽に激突しないのかと訊くのに似ていませんか？」とファティマ。「横むきの動きがあれば、ふたつの輝素はじっさいには衝突しないでしょう。もしはじめに縦穴の外側にいたのなら、縦穴をすれすれに迂回するだけで、また外に出てくるでしょう。たとえ縦穴の中にとどまるのにちょうどいい量のエネルギーを持っていたとしても、おたがいのまわりをぐるぐるまわるだけじゃないでしょうか？　ちょうどジェンマとジェンモみたいに」

「そのとおり」ヤルダはいった。「でも、ふたつの輝素がおたがいのまわりをぐるぐるまわることになったら、もう少し考えることがあります。行ったり来たりする輝素は光を作るのです。輝素が光を生みだすなら、そのために真のエネルギーを供給しなければなりません。しかし、真のエネルギーを供給するためには――つまり、自らは真のエネルギーを失って、それを光に変えるためには――運動エネルギーか位置エネルギーを得なければならないのです。ならば、なぜ輝素はどんどん速く動いて、固体全体をばらばらにして終わらないのでしょう？」

ふたたび沈黙。やがてジョコンド――ヤルダには名札の名前しかわからない若い男――がいった。「輝素が、光を作れないほど速く動いているとしたらどうでしょう？」

ヤルダは一停隔(ポーズ)待って、ほかの生徒にそれをじっくり考えさせてから、「続けて」といった。

「光の周波数には最大値があります」ジョコンドがおずおずといいはじめた。「光の方程式において、四つの方向の周波数の二乗和は、ある定数と等しくなければなりません――従って、個々の周波数のいずれも、二乗がその定数よりも大きくなることはありえません。もし輝素がそれよりも大きな周波数で行ったり来たりしていれば……その動きに一致した光を生みだすことはできません。なぜなら、そのような光がないからです」

ヤルダはいった。「正解です。最終的にわたしたちは、振動する輝素が光の場にあたえる真のエネルギーの量について、一連の計算をすることになるでしょう。そしていまジョコンドが述べた閾値(しきいち)を周波数が超えたら、エネルギーの流れがゼロまで低下することを示すでしょう」

「そうすると、ひとつわからない点があるんですが？」オーシリアが尋ねた。「ええと……なぜすべての輝素が、たったひとつのエネルギーの縦穴をぐるぐるまわることにならないんでしょう？」

プロスペラがいった。「なぜなら、その縦穴のまわりの峰がひたすら高くなるからよ。もしかしたら二、三の輝素は、同じ縦穴の中でぐるぐるまわっているのかもしれません。でも、輝素をいっしょに投げこめば投げこむほど、その周囲のエネルギー障壁は高くなります」

「そうです」ヤルダはいった。「輝素の数が多ければ多いほど、それらがおたがいの縦穴か谷の中に落ちついているかぎり、位置エネルギーはひたすら加算されていきます。すべての谷はより深くなり、すべての峰はより高くなります。従って、最終的に縦穴は到達不能になります。なぜなら、越えられない峰に囲まれるから」

ファティマがいった。「それなら、すべての輝素がいっしょに落ちこむわけではなく、残りはおたがいの縦穴の中ではなくて、おたがいの谷の中に落ちつくことになるんですか？」

「続けて」ヤルダは促した。

「たぶんそれらは谷の中でも転がりまわるでしょう。縦穴のまわりをぐるぐるまわるのとまったく同じように」ファティマが考えをめぐらせながらいった。

「そして、もし谷の中でじゅうぶんに速く転がれば」ジョコンドがつけ加える。「そこでも安定するでしょう。光を発することはなく、固体をばらばらにすることもない」

ヤルダはうれしくてたまらなかった。「すばらしいわ、みんな！　授業をはじめて二、三分隔（ラプス）で、固体がまたほとんど固体になりました」

オーシリアが、「ほとんど、ですか？　なにが引っかかっているんです？」

「ジョコンドが提起したアイデアは非常に好奇心をそ

そります」ヤルダはいった。「そしてわたしたちの計測が導いてくれるかぎりでは、真実のように思えます。じっさいの固体におけるエネルギーの縦穴と谷は、運動する輝素の固有振動数が、光の最大周波数よりも大きくなるような形をしていると思われます。

ひとつだけ問題があります。もし輝素がまったく光を出さないのなら、縦穴の中でぐるぐるまわるときも、谷の中で転がりまわるときも、ふらつきがあってはならないのです。もしその運動にほんのわずかでも不完全なところがあり、それがじゅうぶんに低い周波数で進行するなら、その運動が光を生成しはじめるでしょう」

「そうすると不完全さが増しますね」オーシリアが気づいた。「従って、どんどん速く真のエネルギーを失うようになり、不完全さはますます速く増していき……なにもかもが制御不能になります」

ヤルダがいった。「まさしく。じつをいうと、ネレオの方程式から得られる位置エネルギーの形では、完璧な周回軌道を描くことも、谷の中で完璧な回転運動をすることもできないのです。主サイクルは光の生成を避けられるほど高い周波数を持つかもしれません。しかし、位置エネルギーにはもともと欠陥が備わっていて、もっと低い周波数の運動もかならず生じてしまいます。それは避けがたいことのようです」

「でも、固体はひとりでに吹き飛んだりしません」ファティマがいらだたしげに断言した。「解放剤がなければ無理です」

「もちろんです」とヤルダ。「従って、話の大部分がつながったように思えても、計算は合ったも同然なのだけれど……わたしたちはなにかを見逃しているに違いありません。まだだれも理解していないなにかを」

しばらく生徒たちに考えさせてから、さっさと次の話題に移った。あなたがたは、新天地を拓かないかぎり先へ進めない地点に達したのだ——生まれてはじめてそんなことをいわれたときに、たじろぐのも無理はない。

「第二の謎は」ヤルダは言葉を続けた。「気体の粒子の構造です。あらゆる頂点に輝素を置くと、力学的に安定した輪郭をとる対称な多面体がたくさんあります——それは、気体を構成すると考えられる物質の小さな球の、よい候補であると思われます。しかし、そうした多面体は固体と同じ問題をかかえています。輝素がエネルギーの谷の中で転がりまわると、その運動にはつねに低い周波数の成分が含まれるので、光を発して、構造全体を吹き飛ばしてしまうのです。

けれど、問題はほかにもあります。サビノの実験が示したように、固体の純粋な微小片はひっつきあいます。しかし、空気を構成する気体は、まったくひっつかないように思えます。まるで周囲の場が、どういうわけか、ほぼ完全に打ち消されているかのように。

故郷でわたしの若い友人ヴァレリアが、ちょうどいい大きさの球殻状に配置された輝素は外部の場を持たないことを示しました。従って、同じような大きさの多面体は、その完璧な打ち消しあいに近いことができると考えたくなります。厄介なのは、力学的安定性のために必要な多面体の大きさと、外部の場を打ち消すために必要な大きさが異なることです。両方の基準を同時に満たすことは不可能に思えます」

生徒たちの中には、うろたえた顔をしはじめる者もいた。輝素でできた正二十面体の力学的安定性を証明するのも、かんたんな演習問題ではなかったのに、今度は、あれほどの刻苦勉励が、さらに大きな未知の領域への第一歩でしかなかったことを認めなくてはならないのだ。

「第三の謎は」ヤルダはいった。「もっとも奇妙で、もっとも危険なものです。〈孤絶〉は細かな塵に囲まれていますが、これはわたしたちが故郷にいたときに、太陽風の中で無限に近い速度で燃えつきるのが疾走星として見えていた物質と、同じ種類の物質だと信じられます。しかし、わたしたちはいまその速度とおおむね一致しています……だとしたら、なぜそれはわたしたちに対して、ほかの塵とは違うふるまいをするのでしょう?」

タマラ——これまたヤルダのよく知らない生徒——が耳にしたことのある理論は、〈孤絶〉の回転が衝突閃光を止めたというニュースの数日後に流布しはじめたものだった。「輝素が入れ替わっているからです」タマラがいった。「あたしたちの物質の中にある正の輝素は、その塵にとっては負になり、その逆も成りたちます」

「なぜそういえるの?」ヤルダが先を促す。

「あたしたちのところまで……宇宙を一周して来るからです」タマラは頭を絞り、片手でぐるっと円を描いた。

「では、なぜそれが大事なの?」ヤルダはさらに訊いた。「どうやってそれが輝素を入れ替えるの?」

「わかりません」タマラは降参した。

ヤルダはいった。「直交星群、つまり直交する世界が、始源世界から逆むきに分かれた破片だとしましょう。それらは宇宙をぐるっと一周してきました。そしてわたしたちは、増大するエントロピーの矢が一致するように、それらと並んで動いています。両者の矢が一致することはわかっています。なぜなら、そうでなければ、直交する星々はわたしたちの目に見えないからです。

しかし、ネレオの方程式は、輝素の周囲の場を、その来歴の方向を指すベクトルと結びつけます——そしてその矢が、エントロピーと関係している理由はありません。輝素の来歴全体と同じ方向をむいてさえいればいいのです。そのベクトルで、輝素が正であるか負であるかが決まります。もしベクトルがわたしたちの

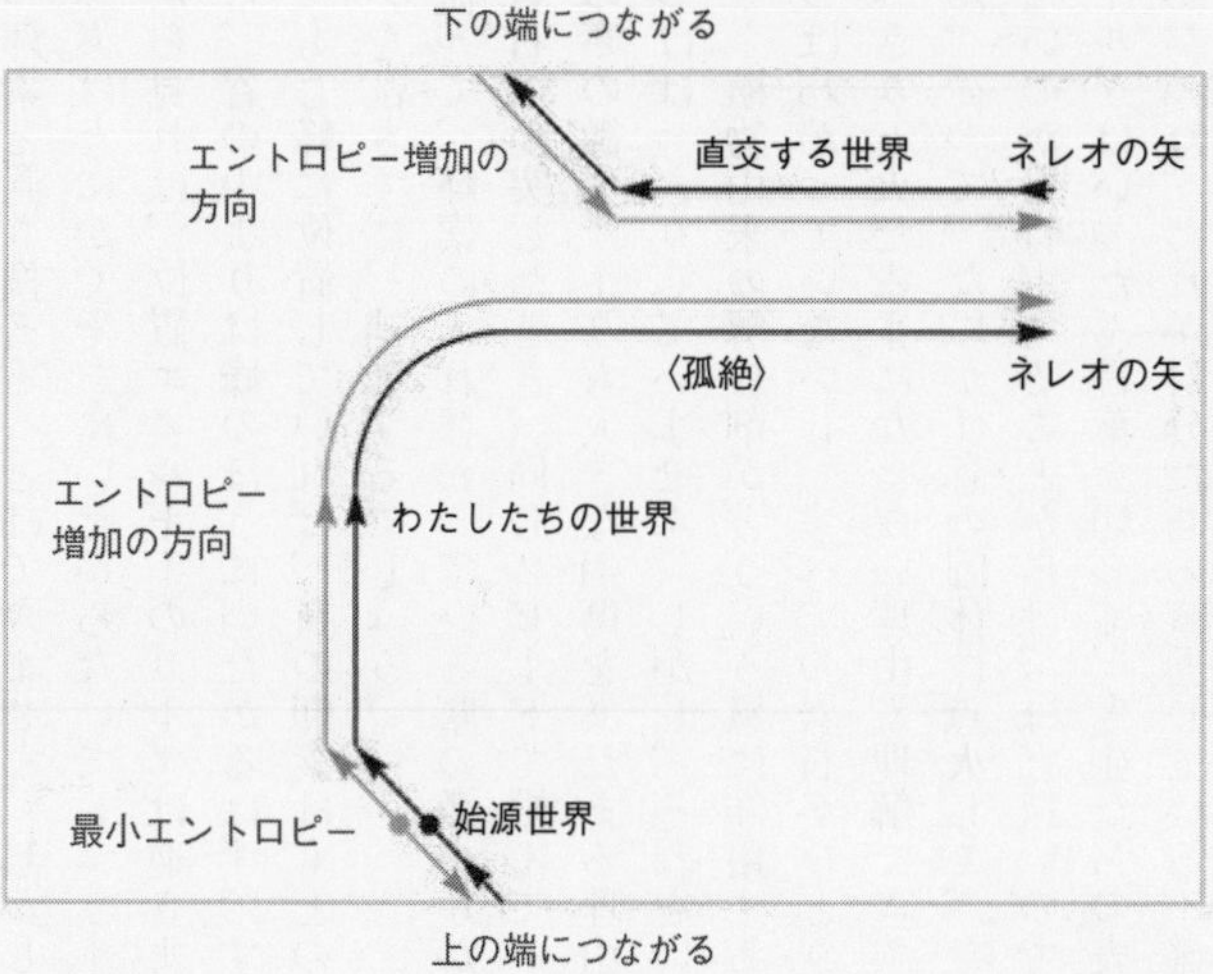

未来を指している輝素と出会えば、それを正と呼びます。もしベクトルがわたしたちの過去を指していれば、それを負と呼びます」

「それなら、だれが輝素に矢を描いたんですか？」ファティマがジョークを飛ばす。

「まあ、それをいわれると」ヤルダは認めた。「このベクトルがなにを意味するか、じつはだれにもわかりません。それでも、ふたつの輝素が異なる符号を持つなら、区別できるはずです。近づけば、負の輝素は正の輝素と反発し、負の輝素の周囲にある、正の輝素から見た位置エネルギーのパターン全体は逆さまになります。通常の峰はすべて谷になり、通常の谷はすべて峰になります」

「だから、ふたつを混ぜあわせたら、大変なことになるんですよね」プロスペラがいった。

「かならずしもそうではありません」ヤルダは答えた。

「固体の中では、正の輝素をまったく同じ位置にある負の輝素と置き換えることはできません。しかし、負の輝素はとにかくそこにいたがらないでしょう——それから見れば、位置エネルギーのカーブは逆さまですから、谷の中よりは峰のほうにいたがるはずです。そしてもし峰に位置していれば、負の輝素はもとのパターンを乱さずに、補強するでしょう。

従って、輝素の入れ替わっている塵の微小片が通常の岩石に衝突したとき、同じスピードで飛んでいる通常の塵の微小片よりも大きな損傷をあたえる理由は、じつははっきりしていません。しかし、それをいうなら……植物由来の解放剤がどういう風に作用するのか、じつはわかっていないし、すべての岩石がひとりでにあっさりと火だるまにならない理由も理解できていません。従って、なにが任意の固体に点火して、なにがしないのかを特定することからは、ほど遠いのです」

ヤルダはいったん言葉を切って、生徒たちの表情をうかがった。だれが自分たちの直面している不確実さ

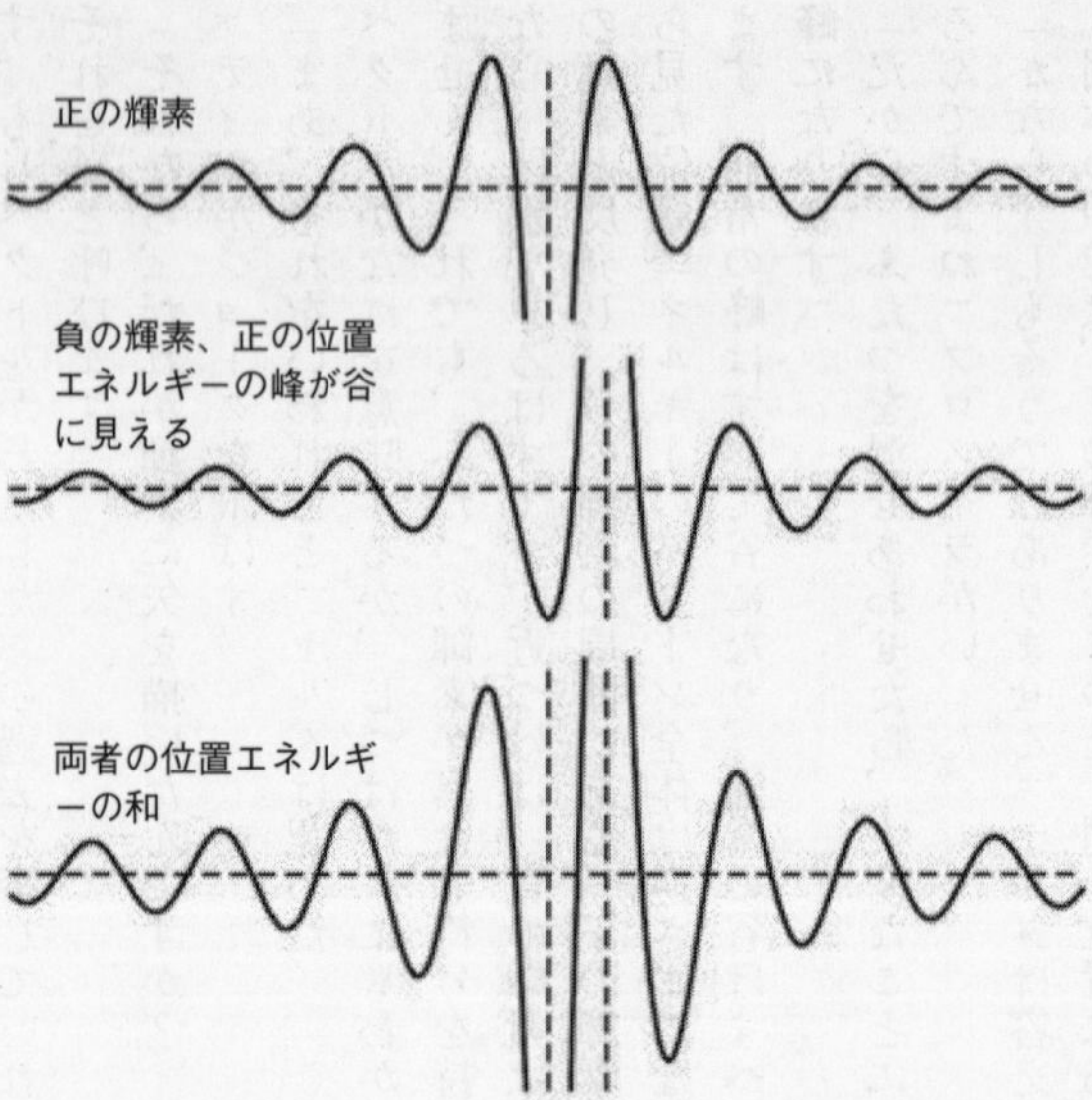

うにいった。「しかし、セイタカアワダチソウの一部に胴枯れ病が発生しました」

「一部というと?」

「すべてのセイタカアワダチソウが感染の徴候を示しているわけではありません」とラヴィニオ。「しかし、四つの薬草園すべてに、感染した植物が存在します」

「どうしたらそんなことが起きるの?」薬草園ごとに異なるスタッフが作業に当たっており、ラヴィニオさえそのすべてを訪れることを控えているのだ。一カ所で発生した感染が、ほかの薬草園にかんたんに広まるはずがない。

「はっきりしたことはわかりません」

「推測できないかしら、再発を防止するために」もし病気を制限する手続きに不備があるなら、早急に訂正しなければならない。

ラヴィニオがいった。「おそらく回転開始の直前におこなった、植え替え作業のせいでしょう。空中の塵に苦しげな顔をしはじめており、だれがなにかまったく新しいものを探すという期待に浮き浮きしているかを知るために。

「わたしは答えを持ちあわせていません」ヤルダはいった。「わたしにできるのは、こうした謎を探求する助けになる道具をいくつかみなさんにあたえ、それから脇へ退いて、みなさんが発見するものを見ることだけです」

「ヤルダ、ちょっと話を聞いてもらえますか?」ラヴィニオがオフィスの入口でロープにつかまっていた。「もちろんよ」

ヤルダがノートから顔をあげると、近づいてくるうちに、ラヴィニオの深刻な顔つきが明らかになった。「小麦だなんていわないで」ヤルダは請うようにいった。

「小麦は問題ありません」ラヴィニオが安心させるよ

すべてを封じこめておくことは不可能でした。山じゅうに広がったはずです」

　それならすじが通る——そして災厄が避けられなかったとしても、少なくとも、二度と繰りかえさないですむ見こみはある。

　ヤルダは気を強く持った。「それで、どれくらい保つの？」

「それぞれの薬草園から三本ずつ、セイタカアワダチソウの挿し穂を取り、一ダースの新しい場所で育てはじめています」ラヴィニオは答えた。「移植は細心の注意を払っておこないました。どの薬草園にも入ったことのないふたりの運び人が、それぞれの挿し穂を別々に途中まで運びましたし、その植物の世話をする人々は新たに採用しました。しかし、じつをいうと、すべてが胴枯れ病を免れるとは期待できません」

「できないわね」

「その挿し穂から花びらを収穫するリスクは絶対におかせません。それが生長しきるまでは」ラヴィニオが話を続ける。「いまのところ、もとの植物からも多くを取りすぎないほうがいいかもしれません。少なくとも、新しいセイタカアワダチソウの一部がよい状態になるとわかる前に、それらをひどく弱体化したくありませんから」

「わかるわ」次の数旬（スティント）のあいだ、ホリンの生産は低調になるだろう。それは避けがたいことだ。

　しかし、ラヴィニオは将来の供給を守るために、打てるかぎりの手を打っている。少しのツキがあれば、不足は苛酷なものではなく、長く続くこともないだろう。

　ヤルダはいった。「なにか変化があったら、知らせてちょうだい」

　薬剤部で、セフォラがホリン角剤の在庫を確認した。

「現在の使用量でおよそ七旬（スティント）は保ちます」セフォ

ラがいった。「まだ処理中の花びらがいくらかありますが、一日か二日分しか供給量は増えないでしょう」

打ち上げ以来、〈孤絶〉に乗っている女はひとり残らず、ダリアが用心に用心を重ねるために作成した表を使い、年齢に応じてホリンを定期的に服用してきた。いままで、薬草園は在庫を切らさないどころか、余りが出るほどのセイタカアワダチソウの花びらを供給してきた。備蓄を増やすのを制限していたのは、じつは薬の有効期限だったのだ。

「新しい服用表を作ってもらえないかしら？」とヤルダ。

「なにを基礎にするんですか？」

「在庫を保たせなければならない――でも、ホリンを温存しすぎて、ダメにしてしまったら元も子もない」

「それなら……どれくらい保たせるんですか？」セフォラが重ねて質問する。

「かんたんにはいえないわ」ヤルダは認めた。「薬草園がいつ生産を再開できるか、はっきりしないから」

「どの程度まで服用量を減らすつもりです？」

「どれくらい減らせるの、人々を危険にさらすことなしだと」

「その数字はだれも持っていません」セフォラが答えを返す。「ホリンの効力はきちんと研究されたことがなく、定量化されたこともありません。あるのは、裏づけの乏しい報告だけ。もし任意の年齢の女が、本人のいっていた服用量では守られなかったという話を聞かされた人は、服用量を増やすほうがいいと決めこむでしょう」

〈孤絶〉では、その不確実さは薬の絶え間ない余剰で帳消しにされることになっていた――そして収量豊かな薬草園が四つあれば、それは可能なはずだった。

「樹精でテストをはじめるのは遅すぎるんでしょうね」ヤルダは嘆いた。

「何年もかかります」セフォラが同意した。

「じっさいにホリンを割けるかどうかはいうまでもなく」セフォラがいった。「備蓄を十旬(スティント)は保たせる服用表を作成します。それ以上は、質に信用が置けません。例外を作ってほしいですか?」

「例外というと?」

「年長の女の服用量を、ほかの全員と厳密に同じ割合で減らすと」セフォラは説明した。「直面するリスクがかなり大きくならないとは約束できません」

ヤルダはいった。「つまり、もしかすると年長の女の場合、服用量を、たとえば十個のうち三個分、減らしただけでも……?」部屋の床にじっと横たわっていたトゥリアの姿を思い浮かべた。だれも数字を持っていない。だが、だれもが不安をかかえている。

「年長の女の服用量は、ずっと変えないままでもいられます」とセフォラ。「たとえばもし、一ダースと十歳以上の全員を例外にするなら、それは女性人口の六分の一足らずにすぎません。その人数分の減らさない量を、それよりも若い仲間全員のあいだで均等に配分すれば、ひとり当たりの余計に減る量はほとんどわからない程度になるでしょう」セフォラはヤルダとぴったり同じ年齢ではないが、同じカテゴリーに入るだろう。

ヤルダはその提案をじっくり考えた。乗員たちの中でもっとも脆弱なメンバーを守るのは、より公平なことではないだろうか? 確実に、分別がある選択だとはいえる。もっとも経験豊富な女たちをいきなり奪われ、〈孤絶〉があてどなく宇宙空間を漂流するハメになる危険をおかすわけにはいかない。

ヤルダはいった。「そうするべきだと思うわ」

「もし粒子が放物線の形をしたエネルギーの谷の中で動いていれば」ヤルダはクラスに告げた。「それは同じ調和振動を何度も繰りかえし、その周波数は、放物線の形状をあらわすたったひとつの数字によって決まるでしょう」

「バネの先端で揺れている重りのようにですか？」とプロスペラ。

「あるいは、重力下にある振り子のように？」ファティマがつけ加える。

「理想的なバージョンでは、そうです」ヤルダは同意した。「けれど、じっさいは、どちらのシステムにも摩擦がありますし、どちらも放物線的な位置エネルギーとはわずかにズレています。

それでも、摩擦がなければ――あるいは、光の生成がなければ――粒子のエネルギーは保存されるでしょう。そして、それが一次元だけで行ったり来たりしているなら、たとえ谷が放物線のような形をしていなくても、粒子はつねに出発点に戻ってくるでしょう。従って、その運動は完璧に周期的になり、その周期よりも低い周波数を持つ調和振動は含まれないことになります。

しかし、二次元以上の場合、物事はもっと複雑になりはじめます。エネルギーが保存されるときでさえ、粒子はその経路を正確になぞる必要はありません。もし谷の形が完璧に放物面であれば、こうなるでしょう――」ヤルダは例をスケッチした（次ページ上図）。

「しかし、ネレオの位置エネルギーのせいで、固体の中のエネルギーの谷には当てはまりません。そこでは、谷の断面は正確な放物線ではありませんし、異なる方向で断面にすれば、わずかに違う形になるでしょう（次ページ下図）。

従って、単一の純粋な周波数で行ったり来たりする代わりに、このエネルギーの谷の中にある輝素は、無数の異なる周波数であらわす必要のある経路をたどるでしょうし、それはすべて異なる強さであらわれてきます」

「炎のあらゆる色の強さをあらわすみたいなものです

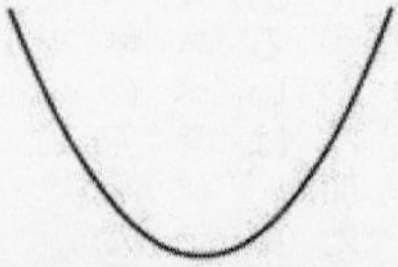

エネルギーの谷の断面（つねに同じ放物線）

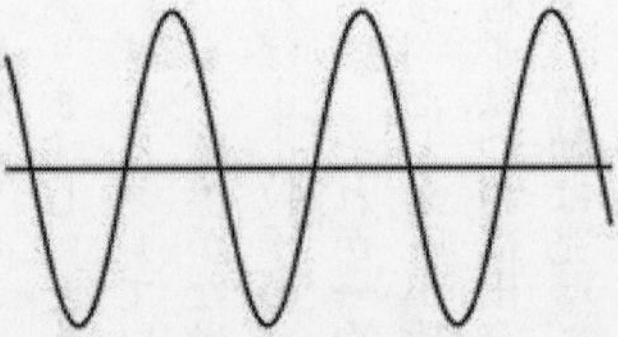

二次元の粒子の運動

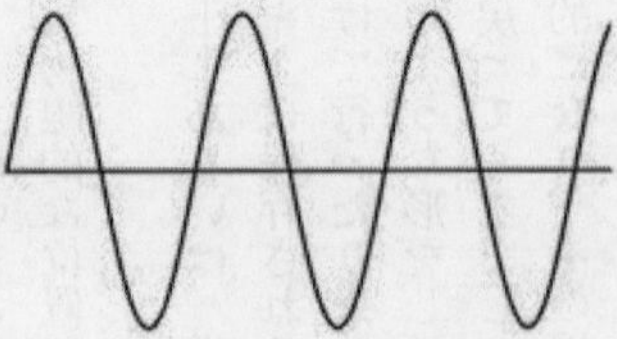

粒子は同じ経路を何度も通る

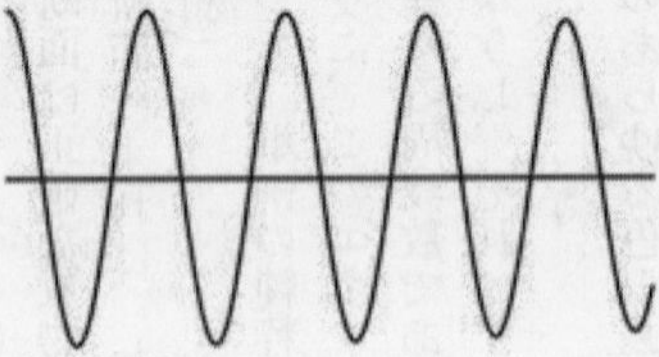

エネルギーの谷の断面（厳密な放物線ではなく、断面の方向によって変わる）

二次元の粒子の運動

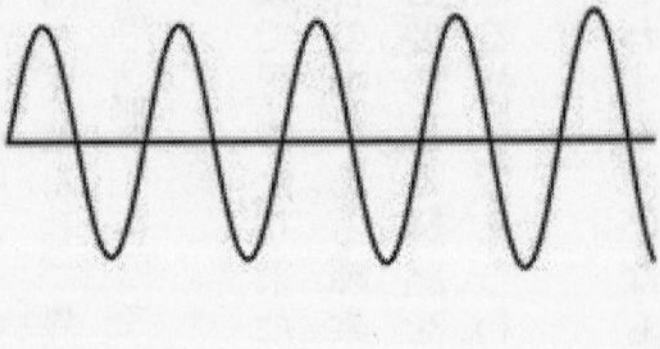

粒子は単純に同じ経路を通らない

か？」オーシリアが尋ねた。

「とてもよく似ています」とヤルダ。「最終的にわたしたちがしているのは、周辺光のもとでの固体の色と、その固体が放出すると期待される光のスペクトルの両方を予測しようとすることになるでしょう。その次の疑問はこうなります。わたしたちの予測は、なぜこれほど外れるのか？　固体が光を少しでも発しはじめるために、なぜじっさいにある種の分裂が生じるのか？」

授業のあと、議論を終わらせるつもりのないクラスの半分が、食堂へ移動した。そのうちの若い女たちが、パンといっしょにホリン二個を飲みこむのをヤルダは見守った。それぞれの立方体は、辺の長さが前の立方体よりも六分の一だけ小さくなっており、見た目にはわからないが、体積のほうはかなり大きく減っていた。しかし、ヤルダは人目につかない個室の中で、効力百パーセントの立方体を一ダース飲んでいた。たとえだれかに気づかれることがありそうにないとしても、大きさの違う薬を飲んでいることが恥ずかしかったので。

ヤルダは生徒たちの興奮したおしゃべりに耳を傾け、その質問に注意深く答えた。自分でなければ、ほかにだれがこの人たちに、ネレオの位置エネルギーの調和解析を教えられるだろう？〈孤絶〉が流浪を生き延び、凱旋するのに必要ないっさいを最後には理解することになる未来への道に、ほかにだれが人々を就かせられるだろう？

イシドラ。サビノ。セヴェラ。たぶん乗員全員の中に一ダースはいる。自分は絶対不可欠な人材ではないのだ。

グループのほかの面々が去ったあとも、ファティマは居残った。「ニノのことはもう頭にも浮かばないんですか？」彼女はヤルダに尋ねた。

「わたしが喜んで彼を釈放するのを知っているでしょう」ヤルダは答えた。「でも、そうするためには、力のある立場にいないといけないの。ニノはきっとわかってくれる」

ファティマはかたくなだった。「あなたは同じ手で作物を救い、直交する塵を弾きとばしたんですよ！　あなたが命の恩人だってことは、みんな知っています。どこまで強くなろうと思っているんです？」

「セイタカアワダチソウの問題が――」ヤルダは反論をはじめた。

「それはあなたのせいじゃありません」

「わたしのせいであろうとなかろうと、解決するまで人々は満足しないわ」不意に人目が気になって、ヤルダは後視線で食堂を見まわしたが、こちらに注意を払っている人はいなかった。

ファティマがいった。「いつだってなにかが起きるんです。せめてニノに会ってくれれば、あの人と話をしてくれたら――」

「わたし以外の者だったら、いまごろ彼はこの世にいなかった」ヤルダはいらだたしげに断言した。

ファティマは不信の目でヤルダを凝視してから、非難をこめた沈黙に落ちこんだ。

ヤルダはいった。「本気じゃなかったのよ。ごめんなさい。物事がよくなったら、彼の状況を見直すから」

「以前あなたも牢獄にいたんでしょう？」ファティマが言葉を返した。それは修辞的疑問だった。彼女は答えを知っていた。「だれかが解放してくれるのを待っていたんでしょう？」

「ニノを見捨てはしないわ」ヤルダはいった。「約束する。せめて正しい時機を見つけさせて」

「セイタカアワダチソウの挿し穂のうち、十本が胴枯れ病に感染しました」ラヴィニオが宣告した。「残る二本は見たところ健康です。しかし、いまやその二本の挿し穂しかありません。四つのおもな薬草園のセイタカアワダチソウは全滅しました」

ヤルダはそのニュースを吸収し、落ちついて結果を考えぬこうとした。挿し穂が大きく育つまで花びらを収穫することはできない。さもなければ、その植物を枯らすリスクをおかすことになる。ホリンが新しく生産されるまで、半年はかかるかもしれない——その後、供給量が正常に戻るまで、さらに一年か二年。

「それぞれの挿し穂を——数旬（スティント）後に——分割して、半分ずつ別々に育てたらどうなるの？」といってみる。

「収穫しても枯れないほど強くなるまでの時期が遅れるだけです」ラヴィニオが説明した。「肝心なのは、その二本の植物を強く保ち、感染させずにおくことです」

「なるほど」

「セイタカアワダチソウを完全に失わなかったのは、幸運だったんです」ラヴィニオがぶっきらぼうにいった。「注意していなかったら、いまごろはそうなっていたかもしれません」

ラヴィニオが立ち去ると、ヤルダはデスクの脇のロープにしがみつき、こみあげてくる無力感と闘った。問題がどれほど深刻になったかという噂が広がるのに、時間はかかるまい。ヤルダが速やかな対処に失敗したら、大混乱が生じるだろう。

備蓄されたホリンの配給をもっと厳しくしても、役には立たない。供給時期を遅くしすぎて効力が失われはじめたのでは、意味がないのだ。生産が再開されるまでの待ち時間を生き延びる方法はひとつだけ——残っている分をじゅうぶんな量だけ徴発し、薬の劣化を埋めあわせるために、時間が経つにつれて服用量を増やすことだった。

しかし、ホリンがふたたび新たに作られるようになっても、行きわたるほどの量はないだろう。

いちばん年長の女を救うための計画を立ててくれとセフォラに頼み、ほかの者は運を天にまかせるようにすることはできる。とはいえ、〈孤絶〉に子どもは乗っていない。つまり、運まかせというリスクはだれも免れられないということだ。ホリンの不足は山全体に損害をもたらすだろう——けれど、年長の女ひとりを生かしておく薬で、年下の乗員仲間を半ダースも守ることができる。

ヤルダは必死に頭をすっきりさせようとした。自分はどうやって選択肢を比較して、正しい決定に達するつもりなのか？　エウセビオはリーダーシップという重荷を分かちあうようにフリドを用意してくれた。だが、自分はふたりのあいだに信頼が芽生えるチャンスをつぶし、フリドから率直な助言をもらう望みをなくしてしまった。

ヤルダはロープを伝ってオフィスの前部へ行き、ドアを閉じた。体から完全に力が抜けるようにすると、自分が全身を小刻みに震わせ、ブンブンと音を立てはじめるのを感じた。

さっきの自分はもう少しで、自分自身のためにあと数年をむしりとるために、前途にまだ人生がある若い女たちすべての未来を危険にさらすところだったのではなかろうか？　プロスペラや、オーシリアや、ファティマがやっと手に入れた有望そうな前途を、もう少しで盗みとってしまうところだったのでは？　とくにファティマだ。ヤルダに対して忠誠以外のなにものも示したことがなく、ヤルダを宇宙空間から連れもどすための愛と勇気を備えていた、ファティマの前途を。

（自分がどんな役割を演じることになると想像していたのだろう？）旅を最後まで見届けることか？　ズーグマへ帰還して、エウセビオと勝利を分かちあい、失われた友人すべてといっしょに祝典に参加することか？　自分は選択をした。〈孤絶〉が自分を必要とすると信じるほどうぬぼれていた。しかし、〈孤絶〉が自分を必要としたのは、針路を定めるためだけだった。ほかのいっさいは、あとに続く世代のものなのだ。

ヤルダは心を落ちつけた。ひとたび体がまた静かになると、穏やかで澄みきった気分になった。自分は自分の役割を演じてきたが、それは終わりかけている。だが、いまわかった——やらなければならないことが。

イシドラの双が薬剤部で働いていた。彼は故郷でも八年間、同じ仕事に従事していた。ヤルダはイシドロに会って、忠誠度を判断した。セフォラが責任者でいるあいだはその指示に従うつもりだが、ヤルダにはセフォラを交替させる権利がある、とイシドロは認めた。そして自分自身の双が体を制御できなくなる事態を望まなかった。

ヤルダは一ダースの若い女を選んで同行させた。その女たちは主要交替勤務（シフト）がはじまる一時隔（ベル）前に行動に出た。下級の薬剤師たちは本気の抵抗をするそぶりすらなく、セフォラが出勤してきたときには、ヤルダのチームがホリンの在庫を包囲していた。

「あなたに頼まれたことをした廉（かど）で、わたしを罰するんですか？」セフォラは怒気のこもった声で答えを迫った。支持を求めて同僚たちに目をやったが、すでに新しい守衛の側についていたので、だれも目を合わせようとしなかった。

「あなたを罰するわけじゃ全然ない」ヤルダは答えた。「あなたは〈孤絶〉によく尽くしてくれた。でも、いまこの仕事には新しい人が必要なの。あなたは引退して、楽な生活を送れるのよ」

「ほんとうに？」セフォラは面白くなさそうにブンブンと低い音を発した。「あなた自身もそうするつもりなんですか？」

ヤルダはいった。「わたしの計画は集会で聞かせてあげる。ほかのみんなといっしょにね」

ヤルダは集まった乗員たちの顔を見渡し、「全員に行きわたるだけのホリンが山にあればいいのですが」といった。「しかし、それはいま、わたしたちではどうにもなりません。従って、その大部分を使うわたし自身のような女たちが脇へ退き、失うものがいちばん多い人々に残っているものをゆだねるときがきたのです」

ヤルダは一ダースの幹部の交替要員を列挙した。一抹の不満が群衆に広がったが、受けいれる表情も見てとれた。痛みを伴わずにこのホリン不足を乗り切る方法はない。だが、これ以外の計画の末路は暴動だ。

「リーダーとしてのわたしの地位をだれが受け継ぐべきかという問題に関しては」ヤルダはいった。「周知のとおり、明らかな選択肢があります」ヤルダは、会場の最前列に近いロープにしがみついているフリドのほうに片腕を伸ばした。「しかし、後継者を指名する前に、いくつかの条件を飲む気があるかどうかを彼に尋ねなければなりません」

フリドがいった。「望みをいってください」

「わたしが退いたとき」ヤルダはいった。「わたし自身の代理双を選ぶ権利がほしい。そしてわたしがいなくなるとき、わたしの家族に危害が及ばないでほしい。わたしの代理双と子どもたちを、あなたが尊重し、保護してほしい、そして復讐をしないでほしい」

フリドは傷ついた恐怖の表情でヤルダをまじまじと見た。「わたしをどういう怪物だと思っているんです？　ヤルダ、あなたはここのだれからも敬愛され、尊重されています。あなたの家族に危害を加える人はいません」

「約束してくれますか、乗員全員の前で？」ヤルダは念を押した。

「もちろん。あなたに頼まれたことすべてを実行すると約束します」

フリドの心をなにが去来しているのか、ヤルダには見当もつかなかったが、ほかになにがいえただろう？

ヤルダはたったいま若い出奔者たちに、ホリン不足を乗り切るためにその人たちが望める最高の将来像をあたえたのだ。ヤルダの選んだ代理双を拒否するという権利——強引なタイプの父親がいいだしそうな、〈孤絶〉にはそぐわない権利——を主張できる、とにおわせでもしようものなら、フリドは若い出奔者たちにばらばらに引き裂かれるだろう。

ヤルダはいった。「それなら一件落着です。あなたにリーダーの役目を譲ります。もし乗員たちが認めれば、〈孤絶〉はあなたの手中にあります」

フリドが演壇のほうへ進みでた。その背後で、乗員たちの半分がヤルダの名前を連呼しはじめた。ヤルダの決断を支持しているのであり、ヤルダの後継者を拒否しているわけではなかったが、それでもフリドはたじろいだ。

（背中に気をつけなさい）ヤルダは思った。（それに慣れることよ）これからあなたの人生は、そういうものになるのだから。

20

ファティマがヤルダの先に立って階段吹き抜けの中央を進んでいき、時おり停止しては、ヤルダが追いつくのを待った。ヤルダはこういう風に急かされるのを気にしなかった。もし肩を並べて移動していたら、移動の理由を議論して時をすごすハメになっただろう。

最初の放射状トンネルに行きあたると、ファティマは道の大部分を自由落下していき、縄梯子をさっとつかむのは、そこから逸れはじめたときだけだった。ヤルダはファティマのお手本に従うのは遠慮して、一段ずつゆっくりと下りていった。途中で出くわす施錠されたドアは、損傷はいうまでもなく、汚れもないようだった。なかば忘れられた破壊工作者を暗殺しようという気を起こす人はいなかったのだ。

第二層エンジンの上の、見捨てられた航法士の持ち場で、ヤルダは独房の外で待った。ニノはファティマを信頼しているから、ことのあらましはファティマが聞かせるのがいちばんだ。しかし、数分隔後、ファティマがヤルダを招きいれた。

「こんちは、ヤルダ」ニノはまばらなロープのネットワークの中心にぶら下がっていた。ヤルダの記憶にあるよりもずっと痩せていて、しゃべるあいだ、目を逸らしてばかりだった。

「こんにちは」独房は本と紙でいっぱいだった。ヤルダ自身の個室と同じように、かならずしも無重力でない状態のせいで、そうしたものは扱いがむずかしくなっていた。しかし、その部屋はこざっぱりとしていた。

「ファティマが、あんたの申し出を説明してくれた。でも、おれが断ったらどうなるか、ファティマにはわからなかった」

「強制ではないわ」ヤルダはいった。「あなたがなにを選ぼうと、わたしはあなたを山頂に連れていって、あなたを守るために最善を尽くす」

「あっちで自分の面倒を見られるかどうかわからない」ニノがいった。「ましてや……ほかのだれかの面倒を」

ファティマが穏やかな声で、「あたしが手伝うわ」

ニノは呆然として、決断を下せないようだった。なにができるか、できないか、だれにもわからないのだ。ヤルダは後ろの壁際に積みあげられた紙をしげしげと見て、「あとで取りにこられるわ」といった。「上にあなたに必要なものがなければだけど」

ニノは低いブンブンいう音を立てた。「英雄譚（サーガ）と同じ部屋には二度といたくない」

独房の外でニノはたじろぎ、周囲の途方もない空間にぽかんと見とれた。ファティマが訪問の際にルールを破って、ニノを出してやったことはなかった、ということなのか？　ひょっとしたらニノが断ったのかもしれない。わずかでも自由を味わったら、監禁が耐えがたいほどつらくなるのを怖れて。

帰り道では、ファティマが辛抱強く、体に働く変化する力とのつきあいかたをニノに示していた。ヤルダは同じように自分自身を励まそうとしながら傍（はた）で見ていたが、ひどいまちがいをおかしてしまったのではないかという疑問に囚われていた。ニノはふたたび機敏になることを学ぶかもしれない。だが、自分はニノの精神になにをしてしまったのだろう？　ニノに教えていたときは、子どもたちの思い出がニノの正気を保っていると信じて疑わなかった。しかしニノは、ふつうの生活といえるようなものからはいっさい切り離されて、三年以上を送ってきた——しかも、ニノが〈孤絶〉のコミュニティに復帰を認められるどうか、いまだにわからないのだ。

文教地区で中央階段吹き抜けをあとにしたとき、ニノは目をしばたたき、目を細くして周囲のランプを見た。まるで焼けつくような白昼の光の中へ突きだされたかのように。最初に通りすがった人が三人のほうを見たとき、ニノは動きを止め、四本の手でロープをしっかりと握りしめると、怯えて身を守る姿勢を取った。ヤルダが見ていると、通りすがりの女の表情が混乱から認識、ついでショックから理解へと変わった。梯子の反対側ですれ違うとき、その女はちらっとヤルダを見たが、その目つきは、ヤルダの図々しさを認めるものだったのかもしれない。しかし、幸福なカップルにその女がどんな運命を望んでいるのか、ほんとうのところはわからなかった。

ファティマはニノをどこへでも連れていき、人目を気にするそぶりもなく、友人や、仲間の生徒や、知り合いに紹介した。まるでニノが長いあいだ音信不通だったおじで、なにか謎めいた別の経路でたったいま仲間に加わったかのように。はじめのうちヤルダはそれを、その仕事をやろうとしない自分に対する、無言の非難のようなものとして受けとめていたが、やがてそういうものではないのだと悟った。人々は、ニノの代弁者としてのファティマの態度を我慢した。ファティマの態度は、そもそもニノが生きているという事実の責めを負うべき女が取るだろう態度とは、まるっきり異なるものだった。ファティマはこの友人を完全な同志として扱ったが、それをファティマが自分の利になるからやっていると考える理由は、だれにもなかった。

毎日ヤルダは、ファティマがニノに食堂や作業場や教室を見せるのに付き従った。ニノは打ち上げ前から目にしていなかった場所にふたたびなじんでいき、変化する遠心力に慣れるために、軸からかなり遠くまでうろつくようになっていた。三人が出会う人々の中には無愛想な者もいたが、だれも脅迫や糾弾の言葉を叫びはじめたりはしなかった。そしてヤルダや、ファティマや、フリドの保護の誓いにとりたてて敬意をいだいていない人たちでさえ、ヤルダの代理双の選択は、いつ、だれと子どもを持つかを決める女の権利に関するもっとも大胆不敵な主張かもしれないことに気づいて、あらためて考えさせられているようだった。ホリンが乏しく、薬理学が当てにならないいま、体の自律性を守るために、純粋に文化的な圧力の価値が、前にも増して高まっていた。

イシドラとサビノが交替で、ヤルダが前に受けもっていたクラスを教えた。ヤルダはそれを傍聴しながら、ニノがファティマに小声で説明してもらいつつ、謎めいた専門用語から意味を汲みだそうと必死になっているようすを見守った。いまや小麦畑ではなく、これがニノの世界であり、その中でどんな役割を果たすにしろ、その言語と慣習を多少なりとも学ばなければならないのだ。

ヤルダは自分の個室にニノのベッドをしつらえ、ニノは不平をいったり、図々しくなったりせずにこの親密さを受けいれた。いっしょにすごした最初の夜、ヤルダはまんじりともしなかった。ニノが彼女を起こして、彼女がさしだしたものを要求するとは思わなかったけれど、ニノがそこにいるだけで、自分が自ら選んだ結末を忘れることは不可能になった。トゥリアのように、不意を突かれるよりはマシだ。これ以外の自分で選べる結末の選択肢は、ふたたび宇宙空間に自らを打ちだして、冷却袋の空気が底を尽き、体熱で蒸し焼きになるのを待つことくらいしかないだろう。弱気になった瞬間になにを望もうが、取り消したいという衝動がどれほど強くなろうが、ヤルダにあと一年か二年をくれたかもしれないホリンには、いまやなにをどうしても手が届かないのだから。

ニノが観測室の端にあるロープを握りしめ、岩だけの斜面の上に固定された、無数の小さな色の尾をじっと見おろした。

「あれが直交星群なのか？」

ヤルダは「ええ」といった。

ニノは顔をしかめ、「故郷の星々とそっくりだ。でも、あの世界に触れただけで命取りになる、といまあんたはいってるんだな。足を置いただけでそうなると」

「そう思われているわ」ヤルダは答えた。「でも、それをいうなら、のちの世代になにが起こるかなんて、だれにわかる？　あの星々の岩石を採掘し、無害にする方法を見つけさえするかもしれない」

ニノは疑わしそうな顔をした。そもそも〈孤絶〉に未来があるということを、いまだにかんたんには受けいれられないのだ。

「わたしたちがこれまでにどんなことを生き延びてきたか、考えてみて」ヤルダはいった。「打ち上げのときにあなたが出したどのテストよりも、むずかしいも
のばかりだわ」

「もしあの星々が未来にあるなら」ニノはいった。「どうして望遠鏡で探りまわるだけで、故郷の世界にぶつかるか、ぶつからないかがわからないんだ？」

「来歴のその部分から出た光は、ここにいるわたしたちには届かないからよ」ヤルダは説明した。「故郷でふつうの星々を見るときは、何年も前のその姿が見えていた。この星々についても同じことがいえる――ただし、わたしたちの基準での〝何年も前〟はいまでは、故郷の世界から遠く離れている、という意味なの。起きるかもしれない衝突から遠く離れている、という意味」

「でも、この星々が見えるまだとしたら――？」

「そのとき故郷の世界は、その星々が密集した場所で終わりを迎えることになる」ヤルダはいった。「それだけは確実」

黙りこんだニノにむかって、ヤルダは、

ちのやっていることは、あなたの子どもたちを助ける可能性がある。アシリオのお金ができるよりも、はるかにたくさん。その一部になりたくはない？」

「試す値打ちはある」ニノは認めた。「あの独房で腐っていくよりはマシだ。もしほんとうにあんた自身の肉をおれにまかせてくれるなら――」

「そうしない理由がある？」ヤルダは自分自身の疑いを黙らせようと最善を尽くした。「あなたは以前、いい父親だった。子どもたちに英雄譚（サーガ）を無理やり飲みこませないとだけ約束して」

「古い話をふたつするかもしれん」ニノはいった。「でも、あとは空飛ぶ山と、そこで時間を止めることを覚えた人々の話になるだろう」

ニノが手を伸ばし、ヤルダの肩に置いた。自然がヤルダの不安を鈍らせ、前途にあるものを考えればこれが正しいのだ、という感覚に誘いこむ。もしここで立ち止まれば、もしさよならをいう時間をくれと頼めば、ますますつらくなるだけだ。これは自由にもっとも近いものを得るための、ヤルダにとって最後の機会だった。ヤルダの意志、ヤルダの行動、そして世界に残した成果のすべてが、調和する。

ヤルダはいった。「わたしたちの子どもたちを、トゥリアとトゥリオ、ヴィタとヴィトと名づけてほしい」エウセビオのことが気にかかっていたものの、エウセビオのほうが長生きするなら、その名前は自分で新たな居場所を見つけるだろう。「単者が生まれたら、クララという名前にして」

ニノは頭をちょっと下げて、わかったと知らせた。

「子どもたちみんなを愛して、子どもたちみんなを教育して」

「もちろんだ」ニノが約束した。「そしてあんたは、子どもたちにとって、知らない他人にはならないよ、ヤルダ。あんたについておれの知らないことは、あんたの友人たちが教えるだろう。ファティマは一日に一ダースも、あんたの話をするだろう」
ニノはヤルダを安心させるつもりでそういったのだが、ヤルダは悲嘆で身震いした。山が宇宙空間を飛ぶことは可能でも、彼女が自分自身の子どもを見ることは不可能なのだ。

ヤルダは悲しみと闘った。もしいまそれに屈して、はじめたことをやめたら、次回の苦しみが二倍になるだけだ。

ヤルダは手のうちの三本でロープをつかみ、四本目でニノの体を引き寄せた。頭上では古い星々の色の尾が末広がりに延びていた。ニノの胸がヤルダの胸に押しつけられる。はじめのうちはなにも起こらなかったが、やがてふたりの皮膚が癒着しはじめた。ヤルダはパニックに陥って体を引きつらせた。体を引き離す自分の姿が脳裏に浮かんだが、やがて恐怖を鎮め、その過程が続くにまかせた。見おろすと、結合したふたりの肉を淡い黄色の輝きが通り抜けるのが見えた。そのメッセージは描書よりも古かった。

まぶたが重くなり、平和と安らぎの感覚が頭をいっぱいにした。いまや言葉はいらなかった。ふたりは光を分かちあい、その光は、ヤルダがこれからなるものを守る、というニノの約束を伝えていた。

補遺

1 累代（イーオン）	＝12 世（エポック）	248,832

質量		握重（ヘフト）換算
1 摘重（スクラッグ）		1/144
1 挟重（スクルード）	＝12 摘重（スクラッグ）	1/12
1 握重（ヘフト）	＝12 挟重（スクルード）	1
1 塊重（ホウル）	＝12 握重（ヘフト）	12
1 梱重（バーデン）	＝12 塊重（ホウル）	144

倍数の接頭辞

アンピオー	$=12^3$	=	1,728
ラウトー	$=12^6$	=	2,985,984
ヴァストー	$=12^9$	=	5,159,780,352
ジェネロソー	$=12^{12}$	=	8,916,100,448,256
グラヴィドー	$=12^{15}$	=	15,407,021,574,586,368

分数の接頭辞

スカルソー	$=1/12^3$	=	1/1,728
ピッコロー	$=1/12^6$	=	1/2,985,984
ピッチノー	$=1/12^9$	=	1/5,159,780,352
ミヌトー	$=1/12^{12}$	=	1/8,916,100,448,256
ミヌスコロー	$=1/12^{15}$	=	1/15,407,021,574,586,368

補遺1　単位と度量法

距離		歩離（ストライド）換算
1 微離（スキャント）		1/144
1 指離（スパン）	＝12 微離（スキャント）	1/12
1 歩離（ストライド）	＝12 指離（スパン）	1
1 通離（ストレッチ）	＝12 歩離（ストライド）	12
1 区離（ソーンター）	＝12 通離（ストレッチ）	144
1 街離（ストロール）	＝12 区離（ソーンター）	1,728
1 小旅離（スログ）	＝12 街離（ストロール）	20,736
1 中旅離（セパレーション）	＝12 小旅離（スログ）	248,832
1 大旅離（セヴエランス）	＝12 中旅離（セパレーション）	2,985,984

〈孤絶山〉の高さ	＝5 街離（ストロール） 5 区離（ソーンター）	9,360
世界の赤道	＝7.42 大旅離（セヴエランス）	22,156,000
太陽までの距離	＝16,323 大旅離（セヴエランス）	48,740,217,000

時間		停隔（ポーズ）換算
1 瞬隔（フリッカー）		1/12
1 停隔（ポーズ）	＝12 瞬隔（フリッカー）	1
1 分隔（ラプス）	＝12 停隔（ポーズ）	12
1 鳴隔（チャイム）	＝12 分隔（ラプス）	144
1 時隔（ベル）	＝12 鳴隔（チャイム）	1,728
1 日	＝12 時隔（ベル）	20,736
1 旬（ステイント）	＝12 日	248,832

		年換算
1 年	＝43.1 旬（ステイント）	1
1 世代（ジエネレーション）	＝12 年	12
1 代（エラ）	＝12 世代（ジエネレーション）	144
1 期（エイジ）	＝12 代（エラ）	1,728
1 世（エポック）	＝12 期（エイジ）	20,736

補遺2　単光と色

色の名前は「赤」から「紫色」への変化が、波長が短くなることに対応するよう翻訳した（イーガンが、作中の世界の概念を、の意）。〈直交〉三部作の宇宙ではこの変化は、光の時間における周波数の減少を伴う。われわれ自身の宇宙ではその逆が成りたつ。すなわち、短い波長は高い周波数に対応する。

光の可能なもっとも小さい波長、λ_{min} は約231ピッコロ微離（スキャント）である。これは「紫外極限」の無限に速い光の場合である。光の可能なもっとも高い時間周波数、ν_{max} は49ジェネロソ・サイクル毎停隔（ポーズ）であり、これは「赤外極限」の定在的な光の場合である。

すべての色の光は同じ波面のパターンを四空間で異

色	赤外極限	赤	緑色	青	紫色	紫外極限
波長、λ（ピッコロ微離（スキャント））	∞	494	391	327	289	231
空間周波数、κ（グロス・サイクル毎微離（スキャント））	0	42	53	63	72	90
時間周波数、ν（ジェネロソ・サイクル毎停隔（ポーズ））	49	43	39	34	29	0
周期、τ（ミヌスコロ停隔（ポーズ））	36	40	44	50	59	∞
速度、v（大旅離（セヴエランス）毎停隔（ポーズ））	0	41	57	78	104	∞
（無次元）	0	0.53	0.73	1.0	1.33	∞

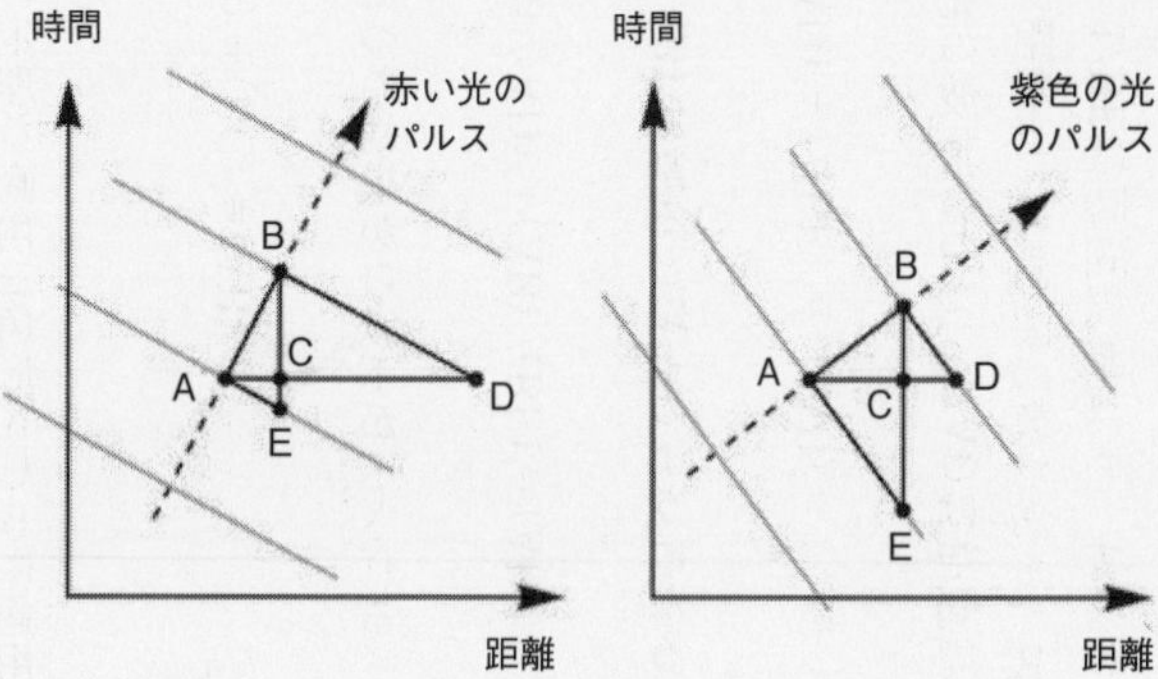

なる方向に回転することで生じる。

　上の図でＡＢは四空間における波面の間隔で、光の色によらず一定である。ＡＤは光の波長（ある瞬間における波面のあいだの距離）で、ＢＥは光の周期（特定の場所における波面のあいだの時間）である。

　直角三角形ＡＣＢとＡＢＤは角Ａの角度が等しいので相似である。従って$AC/AB=AB/AD$であり、以下が成りたつ。

$$AC=(AB)^2/AD$$

　また、直角三角形ＡＣＢとＥＡＢは角Ｂの角度が等しいので相似である。従って$BC/AB=AB/BE$であり以下が成りたつ。

$$BC=(AB)^2/BE$$

三平方の定理を直角三角形ＡＣＢに適用すると以下が得られる。

$$(AC)^2+(BC)^2=(AB)^2$$

これら三つの結果から以下が示される。

$$(AB)^4/(AD)^2+(AB)^4/(BE)^2=(AB)^2$$

両辺を $(AB)^4$ で割ると以下のようになる。

$$1/(AD)^2+1/(BE)^2=1/(AB)^2$$

ＡＤは光の波長なので、1/ADは空間周波数 κ、すなわち単位距離当たりの波の数である。ＢＥは光の周期なので、1/BEは時間周波数 ν、すなわち単位時間当たりのサイクル数である。そしてＡＢは波面のあい

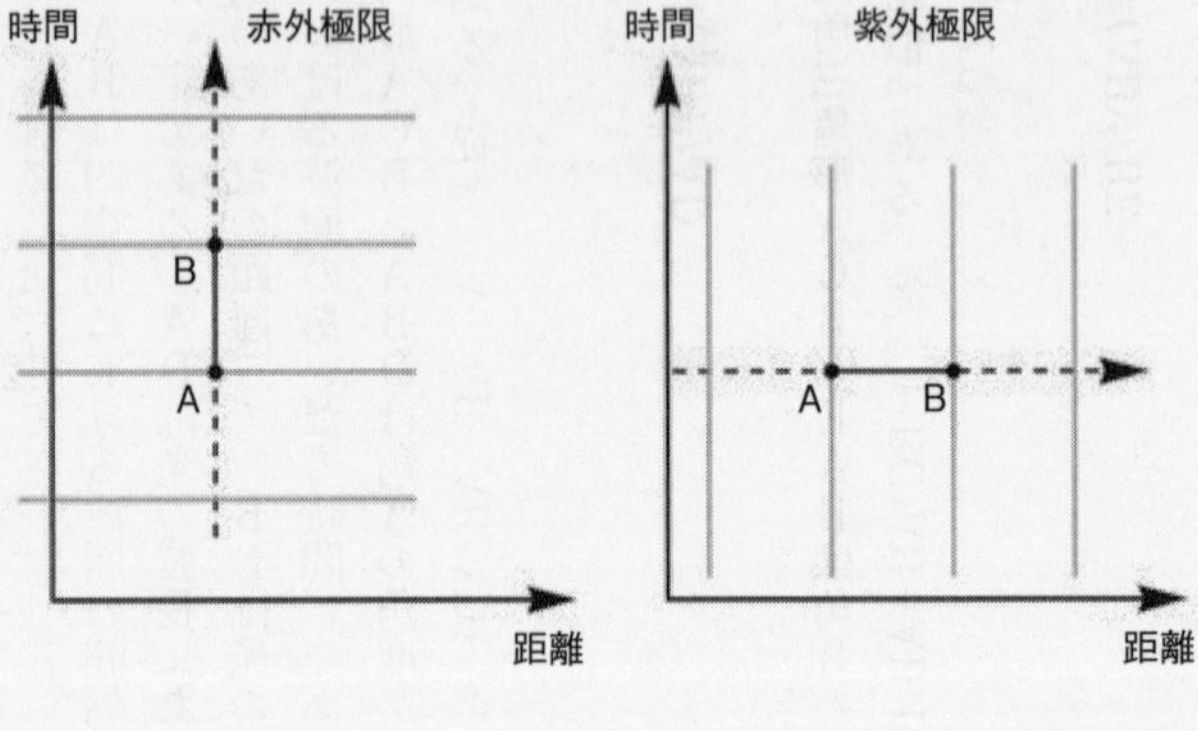

だの一定の間隔なので、1/ABは光の最大周波数ν_{max}、すなわち周期がABである赤外極限での周波数である。

つまり、光の時間と空間における周波数を二乗して足すと一定になることがわかった。

$$\kappa^2 + \nu^2 = \nu_{max}{}^2$$

この結果は、われわれが時間と空間を同じ単位で測ることを仮定している。しかし、前に示した表では、ヤルダの回転物理学以前の伝統的な単位を使ってある。ヤルダが〈孤絶山〉で得たデータから、時間の間隔を青い光がそのあいだに進む距離と等価だと扱えば、空間と時間における周波数の関係は、右で導いたようなかんたんなものとなる。従って伝統的な単位系から「幾何学的単位系」への適切な変換係数は青い光の速さv_{blue}であり、以下を得る。

$$(v_{blue} \times \kappa)^2 + \nu^2 = \nu_{max}{}^2$$

表にある数値は、どれもが二桁か三桁になるように選んだいろいろな単位で示してある。単位を一致させるような係数を導入すると、この関係は以下のようになる。

$$(78/144 \times \kappa)^2 + \nu^2 = \nu_{max}{}^2$$

ここで特定の色の光の速度vは、単純に光が進む距離とそれにかかる時間の比である。最初の図にある光のパルスを考えると、それは時間BCの間に距離ACを進み、v=AC/BCである。これまでに得たACとABおよび空間周波数κのあいだの関係と、BCとBEおよび時間周波数νのあいだの関係を使うと以下を得る。

けることで、表に示した伝統的単位系における値を計算できる。

$$v=\kappa/\nu$$

ここでまた、この式を伝統的な単位系で使うには適切な変換係数をかけなくてはいけない。

$$v=(v_{\mathrm{blue}}\times\kappa)/\nu$$

前の表に示した周波数を使うなら以下のようになる。

$$v=(78/144\times\kappa)/\nu$$

これまで使ってきた速度は無次元の量で、時空図における光のパルスの経路をたどる直線の傾きに関係した量である（これまで用いた、時間軸が垂直で空間軸が水平であるような図の描きかたなら、じっさいには傾きの逆数となる）。無次元の速度にさらに係数78（青い光の速度を大旅離（セヴエランス）毎停隔（ポーズ）であらわした量）をか

著者あとがき

われわれの宇宙における物理についてわれわれが知っていることの多くは、時空の基本的な対称性という観点から理解することができる。宇宙空間に浮いている実験室内で完全に内包された状態でおこなえる実験を考えよう。どのような実験でも、実験室を異なる方向へむけたり異なる速度で移動させたりしても実験結果には影響がない。実験室がむいている、空間と時間における特定の方向が違いを生むことはない。

しかし、われわれの宇宙の物理法則は、空間の方向と時間の方向を非常に明確に区別する。空間を真北にむかって進みたいと思えばそうすることは可能だが、かならず時間においても（たとえばグリニッジ標準時（GMT）で測って）前進することになる。ガーナの首都アクラをGMT1時00分00秒000に出発してグリニッジに到着し、そこで時計がまったく同じ時間を示しているのを見ようというのは——なぜなら「純粋に真北」に進むことにして、ほかの人にとっての時間の進展という面倒をいっさい排除するとしたのだから——若干楽観的であるというより、物理的に不可能である。「北」は「空間的（スペースライク）」方向であるのに対し（ほかのいろいろな点は単なる慣例にすぎないかもしれないが）、「未来」は「時間的（タイムライク）」方向である（相対論的速度で移動する人から見ていかに違った方向に見えようと）。いかなる大きさの相対的運動も、空間的方向を時間的方向に変換することはできず、逆もまたしかり。

〈直交〉三部作における物理は、時間と空間の区別を消去することで生起する、より対称性の高い幾何学を持つ時空において、抽象的な幾何学とわれわれの宇宙における実体を持った物理とを結びつける論理的思考と同様な推論を適用することで導かれる。

作中で述べられたあらゆる現象は、そのような推論から完全な数学的厳密さをもって導かれるのか？ もちろん違う！ わたしよりはるかにすぐれた人々が何世紀も努力してきたにもかかわらず、われわれの宇宙の物理についてそのような厳密な基盤を構築することはできていない。そして異なる公理をもとに――実験結果なしに――すべてを再構築するのは大変な大仕事になるだろう。なので、本作品においてはいくつかのよく知られた一般的原理に従うようにしたが、いくつかの点についての詳細は単なる当て推量である。

とはいえ、〈直交〉宇宙のもっとも目立つ特性のいくつか――

- 真空中の光が、波長によって異なる速度で進む。
- 粒子の質量エネルギーが、運動エネルギーと反対の性質を持つ。
- 同じ符号の電荷が引きあい近づくが、距離が変わると引力と斥力のあいだを振動するような力を感じる。
- 正と負の両方の温度の存在。
- 宇宙旅行をする人は、地上に残る人々より長い時間を感じる。

――は、すべて作品の前提からまっすぐに導かれる帰結である。

〈直交〉宇宙に関する最初の考えは、マックス・テグマークの古典的論文「万物の理論は究極のアンサンブル理論にすぎないのか?」"Is 'the Theory of Everything' Merely the Ultimate Ensemble Theory?" (*Annals of Physics* 270, pp 1-51, 1998; オンライン版 **arxiv.org/abs/gr-qc/9704009**) における、空間と時間の次元が変化した場合の帰結に関する議論によって明確になった。テグマークは時間次元のない宇宙を「予測不可能」と分類している (p. 34)。しかし、彼は基盤となる時空がコンパクト多様体で宇宙が有限である場合を考慮していなかったようだ。作中で議論されているとおり、特定のトポロジーを持つ有限の宇宙は予測を可能とする物理法則を持つことができる。ただし利用可能なデータの範囲が宇宙の全幅より小さいと、予測は不完全となる。とはいえこれはニュートン物理学の状況とそれほど違うものではなく、未来を予測しようとしている領域にいくらでも大きい速度を持った物体が突然入りこんでくる可能性があるという点では同じである。

物理を学んだ経験のある読者なら、ウィック回転と呼ばれる数学的テクニックを思い起こすかもしれない。われわれの宇宙で成りたつ方程式を空間四次元の形式に変換し、もとの方程式を解くための戦略の一部として扱う手法である。しかし、このような「ウィック回転された」方程式は、〈直交〉宇宙の物理を支配するものとは同じでないことは強調されるべきであろう。方程式のいくつかの符号が変化し、それによって非常に異なる解が出てくることになる。

この小説の補助的な資料は、**www.gregegan.net** にある。

「回転物理学」虎の巻

理系研究者
板倉充洋

本作の舞台は、我々の宇宙とは時空の性質が少しだけ違う宇宙です。「少しだけ」というのは数式の上での話で、その物理的帰結は非常にドラスティックな違いとなって現れます。我々の宇宙では、時空間にいる人が時間と空間を少しだけ移動した場合に、主観的な時間経過は $\sqrt{\text{時間}^2-(\text{距離}/\text{光速})^2}$ となりますが、作中の宇宙では $\sqrt{\text{時間}^2+(\text{距離}/\text{光速})^2}$ となります。時間と空間が完全に等価な世界になるので、光速を超えた移動やタイムトラベルが可能となってしまうのが一番大きな点。また光合成や星の光など生活に密着した様々な現象もこちらの宇宙とはかなり違ってきます。これらは全て式の符号を一つ変えたことから計算で導かれることです。

さらに、本作の宇宙の面白い所は、相対性理論がすべて図で説明できてしまう点です。時間と空間が等価な世界では、ウラシマ効果などの元になる変換が単なる回転で表せてしまいます。実際この世界の相対性理論に相当するものは作中で「回転物理学」と呼ばれていて、念じることでお腹に自由に絵を描けるという便利な設定のおかげで適切な図を使って解説されています。回転物理学では、我々が相対性理論について「そういうものだ」と納得している色々な帰結が、そのまま起こったり全く違った結果になったりします。そうした現象を考えることで、逆に相対性理論についてもより深く理解することができると思います。以下ではそのような例をいくつか示します。なお、簡単のため光速$c=1$と仮定し、式から省略しています。相対性理論の式と比べる場合は、速度vをv/cで置き換えて比較して下さい。

◎ウラシマ効果

本書や相対性理論の入門書には図1のような、横軸に空間、縦軸に時間を当てたグラフが出てきます。じっとしている人は位置が変化しないけれど、時間は万人にとっては進んでいるので、グラフではまっすぐ上を向いた線になります。一方、ある速さで動いている人は、時間とともに位置が変化していくので、傾いた線になります。速さvで動いていると、時間1の間に距離vだけ動くことになります。回転物理学では、動いている人にとっての時間軸と空間軸は、単純にもとの座標軸を回転させたものになります（一方、相対性理論では動いている人の空間軸は回転物理学と反対の方向にずれ、計算が複雑になります）。この図で、止まっている人の時間基準で一秒が経過すると、動いている人にとってはすでに$\sqrt{1+v^2}$秒の時間が経過したことになります。これは相対性理論の「ウラシマ効果」の式、$\sqrt{1-v^2}$の符号が逆になったものです。

図1　回転物理学における時空間の回転

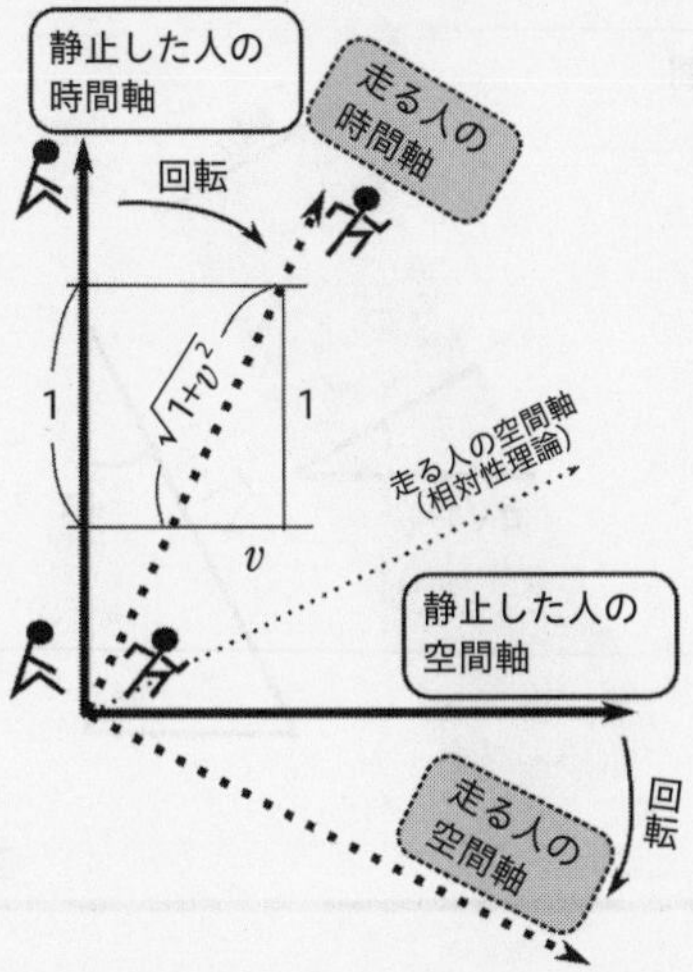

◎ローレンツ収縮

幅aの物体があるとします。これは図2の中では幅aのリボンとして表されます。これを斜めに置いた場合、真横に切った断面の長さはaより長くなります。速さvで動いている場合、これは$\sqrt{1+v^2}$倍になります。つまり、動いている物体を止まっている人が見ると、動いている方向に伸びたように見えます。極端な場合、真横に向かって無限の速度で動いている物体があると、無限の長さの物体が一瞬現れてすぐ消えるように見えます。なお、我々の世界の相対性理論では速度vで動いている物体は進行方向に$\sqrt{1-v^2}$倍に縮みます。

◎質量の変化

物体が衝突する時には、その前後で運動量が変化しません。高校の物理では、物体の質量×速度の合

図2　運動する物体が進行方向に伸びる様子

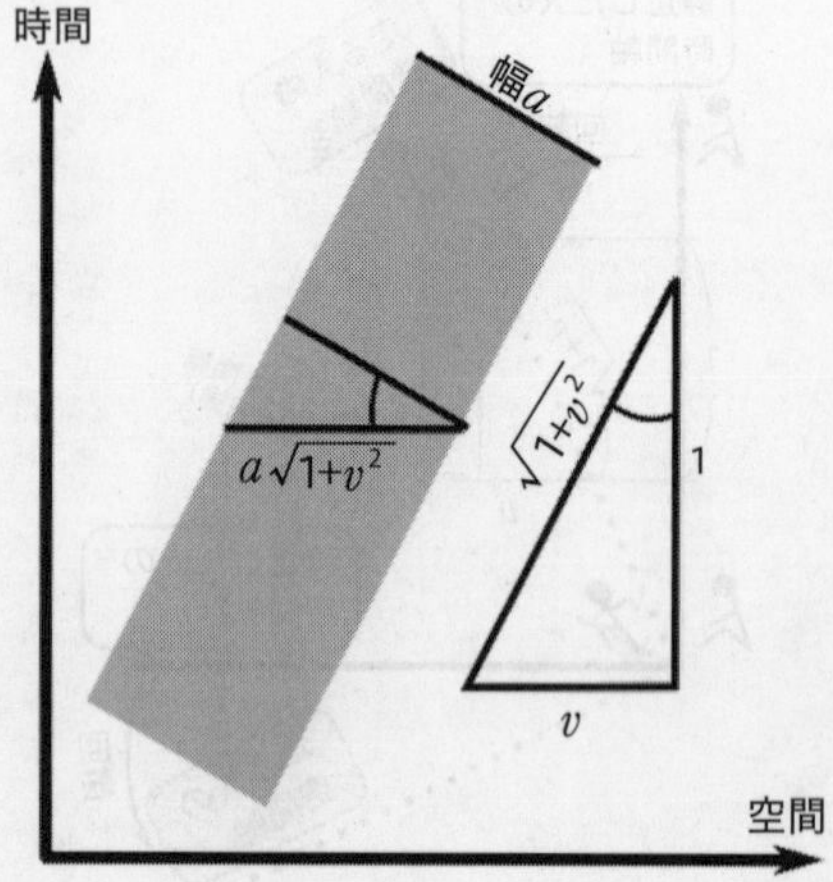

計が衝突の前後で変化しない、と習います。この条件は衝突によって物体の速さがどう変化するかを計算するのに非常に役に立つ情報となります。図3でいうと、矢印の長さが速度に相当し、たとえば二つの物体の質量が同じ場合、この矢印を足したものが衝突の前後で変わらない、というのが運動量保存の条件となります。しかし、この図を回転させたらどうなるでしょうか。極端な話、横に90度回転させた後で横方向に矢印を書いて比較したら、衝突前後で同じではなくなります。ある人から見て運動量が保存するけれど、別の人から見たら保存しない、というのでは物理の法則として全く役に立ちません。これは運動量の定義の方法がまずかったからです。

では、一秒の間にどれだけ物体が移動したか、というような人によって見えかたの違う「速度」ではなく、時空の図の中でその物体の来歴が向いている方向そのものを「運動量のようなもの」として使ってみたらどうなるでしょうか。図4のように来歴と同じ方向を向いた矢印を考えます。長さについては、物体の質量mに等しくなるようにすれば、その物体の時空の中での「勢い」を表してくれると期待できます。これならば、二つの矢印を足したものが衝突の前後で変化するかどうか、というのは図をどのように回転させて見ても万人が同じ結論を出す事ができます。

ではこの矢印が数式でどう書き表されるかを考えて見ます。速度vの物体は時間が1進む間に距離v移動するような向きに進みます。この向きで長さがmのベクトルというのは(空間,時間)の順にその成分を書くと、$(mv/\sqrt{1+v^2}, m/\sqrt{1+v^2})$となります。実はこれ、相対性理論において四元運動量と呼ばれているものに相当します。空間成分$mv/\sqrt{1+v^2}$は物体が光速に近い場合でも使えるように拡張された運動量になります。ここで運動量は質量と速度の積、という定義を思い出して質量を計算すると、$m/\sqrt{1+v^2}$になることが分かります。止まっている人から見て、動いている物体の質量は速度が速くなる程どんどん軽くなることを示しています。これが我々の宇宙では$m/\sqrt{1-v^2}$となり、光速に近づく程質量が無限まで大きくなりそれ以上加速できないことになります。

では作中の宇宙ではなぜ、質量が軽くなるように見えるのでしょうか。質量の別の定義として、物体の速度をちょっと増やすのがどのくらい大変かを表す尺度、というものもあります。たとえばいま速度が一億で、来歴が時空の図でほぼ真横に近い方向を向いているとします。ここから加速して速度が二億になったとします。速度はすごく増えますが、図に描くとどちらもほぼ真横であり、あまり違わないため、ちょっと押すだけで二億に速度を増やすことができます。そうなると質量は「ちょっと

図3　古典物理学の運動量保存則

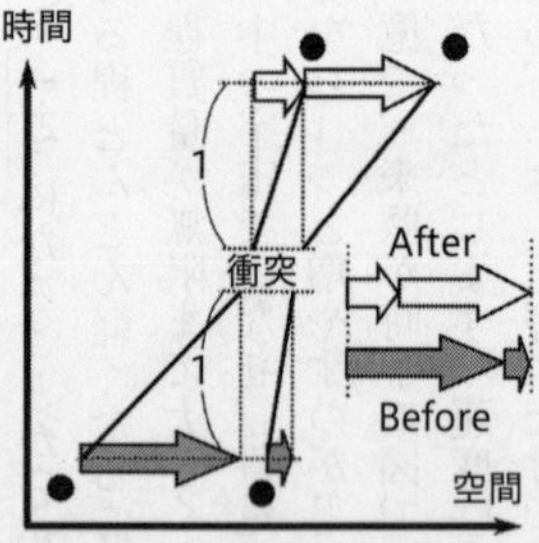

図4　回転物理学の運動量保存則

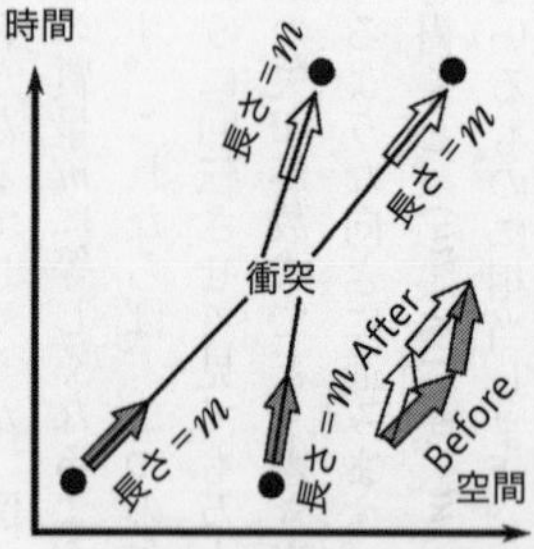

押す大変さ÷一億」になり、ほとんど0です。これが質量が軽く見える原因です。ちなみに物体と同じ速度で移動している人から見ると質量はmのままです。

◎$E=mc^2$

四元運動量の時間成分$m/\sqrt{1+v^2}$はエネルギーに対応していて、作中では「真のエネルギー」と呼ばれています。図5のように、質量mの物体が二つ左右からぶつかって合体する場合を考えます。二つの物体は反発して接近させるにはエネルギーが必要だけれど、十分に接近したら反発しなくなる、とします。合体の前後で矢印の合計が変化しないという条件から、合体後の矢印は長さ＝質量が$2m/\sqrt{1+v^2}$で、単純な合計である$2m$より少なくなっています。また、合体前に二つの物体が持っていた運動エネルギーは接近するための位置エネルギーに変換されています。

図5　衝突によって矢印の長さ＝質量が変化する場合

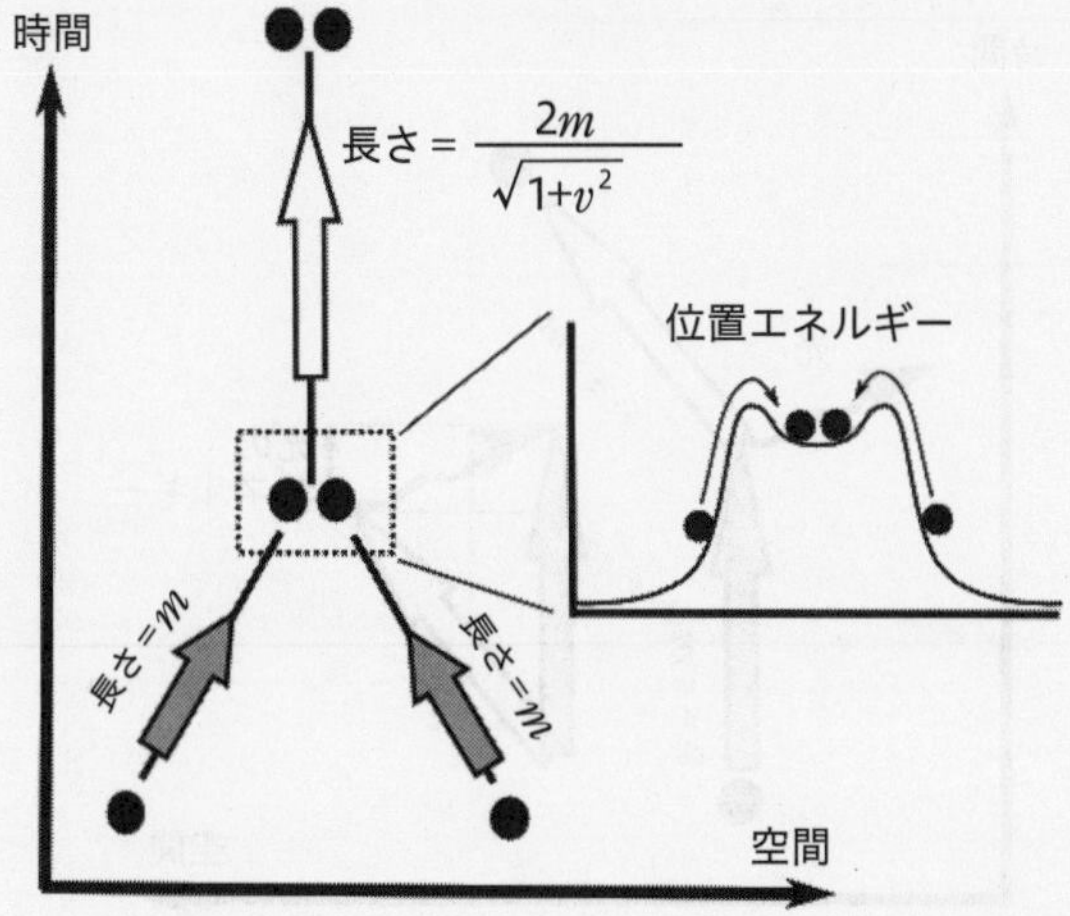

このように、物体の持っている位置エネルギーが増減すると質量も変化します。有名な $E=mc^2$ の式です。ただし回転物理学においては位置エネルギーが増えると質量が減るため、$E=-mc^2$ となります。

図6は、物体が光を出す過程を示しています。回転物理学では、速度が増すと「真のエネルギー」$m/\sqrt{1+v^2}$ が減少するため、その差分を光のエネルギーとして放出できます。このとき物体の持つベクトルの長さ＝質量が変化しないなら、ひたすら同じことを繰り返してどんどん光を出し、どんどん加速することができます。つまり、ちょっとした拍子に核反応のような激しいエネルギー放出が起こってしまう可能性があります。ただし、量子力学を考えると光には分割できない最小の単位があり、図の光の矢印がちょうど光の粒子の四元運動量に等しいときだけそのような反応が可能になります。このあたりは

図6　物体が光を生成して加速する場合

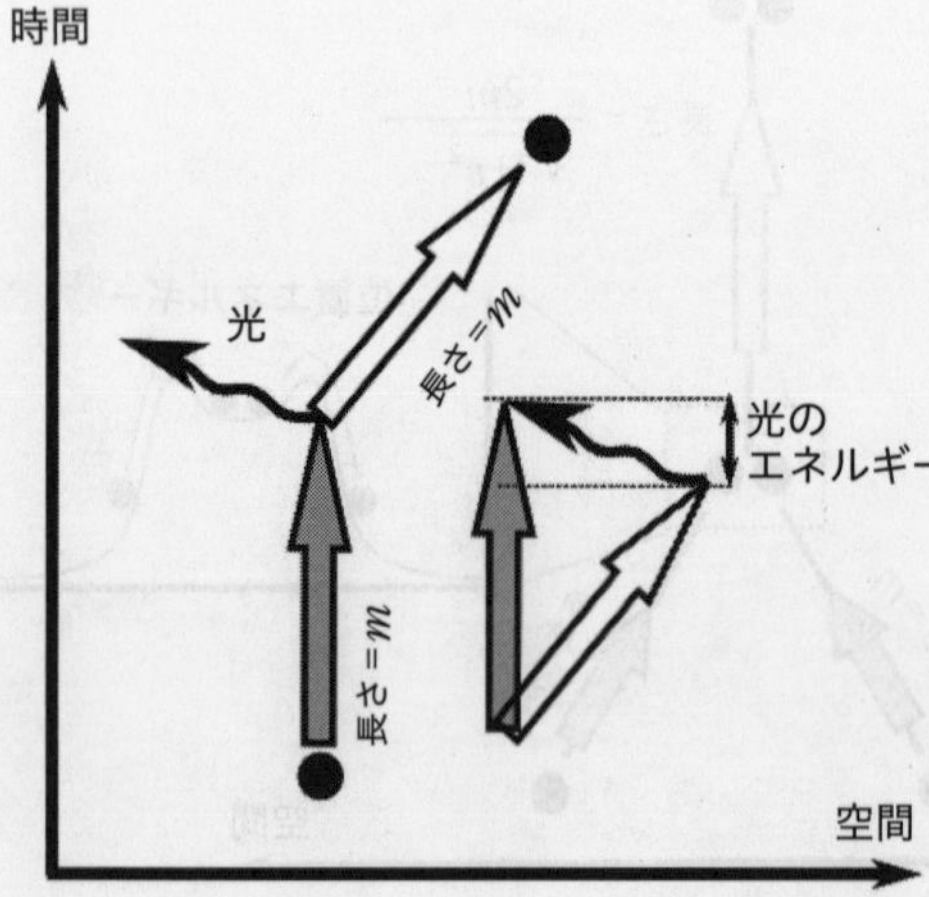

第二巻以降で明らかになっていくでしょう。

いかがでしょうか。相対性理論の色々な難解な帰結が、「なんだそんな単純な話だったのか」と腑に落ちるのではないでしょうか。我々の宇宙の大学でも相対性理論を教える前に回転物理学を教えたらいいのではないかと、わりと本気で思っています。

訳者あとがき

山岸 真

本書は二〇一一年にNight Shade Books社（米）とGollancz社（英）から刊行された、グレッグ・イーガン *The Clockwork Rocket* の全訳であり、〈直交〉Orthogonal三部作の第一巻である。

この三部作の最大の特徴は、われわれが住むのとは別の宇宙が舞台であること。だがその設定に関する話をする前に、ストーリーに少しだけ触れておこう。

三部作を通じて物語の背景に位置するのは、ある惑星（とくに固有名詞はなく、単に「この世界」と呼ばれたりする）に迫る天文学スケールの危機と、それを回避する方策である。ただし、それが浮上してくるのは本書の中盤になってから。本書の1章と2章は、主人公の女性ヤルダの幼少期の姿を通して、舞台となる世界や社会を垣間見せるとともに、主人公の気質を読者に伝えていく。

3章からは、成人して光学物理学者の道を歩みだしたヤルダが描かれ、やがて彼女は科学の半分を書きかえるような、「回転物理学」という理論を完成させる。その一方で、「疾走星」と呼ばれる謎の天文現象がクローズアップされてきて、これが惑星に迫る危機につながっていく。

この先の展開は、本書裏表紙の内容紹介にもあるとおり、〝逆ウラシマ効果〟ともいうべきものを利用した計画が軸となる（SF読者にはおなじみでしょうが念のため。ウラシマ効果とは、亜光速で飛ぶ宇宙船が、船内時間で数年間旅をして出発地点に戻ったら、そこでは何十、何百年もがすぎていた、という思考実験上の現象）。この計画には、文字どおり驚天動地のサプライズが含まれているので、ストーリー紹介はここまでにしておきます。

では設定の話に戻ると、〈直交〉三部作の舞台となる別の宇宙というのは、歴史がどこかの時点で分岐した改変世界とかではない。物理レベルで異なった宇宙なのだ。

物理レベルでの別宇宙が舞台のSFというと、重力定数がこの宇宙の十億倍の世界を描いたスティーヴン・バクスター『天の筏』などの例があるが、〈直交〉三部作ほど、架空の設定とそこから生じる〝空想科学〟を、質だけでなく量的にも（なにせ各巻が四百字千枚弱の長篇三冊だ）徹底して展開した作品はないだろう。まさにハードSFの中のハードSFである。

その物理レベルでの違いというのが、理論面で、また現象面で、具体的にどういうものなのか——については、著者あとがきや板倉充洋氏の解説をご覧ください。

とはいえ、〈直交〉三部作で描かれる〝風景〟は、むしろ基本的には、われわれの宇宙や地球とよく似ている（それは細かくいえば、「補遺2」の最初で色について触れられているように、作中の宇宙をイーガンが英語に〝翻訳〟した結果、ということになるのだが、そこまで気にして読む必要はないだろう。動植物名の大半が地球のそれと同じなのも、よく似た生物程度にお考えください）。

けれど、一見してこの宇宙と違うことがわかる部分も、1章からあれこれ描写されている。たとえば、星空の眺め（じつは本書の表紙画にその要素が入っています）であるとか、花が夜に発光すること（これが光合成にあたる）などだ。

直接目に見えない点での違いとしては、〈直交〉三部作の宇宙には電子がない。電気製品が出てこないのも（照明器具は鉱石ランプだ）、コンピュータ等の電子機器が使われていないのも、それが理由である。科学技術がその段階に達していないからではない。

ないものといえば、本書には水やそれに由来する言葉――海、川、雨、雲など――が出てこない。原文では、たぶん ship という言葉を避けて spaceship を使っていないので、翻訳でも小説本文では「宇宙船」を使わなかった（ただ、「水」という漢字を含む「水平」という言葉を使ったことはお断りしておきます）。なお、本書では「液体（liquid）」という言葉が一回だけ出てくる。また、樹脂という粘性の高い物質が存在する。

さて、先ほど名前をあげた『天の筏』は別の宇宙に迷いこんだ人類の子孫の話だったが、〈直交〉三部作の登場人物は人類やその子孫ではなく、別の宇宙で誕生した知的生物だ。しかし思考や感情は人間とほぼ同じだし、社会や文化、日常生活にも人類そのままな部分が多い。なので、あまりエイリアン種族ということを意識せずに読めるのだが、後述するように決定的に違う部分もある。

この生物（本書中に種族名は出てこない）の外見は、具体的な描写はあまりないが、基本的にヒューマノイドを思い浮かべていただいていい。ただし、腕や脚や指の数を増減させたり、腕を脚に、足を手に作りかえたりといったことが可能なのだが、おおむね腕が二本ないし四本、脚が二本というのがふだんの形態であるようだ。

そのほかの器官では、目が頭の前後にふたつずつ、計四個ある。振動膜という発声と聴覚を担う器官があり、口は消化管の入口としての役割のみを果たしている（3章の「肛門を遡ったところから」云々の悪口はここに由来）。また、この星の生物は呼吸をする必要がない。しかし（科学的な設定から導かれる結果として）放っておくと体温がどんどん上昇して死にいたるので、体を冷やすために空気を必要とする。

この生物は、皮膚に絵や文字を描きだすことができる。これには学習と訓練が必要で、描く場所としてはおもに胸部が使われるが、熟練すれば腕や背中にも描くことができる。本書中に多数出てくる図やグラフは、その場面で登場人物たちの皮膚に描きだされたものなのである。

衣服は着ないが、役職を示す帯を身につけることはある。身体や知性の発達・成熟は、年齢的には人間よりもだいぶ早いようだ。

性は男女のふたつ（この星のほかの動物のほとんどには、雄が存在しないらしい）。女性のほうが体が大きく力が強いという以外、外見上の違いに言及はない。女は名前の最後がa（翻訳ではア段の音）、男はo（翻訳ではオ段の音）で終わる（次の段落で触れる「双」どうしの名前はその部分以外は同じ）。

人間と大きく違うのは、出産に関すること。この生物は、男女ふたりずつ、計四人がいちどに生まれる。より正確には、男女のペアがふたつ同時に生まれ、このペアの相手を「双」という。人間だとふたごでも兄・弟、姉・妹という呼びかたをするが、この生物は同時に生まれたペアについてその種の区別をしているようすがないので、たがいに兄・姉と呼びあうことにして、弟・妹という訳語は使わなかった。なお、双を持たない女性が生まれる場合があり、この女性は「単者」と呼ばれる（この場合その母親からは、ひと組の双と単者の計三人が生まれる）。主人公のヤルダは単者である。

生殖は、双のペアを単位としておこなわれるのが基本（ちなみに夫、妻という言葉はない）。だが双以外の男でも出産を誘発することは可能である。また出産可能な年齢になった女性は単独で（生殖行為を伴わずに）、自発的に（という呼びかたをされているが本人の望みと無関係に）出産することがあり、年齢とともにそれが起こる可能性は高くなっていく。

人間とこの生物の決定的な違いは、出産の形態（出産がなにを意味するか）にある。本書の冒頭近くからそれを示唆する記述はあるのだが、作中世界では当然のこととされているためもあってか、中盤でそれそのものの場面が描かれるまでは明確には語られない（何度か出てくる「八分裂」という罵倒表現は、八つ裂きのことではなく、この出産と関わっている）。なのでここでも具体的には説明しないでおくが、その場面を読めば、それが作中の社会の構造（女性の地位）と根底で関わっていることは一目瞭然だろう。本書ではその問題についての議論が深められる場面は多くはないものの、言及は随所に見られる。本書終盤にも伏線が張られているが、三部作の第二部・第三部では、この問題がプロットの中でも大きな比重を占めていくことになる。

本書の翻訳は、1章から11章までを山岸真が、12章から20章までを中村融氏が訳したあと、各種の統一などそれ以降の作業は山岸がおこなった。板倉充洋氏には今回も科学や数学が関わってくる部分を中心に、用語や訳文について全面的なチェックやアドバイスをしていただいた。本書の編集は早川書房の東方綾氏が、校閲は清水晃氏が担当された。表紙は本叢書の『白熱光』に続いてRey.Hori氏にお願いした。山岸のいたらなさから各氏にはとくにスケジュール面で大変なご迷惑をおかけしてしまった。深くおわびするとともに、各氏にあらためて心から感謝します。翻訳上のまちがいをはじめとする不備のすべての責任は、山岸にある。

著者あとがきにあるように、作者ホームページでは本書と三部作についての専門的な説明がおこなわれている。また『白熱光』のときと同様、板倉充洋氏がhttp://d.hatena.ne.jp/ita/00000201に本書のホームページを作っている。

三部作の第二部『永遠の炎（仮）』*The Eternal Flame* と第三部『時の矢（仮）』*The Arrows of Time* は、二〇一六年に《新☆ハヤカワ・SF・シリーズ》から刊行の予定である。

A HAYAKAWA SCIENCE FICTION SERIES No. 5024

山岸　真
やま　ぎし　まこと

1962年生，埼玉大学教養学部卒
英米文学翻訳家・研究家
訳書
『順列都市』『白熱光』『ゼンデギ』グレッグ・イーガン
編書
『SFマガジン700【海外篇】』
（以上早川書房刊）他多数

中村　融
なか　むら　とおる

1960年生，1984年中央大学法学部卒
英米文学翻訳家
訳書
『宇宙への序曲〔新訳版〕』アーサー・C・クラーク
『マンモス』スティーヴン・バクスター
『時の眼』
アーサー・C・クラーク＆スティーヴン・バクスター
（以上早川書房刊）他多数

この本の型は，縦18.4センチ，横10.6センチのポケット・ブック判です．

〔クロックワーク・ロケット〕

2015年12月20日印刷　　2015年12月25日発行

著　者　グレッグ・イーガン
訳　者　山岸　真・中村　融
発行者　早　川　浩
印刷所　株式会社亨有堂印刷所
表紙印刷　株式会社文化カラー印刷
製本所　株式会社川島製本所

発行所　株式会社　早川書房
東京都千代田区神田多町2－2
電話　03-3252-3111（大代表）
振替　00160-3-47799
http://www.hayakawa-online.co.jp

（乱丁・落丁本は小社制作部宛お送り下さい
送料小社負担にてお取りかえいたします）

ISBN978-4-15-335024-3 C0297
Printed and bound in Japan

vN

vN (2012)

マデリン・アシュビー

大森 望／訳

５歳のフォン・ノイマン型ロボット、エイミーには、人間に危害を与えない「原則」が欠けていた。追われることになった彼女は、人間の支配から仲間を解き放つ鍵なのか？　波乱万丈のジェットコースター冒険ＳＦ

新☆ハヤカワ・ＳＦ・シリーズ